全國高等院校古籍整理研究工作委員會規劃重點項目

二〇一一—二〇二〇年國家古籍整理出版規劃項目

國家古籍整理出版專項經費資助項目

俞樾全集

汪少華　王華寶——主編

鳳凰出版社

春在堂詩編　曲園自述詩

補自述詩　春在堂詞錄

壹

（清）俞樾——著

謝超凡——整理

圖書在版編目（CIP）數據

春在堂詩編 ; 曲園自述詩 ; 補自述詩 ; 春在堂詞録 / (清) 俞樾著 ; 謝超凡整理. -- 南京 : 鳳凰出版社, 2021.10
（俞樾全集 / 汪少華, 王華寶主編）
ISBN 978-7-5506-3393-3

Ⅰ. ①春… Ⅱ. ①俞… ②謝… Ⅲ. ①古典詩歌—詩集—中國—清代 Ⅳ. ①I222.749

中國版本圖書館CIP數據核字(2021)第129420號

書名	春在堂詩編　曲園自述詩　補自述詩　春在堂詞録
著者	(清)俞　樾 著　謝超凡 整理
責任編輯	林日波
裝幀設計	姜　嵩
出版發行	鳳凰出版社(原江蘇古籍出版社) 發行部電話025-83223462
出版社地址	江蘇省南京市中央路165號,郵編:210009
出版社網址	http://www.fhcbs.com
照排	南京凱建文化發展有限公司
印刷	蘇州市越洋印刷有限公司 江蘇省蘇州市吴中區南官渡路20號,郵編:215104
開本	880毫米×1230毫米　1/32
印張	36.875
字數	644千字
版次	2021年10月第1版
印次	2021年10月第1次印刷
標準書號	ISBN 978-7-5506-3393-3
定價	258.00圓(全二册)

(本書凡印裝錯誤可向承印廠調换,電話:0512-68180788)

《俞樾全集》編委會

目録

（一）按，《春在堂詩編》底本原目録自「乙甲編弟一」至「甲丙編弟十五」，皆注明干支紀年起訖，但無後八卷之目，附録於此：

乙甲編弟一自乙未至甲辰　丁辛編弟五自丁巳至辛酉　己辛編弟九自己卯至辛巳　庚辛編弟十三庚寅辛卯

乙己編弟二自乙巳至己酉　壬戊編弟六自壬戌至戊辰　壬甲編弟十自壬午至甲申　壬癸編弟十四自壬辰至癸巳

庚癸編弟三自庚戌至癸丑　己壬編弟七自己巳至壬申　乙丙編弟十一乙酉丙戌　甲丙編弟十五甲午至丙申

甲丙編弟四自甲寅至丙辰　癸丁編弟八自癸酉至丁丑　丁己編弟十二自丁亥至己丑

目録

曲園自述詩

補自述詩

春在堂詞録

前言

俞樾（一八二一—一九〇七），字蔭甫，號曲園，浙江德清人，晚清著名樸學大師，「聲名溢於海内，遠及日本」，時人譽之「儒宗」〔一〕。俞樾治學廣泛，經學、詩、詞、文、戲曲、小説等皆有涉獵。然俞樾一生對詩歌情有獨鍾，從十五歲的七言歌行《蘭陵菊花歌》「秋風秋雨蘭陵城，繞城菊花如雲平。……歸去不知滿袖香，但驚飛滿黄蝴蝶」開始〔二〕，至彌留之際的《臨終自恨》「茫茫此恨竟何如，但恨秕糠未掃除。七尺桐棺三尺土，此中了卻萬言書」〔三〕，詩歌是伴隨俞樾時間最長的文學樣式，也是俞樾抒發胸臆的最好方式。

〔一〕繆荃孫《清誥授奉直大夫誥封資政大夫重宴鹿鳴翰林編修俞先生行狀》，見繆荃孫輯《續碑傳集》卷七十五，清宣統二年（一九一〇）江楚編譯書局刻本。

〔二〕俞樾《春在堂詩編》一。

〔三〕俞樾《春在堂詩編》二十三。

俞樾之詩，既近白居易之「温和典雅」〔一〕，又似袁枚之「清言霏雪」〔二〕，抒寫性情。在《三六橋可園詩鈔》中，俞樾總結了自己的詩歌創作：「余自十五六歲始學爲詩，至今歲七十有二，而所爲詩終不外香山、劍南一派，自愧詩境之不高。」〔三〕而俞樾詩風類白居易，也得到時人的認同。同治七年（一八六八），《春在堂詩編》乙甲編至壬戌編六卷初次刊行，時任浙江布政使楊昌濬作序并推介，於是「類乎白樂天詩風之俞曲園詩名乃譽滿江南」〔四〕。

因此雖有人譏其「詞章尤小家數」〔五〕，然稱譽者亦復不少，如楊昌濬、徐世昌、陳衍、邱煒萲諸輩。而俞樾的詩歌在當時亦頗受歡迎，《汪稚泉詩序》中稱：「而海内諸君子癖嗜余詩者則頗有之，豈以詩主性情，言情之作入人尤易，固不必以遲遲春日擬《歸藏》，湛湛江水摹《大誥》乎。鎮洋汪君稚泉，詩人也，嘗自言平生無嗜好，所嗜惟詩，而近人之能詩者，亦落落無當意，

〔一〕趙爾巽等撰《清史稿》卷四百八十二《儒林三・俞樾傳》，中華書局一九七七年版，第一三二九九頁。
〔二〕汪辟疆《汪辟疆説近代詩》，上海古籍出版社二〇〇一年版，第一〇七頁。
〔三〕俞樾《春在堂雜文》五編卷七。
〔四〕鄭振模編《清俞曲園先生樾年譜》，編入「新編中國名人年譜集成」第十八輯，臺灣商務印書館一九八二年版，第三七頁。
〔五〕王闓運《湘綺樓日記》，「光緒元年六月八日」條，岳麓書社一九九七年版，第四一三頁。

所嗜惟曲園之詩，每讀至夜深，雖倦極而不忍寐。」臨終前，汪氏交待兒子一定要把詩稿給曲園評定，并請曲園作序，「得曲園一言，吾九原瞑目矣」〔一〕。《春在堂隨筆》卷四中，俞樾記述自己官京師時，寓廬與蔣叔起最近，時相過從。蔣叔起「每讀余詩，輒擊節不置，謂當代不得不以此事相推」，直視俞樾爲當時詩家正宗。

而海外之東瀛，亦有文士獨愛俞樾詩，將其與白居易相提并論。俞樾之前，中國詩人傳至日本名最著者爲白居易，清末黎庶昌説：「中土名人之著聲日本者，於唐則數白樂天，近世則推先生，其名最甚。」〔二〕江都向榮在《曲園自述詩·題詞》中有云：「鷄林詩價重，片紙吉光同。」〔三〕「鷄林」典故與白居易相關，《新唐書·白居易傳》云：「居易於文章精切，然最工詩……當時士人争傳。鷄林行賈售其國相，率篇易一金。」〔四〕把俞樾之詩放在與白居易詩作同等的地位，反映出在日本士人眼裏，俞樾之詩不但與白居易詩作風格一致，而且同樣受到他們的喜

〔一〕俞樾《春在堂雜文》六編卷七。
〔二〕黎庶昌《曲園自述詩序》，日本明治二十三年（一八九〇）博文館刻本，日本楢原陳子德編。
〔三〕俞樾《曲園自述詩》卷首，日本明治二十三年（一八九〇）博文館刻本，日本楢原陳子德編。
〔四〕歐陽修、宋祁《新唐書》卷一百一十九，中華書局一九七五年版，第四三〇四頁。

愛。俞樾還應日本人岸田國華（字吟香）之請，編撰了日本第一部詩歌總集《東瀛詩選》。

俞樾創作的詩歌，從詩體上來説各體皆有，五言、七言、雜言，絶句、律詩、歌行、樂府；從内容上來説，記事詩、記游詩、咏史詩、咏物詩、諷諭詩等皆備。俞樾喜用詩歌來叙事狀景、表情達意，在俞樾筆下，任何人、事、物都可以通過詩歌來描摹，表達情思，只要有所見、有所感就會抒之筆下。可以説是事無巨細，大到世界政局，小到個人瑣事；重要如中舉，細微如牙齒脱落；喜如兒女婚嫁，悲如親友離世，俞樾無不通過詩歌來訴説他的感受。也許正是因爲俞樾選材的平凡和瑣細，描寫的是普通人熟悉的事，抒發的是普通人共通的情感，因此他的詩贏得了讀者的共鳴。

俞樾的詩歌創作瓣香白居易，不僅追隨白居易詩歌的通俗淺切風格，還遵循白居易諷諭詩的憂時感事傳統。俞樾雖以山林之人自許，但他密切關注時事，推崇杜甫「安得廣厦千萬間，大庇天下寒士俱歡顔」的濟世之心。《春在堂詩編》十二「丁巳編」中俞樾提到自己以賣文的收入賑灾，「故鄉昨日有書傳，話到窮閻實可憐。老我空存周急意，貧儒惟仗賣文錢」。《補自述詩》第一首即云：「十二年前《自述詩》，而今再補昔年遺。飄零一管江郎筆，兩助黔敖小救飢。」注曰：「余前作《自述詩》，迄於光緒己丑五月。憶戊子鄉試，余曾作擬墨七篇，刊刻以售於人，得洋錢一百四十，以助直隸、山東之振。區區小惠，前詩固未及也。及己丑秋，江浙大水，又值鄉試，余又作擬墨四篇，賣得洋蚨二百二十，仍以助振。」作爲一個文人，俞樾没有拘囿於自己的小書齋，而是能够體會百姓之愁苦，如《春在堂詩編》二「乙巳編」《雨夜作》其一云：「秋來一夜雨，頗喜涼意足。那知多田翁，正待曬新穀。」又如《俞樓雜纂》卷三十六《佚詩》中的《雨夜作歌》云：「但恐水潦太盛傷田功，又恐長淮水竟與黄河通。……雨師幸勿助其虐，當念民力東南窮。」

俞樾的詩歌基本上按創作時間先後編排，如《春在堂詩編》和《曲園自述詩》。日本人谷鐵臣爲俞樾所作的七十壽詩有言「三復《曲園自述詩》，記真録實勝銘碑。知君德量過人處，句裏從無滿假詞」[一]。俞樾的詩歌不僅僅有自己的兒女情懷，亦將筆觸深入百姓的困苦以及國家的變故之中。

俞樾一生所作的詩歌大都彙編成卷，計有《春在堂詩編》二十三卷，收有俞樾一生創作的大部分詩歌；《日損益齋詩鈔》一卷，清咸豐八年（一八五八）吴門刻本，本卷所收爲俞樾早期

[一] 俞樾輯《東海投桃集》，光緒十七年（一八九一）刻本。

創作的詩歌，大部分見於《春在堂詩編》；《吴中唱和詩》一卷，收於《曲園雜纂》卷四十一，是俞樾和友人恩竹樵、王補帆、金眉生、彭雪琴諸人之作；《集千字文詩》一卷，收於《曲園雜纂》卷四十八，均爲七言絶句；《俞樓詩記》一卷，收於「武林掌故叢編」第九集、「香海盦叢書」，詩收於《春在堂詩編》卷九，亦收入「叢書集成續編」，是編爲俞樓建成後，俞樾就有題榜之處紀之以詩；《佚詩》一卷㈠，收於《俞樓雜纂》卷三十六；《玉堂舊課》一卷，收於《俞樓雜纂》卷三十八，爲俞樾舊時在翰林館時所作；《百哀篇》一卷，收於《俞樓雜纂》卷四十一，光緒五年（一八七九）姚夫人去世後俞樾感懷而作；《咏物二十一首》一卷，收於《俞樓雜纂》卷四十二，亦爲懷念姚夫人之作；《小蓬萊謡》一卷，收於《春在堂全書》，爲光緒十二年（一八八六）俞樾仿厲鶚《游仙詩》而作，化解唐宋人小説入詩，均爲七言絶句；《越中紀游詩》一卷，光緒十三年（一八八七）門人宋文蔚寫刻本，是年俞樾與子婦、孫子、門下諸生同游越中所作；《曲園自述詩》一卷（成於光緒十五年〔一八八九〕）、《補自述詩》一卷（成於光緒二十九年〔一九〇三〕），收於《春在

㈠　咸豐初，孫蓮叔爲俞樾刻《好學爲福齋詩鈔》六卷，動亂時原版毁，印本無存。後於女婿王康侯處見之。後編《春在堂詩》，「多從芟薙」，因此録存爲一卷，曰《佚詩》。

堂全書》，均爲七言絶句；《曲園遺詩》一卷，民國間影印本。除以上集中所收之外，俞樾還有一些詩散見於《春在堂隨筆》《茶香室叢鈔》等著作中。

俞樾自認爲「不諳韵律，填詞素非所長」，故詞作不多，僅有《春在堂詞録》三卷。前兩卷主要是俞樾定居吴中初始幾年的作品，除家常事、精舍教學外，描寫最多的就是西湖諸多風物，如卷一《虞美人》四闋，分咏西湖的晴、雨、月、雪之美。至於卷三，俞樾在卷末《薄媚摘遍》小序中言：「余不諳音律，舊曾刊行詞二卷，意未慊也，遂亦不擬復作。而竹樵方伯喜填詞，頻與唱和，因又積成一卷。」基本上是俞樾與文友恩錫的唱和之詞。卷末附《自醒詞》《呸呸歌》《阿呀歌》三曲，俞樾自稱：「此暮年游戲之作，在《全書》中無可附麗，然曲亦詞也，姑附詞後。」風格清雅隨和，與詩同。

本書收入《春在堂詩編》二十三卷、《曲園自述詩》一卷、《補自述詩》一卷及《春在堂詞録》三卷。如前所述，俞樾還有零散的詩詞作品見於《春在堂全書》其他著作中，翻檢可得，且現今《俞樾全集》一體整理，爲避免重複，故不附録。《全書》之外，輯得詩詞共十一首。此外，上海圖書館藏有俞樾《春在堂詩編》前五卷稿本，張燕嬰據此撰《稿本〈春在堂詩編〉殘卷述略》一文詳加録文考校，指出其中二十一題二十五首爲從未刊布者，認爲「這些詩篇與刻本《詩編》《佚詩》等所保存的作品結合起來，能更加充分地反映俞樾的人生經歷與交游情實，同時也爲俞樾年譜的編定提供了一些新資料」（《中國典籍與文化》二〇一〇年第三期，第八三—九一頁），讀者諸君可參看，本書不再輯録。

本書的整理以二〇〇〇年鳳凰出版社影印出版的《春在堂全書》爲底本，以清光緒二十三年（一八九七）石印本和上海古籍出版社一九九五年《續修四庫全書》影印本爲主要參校本。整理過程中，大體遵循以下幾個原則：一是凡屬版刻誤字，如「己」「已」「巳」、「戌」「戍」、「束」「朿」等混用之類，徑改，不出校勘記；二是個别舊字形、異體字酌情保留，如《銷寒吟》一詩，限定每字九筆，因此須照録原字；三是對古代地名、人名用字，如「版橋」「稽康」「華陀」「楊雄」（或稱「楊子」「楊子雲」「楊子亭」）等，不改爲現今慣用字；四是凡底本明顯訛誤，參酌文意改正并出校勘記，又據蔡啓盛《春在堂全書校勘記》徑改五十餘字。此外，詩詞正文及注中因出於尊敬而采用的頂格、空格等形式，因謙稱而縮小的字，一律恢復正常。

在整理過程中，主編汪少華教授、責編林日波編審給我提供了極大的幫助，謹致謝忱。限於學識，此次整理中疏誤難免，敬祈讀者諸君不吝指教，以期將來訂補。

春在堂詩編

序

文章之事，舉本以賅末，因源以達委，是惟無作，作則不期其工，而天下之工者無以尚。木之大者，參天蔽目，垂蔭十畝，而方春著花，未嘗不旖旎焉。水之大者，包山絡川，溉田千里，而因風起瀾，未嘗不淪漣焉。觀水木而惟旖旎淪漣之愛，則與在盆盎沼沚者何異？惟詩亦然。古之善爲詩者，不於詩乎求也。俶儻之才，英偉之識，深博無涯涘之學，積而不已，則以其餘溢而爲詩，觸境而發，稱心而出，無不曲折而奔赴。斯時草木萬彙盡爲我機杼，風雲百怪皆入我爐冶，言其所欲言，得其所獨得，無意爲詩而詩工，豈與夫摘章繢句、分唐界宋者同日而語哉！德清俞蔭甫太史，向在詞垣有聲，及視學中州罷歸，僦居吴市，鍵户著書，矻矻不倦，所撰《群經平議》，闡發故訓，説經家以爲指南，《諸子平議》屬稿未出，學者延頸企望。余習聞太史名，未獲數見。今年春，制府馬公延主西湖詁經精舍，乃得時相過從。太史課士，崇經術，獎樸學，不徒尚詞章之美，即其所宗主者可知也。一日，偶出所爲《春在堂詩集》示余，余於學無所得，風塵鞅掌，詩又不暇以爲，其何足以知太史之詩哉？然嘗論古作者之指，則有在矣。太史之詩，寓新變於法度之中，發神悟於意象之表，天才雋邁，絶去畛畦。驟讀之，清奇秀拔，若古幹之疏峭而洪波之激蕩也。徐測所由，則與余所謂觸境而發、稱心而出、曲折奔赴、萬象畢會者，乃無不合，是豈猶夫世之爲詩者與？太史曩官京師，不嗜榮利，蕭然有山水志。既歸，徜徉湖山，壹意著述，於名位起落一不挂懷，此其胸次夷曠，過人絶遠，固宜其詩超出埃壒。而世之僅以詩稱太史者，猶未爲知言也。校刻既成，輒書所見相質。是爲序。

同治七年十月中浣，湘鄉楊昌濬撰。

乙甲編　春在堂詩編一

蘭陵菊花歌

道光乙未歲，予年十有五，即侍大人讀書於南蘭陵。主人海陽汪君樵鄰喜酒好客，每至菊花時，與客分題選韵，有《蘭陵菊社詩》行於世。予時亦有所作，然皆不足存，姑存此以志當時裙屐之樂云爾。

秋風秋雨蘭陵城，繞城菊花如雲平。花農擔花入城賣，萬家秋色肩頭輕。殷勤折花向我道，此花不如城外好。士入朱門顏色低，女藏金屋年華老。東門城外竹籬笆，竹籬笆内老夫家。諸君無事試過我，與君遍看城東花。書生各有看花癖，一枝短笻幾兩屐。花農一見迎花開，笑揀好花指向客。城中愛花不惜花，苦將新樣年年誇。根被鐵絲盤屈曲，枝從瓷斗插横斜。幾人解看花真面，今來城外真花見。一叢月下舞霓裳，一叢風裏摇金綫。獨憐零落滿天星，籬邊瘦影偎伶仃。碩人黃裳豈不貴，妖冶不如尹與邢。霓裳、金綫及滿天星并菊名。萬頃黃花看未足，花農招我坐茆屋。自言抱甕作生涯，纔了春蘭又秋菊。蘭陵城中年少郎，争選花枝侑客觴。誰料老夫看已厭，落英歲歲春爲糧。話久斜陽上城堞，拗花贈我連枝葉。歸去不知滿袖香，但驚飛滿黃蝴蝶。

丁酉鄉試廁名副榜，漫書數語

嫦娥愛惜月中桂，乃煩玉斧分吴剛。嗟我不才叜年少，得此已覺非所望。食鷄棄肋亦可惜，捉虎持頭何敢當。畫工愛作不了樹，美人喜爲半面妝。獨念男兒恥遲暮，青雲努力争先路。佗日終當傲沈崧，我亦月宫游兩度。

梅花

紫萬紅千夢已闌，天留冷艷雪中看。頗參遷史三分潔，也學郊詩一味寒。清友林閒如爾少，素交世上得人難。風流我笑明皇假，不愛梅花愛牡丹。

聞戒篇

辛丑八月，海氛甚惡，余僑寓仁和之臨平，其地距尖山海口百里而近，議者以爲危。聞見所及，爲詩四章，題曰《聞戒》。

衢飈海外起，宿鳥林中飛。吾家環堵室，無事不啓扉。昨聞海氛惡，出門問是非。是時天戒寒，雨後日色微。傳呼縣官來，父老迎旌旗。官言寇甚急，一方如病痱。止可守鄉里，去此將何依。爾曹各努力，學箸短後衣。嗚呼三鎮兵，甲冑老生蟣。一朝盡敗没，火伴歸者稀。吾民素恇怯，豈足張兵威。

不聞春爾糧，不見治爾裝。老幼一船載，不知往何方。皆云寇且至，安問梓與桑。復有多田翁，欲去憂田荒。姑且營菟裘，一椽租山鄉。那知山中地，狐狸而豺狼。有朝伏莽起，空爾橐與囊。客自杭州來，亦言如蜩螗。十室九則空，存者心傍徨。頓令數日内，價高黄頭郎。噫嘻此何象，平日真羲黄。

軍門下一檄，爾民其偕來。遂令草莽臣，競拜御史臺。周生何𩏂𩏂，雲笈孝廉。大吏曰爾才。畀爾銀一流，聊治酒一杯。爲我酌鄉里，毋或生疑猜。人各自爲守，寇來何有哉。長揖謝大吏，敢弗竭駑駘。退而謀之衆，衆皆癲如雷。小市鑄劍戟，健兒集輿儓。聚榛夜數輩，磨盾日幾回。一笑語諸公，公等皆將材。

我家烏山下，尚有屋數間。此邦既喧哄，不如歸故山。艤舟柴門外，迎者雙白鷴。室中舊木榻，門上新銅鍰。奴樵山之麓，婢釣溪之灣。東家刈稻夵，西家采菱還。是時新穀入，農務方就閒。家家招食新，村酒盛花蠻。頗怪避地客，日日來敂關。已聞命召虎，未見朝矦猵。大息勿復道，吾其田閒跧。

《二喬觀兵書圖》

長沙桓王美如玉，轉鬥江東旗鼓肅。同年公瑾亦翩翩，風流妙解尊前曲。何來嬌女艷如花，出自睢陽太傅家。一戰皖城齊解甲，雙雙迎取七香車。香車迎到紅絲繫，除却猘兒誰與儷。小妹絲蘿托護軍，從今臣主稍僚婿。羽檄紛紜無日虚，孫郎正讀左公書。已知馬上非徒武，肯道蛾眉便不如。不鈔司馬《長門賦》，不寫班姬紈扇句。閒來喜讀十三篇，閨中手録曹公注。曹公當日負雄才，鄴下新營銅雀臺。想見笙歌迎吉利，春風諸舍一齊開。其中豈少春風面，丞相惟將歌舞選。轉眼西陵松柏高，分香賣履徒留戀。東吴女子獨英雄，絮語能將兵法通。何怪蟂姬喜擐甲，劉郎膽落贅吴宫。迄今留得丹青在，明眸皓齒儼相對。休將蜀殿玉人誇，未許魏宫瓊樹配。走也嵚崎磊落人，披圖平視學劉楨。勸君莫當真真唤，怕被君家樊素嗔。

金少參遺印歌

公諱九陛，字允納，滁之全椒人。明萬曆四十三年領鄉薦，過魏璫祠不拜，緣是黜。崇禎初，副南宫，授棗陽令。會流寇蹂楚中，公以護顯陵功，擢南光禄大官署正，累以軍功晋階，至布政司參議。會推贛南巡撫，病不能赴。逾年，而有甲申之變，以憂卒。公六世孫曰望欣者，於市肆得公名印，鐫「金九陛印」四字，遍徵題咏，因爲之歌。

劫火一燒盡土梗，大官印綬可易餅。此印護持有鬼神，不惟其物惟其人。惟公生值明運否，委鬼當頭壓天子。道旁敕建廠臣祠，伏而拜者金與紫。公時方與計吏偕，驅車過之不爲止。五虎五彪競噬人，爾曹所恃冰山耳。冰山見晛果然消，争看新政思陵朝。那知逆案定未久，中原盜起如牛毛。幾輩腰間印如斗，不能爲國殲群醜。議勦議撫徒紛紛，到處枯城愁不守。而公飛舄來棗陽，棗陽之固成金湯。老羆高卧敵膽破，脱兔突出軍容强。寇來欲過不敢過，護陵功大非尋常。自此崎嶇十餘載，公之宦迹彰彰在。偶然榷税北新關，一祠清惠留遺愛。惜公負長材，節鉞頒未逮。解印歸來病已深，坐看金甌欲缺徒增慨。一缺金甌不復完，驚聞蛾賊滿長安。鼎湖龍去攀無及，公亦飄然歸跨蓬山鸞。公功洵足光日月，公名惜未登史册。不圖小印鐫公名，二百餘年歸趙璧。嗚呼！魏公笏，重直臣，公以忤璫斥，非徒披逆鱗。武衛槍，褒戰績，公以護陵顯，不僅摧强敵。寄語文孫好護持，楚弓復得誰爲之。不見歲星降精化作祖龍璽，迄今存否無人知。

箭猪

辛丑冬，大雨雪，德清鄉間忽來一物，如猪而巨，竊食羊豕，能激豪射人，鄉人聚衆斃之，莫知何物，實即箭猪也。因賦詩紀之。

積雪没至脛，百獸山中藏。不知是何物，食我檻下羊。伺之物果至，摇尾逾我墻。謂貑頭不黑，謂豰腰不黄。謂猲喙不短，謂貐尾不長。但見毛毿然，乃有尺半强。其本白而密，其端黑有鋩。一夫攘臂進，頗思斧其吭。不能制彼命，而反爲彼傷。是物遍體豪，有如萬弩張。既異蝟毛細，更較豕鬣剛。肌膚傷猶可，而乃集于眶。相顧盡失色，失色行踉蹌。踉蹌走相告，環環聚一鄉。有竹縛狼筅，無木刳馬枊。青石即利鏃，白棓皆長槍。爾角我則掎，爾鈎我則鑲。近者備其攻，遠者防其颺。是物失所恃，負怒逾跳踉。始若戰沙虎，繼若失林麞。無何鋭亦盡，惟賸毛髩鬤。驅以鐵鉦鉾，繫以木倉琅。父老扶杖看，兒童磨刀忙。遠近齊來問，乍見猶恇恇。究之是何物，有目皆如盲。我讀《山海經》，偶出一語商。竹山有豪彘，非豺復非狼。能以豪射人，見者走且僵。吴楚曰鸞猪，兹土乃吴疆。得毋即此物，出爲居民殃。又讀《粤新語》，語較《山經》詳。云此名箭猪，其生在南方。借問始何物，則在水中央。既非四足鮪，又非一脊䱜。厥名曰泡魚，不入群魚倉。生于南海中，潮汐乘洸洋。鯤鵬有變化，是亦物理常。而何一變後，遍體如鍼芒。乃知天生物，怪哉不可量。一編《異物志》，安得云荒唐。吾詩非務博，聊復搜枯腸。萬事想當然，且學蘇賢良。

題沈東江先生手卷後

先生名謙，字去矜，仁和之臨平人，明季諸生也。此卷五言詩四十首，乃先生避兵寒山，有髑髏觸舟，感而録此。今藏金君雨香家，余得觀焉，因題其後。

東江有遺老，蹤迹托垂綸。自署「東江漁者」。烽火驚殘劫，飄零賸此身。小朝惟白版，群盜尚黄巾。無限滄桑感，高歌泣鬼神。

一棹寒山路，凄凉事怕論。亂離將半世，慘淡此孤村。月落黑無色，燐飛青有痕。潛行杜陵叟，對此欲消魂。

先生中夜起，老淚滿衣裳。袖裏新詩本，人間古戰場。一箋和恨寫，五字抵城長。豈比窮途慟，徒成阮籍狂。

我亦東湖住，遲公二百年。河山無涕淚，文字有因緣。遺墨留猶在，佳城築尚堅。何當一樽酒，酹向夕陽天。

擬宫詞

一入長門春復秋，鐘聲愛聽景陽樓。紅顔甘爲君王老，未肯題詩寄御溝。

癸卯仲冬，將有江右之行，親串置酒爲别，賦此奉酬

自從罷作蘭陵游，伏處已閱三春秋。貧賤依人不自主，匆匆催上西江舟。諸君餞我酒一

杯，賤子自慚非酒魁。眼底且喜故人對，眉頭聊博今朝開。噫嘻！人生離別鎮常有，百年豈便一株守。健者當爲黄鵠飛，鄙人合署馬牛走。聽唱《陽關》第四聲，酒杯到手莫逡巡。酒闌人散一分手，從此東西南北人。

七里瀧

一灘兩灘灘灘高，撑折千張萬張篙。游子驚起坐篷底，無乃走入山之尻。或絢爛如齊女繡，或奇怪如楚匠鉋。或勢嶙峋山骨凸，或狀磊落石面皾。旁列劍鋩山萬朵，中流衣帶水一條。不必移以秦皇鐸，頗能容得夏后橇。峰迎人起若無路，帆隨峰轉仍通橈。書生例有看山癖，那怕吹面風刁刁。山中亦復有人迹，崎嶇一徑横山腰。頗疑有人出采藥，又見有屋新誅茅。所惜風利不得泊，驫履未躡南陽苞。俯視此水亦清絶，波瀾如索加以绹。戢戢魚或露白鬣，磷磷石欲生紫蕒。世人畏見嚴先生，此下過者皆如逃。那知世間佳山水，良亦不願俗眼遭。誰與欲買此山隱，吾兄不愧人中豪。壬甫兄去年自江右與余書，極言七里瀧之勝，有「築室老此中」之語。人生束髮事名利，何異牛馬居闌牢。即使百齡守簪笏，未若半席分漁樵。題詩并與山靈約，佗年築屋名雲巢。

釣臺

大澤茫茫一釣綸，空勞天子降蒲輪。如何赤伏陳符者，也是當年同學人。

白雲原在釣臺西，唐處士方干隱處。

福命生前薄，文章死後靈。想因雲太白，不許便成青。

徐偃王祠

朝發龍游縣，小泊徐王祠。云祀徐偃王，舊有昌黎碑。巖巖姑蔑城，荒荒大末墟。書生弔古意，不禁爲長噫。穆王昔盤游，萬里一日馳。王乃竊仁義，乘間起東陲。三十六諸侯，以術牢籠之。朱弓得既久，白儀歸猶遲。以此盜神器，豈曰非其時。如何一戰後，狼狽遂難支。有筋無骨軀，徒喂鯤與鰤。或云婦人仁，豈有萬世規。有衆不忍鬥，王死殊堪悲。不知殺身慘，良由舉事乖。既作東侯長，當扶西京衰。曷不學蔡公，微諷囪天詩。而乃效后羿，妄興窮石師。目僅可瞻馬，安能揮熊羆。祀既百蟲絶，身亦沉鴟夷。昌黎作此碑，雖頌而實嗤。徒與嬴秦氏，仁暴争銖錙。捍禦一無有，烝嘗夫豈宜。如何千載下，遺址猶未欹。試問穆天子，誰奠牲與犧。豈非鵲蒼銜，轉勝丹朱儀。長歌未及竟，舟子催解維。疾風打頭起，如見來雲旗。

灘行曲

天風蓬蓬吹上頭，江水汩汩走下流。十里五里作一束，三老失色長年愁。長年衩衣立篷底，持篙終日身傴僂。既憐重如挽牛弩，更訝輕若盤蛇矛。一灘纔過一灘又，灘聲化作風颼飀。織成一幅光明錦，抛出千點琉璃球。水中之石何磊磊，飛湧日夜恣簸蹂。直如山徑走犖确，豈復江面行夷猶。長繩曳舟舟不動，短篙撑舟舟仍留。竟須大力負之走，入水學作吴兒泅。南人乘船如騎馬，日月跳擲乾坤浮。天公有意弄奇局，乃於水底生贅瘤。移山那有夸娥子，貸水更無監河侯。即使舟輕似赤馬，何堪灘險如黄牛。我以丁丑發桐廬，始於庚辰至龍游。自庚讫癸又四日，計程猶未過衢州。黄頭郎既絶有力，青唇婦亦工操舟。而乃入險復出險，迂迴不復能豫謀。殷勤酌酒勞僮僕，勿言齀兀今番尤。平生忠信頗自負，風波雖險何足憂。再拚灘行四五日，山中穩坐青竹兜。

由三里灘坐小舟至常山

千山萬山裹，乘舟曲折來。路餘三里近，力仗一夫推。舟小甚，一夫推之行。深壑呼能應，層巒到始開。太行有盤谷，未抵此紆迴。

甘露謡

癸卯仲冬，葬我先祖南莊府君，自始斬板以迄于封，日有甘露降宰樹，時樾已至江右，大人書來言之，敬爲謡曰：

皇帝在位二十三年冬，甘露降于德清東門東。東門之東何處得甘露，于我先祖南莊府君墓。是時正營馬鬣封，而乃霙霙日降墳前樹。恭聞甘露軒轅之精，或以瑪瑙貯，或以琉璃盛。吉雲之國遠難到，天乳之星久不明。世間安得有露甘如餳？美哉吾家一抔土，乃是地之摇山天之平圃。不信但問墓大夫，日日甘露自晨流到午。烏乎！吾家久住巾山陽，一經世守兼農桑。南莊府君挺奇質，乃蓄道德能文章。懷瑜握瑾必有光芒，積善累行必有休祥。自非君子之澤流能長，何以露華箸樹成瓊漿。小子樾愚無識，上願國家翔機集嘏千萬年，下願吾家子孫永永食舊德。

齊物詩

茫茫滄海幾生塵，世事何勞苦認真。仙佛終須隨劫盡，蚊虻也得逐年新。
萬人如海浩無邊，身作飄飖不繫船。相守百年都是夢，偶同一飯莫非緣。
休將憔悴感生平，眼底榮枯頗不驚。萬蠟高燒終是夜，一燈孤對也能明。
莫與癡人細較量，吾生何處不徜徉。出門一步便爲遠，作客十年未是長。
呼馬呼牛總此身，悠悠俗論未爲真。周公也有流言日，盜跖非無慕義人。
忘機底事更疑猜，私智難將造化推。麟出何嘗皆是瑞，蝝生亦或不爲災。
覆雨翻雲幻蜃樓，人生何處説恩讎。戲場亦有真歌泣，骨肉非無假應酬。
處世休憑意氣雄，須知事理總無窮。輪蹄易遍九州内，足迹難周一室中。
世間倚伏本相因，何處亨衢何處屯。烏喙毒偏能治病，馬肝美或竟傷人。

讀經偶得

禮非自天降，乃自人情生。近情非其至，此語使我驚。及讀《曲禮》篇，而識禮之宏。共飯手毋澤，并坐肱毋横。爲主毋叱狗，爲客毋絮羹。入户視必下，登堂揚其聲。大哉聖人禮，一一如人情。惟其如人情，萬世莫之異。瑣屑諸儀文，已作芻狗棄。乃知不近情，轉非禮之至。

天地一巨物，有始必有終。一十二萬年，何異水流東。水流不復返，聖人憂其窮。故以一《需》卦，繼彼《屯》與《蒙》。《需》有待之義，勿遽言擴充。土處苟未病，何必深其宫。腥食苟未厭，何必尸其饔。此義誰知之，知者惟羲農。故其治天下，不求赫赫功。生不知不識，死不樹不封。文章與禮樂，不及後世工。人謂大缺陷，我謂真英雄。不飲過量酒，不彎滿石弓。惟其有未至，是以可加隆。極盛無以加，必至大亂從。月盈魄已見，陽盛陰已鍾。一日之有夜，一年之有冬。不留其有餘，天地無以供。所以魯兩生，無取叔孫通。

六經皆可注，不可注者《詩》。詩人化爲土，千古存其辭。其辭雖可讀，其義不可思。即如《谷風》篇，云是棄婦爲。而婦見棄故，孔子不必知。今欲求其解，豈可空言治。涇渭何所指，方舟何所施。必其家庭事，瑣屑皆得之。而後此詩義，明白無所疑。不然詩雖存，詩義終支離。

《論語》首《學而》，其教先自治。繼之以《爲政》，而後論所施。孟子則不然，所重在救時。知言與養氣，姑弗遽及斯。先載齊與梁，兩君問荅詞。其於本末間，似乎到置之。尼山與鄒嶧，同爲萬世師。何敢妄擬議，願爲深長思。

孟子游齊梁，初不言井田。及遇滕世子，始以此告焉。故知井田者，一壞不復全。齊梁兩大國，壤地逾數千。豈能細擘畫，使如三代前。滕則蕞爾國，小若彈丸圓。地近制易及，人少法易傳。姑爲小試之，聊使根本堅。介於齊楚間，或可旦夕延。要其論王政，豈在此戔戔。後世大一統，地盡垓與埏。而去聖人世，則又千百年。張子雖大儒，未若孟子賢。乃謂治天下，必以此爲先。世雖不吾信，吾志終弗遷。行當與學者，共買地一阡。畫之使爲井，八家相鉤連。家塾夜横經，鄉飲朝開筵。使知古可復，所苦惟無權。吾昔讀至此，未敢信其然。一鄉與天下，相去猶天淵。不見王荆公，新法手自編。施之於鄞縣，鄞縣稱其便。施之於天下，天下攻其偏。

有物如蟢子而大，能螫人影，夜數見之，不知何物也，賦詩惡之

唐堯天子且有蝎，而况齷齪如吾徒。夜深携燈照四壁，壁間有物形模糊。大者如盤小者

碗，六足窸窣雙拑粗。吾讀《爾雅》苦未熟，爾雖有名無由呼。獨念爾非踏影蟲，又非蠼螋與短狐。杜伯之鈎蚚父斧，不過傷人肌與膚。爾何螫人慣螫影，燭奴燈婢其何辜。嘗聞古有王山人，能相人影分榮枯。可知形影非二物，豈堪與爾爲鉗奴。世間儻有張三影，坐教側目如愁胡。吾欲滅燭學稽康，自覺悻悻非丈夫。行步顧影學何晏，畏首畏尾非良圖。不如置我天地中，建木千尋影則無。

記杭州近事，時甲辰二月

二月丁未天初晴，大風吹動杭州城。黃沙四飛屋瓦走，空中疑有百萬兵。風過滿城説異事，天竺山中黑雲生。黑雲忽低紅光出，紅光旋淡白光明。白光走入西湖水，湖水從之空中行。一株樟樹隨水起，滿城枝葉飛縱橫。吾聞樟樹頗神異，大者能與蛟龍争。得無神龍取水與樹鬥，但恨不知誰輸贏。又越五日月之望，麗譙初打蝦蟆更。居人望見馬坡巷，黑烟滚滚吹如飊。頗疑回禄降聆遂，萬夫走救鳴銅鉦。那知風雨忽然至，更兼硬雨如彈抨。雷公執椎左提鼓，依依格格雌雄鳴。競傳雷燒火藥局，局即在馬坡巷。風烟眯目都成盲。霽後大官走馬看，棟宇盡失墻垣平。城外觀者入城問，誰家拔宅上玉京。陰虬陽馬隨風起，竟如廖廓翔鷦鵬。

又言風雨未起時，先有瑞氣空中呈。蓮花一朵落城上，誤喜佛至焚香迎。烏乎！世間怪事乃有此，當年一峰飛來安足驚。鄙人作詞記其事，客有知者當吾賡。方今幸逢聖人世，無勞咄咄雙瞳瞠。

玉山常平倉一大樟樹，其形如龍，蓋倉之神也。因樹爲屋，以奉神。根在屋後，穴壁而出，復穴南牖，達于庭中，遂作勢而起，高入雲表，鱗鬣宛然。每大風雨，柯葉扶摇，而棟宇無損，亦可異也。作詩紀之

天上蒼龍宿，何時下盼來。七年培雨露，百尺撼風雷。幹老嶙峋立，根深屈曲栽。之而藏室内，突兀起庭隈。宿霧噴能活，閒雲攓盡開。爪牙撐白日，鱗甲劃青苔。星落朝揆頷，霜高夜曝腮。每當嘘氣出，常認作霖回。既恐垣墻毁，兼愁棟宇摧。豈知翻巨浪，初不動輕埃。令我摩挲歎，難將造化猜。秦祠尊怒特，夏廟祖神能。祀典隨人創，天池定爾催。行當階尺木，飛上列仙臺。

記江右俗二首

子孫糧

子孫糧，欲留餘飯子孫嘗。碗中粒粒白而長，棄之不異秕與糠。雖有善飯廉將軍，頗亦每飯不敢忘。唐堯捐金舜捐玉，世間可寶惟五穀。君看烟火千萬家，所棄何啻太倉粟。郗公含飯哺兩兒，不過聊救兒啼飢。君子有穀貽孫子，區區一飯安足貽。勸君鐺底留焦飯，一囊奉母如陳遺。

風龍樹

風龍樹，風來何方去何處。家家種樹名風龍，天半枝柯自翔翥。吾聞龍耳與龍角，其説相傳從郭璞。後來贛法論龍穴，在堪輿家或未錯。奈何以此求之風，無乃捕風風仍空。松邪柏邪徒葱蘢，此間安得張尋龍。佛言隨藍風一起，雖有大樹不足恃。勸君種德如樹高，自有清風到孫子。

寓齋前有梧桐一株，不知誰何書其上曰「和同樹」，戲作一詩

李君九載此流寓，種得梧桐招鳳住。未識何時三鹿公，將來題作「和同樹」。君不見，天上河鼓號黄姑，江中澎浪稱彭郎。又不見，《戴記》「慈良」作「子諒」，《荀子》「誅賞」成「詩商」。「在治忽」爲「來始滑」，音雖近而意則妨。「而肆赦」爲「内長文」，字得半而誼則亡。古來沿訛皆一律，豈獨侍郎伏獵宰相麞。而况同塵兼和光，老氏之學勝于黄。故知卿言亦復佳，正宜封植期無忘。噫嘻！人生呼馬呼牛尚不惡，豈其區區争一木。我欲唤爾櫬與榮，又恐世人《爾雅》讀未熟。不如妄聽且妄言，莫笑盲心并盲目。或如梧敔可借書，猶勝桐挏曾誤讀。儻作家訓訓子孫，當與白鐵樹同録。

夜發玉山

輿丁是虎輿是龍，輿名過山龍，輿丁名爬山虎。山石犖确一徑通。萬户皆扃隻犬吠，四山盡黑孤燈紅。欲雷不雷電閃閃，將雨未雨雲濛濛。螢明復滅焰似鬼，鵂欸且笑聲如翁。葛衣受風

凍起粟，布被著霧寒生淞。輿丁輿丁爾努力，前頭山寺鳴晨鐘。

揭曉後謁房考韓厚庵先生，知本中弟二，有吹索者，遂置三十六，歸輿漫賦二詩

不作人間第二流，却來三十六天游。身隨傀儡場中轉，文向麻沙板上留。自笑拚飛黄鷂子，誰憐辟易赤泉侯。敦槃尚忝宗盟長，退舍中原未足羞。是科俞氏中式者尚有六十二名俞君庸禮，九十三名俞君璜，故云。

敢把科名比沈崧，也曾兩度到蟾宫。鷁飛又退原無力，狐搰重埋也有功。莫認我爲都毷氉，且呼兄作半英雄。壬甫兄中癸卯榜弟十八。明年紫陌看花去，三十六宫春已通。

大霧發錢唐江

大霧漫空吹，東西亂塗抹。如絮一天飛，如墨半江潑。如花開鬖鬆，如塵起蹤跋。浩如水上上聲。潮，昏如日中上聲。笡。翳余愧豹隱，船頭坐披褐。仰觀雲冥冥，俯聽水濊濊。不知天宇寬，彌覺江岸闊。頗疑逢蚩尤，欲煩帝降妭。尚幸風力佳，蕭蕭起林末。帆腹飽彭亨，槳牙

嗚撥剌〔二〕。豈惟客愁破，兼使詩情活。須臾紅日來，萬象又軒豁。

馬没村社曲

去嚴州二十七里，地名馬没，其俗十年一賽社神，彩棚六七坐，相對演劇八九日乃止。遠近來觀者延一飯，具酒肉，日數千人，以人之多寡占歲之豐歉。余過此適遇之，因紀以詩。

炊烟起共浮雲高，萬夫競走山之坳。山中隱隱鼓與鼛，雜以人語如秋濤。有客爲我言，此地洵樂土。水處爲漁蠻，陸處爲牛户。十年一擊神祠鼓，治地先平碌碡場。分曹競奏雲翹部，客來醉飽不論錢。有肉在籩飯在釜，夜深共數尊前籌。今番人較前番浮，一巫起舞群巫謳。言神大歡喜，錫爾無疆休。繅絲絲滿簍，積粟粟滿篝。我聞客言頗錯愕，此舉可稱樂上樂。海内雕劬非從前，乃令豪舉在村落。日暮人散朱顔酡，魚龍曼衍看如何。待取一十五年後，小溪又聽迎神歌。小溪距此數十里，亦有此會，十五年始一舉。

〔二〕 櫱，原作「𢻌」。

縴夫行

扁舟摇摇向西去，大風滚滚從西來。千摇萬兀不得上，一繩力挽聲如雷。縴夫數輩負繩立，驚濤濺衣衣盡濕。脚下不借雙草鞋，頭上夫須一臺笠。曉日初出鷄子黄，蓬蓬飯飽起束裝。江面群鳧去活潑，山頭衆蟻行微茫。爾其王濬水中龍，爾其敖曹地上虎。萬丈長牽繫口繩，百鈞重挽射潮弩。冥濛霧氣山難分，天風吹面面欲皴。安得仙家百花橋，陵空直上如梯雲。

上灘

千山萬山水，直下勢如刷。巨石扼其衝，亂流怒欲齾。遂令平地間，大聲起澎汃。豪如鐘夜撞，清如琴曉擖。日中走金蛇，月下翻銀鶻。勇哉黄頭郎，健可挽七札。一舟作鼎扛，一篙當山拔。甚或立水底，束腰僅一帓。力重千贔屭，身輕一鷞鵏。我自發江干，已閱晦明八。每遇一灘來，相顧目屢眑。頗怪造物者，有意弄狡猾。徧險過閻王，磯高勝羅刹。安得起神禹，來此更磨刮。直須地形平，乃得水勢殺。猶憶今年秋，兩岸尚鳴蛩。客枕蝶蘧蘧，歸棹鴉軋軋。相去曾幾何，又來聽霜鵽。以視向所經，其難更戛戛。未免悵薪勞，且復歌泥滑。當勝軟紅中，問關走車牽。

入徽河後，四面皆山，蒼翠萬狀，復值雪後，真奇觀也。偶拈「大好」二字爲韵，作詩二首

昨夜灘聲中，一枕恣酣卧。曉聞邪許喧，遥知險已過。平生看山癖，不受寒威挫。船頭風雪中，久坐竟忘惰。愛此萬叠山，似倩巧匠作。一峰輕如飛，一峰重如馱。一峰坐如倨，一峰拜如嫈。偃蓋松千盤，重臺蓮一座。我舟隨之轉，迴環蟻走磨。更喜山岬間，雪花夜來大。深處已白描，淺處尚紫邏。當作畫圖看，會使客愁破。

自發錢唐江，山山無不好。憶從去年來，眼界頗一飽。今來此地看，前者盡輿皂。山下有人家，完固類新造。蠣殼嵌窗明，蜃灰塗壁燥。吾聞山中田，種麥勝種稻。土厚雨不傷，泉深旱不槁。春山劄竹胎，秋山劚蕨腦。際此雪晴初，縛帚定已掃。樂哉此中人，何異住蓬島。倘能來卜居，豈不愜素抱。無如朔風吹，催上長安道。

舟中三君子詩

三君子者，舵也、篙也、縴也，一之不具，則無以行。余嘉其爲用不同，而同力以濟，有君子之德，爲賦《三君子詩》。若帆之功出於天幸，正如小人因時立功，或有過於君子，時去即委之去矣，故不列云。

舵

路當平處能持重，勢到窮時妙轉移。只惜功多人不見，艱難惟有後人知。

篙

深山風雪鍊奇材，入世偏工挽與推。指點教人深處去，支持出我險中來。

縴

挽起茫茫既倒瀾，旁人誤作繫援看。但誇直上扶摇易，那識居高汲引難。

到新安，贈汪蓮府儉、鏡軒兆蓉、瞻園之芳

曉來寒意襲冠巾，自整輕裝束水濱。不惜遠尋蒼耳路，只緣中有素心人。蘭陵城外同探菊，明聖湖邊共采蒓。今日相逢雲海裏，一樽定爲洗風塵。

久擬來題瑞室銘，幾年蹤迹竟如萍。兩番有約成團雪，一夕無端到客星。路似熟游曾入夢，語多脱略爲忘形。此行看盡千山色，不及諸君眼底青。

贈孫蓮叔殿齡

興公年少擅風華，藉甚才名擬八叉。門外驕嘶金勒馬，市中聚看璧人車。七擒不放歡場月，九錫頻加得意花。愧我一鞭燕趙去，相思天半望朱霞。

古城巖觀魚

新安山水稱大好，我今來游苦不早。名山都被凍雲封，欲往從之愧飛鳥。主人招游古城

巖，一巖頗已兼衆妙。巖前有亭曰半亭，亭下有水如帶繞。水中戢戢魚千頭，轉覺朱公種尚少。未容叟帶笭箵，那許漁人脱袯襫。地禁捕魚。投以香餌魚争來，人無機心物不擾。安知其下無蛟龍，頭角養成人未曉。倘令仙艾春來吞，會見扶摇起雲表。更隨樵步登山巔，滿山落葉無僧掃。奇樹何從訪夕陽，山有大樹，中空，可容一人，時未之見。廢祠已見埋荒草。有唐越國公汪華祠。蒼蒼暝色催人歸，凛凛寒風生樹杪。歸來頳尾薦晶盤，一笑金尊又同倒。

萬歲山 相傳明太祖曾至此。

漢皇登嵩山，山中呼萬歲。山神不解諛，未免疑真僞。明祖登兹山，山名與之符。不知空山裏，曾效嵩呼無。於今山色青曹曹，萬仞巨石千盤松。真人所到即名勝，雲氣非復尋常同。嗚呼！三百年，明祚畢。崇禎十七外，止有福王一。回首燕京萬壽山，可憐龍馭徒蕭瑟。豈若兹山掩薜蘿，千秋萬歲總嵯峨。太平草木多佳氣，莫問前朝事若何。

鍊心石弔金正希先生

蒼松偃蹇作龍吟，怪石横空俯萬尋。我輩驚垂二分足，先生苦鍊百年心。山中草木英風在，江左君臣暮氣深。填海補天無一濟，虞淵黯黯日先沈。

下水偶成

隱隱雷聲水下灘，問誰有力挽狂瀾。百年風氣於今悟，一例文章到此難。江面石如人磊落，磯邊鷺似客平安。境逢順處須持重，説與艑郎子細看。

水碓

每逢湍急處，水碓置中央。佛法金輪大，仙人玉杵長。勢驚環轉疾，聲訝磨旋忙。不是漢陰叟，機心未易忘。

《江行感舊圖》

《江行感舊圖》者，孫丈竹孫家球感舊而作也。丈少時侍其尊人苧花大令宦游江西，已而其叔祖相國文靖公督兩江，大令引嫌改就京職，遂奉其父至金陵節署，丈昆弟均從焉。後四十餘年，丈復客江右，感念昔游，繪圖紀之，屬余題詩。

江上青山千萬簇，山下蒲帆千百幅。中有嵚奇磊落人，坐對江山一棖觸。自言生小在西江，官舍清閒對綺窗。祖父堂前黄髮二，弟兄門内白眉雙。爾時門第熱可炙，庭列臯鐘户棨戟。公子花間駕緑車，上公天上來黄鉞。一舟和石載歸裝，白下雲山接渺茫。節度旌旗候行李，亭公弩矢護風霜。四十年來春寂寂，春風重譜關山笛。記昔風流號璧人，而今感慨摩銅狄。勸公且勿感華顛，萬事雲烟過眼前。但願堅牢仙不老，江山重與結新緣。

乙巳編　春在堂詩編二

乙巳新正二日北上

屠蘇一杯酒，飲罷即天涯。已迫端門試，時新例覆試。難遲計吏偕。長途佳伴共，謂馬譪香孝廉。望眼老親揩。未識春風裏，看花願可諧。

夜泊常州

毗陵城外路，雲樹故依然。一雨足暝色，孤篷撑暮烟。人家排水次，燈火認堤邊。記取舊游地，重來已五年。

自丹陽乘小車至京口

一夫力挽一夫推，滑滑泥中曲折來。最苦低昂行石上，隻輪碾起萬重雷。

書生生小習江湖，乍試輪轅膽未麤。如此乘車即騎馬，不知髀裏肉存無。

揚子江

中原一塹自天開，日夜波濤走怒雷。千古英雄淘浪去，半江梅柳渡春來。風從郭璞墳前打，雲在焦仙洞口陪。莫笑欲登還未果，此游終擬補南回。時守風二日，因雨阻，未及登金焦也。

渡黄河作

一千七百一川水，泡泡渾渾從天來。華胥聖子不敢塞，石門千里憑空開。出於敦薨注無達，東流到海行紆迴。故道一失不可復，河渠從古無良才。鐵龍濬泥淤轉甚，石犀鎮水久亦頹。繄余北轅過河上，一宵露宿河之隈。竊思河出崑崙墟，其勢定可吞埏垓。何乃千里一曲直，如汞瀉地往復回。必有太山當其衝，約束河伯難爲灾。河圖龍象縱荒誕，非等方士誇蓬萊。一曲規山二精石，地肩地腹皆可推。神禹龍門費穿鑿，已令萬古驚奇侅。何如於此鑿混沌，洪流放出如奔雷。不入龍門走滄海，一綫直撼金銀臺。中原從此失河患，方粱石洫何有哉。我歌未竟復自笑，渡河已聽黄頭催。勿復妄言馮夷惱，須防爲祟如臺駘。

登陶然亭

會得南華秋水意，吾心何處不陶然。況從牛馬風塵地，來認鳶魚活潑天。人到林泉皆似鶴，車行蘆葦便如船。登臨何必輸濠濮，未信相逢是日邊。

出都

欲訪蓬山未有因，不如歸采聖湖蒓。諸公飽拭看花眼，我輩閒留聽雨身。時與壬甫兄俱。縱遜青雲能到客，豈無白首未來人。征衫莫道還依舊，添得銅駝陌上塵。

崇真宫歌

興濟有崇真宫，明弘治十五年爲皇后張氏建〔一〕，后即興濟縣人也。今興濟縣已裁屬青縣，而宫猶存。余過之，因爲歌曰：

興濟舊縣無垣墉，巋然獨見崇真宫。新雨洗來殿瓦緑，斜陽照出宫墻紅。青松文梓已無色，陰虬陽馬仍陵風。其旁贔屭負碑立，剔蘚得字粗堪通。大書弘治十五載，皇帝敕諭頒司空。朕惟興濟百里地，祥源福緒長秋鍾。爰命所司建祠宇，用昭美報垂無窮。想見新宫落成日，實與壇廟同尊崇。大官金紫拜階下，小侯蟒玉陪庭中。那知世事一朝改，繁華竟與浮雲同。武宗即世興邸入，大禮議起來張璁。孝康已削聖母號，延齡難保通侯封。生辰尚免百官賀，此地固宜埋蒿蓬。况今城郭亦非昔，是何規製猶恢宏。鄙人作歌紀顛末，以鞍爲几殊匆匆。但願留作靈光殿，佗年作賦煩群公。

〔一〕　弘，原避諱作「宏」，今回改。下同，不再出校。

項王墓

事去英雄此葬身，千秋過者尚悲辛。道旁氣壓秦皇帝，帳下情鍾虞美人。已擲頭顱生贈客，還留魂魄死成神。彼蒼原借驅除力，便道天亡也是真。

柳下惠墓

直道世莫容，三仕乃三已。先生見其大，去留等一屣。斥之固無怨，援之亦可止。高視臧季輩，直與蟻蠓似。歸去隱柳下，守吾桑與梓。遺直聞鄰封，嘉言登國史。吾鼎吾自愛，怡然以没齒。留此土一抔，生王慚死士。竊怪後來人，多未悟此旨。屈子汨羅沈，賈傅長沙死。

夜發陰平

參横斗轉夜冥冥，車鐸郎當唤夢醒。遠樹攧風猶未緑，遥山得月始能青。問津野渡人難覓，沽酒荒村户尚扃。自笑征夫歸思急，一宵未放馬蹄停。

余家自甲申歲遷居臨平之史家埭，余甫四齡耳，後又佗徙，至今二十二年，復遷居史埭舊屋，則寅兒亦四齡矣。漫書四十字

故是童時地，重來覺有情。兒年同我小，門户似前清。暫作鵝籠寄，終輸燕壘成。一椽猶未定，何況此浮生。

雨發錢唐江

纔了春明夢一場，又來風雨渡錢唐。迷濛雲氣沾衣濕，澎湃濤聲入枕凉。山鳥似窺前度客，江神應識去年裝。只愁齒冷嚴夫子，歲歲萍身爲底忙。余于釣臺下往返五次矣。

富陽

水複山迴到此收，一城斗大壓江流。遠連歙浦無平地，俯納胥濤亦上游。漠漠寒烟籠雉堞，荒荒落日起漁謳。山川形勝今猶昔，不願重生孫仲謀。

子陵魚

我思嚴夫子，變化如神龍。見首不見尾，歸卧青山中。至今山色青如皴，山中無復羊裘人。上有千尺百尺之高臺，下有一寸二寸之游鱗。老饕一見笑不止，咄咄子陵竟在此。《素書》不報侯司徒，白水未忘漢天子。桃花浪撲漁人蓑，其中戢戢千頭多。秋來已作乾魚薨，不知風味還如何。我愛此魚名字好，客星化作魚星小。幸無攙入五侯鯖，尊前尚恐狂奴惱。

將至淳安，有地曰響山潭，舟人云方臘祖墓在焉，因紀以詩

自從歙浦來，山重水更複。盤鬱百餘里，至此一小束。深藏蚩尤冢，險壓黄巢谷。惜哉佳山水，乃以抔土辱。我思宣和閒，朝局屢翻覆。道君荒聲色，媪相弄威福。遼亡女真熾，國勢從此蹙。是何東南盜，更乃起相續。宋江横淮徐，方臘煽婺睦。庸非天亡宋，假手代之斫。至今千餘載，桑田幾度緑。豈此蓬顆地，尚在兹山麓。但訝峰巒奇，峭不受樵牧。昂首試一呼，應聲出山腹。山神如有知，聽客一言祝。但許雲雨興，毋使龍蛇伏。

重九日抵新安

下澤逍遥事未諧，且攜琴劍客天涯。田園雖好貧難守，霄漢無媒遠莫階。生計依然資秃筆，游蹤聊復任芒鞋。此來喜值重陽節，獨把茱萸眼屢揩。

呼猖歌 紀徽俗。

秕初世界徒茫茫，問誰死作閻羅王。况當聖世幺麽藏，方殪野仲殲游光。云何楚鬼越禨外，更來此地聽呼猖。團團曉日人聲多，萬夫麇走山之坡。山坡雜沓馬與嬴，神之來兮群巫歌。云此木居士，目睅而腹皤。縱使蔣侯有骨在，其奈叔寶無心何。吾將爲爾執鬼中，吾將爲爾招鬼雄。若有人兮披薜荔，來從紂絶陰天宫。爾無儻恍西復東，此腹空洞足爾容。但願耳目明且聰，左呻右嚥無能蒙。庶幾長錫一鄉福，疥癘不作田禾豐。新鬼笑且呼，舊鬼啼烏烏。惟已憐混沌破，行見神叢枯。魂兮歸來竟何處，一盂麥飯墳前無。噫嘻乎！吾聞此俗殊堪驚，惟神正直斯聰明。山鬼聊知一歲事，寄之心腹無乃輕。吾詩且復記其俗，由來傳訛無能更。不見村氓打社鼓，去賽孫權蕭道成。徽有土神曰孫蕭二帝，相傳元末人，聚衆守鄉里，明初以土寇誅。徽人思其保障功，爲立廟，後訛爲孫權、蕭道成，或云諱之也。

蟋蟀歎

客有畜蟋蟀者，風雪之夕，晨起視之，死矣，移近爐火，得暖復活，如是者已五六次。余有感焉，爲賦此篇。

魯公僵卧手握拳，可憐一死三千年。不如簡子七日游帝所，醒來尚記聞鈞天。李賀自誇天上樂，白瑶宫遠歸無緣。不如歌女被召上天去，清歌一曲還人間。死生大矣古所歎，鳩摩神咒無從延。嗟爾幺麽何足道，能回造化天無權。藉令蟪蛄修春秋，不知滄海幾度成桑田。平生觀物有深慨，竊疑真宰無乃偏。猘猲已死吹復活，馬蚿已斷續更全。人生自謂金石堅，一瞑不視殊堪憐。縱使仙人化鶴歸，人民城郭徒茫然。感此作歌寄太息，幸無譖入雍門弦。

果然奇

先祖南莊府君耄而好學，手抄書不下十餘種，所用筆曰「果然奇」，其值止青蚨七，而可書二萬字。既壞，則付工人治之，又可萬餘字。今問之邑人，不復知此筆矣，敬識以詩。

果然奇，筆一枝，一枝入手雲烟馳。世間智巧日日出，誰能奇更如此筆。功高欲敵兔毫千，價賤止須鵝眼七。先祖手治南村廬，桐帽棕鞋坐讀書。一日手鈔五十紙，至今字字琳琅如。烏呼！至今字字琳與琅，一枝筆有千丈光。何必豐狐與虎僕，斑竹爲管珊爲牀。所惜筆公竟無冢，只留一硯九鼎重。請看石面⿰幽頁欲穿，後人敢負讀書種。家有一硯，亦先祖舊物，磨久幾成穴矣。

題戴氏《三俊集》後

三俊者，戴琴莊孝廉福謙及其兄駿伯芬、弟羹叔蓺兩茂才也，三君并有俊才，不幸短命。身後故人爲刻其詩，人各一卷，題曰《三俊集》。余與三君有中表之戚，又嘗請業於琴莊孝廉，且與孝廉爲同年友，覽其遺詩，恍如復面，而三君之墓草宿矣，區區身後之名，傳不傳與九原何有哉？因漫書數語於其後，蓋不僅爲三君慨也。

三株玉樹委蓬蒿，幽怨空留楚客騷。殉爾微名一鼠首，較人福命九牛毛。文無可賣如薪賤，命竟難回比鐵牢。獨抱清琴真自誤，世間多少《鬱輪袍》。

丁未秋周雲笈下第歸，寄詩慰之

今春送子游京華，缺胯之衣深雍靴。焰光二丈在頭上，愁君燒殺長安花。春風吹夢夢忽醒，蹇驢席帽仍還家。手握蛇珠世不識，子無一語旁人嗟。男兒自有不朽事，勿與衆嫭同嘔啞。纓冠束帶學拜跪，如鳳在笯麟在罝。口作箏聲不成語，我視其頰頳於皻。世間名利豈不好，一骨投地萬犬齗。不如歸掃子斗室，左右圖史如排衙。佗人入室詫不識，但見東東籤紅牙。君坐其中細咀嚼，勝辟穀食餐晨霞。不然春秋選佳日，於山之麓溪之涯。沿溪釣月一笭箵，入山采雲雙轊軪。道逢熱客試問訊，何若款段紅塵撾。歸來婦有一斗酒，其肴惟何魚鱉蝦。上堂問母母曰善，兒女繞膝來呼爹。君於此時樂不樂，有如癢得麻姑爬。鄙人十夜九此夢，所苦有願囊無鎈。獨坐千山萬山裏，不覺心緒紛如麻。安得一棱兩棱地，去與鄰父同耕耞。佗年有田不歸隱，請即此歌盟以豭。

雨夜作

秋來一夜雨，頗喜涼意足。那知多田翁，正待曬新穀。乃歎世間事，未可以我卜。同乎我所遭，異乎我所欲。而況天地間，茫茫萬億族。杜鵑望北飛，鷓鴣向南宿。鷖没梟則浮，羊群狗則獨。倮蟲吾同類，而意各有屬。難將一人心，入此衆人腹。不如置勿問，問亦弗我告。陸雲笑其笑，阮籍哭其哭。

天當生好人，地當生好物。如何驚蟄後，諸毒一時出。土中有鼅鼄，木中有蛣蝹。蜈蚣如筝大，蜒蚰如箸直。鼓翼天蟲黄，負殼天牛黑。壁上長尾蠆，溪邊短弧蜮。生此竟何爲，徒爲人蝨蠻。小齋一雨過，咄咄來相逼。窗外悉窣聲，燭之又不得。先生付一笑，吾性故坦率。柳圈佩固無，竹筒貯亦弗。爾姑爲所爲，吾自適其適。之蟲亦有知，不入吾之室。待之以君子，彼將自歛飭。防其爲小人，吾已先逼仄。

皎皎富家女，妝成來堂前。衫袖藕絲薄，裙衩芙蓉鮮。足下紅錦靴，頭上黄金鈿。呵花艷貼鬢，匐葉紛垂肩。光耀射人目，目已先無權。嘖嘖作何語，但道真神仙。齞齒與孿耳，彼固勿見焉。貧家亦有女，丰韵原翩翩。布裙而椎髻，見者不復憐。烏呼世間事，大抵皆同然。遂令不平者，起而問之天。天公默不荅，惟聞雨濺濺。不如姑置之，我與我周旋。是以窮巷女，不賣鏡一奩。是以窮巷士，不舍詩一篇。

寒蠅

秋蠅凍欲死，就暖來依人。驅之去復集，戀戀如相親。蠅癡我亦癡，癡語頗自真。男兒方寸中，要留天地春。解網出窮鳥，貸水甦枯鱗。西風昨夜起，吹面面欲皴。可憐窮鄉子，敝衣若縣鶉。寒衾夜無絮，冷突朝有塵。書生念及此，雙眉爲之顰。不能庇一物，愧此七尺身。爾蠅獨何爲，依我不知貧。蟲寒號益急，雀凍飛益馴。斯意絶可念，拔劍奚爲嗔。獨念平生意，豈止區區仁。奈何困貧賤，有志無由伸。寒僅足爾庇，熱亦將人因。作詩寄吾感，蚉語同悲辛。

客有昔富而今貧者，讀余詩而有感，因以詩慰之

茫茫身世總堪哀，舊日繁華付劫灰。坐上酒闌人散去，牀頭金盡券飛來。已知明月不常

滿，爲問春光何處回。領取南華齊物意，窮愁詩卷莫輕開。

張船山集有《作家書》《望家書》二題，因各賦一首

作家書

貧士舊有例，例與田園離。書生亦有例，例與妻孥宜。況我老母在，固宜親盤匜。勿克親盤匜，何以慰母慈。惟有一紙書，寫到更闌時。家貧迫歲暮，事事棼如絲。如何一握管，欲寫翻無詞。首言客中樂，次言歸有期。不將眠食累，上費高堂思。不將羈旅感，下使家人知。

望家書

老母年六十，久謝筆與硯。嬌兒甫六齡，讀書未盈卷。誰爲報平安，千里如覿面。傳語親家翁，謂周雲笈。費君一斗麪。爲我作家書，一字當一絹。無如客山鄉，又乏郵筒便。飛到雙鯉魚，頓覺黄金賤。開書省日月，月圓已兩徧。回首望鄉山，白雲有餘戀。何當學少游，歸去作稛掾。

戊申春日發錢唐江，舟子焚香祀神，余適有感，亦揖而致詞

我於癸卯秋，呼舟始過此。聽水夜遲眠，看雲晨早起。江山如有知，此時定我喜。及我再來游，匆匆迫歲杪。眼底新安山，夢裏長安道。江山如有知，此時定我笑。長安居不易，重趁江邊船。幼安仍白帽，子敬猶青氈。江山如有知，此時定我憐。而今年復年，蕭然此書劍。徒添三斗塵，已短二丈焰。江山如有知，此時定我厭。傴僂揖江神，爲我語古人。有宋謝晞髮，有唐方補唇。雲巢舊約在，吾豈終風塵。「佗年築屋名雲巢」，余初過七里瀧時句也。

新安舟次口占

布帆無恙又新安，多謝東風送上灘。天以雲山慰游子，我因奔走悔儒冠。春來晴雨真難料，客裏鶯花總倦看。寄語故園諸舊侶，莫將名利換漁竿。

偶成

不成富貴不成仙，學作飄飄不繫船。傀儡姑隨人俯仰，轆轤自與我周旋。書因善忘宵猶看，身爲多閒晝亦眠。飲水自家知冷暖，何須更寫衛生篇。

年華衮衮去如雲，故紙堆中自策勛。無可驕人聊嚇鼠，未能忘物尚誅蚊。閉門已覺成高隱，開卷徒堪佐愳聞。不倚賣文爲活計，桉頭筆硯竟須焚。

壁鏡

壁鏡，毒蟲也，其狀如蟢子而大，善吸人影，余前於江西見之，曾賦一詩，而不知其名。新安亦有之，名曰「壁鏡」，因復賦此。

跂跂脈脈善緣壁，謂非守宫即蜥蜴。携燈照壁驚且呼，怪哉非鬼復非蜮。主人爲我言，是物名壁鏡。魑魅争光已可虞，罔兩問影能無病。壁鏡壁鏡奈爾何，却背疾走影愈多。不圖羅鉗吉網外，世更有此鏡新磨。爾豈不聞周公亦有影，獨行獨寢無所慚。爾若往螫之，設官捕汝如蝗蝻。爾又不聞仲尼亦有影，弟子謹避不敢履。爾若往螯之，子路石磐壓汝死。爾何不游鏡殿中，媚娘含笑看昌宗。千影百影任爾飽，苦口直與梁公同。達摩面壁坐兀兀，其心已死不復活。爾往吸彼壁間影，此功不減馬祖喝。我本飯顆山頭太瘦生，那能肥白如陳平。骨人不足供咀嚼，況此瘦影何勞争。我爲爾言爾應省，爾何張目如蚱蜢。爲爾作歌三太息，嗟爾幺麽伎倆未全逞。不見薏苡可與明珠同，沙糖可與黄金等。古來宵小中傷人，何必其人果有影。

孫蓮叔贈雲霧茶賦謝

浮丘仙人舊游處，至今萬丈青芙蓉。天梯石棧繚以曲，非雲非霧常濛濛。朝聞木客嘯其上，夜見山精游其中。人間烟火所不到，雲噴霧泄皆神功。一朝抽出珠琲瓃，石罅青翠如蒲茸。茶丁欲采不得路，導以鶴子從猿公。緣橦縋索僅得上，十人提筐九則空。由來神物不多有，何怪價與黄金同。故人贈我滿一篚，雲花霧葉猶惺忪。嗟余塵容積斗許，如墮五濁神懵懵。得此月團三百片，快哉兩腋來清風。茶銚手拭翻自愧，近來面目仍吴蒙。

磔鼠行

一舉手，一鼠死，咄咄書生勇至此。一鼠死，群鼠號，如訴無罪聲嘈嘈。鼠爾來前，吾告汝故：爾爲禮鼠，吾不汝怒。爾爲隱鼠，吾不汝顧。何爲乎入我寢，升我牀，顛到我衣裳。鼫鼠之貪已無厭，鼷鼠之毒尤難防。驊騮與騏驥，捕爾非所長。孟賁自言勇，搏爾反見傷。鼠母前行鼠子後，却行仄行如康莊。噫嘻！爾亦幸未逢張湯。吾聞鼮鼠一跳數尺高，無端一魘埋蓬蒿。又聞鼯鼠自恃有五技，一朝技盡竟安恃？碩鼠碩鼠聽我歌，爾曹伎倆徒幺麼，啾啾唧唧將如何？海外鼠王國，邈乎竟何許。何不返爾所，乃向橐中處。縱令白老睡不知，自有銅丸來逐汝。如不信，視此鼠。

黄氏子詩

歙縣黄氏子，名崇信，九歲能詩文，或試令屬對曰：「小時了了。」即應聲曰：「元箸超超。」其慧可見，佗日所至未可量也。因爲賦此。

無雙今又屬黄童，纔賦高軒句便工。夙慧居然珠在手，嬌姿想見玉臨風。小時了了真堪羨，元箸超超本不同。吴下阿蒙翻自愧，近來頭腦大冬烘。

鑒物篇

勿矜爾雄，而恥人伍。劉累豢龍，梁鴦養虎。勿倚人勢，而向人驕。唐公房鼠，燕真人猫。朱門勿榮，白屋勿醜。鴅鷞生鵰，熊虎産狗。同我勿親，異我勿疏。鼬鼠啖鼠，鱉魚食魚。情受之天，勿强其肖。鸜鵒自啼，鶬鴰自笑。性之所適，勿求其兼。杜鵑常北，鷓鴣常南。世界大千，孰知其極。雀蛤迭遷，蛇蛙互食。世途反覆，孰知其情。狐爲女狀，狼作兒聲。人之所賤，忘其異衆。蠻蜂似龍，鵕鸃似鳳。人之所貴，或亦恒流。麒麟牛尾，鳳皇鷄頭。謂莫予毒，必有所壓。蝛聞鵝沈，虎見蝟伏。謂不足數，乃亦有工。猥狗知雨，乾鵲知風。不必同巢，不必同穴。打鴨驚鴛，燒黿致鱉。毋恃頭角，毋詡爪牙。蝤蛑鬥虎，蝍蛆食蛇。宇宙大矣，不見有餘。有火中鼠，有雪中蛆。吾生寄耳，何所不足。蜺居鹿耳，蝞藏龜殼。雖有百年，百年可嗟。中州一蝸，滄海一蝦。亦有千秋，千秋誰覺。麝護其臍，犀埋其角。是以達人，大小都忘。螘可稱虎，蠅可名羊。是以至人，物我各適。鳧没鷖浮，蚤乾蚊濕。

鬼

曲折迴廊獨自行，微聞太息夜三更。月明長嘯無人見，風過血腥何處生。白日簾櫳惟鼠迹，黄昏院落有尨聲。漫漫莫道何時旦，聽取晨鐘一杵鳴。

怪

世間萬事總離奇，博得流傳信復疑。市上異人初過處，山中古佛忽靈時。風雷慘淡五更雨，榛莽荒蕪三尺碑。説與老儒渾不解，諸公無乃妄言之。

己酉春日寄壬甫兄廣西

六千里外作征人，五管雲山一葉身。門户艱難都仗婦，晨昏安否各思親。敢云長揖能增重，時兄客鄭夢白撫部幕中。或者遨游勝守貧。小録驂鸞須手訂，莫虚眼界此番新。

光陰俱向客中過，贖有間門鎖薜蘿。夢裏歸來輸我近，人間閲歷讓君多。讀書歲月貧猶未，作客生涯老奈何。莽莽蒼梧空悵望，幾時聽雨共東坡。

蓮叔招看牡丹，即席有作

名士傾城兩庶幾，不先桃李鬥芳菲。來從天上衆香國，披得人間一品衣。林下山公原自貴，楊家妃子本來肥。自憐寒瘦同郊島，也戀穠芳未忍歸。

又成一絶句

管領春風豈等閒，珊珊仙骨下人間。芳心當日分明甚，不媚金輪媚玉環。

打標

我讀《江南録》，競渡曰打標。借以習水戰，不唱迎神謡。何哉新安俗，乃與名相淆。維四月之望，伐鼓鳴笙匏。森森列蘭錡，隱隱撞蒲牢。良工製巨舸，瑶楫而瓊艘。羽蓋後苓麗，采纛前飄飖。有唐張睢陽〔一〕，正氣干雲霄。即今對遺像，凛凛寒生毛。叱咤方良走，睥睨游光消。獨念南與雷，兩君人中豪。面受城下箭，指斷筵前刀。城破等死義，大節皆無橈。鬼豈有大小，分别真徒勞。船中奉唐張睢陽以逐疫，而以雷萬春爲大王，南霽雲爲小王，神像大小因之。斜日落樹杪，風起聲蕭蕭。一夫負之走，來往如追逃。須臾爆竹起，驚走山中魈。目眩五里霧，耳震三秋濤。以此祓不祥，何假茢與桃。更翦紙五色，歷亂隨風飄。黑者黑鴉軍，白者白鷺翿。或云事近戲，無乃同兒曹。書生喜持論，不肯前人剿。方相箸《周禮》，山鬼登楚騷。倀子起漢世，鍾馗興唐朝。何者非附會，未可輕訾謷。吾鄉春賽社，雜沓連昕宵。堂堂戴侯神，秩祀陳羊羔。從之葉與柳，俎豆同不祧。德清于清明日迎總管神，其神有三，一戴、一葉、一柳，均載縣志，而葉無考。三社并時出，夾道羅旌旄。雲車一瞬過，火樹千枝高。今我遠行役，此會誰相招。坐對異鄉樂，徒令心忉忉。無才愧奪錦，有句還抽毫。未堪風土記，聊當鄉音操。

〔一〕睢陽，原作「睢陽」。下同。

女兒曲

無爲州鄉間有陳氏女，許嫁城中季某，女失怙恃，依叔母以居。母故索重禮以難季，欲居女爲奇貨。女積憂成疾，至辛丑夏疾加劇，女自度不起，思一見季自明而未得閒。會就醫城中，適與季遇，相持而哭，解香囊贈季，而氣已垂絶。季負之行，及稻孫樓竟卒，亦可悲也。余客新安，有從無爲來者，言及其事，因賦此。

凄凄切切，有女泣血。問女何所悲，嗚咽不能説。女兒雖無父，女兒自有夫。女兒雖無母，女兒自有姑。昨日媒氏來，索彼一斛珠。今日媒氏來，索彼紅羅襦。非索珠與襦，乃索郎所無。噫嘻異哉，乃索郎所無。朝亦哭，暮亦哭，朝哭暮哭，一病入骨。女兒死耳何足悲，所悲郎不知。行行且止，女兒入市。女兒非入市，曰有醫在此。女兒非就醫，冀郎一見耳。天假之緣，郎竟來前。郎竟來前，女兒涕泗漣漣。解妾香囊，繫君衣裳。生不得入君之室，死猶得在君之旁。妾不勝大願，願君無傷。風蕭蕭，日冥冥。淵魚深匿，林鳥悲鳴。女兒行不成步，語不成聲。蛩蛩距虚，負之而行。嗚呼！今日何日，得君負之而行。女兒雖死，死賢於生。我聞此事，爲作此詩。敬告儒林丈人，勿以苛禮責女兒，女兒之志良可悲。嗚呼！女兒之志良可悲，敬告儒林丈人，勿以苛禮責女兒。

《兩當軒集》有《何事不可爲》咏史二首，即效其體

何事不可爲，乃妄學堯舜。功高國愈危，權重主亦震。九錫書方來，三讓衮已定。天子願避賢，群公競勸進。太常具禮儀，太史奏瑞應。於是高築壇，威儀一何盛。曰皇帝臣某，謹以元牡請。神器無久曠，天位宜早正。臣敢執小節，而久稽大命。乃召故君來，朕命爾其聽。庸建爾上公，往哉罔勿敬。無何讓王薨，仍以天子贈。車駕自臨送，震悼若弗勝。嗚呼將誰欺，欺天天不信。唐宋均爾爾，吾無責魏晋。

何事不可爲，乃妄學孔孟。雕蟲楊子雲，晚年忽自病。《太玄》擬《周易》，《法言》擬《魯論》。遂令文中子，妄以聖自任。門亦四科分，經亦六藝定。黎丘僞可疑，荆楚僭孰甚。要是古人拙，事事若符印。後世則不然，其技又有進。鑿空講理學，聚徒談性命。漢唐盡吐棄，佛老或借徑。就中又區别，問學與德性。小儒聞而慕，支派日以盛。語録繁於經，道統尊於聖。嗚呼諸先生，所學非不正。當思漆雕開，吾斯未能信。

予來新安，問字諸君日有至者，而方言不同，相對無語，戲作此詩

周客不知鼠，楚人不識虎。越客端宜作越吟，魯人止可鳴魯鼓。縱煩宫女正傒音，偏有參軍愛蠻府。須知齊傅教齊言，不若楚歌配楚舞。無如作客來異鄉，未免相對成傖父。人疑王導何乃渹，我訝左慈遽如許。欲言未言先囁嚅，似解不解兩齟齬。不如一笑付胡盧，何必多言徒謰謱。君不見，公羊作傳語則齊，淮南箸書音則楚。猶勝一聲棱等登，口作箏聲不成語。

汪紫卿芳慶爲余畫一便面，柳陰之下因山爲屋，一人危坐其中，旁則積書如堵。噫！此境也，非余所深願而不得者邪？因爲長謌以酬其意，兼述所懷

傳一卷書勝千駟，擁萬卷書如百城。吾曹例有愛書癖，謂吾獨否非人情。家貧棄書逐衣食，目有所觸心怦怦。吾兄亦復有同嗜，每遇書賈囊爲傾。然脂暝寫數十卷，上者兩漢下則明。書

成留與蠹魚飽，短衣楚製萬里行。提書一袱付吾校，誰其作者悦與宏。壬甫兄將之粵西，以荀悦、袁宏《兩漢紀》屬余校定。而我來作新安客，羔裯筍席今三更。浮名浪竊如畫餅，不足齒數真一傖。諸君見我忝鄉賦，疑於文字三折肱。拜手稽首稱弟子，問其年齒吾所兄。爲貧而仕古且有，况乃僅竊師儒名。二十一史束高閣，且與諸子談朱程。虚字律令吾粗曉，設有謬誤能彈抨。讀故人書一太息，無乃舍己爲人耕。馬讌香書中語。今觀君畫再太息，此吾素志何時成。吾本烏巾山下住，尚有先世雙柴荆。三硬蘆圩一棱地，吾鄉地以若干畝爲一圩，余家薄田數畝，皆三硬蘆圩也。厥性頗宜長腰秔。惜乎所居固湫隘，田亦未足供粢盛。佗年買田更築室，旁或益以樓三楹。環植楊柳如君畫，亦或不論松與樫。鑿池引水種菱芡，雜以鵝鴨池中盈。牛闌豕苙固細事，苟有隙地皆宜營。四時甘旨既無缺，不速客至兼可烹。奴使耕田婢使織，童子一二供使令。更蒔花木及竹石，風味庶比田家清。亭榭具體亦已足，小橋當使南北横。春秋佳日奉母出，弱女扶杖嬌兒迎。主人謝事亦謝客，冬衣鹿裘夏裸裎。終朝閉户坐一室，惟聞戢戢牙籤聲。買書但不買語録，餘者皆可充書棚。爾時吾兄所手寫，或者高與牀頭平。弟兄白首相對讀，旁人不識忪且驚。書巢老死亦無恨，死便埋我先人塋。再觀此畫定一笑，君有先見如棓生。吾言及此三太息，長抱鄙願徒硜硜。賣文日禿兔豪一，家中依舊空瓶罌。青山自在不須買，草堂資亦良非輕。書空咄咄竟何益，徒使鄉夢宵來縈。已矣置此勿復道，流行坎止吾無争。

百歲婦詩

休寧上草市孫漢昭之妻，生於乾隆己巳，至道光戊申，壽百歲。七月十四日，其生日也，至八月而卒。家惟一孫，又甚貧，遂湮没不箸。余甚惜焉，因紀以詩。

白髮青裙婦，蓬門老此身。壽難兼福命，死已過生辰。日月三朝永，虀鹽百歲貧。瑶京歸去後，誰爲勒貞珉。

女蘿行

夫摇比翼之扇，夏日分凉；卧同功之綿，冬宵共暖。斯固倡隨之樂，抑亦牉合之常。若乃巴寡婦之懷清，齊嬰兒之不嫁，則已哀同黄鵠，孤比青鸞。然一則天上媌嫿，本來有偶；一則日南野女，原是無夫。從未有青廬一面，便了前緣，而白髮孤燈，仍稱偕老者也。乃有金屋名姝，玉臺麗質。春在汪倫之宅，生共桃花；雪深明道之門，來吟柳絮。方謂赤繩繫就，定諧伉儷之歡；誰知黄土摶來，竟遇冥頑之物。夫感《終風》而隕涕，賦《芣苢》而傷心。此情雖人所難堪，此恨猶世所時有。乃啞如豫讓，既痼疾之難瘳；而狂豈接輿，又披猖之加甚。此則性非鹿豕，難與同游，嫁逐犬鷄，亦爲較勝者矣。然而女貞自矢，婦順無違。三十年怨耦方長，不受未亡之號；九十日春光太短，已甘獨活之名。小姑元是無郎，使君居然有婦。迨狂夫之柳，望秋先零；而貞女之枝，經冬尚茂。守我閉房之記，報君同穴之詩。烏呼！其可感矣，亦可敬矣。名雖高于漆室，事難達于蘭臺。因賦短章，以存苦節。女而不婦，人休疑爲宋國伯姬；色即是空，我請證之維摩天女。

青青女蘿枝，乃附荆與棘。女蘿雖無知，女兒三太息。妾家慧山側，日飲慧山泉。梁溪清見底，照妾雙嬋娟。一朝梁溪水，送人去千里。去去將何之，千山萬山裏。千山萬山裏，云是新安江。女子固有行，所悲在異邦。異邦雖可悲，高門原不辱。聘我明珠千，先以雙白玉。入門笙謌起，綺席猶未收。坐客皆珠履，騎奴盡緑韝。入室屏幃開，罽茵鋪地密。傅母玉搔頭，侍兒金屈膝。再拜見舅姑，舅姑顔色和。新安江千里，新婦勞如何。回頭見娣姒，娣姒各色喜。不必問采伴，儂家皆築里。斜睇睨兒夫，兒夫麗且都。盛年十七八，白晳未有須。魚質被龍文，問魚魚不識。癡骨裹妍皮，好醜誰能測。朝聞人有言，兒夫生而瘖。竟如無舌蟲，不能成聲音。暮聞人有言，兒夫生而癡。飢飽且不識，菽麥安能知。新婦始猶疑，怪事那有此。昨者見堂前，翩翩佳公子。新婦繼乃悲，淚下如綆縻。不恨妾夫惡，但恨生不諧。青青女蘿枝，乃附荆與棘。女蘿雖無知，女兒三太息。自此洗紅妝，自此守空房。連理三十載，妾身是女郎。東家亦娶婦，娶婦秋月圓。秋月照帷闥，共卧氍毹氈。西家亦娶婦，娶婦春風滿。春風窺簾櫳，同服黄昏散。女蘿附荆棘，荆棘誰能親。嫁女與狂夫，百歲如路人。女蘿附荆棘，終與荆棘守。嫁女與狂夫，原不狂夫負。秋月與春風，年年自不同。惟有一心人，亮不渝始終。始終苟不渝，何必共牀笫。誰與知妾心，惟有梁溪水。

蓮叔以咏古詩見示，戲和四首

滄海君椎

始皇入海求蓬萊，蓬萊仙人安在哉。徐福一去不復返，滄海君獻力士椎。異哉此力士，非鬼復非仙，是何名姓終無傳。當日海上鞭石石流血，或即此椎之力，而非真有神人鞭。一椎擊，三秦動。十日索，天下聳。海内始知秦可擊，陳項紛紛起畎隴。祖龍不死膽亦破，不久便葬驪山冢。乃歎子房此舉非無功，後人莫將成敗論智勇。

禰正平鼓

大兒孔文舉，小兒楊德祖。平生眼底空無人，乃爲老瞞一擊鼓。鼓聲一擊風蕭蕭，坐中賓客寒生毛。老瞞顔色慘不樂，鼓吏擊鼓聲愈高。惜哉此鼓僅向鄴中擊，請看佗日東風燒赤壁。倘留此老在南軍，戰鼓一聲飛霹靂。幸哉此鼓猶在建安年，請看佗年寂寞西陵田。倘煩此老更一擊，能無白骨寒重泉。

李長吉錦囊

可憐齷齪子，手提十囊五囊錢。重若金印腰間縣，一朝囊破錢難穿。不若吾輩囊中詩，一囊詩抵千牟尼。提囊示人人不識，但驚腹大如鴟夷。嗚呼！有唐三百載，只有詩堪愛。劉郎珍惜一首詩，竟有土囊壓其背。當日曲江諸少年，例將皮袋隨身佩。何如李家奚奴背上小錦囊，足抵人間多少金魚銀魚袋。寄語千載學詩人，莫與李義山衣一例撏撦碎。

樂昌公主鏡

瓊樹朝朝壁月暮，君王正醉臺城路。是何女子獨聰明，已知家國同朝露。臨春結綺争繁華，興亡轉轂徒咨嗟。試問青溪橋下水，何如玉樹庭中花。鏡兮鏡兮，儂與汝爲命，分得菱花剛半柄。誰知蕭史竟相逢，一笑重完當日鏡。鏡雖完，璧已破。倘逢金谷墜樓人，應愧鏡中顏色涴。鏡雖破，人尚完。可憐花蕊入宫後，空向張仙圖上看。

古意

馬如龍，車如水，將安之，入吴市。吴市輸一錢，便得看西子。一人一錢千人千，西子看殺誰云妍。請君細看西子面，一入吴宫難得見。

寓齋題壁

偶然投足莫非緣，坐對明窗況四年。庭下雖無書帶草，墨池餘瀋滿階前。
土音雖解半難通，相對都成囁嚅翁。慚愧方言吾未箸，虚勞載酒過楊雄。
何處新翻團扇歌，金星入命近來多。門生頗亦能吹笛，只惜吾非馬伏波。
豈果神鍼出夜來，筆花都到五更開。經營慘淡燈光小，不是仙才是鬼才。

汪紫卿出所藏木紙見示，其實木也，而薄如紙，可以受墨，但不能卷耳，云出東洋，因乞其一，而紀以詩

紙非紙，木非木。此木無乃輪扁斫，不然安得如紙薄。其廣四寸長逾尺，其質雖脆色如玉。不堪舒卷入詩筒，亦難裝潢成畫軸。惟堪墨汁塗淋漓，或共筆鋒峙卓犖。形制大小初無殊，紋理縱横尚相屬。試問紙官固弗知，即徵紙譜亦未録。其來遠自東洋東，定與高麗紙同蓄。吾聞蔡侯始造紙，樹膚麻頭非一族。後人有意求新奇，亦或從宜更從俗。吴人以繭楚以楮，蜀人以麻閩以竹。要皆剥膚存其液，粗者使精生者熟。彭彭魄魄水碓舂，丁丁董董布囊漉。功從一寸二寸成，力或千椎萬椎築。何如此紙出天然，真乃不雕又不琢。魯人削固無其勻，楚匠鉋亦憂其縮。吾儕日向故紙鑽，以木爲紙見者孰。乞君一紙已足榮，何必參軍滿百幅。但慚木筆不開花，孤負銀光照吾目。

紫卿又以兩燭見示，乃明代物也，亦賦一詩

不見前代人，乃見前代燭。其壽三百年，望之已如木。方其造此時，豈料至今畜。成毁竟誰司，堅牢惟爾獨。膏雖屯而光，炷乃老不禿。質細工雕鎪，形方露圭角。已免劫灰紅，莫學聖火緑。不以明自煎，千載定可卜。

閉户

閉户先生倦出游，惟將筆墨破羈愁。隨人作計何妨懶，無佛稱尊亦可羞。公擇書纔學鸜鵒，庭堅詩恐類蝤蛑。曹蜍李志皆千古，莫問人間弟幾流。

伐蛟行

周官壺涿氏，實掌除水蟲。水蟲非一族，而蛟尤其雄。擊鼓投石神不死，更以牡橭貫象齒。古人慮患何其周，《月令》伐蛟亦如此。小儒讀之付一笑，直謂古人游戲耳。何怪官吏多

因循，酒肉醉飽安知民。輒云深山絶壑人不到，雖有蛟窟無從詢。我來新安問田叟，蛟之所生處處有。以龍爲父雉爲母，遺種入地數千尺，草木不生雪不受。惜乎强弓毒矢民間無，不然刳割如屠狗。一朝頭角養已成，飛上半天作龍吼。今年久雨無時乾，老蛟不肯泥中蟠。霹靂一聲裂山出，遂令平地生驚湍。吁嚱乎！老蛟作計亦太劣，何不山中守爾穴。驅駕雷霆欲出山，一遇海潮化爲血。山中之蛟不耐鹹水，與海潮遇，往往多死。

偶感

自春徂夏雨還風，芳信都歸冷淡中。無奈名花心不死，明知風雨也須紅。

聞浙中大水

憶昔歲辛丑，大雪没至肘。老翁八九十，驚詫得未有。天公好出奇，無獨必有偶。今年兩月雨，海若不敢受。遂令平地水，高可濡人首。頗聞新安民，水患固所狃。老蛟一掉尾，萬室掃如帚。游子見而歎，猶謂故鄉否。家書昨日至，不覺噤吾口。書中何所云，但道水太陡。我家臨平湖，地不逾一畝。誰知陋室中，已可置敝笱。襁褓鷺登堂，撥刺魚窺牖。家人避它所，故宅誰扞掫。一僕一老嫗，權拜官留守。空堂網蠨蛸，污泥定一斗。區區家室計，此猶在所後。顧念水漫漫，已遍浙左右。田疇既被淹，室廬亦見蹂。年荒穀價高，盜賊鋌而走。已憂生計艱，更恐癘氣厚。敬問諸巨公，誰是迴瀾手。我讀左氏書，經義細分剖。一尺雪爲大，三日雨爲久。若在今日觀，此殊未爲咎。吾年未三十，所見過魯叟。白首話生平，即此可自負。

六月三日，内子三十初度，寄詩爲壽

蓬門寂寞酒誰沽，自覺新詩未可無。一歲遲生原外弟，十年苦守尚窮儒。清閒轉得貧中味，憔悴遥憐病後軀。只有嬌兒偏解事，手携弟妹拜氍毹。

誰家夫婿擅風流，寶馬香車作勝游。我爲不才長落寞，卿緣何事亦窮愁。屋嫌租貴謀移徙，奴怨傭微聽去留。堂上親衰兒輩小，可知晨夕費綢繆。

莫嫌門户費支撑，紙閣蘆簾氣味清。配我書香皆福分，傲人銅臭是科名。雖貧未識糟糠味，因別彌增伉儷情。一事流傳三黨遍，膝前兒女總聰明。

不向紅窗共舉杯，客中此夕倍低徊。酒無可祝將詩祝，身未能回有夢回。少小絲蘿聯玉鏡，幾時聲價重金臺。明年我亦剛三十，曾否春風得意來。

樂府體四章記江浙大水

水災歎

天公憒憒那有此，竟遣十一龍治水。雨師又不避甲子，遂令乘船可入市。正月十一日遇辰，爲十一龍治水，主水災，自宋以來有此説。「夏雨甲子，乘船入市」，亦古諺也。今歲皆驗。君不見，東南七千里，田廬盡化爲污渠。又不見，黄河之水天上來，一怒欲灌淮與徐。嗚呼噫嘻！民其魚。

賑饑行

小口三，大口六，六文錢，一合粟。炊之爲糜，不盈一掬。何況小口又減半，雖易糠秕且未足。昔時富户今亦貧，何人爲具黔敖粥。西風策策吹茅檐，大口小口同聲哭。

流民謡

不生不死流民來，流民既來何時回。欲歸不可田污萊，欲留不得官吏催。今日州，明日府，千風萬雨，不借一廡。生者前行，死者臭腐。吁嗟乎！流民何處是樂土。

米貴歌

錢六千，米一石；米一斗，錢六百。借問窮檐民，何以度朝夕。市中米價日日增，米不論斗止論升。我欲辟穀嗟未曾，一飽之樂何可憑。且寫魯公《食粥帖》，歸問妻孥能不能。

余客新安，與孫蓮叔交最深。明年春將入都應禮部試，因賦詩爲别

人生半面莫非緣，何况論交近十年。燈火正尋文字契，風霜又到别離天。堅留後約煩縣榻，遥指前程盼箸鞭。却恐長安居不易，未行先贈辦裝錢。

不才十載困風塵，愧説名場閲歷身。意氣自知難比昔，文章敢謂尚如人。破荒科第殊非易，啖肉神仙豈是真。小草本來無遠志，聊酬良友與慈親。

旅食新安四載餘，微名贈我勝瓊琚。詩癡市上詩成集，問字門前客駐車。蟲似壓油雖自苦，士如畫餅不嫌虚。吾儕最是狂難及，莫向悠悠計毁譽。

即今千里赴金臺，敢謂游燕是郭隗。有幸或能登一第，無成仍可訂重來。青雲路遠雖難定，白首盟堅總不灰。此去升沈何必問，終須爲我洗尊罍。

蓮叔將余所致書札裝成二册，聞之甚愧

寄書不獨報平安，無限清狂在筆端。一月須糊一斗麵，緑珠盆内幾曾乾。
收拾都歸一卷裝，只慚筆墨太頽唐。書成總似匆匆寫，不識荊公有底忙。

庚癸編　春在堂詩編三

庚戌春，偕壬甫兄北上，覆舟于青楊浦，詩以紀事，其地距丹陽七里

正月癸丑天平明，扁舟曉發毗陵城。孟婆方便助吾力，片帆高與浮雲平。迅若巨魚縱大壑，輕於廖廓翔鷄鶊。誰料危機即此伏，性命幾與蛟龍爭。上流一舟渺如葉，砉然觸舟舟微橫。猶謂鄒不與楚敵，彼或可慮吾無驚。庸知造物有深意，危者使平易者傾。風力注帆帆勢側，柁不能制篙難撑。天旋地轉此一瞬，使我目眩心怦怦。猶幸相將登彼岸，未至竟與鷗鳧盟。遥見吾僕自水出，豈惟濯足兼濯纓。舟子彳亍立泥淖，更有童稚啼咿嚶。是時風雨又作惡，那免寒粟肌膚生。嗟我遠游竟何事，所爲祇此區區名。奔車覆舟古所慎，何以此險吾俱攖。憶昔車僨已至再，乙巳入都時事。今兹水厄尤非輕。姑轉危語作壯語，平生履險如夷庚。分風劈流巨靈手，沉舟破釜項籍兵。寄語孟婆更助力，便煩送我游蓬瀛。

穀城山中訪黄石公祠不得

帝遣五老游人間，一入藍田化爲玉。始而趙璧後秦璽，神物流傳無乃辱。不如此老化爲石，恥以嘩囂悦人目。偶然游戲遇子房，興漢亡秦一編足。韜精歛采穀城山，坐看秦璽出函谷。我來驅車行，山石走犖确。神仙富貴兩茫茫，徒向風塵緬遺躅。

漫河集遇風

彭彭魄魄春雷鳴，渾渾沌沌秋潮生。佗佗籍籍虎豹鬥，淫淫裔裔蛟龍爭。噫嘻風力猛至此，而我驅車適與風相迎。頗疑車輪昨夜生四角，不然何以千摇萬兀車難行。老僕凌兢凍欲倒，疲騾局促噤不聲。我亦閉帷學新婦，猶來飄摇吹我雙冠纓。回憶故園好風日，緑楊樹樹聞啼鶯。花氣濃薰袷衣暖，芹泥軟藉芒鞋輕。何爲一鞭走燕趙，塵沙眯目幾成盲。不知風伯竟何怒，自朝至暮猶未平。亟投逆旅避其鋭，且喜鷄黍盤中盛。牛溲馬勃無不有，禦寒聊盡酒一觥。卧聽風聲獵獵猶未息，僕夫又報東方明。

趙北河渡十二連橋

南垂北際認蒼茫，轉覺烟波似故鄉。一水略清燕趙氣，重關曾劃宋遼疆。鴨頭浪小漁舟穩，雁齒橋平客路長。慚愧元龍湖海士，也來車鐸走郎當。

入都

僕僕長途敢憚勞，風塵且喜換征袍。龍髯已遠攀何及，駿骨無憑價不高。方朔空囊難索米，禰衡名刺易生毛。狗屠市上如相問，只有悲歌氣尚豪。

謁謝文節祠

首陽薇蕨老，高餓又先生。蟲臂身原寄，鴻毛死肯輕。起兵虚翟義，賣卜學君平。南八何曾屈，皇天眼自明。

瀛國歸朝日，崖山致命秋。空存三寸舌，莫挽五更頭。衺肯陳情上，書曾却聘修。不因親尚在，朱鳥久同游。

富貴留承旨，風流趙子昂。如何忘節義，知否有倫常。孝女碑三尺，孤臣淚萬行。由來名教重，何敢忝冠裳。

冰霜無折挫，香火有因緣。碧血哀丘畔，青燈古佛前。祠在愍忠寺後。墓碑仍署宋，廟貌任留燕。我到摳衣謁，靈風起肅然。

乾隆重勒石鼓歌

我入成均觀石鼓，石鼓彭亨手可撫。從甲至癸數盈十，自東徂西庋各五。摩挲再四歎神物，有客爲言此非古。此鼓勒自乾隆年，御碑突兀樹於廡。我聞斯語尤屏營，再拜而觀敢莽鹵。唐時石鼓出陳倉，殘缺幾將成柱礎。衮章始自韋蘇州，歌咏又傳韓吏部。自元大德移燕都，五百餘年留此所。小儒眼小小於豆，疑秦疑魏騰其輔。煌煌聖論薄雲霄，始爲千秋破聾瞽。自來神物有廢興，或棄泥塗或天府。隋世已毀無射鐘，元代猶存劈正斧。斯鼓得逢聖人世，舊者重新缺者補。倘令坡老生我朝，欲讀何須手畫肚。下士檮昧何所知，肅觀其旁首爲俯。惟聖雖述亦兼作，是器雖文亦寓武。車攻吉日中興詩，豈與尋常鐘鼎伍。

禮闈揭曉，口占四十字

三十初通籍，微名敢怨遲。所嗟登第日，不逮過庭時。燈火仍兄共，門閭慰母思。長安春有信，早報故園知。

五月初三日勤政殿引見，紀恩一首

紅雲深處冕旒尊，魚貫同趨如意門。紫禁分行森玉立，丹毫圓轉透珠痕。凡與館選者，硃筆作圈。頭銜已借冰壺冷，手澤猶存鐵硯温。記得先臣遺語在，留將科第付兒孫。先祖南莊府君年逾七十，以明經終，人或惜之，輒怡然曰：「留此以貽子孫，不更優乎？」見先君所撰家傳。

十九日初入翰林院，恭紀

北御河邊一水清，曉隨鵷鷺集蓬瀛。雲中丹詔天申命，殿上緇帷聖大成。是日宣旨并謁先聖。簪筆行將從太史，執經初學拜先生。大教習杜芝農相國、福元修侍郎均于是日到館。非才濫與清華選，愧説仙曹已隸名。

餓夫墓

餓夫姓彭氏，名之燦，字了凡，明季蠡縣諸生也。甲申後，棄諸生，入輝縣蘇門山，餓死孫登嘯臺下。孫夏峰先生題其墓曰「餓夫墓」。庚戌歲，有以其事實寄京師索題詩者，因賦此。

玄蟬潔而饑[一]，蜣螂穢而飽。苟念噂蹴羞，猶謂餓死小。何況劫火人間燒，故宫離黍愁蕭條。何地可挂箕山瓢，何路可吹吴門簫。侏儒侏儒亦孔醜，爾曹飽死竟何有。夷齊結隊下山中，巢許争先迎馬首。眼前突兀惟有孫登之高臺，嵇康死後無人來。芒鞋竹杖偶此過，劃然長嘯山爲開。千仞山，三尺土，餓夫之骨香千古。誰其題者孫徵君，至今字字龍蛇舞。我欲拜其墓，惜無介山田。我欲弔其魂，惜無雍門弦。但覺餓夫赫然在，生氣凛凛干雲天。嗚呼！先生竟以一餓傳。

〔一〕玄，原避諱作「元」，今回改。下同，不再出校。

八月二十二日請假南旋，口占二律

金爵觚棱入望遥，一鞭南下路迢迢。秀才官冷奴無勢，薄笨車輕馬不驕。清俸未能供菽水，虚名那足傲漁樵。止因生小江湖慣，話到烟波興便饒。

十年辛苦困名場，襪綫微才本不長。聖代優容微無棄物，群公謬愛到文章。期敢著述留東觀，聊取科名慰北堂。慚愧相如仍四壁，虚將詞賦擬《長楊》。

皂河阻雨，易車而舟，成四十字記之

車輪竟生角，草草又登舟。一夜雨淋腦，連朝風打頭。歸程剛共雁，生計總輸鷗。何日烟波裏，全家泛宅游。

松江

狎鷗亭畔足清娱，我亦扁舟向此租。自昔文章推二陸，于今財賦冠三吴。空江有雪鱸魚冷，同調無人鶴唳孤。慚愧塵容徒碌碌，未堪蹤迹寄菰蒲。

黄浦

客路經黄浦，推窗試一觀。晴光浮水淡，海氣逼天寒。篷背留殘雪，船唇鬥怒瀾。江湖吾所樂，止欠釣魚竿。

内子偶作《梅花詩》云：「耐得人間雪與霜，百花頭上爾先香。清風自有神仙骨，冷艷偏宜到玉堂。」余喜而和之

庭院無塵夜有霜，風來不是等閒香。寒宵同作羅浮夢，絶勝東坡在雪堂。

三女堆在海寧長安鎮覺皇寺後，乃吴大帝弟三女墓。

吴宫花草付荒烟，幸此佳城築尚堅。千古漫矜銅雀瓦，一抔猶賸赤烏甎。休嫌猺子難爲配，且喜蜾姬與并傳。畢竟江東兒女好，劉家豚犬太堪憐。

咸豐辛亥將至新安訪諸故人，發錢唐江口占

浮生不定似飛蓬，又挂之江一席風。游子出門殊惘惘，老僧托鉢奈空空。青山太熟詩無料，白日難消睡有功。遥想新安諸舊侣，幾回相望暮雲中。

登新安郡城斗山亭作

七年來作新安客，今日始至新安城。城中有山山曰斗，山上有閣以斗名。我携游屐偶登此，盡收勝概歸檐楹。兩城環環蟻垤小，萬瓦簇簇蜂窠平。一江如練走舄下，渺若杯水堂坳傾。翻怪昨者此呼渡，何爲波浪使我驚。對面黄山隱復見，似聞客至來相迎。舉手敬向山靈謝，青鞋布襪猶未成。興闌游倦下山去，流泉濯足風吹纓。回頭仰望渺何處，但有雲氣涵空明。

大風雨過五里欄杆

山石犖确一綫寬，其上壁立千峰巒。俯臨百仞下無地，行人未過心先寒。此塗雖畏行難

已，爰築石欄長五里。五里欄杆以此名，上達郡城下巖市。地名。籃輿舁我行山坳，舉頭不覺青天高。隘道僅如蜀左擔，危巖何減秦函崤。天公有意與我戲，風風雨雨破空至。書生張目坐咤叱，老蛟欲出又驚避。我聞武穆昔此過，摩崖作字字擘窠。以石爲紙戈爲筆，筆鋒横掃青嵯峨。石上有「山高水長」四字，相傳爲岳忠武書。至今英氣足千古，山中不敢生豺虎。我亦題詩巖石間，山靈莫笑書生懦。

幽冤婦墓

徽州府城外有石碑，曰「嗚呼幽冤婦黄氏之墓」。訪之故老，言人人殊。余謂婦既含冤而死，但使過其墓者皆知其爲幽冤之婦，則婦之冤固已白矣，必求其事，轉恐失之。辛亥夏日過此，因紀以詩。聞舊碑漫漶，婦見夢，里人重立之，亦可異也。

負恨竟終古，憑誰問九原。一碑當孔道，萬口訟幽冤。但博人無閒，何勞石有言。衷揚吾豈敢，留此待輶軒。

石橋巖

何年天上虹，化作山中石。遂令兩山間，危橋架百尺。橋高百尺上接天，其下不鑿天然圓。中間一峰隱復見，有如明鏡窺嬋娟。石橋下有遠山隱然，故亦名美女窺鏡。老僧築屋住山腹，一朵奇峰壓僧屋。但訝嶙峋雁齒高，不知宛轉蛾眉緑。我無仙人淩虚之長蹻，仰負飛鳥空中招。不然振衣登絶頂，請以石筆題其橋。

桃天

石橋不可上，客請游桃天。躡衣走蒙茸，雙屩幾爲穿。無端勝境落吾眼，四山森立如規圓。仰視天形更奇絶，有如一桃空中縣。上下凹凸無不肖，造物如遣神工鐫。剖而食之惜無巨靈手，偷而獻者疑有度索仙。因思此境深藏萬山腹，山不自薦誰流傳。古人探勝偶至此，遂令千古饞客同流涎。所惜佛舍久傾圮，屋無片瓦空留椽。日光穿漏奪吾目，未將勝概收其全。山靈倘訂後游約，請待此桃一熟三千年。

記石橋巖兩泉水

巖石微有罅，云是龍涎泉。泉水終年涸，龍亦愛其涎。要待四月分龍日，而後龍口有水流濺濺。又有四時泉，石竅分爲四。春夏與秋冬，各以其時至。我來初夏春已徂，夏水正盛春水枯，秋冬二竅涓滴無。君不見，昔日柳子厚，造物疑無又疑有。即此兩泉亦難測，豈有神物爲之守。吾詩聊復紀所見，若云格物吾則否。

齊雲山紀游

夙慕齊雲名，今日乃真到。爰從漁亭橋，扁舟發清曉。沿溪舴艋輕，登嶺籃輿小。舁行亂山中，曲似羊腸繞。仙家有福地，精廬頗完好。羽士出延客，麥飯聊一飽。是日飯于洞天福地。昔有邋遢翁，於此成大道。古洞埋骨香，石室摹形槁。蹤迹雖尚留，名字竟莫考。飯飽鼓游興，惜乎雨淋腦。擔簦游名山，山靈幸無笑。

雙石巋然立，云是頭天門。一石危欲墮，浮雲爲之根。迆邐登其三，有署「天門」者三。疑可青天捫。無端入山腹，白日成黄昏。但見阿羅漢，或坐或則蹲。羅漢洞極深邃。懔乎難久留，懼爲蛟龍吞。去之走山岬，有若虱緣褌。飛雨不能入，山勢如覆盆。惟有巖前瀑，閃爍成珠痕。有泉水飛灑巖際，名真珠簾。無怪澗中水，終古無由渾。

北方帝真武，神靈此焉宅。雙舄遺水中，千載化爲石。明代構崇基，歷年逾數百。爐峰矗其前，秀若烟凝碧。屏峰環其後，朗若玉生白。鐘峰左嵯峨，鼓峰右突兀。壯哉神明居，夫豈人力闢。嗟余亦何幸，來此蠟游屐。長揖冕旒前，願神恕狂客。

贈李子迪彬彦

雨後峰巒秀轉加，籃輿乘興至君家。紅浮席上清明酒，君家以清明日汲水釀酒，紅潤可愛。緑滿甌中穀雨茶。三楚雲烟供吐納，君曾作楚游。一庭花木極清華。延青生白幽人室，所居軒名「延青生白」。絶勝朱門觸熱撾。

四十年華鬢未衰，謝庭珠玉好栽培。且將書味從頭領，會見科名接踵來。選勝最宜鄰白岳，余齊雲之游，君爲主人。蜚聲定卜滿金臺。慚余禿盡江郎筆，有負論文酒一杯。君子弟半從余游，并擬令隨余入都。

四月十六日新安諸故人與及門諸子爲余補作三十生辰，即席賦謝

去年苕上逢生日，風雪扁舟獨自眠。余去年泛舟苕霅，適逢生日。何意諸君憐故我，翻教一醉補今年。已遭偏露難稱慶，偶竊微名未是仙。但感光陰如逝水，尊前那得不流連。

麥秋天氣半陰晴，且爲諸君盡此觥。酒户從來輸坐客，食單連日議門生。清談何必煩絲竹，雅集端宜記姓名。白首佗年同話舊，雪泥蹤迹最關情。

鰕魚

鰕魚生山澗中，有四足，能緣木食鳥雀，不水可活。余考《爾雅》：「鯢大者謂之鰕。」郭璞注曰：「鯢魚似鮎，四足，聲似小兒啼。」《海外西經》曰：「龍魚陵居，一曰鰕，一曰鱉魚。」又《北山經》曰：「决决之水多人魚，其狀如鯑魚，四足，其音如嬰兒，食之無癡疾。」蓋即此魚之類。《史記·司馬相如傳》「禺禺鱋魶」，徐廣曰：「魶，一作鰨。」《漢書》正作「鰨」，注引郭璞曰：「鰨，鯢魚也，似鮎，有四足，聲似嬰兒。」然則魶也、鰨也，皆其異名也。

寓齋前有畜此者，因爲賦之。

水蟲謂之魚，宜水不宜陸。造物喜出奇，不許深淵伏。是故鲐與鲉，其足各有六。鰐魚則虎爪，鱳魚則鷄足。乃歎物類繁，莫恃《爾雅》熟。怪哉庭除間，何處得此族。有足竟如鲇，無鱗又非鰒。夜静聞其啼，聲類小兒哭。云自山澗生，飢極輒緣木。巧借口中水，静待鳥來啄。鳥渴就之飲，誰料入其腹。書生喜臆斷，謂此乃鯢屬。又或謂之鳎，《上林賦》曾讀。又或謂之魶，異字史公録。一笑語主人，魚乃我所欲。何不烹爲鯖，否則乾爲鱐。使我得染指，當勝鷄與鶩。既而復自笑，吾意殊碌碌。海上有鯨鯢，京觀未及築。矧此池沼物，區區安足戮。不如姑置之，仍命校人畜。

金華

秋色斜陽裏，先人舊挂篷。先人《到金華》詩云：「人家秋色裏，城郭夕陽中。」遺編來此讀，風景與之同。江闊橋能跨，城低塔轉雄。停橈無限意，不僅感飄蓬。

繆孝子詩

繆孝子，名聖元，仁和之臨平人。母病，斷一指烹而進之，母竟不起。孝子大慟，創裂，尋死。余時適居臨平，聞其事，因紀以詩。

繆孝子，家臨平。有父父早世，有母守節如陶嬰。孝子貧不具甘旨，孝子愚不讀書史。樸茂美意人不知，竊竊群疑非孝子。無何母病病且危，孝子不哭心傷悲。無錢不辨湯與藥，刲肝斷臂孰非吾分所當爲。抽刀斷指手不縮，裂帛封創眉不蹙。烹而進阿母，母不知爲子之肉，一引而盡甘如飴。私冀母命從此續，誰知母命竟不續，一慟從之登鬼籙。嗚呼繆孝子，其意殊堪傷。天性日以薄，是亦名教光。韓子鄠人對，毋乃拘其常，請以此歌激發末俗之天良。

奚虛白先生疑行年八十，寄詩爲壽

自從樊榭此登樓，樓畔雙榆緑更稠。先生所居榆蔭樓，乃樊榭故居。天爲先生留小築，人非名士不同游。花間醉客烏程酒，雲外尋僧苕霅舟。望重東南年八十，詩家此福有誰修。

先人生小菰城住，每到城南必訪君。消夏同邀金蓋月，尋秋共泛玉湖雲。樓中舊榻塵猶積，篋内新詩藁未焚。今日典型尊老輩，敢云交紀又交群。

鄭節母行

節母鄭氏，吴江人，年十九歸秀水楊君錫圭。甫三載，楊君因蹶折臂，庸醫爇炭炙之，中火毒，咯血死。有子早夭。母撫嗣子成立，爲娶婦，生孫二。而嗣子與婦又卒，母又撫二孫，嘗曰：「吾育頭蠶不成，更育二蠶矣。」數十年辛苦備至。其長孫象濟所撰行述甚詳。余同年戚英甫其戚也，徵詩與余，因賦此。

殉夫易，撫孤難。何况子死又撫孫，數十年中歷盡冰霜寒。嗚呼！節母之力能無殫。

節母始入門，妙得尊章喜。婉孌相其夫，井臼皆親理。無何所天病，病且終不起。折臂三公今已矣，誓將一命從夫死。

尊章泣相謂，奈此嗣子何？瞿然謝不敢，涕淚收滂沱。願以婦代子，白頭二老同婆娑。願以母兼父，青燈一卷毋蹉跎。

養親親令終，教子子成立。歸告泉下人，吾事亦已畢。誰料瓊瑶枝，一朝又蕭瑟。賸此兩桐孫，纔自孤根茁。育罷頭蠶又二蠶，噫嘻蠶母其何堪。

綜計四十年，雙眉日日蹙。門户我乎支，窀穸我乎卜。上以奉蒸嘗，下以延似續。室家風雨已飄摇，無端厄又遭回禄。誰謂荼苦桂則辛，辛苦世間惟母獨。

翩然旌節天上迎，峨然綽楔門前旌。姑蘇臺下十萬家，何人不誦節母名。節母姓鄭氏，所天楊氏子。家在吴江歸秀水，吾爲作歌告彤史。

壬子元旦無錫舟次試筆

晴光明射舵樓邊，元旦欣逢雪霽天。爆竹聲催游子起，屠蘇酒占故人先。時與雲笈同行，年長于余，故云。衣冠脱略因爲客，詩句推敲算過年。輸與玉堂諸老輩，裁箋同和早朝篇。

金山本在大江中，今因沙漲，遂可不舟而登，亦一異也，以詩紀之

金山浮大江，厥名曰浮玉。山神厭水居，自江徙之陸。沙痕一望平，水勢半江縮。遂令咫尺間，攀援即山麓。我昔此維舟，雪深阻游躅。蹉跎八寒暑，又向江干宿。遂携游屐登，同捫御碑讀。江南形勝地，一覽盡在目。世亂寄安危，時平恣游矚。往來使節多，迎送僧鞋熟。蹲鴟踞殿紅，贔屭負碑緑。吾詩紀所見，攬勝殊未足。俯仰幸升平，變遷任陵谷。回首望中流，姑讓焦山獨。

人日發京口，疊元旦韻

扁舟侵曉發江邊，水面晴光遠接天。一棹烟波吾輩在，九衢車馬幾人先。聞同館諸君均先已入都。招來舊雨皆千里，補得清游已八年。乙巳歲，泊金山下，未及上，今始一游。客裏匆匆又人日，草堂待寄少陵篇。

鄒縣謁孟子廟

素王不再作，夫子起衰周。洙泗卑游夏，齊梁老奕秋。治無三代盛，書有七篇留。遺像今瞻拜，巖巖孰與儔。

千秋尊養意，啓聖有專祠。殿左有啓聖祠，祀邾國公及端範宣獻夫人，均有孟子石像侍坐。五等上公爵，三遷慈母儀。機絲懲自棄，鄰肉示無欺。此日堂隅侍，還如勸學時。

從游諸弟子，分祀廡東西。削傳雖難補，崇封尚可稽。衣冠留樂正，樂正子有像。俎豆附昌黎。想見門墻盛，原堪配仲尼。

曩者驅車過，今兹入廟來。斷碑從地出，有漢碑，得之土中，已殘缺。聖井自天開。有雷震井，在大殿庭中。鐵樹嶙峋立，朱藤曲屈栽。平生私淑意，到此幾徘徊。

過匡衡故里

名臣故里太荒寒，賸有崇碑道左看。相業豈能同丙魏，儒家畢竟勝申韓。殿廷封事千秋在，鄰舍燈光五夜殘。太息後來張禹輩，也因經術進朝端。

蒼頡墓

蒼史墳前尚有碑，當年造字擅神奇。六書變體隨秦漢，一畫憑空本伏羲。混沌忽開天亦喜，文章多禍鬼先悲。要從皇古留真意，不使人間獬豸知。

結繩以後費經營，體製於今幾變更。不識何嘗非快活，好奇未免太聰明。經書燒後無真本，字母傳來半梵聲。我輩雕蟲徒碌碌，可憐浪費楮先生。

過平原弔趙公子勝

公子風流一世傾，千秋遺恨獨長平。君臣苟且尊秦帝，宗社安危仗魏兵。貪受降書貽實禍，謬推將種誤虛聲。當年人物惟無忌，不比諸君浪得名。

固安弔張茂先

神劍千秋尚未回，司空故里已蒿萊。太多亦是讀書累，不斷終非定變才。宮内甲兵興一夕，天邊星象失三台。何如蒓菜鱸魚客，長嘯西風歸去來。

入都

客路三千次弟過，無邊春色帝城多。好尋陳迹長安道，略洗征塵永定河。渡永定河，車陷。燕壘未成猶待築，貂裘已敝不堪劘。一椽擬僦銅駝陌，何處閒門置雀羅。

微雨出廣渠門，至天寧寺與諸同年宴集

春風文酒互招延，借得城西屋數椽。僧舍偷閒剛半日，師門問字盡同年。雨晴不定隨鳩喚，主客無嘩任鹿眠。院中有鹿。坐上醉翁能共樂，蒼顔白髮望如仙。謂座主朱撴堂侍郎。

謝公祠與諸同鄉宴集

謝公祠畔草如茵，莫負當筵酒數巡。文字清談吾輩事，衣冠小集故鄉人。壺觴盡興無絲竹，兄弟同車有主賓。時壬甫兄亦與衆賓之剛，余與同車而往。待向禪房看芍藥，眼前花木尚餘春。席散後擬游法源寺，不果。

與壬甫兄至横街南散步，其地皆叢葬處

閒箸芒鞋踏緑莎，蕭然風景似巖阿。小車得得紅塵少，破冢荒荒白骨多。幾輩熱場同捉搦，吾儕冷趣不銷磨。歸來纔向門前立，又見高軒次弟過。

四月二十一日散館引見，授職編修，恭紀

九天閶闔鬱崔嵬，濟濟千官闕下來。帝許春光留上苑，人將風信候蓬萊。幸偕茅許登仙籍，敢共淵雲鬥賦才。自古玉堂清要地，非徒詞采重蘭臺。

孝女行

孝女周氏，桐鄉人，鐵霞孝廉士烱之女也。母病，封臂肉作羹進之，竟愈。母偶見其臂創，固詰之，始以實告，且曰：「兒籲天默禱，誓勿令人知，願母勿泄也。」母諾之，遂無知者。後歸王生錫璋，再舉男皆不育。道光戊申歲，以疾卒，母撫之大慟，始述其事，蓋已閱七年矣。周縵雲前輩爲作《孝女傳》，鐵霞以傳徵詩，因賦此。

慈烏啞啞飛繞屋，孝女嗚嗚對天祝。有母病垂危，醫來手盡束。諸藥雜進皆無功，惟有兒身一塊肉。抽刀刲臂臂血流，裂帛封之不敢哭。烹肉進阿母，阿母甘如飴。霍然病良已，效過參與耆。女猶竊喜母不知，無端阿母攬兒臂。驚見臂血何淋漓，女伏母膝言其私。兒誓弗使

佗人知，願母弗言憐兒癡。已而孝女歸于王，王氏舊業傳青箱。孝女以敬相夫子，以孝事尊章。尊章嘖嘖歎賢婦，謂宜子孫逢吉身康强。修短誰能知，沈疴竟不起。母來撫之慟，今日不言吾負爾，遂將七年前事話從頭，請看臂上瘢痕大如指。阿翁聞其事，謂是天生至性人難侔。阿姑聞其事，深惜吾家祚薄無能留。夫婿聞其事，願將佳傳遍乞名公修。下而臧獲聞其事，亦不自知涕淚潸然流。嗚呼！自從天性漓，忠孝雜誠僞。孝不求人知，乃真孝之至。吾讀《孝女傳》，低徊不能置。不見男兒讀書講學數十年，君親借作沽名地。

寄孫蓮叔

走也名場閱歷身，論交未有似君真。項斯直欲逢人説，鮑叔深能知我貧。翰墨前盟空鄭重，漁樵後約恐因循。遥知别後霞溪水，閒殺傳書六六鱗。霞溪，君所居也。

浮沈宦海那能知，且與諸君十載期。寒儉文章難報國，迂疏才略敢匡時。若教菽水粗能給，便挂衣冠定不遲。佗日版輿奉慈母，山中倘許翦茅茨。

太師杜文正公挽詞

纔聞霖雨沛南方，忽見台星隕大荒。遺衮但傳憂國事，詔書頻與處家常。君臣終始情無間，生死哀榮禮有光。敕使親承天語至，細將眠食問高堂。

自登政府贊無爲，造膝深謀世莫知。黄閣共推名父子，綠圖原是聖人師。雖當鵠鼎調羹日，還似龍樓侍學時。一十七年資啓沃，至今深繫九重思。

飾終恩禮降連翩，異數頻邀感九泉。珍藥寵頒憐父老，清班特晋爲兒賢。易名不待臣工議，錫命還居保傅先。聖意徘徊殊未已，一尊親自奠靈筵。

鯫生才識本駑頑，曾在孫陽一顧間。庚戌覆試，公爲閲卷官，樾忝弟一。執卷玉堂容問字，樾預館選，公爲大教習。謝恩金殿許隨班。散館日，公率庶吉士於太和殿謝恩。皂囊入奏猶無恙，赤舄辭朝竟不還。自爲蒼生惜安石，非徒絲竹感東山。

八月初九日皇上行夕月禮，派翰林六人於西華門送駕，臣樾與焉，恭紀

聖主順時行鉅典，小臣循分效微誠。五籌次弟傳呼肅，萬乘森嚴蹕路清。鵷鷺排來皆有

序，驊騮過盡總無聲。鑾輿已遠朝車散，共趁斜陽出鳳城。

勝果妙因圖歌

京師廣安門内有慈仁寺，乃古雙松寺故址，前明改建者也。其西廂懸《勝果妙因圖》，乾隆中，傅雯奉敕以指繪圖中諸佛及羅漢像，最小者猶與人相等。屋凡三楹，圖之廣狹稱是，洵奇觀也。瞻禮之餘，歡喜贊歎，而作是詩。

松風颯颯肌骨凉，老僧導我游西廊。道有妙繪中間藏，開門瞥見心傍徨。萬億千佛森滿堂，如來説法居中央。佛頂隱隱成圓光，紺眉藕髪窮微茫。諸佛菩薩環兩旁，應貞五百紛成行。種種妙相難具詳，天龍八部齊騰驤。迦陵之鳥飛且翔，龍降虎伏無披猖。冥濛雲氣開天閶，諸天護法羅冠裳。天魔睒睒不敢狂，天女手中花芬芳。我來肅觀生悚惶，畫工得此何其良。姓名歲月具下方，乾隆丙午夏日長，臣雯奉敕來僧房。大叫潑墨神飛揚，以指代筆指盡張。五指化作獅子王，雖有醉象走且僵。淋漓揮灑誰能當，須臾一掃千丈强。大衆膜拜都焚香，但覺紙上生光芒。即今一幢縣西廂，鳥雀不污鼠不傷。安得摹勒千仞岡，森然呵護煩金剛，歷千萬劫長輝煌。

慈仁寺窰變觀音像

毫端建寶刹，芥子藏須彌。佛法在天地，如水無不之。偶借陶旊力，妙示莊嚴姿。白衣而緑帔，纓絡垂參差。火土不相喻，變化誰能知。高廟昔臨幸，於此鎸銘詞。下士未聞道，贊歎安所施。惟喜洪爐内，亦有清凉時。

仲冬四日移寓南柳巷

寄身安得長房壺，老屋三間又此租。客裏不嫌家具少，坐中且喜雜賓無。開箱先檢新詩本，掃室仍安舊茗爐。所幸對牀還有伴，椸頭燈火未曾孤。時壬甫兄同寓。

慈親率眷屬入都喜賦

連宵魂夢繞征輪，此夕燈前笑語親。禄養未充仍菽水，慈容略減爲風塵。妻孥且耐天涯冷，童僕休嫌宦况貧。佗日鄉山如許買，全家同享故園春。

入朝侍班車中作

星月微茫裏，鷄人報曉籌。晨光瞻鳳闕，寒意襲貂裘。禁樹遥難辨，霜華冷不流。早朝應許賦，此景即蓬洲。

癸丑正月二十四日恭謁慕陵，隨同行禮，敬紀四律

先帝垂衣治，深仁三十年。囷倉常發粟，亭堠總銷烟。土木工俱輟，珍奇貢盡捐。至今懷聖德，歌舞遍垓埏。

宣室傳遺制，橋山率舊儀。屢頒寬大詔，不樹聖神碑。帝極終身慕，民懷没世思。謳吟猶未息，陵樹已參差。

星燧俄三改，韶華又一春。祠官開寢殿，帝子奉明禋。時命恭親王行禮。黍稷升香遠，松楸入望新。九重嚴恪意，原不異躬親。

東觀叨清切，西陵望鬱葱。獲陪原廟祭，如抱鼎湖弓。黄瓦瞻雲表，青袍拜雪中。是日大

雪。在天靈不遠，仁孝鑒深宫。

渡琉璃河

車聲催夢醒，已向石梁過。秃樹枯無葉，寒流小不波。風前微霰集，雲外亂山多。未識騎驢客，尋詩興若何。

易水弔古

驅車渡易水，慷慨悲燕丹。不惜黄金買死士，誤將秦政當齊桓。白衣送去不復返，徒令易水千秋寒。嗚呼！烏頭馬角有深痛，君臣草草多如夢。皇天未許祖龍死，滄海君椎猶不中。區區匕首將奚爲，藥囊一擲便無用。獨憐枉殺樊將軍，一函輕把頭顱送。劍術精粗何足云，欲劫欲刺徒紛紛。就使秦皇果剸刃，未必王翦真收軍。自古存亡由得士，匹夫能建千秋勛。丹也碌碌胡不聞，令人却憶昌國君。

涿州渡永濟橋

涿州城外水迢迢，春入河流凍未消。烟裏塔紅經雨洗，雪中山白倩雲描。匆匆一飯投茅店，碌碌雙輪走石橋。欲向此中尋冷趣，不嫌風力太飄蕭。

二月八日，皇上臨雍講學，派翰林二十員聽講，臣樾與焉，恭紀

咸豐三年二月上丁，皇上親詣太學行釋菜禮，越六日癸未，臨雍講學。自王公大臣以及有司百執事，自先聖先賢之裔以至執業之諸生、觀光之群士，莘莘焉，鱗鱗焉，環集橋門者，蓋不可以數計。皇上眷懷舊學，命惇郡王致祭於贈太師大學士杜文正之靈，蓋重淵源、思耆舊也。臣樾幸從載筆之末班，獲睹圜橋之盛典，宜被歌咏以志遭逢。抑又聞之古者，師出有功，告成于學，故在《詩》曰「蟜蟜虎臣，在泮獻馘」，至我國家率循是典。方今粵西之賊擾及金陵，宵旰之憂實廑於此，故於章末及之，亦庶幾《魯頌》之義也。

仲春初八日，皇帝詔臨雍。隔歲頒成命，先期習禮容。宫墻千仞闢，冠佩百僚從。杜史威儀肅，祠官俎豆恭。鸞聲傳噦噦，豹尾護重重。輦路香泥細，橋門瑞氣濃。祥雲呈太甲，旭日

起高春。濟濟先賢裔，巍巍衍聖封。親臣冠孔翠，帝子服團龍。有位咸陪從，何人不敬共。恪依山品級，静聽佩琤瑽。朝列無攙越，天顔自肅雝。庭中陳鹵簿〔二〕，堂下奏笙鏞。觀聽人咸屬，聰明聖獨鍾。精言開奥窔，高論破愚惷。仁敬心惟一，中和理本庸。是日，講《中庸》「致中和」一節，《尚書》「皇天無親，克敬惟親」四句。玉音宣朗朗，璧水瀉溶溶。雅化流芹藻，群材獻菲葑。茶筵香馥郁，講畢賜茶。槐市蔭葱蘢。胄子叨培植，生徒被鑄鎔。摩挲周獵碣，翕集魯章縫。帝乃俙然念，誰爲學者宗。丹書懷舊訓，赤舄緬遺蹤。鄭重恩言錫，頻繁御祭供。推仁原藹藹，慕義盡喁喁。臣忝清班附，天教盛典逢。昔曾衣釋褐，今又砌依彤。獲睹文明啓，遥知雨露醲。膠庠齊鼓篋，亭堠遍銷烽。千羽能柔遠，詩書寓折衝。虎臣行獻馘，蛾賊自歸農。會見成功告，重來聽鼓鐘。

爲友人題《苕溪漁隱圖》

自向烟波築釣臺，忘機鷗鷺不相猜。筍皮笠子瓜皮艇，摇出苕溪深處來。

〔二〕簿，原作「薄」。

餘不溪邊舊有亭，十年抛却《種魚經》。何當共泛扁舟去，飽吃清明一點青。一點青，乃吾鄉魚名也。

乞假送親由水道旋里，口占二律

三載清班忝玉堂，敢抛簪紱事耕桑。天涯薄宦門如水，堂上衰親鬢有霜。久住魚將游涸轍，暫歸燕只牓空梁。余故里無一椽之居。臨行費盡躊躇意，莫道匆匆遽束裝。

攬轡登車感不禁，鳳城烟樹望森森。才疏愧乏匡時略，身賤虚存戀闕心。且與波鷗同浩渺，但期風鶴早銷沈。小臣歸享升平樂，好譜堯夫《擊壤吟》。

至通州謁朱撖堂師，師憂時感事，凄然泣下，即席賦呈

丁沽小泊謁師門，重對玄亭酒一尊。寂寞衙齋聊共飲，艱難世事與同論。丹心戀主無歸意，白髮憂時有淚痕。此夕依依官燭底，非關臨别易銷魂。

途次聞豐工復決

百計彌縫兩載中，安瀾一奏慰宸衷。璽書正叙防河績，息壤難收止水功。浪擲黄金填蟻孔，坐看赤子葬龍宫。扁舟待赴蓴鱸約，愁聽哀嗸滿沛豐。

東昌以下寇盜充斥，頗有戒心，因賦一詩

秋色蒼茫裏，全家一棹過。江湖仍枕席，天地正干戈。骨肉飄蓬慣，山林伏莽多。由來行路險，不盡在風波。

分水龍王廟

汶水西來疾如駛，南北分流從此始。盤渦怒捲風蕭蕭，中有神龍分此水。我來祠下維扁舟，拂衣竟登來汶樓。樓前疑有巨靈手，直從咫尺分鴻溝。水勢既分漕道利，數百年來拜神賜。也同鐵弩射潮强，更比金釵劃泉鋭。方今寇盜猶縱横，漕船打鼓無由行。安得神龍更助

力，銀河净洗東南兵。

濟寧以下，彌望皆水，田廬市井不可復辨，蓋皆屬之南陽湖矣，舟行過此，詩以紀之

南陽湖，茫茫千頃琉璃鋪。水天一色渺無際，但見風帆點點有若烟中鳧。我來欲渡不敢渡，濁酒三日前村沽。天公知我有歸意，北風忽轉竿頭烏。揚帆直下疾於鳥，又若怒馬馳平蕪。遠山迎面忽已過，回視惟有青模糊。胸中傀儡此一洗，那怕浪花片片船頭麤。忽然感慨發胸臆，坐念民力年來痡。黄流滚滚决堤入，河伯不念民無辜。運河故道那可辨，但覺彌望皆菰蒲。師莊仲淺盡零落，聖賢後裔嗟泥塗。師家莊，子張故里；仲家淺，子路故里。人民散盡市廛改，轉令舟楫成通塗。舟行過此亦愁絶，忠信安得豚魚孚。烟雲出没盡盜藪，往來估客咸張弧。髑髏縣竿血淋漉，如何未足懲萑苻。噫嘻南陽湖，我來豈果因蒓鱸。何乃出險復入險，千金難買中流壺。登艫一望三太息，風波如此安歸乎？

阻風彭口閘，閘官劉君梅，余鄉人也，招飲，賦贈

名紙何曾識，鄉音頓覺同。相邀軟脚局，剛值打頭風。冷署一杯酒，輕舟三尺篷。微山湖畔路，聚散太匆匆。

中秋泊高郵有感

全家蹤迹似浮漚，今夕荒凉此泊舟。枕上無眠非待月，燈前有淚借悲秋。波濤擊岸聲聲怒，烽火連雲夜夜愁。我欲乘風竟歸去，天邊何處認瓊樓。

抵里門作

中年何敢便抽簪，不爲烟霞返舊林。雲被風吹任南北，萍隨水轉聽浮沈。先幾愧乏觀時識，早退原無避世心。欲共巢由買山隱，故山松桂未成陰。

旋里後聞蔡雲士前輩賡颺、戚英甫同年士彦相繼殂謝，慨然有作

長安邸舍屢經過，一別俄聞《薤露歌》。春夢短長都是幻，晨星三兩已無多。邑中同宦京師者，止予在矣。艱難時世驚烽火，容易光陰付逝波。我亦傳聞誤生死，居然海外老東坡。予此次假旋，因水程遲滯，有傳予途中物故者。

挽戚英甫

誰料一分手，茫茫隔死生。歸車纔駕鹿，仙路已騎鯨。舊望虛鸞掖，前游憶鳳城。螭坳俱對策，雁塔互題名。北闕雲初曉，午門坐班，每與君同往。西陵雪乍晴。今年正月，與君同詣慕陵行禮，時適值大雪。朝衫常借箸，官燭每分明。爲有妻孥累，能無夢寐縈。客囊雖淡薄，家具早經營。路遠謀難定，時危局易更。錦帆遲就道，墨絰遽催行。君擬迎眷屬未果，而以聞訃南旋。楚粵方流毒，江淮正阻兵。烽烟朝慘淡，礟火夜縱横。瓜步兵全没，蕪城寇未平。至今無勝算，而子促歸旌。日落慈烏泣，風高戰馬鳴。憂天心耿耿，戀闕意怦怦。暑路麻衣重，凉宵布被輕。一身真若寄，二豎竟相攖。迨我全家返，遲君半月程。中途頻問訊，得信劇疑驚。紫陌花同看，黄壚

酒獨傾。飄零歎吾黨，迢遞念神京。聖主原英武，群公自藎誠。如何駐貔虎，未見掃鼯鼪。追想承平日，常教樂事并。歌場喧竹肉，酒坐聚簪纓。與子同游宴，相依若弟兄。匆匆一回首，處處總關情。華屋人何在，青衫淚欲盈。宦途皆傀儡，世事等楸枰。末路奚堪問，長眠幸已成。彭殤無足較，何況此浮榮。

庚戌會試，吾郡成進士者四人，爲近科所未有。今年，余與慎芙卿毓林**南旋，而英甫長逝，獨王又沂工部**書瑞**猶留都下耳。撫今思昔，復成一詩**

聖主龍飛弟一科，蓬山仙籍故鄉多。皇州春色同游覽，官樣文章互琢磨。已愧散材徒擁腫，不堪生意更婆娑。遥知今歲梅開日，止賸風流水部何。

寄贈撫部黄壽臣前輩宗漢

輕裘坐鎮浙西東，喜聽輿歌遠邇同。小醜自膏三尺劍，時新獲於潛、新城滋事要犯正法。健兒争挽六鈞弓。手芟荆棘安民命，力護苞桑慰聖衷。數十萬家俱按堵，可知韓范在軍中。

欲識荆州未有因，秋風來作掃門人。玉堂舊許呼前輩，石户新容作部民。樸略語言詢細細，艱難時事話頻頻。知公節鉞東南日，未改書生面目真。

蔣節母詩

節母姓徐氏，海寧硤石人，年十八歸蔣君潞英星緯，未逾年而孀。又五年，蔣君弟霽峰星華生子光堉，節母撫以爲子，蓋其翁之遺命也。又四年而霽峰亦卒，無次子，以光堉兼祧。而議者謂潞英雖長，庶出也，霽峰雖幼，嫡出也，長幼之序不能敵嫡庶之分，今泛言兼祧，將以長兼幼乎，抑以嫡兼庶乎？節母慨然曰：「是宜定之以服制，請爲所生父母服三年喪而爲所後者期。」議乃定。是可知母之賢且明矣。咸豐癸丑，節母卒，嗣子以狀徵詩，賦此。

雙峰起突兀，一水流東西。我來拜節母，但聽慈烏啼。節母初來歸，光采生裳袿。周旋兩姑間，笑語從無睽。持家既井井，處室尤媞媞。無何所天隕，鳳去鸞孤栖。生雖未化石，死已拌磨笄。尊章泣相謂，勸婦毋慘凄。小郎年十歲，的的顔如圭。吾家千里駒，行當生駃騠。以是爲爾子，何必分町畦。節婦敬受命，再拜書幗幭。自此屏華鈴，自此居空閨。誰謂堇荼苦，甘如餳與餻。荏苒十餘載，同室無勃谿。叔姒果生男，生男初孩提。被之以黄襹，衣之以緑綈。阿翁雖不見，遺命猶可稽。撫以爲己子，膝下相提携。兒幼始能食，飼兒棗與梨。兒壯始能行，佩兒觽與觿。掌中一顆珠，珍惜如鎕銻。誰料造物者，不可測以蠡。伯兮既長逝，存者惟叔兮。一朝亦謝世，繐帳風凄凄。止餘孤生桐，桐小枝猶低。既以爲楹桷，又以爲榱題。支持此大厦，未免愁顛躋。而况議禮者，紛紜如螗蜩。長幼固有序，冢介胡能齊。介子幸有後，足以供葅醯。冢子轉無後，何以銘鐘鑴。節母起歛衽，正論覺吾迷。服制苟不定，進退同藩羝。願於所生厚，以杜爭端倪。而於所後降，庶不來訶詆。一自斯言出，慴伏耄與齯。義既正於鵠，理更明如犀。群疑自此决，不必煩靈蠵。君看桃李花，其下恒成蹊。故知節母後，宜受福與禔。况此不凡子，英氣凌虹霓。至孝尤難及，非止茅容鷄。側聞侍疾時，股肉手自刲。潛德有如此，後福良可徯。孫枝更秀發，繞砌生蘭荑。會見一門内，聯步青雲梯。雙峰起突兀，一水流東西。我來拜節母，但聽慈烏啼。長詞紀顛末，苦語同寒蜺。備員忝史館，燈火分青藜。倘編《列女傳》，何敢忘貞萋。

除夕口占

自抛簪笏奉潘輿，又見春風到敝廬。牲醴不豐因歲儉，光陰最好是家居。休嫌琴劍仍無定，且喜簞瓢尚有餘。此夕樽前聊盡興，烽烟莫問近何如。

甲丙編　春在堂詩編四

甲寅元旦試筆

隔年燈火曉猶存，起飲屠蘇酒一尊。庭院清閒删俗例，冠裳檢點愧君恩。詩成試倩兒拈筆，客到聊呼僕應門。莫道晨寒添料峭，尚留餘暖在甁盆。

平泉舅氏及雲笈均和余除夕之作，因次前韵，又成二律

年來歲月半舟輿，且向東湖暫結廬。敢謂在山成遠志，偶因奉母得閒居。冷官況味憐貂敝，貧士生涯賸蠹餘。尚有淩雲詞賦在，莫將落拓笑相如。

一年景物此權輿，回憶承明舊直廬。闕下清班叨侍從，雲中仙仗護宸居。諸公俯仰升平

日，群盜縱橫轉戰餘。坐對辛盤聊盡醉，書生報國待奚如。

穀日招同諸親友宴集，疊元旦韵

柏酒桃湯俗例存，間招親故共開尊。時方多事能同醉，天與吾曹算有恩。快雪初晴宜雅集，舊游如夢憶都門。傾銀注玉徒豪舉，未及田家老瓦盆。

先祖南莊府君中乾隆甲寅副榜，迄今六十年矣，偶檢甲寅齒録，敬志一律，再疊元旦韵

題名小録檢猶存，相對儼如古鼎尊。書卷叢殘三代物，科名絡繹四朝恩。浪傳仙籍通蓬島，依舊儒宫守蓽門。此日家居人事少，何勞斗麵緑珠盆。

雲笈將赴江西，賦四律留别諸親友，即次原韵贈之

潞河去歲整歸裝，每到凉宵共舉觴。去歲與君同舟南下。故里荒蕪憐我寄，好官滋味羨君嘗。

向來家世嗚琴慣，君大父作令江右。此後光陰聽鼓忙。尚有書生餘習在，遍徵詩句付行囊。

頻年戎馬擾江村，見説嚴城晝掩門。去夏，江西省城被圍三月。弧矢豈非吾輩事，褲襦正賴長官恩。軍符絡繹看傳箭，里社歡呼聽扣盆。倘有桐鄉餘愛在，春來正共薦羔豚。君祖在江西有惠政，故云。

蒲帆挂向永和堤，兩岸流鶯恰恰啼。三月春風隨宦轍，五更寒月聽征鼙。飄然鳧舄惟携鶴，君眷屬未偕往。莞爾牛刀且割鷄。他日清聲能繼祖，甘棠種遍大江西。

待將出處卜靈氛，愧我荷衣製又焚。偶爾在山仍小草，縱然出岫亦閒雲。五湖虛願何時遂，百里循聲到處聞。兼謂壬甫家兄。只惜服官中外異，未能鷗鷺訂同群。

平泉舅氏選授上虞學博，賦詩留别，次韵二首

一紙除書在臘前，耆儒深荷九重憐。行窩安樂迎康節，福地嫏嬛住茂先。帶水溯洄鄉樹近，瓣香供奉士林虔。勸公休悵彈冠晚，看取精神滿寸田。

萬事如雲過眼前，即用舅氏詩意。肯將塗抹博人憐。靈椿莫道株將老，都蔗還期味勝先。軍府文書旁午急，儒官俎豆上丁虔。稚川石室曹娥水，便是先生彭澤田。舅氏以議叙知縣改就廣

文，故云。

海昌陳浣江惟亨行年八十，賦《重游泮宮詩》，徵和，即次韵奉寄

下澤逍遥馬少游，而今已作魏羅侯。任看後輩雷燒尾，終讓先生雪滿頭。篋内青衫存故物，花前白髮領時流。耆英會上一尊酒，更有何人共唱酬。

清明日回德清掃墓偶成

烏巾山下舊柴荆，喜有承平一片聲。父老醵錢迎緑社，吾鄉清明前後賽社，有紅社、緑社之分。兒童散學過紅明。吾鄉以清明次日爲紅明日，又次日爲白明日。連朝榆柳分新火，幾處松楸認故塋。只惜焚黄猶未得，虚傳兩度拜恩榮。予兩次請封，而敕命未至。

半月泉

半月泉在德清北門外慈相寺之東，以形似得名，東坡有詩曰：「請得一日假，來游半

月泉。何人施巨手，劈破水中天。」今刻石泉上。舊有屋數椽，歲久傾圮，慈相寺僧上雲謀築樓三楹，以爲邑中士大夫游觀之所。又東萊書院久廢，有司致祭無以陳俎豆。樓既成，即奉東萊栗主於其中，亦善舉也。故爲詩張之。

蟾寒兔冷吴剛愁，手持玉斧窮雕鎪。劈破半月風颼颼，化爲一水清瀏瀏。東坡先生官湖州，請一日假來此游，欣然題詩在上頭。而今精舍成荒丘，惟此半月仍如鈎。老僧好事工新鳩，一樓高築山之幽。名迹長使東坡留，祀典并爲東萊籌。嗚呼所慮何其周，僧能若此吾儕羞。廣寒宫闕雲中浮，萬百千户年年修，神斤鬼斧無時休。願與月中仙人謀，移一二户來山陬，眼前突兀成此樓。然後招集諸吟儔，携酒一榼茶一甌，狂吟遠與髯翁酬。

寶慶寺

德清西門外有寶慶寺，亦古刹也。寺前松徑里許，旁有石可坐十許人，奇古可喜。相傳建文帝曾憩此，故名蟠龍石。寺中有僧像，方頤廣顙，云即建文帝也，因以詩識之。

命舟出西門，舟窮繼以屐。但喜山寺深，不嫌村路僻。松陰一徑青，雲氣千巖白。望蠡已無亭，舊有望蠡亭，以望見蠡山，故名，今圮。蟠龍猶有石。相傳建文君，曾此留遺迹。至今老佛像，猶在梵王宅。巍然天人姿，修髯可半尺。祝髮頭不冠，趺坐足不舄。我思明惠宗，守成亦令辟。削藩議未成，靖難師已迫。可憐一炬火，坐看六宫赤。匆匆鬼門啓，草草神器擲。度牒奉先皇，袈裟换宫掖。君臣雖偕行，姓名已潛易。但覺僧臘高，都忘年號革。間關蜀道行，辛苦滇南適。誰知此一丘，亦來分半席。我今瞻遺像，歷年逾數百。殘碑尚可捫，斗室不嫌窄。泠泠鐘磬清，落落塵氛隔。寄語好事者，應題大喜額。「大喜」乃建文帝庵名。

蟠龍石

兩龍夭蟜戲宫柱，一龍飛上九天舞，一龍不勝墮泥土。何時蜿蜒來此山，山中之石遂千古。我思劫運當年遭，骨肉竟爾干戈操。雨中羊毛打更濕，城上燕子飛逾高。燕子飛來龍遁去，莽莽風雲竟何處。金陵形勢空復雄，不是龍蟠是虎踞。何如此山清且幽，道旁片石龍來游。白龍之庵一炬燼，「白龍」亦建文帝庵名。龍兮龍兮何不長此留。雲冥冥，風謖謖，怒捲松濤滿山谷。龍雖失水尚有神，長使蚊雷静三伏。相傳石旁數十武内，夏日無蚊。我來問石石不知，但驚此石何離奇。至今父老石邊坐，猶話龍衣拂地時。

寄呈座主惲薇叔廉訪光宸

滕閣秋風净洗兵，喜聽鶴唳盡銷聲。恩流召伯甘棠舍，功在條侯細柳營。鮭䰽冠高人鐵面，蜒蚰塹固地金城。遥知聖主東南顧，只有章江水最清。

回思烽火逼洪都，手畫灰盤膽氣麤。天上狼弧誅窫窳，地中鼠穴塞鼪鼯。背嵬有隊軍容肅，肺石無冤衆志孚。會見封疆膺特簡，豈惟治律賴皋蘇。

不才何敢擬彭宣，得隸門墻已十年。末議未堪參玉帳，後塵竟許步花磚。時平鷺堠停傳檄，道遠龍門阻執鞭。飛到郇公雲五朶，如聞絲竹絳帷邊。

自從奉母出長安，小住鄉關半載寬。書卷無多先世物，門庭如舊秀才官。乘槎已悵蓬山遠，吹律難回黍谷寒。慚愧辦裝猶未得，虚煩長者問彈冠。

佛日、龍居紀游各一首

暮春天氣佳，扁舟游佛日。水窮山逾深，村僻路更仄。蒼髯百尺高，玉槊千株密。泉從舄下流，雲自袖中出。有亭翼然起，招客於此息。四面羅巑岏，一泓湛明瑟。叠石成危橋，因山開净域。高登楞嚴臺，小坐維摩室。雀舌茶初焙，猫頭筍乍茁。且共飽伊蒲，無須參米汁。飯罷坐門前，披襟更岸幘。投石破清泠，攝衣走屴崱。黄鶴不復歸，山下舊有黄鶴樓。白日俄已昃。遥指龍居山，游事固未畢。

既辭佛日寺，爰至龍居山。入山未及半，一亭當其間。松徑走曲曲，竹筧流潺潺。不嫌石犖确，但喜山迴環。雲中兩鴟吻，林裏千螺鬟。崎嶇逐樵迹，剥啄敲禪關。新葉已可玩，繁花猶未删。坐久佛無語，興盡我亦還。笑叱田中犢，驚吠花間狦。山花采躑躅，山鳥聽綿蠻。何意浮生内，有此半日閒。但惜游未足，安知時方艱。入林志已决，買山資猶慳。題詩枯木堂，猿鶴無相訕。

戲咏西瓜燈

一場瓜戰夜初停，幻出團團滿月形。聖火養成千歲緑，仙丹煉就十分青。擎來何減琉璃碗，照去偏宜翡翠屏。不是金刀能割膜，癡皮那得化空靈。

剥盡層層液與膚，此中亦自費工夫。光明豈減燃臍董，空洞真成剖腹胡。笑爾燭奴無位置，比佗雲母略模糊。世間何物堪相擬，只有回回青亞姑。

宵深移到讀書堂，伴我青燈味更長。但使腹中無磊塊，自然頂上有圓光。莫嫌焰焰膏將滅，且喜熒熒火亦凉。不解朱門歌舞地，高燒紅燭照紅妝。

但覺光華竟夕增，居然清似一輪冰。也同天上青藜火，不比人間黑漆燈。我輩生涯原淡淡，個中消息自騰騰。玉堂不少金蓮炬，讓與西清舊友朋。

仲冬八日入都銷假，偶成四律述懷

風雪正漫天，全家送上船。未能供菽水，何敢戀林泉。門户憐兒小，晨昏仗婦賢。此行殊惘惘，慚愧祖生鞭。

一載鄉山住，依然四壁空。伶仃同命鳥，辛苦寄居蟲。報國原無具，謀生亦未工。誰云游宦樂，吾輩是飄蓬。

况值艱虞日，年來事事非。一官翻是累，八口竟何依。江左烽烟逼，閩中信息稀。時久不接壬甫兄信。臨歧數行淚，灑上老萊衣。

行止猶無定，歸田計更賒。白頭親望遠，赤手婦持家。世事那能料，吾生長自嗟。何時一尊酒，聚首又天涯。

嘉平十八日抵都門作

去年南下奉潘輿，小住鄉山一載餘。清夜猶然愧烏鳥，聖朝未敢戀鱸魚。飽嘗世味豪情減，久別京華舊雨疏。遥望觚棱天咫尺，晨光未辨早登車。

年來鈴索隔西清，問訊東華舊弟兄。吾輩虱官何所用，幾時蛾賊得全平。愧無才識難修史，縱有文章敢論兵。惟願南天烽火息，好將詞賦獻承明。

予里居時即聞房師孫蘭檢侍郎殉難金陵，到京後詢悉其詳，盡然流涕，敬挽四律

都門小集餞行旌，師去年夏以兵部侍郎視學皖江，予與諸同年餞之城外。太息江淮正阻兵。千里蟲沙迎使節，五更鶴唳警危城。風塵莽莽文星暗，江水茫茫礮火明。半載恬然心不動，男兒南八豈求生。師與余書云：「衽席之上，時聞礮聲，而心自恬然。」

烏鳥情深不自知，毅然一疏抗丹墀。堂前甘旨謀歸養，江上旌旗詔督師。時有旨命師督辦防堵，而師適因親病，疏請歸省，遂忤上意，鐫秩，而師已殉節矣。親舍白雲虛有夢，戰場碧葬竟無尸。皖公山下遺民在，猶見先生罵賊時。

春風桃李滿門墻，獨許彭宣到後堂。詩格微嫌近郊島，師誦余詩，曰：「惜山林氣太重。」文章謬許似齊梁。師極賞余四六文。科名敢望傳師鉢，翰墨聊堪侑壽觴。師去年于危城中寓書，索予文爲堂上壽。試取遺書重展讀，零星都在篋中藏。

爲憐歸客似飄蓬，費盡經營半載中。羽檄倉皇虛講席，手書稠疊付郵筒。師知余乞假歸，即爲言於皖省當事，延主徽郡紫陽書院，雖爲兵事所阻不果赴，然爲予計則甚周矣。旄頭妖氣連江裏，箕尾忠魂返太空。賸有不才門下士，瓣香長自奉南豐。

乙卯二月十五日初入國史館

一入承明歲月加，又來史館駐朝車。坐中前輩尊於佛，架上官書亂似麻。聖世何須有南董，直廬且喜傍東華。小臣願紀升平事，歸向田間父老誇。

與王補帆同年凱泰南下窪子散步

酒座歌場處處豪，偏將野興寄林臯。亂墳多鬼人稀到，古寺無僧犬獨嗥。自覺閒身宜此地，天教冷趣屬吾曹。明朝吏部門前去，又染緇塵到敝袍。京察人員例于吏部唱名，而翰詹衙門實無到者，是日院吏來告，故戲及之。

四月初二日内子率兒女輩到京，喜賦

滿地干戈行路難，輕車安穩度桑乾。回思往事都如夢，且守清貧莫當官。室内塵埃聊布席，盤中粗糲强加餐。全家願似梁間燕，隨意營巢到處安。

六月八日偕孫琴西衣言、朱晴洲文江、邵汴生亨豫、錢湘吟鋑、王補帆凱泰、楊振甫慶麟、何受山福咸諸同年至龍樹院作竟日之游，紀之以詩

九衢車馬地，所難此清曠。每逢明瑟處，便覺心神暢。吾輩不羈人，疏慵天所放。閒官幸

無事，勝友時見訪。同游古招提，芒鞋各一兩。是時天新晴，蹄涔水猶漲。迂迴取路行，聯翩乘興往。入門僧不迎，老槐屹相向。倚欄一平視，蕭然出塵綱〔一〕。萬頃足蘆葦，一城匝屏障。遠寺紅入畫，平疇緑成浪。諸子發高興，尊酒佐跌宕。僧廬無主賓，行厨有供張。語妙雜詼諧，交狎忘揖讓。揮扇可代麈，脱衣各置桁。或丁丁然棋，或烏烏然唱。相期竟日游，惟酒亦無量。東坡赤壁下，逸少蘭亭上。須知今日樂，便足古人抗。飲罷半醉醒，歡極齊得喪。誰乘使者車，請更與祖帳。

岳忠武名印歌爲楊漱芸丈炳春賦

鄂王有遺印，流傳在吴市，翁過吴門偶得此。大名照耀日月寒，正氣鬱盤魑魅死。我思宋南渡，半壁愁難支。惟王起卒伍，所向咸披靡。郾城一戰兀术走，中原父老迎王師。兩河豪傑盡響應，大書「岳」字縣之旗。此時此印亦生色，草檄飛書走南北。想見山東河北間，兩字傳來人盡識。惜乎和議朝中成，金牌十二俄收兵。只消三字「莫須有」，頓教萬里隳長城。要其忠

〔一〕綱，原作「綗」。

勇足千古，物以人傳媿璜琥。笑佗高廟玉孩兒，得失區區何足數。翁從吴市携來燕，藏之篋笥光燭天。因我好古出相示，殷勤索我詩一篇。嗚呼！英武如王今古最，建炎中興功莫大。方今盜賊滿江湖，安得其人寄閫外。願將此印鈐軍符，重向東南破楊太。

平泉舅氏寄示自嘲一首，因次韵奉酬，亦以自嘲

一官忝玉堂，屢踏東華土。移家日下居，城南天尺五。群謂列清班，容易紆華組。誰知毛生錐，依舊囊中處。方今聖人世，玉燭調四序。如何兩階前，猶未舞干羽。諸君駕輶軒，方將祭纍祖。乃聞疆吏言，東南無定宇。暫停賓興筵，軍門聽鼙鼓。時因軍興停鄉試者七省。吾黨二三子，困守伯通廡。報國僅文章，未足資禦侮。官冷我亦冷，蕭然如太古。僮僕有怨言，其言藏腹肚。曰自從爾來，冬寒夏暑雨。衣有卅年裘，食無四升簠。不知竟何得，無乃徒自苦。主人微聞之，一笑而不語。不見吴楚間，烽火照洲渚。生民罹此虐，流離那可數。黄河天上來，勢欲傾底柱。側聞中州地，滚滚魚龍舞。吾耕既無田，吾隱又無墅。四方既靡騁，歸歟計又阻。避世金馬門，是亦得吾所。囊中有俸錢，一可當什伍。時行當十、當五大錢。官米新且潔，猶足人一餔。春季俸米從采辦處支領，甚佳。舊雨時往來，相對無齟齬。興到吟一詩，亦足寫情緒。

何必泣牛衣，沾沾學兒女。

八月初二日蒙恩簡放河南學政，恭紀

金殿揮毫墨尚新，四月十三日保和殿考差。又看恩命出楓宸。頒來蕩節從天上，駕得軺車向洛濱。自是采風宜太史，敢云入境即王人。小臣舊是村夫子，肯負書生面目真。

九月二十四日出都赴豫口占

去歲風霜賦北征，今年乘傳又南行。一樽仍喜家人共，千里頻煩候吏迎。烽燧平安官堠近，琴書瀟灑使車輕。男兒駟馬尋常事，每把題橋笑長卿。

滹沱河懷古

滹沱河冰薄於紙，白水真人飛渡此。今日猶傳危渡名，當年早卜中興始。嗚呼！項羽倉皇走大澤，不能安坐烏江舟。苻堅投鞭笑天塹，不能遂作江東游。惟有真王所至神爲謀，往往奇迹人間留。錢唐之潮可使三日而不至，旃然之水可使千年而不流。願將此意廣作叔皮《王命論》，掃盡潢池擾擾千蚍蜉。

邯鄲吕翁祠

浮雲過眼了無痕，得失區區未足論。我亦偶然來入夢，忽乘薄笨忽輶軒。

一甑黄粱熟又炊，神仙莫笑世人癡。人生何必都無夢，只要先知有醒時。

丙辰二月初三日出棚考試，大風渡黄河作

黄河無風浪千尺，况乃有風風又逆。風浪聲中鼓吹高，使者河邊祭河伯。河伯其聽使者歌，人間何處無風波。但令胸中無芥蔕，那愁脚底有黿鼉。臨河却爲蒼生慮，從古河防無善計。百萬金錢付水濱，不飽魚龍飽官吏。頻歲黄河向北行，狂瀾幾遍山東地。轉瞬桃花春漲生，或疏或築無人議。此間群議更悠悠，大河北徙吾無憂。豈知河性固難測，似宜未雨先綢繆。書生欲言苦非職，蒿目空爲生民愁。焚香敬向河干祝，惟爾有神雄四瀆。但願安瀾慶九

秋，莫教怒浪生三伏。河伯有知應軒渠，笑我此意徒區區。廟堂自有河渠書，幸無竊竊憂其魚。

陳橋驛

天將神器付香孩，兵次陳橋帝業開。一襲黄袍麾下進，數行丹詔袖中來。出師倉卒原無寇，受禪從容大有才。讓衮錫文多事甚，始知魏晋太遲回。

余校士，終日危坐堂皇，偶成五言一首

使者承簡命，秉節來中州。大懼不稱職，以爲朝廷羞。念此童子試，貴在真才求。士人既讀書，必先泮水游。於此苟不慎，魚目充琳球。文風固必飭，弊竇尤宜搜。如何作僞者，悉數而未休。羊質或冒虎，鵲巢或居鳩。蜃與蛩相負，鼠與猫同謀。使者坐堂皇，耳目仍未周。敢云弊盡絶，鬼蜮無能售。亦姑盡吾心，勿使淆薰蕕。吾耳所及聞，或者無鵂鶹。吾目所及見，或者無蚍蜉。不然土木耳，毋乃徒悠悠。搴帷時一望，朔風吹颼飀。諸生田間來，大半寒無

裘。更有八十翁，霜雪盈其頭。風檐執卷寫，落筆幾成牛。所願止一衿，未卜何時酬。使者獨何幸，年少登瀛洲。皋比而絳帳，門外擁八騶。敢不盡其職，以副君恩優。書此置坐右，聊當箴銘留。

校閲步箭作

使者本詞臣，素未習弓矢。如何坐堂皇，以此試多士。豈知桑與蓬，事本屬男子。使者雖不射，亦頗知射理。志正而體直，道在求之己。徒誇弓六鈞，止一健兒耳。登堂肅衣冠，呼名慎跪起。心平手自調，然後奏爾技。不中固足羞，中亦勿遽喜。須知秉筆者，更有鵠在紙。余校士時，凡所中之箭偏正高下均分別存記，以定去取。

湯陰謁岳忠武廟

十年閫外枕雕戈，奈此秦頭壓日何。南渡君臣生氣少，東窗夫婦殺機多。功高豈意翻成罪，戰勝無端更議和。不待籲天誣早辯，精忠二字總難磨。

蘇門山紀游

行部古共國，遂游蘇門山。山光既明瑟，泉韵尤潺湲。於此一俯仰，洗我塵中顔。孫登有嘯臺，高出浮雲間。太行與王屋，舉手疑可攀。惜乎塵冥冥，掩盡千螺鬟。是日適大風。嘯聲不可聞，但見斜陽殷。下山殊自愧，緣比嵇康慳。

子在川上處，載籍固無考。乃登兹山巔，鴟吻聳雲表。其上宫墻高，其下清流繞。雖屬想當然，附會良亦巧。山上有文廟，門外建坊，題曰「子在川上」。原泉來混混，有本不嫌小。仲尼歎水哉，即水可見道。安知非此地，悠然契懷抱。我來拜遺像，冕旒而垂藻。蘇門理學藪，講堂餘蔓草。伊洛徒茫茫，淵源問誰紹。

蘇門最勝處，無如珍珠泉。泉從山下出，顆顆珍珠圓。誰能探泉脈，疑有驪龍眠。水清可見底，石罅鳴濺濺。憑欄此小坐，静對水底天。念自來河朔，校士逾數千。得毋迷五色，凌亂丹與鉛。掬水洗吾眼，愛此清且漣。庶幾校士時，雙瞳常瑩然。

少小走風塵，頗具烟霞癖。每逢佳山水，往往蠟游屐。布襪與青鞋，焉往而不適。今乘使者車，偶來駐棨戟。嗚騶泉石間，毋乃成俗客。顧念風景佳，北方罕儔匹。竹影滿園清，松陰半窗碧。何怪東坡老，於此願卜宅。我生亦如寄，雪泥無定迹。借問安樂窩，可許爲我闢。山上有邵康節安樂窩。

先君子曾應康蘭皋中丞之招，客游懷慶府之緱山村，集中《覃懷游草》兩卷乃其時所作也，迄今二十二年。小子樾持節經臨，感懷風木，乃歎王僧孺引騶清道，悲不自勝，良有由也，因口占四十字

手定《覃懷草》，先人自紀游。三年曾此住，兩卷至今留。舊德憑誰問，浮榮未足酬。經臨無限意，太息爲停騶。

修武縣武童蘇振邦縣府試皆第一，院試時中馬箭三、步箭四，因亦置第一，以詩紀之

庭前弧矢士爭彎，愛爾登堂技最嫻。且博一衿游泮水，儼同三箭定天山。臂强能挽銀牙弩，齒少猶陪玉筍班。萬里封侯如有分，休忘此日奪標還。

崤山

驛路過崤陵，危巖幾度登。馬蹄雲破碎，鳥道石崚嶒。徑窄痕如鑿，山深氣似蒸。輶軒猶畏險，憶否昔擔簦。

虎牢

巖邑曾傳鄭虎牢，驅車過此亦堪豪。雨晴白日雲猶黑，風小黄河浪自高。一綫奔流來底柱，千盤隘道出成皋。山川形勝今猶昔，慚愧書生擁節旄。

縴夫行

河陝間山路崎嶇，輿行必以縴夫挽之，與行舟無異。余昔年往來新安江，舟行灘石間，邪許相聞，曾作《縴夫行》紀之，乃肩輿登山，亦復如此。因再紀以詩，用識行路之難云。

頑青鈍碧起迎面，高可千盤寬一綫。輿丁欲上愁遷延，乃仿船家例用繂。西至函谷東成皋，鄭之虎牢秦之崤。古來天險此爲最，我行往返何其勞。千摇萬兀人無數，挽我千山萬山路。山上人家半穴居，山中車馬皆縣度。昔者吾游新安江，江水日夜流淙淙。百丈挽舟舟不上，森然怪石船頭撞。何意輶軒經此地，竟與乘舟了無異。世間行役總勞人，未覺榮華異顑頷。爲吾傳語語繂夫，勿言爾力今朝痡。行盡馬鞍七十二，夷庚從此無危途。自洛陽至陝州，俗言有馬鞍七十二，蓋山形高下如馬鞍也。

挽周雲笈七十韵

雲笈需次江右，尚未補官。去年冬，署安義縣事，城小兵單，寇氛密邇，請兵請餉，皆不應。至今年正月十九日，賊犯縣城，雲笈率練勇數十人出城迎敵，手刃三賊，身受數創，衆寡不敵，旋被戕害。嗚呼，可哀也已！雲笈名承謙，後更名祖誥，仁和人，庚子舉人。素性慷慨，以忠義自負。與余交最深，又重以姻婭之戚，二十年來鄉里釣游，長安文酒，未嘗不與君共也。四月間，余校士洛陽，適聞此信，中夜傍徨，達旦不寐，即欲以詩挽之，愴然不能握管。夏間避暑省垣，遂成五言七十韵。回憶雲笈赴江右時賦詩留別，余次韵和之。

曾幾何時，又有此作。每憶昔游，不自知涕淚之横集也。

平昔談忠義，惟君最激昂。艱難寄民社，慷慨死戎行。毒霧連吴楚，烽烟逼豫章。一行初捧檄，百里正籌防。城小謀增壘，田蕪議積糧。官猶如傳舍，寇已在垣墻。自謂心俱赤，人看鬢漸蒼。君到任後，籌防盡悴，鬚髪皆白。蠟丸詞宛轉，羽檄警倉皇。弩鏃飛青石，軍符走赤囊。居民争罷市，幕客半成裝。伍子昭關出，臺卿複壁藏。而君期必死，到此意如常。張目麾孱卒，銜鬚赴戰場。靴中刀伏突，腰下劍干將。陣合雲俱黑，軍孤氣轉揚。賊顱迎刃脆，戰血濺衣涼。力竭仍摩壘，圍深更裹創〔一〕。蚍蜉誰赴援，猿鶴竟偕亡。先軫元還在，真卿體未僵。忠骸盛馬革，浄土借鵝王。賊入城後，遺民殘卒移君骸骨至塔下寺。手爪堅猶握，須髯怒尚張。健兒齊瀝酒，父老競焚香。旅櫬歸先兆，靈風動故鄉。麻衣憐幼子，白髪泣高堂。七品官如舊，千金債未償。晨昏惟婦奉，門户獨兄當。有女啼偏苦，無言意自傷。九原從死父，一慟斷柔腸。君弟三女已聘爲大兒婦，聞君訃悲甚而卒，四月十七日事。忠孝都無憾，存亡兩有光。憐余感疇昔，未免涕沱滂。姻婭相依始，承平樂事長。里門同角逐，婿水共倘佯。君婦乃平泉舅氏長女，與室人兄弟也。交

〔一〕裹，原作「裏」。

密形骸略，談高意興狂。大文徵典册，小字寫巾箱。身世常交勖，詩文每互商。長安游并轡，逆旅卧聯牀。謀及虀鹽事，鈔來疥癬方。君患癬幾十年。古甎誇得晋，僻句戲搜唐。險韵追韓孟，清言雜老莊。筌詞喧酒坐，風雨静禪房。迨我全家返，邀君一葦航。長途多跋涉，群盜况披猖。鄉樹連天遠，軍烽入夜望。聯艢共南下，冒險走東昌。彭口風澎湃，微山水渺茫。提携憐涸轍，安穩喜歸艎。飛鳥回巢暫，行雲出岫忙。故山無遠志，先世有甘棠。君祖曾作令江西。行篋詩千首，君赴江西時，以詩贈行者甚衆，屬余彙而書之。離筵酒一觴。清游雖佛日，臨行前與君同游佛日寺。客路已錢塘。滕閣尋秋色，豐城訪劍鋩。郵筒問眠食，治譜話循良。見説兵猶頓，傳聞歲尚穰。牛刀曾小試，君代理豐城月餘。鳧舄待高翔。余亦還都下，年來又大梁。素書蒙問訊，玉尺愧評量。君聞余視學中州，馳書相賀，乃去年十二月書，君已至安義任。噩耗來江右，軺車正洛邙。一緘開鄭重，五夜起徬徨。青史千秋事，丹心百鍊剛。成神宜蔣尉，爲鬼亦睢陽。疆吏應陳請，廷評例襃彰。身登忠義傳，家襲羽林郎。大義真無忝，私情自不忘。名雖留竹素，夢竟醒蕉隍。位未將才副，文偏與命妨。衣冠存碧葬，事業付黄粱。驥足何曾展，髦頭尚有芒。狂瀾誰砥柱，勁草自冰霜。入世悲知己，憂時弔國殤。人琴無限意，不僅爲潘楊。

戲咏茉莉花籃

誰將金翦翦花叢，愛此筠籃製最工。采縷穿成珠絡索，冰壺盛得雪玲瓏。幾層素蕊垂垂小，一味幽香曲曲通。紙帳梅花添韵事，今宵清入夢魂中。

猫

花陰晝静儘酣眠〔一〕，時復低聲唤膝前。提抱慣從嬌女手，摩挲深得主人憐。一身白雪經宵暖，兩顆明珠過午圓。癡坐苔階呼不覺，看佗胡蝶舞蹁躚。

狗

狺狺如豹亦堪豪，卧守閒庭敢憚勞。摇尾宛能通主意，論功殊覺勝奴曹。但求食粟恩無

〔一〕花陰，原闕，據同治十年刻本補。

愧，莫笑看人眼不高。可奈青蠅飛似雨，花前小坐自爬搔。

周容齋先生爾墉工書善談，因耳重聽，談輒以筆，每過余談，必以管城子〔一〕、楮先生將命焉，因以詩贈之

昔聞米襄陽，筆硯不釋手。坡公海外歸，盛名動山斗。米時知睢州，遣使迎馬首。坡亦欣然來，兩賢共尊酒。賓主各一几，筆硯無不有。列紙數十番，高可齊户牖。談諧興既酣，觴咏時更久。二公俱命筆，紙上雲烟走。無何紙亦盡，各付奚奴負。相易而持歸，詑歎謂非偶。蘇米書中豪，名壓唐顔柳。偶然此游戲，勝事遂不朽。文采與風流，照耀千載後。先生今東坡，雲夢胸八九。時時從我談，能以筆爲口。大書舞龍蛇，小字摹蝌蚪。我亦手握管，相對顔怩忸。秋蚓與春蛇，落紙字字醜。客是蘇子瞻，只惜主人否。

〔一〕管，原闕，據同治十年刻本補。

内子因余校士甚勞，勸勿作詩。余雖感其意，而不能盡從其戒，戲書數語貽之

天生劉伶酒爲名，婦勸勿飲伶弗聽。天生吾乃不飲酒，問婦如何婦曰否。君雖不飲苦吟詩，吟詩太苦傷心脾。勸君并詩亦勿作，胸中浩浩又落落。吾謂卿言雖復佳，無詩何以寫吾懷。吾姑吟詩不求好〔一〕，隨筆而書隨意造。不雕不琢全吾天，問婦如何婦曰然。

朱亥故里即朱仙鎮。

晋鄙雖宿將，畏秦避其鋒。一軍次蕩陰，莫救邯鄲攻。信陵盜符至，猶恐衆未從。奮椎奪其軍，朱亥真英雄。遂使信陵君，名震崤函東。悠悠晋鄙輩，何足謀成功。驅車夷門下，敬問七十翁。如今風塵内，可有人如公。

〔一〕　吾姑，原闕，據同治十年刻本補。

沮溺耦耕處在葉縣。

周衰天地閉，賢人隱於耕。尼父與之遇，惓惓懷深情。苟肯從吾游，莫非三代英。不然沮與溺，混迹蚩蚩氓。問津且不告，豈復言其名。何以《魯論語》，紀載殊分明。乃知聖與賢，汲引出至誠。諮訪其姓氏，考論其生平。遂令千載下，猶留二子塋。既歎斯人高，復感吾道宏。使者驅車過，田疇何縱横。豈無隱君子，出而憂蒼生。

昆陽懷古

漢兵困守昆陽城，昆陽城外百萬兵。長人十丈巨無霸，虎豹犀象來縱横。一夜風雷飛屋瓦，白水真人到城下。不知募兵兵幾何，但覺軍聲動原野。人獸辟易無敢當，伏尸流血滍水赭。何須符命奏强華，早已威名震銅馬。嗚呼！有晋之元帝，有宋之高宗，歷數古來中興主，幾人能與蕭王同。我行經昆陽，慷慨懷英風。光武以數千人破莽百萬衆，昭烈連營七百餘里無成功。興亡一半由天意，一半亦貴人謀工，我思光武真英雄。

新野學文生徐鶴年已告給衣頂，而歲試考列弟一，予因其文理尚優，且年例未符，仍準應試，以詩紀之

老大徒留鐵硯銘，已拌乾死桉頭螢。誰知旗鼓一聾俊，又冠香花千佛經。豈僅寒氈留故物，還期庖刃發新硎。春風大有噓枯意，莫到秋來柳便零。

許州試院乃蕭謙谷先生元吉**官此時所建，予校士至此，見其規制崇閎，功程堅致，徘徊庭樹，不勝甘棠猶思之意，因賦五言詩一章**

校士至許昌，有懷昔賢牧。昔賢牧爲誰，蕭君字謙谷。試院舊湫隘，規模亦褊促。蕭君顧而嗟，欿然意未足。城之東南隅，有地吉可卜。舍舊而謀新，半年勞畚揭。堂廡既崇閎，屋廬更連屬。列舍東西寬，重門内外肅。使者之所居，閒庭蒔花木。賓幕之所休，明窗悦心目。官吏此趨公，不復憂寒燠。士子此構思，不復溷鼞濁。至今二十年，庭樹猶餘緑。賢者蕭使君，多士蒙其福。况君多善政，非此一事獨。千仞築宫墻，百里開鄉塾。君修文廟宫墻及戟門大門，又置社學四十餘處，均見州志。求之古人中，文翁之治蜀。自從軍興來，文場換戎幄。屋養健兒馬，門樹大將纛。側聞較射地，已爲火藥局。美哉奐與輪，未免憂傾覆。古人一日居，猶必葺墻屋。如何賢牧功，零落無人續。使者坐堂皇，慨然寄遠矚。起撫庭前樹，風來聲謖謖。甘棠猶思之，夫何愧尸祝。我爲賢牧歌，歌盡紙一幅。既衰昔人賢，亦爲後人告。

許州武童劉占元能左右射，左右各發五矢，各中四矢，因取置弟一，而紀以詩

左右皆能射，端推巧力全。挽强猿臂健，破的虱心圓。楊葉穿應可，芹香采獨先。天山三箭足，盼爾勒燕然。

題劉松嵐觀察大觀弔武虛谷先生墓詩手卷

武虛谷先生，諱億，河南偃師人，以進士出宰山東博山縣，多惠政。時相國和珅遣番役至山東有所詗察，役暴横，莫敢誰何，先生執而杖之，坐是罷官歸。益研究經義，所箸書

十數種。及和相敗，有詔起先生於家，而先生已卒。劉松嵐觀察過先生墓，弔以詩，今墨迹藏其家，先生孫名來者乞余題詩於後，因爲歌曰：

先生卓犖人中豪，爲民作爹身忘勞。虎而冠者來咆哮，擇肉而食誰所教。縛而杖之無由逃，群羊畏虎聲嘈嘈。人生窮達隨所遭，安能俯仰如桔橰。拂衣歸去嵩山高，經疾史恙窮秋毫。一旦見晛冰山消，璽書俄受彤廷褒。公已先赴巫陽招，徒留坏土埋蓬蒿。有客過此歌且謡，其聲慨慷心鬱陶。爲風爲雨爲怒濤，筆力斫斷生鼉蛟。翩然鳳翥鸞翔翺，我披此幅風蕭騷。願君寶此如瓊瑶，長使祖德千秋昭。

明巡按御史揭帖歌

明直隸巡按御史徐吉揭帖，蓋爲吴民梃擊緹騎一案而上也，帖中共十三人，除世所共知顔佩韋等五人外，尚有吴時信、劉應文、丁奎三人皆預梃擊之事。又有戴鏞、楊芳、季卯孫、許爾成、鄒應楨等，乃因赴浙緹騎驛騷於胥門外，衆怒，焚其舟，事出同日，遂并爲一桉者也。顔佩韋等駢誅，今所傳五人墓是。丁奎、季卯孫、許爾成皆杖徒，楊芳、鄒應楨皆杖，戴鏞死於獄。之數人者，雖市井梟散之徒，而激於義憤，以有此舉，尚不失爲三代直道之遺。徐公治此獄，意主消弭，保全實多。此帖本當時公牘，鈐有巡按御史印章，傳二百餘年，紙尚完好，周容齋先生得而藏之，索詩於余，因賦此。

校尉來，猛如虎。駕帖來，逮吏部。姑蘇城中十萬户，十萬户人齊焚香，願爲吏部求都堂。青青子衿，萬口一言。願都堂，草疏雪吏部冤。都堂頗有泚，校尉怒而起[一]。是何鼠子，敢抗魏公旨。皇帝聖旨，乃出魏璫。一夫大呼登公堂[二]，是非詔使擊之無傷。萬梃齊下誰能當，爲之首者顔馬周沈楊。此外若劉若丁若吴，環起如堵墻。群虎失勢化爲羊，或死或匿或走且僵。峨峨巨艑自北來，泊胥門外癲如雷。市上之屠儈，戴鏞。驛中之輿臺，楊芳。一時同受池魚災。入城呼者季與許，奮臂一麾衆皆聚。艤舟而待鄒應楨，千人萬人争此一枝櫓。火其舟，校尉愁。浙中游，今且休。事聞於朝謂吴中亂，廠臣眈眈欲發大難，火急文書下撫按。按臣心苦爲周旋，獨坐西臺斷此桉。巧借詔旨示矜全，未便株連擾里閈。重者竿首輕者

[一] 而起，原闕，據《中國野史集成》第二十七册《徐巡按揭帖》所收此詩補。
[二] 大呼，原闕，據《中國野史集成》第二十七册《徐巡按揭帖》所收此詩補。

笞，若者鬼薪若城旦。天啓六年六月，御史徐吉據事直陳，至今揭帖猶如新。我過五人墓，墓碑高嶙峋。誰知五人外，乃復有八人。當時義舉出市井，使非此帖幾泯泯。顧翁保此如貞珉，贗帖僞揭帖真。

丁辛編　春在堂詩編五

丁巳春大梁公宴，即席有贈

璽書萬里下金城，爲念東南未罷兵。此輩幺麽原小醜，我朝絳灌即書生。風前纛影朝臨陣，雪裏刀光夜斫營。聽話從前鏖戰事，江淮草木早知名。

虎節新從塞外旋，游蹤遠過漢張騫。人行戈壁渾如海，春到伊犁别有天。城大園林能占地，土甘瓜果不論錢。相期盡掃鯨鯢後，更闢新疆萬頃田。

旗鼓中原再建牙，匆匆歲酒出京華。三軍聚拜邊菩薩，一戰生擒陳夜叉。裘帶風流人盡看，弓刀嚴肅士無嘩。將軍何幸從天下，自此蒼生望更奢。

不才幸得接餘光，良夜叨陪酒一觴。此日軍容嚴細柳，昔年詞采艷《長楊》。人間韜略傳金版，天上圖書共玉堂。歌咏升平吾輩事，待公長劍掃貪狼。

樾於去年十一月疏請以鄭公孫僑從祀文廟，并以孟皮配享崇聖祠，詔下部議從之，兹因檄行所屬府州并係以詩

驅車過溱洧，有懷東里賢。惟鄭介兩大，玉帛難周旋。治外先治内，要使根本堅。寬猛適相濟，火烈何傷焉。孔子昔至鄭，事之如兄虔。流涕哀其死，遺愛今猶傳。固與蘧大夫，聖意同拳拳。并許爲君子，其道夫何偏。今觀東西廡，春秋陳豆籩。有蘧無公孫，祀典猶未全。使者敬入告，廷議僉曰然。詔增從祀位，位在林放前。東廡瑗居首，西廡僑爲先。俎豆從此定，萬古無能遷。

崇祀齊國公，始自嘉靖時。宋祥符二年，封叔梁紇爲齊國公。明嘉靖十年，立啓聖祠祀之。我朝監前代，乃立崇聖祠。褒封其五世，一例陳尊彝。獨念我孔子，有兄曰孟皮。孟皮未配享，於禮猶有遺。先人客覃懷，手定兩卷詩。實始發此議，洵足千秋垂。先大夫瞷花府君《印雪軒詩集》有《覃懷游草》兩卷，皆客懷慶時作，中有《咏古》四章，其弟二首爲孟皮未與配享而發也。樾此奏蓋敬成先志云。於今二十年，荏苒星霜移。不才秉使節，問俗來嵩伊。敬本先臣意，稽首陳丹墀。詔下所司議，議者無參差。自此春秋祭，俎豆及伯尼。既符萬世公，亦慰一己私。遺編重展讀，風木增凄其。

淮寧童子張家釗年八歲，文雖無足觀，而能成篇，因年太幼故未録取，記之以詩

古有張童子，而今復見之。呼名胥吏笑，執卷祖孫隨。其祖張斐然年五十九，亦應試。律已通虚字，書纔讀《幼儀》。雲程留有待，莫憾采芹遲。

西華縣文童蕭麟德年十四，府縣試皆弟一，予試之，文詩字均可觀，因亦置弟一，以勵髦士

如此年華舞勺纔，居然下筆少塵埃。連穿楊葉真無敵，未賦梅花已是魁。賓館傳看欣得士，封章偶及爲憐才。予奏報考試情形，附及此事。蓬萊更有三山在，能否都登絶頂來。

謁太昊伏羲氏陵

太昊當年此建都，遺墟榛莽未全蕪。史公不立三皇紀，邵子偏傳八卦圖。但覺神明終古

在，休疑封樹後人誣。使臣敬向陵前拜，分得靈著一束枯。時蓍草尚未生，因于郡守處乞得枯者百莖。

澠池懷古

趙爲秦鼓箏，秦爲趙擊缶。爲趙擊缶秦所醜，大呼太史來，歲月紀某某。一時意氣遂千秋，今日豐碑留道右。嗚呼！一士之得失，兩國之雌雄。魯有一曹沫，手劍遂足要桓公。漢有一樊噲，卮酒遂足驚重瞳。可憐宋襄公，盟楚乃見執；可憐楚懷王，入秦終不出。當時左右豈無人，碌碌不堪資緩急。我行渡澠水，感此聊停車。司馬犬子解作《封禪書》，智勇安得如相如。

「我行河陝間」一首紀所見

我行河陝間，山山半是土。一徑纔通車，兩旁若環堵。何年煩巨靈，於此施鑿斧。我意三代前，建國此無數。胙土而分茅，傳之歷年所。如鳥愛其巢，綢繆到牖户。爰乃因地勢，而以人力補。欲求七罾安，不辭畚挶苦。《易》稱古王公，設險守其宇。此即所設險，藉以禦外侮。

《春秋》書築郿，傳者强訓詁。區分邑與都，於義實無取。書築蓋非城，因地爲險阻。自從車戰廢，戎馬遂莫禦。古人設險處，因而廢不舉。徒令穴居民，借以蔽風雨。書生喜鑿空，頗亦非莽鹵。爲高因丘陵，此語傳自古。

謁關壯繆墓

祁連高築勢崚嶒，靈爽千秋此式憑。朽骨應憐魏疑冢，忠魂猶傍漢原陵。墓碑直與尼山埒，墓稱「關林」，與「孔林」同。祀典頻邀聖代增。留得佳城壯河岳，永教四海震威棱。

予視學中州，偶因人言而罷，漫賦四章

雲烟過眼了無痕，歸卧鄉山好杜門。萬事是非憑吏議，一官去就總君恩。須知浮世原如夢，莫怪流言太不根。軒冕山林皆是寄，雪泥陳迹更休論。

使臣兩載此停車，奉職何容計毁譽。竟使流傳成市虎，或因明察到淵魚。性剛自覺逢時拙，識短難辭慮患疏。聖主如天無不照，莫將咄咄向空書。

頻年鷄肋戀微名，猿鶴應疑負舊盟。白簡忽催人解組，青山早勸我歸耕。版輿安穩迎慈母，治譜循良讓阿兄。更喜山妻詩句好，朝冠卸後一身輕。內子句。

歸期未定且徘徊，草草移居又一回。時移居私寓。奴輩好隨新主去，兒曹仍挾故書來。短檠三尺貧猶在，敝帚千金願已灰。從此江湖安我拙，休將舊籍問蓬萊。

放言

東坡在元祐，文章天下雄。發策試館職，乃受盈廷攻。以爲大不敬，譏諷及祖宗。宣仁雖不問，群論猶汹汹。竟以此請外，不復留朝中。後來葛文康，名勝仲。發策同此意。其時政和間，文字多禁忌。言者竟無人，晏然保名位。乃知人多言，亦是命所致。磨蝎坐命宫，欲避無所避。然而葛與蘇，千秋孰軒輊。葛事見岳珂《桯史》。

蘭坡方伯瑛棨屬題宋刻蘇帖

蘭坡以宋刻蘇帖三卷示余，云得之都門市上，乃宋乾道五年汪聖錫應辰刻於成都西樓下者。原刻三十卷，然陳眉公刻《晚香樓蘇帖》，已云成都汪刻不可復見，則散失久矣。此帖雖止十之一，然的係宋刻，可寶也，因題數語而歸之。

東坡先生文章雄，書法亦爲千秋宗。黨錮愈甚名愈崇，寸縑尺紙鼎與鐘。端明學士官蜀中，妙選美石精磨礱。末附跋語黄涪翁，卅卷光照川西東。西樓遺址俄蒿蓬，眉公搜訪嗟無從。殘鱗賸甲偶一逢，得之何異圭璧琮〔一〕。蘭坡方伯今坡公，羅列環燕評纖穠。獨於此帖情所鍾，偶出示我吴下蒙。我讀公文慕其風，中年憂患頗與同。雪泥春夢俱匆匆，惟愧夙欠臨池功。鸜哥吉了難爲工，虚將書髓摹文忠。

蘭坡又以錢武肅王鐵券拓本見示，自元明來題跋者數十家，亦可觀也，爲賦四律

五代干戈際，惟王智勇全。奇兵屯八百，神弩挽三千。歐史殊難據，蘇碑自足傳。至今留鐵券，題詠遍名賢。

〔一〕 璧，原作「壁」。

偶因披此册，軼事憶當初。威懾羅平鳥，恩寬使宅魚。壁間留雅咏，陌上駐香車。草莽英雄輩，風流總不如。

何况名流筆，元明至我朝。幾人徵野史，題跋自危太僕以下二十餘人，其中尚有無可考者。一卷出僧寮。舊爲六舟和尚所藏，亦吾浙詩僧也。金石有時泐，券文半漫漶不可識。雲烟未許銷。龍飛兼鳳舞，奇氣尚干霄。

我本家吴越，彌懷舊澤長。湖山自歌舞，祠墓已滄桑。欲問旗常業，空留翰墨香。願教書萬本，歸去壓輕裝。

海昌查辛香冬榮**，亦知名士也，流落梁園，窮而老矣，以長歌見贈，走筆和之**

先生奇氣凌千秋，一瓢一笠人間游。頭童齒豁未得志，笑談往往輕王侯。海内風騷久歇絶，吾道廖落誰爲謀。莽莽軍符走赤羽，森森戎幕張青油。誰念天涯有王粲，蕭條雙鬢猶登樓。蓬蒿太肥蘭太瘦，此憾未免東皇留。君詩有云「安排未免東皇欠，肥到蓬蒿瘦到蘭」，即用其意。眼前窮達姑勿論，聽人呼馬兼呼牛。且喜入閨有良友，君室人能詩。沽酒笑脱千金裘。不才亦作梁園客，敢謂冰壺曾濯魄。悠悠薄宦十年空，忽忽歸心千里迫。旌節輶軒皆夢耳，得失聽之何足惜。人世群游傀儡場，吾儕天付冰霜骨。擬買良田可一畦，更闢小齋寬十笏。箸書數卷藏名山，雖有三公吾不易。蹉跎虚願竟何年，傾吐狂言先此夕。璞中有玉各自珍，無令佗人識披褐。

戊午春，予自大梁旋里，行有日矣，賦四律述懷

梁園半載滯歸期，又到鳴鳩乳燕時。薄宦歸家原草草，逐臣去國故遲遲。向來琴劍仍隨我，未定雲烟且聽之。天付優游閒歲月，老農老圃盡堪師。

回憶軺車下日邊，梁園小住又三年。未磨圭角難諧俗，獨抱冰心可對天。初念已如矛盾反，浮生更比轆轤圓。惟應不負登臨興，大好龍門與百泉。行部所至，北登蘇門，南游伊闕，皆中州勝地也。

南天烽火未銷除，自笑迂疏百不如。議禮偶增新俎豆，前年冬，疏請以子産從祀文廟，孟皮配享崇聖祠，皆如所請。談經難闡古圖書。去年秋，呈進《易原圖》三卷，奉旨發還。敢期箸述藏山富，已愧文章報國虚。努力玉堂諸舊侶，幾人頗牧幾嚴徐。

一笑東華夢已闌，扁舟歸去五湖寬。琴書檢點仍無幾，骨肉都盧亦足歡。擬約鄰翁同秉耒，更教兒輩試彈冠。平生自愧如鳩拙，隨意營巢到處安。

留別周容齋先生

自來梁苑識蒼顔，信有神仙住世間。絶代書名李北海，先生書法冠一時。中年豪興謝東山。黄罏趺宕交游廣，緑野尊榮歲月閒。濃福清才都占盡，始知造物未曾慳。

偶然示疾等維摩，數月優游勝事多。九十春光閒領略，兩三舊雨屢經過。清談仍藉毛中令，小坐偏宜木養和。自覺天君原不病，漫將丹訣問如何。

論交何敢附忘年，自喜琴尊有夙緣。猶憶高軒來絡繹，爲憐拙宦費周旋。流丸已動誰能止，破甑難完尚冀全。此意蹉跎無可報，祝公上壽邁彭籛。

即今南下賦歸歟，萍梗江湖聽所如。故里尚愁無立壁，名山敢望有傳書。擬偕妻子同耕作，便與漁樵共卜居。留得先生縑素在，銀鈎鐵畫照蓬廬。時携先生書數幅歸。

予發大梁，顧湘坡前輩嘉蘅追送於城外，并以詩贈，次韵奉酬

豈果菖蒲嗜好偏，亦非香火有前緣。不才曾忝輶軒使，省識南陽太守賢。君曾奉特旨奪情三守南陽，爲中州防禦門户甚力，俄被劾去官。予校士至宛，士民具呈訟君寃者數十人，欲言非職，愛莫能助，至今愧之。肯向悠悠覓賞音，黄堂三度拜恩深。宛南風景今何似，爪印還宜更一尋。君去官後，宛南盜賊蜂起矣。毁譽何嘗有定評，聞雷倉卒頗無驚。與君同入彈棋局，莫怪中間太不平。

中山店題壁

輕寒輕暖稱綈袍，安穩籃輿未覺勞。白飯青芻煩地主，所過州縣仍有適館授餐者，深愧之。天吴紫鳳戲兒曹。自拋使節身多暇，欲試吟鞭膽未豪。時新買一騎。偶作小詩紀行役，燈前又擬醉村醪。

舟過維揚，兵火之後，彌望皆碎瓦頹垣、荒榛蔓草而已，書此志慨

緑楊城郭鬱葱葱，亂後重來迥不同。官道但餘春草碧，佛祠惟賸劫灰紅。燒殘村落尨聲絶，荒盡樓臺燕壘空。二十四橋都寂寞，玉簫無復月明中。

壬子入都，曾作金山之游，至今七載矣。金山寺已毁於賊，同游諸君亦半零落，雲笈殉難江西，及門李簡庭叔姪先後謝世，追念昔游，慨然成咏

七年前向大江過，坐對雲烟共嘯歌。舊雨已成生死隔，名山亦自廢興多。精廬剥落餘榛莽，古樹摧殘賸薜蘿。欲卸蒲帆京口泊，驚看戰壘尚嵯峨。鎮江城外賊壘猶存。

余自大梁歸，因故里無家，寄居吴市，率成一律，寄日下諸故人

故里慚無一畝宫，浮家依舊似飛蓬。浪傳梅福成仙尉，竊比梁鴻作寓公。食字生涯還是蠹，寄居蹤迹竟如蟲。雲霄舊友休相問，已作江東老阿蒙。

趙静山撫部德轍過訪草堂賦贈

秋來寂寞掩柴荆，忽聽騶呼里巷驚。從者到門愁雨立，先生在坐覺風清。草堂促膝無賓主，茗碗談心有性情。早使吴儂傳盛事，信陵車騎訪侯生。

游獅子林作歌

佛伸手化五獅子，偶然游戲到吴市。五百年來僵不起，至今嶄然成石矣。我來攝衣登其巔，奇奇怪怪言難傳。五覆五反看不足，九上九下游未全。地既彎環學盤谷，水亦曲折成斜川。可笑吾儕竟如蟻，乃於九曲珠中穿。書生立論怕隨俗，偏向美中求不足。雖然山勢喜空靈，未免游蹤愁逼促。蛇行匍匐伍出關，魚貫攀援鄧入蜀。昌黎有言我能詰屈自世間，何肯低頭入山腹。石兄聞而笑，君言何謷謷。米顛所見一拳耳，相對必具笏與袍。何况千巖萬壑羅堂坳，非止片石堪論交。請君來此一平視，早已游遍東岱西華北恒南霍中崧高。君曾飽看新安大好之山水，又曾驅車遠度秦函殽。試向此中尋取舊游處，一丘一壑無能逃。更比壺公縮地好，翻笑愚叟移山勞。縱不敢下垂伯暨務人足，似亦宜稍折元章居士腰。吾聞石言亦點首，凭欄啜茗不嫌久。坐聽鄰寺齋鐘鳴，疑是林間獅子吼。

流水禪居小坐

臨水數間屋，凭欄亦快哉。方塘陽焰活，曲室綺疏開。人在鏡中坐，魚從舄下來。平生濠濮意，到此竟忘回。

滄浪亭

子美昔罷官，流寓來吴中。僦屋住民舍，炎暑憂蟲蟲。尋幽偶至此，愛此一水通。乃捐四萬錢，買得地數弓。舊本孫氏園，歲久埋蒿蓬。稍稍修葺之，泉清山玲瓏。遂令千載下，過者懷高風。嗟余一無似，敢與先生同。文章與學問，不足希遺蹤。如何失職歸，亦來稱寓公。寓廬苦逼仄，無以開心胸。安得五畝地，不染塵氛紅。引泉作清沼，叠石成奇峰。所願嗟未遂，寄迹仍鵝籠。且復躡游屐，來此披蒙茸。振衣登危亭，一覽秋天空。

葛賢墓

葛賢初名誠，吴人也，明萬曆辛丑，太監孫隆以織造至蘇，六門設税吏，凡負戴出入必税錢數文，閭閻騷動。賢以蕉扇招市人殺其參隨，隆走杭得免，賢詣官待罪，後遇赦不死。又十餘年，以壽終。吴人義之，呼爲「葛將軍」，葬虎丘，其地即在五人墓側。近代詩家如隨園、甌北皆有《五人墓》詩，而不及葛墓，因作此篇曰：

五人墓畔一抔土，尚有殘碑留廢圃。其人更在五人前，一樣英名照千古。相傳有明萬曆中，織造太監來孫隆。六門税吏虎而冠，誅求不顧閭閻空。葛將軍，真鐵漢，蕉扇一揮吴市亂。老拳毒手各争雄，霹靂青天狐鼠竄。束身歸罪官吏愁，鋃鐺擲地寒颼颼。男兒死耳復何恨，含笑願從要離游。戴吾頭來竟不死，從此義聲動吴市。後來顔馬沈楊周，五人乃是聞風起。我尋五人墓，因至將軍墳。當時國事何紛紛，赤丸斫吏固惡俗。銅山破賊真奇勛，斯人不愧稱將軍。山塘七里烟波活，芳草離離埋俠骨。後人倘訪五人碑，無忘有此一條葛。

送孫琴西同年衣言出守安慶，即用其癸丑年見贈原韵

君本蓬萊仙，青雲跨白鳳。如何太守章，帝忽爲爾弄。占《易》得《明夷》，君子用莅衆。君注《易》，至《明夷》卦而拜出守之命。乃駕五馬出，復此一尊共。嗟余寄吴市，杜門謝喧哄。雲水無定居，風波有餘恐。投刺來故人，折柬具清供。痛飲借酒杯，高詞擊飯甕。顧念此分手，飛沙孰摶控。勉子萬里風，老我一溪葑。

周孝女詩

孝女姓周氏，名芝，字叔英，仁和人，贈知府雲笈大令弟三女，余長子紹萊所聘婦也。雲笈署江西安義縣，殉難，女聞訃痛不欲生，然啓處食飲仍如平時。一日，晨起盥櫛，焚香其父之位前，拜且哭，哭已，入所卧室，呼婢索茗飲。母入視之，側身卧牀中，微覺有異，呼之，則曰：「諾。」問所苦，則曰：「無。」諸兄弟姊妹環問之，應皆如是，疑得暴疾。有嫗能以按摩治人疾，趣使治之，女向嫗摇手，示弗欲。召醫未至，其伯父爲切脈，脈如常，覆按

之，已無脈。比醫至，則氣絶矣。時丙辰四月十七日，距雲笈之死三月耳。女卒後，體仍温和，貌益腴潤，側身卧如故，鼻孔有物出，白如絮。比殮，已隔宿，體雖冰，仍能屈申，雙目雖閉，或啓視之，瞳子仍瑩然也。女嘗語諸姊曰：「人生無疾而死，至不易得，獨吾能之，餘人無此福也。」前一日，檢所用筆墨及其父手迹平時所摹寫者，屏當置一篋以授其兄，若前知將死者，亦可異矣。余前作雲笈挽詩已及此事，兹得其詳，因復賦四律。

纔誦《離騷》弔國殤，琪花何意又摧傷。已聞鐵杖軍前死，更痛金鑾膝下亡。人去難留離母草，醫來安得返魂香。一門忠孝千秋事，史筆憑誰爲衰揚。

緑窗晨起自梳頭，小坐仍隨母下樓。讖語偶因諸姊露，遺書先付阿兄收。麻衣一慟腸真斷，玉柱雙垂體尚柔。最是分明生死際，教人争不信仙游。

紫府清嚴事有因，夢中姊妹宛相親。雲階月地歸猶記，緑字青編識未真。女卒後，其姊伯英、仲英同夕夢至一處，父據桉南面坐，女西面坐，女出一紙示兩姊，不甚可辨，中數字稍明白，曰「萬事如電耳」。人歎曹娥能殉父，我知蔣妹已成神。獨憐吾輩風塵裏，愧此須眉七尺身。

往負纏缸十載前，癡兒薄福竟無緣。姽嫿自是難爲匹，姑射須知本是仙。已悟浮生同掣電，尚煩微語勸歸田。女既得雲笈訃，微謂家人曰：「仕途何味，凡今之仕宦者宜早勸令歸休矣。」噫！此言豈爲余發乎。惟當遍乞名流筆，青石磨礲手自鎸。

小游仙詩和孫丈賓華元培韵

浪傳名字在丹臺，蕙圃芝田半草萊。爲語孫登休太息，嵇康龍性豈仙才。

曾聽鈞天到帝廷，分來藜火一燈青。如何翻被群仙笑，誤讀儒童菩薩經。

琳宫小住亦前緣，轡鶴裝鸞下九天。經過昆侖星宿海，不曾摘取一天錢。

平交五岳已多年，重向人間作斥仙。近日蓬萊風更大，不堪太乙尚乘蓮。

嘉平二十日移居經史巷

泛宅浮家任所如，偶來吴下卜新居。敢争子美滄浪席，且讀天隨笠澤書。朝籍久除無束縛，鄉山欲買尚躊躇。一椽聊借詩人屋，大好城南獨學廬。所居即石琢堂前輩故宅，有獨學廬。

不才何敢望前賢，仙籍剛遲六十年。琢堂前輩爲乾隆庚戌第一人，予亦以道光庚戌入詞館。或有因緣存翰墨，故容嘯傲寄林泉。園荒更擬添栽竹，池小還思補種蓮。殊較梁家夫婦勝，當年廡下太堪憐。

摩挲碑碣手頻揩，遺址重尋賫硯齋。讀琢堂前輩《城南老屋記》，知此即何義門先生故宅，有賫硯齋。前輩風流吾豈及，小園花木近猶佳。磷峋石骨高于屋，瀲艷波紋緑到階。最喜數椽臨水築，紅鸞隔子早安排。

眠雲精舍榭微波，想見當年勝地多。眠雲精舍、微波榭皆見《城南老屋記》，今廢。欲爲名園記興廢，空留老樹意婆娑。百年俯仰成今昔，半畝寬閒足嘯歌。安得草堂資十萬，重將舊迹補烟蘿。

己未春，趙静山撫部引疾歸里，詩以送之

開府三吴鬢未皤，乞身歸去爲微痾。召公南國甘棠在，謝傅東山遠志多。一品衣披堂戲彩，先生二親俱在。八騶車擁里鳴珂。遥知四海思霖雨，未許林泉久嘯歌。

不才幸得望餘光，翰墨因緣未可忘。已爲寒氈留講席，承薦主雲間書院。更從廣坐歎文章。先生每與僚屬歎賞余文，余聞之朱筱漚觀察。相羊花木逢公暇，臨去前數日，至小園徘徊良久。了鳥衣冠恕我狂。鵬鷃不須分大小，異時還望共翱翔。

舟過練市，見臨水有朱藤一株，根可數抱，花開袤廣半里許，真奇觀也，賦詩張之

一片紫雲低不起，化作繁英飛墮此。舟中有客倚篷看，驚見花光明半里。此花未識栽何年，老根屈曲蟠河邊。河畔居人亦好事，編竹爲架相鈎連。我昔此過花未有，已覺輪囷袤數畝。幾日春風着意吹，荒村變作繁華藪。數十人家花底排，卜居得此何其佳。張就紫絲千步障，鋪成軟繡一條街。笑殺隋園空翦彩，人間自有春光在。比佗鄧尉萬梅花，此地應名紫泥海。

王老人詩

老人仁和臨平人，莫知其名，但相呼以「王大」而已。無家室，行乞市中，迹類顛狂。兩耳皆聾，而聲如洪鐘。亦莫知其年，余童時見之，似六十許人，至今不少異。然吾平泉舅氏行年八十，自言少時所見已如此，則其年殆未可意計也。豈其得道不死而隱於乞者邪？因爲此詩贈之。

耳聾髮秃尚童顏，市上狂詞獨往還。疑是洛中李元爽，憐渠未遇白香山。

寄安徽學使邵汴生同年亨豫

皇華使者敢辭勞，且向巖城擁節旄。三月春風兵氣静，萬山雲樹講堂高。遺經待訪新安舊，雅咏猶餘洛下豪。君去年典試中州。絳帳諸生相望久，幾時玉尺得親操。

大好江山畫不侔，鄙人十載此登樓。赤眉青犢悲新劫，白岳黄山感昔游。向秀山陽頻聽笛，王猷剡水屢回舟。憑君問訊閒鷗鷺，曹阮溪邊憶我不。安徽學使舊駐太平，今因亂移駐徽州，乃余舊游地也，故及之。

孫琴西同年以安慶守奉使過吴，止余寓園旬有餘日，賦長歌贈之

今上龍飛初御極，春風桃李花同色。平明金殿策賢良，與子相逢始相識。長安冠蓋鬧如雲，趙瑟秦箏日日新。但覺同游多不賤，誰知交臂有詩人。君詩卓犖無餘子，五言往往凌蘇李。送我南歸詩一篇，文字論交從此始。鷗鷺江湖鳳九霄，羡君聲望動詞曹。瓊樓玉宇三天

上，俯視不覺蓬山高。帝子横經競問字，聖人錫福親揮毫。凡編檢直内廷者，歲終亦賜「福」字，君以翰林直上書房三年。而我還朝亦自幸，兩年玉尺中州操。輿前砰礚奏鼓吹，道左旖旎羅旌旄。北登蘇門南伊闕，兹游足算平生豪。無端甑破不復顧，歸來且向吴中住。吴中獨學老人廬，泉石不多多古樹。寓公得此亦復佳，往事雲烟何足數。擁書自課嬌女讀，得句或共老妻賦。忽聞門外打門急，戎容曁曁兒童怖。一笑那知舊雨來，相對須眉尚如故。君言五馬來南方，腰間已佩太守章。太守有官不得赴，皖公山色徒青蒼。大府憐我久失職，姑留戎幕資劻勷。宵與犬鷄共闌苙，晨隨牛馬争泥漿。澄懷風景在天上，下土蟣虱安能望。行謀謝病返故里，免教望遠憂高堂。我掃閒軒止君宿，舊交更檢同年録。幾人邊瑣苦難歸，幾輩朝衣愁被戮。去年科場案，同年有坐免者。何如風雨兩閒身，失馬庸知非是福。但博流傳有豹皮，肯教辛苦添蛇足。草堂寂寞雨如絲，我作長歌君和之。旁人莫訝吾曹樂，梨棗新刊十卷詩。君詩十卷，予詩亦十卷，新刊于吴門。

琴西引疾歸里，復以詩貽之

聞説高堂已白頭，書來苦勸早歸休。匆匆春夢收殘局，落落晨星感昔游。廿載名場同得失，君丁酉得拔貢，而余亦以是年中副榜，嗣後鄉會試皆與君同年。兩家詩派異源流。余與君極相得，而詩格不相近。男兒不副斿常志，尚有名山一席留。

天平山訪范氏先塋并拜文正祠

石骨峥嶸萬笏青，名山何處寫真形。危崖一綫天無路，山頂有曰「一綫天」者。閒氣千秋地有靈。鐘鼎大名留史策，林泉勝概壯圖經。莫教樵采侵抔土，長爲三吴作典型。

文正遺祠訪夕陽，當年相業最堂堂。門前高弟孫明復，帳下偏裨狄武襄。賊膽至今猶可破，義田自昔未曾荒。先憂後樂無人識，一曲空傳范履霜。

姚平泉舅氏以八十生日自壽詩見示，次韵二律

千秋箸述百年身，瀟灑天懷久出塵。意氣迴殊窮博士，姓名争詫古賢人。宛丘學舍休嫌小，錦里先生不諱貧。佗日漢廷徵伏勝，會看皓首拜恩綸。

優游不覺宦途難，一空弦歌傍杏壇。舅氏時官上虞教諭。入世蕭閒同出世，有官恬退似無官。箸書膝下兒能讀，得句閨中婦解看。舅氏集中附有子婦沈氏和詩。愧我登堂仍未果，輸佗絳帳衆

儒冠。

宋于庭先生翔鳳重赴鹿鳴宴，以詩爲壽

笙簧重賦《鹿鳴》篇，鳩杖扶來望似仙。自是詩人宜太守，有旨加知府銜。儘容後輩認同年。五星恰聚鳴珂里，時於江蘇省垣舉行鹿鳴宴。十月欣逢造榜天。因借用吾浙貢院，改于十月鄉試。試問嫦娥應省識，惟添鶴髮照瓊筵。

襲黄治譜至今存，歸卧鄉山道更尊。無忌得名原似舅，謂令母舅莊葆琛先生。康成絶學合傳孫。月中舊織登科記，吴下新開通德門。更有尚書紅杏在，江南二老共承恩。沈怡園前輩亦於今科重赴鹿鳴宴。

朱伯韓前輩琦以所箸《怡志堂詩集》見示，即題七言一章贈之

伯韓先生今坡公，文章氣節天下雄。餘事更擅風騷宗，不肯啁哳如寒蛩。庸成册府藏其胸，敬爲昭代歌成功。我朝王業基遼東，戕定諸部如撥爨。真人入關乘六龍，八旗健兒皆羆

熊。荒荒絶塞開蝓蠓,地垠天闔靡弗通。侯其褘而羲軒農,嘉道以來文治隆,六合内外俱喁喁。海外忽起飀飀風,大翼小翼千艨艟。鬼聲魗魗碧兩瞳,長江又見烽烟紅。蚩尤鐵額頭顱銅,肩背毛髮垂髩髩。中朝大官身鞠躬,議和議撫何從容,徒令宵旰憂深宫。先生蒿目心忡忡,我歌可夫聲摩空。列聖謨烈存彛鐘,編纂有職臣所供。作爲《鐃歌》被瞍矇,勿替引之期無窮。楚茨之義將毋同,集中第一卷《新鐃歌》四十章。其餘各體咸精工。良由學足才識充,更兼氣盛如長虹,豈止壇坫詩家崇。方今天子達四聰,願得公等寄折衝。與之高義雲臺中,行見江海俱銷烽。吾儕伏處甘蒿蓬,中興更請歌《車攻》。

庚申二月賊陷杭州,戴醇士前輩在籍殉難,追念舊事,慨然有作

憶昔甲辰歲,我始舉于鄉。明年偕計吏,妄思觀國光。公時以卿貳,儤直南書房。偶見我行卷,激賞其文章。頗思羅致之,桃李充門墻。此語孰我告,故人馬季常。謂馬讌香。平生硜硜意,矸石同堅剛。每恥劉彦和,負書獻道旁。毛雖刺上生,塵肯車前望。一笑而謝之,高卧元龍牀。然而惓惓情,至今中心藏。所感在一言,豈必曾揄揚。迨至歲庚戌,我亦登玉堂。與公前後輩,相見宜無妨。而公已林下,蹤迹仍參商。西湖好山水,天許公倘佯。聲華滿朝野,翰

墨傾侯王。香山老居士，其樂固未央。如何刦運來，大盜俄披猖。鄉官無職守，亦與城俱亡。惟公受恩厚，一死分所當。仙或借兵解，鬼猶成國殤。賤子獨有感，感舊心傍徨。佗年喬公墓，隻鷄其無忘。

賊薄蘇州，余倉卒出城，時四月初四日也。轉展遷徙，于五月初二日渡江入越，寇氛稍遠，聊復息肩，途中得四絶句紀事

爲愛園林柳五株，等閒未即去姑蘇。余所寓石氏五柳園，以有柳五株故名。如何一夕倉皇甚，驚聽林間叫鷓鴣。

寶帶橋邊正夕曛，回看紅焰已連雲。可憐一炬姑蘇火，知是兵烽是寇氛。

仙人潭水好停舟，位置琴尊一小樓。偏有夢中人告語，僅堪半月此句留。余有薄業在新市，遂往依之，僦沈氏屋，有樓數間，頗足容膝。弟一夕，余方就枕，若有人于耳畔告曰：「此地可居半月耳。」後卒符其語，亦可異也。

浙西烽火苦相催，故里荒蕪半草萊。欲乞鑑湖吾豈敢，一帆聊復渡江來。

脚划船

小舟如葉，一夫坐船尾，以足運槳划之，往來如飛，謂之脚划船。舊止越中有之，今則遍江浙矣。余避地越中，偶一坐之，戲作此詩。

文人能以脚捉筆，健兒能以足蹋弩。天生四體本相資，手或無功以足補。越中扁舟小似葉，船尾長年力如虎。其力在足不在手，其具用槳不用櫓。屈伸有若鷄上距，高下渾如螽動股。五指化作獅子王，一足跳學商羊舞。翩然來去浪花中，真覺扶揺如一羽。我因避地坐此舟，未免終朝傴且僂。昔時巨艦張旌旗，今日輕舠走風雨。自來齊物學莊生，大小雖殊何足數。獨念盜賊正跳梁，莽莽東南無樂土。中流擊楫彼何人，伏處烏篷慚不武。

七星巖

何年巨靈此一擘，擘破頑青現空碧。何人於此構僧廬，巧借青山爲四壁。并無屋上三重茅，但有空中一片石。疑從仙島割烟鬟，移到禪房充翠帟。盈盈緑水尤可愛，杲杲炎光不能赤。吾來脱舄坐雲根，更復携杯飲瓊液。興酣長嘯凌清風，步自山腰到山脊。飛閣嵯峨面水成，精廬窈窕依巖闢。扶竹爲欄未覺危，仿舟作屋何嫌窄。古來勝地豈有常，蘭亭已矣空陳迹。惜哉今無王右軍，坐對林泉虛有癖。佗年倘話越中勝，請以茲巖告游客。

上虞學舍拜平泉舅氏遺像，感賦二律

不坐春風又七年，此來空拜影堂前。人將菩薩呼邊鎬，上虞人呼舅氏爲「姚菩薩」。天以儒官老鄭虔。身後留貽無長物，夢中省識有前緣。舅氏未赴上虞任時，夢游一山，及至虞，游仙姑洞，宛然如所夢也。仙姑洞口憑誰問，何處仙龕住樂天。

大患無如我有身，知公久已倦風塵。舅氏臨殁前十餘日，有書寄樾，引老子曰：「人之大患，在我有身。」蜉蝣楚楚名場幻，蟣虱紛紛劫運新。亂世考終原是福，浮生游戲本非真。舅氏自挽有「偶然游戲語〔一〕。只憐憔悴羊曇在〔二〕，猶是拕泥帶水人。

〔一〕挽有、戲語，原闕，據同治十年刻本補。
〔二〕只憐憔，原闕，據同治十年刻本補。

贈了緣

了緣者，平泉舅氏之舊僕張林也。余昔在京師，亦嘗相從，後仍歸舅氏。侍舅氏于上虞學舍者年餘，忽一日辭去，入蘿巖山，居僧寺，長齋奉佛，儼然老僧，但未削髮耳。聞余至上虞，因來余寓，年已六十六矣。撫今思昔，爲之悵然，乃以詩贈之。了緣，其新更名也。

苧袍葛屨誰氏子，兩鬢霜毛垂及耳。跫然曳踵登吾堂，姓名余亦幾忘矣。徘徊認取舊時容，面目雖非音尚同。昔年鯽溜青衣僕，今日龍鍾白髮翁。廿載流光去如電，人間何事堪留戀。天上巢痕轉瞬空，雪中爪印隨時變。吾舅清閒老一氈，西州重過淚潸然。見説新阡將宿草，那教舊僕不華顛。自言領略枯禪味，耐得僧厨蔬筍氣。看破塵緣號了緣，本來無物原無累。蘿巖山下少人行，一月飄然一入城。愧我俗緣殊未了，至今還是此浮生。

出上虞縣城，西南行可十里許，有鳳鳴山，山有仙姑洞，東漢時有仙女乘鸞至此，故名。兩旁峭壁千仞，其左石罅中有瀑布飛流注山澗，聲如怒雷，頗有奇致，因成一律紀游

自從仙子乘鸞至，長使千秋勝境開。暑月飛泉歕作雪，晴空絶壑激成雷。僧樓突兀雲中出，樵徑崎嶇木末來。我亦偷閒剛半日，山光樹影足徘徊。

感事四首

海上軍容盛火荼，名王自領黑雲都。獨當淝水心原壯，一失街亭勢已孤。九地藏兵狐善搰，重洋傳檄鰐難驅。遥知此夕甘泉望，早見烽烟照大沽。

鬱鬱三山次弟開，離宫别殿似蓬萊。累朝制度周靈囿，每歲巡游漢曲臺。海外𪓟帆來絡繹，雲中鳳闕失崔嵬。昆明湖畔波如鏡，猶望春風玉輦來。

漢代和戎計最疏，重煩供帳大鴻臚。天吴紫鳳真兒戲，清酒黄龍是誓書。式璧齊廷聘鷃鵠，擊鐘魯國饗鶢鶋。幾時竿上垂明月，釣取吞舟海大魚。

先朝講武舊圍場，蕭瑟秋風塞外涼。早望羽車迴谷口，漫勞石鼓刻岐陽。飛黃一去清塵遠，凝碧重來法曲荒。賸有開元朝士在，頹唐詩筆賦連昌。

辛酉春，門下士朱伯申福榮將之甬上，以詩送之

酒氣成龍劍氣虹，如君豈久困蒿蓬。銷磨圭角隨流俗，顛到英雄任化工。三載門前來立雪，一朝江上去乘風。男兒遭際尋常事，都在窮途失意中。

次戴子高望韵，即送其之閩

戴望富經術，卓卓後來彥。伏處蒿廬中，長謌傲軒冕。耿介耽孤行，闊疏恥獨善。年始髫齔時，出語驚里閈。稍長能文詞，下筆頗兀岸。一室坐咿唔，刺股血流骭。强識人不如，剽竊吾知免。文章本六經，雕蟲古所賤。昌黎日月光，豈識世有段。由來經術尊，擯棄何足患。奈何窮巷士，坎軻發長歎。庸知一卷書，榮或逾南面。行矣之八閩，所學慎無變。佗年海外歸，

待子定學校。子高嘗有志定國朝學校，故云。

平泉舅氏弟二女子曰仲蘭，與室人季蘭兄弟也，適德清戴龔叔蒓，乃先祖母戴太恭人之姪孫。早寡，歸依母氏，恒往來余家，余眷屬入都，亦嘗偕焉，後因奉侍病母不復從。今聞其歿於臨平，以詩哀之

平生無姊妹，獨有外家親。宴笑闈門内，提携總角辰。仲姬尤婉婉，小戴更彬彬。自破臺邊鏡，仍充掌上珍。劇憐萱草病，苦耐菜根貧。持長齋二十餘年矣。萊婦分同氣，譚私托舊姻。每推中表誼，不厭往來頻。冷突朝同守，寒衣夜代紉。主張兒棗栗，陪侍母昏晨。憶昔東湖住，相依秋復春。憐余常落魄，何日出風塵。迨後京華去，相隨舟與輪。憐余仍薄宦，未足活枯鱗。梁苑鶯花富，樊樓燈火新。嬌兒增色澤，病婦長精神。歲暮軺車歇，宵深麴部陳。氍毹排舞席，梁欐振歌唇。忽念牽蘿屋，猶餘倚竹人。艱難同骨肉，歡樂異關津。往事何須說，浮生總不真。我仍窮落寞，君已病吟呻。徐淑能詩女，陶嬰早寡身。危根寄萍梗，苦節勵松筠。半體先疑死，雙眉久未伸。煢煢惟白屋，擾擾又黄巾。身世一無箸，存亡兩亦均。庸知泉下樂，不愈世途屯。永謝棘荆累，長辭薑桂辛。魂應栖净土，名待刻貞珉。大勝飄零客，秋風卧海濱。時余避兵上虞之槎浦。

賊至臨平，焚燒殆盡，此余釣游舊地也，聞之喟然有作

昔聞臨平湖，其名見吴志。越至晋武時，石鼓出其地。南宋都臨安，門户此焉寄。勝迹安平泉，古刹明因寺。于今數十年，居民頗鱗次。吾家烏巾山，敝廬守先世。因從舅氏居，乃就詹尹筮。筮云利用遷，一椽租史埭。是年曰涒灘，余生甫四歲。竹馬與鳩車，群兒共嬉戲。抱書赴冬學，貰酒修春禊。童時所釣游，不與故鄉異。今雖走四方，舊事吾猶記。無端大劫來，一炬無噍類〔一〕。孫氏宰相家，崔盧好門第。吾嘗此讀書，樓前兩樹桂。西偏屋一區，壞墻蒙薜荔。是吾舊所居，風雨于此庇。題曰印雪軒，太鶴山人字。「印雪軒」額爲青田端木舍人國瑚書，舍人自號太鶴山人。而今盡焦土，無復頹垣蔽。念自亂離來，四海俱鼎沸。名都與大邑，白日走魑魅。何况此彈丸，黑子真可譬。大官專城居，兵力足自衛。坐看三日火，不爲發一騎。獨我感昔

〔一〕 噍，原作「焦」。

游，憮然不能置。阡陌與市廛，歷歷在夢寐。如何轉瞬間，惟賸山光翠。佗年更訪舊，何處黄公肆。已矣勿復言，空使人憔悴。平生無一事，不等空花墜。舊巢隨處掃，流水逐年逝。茫茫窮海濱，偶作匏瓜繫。莫教撫銅狄，更灑新亭涕。

文宗顯皇帝挽詞

寶籙初凝命，垓埏望治平。纊旒天沕穆，袞鉞聖聰明。史載求言詔，朝縣進善旌。共傳新政好，歌舞遍寰瀛。

軒帝垂衣日，蚩尤作亂年。徒聞舞干戚，未見洗戈鋋。德被鴞難化，威行鰐未遷。中興諸將帥，何以對皇天。

去歲蒼梧狩，鑾輿遂不回。秋風吹塞草，落日照宫槐。匕鬯歸元子，經綸仗衆材。流言無管蔡，何必待風雷。

下土一蟣虱，曾充侍從臣。端門蒙首選，宣室荷垂詢。未有涓埃報，徒餘老大身。鼎湖龍去後，望斷屬車塵。

賊陷紹興，與余所寓槎浦相距甚近，因避居海上草舍中，賦此識慨

武侯昔未遇，抱膝茅廬中。嗟我豈其人，伏處同寒蟲。偶因避寇亂，來此滄海東。一廛那可得，全家寄牛宫。其上片瓦無，其旁四壁空。但有三重茅，不足避雨風。顧念曩所居，峻宇高垣墉。門前置蘭錡，壁上銜金釭。畫堂玳瑁梁，密室玻璃窗。于今盡陳迹，變滅浮雲同。平生學齊物，顛到任化工。化我以爲鳥，吾因巢于叢。化我以爲魚，吾因游于江。必存今昔見，無乃猶兒童。獨憐海天外，尚見烽烟紅。未必此一隅，遂無戎馬蹤。咄咄魯仲連，何地足自容。

火輪船

吾聞宋楊太，其舟始用輪。如何轉運法，苒史所未陳。自從西人入中國，雖有班輪不能測。以火運輪輪運舟，萬里重洋一瞬息。依依格格春雷鳴，滃滃勃勃秋雲生。鬼薪辛苦誰所職，佛輪微妙無由明。怪哉舟重烟力輕，乃能以輕御重行。紅毛鬼子坐船尾，紫髯碧眼何峥嶸。破浪乘風飛鳥疾，船中穩卧何其逸。莫嫌深似挹婁梯，居然寬勝維摩室。性命免與蛟龍

争，皂櫪何妨牛驥一。有時拾級試登臨，上下海天同一色。獨念乘楚車，古人之所羞。是以蔡與許，不列于《春秋》。吾因避寇亂，聊復登此舟。時坐此舟由定海至上海。鬼聲魗魗難與語，且作長歌寄海鷗。

壬戌編　春在堂詩編六

壬戌春，自上海附海船至天津，發吴淞口，因成一律

故園寇盜尚縱横，盡室飄零賦《北征》。且與魚龍同曼衍，未勞魑魅便逢迎。兵間杜老妻孥在，海外坡公笠屐輕。慚愧乘風行萬里，年來憂患減豪情。

黄沙歌

出吴淞口數百里，海水忽黄，舟人云此名黄沙，乃黄河中泥沙隨流入海，其勢甚猛，不能遽消，因成此色，亦奇觀也。賦此以記所見。

昔人探河源，云從火敦腦兒始。我行未至昆侖虚，未識河源何處是。乃從海檖一登臨，不

見河源見河委。前日吴淞口，昨日清水洋。無端滄海中，燦爛成奇光。布金非舍衛，摶土無媧皇。是何海中沙，有若琉璃黄。舟人爲我言，此乃黄河入海之故迹。海色與天光，上下同一碧。黄河千里百里奔騰來，其勢不能遽與海爲一。遂令海底皆黄沙，萬丈光芒映朝日。始信河爲四瀆雄，入海猶難渝本質。烏乎！龍門穿鑿神禹功，送之入海事已終。誰從海外尋其蹤，昔人未見我及見，眼盼洵足千秋空。豈比東方曼倩紫泥海，徒將讕語欺兒童。

黑水洋

舟過黑水洋，漫漫不可極。渾沌六百里，四望同一黑。怪哉水與天，上下成異色。無乃黑水之餘波，奔流入海尚可識。又疑上帝斬黑龍，流血千年消不得。倘教剖蠊定玄珠，若令生魚盡烏賊。噫嚱！陋儒坐守一室中，黑漆屏風寫月蝕。設來此地一登臨，能無萬怪生胸臆。書生高歌獨有神，萬丈光芒照海國。滔滔濁浪遠連天，止當硯池一泓墨。

舟行遇西北風，遂任風東行，距高麗國不千里矣，賦此記游

我舟西北行，乃遇西北風。謂宜投海島，稍稍避其鋒。紅毛鬼子意氣雄，御風而行聲蓬蓬。登艫一望淼無際，但見朝暾射我雙眸紅。云距高麗不千里，其地已在山海關之東。我聞高句驪，箕子之遺封。國人重文學，弦誦何雝容。乾嘉以來經術崇，魯壁汲冢搜求空〔一〕。古書往往出其地，文字頗足訂異同。我倘乘桴竟一至，良亦快吾嗜古之心胸。旁有估客聞而笑，此行雖憊吾願從。高麗紙與高麗布，捆載而來利亦豐。

將抵大沽，忽遇颶風，又漂流竟夕，始得少息，詩以紀事

連日苦風逆，從者咸已痡。今朝大稱意，高挂十幅蒲。舟人來我告，明旦達大沽。同舟盡相慶，勞酒將同酤。無端暴風作，不暇古銅烏。但覺萬斛舟，輕若波中凫。忽而挺然立，如欲

〔一〕 壁，原作「璧」。

登天衢。忽而陡然落，如將趨尾閭。大桅高百尺，飄摇同葭莩。舟中所有物，走若盤中珠。怒浪排空來，疑有神人驅。大起復大落，壓我舳與艫。失勢倘一跌，性命真須臾。同舟盡失色，崩角相號呼。人力無可恃，但恃神明扶。繄余避寇警，盡室行危途。頗聞古人語，忠信豚魚孚。顧當勢危迫，未免心憂虞。不知坐何事，一怒逢天吴。耿耿不成寐，愁對明星孤。

入都門口占

蓬山回首杳無痕，重對長安酒一尊。兵火餘生隨處好，雲霄故友幾人存。舊巢歷歷猶能記，破甑區區未足論。海鳥避風聊一至，漫勞屬目魯東門。

哭孫蓮叔

海陽有俊才，孫氏字蓮叔。其家本素封，一鄉推右族。弱冠當門户，年甫十五六。少年意氣盛，未肯守邊幅。换酒裘千金，買笑珠十斛。玉勒控騊駼，金籠養鴝鵒。博局夜呼盧，毬場朝蹋鞠。擁資絫百萬，揮霍如土墣。人生適意耳，安能長趢趗。是時猶承平，東南未傾覆。蘇杭號天堂，繁華積成俗。君亦時一游，錦帆張玉舳。覽勝遍湖山，移情到絲竹。竟夕酒樓眠，累月倡家宿。迨我始識君，君已稍節縮。回首少年場，不覺頞爲顣。折節事詩書，自悔昔未讀。時時爲小詩，天然謝雕琢。所居曰霞溪，構屋山之麓。高堂何嵬峨，密室更屈曲。綺窗明玻璃，繡幕浄紗縠。有母年八十，哽噎不待祝。有婦稍知書，倡和亦足樂。楚楚膝前兒，森森階下玉。人生得如此，何減神仙福。賤子與論交，前後十寒燠。其時客新安，過從不嫌數。君家紅葉樓，一室署觀旭。木榻爲我懸，醴酒爲我漉。我來輒止此，宛如梁燕熟。高談泣鬼神，大笑驚童僕。已聞半夜鐘，猶翦一寸燭。此情與此景，今生詎可復。男兒重知己，豈徒事徵逐。我時學未成，轅駒苦局促。而君不我鄙，愛我逾骨肉。寒則授我衣，食必問我欲。有詩輒示我，可否以我卜。送我游長安，青雲爲我勖。聞我登玉堂，自喜所見確。識士風塵中，果不負吾目。嗣是稍闊疏，往還惟尺牘。猶謂兩未耄，舊游儻可續。誰知劫運來，滄海變成陸。大盜起東南，無地不鋒鏃。新安萬山中，庶幾免荼毒。如何一丸泥，未足封函谷。堂堂細柳營，誰樹大將纛。君時竄荒山，手足盡皸瘃。呻吟老母病，宛轉嬌兒哭。草深宵有虺，林密朝見鵰。墻低畏虎夔，藩小愁羝觸。一朝鼙鼓來，旌旗照林木。倉卒竟安之，全家死溝瀆。碧血土中埋，白骨山前暴。古來文人禍，未有如君酷。顔跖竟誰司，龜策豈我告。頗聞覆巢下，二卵幸未𧏖。或藉一綫延，君子終有穀。顧我念今昔，中腸轉歷录。猶憶别君時，辛亥孟秋朔。何期一分手，從此不再握。一僕君所薦，今亦登鬼籙。惟君所贈衣，雖敝仍在簏。篋中有君詩，頗未飽蠹腹。行當更編纂，或稍加斧斵。區區身後名，雖有君豈覺。天心未悔禍，時事日以蹙。吾儕生不辰，天地何蹐跼。念君更自念，涕淚可盈掬。

蝟

夜半群奴嘩，庭中得一蝟。天明起視之，厥狀吁可畏。體較㲋兔微，形比鼷鼠偉。蜿蜿伏如貍，蝡蝡動如蟦。聲如犬悲嘷，毛如豕怒豙。不知從何來，俯首就羅罻。頗怪北方人，畏之甚鬼魅。云此有神靈，動色競相謂。由來流俗愚，不惜牲牢費。猫鬼争供養，烏巫大尊貴。遂令此幺麽，亦似有靈氣。其實何能然，蠢若負盤蜚。不如付庖丁，配以一斗蘱。髦殘象白外，或亦一佳味。而我忽有觸，摇手謂且未。猛虎在山中，百獸無不避。蝟能入其耳，倏忽若飛蟁。是乃虎之王，蝟名虎王，見《廣雅》。豈宜備脯饎。越王式怒蛙，謂足勵果毅。方今東南盜，無地不鼎沸。疾走類蛩蛩，被髮若狒狒。豈無介胄士，供億到屨屝。談虎且色變，安足資敵愾。感爾能制虎，縱使就蒿蔚。區區式蛙意，願以告軍尉。

閏八月十五夜對月有作

咸豐元年閏八月，吾家猶住臨平湖。是歲吾年三十一，已忝著作承明廬。同治元年閏八月，全家浮海來丁沽。行年四十又加二，回思往事堪長吁。碧幢紅旆號使者，青鞵布襪稱田夫。鶴汀鳧渚弄風月，牛闌豕苙愁泥塗。吹竹彈絲樂賓客，摐金伐鼓驚妻孥。錦纜牙檣導津吏，江艤海檥攖天吴。止此一十二年内，烟雲起滅何事無。天上玉堂日已遠，鏡中朱顔日以枯。朝東莫西身磚碌，左高右下心轆轤。到手黄金揮即盡，當頭白日俄已徂。頗怪長安諸故舊，謂我貌比當年腴。將無學道果有得，不於世味分薺荼。今宵對月試一問，可能故吾如今吾。

甲子元日試筆

坐守粈盆倦即眠，醒來紅日滿窗前。喜逢甲子上元歲，應是干戈大定年。下澤消摇宜我輩，中興圖畫有諸賢。未衰定不天涯老，猶許歸耕負郭田。

入都遣嫁弟二女口占

記授唐詩在膝前，鬖鬖短髮正垂肩。而今送汝于歸去，還似嬌癡上學年。

草草奩裝愧未豐，本來寒素是家風。一枚竹笥無多物，荒我研經兩月功。

向平婚嫁幾時休，今日才教一願酬。自笑真同食都蔗，要從末後到前頭。余兩子未娶，長女未嫁，兹所遣嫁者最小之女也。

采衣好去拜尊親，冰泮良辰喜及春。只我芒鞵疏懶甚，爲兒重踏六街塵。

《花陰補讀圖》爲朱久香前輩蘭題

先生早歲登玉堂，一封軺傳游荆襄。黄頭裴尾手自定，詞人之稱無低昂。偶然繪此圖一幅，雜花滿庭書滿牀。隱囊紗帽隨意坐，一編口誦聲琅琅。中年偶向東山卧，仍借六籍爲笙簧。即今復起秉英蕩，皖公山色看青蒼。忽對舊圖長太息，故園遍地皆荆棘。白日梟羊披髮來，黄昏土伯逐人食。先生藏書數萬卷，戢戢牙籤分五色。一經兵燹總無存，玉蹙金題盡銷蝕。空從畫裏認嫏嬛，三篋亡書誰補得。鯫生對此亦煩憂，東南群盜何時休。憶自夷門謝使節，三年住近齊雲樓。獨學老人有故宅，尚餘花木宜春秋。自掃閒軒坐且讀，妄於經訓窮搜求。至今飄泊在歧路，名山舊業何時修。經橈書棍半零落，江欙海檝長漂流。余自中州罷歸，流寓姑蘇，賃石琢堂先生故宅以居，著《群經平議》一書，因亂中止，未知何日卒業，爲之悵然。昨見捷書來北闕，天戈直掃鼪鼯穴。東南兵亂十年餘，會見熢烟從此歇。先生它日還朝中，復築書城高突兀。自公退食坐花陰，依舊觀書眼如月。走也閒身百無事，索異搜奇到碑碣。倘許借觀未見書，長願相從比蛩蟨。

崇地山侍郎崇厚延修《天津府志》，偶成四律

故鄉烟樹杳無痕，偶挈琴書此地存。客籍聊堪充雁户，史才何敢望龍門。百年喬木憑誰問，一席名山妄自尊。歷歷四朝多盛事，好從耆舊共尋論。舊志修于乾隆四年，迄今又百餘年矣。

丁字沽邊攬勝過，豈惟美利擅熬波。虎符重鎮今三輔，鳳輦親巡古九河。雨過農疇磨碡碌，天津各屬多有稻田。潮來賈舶繫牂牁。中興戰績從頭數，第一津門聽凱歌。咸豐三年，粵賊北犯，惟津人首挫其鋒。

侍郎仗節鎮關津，愛我纏綿誼最真。爲念散才宜散地，故將閒事付閒人。著書未定新經義，載筆慚稱舊史臣。坐對青編翻自愧，昔年斑管久生塵。

願得寬閒一畝宫，免教廡下歎飄蓬。時與侍郎言欲移家就局。功名拌付毛錐子，提舉聊充玉局翁。雁爪偶然留異地，猪肝未免累群公。楮先生史劉昭志，續筆還愁總未工。

余著《群經平議》三十五卷，其第十四卷專論《考工記》世室重屋明堂制度，乙丑之春，津門有好事者取以付梓，漫題其後

子雲本是雕蟲士，歲晚飄零自著書。獨抱遺經聊復爾，求知異世竟何如。忽逢好事詢奇字，遂使傳鈔到小胥。一卷刻成三歎息，幾年辛苦費居諸。

曾聞先哲議明堂，匠氏遺文未及詳。訂正全經惟一字，余據《隋書・宇文愷傳》訂正《考工記》「堂修二七」爲「堂修七」，制度遂定。度量四角到中央。九房增益旁參漢，五府規模上溯唐。昭代倘修宗祀禮，芻蕘未敢獻巖廊。

南旋

津沽小住已三年，又駕飛輪海上船。敢謂波濤仗忠信，只愁兒女誤神仙。時二兒在吴下大病，又因明年將遣嫁大女，故決計南返。良朋尚訂重來約，謂地山侍郎。故里曾無半畝田。空賸雪泥蹤迹在，滄浪亭畔倍凄然。余在吴舊寓金獅巷，今已付劫灰矣。

到金陵，賦呈肅毅伯李少荃同年前輩鴻章

昔年聲望冠西清，此日森嚴細柳營。天爲中興出名世，人傳大勇屬儒生。才兼將相空流輩，手定東南荅聖明。青史千秋誰伯仲，遠追諸葛近文成。

巍然五等列崇班，功大何辭異數頒。爵秩已超蒲轂上，旌麾更照梓桑間。時署兩江總督。金箱玉笈鈔三略，紫電青霜鎮百蠻。兼領通商大臣。儒雅英雄都占盡，始知造物未曾慳。

得向花甎步後塵，雲泥雖隔總情親。微名尚記前鄉貢，雅誼真同古大臣。每念萍蹤詢細細，每見甲辰同年必問及。更憐蕉夢嘆頻頻。指余中州舊事。即今懷袖書猶在，三載深藏翰墨新。

十幅蒲帆卸石頭，節堂情話更綢繆。師門衣鉢惟公繼，謂曾滌生師。講舍臯比爲我留。轉

惜書遥頻誤雁，今年見寄兩書未到。不嫌舟小久停騶。至小舟見訪，坐談良久而去。此來得識荆州面，真覺榮逾萬户侯。

題《琴莧圖》爲劉笏堂太守汝璆

杭州太守今龔黄，秋風五馬臨錢唐。爰有圖畫藏縹囊，愔愔者何琴一張，𦮃𦮃者何莧一筐。觀者瞠目不能識，拜請太守言其詳。太守于是涕泣自陳：吾何懷哉，懷我二人。二人不可作，我以丹青傳其神。其神不可傳，我以琴莧存其真。愔愔者琴，吾父之所鼓。角巾野服坐閒軒，三尺焦桐時一撫。至今山水有清音，趙瑟秦筝何足數。𦮃𦮃者莧，吾母之所食。貧家作婦數十年，甘膬腥醲口不識。至今敬拜影堂前，顦顇慈容惟菜色。太守言未已，湖州民俞樾揖而致詞四。竟望公有如慈父母，吾公肫肫尚似孩提時。方今天子重循吏，要使海内蘇瘡痍。豈知循吏即孝子，如曰不信觀于斯。側聞太守善教士，四鄉有課自公始。遂令伏案咿唔聲，一州八縣同時起。武城弦歌何足擬，彼特區區一邑耳。烏乎！琴之遺音有如此。又聞君夫人，扶病親入厨。五日一見花猪肉，乃止一百九十有二銖。此外公膳何所需，黄齏一柈飯一盂。烏乎！莧之遺味有是夫。

余主講蘇州紫陽書院，而孫琴西同年適亦主講杭州之紫陽，一時有庚戌兩紫陽之目，戲作詩寄琴西

廿年得失共名場，余舊有贈琴西詩云：「廿載名場同得失。」謂丁酉、甲辰、庚戌三次同年也。今日東南兩紫陽。亂後鬚眉都小異，狂來旗鼓尚相當。主盟壇坫誰牛耳，載酒江湖舊雁行。寄語執經諸弟子，莫争門户苦參商。

移居紫陽書院作

舊游過眼總雲烟，又向吴中借一廛。韓愈偶成《進學解》，屈原聊賦《卜居》篇。高登壇坫雖非分，暫寄琴書亦是緣。輸與興公清福好，好山剛對講堂前。謂孫琴西。

昔年曾此共壺觴，三十年來半已忘。忽向雪泥重問訊，劇憐泡影太匆忙。舊爲吴氏屋，道光十七年曾飲于其室。烏衣零落門庭换，銅狄摩挲感慨長。賸有當時舊賓客，天留老眼看興亡。姚松田舅氏乃吴氏舊客，今年已七十，尚在吴中。

朱伯華孝廉福榮、戴子高茂才望至吴下訪余，因留度歲，憶咸豐十年與二子在德清度歲，又六年矣，各贈以詩

朱雲自奇士，眉宇故軒昂。舊是爽鳩屬，新歌鳴鹿章。縱横論世事，宛轉話家常。竹箭東南秀，衰門與有光。

小戴擅經術，身窮道自尊。《尚書》通大義，《論語》闡微言。子高時著《古文尚書述》《論語注》。脱略無邊幅，文章有本原。漢廷崇實學，終見起丘樊〔一〕。

憶昔清溪住，相依有二賢。而今客吴下，又共度殘年。欲識雪泥迹，姑留翰墨緣。蘇臺重訪舊，莫忘此詩篇。

丙寅春寄呈祁春圃相國

新聞引疾去三公，綠野優游望更崇。老輩典型當代少，大儒出處古人同。四朝黄髮稱賢

〔一〕丘，原避諱作「邱」，今回改。下同，不再出校。

相，一卷丹書繫聖衷。他日甘般懷舊學，行看執醬在蒿宫。

巢痕久掃鳳池西，十載風塵厭鼓鼙。蛇蚓欹斜愁疥壁，公得拙書，裝褫成軸，縣之齋壁。蟲魚瑣屑悔灾梨。公得余所刻《群經平議》，甚賞之。自惟吾道今消歇，敢向時流問品題。海内起衰誰鉅手，門墻猶幸傍昌黎。

荔枝

久聞嘉果出南荒，今日吴中始一嘗。郭遠堂中丞以十五枚見贈。少室玉膏輸潔白，嵊山甜雪遜芬芳。團團入手同萍實，汩汩生津異蔗漿。莫怪色香都未變，雙輪三日走重洋。自閩中附火輪船至上海，不過三四日耳，視昔人紅塵一騎更疾速也。

客言二首

群盜起中原，萬騎走平衍。奔騰若怒濤，飄忽如飛電。脱兔不可當，逐鹿誰能先。本朝重騎射，家法今未變。要止與齊驅，勝算何由擅。茫茫皖豫間，空費騑騠趼。有客爲我言，莫如用車戰。前挽後則推，進易退亦便。重革禦鋒鏑，隻輪利旋轉。其上設火器，其下施弩箭。耳目寄旗鼓，糗糧置囊帣。環列即爲營，徐行即爲殿。畫作猛獸形，并使戎馬眩。以此制敵騎，或足當一面。彼馬我則車，何必鬥靮韅。

西人善製器，火器尤其工。奇巧奪般爾，炎威借祝融。我聞佛郎機，前代已見崇。本朝定天下，頗亦資其功。乃自西人出，巧力俱已窮。即能師其意，未足爭其雄。有客爲我言，莫如用水攻。搏躍可過顙，祝火尤汹汹。安得制奇器，激水行於空。或盛革爲囊，或截竹爲筒。或粗若牛腰，或曲如烏嚨。要使行陣間，若御千神龍。非濤而澎湃，非雨而冥濛。雖有霹靂車，遇此應籠東。彼火我則水，何必争爔爔。

題《喬忠烈公畫像》後

喬忠烈公，名一琦，字白圭，上海人，事迹見《明史》。其友丁自邇曾從公于遼左，歸而公死難，自恨不得如南雷輩與睢陽始終，因手繪此像。其後有董思翁跋，楊忠烈公漣贊。今藏上海諸生徐順之豫家，徐又得公尺牘數紙，名印一方，即附後焉。余至上海，因出以乞詩，詩曰：

王旅興遼陽，螳臂誰能當。劉杜諸宿將，一戰同時亡。喬公自奇士，慷慨臨戎行。全軍既猿鶴，與國俄參商。謂朝鮮。捐軀滴水厓，歸葬惟冠裳。江南有老友，血淚可盈斗。尺素寫英姿，歲時奠以酒。方其下筆時，慘淡經營久。圖成公復生，真氣驚户牖。可使懦頑立，可使魑魅走。至今二百年，遺像猶儼然。戎容何暨暨，殺氣生雙顴。固宜敵萬夫，辟易無能前。又有公名印，屈曲芝泥鮮。又有公尺牘，筆勢紛連翩。我來幸睹此，再拜乃敢視。其前思翁跋，娟娟秀而美。其後楊公贊，腕力直透紙。願君寶此圖，以示後君子。貂蟒而豨奔，即楊公贊中語。對此愧欲死。

《尹節母黄孺人紡車圖》爲其孫文叔鋆悳題

四十餘年一紡車，更無心緒事鉛華。老來自向兒曹説，歲歲車前紡杜花。
回憶貧家作婦時，艱難門户費支持。課兒未忍將機斷，寸寸都成續命絲。
一粟孤燈黯不明，紡車聲和讀書聲。蟾宫他日科名記，都是當年手織成。

至杭州，與王補帆廉訪同游西湖，舟中口占

清游又上總宜船，自别西湖十六年。不獨鬚眉吾老大，湖山亦似老于前。

《史忠正公祠墓圖》爲其裔孫題

高家梅花嶺，行人再拜過。荒阡重灑掃，生氣未消磨。遺像清高甚，家書涕淚多。龔錢諸大老，對此竟如何。

南渡艱難日，倉皇詔督師。二陵半榛莽，公集有《祭二陵畢上疏》一篇。四鎮各旌麾。慷慨復仇議，凄凉絶命詞。龍髯攀未逮，自恨一年遲。

每讀公遺集，當年事可嗟。朝廷危似幕，門户亂如麻。宰相春燈艷，君王暮氣加。維揚城畔路，辛苦建高牙。

聖代旌忠典，褒揚孰與儔。遺書搜故府，浮議掃千秋。突兀崇祠在，淋漓御墨留。乾坤有正氣，長爲護松楸。

錢唐鄒蓉閣在衡裒次其家庚申、辛酉閒死于王事及婦女殉難者，各爲歌詩以張之，因題其後

粵氛流海内，末劫在錢唐。遂使衣冠族，同時賦國殤。詔書褒節義，廟貌薦蒸嘗。之子悲家難，中宵淚滿裳。

凄凉陳舊德，援筆不勝悲。一卷忠臣録，千秋家廟碑。楹書同護惜，壸史附昭垂。從此清門澤，流傳永不衰。

丁卯五月，至金陵謁湘鄉師相，賦呈四律

武達文通孰與倫，十年威望滿乾坤。汾陽身繫安危重，潞國官兼將相尊。萬里東南雙虎節，兼謂介弟沅浦中丞。兩江上下一龍門。不才自是閒桃李，慚愧春風舊托根。

回憶端門覆試時，玉階釦砌晝遲遲。姓名謬許群仙冠，文字曾叨一日知。擊節樂天原草句，沈吟小宋落花詩。至今春色終何在，未免赬顔對絳帷。余庚戌覆試，公爲閱卷大臣，因詩有「花落春

仍在」句，期許甚殷。

閉户研經春復秋，心香一瓣奉高郵。誰知沆瀣原同氣，從此名山或幸留。余治經宗高郵王氏之學，適與公合。

侯制更張躬與舌，明堂考定廣兼修。余考定射侯及明堂制，尤爲公所賞。重煩記室諸君筆，幾度拈來幾度投。公得余書，命記室作覆。屢呈稿，不稱意，遂不發。

門墻此日又追陪，不負長途觸熱來。高會西園成雅集，大開東閣閲奇才。公招集金陵諸名士，觴余于節署。室中榻爲留賓下，海上船因送客催。公因余急于言歸，飭上海輪船早日駛至。自愧迂疏無可報，小詩聊足侑尊罍。

李雨亭方伯、王曉蓮、龐省三兩觀察招陪湘鄉師游妙相庵，并登鼓樓

南朝四百寺，滅没不可見。惟餘妙相庵，巋若靈光殿。相侯發高興，先期命張宴。旖旎羅旌旄，躞蹀走僚掾。賤子備後車，冠服隨所便。是時天新霽，陰晴日數變。既免炎歊蒸，不辭游覽遍。泉流廣半畝，石徑窄一綫。老槐何離奇，新荷自婉孌。虚堂宜小坐，傑閣足流眄。北望有高樓，游興固未倦。

酒罷共命駕，命駕登高樓。一層甫及上，萬象俄已收。努力更躋攀，空闊窮雙眸。金陵名

勝地，天下無其儔。自從離亂來，所在成荒丘。十廟不存一，古思空悠悠。可憐秦淮水，不復聞清謳。且喜甘雨足，良苗滿田疇。既值中興年，復逢大有秋。相侯此建節，百廢行且修。秋風儻再至，安坐涼篷舟。時涼篷子船久廢，湘鄉師擬復之。

錢子密吏部應溥以其先文端公二圖索題，各書一絶句

自昔名臣多母訓，最難聖主鑒勤劬。一經御筆留題後，不數機聲鐙影圖。右《夜紡授經》

鷄鳴盥漱肅威儀，正是銀臺入直時。想見承平舊家法，至今尹吉有餘思。右《直廬問寢》

登太平門樓，觀曾沅浦中丞從龍脖子地道攻克金陵處，并讀湘鄉相公紀功碑

我登金陵東北之城樓，其城雉堞猶新修。城陰立石刻文字，誰與銘者相國毅勇侯。文曰同治三年六月月既望，穴地攻城城裂廿餘丈，浙江巡撫臣荃鼓士從此上。嗚呼！賊窟于此盈十年，窮天下力僅克焉。今觀缺口心悁悁，當時用力何其艱。賊營高壘鍾山巔，天保地保相鈎

連。天保、地保皆賊壘名。我軍百戰據有此，然後可得窺城堧。下令積草與城等，以計誑賊賊不省。若將蟻附此登城，誰料掘地深深幾及井。一朝熛發烟滿城，天日無色萬目盲。須臾烟散何所見，但見萬夫如蟻山頭行。俄展旌旗四面下，一片軍聲動屋瓦。殺氣森森飛上天，化作黑雲如奔馬。向張老死無成功，九帥此舉真英雄。沅浦中丞行九，人稱「九帥」。我從趙子詢大略，自「天保地保」以下皆趙惠甫説，趙曾親在行間。中興戰績誰與同。請看城外突兀龍脖子，再看城中荒廢天王宮。

奉陪湘鄉相公玄武湖觀荷花

玄武湖中麟趾洲，藕花無數滿中流。相侯旌節湖邊駐，來試瓜皮一葉舟。
一葉舟容三兩人，一篙容易點湖濱。萬花成國香成海，仙到應迷是此津。
田田荷葉比人長，隨手搴來手亦香。鋪作緑茵張作蓋，一身無處不清涼。
青青蓮菂滿船邊，隨摘隨嘗味更鮮。自笑生無食肉相，故應飽吃後湖蓮。
太平門外上輕舟，神策門邊蘆荻稠。花裏鑿行將十里，一生有幾此清游。是日出太平門，進神策門。

七洲風景看分明，惜少臨流屋數楹。倘置蓮花新博士，江湖莫忘老門生。相公擬于洲上築屋。

贈彭麗崧生甫孝廉

彭孝廉乃陶文毅公之婿也，文毅撫吴時，孝廉爲贅婿，後遷兩江總督，復從之金陵。陶没，遂不復來，至今垂三十年矣。湘鄉相公其老友也，因訪相公復來白下。余適客節署，遂同晨夕，倶坐威林密輪船至滬上，共寓南園。已又于吴門相聚，杯酒論文，頗有忘年之雅。于其别也，不能無詩，輒以長歌詒之。

老彭六十鬚眉白，還向江南作游客。江南離亂十年餘，更共何人話疇昔。疇昔陶公此建牙，迢迢迎到璧人車。秋高鍾阜工延月，春早隨園飽看花。三十年來如飛電，人間何事堪留戀。已抱山丘華屋悲，更驚城郭人民變。鐵馬金戈長板橋，兔葵燕麥芳林苑。湘鄉相國鎮金陵，歷盡艱難始中興。天寶遺民仍矍鑠，華胥舊夢已瞢騰。頽垣一片天王府，云是從前栖鳳處。僞天王府即舊時兩江總督署。此日青燐化夜光，當年紅豆調鸚鵡。蕭郎白髮再經過，那禁風前淚如雨。此外荒凉總不堪，怕將舊事問何戡。清歌無復秦淮水，雅集惟宜妙相庵。走也節堂同小住，相逢傾蓋渾如故。海舶經宵卧對牀，園林幾日游連步。每因縱論到詩文，更與窮經事箋注。耄猶好學似君稀,《平議》粗疏何足數。時以拙著《群經平議》相贈。吴門杯酒送登舟,垂老難將後約留。但願老彭長不老,卅年再作江南游。

今秋月色頗佳,連夕人定後與内子起步中庭,時復小飲,率爾有作

良宵不成寐,與子步庭阿。人定蛩吟起,廊空月色多。從前好風景,强半悔蹉跎。此夕一樽酒,浮生能幾何。

戊辰歲,余自蘇州紫陽書院移主杭州詁經精舍,開課之日,偶成二律

頻年蹤迹寄蘇臺,此日西泠講舍開。文字有緣宜領取,琴書無恙又移來。隨常粥飯完清俸,大好湖山養散材。壇坫森嚴前輩在,不才何幸得追陪。「前輩」謂王蘭泉、孫淵如兩先生,皆曾主講于此。

湖堤精舍静無嘩,虚擁皋比望轉奢。六藝微言先詁訓,百年著述盛乾嘉。菑畬課獲功難幸,鞶帨求工意或差。願與諸生同敏勉,莫抛秋實事春華。

曾滁生師相過訪吳下寓廬，賦呈一律

纔卜蝸居半畝寬，時新移寓大倉口。幸邀元老此盤桓。書生門第材官笑，使相威儀婦孺看。户外飛揚駐旌旆，坐中脱略到衣冠。明朝一棹從公去，尚有江湖舊釣竿。時招同作五湖之游。

奉陪滁生師相登天平山

小隊籃輿駐道邊，仰看山徑細盤旋。何人曾躡二分足，此地纔容一綫天。芒屩去尋青嶂路，茶甌來試白雲泉。相公高興誰能及，布襪青鞋到極巔。山路盤曲而上，曰「一綫天」，有僧盧三，曰上白雲、中白雲、下白雲，余與丁禹生中丞、潘玉泉、許緣仲兩觀察至中白雲而止，師相則直至上白雲也。

次日又從師相登香山而望太湖

閒介無蹊草滿山，偶隨元老此躋攀。全收笠澤五湖勝，遥指菰城一髮閒。喜共清游謝冠蓋，冀分餘曜照鄉關。烟波西塞山邊路，安得相從更往還。

丁禹生撫部與余言，湘鄉相公嘗言「俞蔭甫真讀書人，丁禹生真作官人」。余因憶去年見公金陵，公嘗言「李少荃拚命作官，俞蔭甫拚命著書」。余何人斯，而公輒與中興名臣相提并論，雖非所克當，然未始不自喜也，乃以小詩紀之

開府經綸滿江左，元戎勛業動乾坤。如何老學庵中客，籬鷃雲鵬一例論。

重九前三日，至詁經精舍作，時與内子同寓精舍之第一樓

浮家隨處好，於此且句留。風雨重陽節，湖山第一樓。曉鐘聽梵刹，夜火認漁舟。莫笑荒涼甚，相依有鷺鷗。

與内子至冷泉亭小坐

平生耽冷趣，不喜熱場踏。愛此人境隔，坐對山嵐匝。舄下泉瀏瀏，襟邊風颯颯。仰眺雲氣迷，俯語水聲答。老妻亦解游，清興適與合。久坐不忍去，暮鐘吼鞺鞳。

飛來峰有洞曰一綫天，山隙露天光一綫，内子窺之，於光中見佛像焉，從游者亦各有見。獨余不見，其無佛緣歟，抑目力之不及歟。姑以詩記之，待來年再游

石罅天光一綫通，紺眉藕髮見玲瓏。須知妙相莊嚴甚，即在靈臺方寸中。芥子須彌隨處足，菩提明鏡本來空。自慚俗眼窺難得，要借金鎞刮兩瞳。

己壬編　春在堂詩編七

己巳春，至詁經精舍，適彭雪琴侍郎玉麟借湖樓養痾，一見如舊，賦贈三律

廿載軍中夜枕戈，欣看青鬢未全皤。我朝上將儒林出，從古長江戰壘多。玉帳牙旗鎮南國，銅琶鐵版和東坡。廟謨正重金湯寄，那許林泉獨嘯歌。時有詔，俟假滿後仍赴長江督辦水師。

大好湖山第一樓，裘輕帶緩此句留。子房謝病無官守，靈運游山有唱酬。避俗怕通門外刺，尋幽擬築水中洲。謂阮公墩。臨淮開府來相訪，不向花閒擁八騶。李小荃中丞止車騎於湧金門外，坐輕舟相訪。

忝爲西湖作主人，遂教麋鹿識祥麟。乍聞雄論心先壯，偶話師門意轉親。謂湘鄉相公。珍藥封頒憐病久，芳樽手酌見情真。時承招飲，且以余病肺，饋之藥。一樓甘讓元龍卧，數點梅花萬古

春。君因借住余寓樓，許畫梅花一幅相贈。

潘少梅以小印一方見贈，文曰「西湖長」，賦詩謝之

南埭荒圩三硬蘆，余舊居德清東門外，地名南埭，官府文書則曰「三硬蘆圩」。卅年拋却舊菰蒲。而今新署西湖長，還是烟波一釣徒。

游會稽山，登其巔，至香爐峰佛閣小坐

會稽古防山，職方列四鎮。神禹計萬國，玉帛此充牣。我來問遺迹，古事復誰證。但驚山嵸巃，曲折微有徑。遥指香爐峰，勃然鼓游興。懸版爲坐具，摇摇不能定。夾以兩竹竿，相倚爲性命。曲身坐其中，尻低高者脛。姒王山乘檋，斯制或其賸。舁行十餘里，山勢抑何峻。緣竿鮎直上，旋磨蟻徐進。隘道不盈尺，危崖那計仞。從者咸已疲，稍稍息石磴。雙峰兀然立，如户左右墐。游人俯首入，猶懼上觸頂。于此構精廬，小坐亦自勝。憑欄一俯視，鑑湖小于鏡。劃然發長嘯，定有飛仙聽。

謁大禹陵，因游禹寺，觀唐開成五年往生碑

碑皆真書，文云：唐開成五年，歲次庚申，皇帝升極。是歲夏五月，會稽禹寺請玄英法師講《金剛經》于餘姚平原精舍，會次募一千二百五十人，結九品往生社。英公學我真教，挹其遺蹤，施有等差，階陳九品，旁求貞石，書其姓字云云。其下列一品至九品人名氏。此碑道光二十年寺僧鋤地所得，徐鐵孫太守移樹殿中。自來金石家所未箸録，余得見之，因張以詩。

我來謁禹陵，因得游禹寺。禹寺止三楹，索然了無致。前後遍流覽，有碑壁閒置。拂拭去塵灰，稍稍能辨字。碑額題往生，碑文記其事。唐開成五年，皇帝初即位。是年文宗崩，武宗即位。玄英大法師，來講《金剛》義。大衆環而聽，人人得其意。惟以愚智殊，不無淺深異。英公善知識，有教豈無類。區分爲九品，高下大軒輊。遂乃磨貞石，承之以贔屭。備載千餘人，男女相雜厠。謂可生净土，不致見擯棄。詎知武宗立，力排象教僞。佛寺盡毁除，此碑轉爲累。定知九品人，相對各心悸。沈埋付泥土，誅求免官吏。是何數千年，碑又出其地。坐惜蚩蚩氓，作事等兒戲。以此求西方，往生庸可冀。獨念歲月久，碑文尚完備。字體頗樸茂，不等俗書媚。

自來金石家，未此一置議。我來得捫讀，悠然生古思。勿云事荒誕，古碑得豈易。倘拓萬本歸，千鎰定不啻。

游蘭亭有懷彭雪琴侍郎，作歌寄之

蘭亭勝地埋荆棘，修竹清泉難復識。欲還舊觀永和年，百萬金錢問誰出。侍郎慨解橐中裝，千秋名迹期無荒。流傳豪舉遍浙水，誰識深情屬渭陽。深情脈脈安能已，記得外家家在此。傳來清望本山陰，譜出華宗是王氏。王氏青箱不復存，此來欲訪已無門。空留宗派書家祖，難問雲仍異代孫。昔賢觴咏今誰嗣，到此低徊不能置。擂土稍供一日資，望雲更觸無窮思。侍郎有《望雲思親圖》。英雄至性果然真，不負之江來問津。愧我羊曇憔悴甚，墓門展拜更傷神。時余至上虞展舅氏姚平泉廣文之墓，并以舅母黄孺人附葬焉。

雲栖、理安紀游各一首

籃輿至雲栖，夾路盡修竹。身入緑雲中，不識有炎燠。僧言今所存，不及昔五六。曩者不見天，但見一片緑。聞言感今昔，盛衰若轉轂。不恨我來遲，轉悔我來速。再隔三十年，舊觀儻可復。

我游理安寺，因觀法雨泉。泉從巖石出，不雨聲濺濺。其中有泉龍，四足五爪全。兩三自成隊，游泳殊悠然。勿云泉水小，愛此清且漣。何必乘風雲，辛苦飛上天。

三潭印月新築精舍，頗有致，偶乘扁舟往游，作此紀之

西湖三十里，中有湖中湖。瀲灩一明鏡，築土爲之郛。石梁眄南北，曲如蟻走珠。兩旁植菡萏，四面生菰蒲。精舍五六間，小坐亦足娱。何必三神山，蓬萊與方壺。遥指蘆葦閒，隙地倘許租。願言此築屋，來作耕田夫。其中有湖田。

歸許氏女生外孫女，其伯祖信臣撫部名之曰引官，余讀《白香山集》，有《談氏外孫女孩滿月》詩，亦名引珠，戲作一詩

幺鳳欣添第二雛，慰情良亦勝于無。阿翁且學香山老，也向懷中抱引珠。

次韻贈徐誠庵

論交文字卅年多，余年十六，與君同入縣學。又向吴中共嘯歌。旖旎詞腸將化蝶，崚嶒傲骨願爲鵝。歡場春去渾無迹，宦海風來便有波。眼底升沈君莫問，且看寒月上藤蘿。

庚午春，余浮海至福州，見香巖制府英桂，爲言咸豐八年以河南巡撫入覲，文宗顯皇帝召見，語及臣樾，有「寫作俱佳，人頗聰明」之諭。是時樾去官久矣，何意微末姓名猶挂天口，感激流涕，敬紀以詩

廿年春夢付黄粱，掃盡巢痕在玉堂。忽向天涯逢舊雨，更從海國話先皇。朽株枯木臣何有，墜履遺簪帝未忘。聽取從容天語好，風前衰淚幾沾裳。

見説紅雲拜九重，玉音親聽殿西東。韓翃詩句聞天上，蘇軾才名歎禁中。青史好傳宣室語，白頭空抱鼎湖弓。敢云報國文章在，才盡江淹百不工。

雨夜呈壬甫兄

一穗孤燈淡欲消，卧聞淅瀝響芭蕉。聯牀記聽春明雨，十八年來又此宵。

游閩越王廟

無諸王閩越，開國自漢初。廟食此閩土，祀典良非誣。我來一瞻拜，古氣盈眉須。王右夫人左，漢制其然乎。上有釣龍泉，甘洌宜酪奴。云是王遺迹，千載猶未枯。獨怪配食者，稽之史策無。閩俗固好鬼，未免同覡巫。我思騶氏裔，具見班馬書。若郢若餘善，均以叛漢誅。俎豆所不及，請更徵其餘。曰丑曰居股，論功初無殊。曰敖曰吴陽，亦能保令圖。各各受漢封，食稅而衣租。丑封越繇王，居股封東成侯，敖封開成侯，吴陽封卯石侯。以此列兩廡，庶幾德不孤。奈何秩祀事，不一詢通儒。巍巍射鱓王，適足資胡盧。吾言倘可采，敬告士大夫。

余閩中之行，爲敬問太恭人起居，而弟兄聚首，朋舊言歡，一月句留，殊苦其遽。因將還浙開精舍課，即附海舶言旋，舟中得詩五首

榕城烟樹望參差，五日飈輪海上馳。聊慰北堂萱草意，不争南國茘枝時。一家骨肉分離久，十載烽烟定省虧。今日萊衣重下拜，但求鶴髮到期頤。

春草池塘夢久荒，弟兄風雨又聯牀。兒曹乍聽鄉音改，老態旋看鬢髮蒼。亂後艱難問朋舊，鐙前談笑共壺觴。莫嫌拙宦蕭條甚，眼底榮枯早坐忘。

萬言賦海愧無才，且向閩中攬勝來。番舶聯翩仍古步，耿莊零落賸荒苔。耿莊乃耿精忠別業。英風近挹無諸廟，古篆遥尋般若臺。惜未鼓山同蠟屐，虚看晴翠落尊罍。飲于臬使署之東軒，望見鼓山，亦閩中勝地，惜未及游。

故人幾輩擁旌旄，笑我爰居偶此巢。珍重綈袍尋舊約，謂英香巖制府、潘偉如廉訪、傅星源觀察諸君。頻煩縞帶訂新交。謂卞頌臣中丞、鄧雙坡方伯、裕澤生觀察諸君。一編快睹歐公録，魏稼孫以所著《金石萃編校文》見示。十里香聞段相庖。余寓南臺，距城十里，城中頻有饋肴核者。祇惜輶軒歸尚早，謂同年邵汴生學使。論文孤負酒盈匏。

暖寒屢换客中衾，一月句留春已深。海外波濤仗忠信，余如闓所坐飛星輪船，其還也觸石而沈。天南節候變晴陰。憐才已負先皇意，憶遠還縈慈母心。回首虎門高突兀，幾回悵望幾沈吟。

籃輿入山，游香山洞、紫雲洞、金鼓洞，而紫雲尤深邃，紀之以詩

平生喜游覽，所苦力不足。不能登山顛，且自入山腹。怪哉紫雲洞，天然一石屋。規圓而砥平，不知誰所築。中間路逼仄，取徑繚以曲。仰觀石峥嶸，俯首猶懼觸。深入忽開朗，驚飛幾蝙蝠。泉含一掬清，天逗半規緑。僧言此銷夏，不知有三伏。靈運登石門，李愿隱盤谷。古來稱勝地，視之亦何恧。願言謝人事，來此友麋鹿。

自天竺逾棋盤嶺，上下各三里，有僧寺可小坐

山頂一屠蘇，山僧自不孤。雲烟無供養，寺無檀施，以采樵爲業。襟帶有江湖。西湖在東，錢唐江在南。且采雨前茗，休尋山下途。九溪十八澗，游處總模糊。寺僧以龍井茶供客，問以九溪十八澗，不能言也。

法相寺瞻禮長耳和尚真身

長耳和尚死不僵，真身猶在山中藏。被髮梟羊滿山走，驚見真身又疑否。揮之以刀斷其手，怪哉白骨乃不白。一千餘年化爲石，其色黝然更潤澤。粤賊之亂，斷其右手，因見其骨，骨色紫。嗚呼！女媧摶土無休時，鼠肝蟲臂誰能知。堯舜周孔化灰去，獨留委蜕將奚爲。其中自有不壞者，故能歷劫長如斯。世人革囊苦愛惜，鮑魚鯹臭秦皇尸。

病中偶成

蒲柳衰姿强自持，偶然一病遂難支。只慚不及香山叟，未是安閒好病時。

千里求書絡繹來，病中腕力苦衰頹。案頭不是鵝溪絹，難與先生作襪材。安徽、福建均有來乞書者。

熏風微逗碧窗紗，長日遲遲未易斜。睡起蕭然無一事，惠山泉試六安茶。丁禹生中丞饋惠泉水，勒少仲同年贈六安茶葉。

枯盡江花百不工，年來久已謝雕蟲。韓碑柳雅諸公事，莫向江湖問長翁。許星叔屬撰進方略表文二通，余筆墨疏慵，謹謝之。

以所蓄病鷹縱之孤山之麓，以詩五韵送之

昔人放鶴處，鶴唳不堪聽。賸有危亭在，亭前山自青。我今憐爾病，縱爾入青冥。雲路招新侶，巖阿養舊翎。寂寥千載後，誰築放鷹亭。

張仲甫先生應昌行年八十有一，重賦鹿鳴，詩以賀之

鳴鹿聲中共舉杯，蒼顏鶴髮未衰頹。回思六十年前事，曾博先皇欣慰來。君舉于鄉之歲，適尊甫中丞公撫閩，以疏謝，仁廟手批「欣慰」。

京國歸來下澤車，階前紅藥近何如。須知不負科名處，自有名山百卷書。君曾官内閣中書，撰述甚富。

偶然示疾等維摩，懶共群仙咏大羅。空向青雲街上看，不曾看見老東坡。宴日，君以病不能赴。

自從小劫遇紅羊，雅坫騷壇處處荒。何幸頻羅庵主後，巋然又見魯靈光。吾浙重賦鹿鳴者，梁山舟先生之後直至先生。

題趙忠節同年遺墨後

忠節名景賢，字竹生，余甲辰之歲與同舉於鄉者也。咸豐末年，東南淪陷，君堅守湖州城，卒死于賊。其從孫鋐以遺墨一册見示，因題其後。

昔年颯爽見英姿，今對遺編恍遇之。蟻子蚍蜉無外援，鞠窮麥麴有微詞。在危城中，帛書六幅，多隱語。枕戈越石心空壯，聞笛睢陽氣不衰。他日菰城重艤棹，表忠何處拜崇祠。聞奉旨建專祠，至今未成。

五十初度偶成

百歲光陰本有涯，蹉跎過半亦堪嗟。紅塵易老凌霄鶴，白日難留赴壑蛇。仕宦匆匆渾似夢，詩文草草未成家。病餘已覺衰羸甚，餐飯朝來强自加。

往事雲烟付太虛，且將閒筆寫閒居。詞林剛滿十科外，箸述新成百卷餘。老母尚能看細字，嬌孫已解讀村書。自知雅抱屯邅骨，莫向人閒歎不如。

西湖精舍儘盤桓，占得湖樓一面寬。高弟叠攀天上桂，詁經精舍肄業諸生本科中式廿九人，以優行貢成均者三人。老妻同倚雨中欄。書生活計毛錐子，山長頭銜白版官。慚愧先皇垂念厚，每思天語總汍瀾。樾免官歲餘，文廟尚垂問及樾，有「寫作俱佳，人頗聰明」之諭，今年至閩，聞之香巖制府英桂。

頹唐無分到公卿，聊復安排身後名。海外流傳兩《平議》，余所著《群經平議》《諸子平議》，日本國行賈請印三十部去。人閒游戲一《賓萌》。兒曹且試彈冠味，時兒子紹萊署大名同知。老我全消伏櫪情。回首烏巾山色好，擬營壽藏傍先塋。

不須辛苦較雲泥，籬鷃飛翔未是低。破硯祖孫同食報，家有先祖南莊府君遺硯一方，余用之亦近廿年，惜亂後失之。名山夫婦共留題。前年與内子游飛來峰，題名山穴，今年倩肄業生陳桂舟磨崖刻之。求書客至羊堪換，問字人來酒定携。却厭稱觴沿俗例，扁舟乘興到梁溪。嘉平二日，余生日也，是日乘舟至無錫，擬游惠山，因風大不果登，正如昔人剡溪之行，興盡而反矣。

辛未春日，以《弟一樓叢書》付剞劂，率題五韵

自笑迂疏百不如，廿年文字秏居諸。山妻苦勸宜調氣，慈母傳言戒箸書。其奈叢殘餘稿在，豈容拉雜付焚如。篋中寫定成新本，鐙下傳鈔到小胥。大好湖山樓弟一，後人儻識子雲居。

拙政園歌

張子青同年前輩開府三吴，駐節拙政園，承詢斯園故事，因作長歌詒之。

銷烽息燧東南定，定後東南非昔盛。鸝坊鶴市半荒蕪，吴下名園惟拙政。名園拙政冠三吴，遠溯前明創造初。驄馬王公新卜宅，衡山待詔舊留《圖》。園始明代王御史獻臣，文衡山有《拙政園記》并《圖》。昭代龍興開甲第，海昌別墅人猶記。泉石無端籍縣官，流傳更屬平南婿。國初爲海昌相國別業，籍没後，曾爲吴三桂女婿王永寧邸舍。百年依舊此樓臺，三徑重爲蔣詡開。吴三桂敗後，此園曾爲糧道署，其後復爲郡人蔣誦先所得，因易名復園，有《復園嘉會圖》。見説復園盛游宴，屢招名士共尊罍。是時正在乾嘉際，吴會承平多勝事。頭白尚書訪舊來，風流大令看花至。沈歸愚尚書即《圖》中人之

一，袁子才大令亦屢至是園。自古園林有廢興，又聞風月屬延陵。春風秋月游人口，只解吳園兩字稱。吳園花木還稠叠，水竹平分王與葉。後爲武林吳氏所得，是稱吳園，其左右割爲王、葉兩園。王葉園中半緑蕪，不及吳園盛蜂蝶。癡蜂醉蝶弄芳菲，忽見漫空妖鳥飛。浄洗腥膻消戰血，重看金鼓建牙旗。牙旗暫駐仍蕭瑟，欣遇安昌來建節。瓊鋪珠箔奉慈輿，水閣風簾停宦轍。我幸園中一再游，聊將往事數從頭。作歌愧乏梅村筆，莫問茶花如舊不。

蘇州府學有宋紹熙間同年酬倡詩石刻，首倡者袁説友，和之者張體仁、成欽亮、章澥、唐子壽、王藝、陳德明、周承勛、胡元功、趙彦衛、趙彦瓊、趙彦真。碑額分書「同年酬倡」四字，蓋諸君皆同年也，前有范石湖序，頗足見宋時同年之重。余即用其韻賦一詩，索諸同年和，非敢尸執牛耳，竊願依附驥旄云爾

芙蓉鏡下久暌違，落落晨星比昔稀。豈以雲泥今隔絶，遂忘蒲稗舊因依。翱翔霄漢誰先路，憔悴江湖已夕暉。記否鯤鵬初振翼，烟波鷗鷺也同飛。

曾滌生師相賜題拙著《群經平議》《諸子平議》後五言詩一章，次韵奉謝

當代有汾陽，勛名兩卓絶。手定常羊維，金甌永無缺。福星照東吴，一再停宦轍。猶憶昔年秋，秣陵曾送别。何幸旌旆來，又當葭菼揭。父老拜清塵，兒童誦英烈。江左管夷吾，斗南狄仁傑。樾也賤且窮，嶺雲只自悦。不辭飯甑塵，長守硯田鐵。古訓粗有聞，積習舊曾結。暑夕尚焚膏，嚴晨還映雪。珠船得一義，鐵擿忘三折。高郵有巨儒，卓犖邁前哲。謂王懷祖先生及其子文簡公。雄辯掃荆榛，奥義啓扃鐍。微言曲羽翎，快論直頑頡〔一〕。與共騁康莊，未免憂蹉跌。偏伍偶彌縫，竿旄聊取節。譬之行潦水，不足供酹醊。吾師今南豐，幽隱恣搜抉。玉帛會岐山，姑容置茅蕝。贈以一篇詩，轉使我心惙。朽質感雕鎪，陳編慚盗竊。惟當書萬本，終身誦不輟。

附原作

聖祖曠千祀，微言久歇絶。六籍出燔餘，諸老抱殘缺。尚賴故訓存，歷世循舊轍。從

〔一〕頏，原作「項」。

宋泊有明，軌涂稍歧别。皇朝襃四術，衆賢互標揭。顧閻啓前旌，江戴紹休烈。迭興段與錢，王氏尤奇傑。大儒起淮海，父子相研悦。謂高郵王懷祖先生念孫及其子文簡公引之。子史及群經，立訓堅於鐵。審音明假借，王氏精於古音，謂字義多從音生，經籍多假借字，皆古音本同也。課虚釋癥結。王氏每於句調相同者取彼釋此，謂之句例，又戒不得增字釋經，皆從虚處領會。旁證通百泉，清辭皎初雪。王氏立訓，必有確據，每譏昔人望文生訓，或一字而引數十證，其反復證明乃通者，必曲暢其説使人易曉。九原如有知，前聖應心折。俞君一何偉，奎步追曩哲。盡發高郵奥，擔囊破其鐍。君昔趨承明，鳳鸞與頏頡。軺車騁嵩洛，康衢誤一跌。子雲宦不達，草《玄》更折節。文囿芟天葩，經神供清醊。厖言頗觝排，諸子亦梳抉。復從群賢後，森然立綿蕝。嗟余老無成，撫衷恒惙惙。閎才不薦達，高位徒久竊。兹編落吾手，吟覽安可輟。

壬申春日自杭州至福寧雜詩

雲山南望路迢迢，却好風光轉柳條。多謝蘭溪賢令尹，緑波春水放蘭橈。蘭溪令吴焕卿，余門下士也，知余有福寧之行，具舟來迎。

記客新安五載餘，江干歲歲費舟車。富春山色桐江水，算理多年未讀書。余從前客授新安，歲一往還，必由錢唐江溯流而上。

舟窗閒坐倚雕櫺，兩岸烟巒似舊青。料得山靈還識我，重來只少一奴星。奴子孫福乃昔年從余往返新安者，後以老乞歸，庚辛之亂，不知所終。

指點西臺又釣臺，客星樓上暫徘徊。祠前一十七回過，來見先生第一回。七里瀧謁嚴先生祠，從前十七度過此，均未一登也。

姊妹花開傍畫欄，虛煩翠袖進龍團。那知據案村夫子，正取周官六典看。時携《周禮注疏》於舟中讀之，取其委曲緐重，足以消磨客況也。

廿載論文舊友生，此來快聽好官聲。從知吏治無他異，只與文章一樣清。舟至蘭溪，吴焕卿大令來迎，焕卿從學於余，余極賞其文氣之清。及成進士，以知縣來浙，余語李小荃撫部曰：「此君作令必佳。」公問故，余曰：「昔見其文氣甚清，卜其作令必了了也。」

玉座荒凉異昔時，蘭溪城外偃王祠。何當更訪陵山廟，手拓昌黎半段碑。蘭溪城外有徐偃王廟，昔曾游焉，今傾圮過半矣。或言龍游陵山偃王廟有韓文公碑，尚存半段。余昔過龍游，未之知也，以詩紀之行，且托人往訪。

自過金華灘轉高，篙師撑折萬張篙。西津橋畔重回首，辛苦輕舟壓怒濤。西津橋在永康城外。

何處芙蓉五朵峰，入山便與畫圖同。籃輿不走紅塵路，只在泉聲山色中。永康有五峰之勝，昔人詩所謂「分明朵朵翠芙蓉」者也，然入山後，峰巒重疊，亦莫辨何者爲五峰矣。

試從木末一登臨，緑柳紅桃遍水潯。畢竟南來春信早，春分未過已春深。

陽冰舊治在山鄉，名迹流傳頗未荒。道左豐碑丞相墓，嶺頭桓表狀元坊。縉雲城外有宋丞相格庵趙公神道碑，惜未訪其名，嶺上有狀元坊，爲明狀元詹駿建，其嶺即以狀元名。

桃花高嶺路灣環，曲曲溪流面面山。松竹叢中一條路，行人都在翠微間。

纔經半嶺日將斜，漢壽祠前且啜茶。却喜縣官能解事，課民嶺畔種桃花。桃花嶺本無桃花，道光間縉雲令熊君種桃萬樹以副其名，亂後斬伐殆盡，今縣令徐君又議補種之。

馮公嶺上却金館，見説前人此却金。重疊紅箋書吉語，碑頭姓氏費搜尋。馮公嶺上有屋一區，顔曰「却金館」，有碑云：「江右何公却金處，萬曆十五年胡緒、蔡廷臣、喻均立石。」而館當孔道，爲冠蓋往來休息之所，碑又居門外正中，適當樹塞門之處，有司供張者貼紅箋書吉語於其上，字迹遂爲所掩，余命從者層層揭去，始得見之。

青山回望尚嵯峨，又挂蒲帆走厦河。舠鵃艅艎原一例，不嫌舟更小於梭。厦河在處州城外，有兩種船，曰漁船，曰梭船，余所坐乃梭船也。

石門洞口雨中過，雨後山光翠更多。行到巖前看瀑布，直從天半瀉銀河。

山中誠意舊儒宮，婦豎能談佐命功。我向堂前拜遺像，旗峰西矗鼓峰東。石門洞爲劉伯温先生讀書處，遺像尚存，曰「旗」曰「鼓」，乃其左右峰也。

故人仗節鎮東甌，小别西湖又幾秋。今夕且園一尊酒，從頭聽話雁山游。温州見方子穎觀察，共飯於其署中之且園，縱談至夜分，并示《雁山游草》一卷。

更煩高會集群賢，特爲征人啓别筵。領略怡園好風景，不辭半日此留連。方子穎觀察、裕昭甫太守、陳友三大令餞余於曾氏之怡園，園有花木泉石，亦東甌一勝地也。

華蓋山頭暮色催，肩輿草草出城隈。如何好事諸君子，肯逐康成車後來。余將發温州，有徐君杏汀至逆旅來見，又有陳君仲珊至旅舍，而余已發，遂追及之於舟，因紀以詩，藉存一日之雅。

飛雲渡口水茫茫，歷歷風帆海外檣。江面亂流行十里，依稀風景似錢唐。

平橋曲水路紆徐，一葉輕舟載筍輿。沿路飽看南雁蕩，濃青淺黛染襟裾。自平陽坐小舟行三十里至錢倉，一路山色甚佳，層巒叠嶂，應接不暇，蓋即所謂南雁蕩矣。

榕樹陰中曲曲堤，直從蕭渡到琳溪。瓜皮艇子沿堤去，未礙溪橋三尺低。

山溪行盡又山岡，且喜松篁夾路長。想見山中生計足，高高下下菜花黄。

嶺上巖巖分水關，令人回首故鄉山。歸途儻踐山靈約，雁蕩天台咫尺閒。余此行因急於至閩省視老母起居，未及迂道一探天台、雁蕩之勝。方子穎觀察訂歸途游雁蕩，并願爲雁蕩作主人，然余又急於回杭補行詁經之課，未必能如約也。分水關乃閩浙分界處。

榕城開府親家翁，此去偏慳一笑同。今日入疆觀教令，訓詞忠厚古人風。閩撫王補帆，余同年生，又親家翁也，此行往返匆匆，未及至榕城相訪。自入分水關，於半嶺塘見君教令四條，皆六言韵語，勸其士民以敦品勵學、息訟止争，知君用意良厚也。

自爲衰親千里來，敢煩地主具尊罍。白琳多謝黄明府，洗我征塵酒一杯。余以定省來閩，故行甚速，過福鼎縣，未及少留也，而縣令黄星槎明府使人候於白琳逆旅中，治具豐腆，意甚愧之。

五蒲大小盡躋攀，又度崎嶇六六灣。見説武夷山九曲，此行四入武夷山。大五蒲、小五蒲均嶺名也，自此至蔣洋，山形繚曲，故有三十六灣之名矣。

四山雲氣已模糊，旋覺陰霾一掃無。若比當年衡岳例，鯫生何敢望韓蘇。是日初登車，雲氣迷濛，及上五蒲嶺，已有微雨，余因其日所經多高嶺，深以雨行爲憂，默禱於神，旋即開霽，晴日杲杲，蓋神佛之祐也。

石壁嶙峋高插天，大王嶺在萬峰巔。明朝更度觀音嶺，歷盡危途仗佛憐。入霞浦境，嶺路尤峻，而大王嶺及觀音嶺爲最。

天梯回望倚雲根，水複山重不可論。却羨阿兄來領郡，萬山深處一官尊。天梯亦嶺名，度天梯嶺即福寧府矣。

水陸舟車一月忙，征衫又此拜高堂。修書先報老萊婦，爲説慈闈壽且康。余行抵琳溪，壬甫兄使人來迎，詢知老親康健，即馳書報內子知之。

三月三日，壬甫兄招同羅景山總戎、張小舫太守宴集於望海樓，即席有作

龍首巖巖氣象雄，龍首，山名，樓在其麓。危樓高踞梵王宮。檐前海水平於席，檻下山城曲似弓。俯視郡城，了了在目，其形橢圓而曲。剛好重三逢禊日，不辭一再醉春風。小舫約次日仍集於此。何當更訪芙蓉院，殘碣摩挲夕照中。明同知趙廷松於龍首山麓建亭，曰「芙蓉別院」，并刻「芙蓉臺」三字於石上，今求之未得。

福寧雜詩

山城雖小郡齋寬，花影重重映畫欄。白髮衰親扶杖出，滿園紅紫盡承歡。

買山歸隱尚難圖，杯酒清談亦足娱。偷得仙家丹鼎法，齋厨日日學蒸壺。壬甫兄喜飲，每夕必具尊酒與余共之。余過武林，有授余煮神仙鴨法者，至閩以語兄，試之良佳。

榕樹陰濃春日長，扶疏弱柳又新篁。試從木末疑眸望，遥見山中石澗堂。署後爲龍首山，山上

有屋一區，以千里鏡視之，見額署「石澗堂」三字。

後圃荒涼藜藋高，何煩頑鐵鎮波濤。想因城與舟形似，故鑄神鈎鎖巨鰲。署後廢圃有大鐵錨二，不知所用，或云城形如舟，以此鎮之。

何處僧廬石鼓圓，何時移置郡齋前。遷流本末無從考，字迹分明至正年。三堂門外有石鼓二，其右一鼓刻云「至正五年，歲在乙酉，常住誌」。

石上留傳梵字形，不辭搜剔到荒庭。佉盧書古無人識，一任苔痕歲歲青。署右幕賓屋庭石有字迹，不可識，壬甫兄曰：「此梵字也。」

高枕山岡望海樓，海山勝概已全收。岳陽仙迹無多讓，記取先生兩度游。望海樓樓不甚高，而可望海，亦郡中一勝處也，惜僻處山鄉，其名不箸。余此來兩醉其上，故以詩張之。

使者輶軒此往還，論文餘暇即看山。所嫌白鶴峰頭路，絕頂無緣得共攀。孫萊山學使適按試福寧，試畢相見，以《登白鶴嶺望海》詩見示。

將軍束髮早從戎，此日山城閒挂弓。示我一編《思痛録》，廿年辛苦戰争中。羅景山總戎以所箸《思痛録》索序，即其所定年譜也。粵賊之亂，君無役不與，故叙述甚詳。

海色山光逼畫檽，何殊觴咏在蘭亭。無端忽隕風前涕，一月前頭落大星。三月四日宴集望海樓，適聞曾文正師於二月四日薨逝，爲之泫然。

閩嶠崎嶇不易行，未能乘興到榕城。温麻小住匆匆返，姑負群公懸榻情。潘偉如方伯勸余留居閩中，托萊山學使致意。王補帆中丞又擬以輕輿迓余至省城小聚數日。其意拳拳，皆可感也。

一編志乘擬重修，名迹端宜細訪求。太姥奇峰三十六，再來儻許此探幽。王甫兄擬重修郡志。

自福寧還杭州雜詩

籃輿安穩發温麻，一月句留未覺賒。却好首塗逢穀雨，家家門外曬新茶。

村社荒凉起暮烟，叢祠未識始何年。自從臨水夫人外，又向山中拜馬仙。閩中多臨水夫人廟，考吴任臣《十國春秋》，陳守元女弟陳靖姑有道術，曾誅白蛇妖，閩主鏻封爲順懿夫人，殆即其人也。余又於山中見馬仙娘廟，求之郡志，則有二人，一云温麻里馬氏女，一云江南人女，隨父宦來閩，二者未詳孰是。

隨意尋幽向水涯，偶逢古迹倍咨嗟。鸛窠橋畔人烟少，何處宣和進士家。平陽有鸛窠橋，刻石云「宋宣和進士陳彦才建」。

輕舟卅里到羅陽，道是山鄉又水鄉。流水小橋無限好，不知何故署豺狼。自平陽至瑞安，有豺狼橋，不知何以被斯名也。

幾處秧鍼尚未稠，紅雲一片壓青疇。山中生計年來異，罌粟花開當麥秋。平陽、瑞安山中多種罌粟花者，雖於種稻無妨，而於種麥有害，亦民食之一蠹也。

瑞安學士最依依，夜雨留賓静掩扉。杯酒清談偏有味，黄花魚小墨魚肥。過瑞安訪孫蕖田前輩，留余小酌，清談甚樂，二魚皆席閒所饌也。

逆旅平添半日忙，淋漓殘墨滿匡牀。東坡正苦食無肉，可許屠門去换羊。温州旅舍中，求書者疊至，薄暮未休，時天氣鬱蒸，行厨中魚餒而肉敗，故有此戲語。

館人留客頗恂恂，生本儒門意自親。贈我羅陽詩四卷，始知巖邑有詩人。逆旅主人董盼，字子翰，以其先德霞樵先生所輯《羅陽詩始》見贈，蓋裒録泰順一邑自前明至近人所作之詩也。先生名斿，即泰順人，所箸《太霞山館詩文遺稿》甚多，聞存蕖田前輩處。

蜃江來去太駸駸，若問游蹤愧轉深。不獨雁山游未果，江心孤嶼欠登臨。温州城北有江心寺，即謝康樂詩所謂「孤嶼媚中川」者也，來往匆匆，未及一上。

石門洞口再探奇，且喜登山得導師。涎玉沫珠曾領略，此來補讀謝公詩。舟過石門洞，因再游焉。有林君宋齋讀書其中，見余至，問知姓名，甚喜，導觀諸勝，因得見石刻謝康樂詩。前游僅導以老僧，未能指示所在，故未之見也。

風風雨雨桃花嶺，萬壑千巖何處藏。始信黄山雲海説，白雲真似海茫茫。

禱雨碑文李少温，宣和傳刻至今存。不辭百級登臨瘁，親訪神祠藏碣軒。縉雲縣城隍廟在山上，歷百餘級乃至。宋刻李陽冰碑，今尚無恙，惟每行末一字泐矣。前縉雲令徐君熾烈，字赤木，築室庋之，署曰「藏碣軒」。

子陵臺在暮雲端，兩岸青山已飽看。安得於潛問遺老，更尋石室古嚴灘。《水經·漸江水》篇云：又東南流，徑桐廬縣，自縣至於潛，凡十有六瀨，第二是嚴陵瀨。酈注云：山下有石室，嚴子陵之所居也。今石室無考，而《經》云自縣至於潛，則與今水道亦不合，疑漢魏閒所稱嚴陵瀨者或未必即此也。

春歸我亦賦言旋，兩月光陰路幾千。却好往還皆廿七，一舟依舊宿江邊。余之往也，於正月二十七宿江干舟次，明日解維；及還也，於三月二十七宿江干舟次，明日登岸，亦一奇也。二十八立夏春歸，我亦歸矣。

同年應敏齋寶時曾官蘇松太倉兵備道，駐上海，有善政，其遷臬使而去也，上海人圖其所行事凡十有二，爲歌詩以獻，余爲題其後

滬上彈丸地，安危大局存。東南一樞紐，旋轉此乾坤。舉動關中外，推行見本原。謳歌空滿耳，辛苦與誰言。

吴中重修唐六如居士桃花仙館，并祔祀子尚金公，公名絅，嘉興人，明初爲蘇郡守，因請減賦得罪而死者也，爲賦四絶句紀其事

胥口難招月夜魂，「月明胥口一蓑烟」，六如句也。風流文采至今存。盲翁負鼓沿街唱，不唱中郎唱解元。盲詞多唱「唐解元」者。

重將祠墓訪圖經，三百年來夢墨亭。仙館桃花還似舊，草堂何處問懷星。懷星堂乃祝京兆所居，今不可考，京兆與文待詔并祔祀六如居士祠。

吴中才子自聯翩，更念蘇州太守賢。歎息後人論成敗，梨園止演況青天。

俎豆從今配六如，名臣名士兩相於。知公泉下心無恨，得讀三吴減賦書。同治初，詔減江浙賦，當事者刻其全案成書。

鰈硯篇

沈仲復觀察與嚴少藍夫人伉儷均能詩，仲復在京師得一異石，文理自然，成魚形，剖

而琢之爲二硯，硯各一魚，夫婦分用之，名曰「鰈硯」，即以顔其所居室，張子青前輩爲之圖，余賦是詩。

何年東海魚，化作一拳石。天爲賢梁孟，産此雙合璧。琢之爲兩硯，珍重壓瑶碧。無管不齊飛，有箋必同劈。春波滑共洗，冬宵寒互炙。遂以顔其廬，光采昭楹碣。嗟余注蟲魚，魼鰨舊曾覈。著書鴝眼枯，仰屋蝸廬窄。心艷文字福，手展瓊瑶册。題詩寄隱侯，兼呈藐姑射。

《秋鐙課詩圖》爲王䢺甫孝廉禹堂賦

孝廉母盧孺人能詩，在室時聞所許嫁王君菊人因父老廢書而賈，心不樂，故其課子詩有云「茅屋數椽鐙一點，吾家喜有讀書兒」，蓋失望於前而欲取償於後也。及䢺甫舉於鄉，則孺人下世久矣，乃取詩意繪圖徵詩，余爲題五韵。

茅屋一鐙小，當年自課詩。辛勤此賢母，款曲語嬌兒。盼汝成名早，償余宿願癡。如何攀桂日，非復樹萱時。異日瀧岡表，無忘陟屺思。

次韵答江子平孝廉珍楹，即送其還德清

新詩一讀一嗟吁，奈此齊廷三百竽。磊落多才誰及子，游揚無力轉慚吾。文章聲價年來賤，風雪歸舟水次呼。大好餘不溪畔屋，相期稼圃其樊須。

彭雪琴侍郎過蘇州見訪，即送其至西湖詁經精舍度歲，次春初所贈詩韵

謝病歸來未息肩，長江歲歲復年年。拜兵部侍郎二十日即謝病，仍被命每歲巡視長江水師一次。船中家計惟漁具，袖裹軍符有豹篇。乍向殿前辭節鉞，朝議欲以公督兩江，力辭之。便來湖上作神仙。知公心迹俱清絶，何必空山更坐禪。公每欲寄榻僧廬。

借得西泠地數筵，欣然來試虎跑泉。湖山風雪時三九，楚越關河路八千。公擬二三月中溯江而上巡視水師，至次年復沿江而下，仍至西湖度歲，每二歲一往還。笑我小樓難獨據，附公奇迹或同傳。一編金石徵交誼，認取題籤字似拳。時以馮氏雲鵬《金石索》十二卷見贈，手自署檢。

竹樵中丞恩錫饋臘八粥

軍將打門急，擎來玉碗豐。今朝臘八日，故事米雙弓。香溢盤盂外，甘留齒頰中。晨寒欣一飽，薑粥勝坡公。

癸丁編　春在堂詩編八

癸酉季春，楊石泉中丞招同彭雪琴侍郎至雲栖作竟日之游，詩以紀之

朝暾紅上蘇公堤，籃輿舁我游雲栖。湘鄉中丞雅好客，欲陪鸞鳳招鳧鷖。湘羹楚酪行厨齎，伊蒲精饌營闍黎。衣冠脱略謝拘束，且喜昨雨今朝霽。老彭雖老興不低，酒酣吐氣凌雲霓。左手持杯右握管，六章詩抵千牟尼。侍郎即席賦詩六章。忽然感舊心慘凄，十年辛苦提征鼙。青旗一片蔽江下，小姑山上親留題。「十萬大軍齊唱凱，彭郎奪得小姑還」，侍郎舊題小姑山句也，侍郎在軍中張青幟。崎嶇百戰江東西，江中妖霧消鯨鯢。同時將佐半生死，彭郎玉貌今成黧。已矣舊夢休重提，尊前一醉拚如泥。更扶殘醉下山去，夕陽剛照前山溪。紅躑躅花紅滿蹊，森森緑玉千株齊。蓮池遺蜕至今在，其旁更有法喜妻。徘徊欲去仍留稽，浮屠百尺愁攀躋。噴月泉邊一分手，映波橋上重扶藜。歸途過六和塔下觀噴月泉，兩公從此入城，余則度映波橋走蘇堤歸精舍。垂楊兩岸桑

千畦，蘇堤兩畔皆栽桑矣。暮鴉已向林閒啼。歸來作詩記游覽，勿嫌嘲哳同寒蜆。

越三日，招雪琴侍郎同游西湖，侍郎有詩，次韵奉答

爲愛西湖好，年年此往還。侍郎奉命巡長江閒，歲一至西湖。戈船將就道，鏡舫暫偷閒。是日所坐湖船名鏡舫。已築三潭屋，親題五字顔。侍郎築屋三潭印月，題曰「西湖退省庵」。來秋重九節，再約叩松關。

穀雨日，陳竹川、沈蘭舫兩廣文招作龍井虎跑之游，遍歷九溪十八澗，及烟霞、水樂、石屋諸洞之勝，得詩五章

五年住西湖，未盡南山勝。遥指翠微閒，探奇猶有賸。暮春天氣佳，雲山發幽興。二君有同志，游事從頭定。先日戒輿丁，臨行問山徑。龍井至虎跑，自晨游到暝。

龍井寺久廢，但存土神祠。翁媪相偶坐，不知所祀誰。其旁有山家，楚楚新茅茨。山農頗好客，飲我茶一卮。青瓊與緑髓，清入人心脾。是日逢穀雨，正值新茶時。乞取數片歸，珍惜如瓊芝。

九溪十八澗，山中最勝處。昔久聞其名，今始窮其趣。重重叠叠山，曲曲環環路。東東丁丁泉，高高下下樹。搴帷看未足，相約下輿步。愈進愈幽深，一轉一回顧。每當溪折處，履石乃得渡。《詩》云深則砅，此句爲我賦。但取滌塵襟，不嫌濕芒屨。俯聽琴筑喧，仰見屏障護。九嶷有九溪，兹更倍其數。迆邐到理安，精廬略可住。老僧具伊蒲，欣然爲舉箸。

飯飽復入山，先至烟霞洞。前洞盡佛像，但少香花供。後洞愈深邃，側身入石縫。持火乃可見，四顧心駭恫。内有吕仙像，名山仙佛共。水樂洞殊小，未足相伯仲。所喜琤琮聲，不減琴三弄。掬水惜雲腴，濕衣愁暴涑。不如舍之去，鳴泉尚喧哄。我愛石屋好，天然具宇棟。其左爲別院，小坐足吟諷。其右有小樓，石乳猶凝涷。最奇曰甕雲，洞口狹如甕。俯循石級下，豁然乃虚空。日光穿漏入，頗足破昏霿。天生此神境，不知誰斫礱。昔賢所留題，遠者自北宋。我亦書數言，聊以寄幽夢。

游事粗告備，乃更至虎跑。是時日已晚，斜照餘林稍。愛此泉水佳，且復酌一瓟。爰循蘇公堤，仍踏西泠橋。連日事游覽，頗足紓鬱陶。雲栖蠟雙屐，三潭浮輕舠。今復披蒙茸，一徑争猿猱。作詩謝二君，游興今年豪。

家兄壬甫太守歿於福寧郡齋，因馳赴福寧，奉太夫人北旋，於五月二十六日至吳下寓廬，謹記以詩

版輿安穩迎慈母，此句乃余初罷河南學政時詩。十七年前句尚新。何幸望雲今遂願，只愁聽雨夜傷神。要娱鶴髮高堂暮，且借鶯花茂苑春。回首長途心轉悸，二千里路九旬人。太夫人時年八十有八，自福寧至蘇州幾及二千里。

舊歲覃恩，兒子紹萊爲請二品封，亦紀以詩

頻年韋布謝簪纓，忽荷推恩意轉驚。此日承歡當彩服，他年借重到銘旌。蓬萊舊籍三朝遠，雲水閒身二品榮。聊與山妻作生日，笄珈重爲换釵荆。六月三日内子生日也，即於是日易命服。

楊石泉中丞以闈中桂花盛開，賦詩紀之，即次其韵

畫戟森嚴鳳味堂，案頭文卷雜丹黄。飽看試院幾株桂，應憶家園九里香。《墨客揮麈》云：「湖南人呼桂爲九里香。」中丞湖南人，故云然。記昔名場曾屢踏，即今詩句有餘芳。一箋示我西湖上，添得吟情分外狂。

竹樵方伯恩錫被命攝漕督，以詩賀之

余與方伯唱和詩最多，彙爲一卷，題曰《吴中唱和存稿》，別行之，故不存於集。今聞其攝漕督，余適在西湖精舍，又因先兄葬事將還德清，未知能及至吴中送別否。依依之意不能無詩，詩雖不工，亦不能不存也。

鶯花茂苑久句留，新拜除書督九州。望重旬宣周召伯，功資轉漕漢酇侯。豈惟玉粒關天庾，更藉金湯鎮上游。從此范韓勛業大，清談可憶在南樓。

頻年吴下共分箋，忽聽驪歌意惘然。佳句流傳來浙水，時新寄到詩四首。大旗飛舞去淮堧。

遥知蕩節初移日，正是梅花欲放天。爲報將軍即才子，用白香山詩意。狂吟沿路有詩篇。

甲戌春日彭雪琴侍郎寄和去歲「纓」字韵詩，再次韵答之

昔年慷慨請長纓，此日閒居寵不驚。南國風雲歸節制，西湖烟雨撲簾旌。六橋許作鶯花伴，四壁分來翰墨榮。前年承書樂知堂額，今又書楹帖見贈。見説九秋重過我，呼童縛帚掃柴荆。

周應芝司馬死難遺象題辭

君名憲曾，字景侯，號應芝，仁和人，道光庚子恩科舉人。署直隸廣平府同知，分防臨洺關。未數月，粤寇至，大帥走其地，無城可守，或勸入城避賊，君不可，竟死之。其繼室蒯爲余同年蒯士香廉訪女弟，廉訪時官祥符縣，聞警迎以車，不肯去，與側室郭同死。一門忠烈，是可風矣。廉訪以其遺像索題，按劍特立，生氣凛然，蓋即死難時情狀也。余爲賦此。

臨洺關前陣雲黑，黑雲擁到黄巾賊。大官見幾走且匿，一夫慷慨死其職。借問死者誰？

周君字應芝。閒曹土地非所司，况有公廨無城池。君曰官此即死此，偷活草閒吾所恥。三尺龍泉電光紫，一腔碧血洺河水。閨中更有梁鴻妻，守死不去甘如飴。大婦小婦相提携，一朝山下雙磨笄。我從丹青見顔色，凛凛霜棱不可逼。讀君佳傳重太息，别有悲憤生胸臆。昔我僚婿何其賢，與君同姓兼同年。其死在後君在先，安義小縣彈丸然。欲戰無兵守無錢，大呼殺賊張空拳，視君之死何愧焉。余僚婿周君祖誥，字雲笈，亦庚子孝廉，署江西安義縣，死難。方今天子重大節，况臣死忠婦死烈，允宜萬古作圭臬。我念故人亦人傑，可與後先共頏頡，箕尾忠魂同不滅。愧我作歌疲且苶，表忠有碑俟來哲。

自天竺逾棋盤嶺，歷九溪十八澗至理安，途中得詩二章，示從游者

我登棋盤嶺，四顧何廓然。其前錢唐江，望見風帆船。西湖在其東，有若明鏡圓。視我所居樓，了了在目前。籃輿偶此過，一步一流連。惜無可坐處，勝概收未全。安得築一亭，高據兹山巔。

我行十八澗，何其繚以曲。重重叠叠山，其妙總在複。山中何所有，松竹雜蒼緑。更喜高下閒，襯以紅躑躅。籃輿偶此過，一步一往復。惜無可坐處，勝景看未足。安得結一庵，深藏

此山腹。

秦小峴侍郎官浙時，建東坡先生祠於孤山之陽，繪圖紀之，嗣君澹如觀察出以見示，時蘇祠亂後重建，圖亦失而復得也，爲賦一律

玉局仙翁去不還，尚留祠宇傍湖山。十年摇落干戈後，兩世風流翰墨閒。我輩雪泥聊寄迹，舊時春夢久從删。詩人喜遇秦淮海，咫尺蘇門倘許攀。

閩撫王補帆同年述職入都，行次姑蘇，以病請假，然觀其閩中留別詩，似久有歸志矣，因於西湖寓樓次韵和之

榕城開府已三年，抗疏求瞻詄蕩天。海上輕裝將石載，江南春信在梅先。去年臘底得君書，即言將北來。暫抛玉節偏多味，小住金閶亦有緣。見説維摩新示疾，不妨遲到五雲邊。

利弊窮檐著意求，八閩傳誦到杭州。中興柱石無多讓，吾榜勛名第一流。此日聞君將引疾，有人越境苦攀留。杭州金少伯樞部深惜君去，屬余至蘇力挽之。爲言四海思霖雨，泰岱雲興莫便收。

君指鄉山樹幾株，歸心早與白雲俱。家園自有留人桂，宦海原無消疾珠。且喜妻孥習耕織，好從里社養疏愚。翻嫌遲滯期難定，容易菖蒲酒在壺。君與余書，欲於重午前歸里。

鄙人廿載謝名場，不記班聯舊濟蹌。幸有朋儕同嘯傲，頓教詩興不頹唐。和君平子歸田句，已是淮南招隱章。只恐璽書來闕下，仍催述職到明堂。

滬上寓園芍藥盛開，偶作小詩

暫與名園作主人，可無綺語謝花神。杭州正吃毛頭筍，亦名猫頭筍，見《西湖志》。海上來看婪尾春。醉蝶癡蜂游戲慣，嬌紅膩紫翦裁勻。須知樸學齋中客，也喜風光到眼新。園中舊有湛華堂，余易其額曰「樸學齋」，示黜華崇樸也，然對此名花亦不能無詩。

贈張子剛

江西張燧，字子剛，事其嗣母至孝，其母近百歲乃卒。子剛工詩畫，有聞於時，然至今猶以縣佐需次，聞將浮海北行見合肥相國，故以詩贈之，即書於其便面。

張子有真性，居家孝可師。扶持百歲母，啼笑一嬰兒。名早遇偏晚，行高官自卑。送君從此去，遭際果何時。

彭雪琴侍郎退省庵在三潭印月，與余所居詁經精舍止隔一湖心亭耳，過湖奉訪，率成一律

退省庵中舊勒銘，余撰《退省庵記》并銘。今來相訪近南屏。回看對面孤山路，詁經精舍在孤山路。止隔當心一角亭。閒趣儘容吾輩領，讕言試説老僧聽。請從此夕推窗望，上將星聯處士星。

楊石泉中丞過我西湖精舍，遂偕至退省庵訪雪琴侍郎，疊前韻

陋室荒凉未足銘，推窗閒對萬山屏。忽看畫舫浮梅檻，已過莎堤問水亭。白雪新詩先快讀，中丞先使人以詩來。緑波柔櫓更同聽。移舟遠渡前汀去，退省庵中訪客星。

題黄韵珊孝廉《桃谿雪》傳奇後

永康吴絳雪，名宗愛，國初才女也，工詩畫，兼有國色。康熙十三年，耿精忠叛於閩中，其部將徐尚朝犯永康，宣言曰：「以絳雪獻者免。」邑人凶懼，謀行之以紓難，絳雪遂行。至三十里坑投崖而死。事越百五六十年，志乘無徵，吴康甫大令爲永康丞，始表章其事，屬黄孝廉譜此曲。

曾向秦臺泣鳳皇，孝廉曾作《帝女花》傳奇。紅顔碧葬更凄凉。春風寫入黄荃筆，卅里坑邊土尚香。

綺年才調女相如，翰墨留題遍國初。一擲危崖千古事，眉樓羞殺老尚書。龔芝麓尚書有題絳雪畫册詩。

記昔看山到永嘉，永康城外屢停車。來遲未遇哦松客，誰與城西訪杏花。吴康甫大令作永康丞，訪知城西由義巷即絳雪故居，余兩至永嘉，距康甫作丞時二十餘年矣。

離合悲歡任意編，傳奇體例想當然。我今更定瑶華譜，續得佳人命一年。傳奇事實與本集不甚合，院本體裁也。余編次絳雪年譜，寄康甫大令，刻之本集之前，較陳琴齋考定絳雪死年二十四者又多一年也。

半壁山黑米歌

半壁山在大江中，咸豐閒楚軍血戰之所也。後掘地得黑米甚多，并有古甎刻「吴國江防」字，識者曰：「孫吴時魯子敬屯兵於此。」蓋其兵糧所遺也。彭雪琴侍郎分贈少許，云治痢疾，因爲賦此。

昔聞飛山砦，舊有朱公祠。往往敗垣内，有米堅而黟。云是朱都督，兵糧之所遺。又聞武昌郡，得米亦如之。是猶僞漢物，留自明初時。友諒昔僭號，此故其倉基。乃知世間物，積久斯成奇。何怪乾隆國，燋米珍尸毗。大江半壁山，有米誰所詒。殘甎吴國字，點畫猶未劙。傳聞魯子敬，曾此屯雄師。師行而糧食，狼藉同糠秕。至今千百年，珍貴如瓊糜。匊之色似漆，溲之質不穇。持此治腹疾，不必帶下醫。衡陽彭侍郎，贈我滿一匜。玄珠非可食，黑玉非可炊。食古幸有此，庶幾樂我飢。應減鬢鬚皓，兼潤面目黧。寂寞草《玄》人，尚白其無嗤。

《賀蘭山小獵圖》爲張朗齋軍門曜題

張朗齋軍門奉詔出關剿回部，駐師賀蘭山，繪《賀蘭山小獵圖》，萬里詒書，乞余題辭。

余適在西湖詁經精舍，因作此詩，交同年蒯士香廉訪轉寄軍門，時乙亥三月也。

春晴正向湖樓坐，喜鵲隨函天外墮。開緘瑶碧燦成行，尚有甘凉雲氣裹。書言轉戰西出關，旌旗遥指賀蘭山。元昊宫前沙漠漠，奢延水上流漫漫。是時寇蹤已無迹，屯軍待掃鼪鼯穴。健兒身手不能閒，日日雕弓飛霹靂。賀蘭山，高嵯峨，上有千年萬年之積雪，下有一曲二曲之黄河。元戎小隊平明出，恰好草枯鷹眼疾。伐狐擊兔耀兵威，振鐸作鐃肄軍律。北平射虎飛將軍，若論遭際終輸君。君以壯歲成奇勛，隨陸能武絳灌文。承流宣化何足云，高牙大纛生風雲。君初官河南布政使，有言君不識字者，改總兵。無邊秋色葫蘆水，獵罷歸來暮烟紫。張鐙虎帳譜鐃歌，瀉酒駝囊酬戰士。我本烟波一釣徒，緑蓑青笠狎鷗鳧。願君百戰功成後，來共清游西子湖。

余故里無家，久寓吴下，去年於馬醫巷西頭買得潘氏廢地一區，築室三十餘楹，其旁隙地築爲小園，壘石鑿池，雜蒔花木，以其形曲，名曰曲園，乙亥四月落成，率成五言五章，聊以紀事

吾家烏巾山，舊有先人屋。四齡即遷徙，至今遂難復。東華挂朝籍，中州忝使竹。自此稱賓氓，十有八寒燠。天地本蘧廬，何者我邦族。吴中五柳園，昔曾寄游矚。亂後廢爲墟，止餘水一掬。幸兹馬醫巷，有地吉可卜。爰自去年秋，辛勤事版築。居然告成功，止閱弦望六。但取粗可居，焉敢窮土木。吾學公子荆，一苟萬事足。

其前闢爲門，門小纔通車。合肥李文華，署曰著書廬。李少荃相國書「德清俞太史著書之廬」九字，今榜諸門。其中爲聽事，頗覺寬有餘。是曰樂知堂，老彭爲我書。謂彭雪琴侍郎。樂天而知命，斯義聊自娱。由此入内室，居處全家俱。上以奉老母，下以容妻孥。賓朋别有館，僕媪各有居。幽隱爲屏匽，明敞爲庖厨。規模罔不具，曰陋則有諸。

自聽事而西，有春在堂焉。文正所題榜，墨彩今猶鮮。四方君子至，皆於此周旋。曾文正昔爲余書「春在堂」三字，今於樂知堂西爲便坐以待賓客，即以此顔之。此内有隙地，不能成方圓。自南而北東，有若磬折然。書生例好事，所樂惟林泉。爰因地一曲，而築屋數椽。卷石與勺水，聊復供流連。名之曰曲園，爲鈎不爲弦。吾聞之老子，所謂曲則全。

曲園雖褊小，亦頗具曲折。達齋認春軒，南北相隔絶。花木隱翳之，山石復嵲屼。循山登其巔，小坐可玩月。其下一小池，游鱗出復没。右有曲水亭，紅欄映清洌。左有回峰閣，階下石凹凸。遵此石徑行，又東出自穴。依依柳陰中，編竹補其闕。築屋名艮宧，廣不逾十笏。勿云此園小，足以養吾拙。別詳《曲園記》，吾茲不具説。

昌黎三十年，辛苦成屋廬。作詩誇兒曹，意溢詞之餘。東坡讀而歎，謂不淵明如。嗟余本無似，碌碌章句儒。年華逝水迅，往事搏沙虚。乾坤逆旅中，偶此留須臾。若復相炫燿，大可相揶揄。有記更有詩，姑以存區區。竊示高平君，不用書示符。

徐花農秀才琪爲余繪《曲園圖》，賦此謝之

一曲園林布置粗，盆池拳石自嬉娛。忽煩妙手來描寫，遂使全家住畫圖。康節行窩原是寄，放翁團扇豈堪摹。因曲園圖標飾未竟，先縮寫齊紈一握見貽。得君點染居然好，始信文人筆墨殊。

小浮梅

厲樊榭《湖船録》云：「黄貞父儀部用巨竹爲泭浮湖中，編篷屋其上，朱闌，周遭設青幕障之，行則揭焉，支以小戟，其下用文木斫平若砥，布於泭上。中可容六七胡牀，位置几席觴豆，旁及彝鼎、罍洗、茶鐺、棋局之屬，名曰浮梅檻。」余頻年主講詁經精舍，春秋佳日

時至西湖，每思糾同志數人仿此製爲之，而迄不果。有《造浮梅檻議》一篇，存《賓萌集》中。乙亥初夏，吴中曲園落成，園有曲池，乃於池中截木爲桴，屋於其上，朱闌緑幕，略如黄製。然池周圍止十一丈，方之西湖，直杯水耳，故此桴廣止四尺，修止五尺，渺乎小矣，因名曰小浮梅，賦十二韵記之。

十年雅慕浮梅檻，試手經營到此纔。只惜量來不盈丈，故應唤作小浮梅。縱横篺杙三層積，前後軒楹四面開。帷幕緑隨風反側，闌干紅與水徘徊。一繩摇曳呼孫挽，半席寬閒倩婦陪。偶欲曲肱宜竹几，或思潤吻有茶杯。平如畫檻移春去，輕似仙槎貫月來。萍到舷邊堪掇拾，魚游舄下莫疑猜。蒲團布處成禪榻，笭箵携將即釣臺。試與臨流弄寒碧，勝於掃石坐莓苔。曩時創議傳朋舊，此日環觀詫僕儓。問訊天南老開府，乘桴海上幾時回。閩撫王補帆同年頻有書來，問浮梅檻成否，故及之，時補帆方駐臺灣也。

題馮尹平刺史畫卷後

刺史曾以事繫請室者四年，惟以書畫自娱，此卷花卉、翎毛、山水、人物各二幀，乃獄中所作也，嗣君竹儒觀察屬題。

銅墻虎獄慘無色，一窨閒愁消不得。先生四載困南冠，坐對圜扉弄烟墨。烟墨濡染何其工，俗塵不到神明通。雖居蝎尾蛇頭地，如處膠山絹海中。萬里孤臣長賜玦，芒鞋踏遍天山雪。自從摹寫入丹青，火嶺清凉冰海熱。刺史後戍新疆，畫學益進。玉輪鸞佩巫陽招，惟留畫卷如牛腰。但覺赤霄有真骨，那知白髮生愁苗。緊余未及先生見，令子英英共游宴。昔日凄凉紫塞游，此時磊落青雲彦。觀察曾從親游塞外。示我斯圖手澤新，堪嗟筊鳳與罝麟。風鬟霧鬢龍宫女，可是先生自寫真。畫中有一幅是龍女牧羊故事。

哭王補帆同年凱泰

補帆爲余庚戌同年，同官翰林，在京師時晨夕往還無閒也，遂以長女妻君仲子。庚辛之亂，君寓余書，勸余買田竇應爲偕隱計，書不達，事遂不果。後君佐合肥相公戎幕，積功官至福建巡撫，書問往來無月無之。今年夏，君駐臺灣，辦理開荒撫番諸事，得病内渡，未半月卒於使署。詔書悼惜，有「清廉勤慎，辦事實心」之褒，贈太子少保，謚文勤。福建省城及臺灣府均建專祠。賜長子儒卿舉人，次子豫卿員外，三子壽卿主事，可謂備極哀榮矣。君今歲書來，頻問曲園景物，余《小浮梅》詩結語曾及之，孰謂招隱不成，乃變爲招魂哉，賦四律哭之。至君政績，上有國史，下有輿論，余詩可不及也。

紅毛樓下駐飈輪，歸到榕城甫浹辰。海國驚傳箕尾信，璽書深獎實心人。諸孤疊被簪纓寵，絶徼長存俎豆新。除却黔中老開府，謂曾樞元同年。勛名吾榜更無倫。

往迹真如水上漚，不堪回首鳳城游。詞林散秩無公事，旅館清談有茗甌。小步横街同踏月，閒身枯寺共尋幽。追思二十年前事，那得風前淚不流。

無端烽火遍南東，一出承明類轉蓬。勸我買田虚有約，看君投筆竟成功。昏姻早已聯兒女，仕隱何妨判異同。檢點篋中書札在，不知月費幾郵筒。

去年相見在蘇臺，送去征帆便不回。海外窮探大黄竹，吴中欠坐小浮梅。私情自重苔岑誼，公論深嗟柱石才。既爲蒼生兼感舊，人琴一慟有餘哀。

丙子初冬自杭旋蘇，平望舟中，以詩代柬，寄彭雪琴侍郎於西湖退省庵

小住西湖半月餘，又携書劍返姑胥。不勞冠蓋來相送，自有山僧送上輿。聖因寺僧、理安寺僧均揖别於輿前。

又費篷窗四日功，安排筆硯與詩筒。百空曲向舟中唱，自愧觀空尚未空。舟中作《駐雲飛》一

百首，用尤西堂《十空曲》體，衍爲百空曲。

殘菊仍將瓦缶栽，燈前瘦影足徘徊。歸家戲向山妻説，載得西湖秋色來。時有殘菊四盆，載之以歸。

退省庵中一寄樓，輕裘緩帶自風流。偶然學得臣斯篆，寄與先生大筆收。時作小篆數紙，寄侍郎。

馮智烈孝子詩

孝子名福基，智烈其私謚也，山西代州人，安徽潛山縣天堂巡檢馮焯之子。咸豐七年，賊犯潛山，福基匿母山中，自出爲賊所獲，挾利刃欲刺其魁，不得閒，乃竊藥肆砒霜置食中，斃賊十七人。賊魁推所自，福基懼事泄，亦食之，仆草閒，賊委之去。乃爲書別其父及天堂諸父老。時有劉士扶在側，以書屬之，并曰：「我死必斂以衣冠，庶可見先人於地下也。」俄而毒發，竟卒，年十有四。安徽巡撫以聞，有詔優恤。

嗟哉孝子，厥年猶童。遘時之囏，賊來凶凶。匿母而出，誑賊余降。乃帕其首，僞若賊從。乃厲其刃，思揕賊胸。無閒可入，前戈後鏦。

嗟哉孝子，厥性甚智。市有礮霜，兒過而睨。竊而置之，于醬于豉。賊十有七，咸斃于廨。賊曰怪哉，此毒疇置。兒啜厥餘，亦踣于地。賊則行矣，兒則僵矣。二日不死，圉圉洋洋。爲書别父，諸父諸兄。我死我斂，我冠我裳。臨死遺言，其言英英。誰與聞之，劉叟在旁。嗟哉孝子，雖死如在。疆吏上言，聞于天子。天子曰嗟，此事廑有。禮部上言，表厥宅里。兵部上言，賜金宜倍。天子曰俞，垂于永久。

送馮竹儒觀察赴伊犁

竹儒觀察之尊甫尹平刺史以事戍伊犁，卒焉，兵亂途梗，其喪未歸。今聞新疆諸城次第克復，乃請於大府，聞於朝，給假出關，奉迎靈櫬。丁丑春日自滬啓行，賦詩四律送之。

多時魂夢繞天山，帝有恩言許出關。此去春先到戈壁，昔年恨未唱刀環。杜陵弟妹飄零後，疏勒山川想望閒。奉到璽書應感泣，征衫那不淚潸潸。

聽取驪歌一曲新，回思往事倍傷神。十年馬角烏頭約，萬里冰天雪窖身。塞外空留蓬顆地，關中盼斷柳車塵。烽烟直接蒲梨國，葱嶺河邊莫問津。

征西上將霍票姚，鬼難風災處處消。漢使已從張掖去，巫陽應向汨羅招。恭逢孝治超前古，敬以私情達聖朝。遥想車師諸父老，玉門關外候星軺。

欲謝金章賦遠游，慰留深費廟謨周。免教清議譏滕羨，更爲民情挽鄧攸。奉旨賞假一年，無庸開缺。三月烟花壯行色，一年寒暑理征裘。不才忝據皋比坐，要待君歸共唱酬。

送楊石泉中丞罷官歸湘鄉

甘棠萬樹緑陰稠，忽聽驪歌處處愁。朝議不爲韓愈惜，民情都願寇恂留。竟如雅願還初服，尚有單寒感大裘。徐花農孝廉都下書來，有「頓失大裘」之語。山色湖光俱惜别，也如白傅去杭州。

崎嶇戎馬浙西東，掃盡烽烟四境紅。昔日鐵衣腥戰血，此時玉帳動春風。删除苛細人人喜，感召祥和歲歲豐。一十六年功德在，生祠端合祀于公。

頻年抗疏乞歸田，微罪而行暫息肩。聖主自因民命重，吾儕深惜使君賢。輕舟載石中無物，清夜焚香上有天。不久東山應復出，如公豈得卧林泉。

鯫生何幸接餘光，十載周旋總不忘。東野詩寒煩作序，曾刻拙詩并爲製序。西湖春暖屢飛觴。即看歸棹浮湘水，會有恩綸下建章。公是鳳鸞我鷗鷺，異時還望共翱翔。

吴貞女詩

貞女爲浙江山陰人，吴春巢經歷之女，許嫁劉丹崖之子曰荔清，以貧故未成嘉禮。而春巢與丹崖相繼卒，荔清亦旋卒。女聞欲死之，母許其歸劉氏守節乃止。然劉氏無一人，又無期功强近之親。有劉少英者，其疏族也，與之謀，遷延未果，女求死益力。有劉西屏者，又疏於少英者也，聞而義之，曰：「予亦同姓，何待彼爲？」乃卜日迎歸，以如其意，然亦非可久依。聞至今仍在母家，欲嗣族人子爲子，亦未可得。煢煢孤苦，無逾此者矣，爲賦是篇。

山陰吴氏女，稚齒如成人。耿介守禮法，不爲流俗牽。聞人談節義，申旦常不眠。許嫁劉氏子，年少何翩翩。家貧禮不具，未得成昏姻。兩家遘閔凶，堂上凋靈椿。傷哉劉氏子，孤苦難具陳。獨力支門户，千里奉柎棆。朝欷暮復唶，不復能永年。女始聞其秏，涕出如雨零。上堂告阿母，終身不二天。阿母語阿女，汝宜從所便。劉本單寒族，無有期功親。雖乘素車往，何處安汝身。阿女告阿母，女意金石堅。死則劉氏鬼，生則劉氏人。苟欲易吾志，不如搤吾咽。劉氏有疏族，其人何其賢。聞言而起敬，既敬仍哀憐。乃爲除吉宅，乃爲召嘉賓。采幣謀諸友，良辰諏諸神。東市買花燭，西市買華裀。媒者衣黼黼，迓者車鄰鄰。入門何所有，衰草蒿與蔽。入室何所有，饑鼠行踔踔。夜來何所有，燈火摇青燐。朝來何所有，甑釜生灰塵。悲哉復悲哉，辛苦萬與千。已矣長已矣，此志無磨磷。下有深深地，上有高高天。中有一弱女，四顧無與鄰。吾爲貞女拜，吾爲貞女嚬。儻有采風使，盍視此詩篇。

日本儒官竹添漸卿光鴻以詩見贈，次韻酬之

東瀛仙客駐幨帷，游歷渾忘歸計遲。萬里雲山都在眼，以所著《棧雲峽雨日記》求序。一門風雅自相師。聞眷屬隨行。青衫舊恨關時局，黄絹新詞門色絲。愧我迂疏章句士，承君欣賞奈無奇。

《松下清齋圖》爲潘西圃前輩題

吴下陸謹庭先生恭《松下清齋圖》，本王蓬心太守宸所作，翁覃溪學士有詩，并書「松下清齋」四字於卷首，瘦硬通神，洵可寶也。尤二娱大令携至浙江，失之。奚鐵生布衣爲作直幅，又倩宋芝山廣文補作横幅如前圖，而覃溪學士亦爲補書舊所題詩。至同治庚午，其孫新之復得前圖於金陵市肆，乃合前後兩圖爲一卷。西圃前輩其外孫也，屬賦此篇。

爪葉鱗條翠樸樸，虬松兩樹高於屋。先生築廬此讀書，月姿烟格無由俗。蓬心太守爲作圖，何意失之尤二娱。妙迹已煩鐵生補，舊觀重倩芝山摹。北平學士年七十，老筆無花如鐵立。曩時詩句未遺忘，不辭重灑金壺汁。雲烟過眼何匆匆，又况劫火東南紅。後圖幸免付灰燼，前圖已分隨飄風。豈知神物天珍惜，前後兩圖重合璧。標飾仍教一幢同，品題不啻千金獲。故家喬木重金閶，對此應知世澤長。看取孫枝重茁秀，舊低新掩兩青蒼。

李黼堂同年桓以湖南永順所出鳳灘石製硯見贈，銘曰「曲園著書之硯」，賦此謝之

自古選硯材，青州爲第一。絳石又次之，端歙最後出。後出擅天下，卷石價千鎰。自從唐宋來，斧鑿無休日。老坑既告盡，新坑固非匹。造物不愛材，雲液又旁溢。永順古溪州，山鰲而水屋。馬氏舊銅柱，至今猶屹崒。於此訪陶泓，故老無傳述。云何鳳皇灘，忽産琳琅質。山靈惜珍尤，千年閉瓊室。温伯雪子來，謂温味秋學使。始爲第甲乙。從此登文房，采取逾石蜜。平視歙與端，駸駸欲跨軼。萬物有代興，尹邢勿相嫉。我思中興來，楚材最橫逸。衡湘多奇氣，芝生而菌茁。篤生異人外，餘氣尚涬瀉。遂令山中石，菁華照緗帙。故人李鄴侯，別久交

逾密。昨者尺素書，迢迢附郵驛。發函見光采，非璆復非珌。撫之如脂凝，望之如玉瑟。堅如石中璞，嫩如荷本蔤。美哉即墨侯，其德温而栗。異時修硯史，上品兹可必。愧我得良田，未足納緫銍。潦倒故史官，荒疏舊經術。空有著書硯，奈無著書筆。《曲園雜纂》成，發君一笑咥。時刻《曲園雜纂》五十卷未成，先以書目奉寄。

嚴星巖孝廉山水手卷爲陳仙海太守題

孝廉名炳，秀水人，癸卯舉人。咸豐十年四月城陷，孝廉將自裁，忽聞母嗽聲，心動，刀墜地，賊素聞其名，亦弗逼也。逾月母死，遂死之。子寶森城破時先死，妻吴、子婦方皆從死。此卷爲仙海太守作，寒山古木，筆墨蕭然，畫固以人重，即論畫亦佳品也，因書五言一章於其後。

禾中有嚴子，癸卯舉於鄉。吾兄同歲生，於我亦雁行。南宫屢失意，歸來卧室衡。其人和而介，玉粹金堅剛。庚申禾城陷，白日行豺狼。君時已決計，引刀斷其吭。舉手手忽戰，有母欬於牀。姑緩須臾死，投刀趨北堂。賊亦慕君義，不忍臨以兵。逾月母令終，初志今其償。誰歟從君死，妻吴子婦方。有子曰寶森，先已成國殤。一門遂灰滅，名姓空留芳。何意得此卷，樹古山蒼蒼。其中有正氣，如見鐵石腸。畫固以人重，人亦以畫彰。太守其寶之，一卷千白珩。流傳百世後，珍比戴與湯。太守屬題「珍同湯戴」四字於卷首，謂湯貞愍、戴文節兩公均死難，而筆墨亦相近也。

翁叔平侍郎以蓍草五十莖寄贈，云惠陵所出也，敬記以詩

昔臣奉使至于陳，得蓍草於陳守臣，云是太昊陵下出，千年抔土猶有神。昔年陳州太守曾以伏羲蓍草見贈。今以賓萌居吴下，只共塲師藝梧檟。何圖日下故人來，貽我靈蓍可盈把。敬問此蓍何處得，非孔非姬其揆一。地符天瑞非人爲，近者新從惠陵出。先皇御宇十三年，削平禍亂消戈鋋。橋山弓劍閟靈氣，上爲卿雲下醴泉。菌茁芝生不常有，産此神蓍夫豈偶。古云蓍義取之耆，定卜綿長昌厥後。草莽小臣無一能，捧蓍不問沈與升。惟從天意占中興，萬年有道兹其徵。

竹樵方伯恩錫挽詩

竹樵方伯藩蘇七載，與余詩詞唱和甚得也。今年述職入都，行次安肅而卒。余聞之泫然，爲譜《薄媚摘遍》詞一闋，附《春在堂詞録》，復爲此詩存集中，前一章粗述其生平，後

三章皆叙數年情事也。

少年簪筆試明光，君以廕生試列高等。玉詔親除畫省郎。十載西曹推杜鄭，始官刑部。一麾東國頌龔黄。繼以知府官山東。皖公山下憂時淚，官皖臬，以危言左遷。遼海亭前醉客觴。官奉天府尹。爲政寬平人悃愊，豈惟門第重金張。

緑輧朱幰到蘇臺，歲歲花箋與共裁。使節有時雖小别，曾攝漕督一年。郵筒無月不傳來。刊成酬唱詩三集，叠得尖叉韵幾回。未免清才掩勛業，遲君幕府幾年開。

勛業由來世共知，即論風雅亦堪師。遠賡有宋諸賢韵，君於蘇州府署，訪得宋紹熙間同年酬唱詩石刻，次韵和之。手校前明一代詩。君重刻汪韵莊女士《明三十家詩選》。吴下秋蘭樹壇坫，賦《秋蘭詩》四首，和者甚衆。帝臺春色動旌旗。君入覲時，余賦《帝臺春》一闋送之。誰知白海棠花句，已是臨行自挽辭。君臨行賦《白海棠》詞二闋，索同人和。

風雪漫漫行路難，再遲兩日即長安。相公莫摻臨歧袂，至保定見合肥相國，次日行六十里至安肅而長逝。弱女難憑逆旅棺。如夫人、女公子皆隨行，聞以君繞道保定，故先入都矣。未定新詞有《花犯》，君臨别時言《花犯》詞律甚細，欲填之，未果。竟成讖語是蘇完。君姓蘇完瓜爾佳氏，及任蘇藩，改爲蘇垣，避語讖也。篋中詩稿零星在，此日凄涼怕展看。

己辛編　春在堂詩編九

光緒五年十月乙丑，葬内子姚夫人於錢唐右台山之原，余即自營生壙於其左，率成二律，刻石墓門

埋骨西湖願竟酬，內人病中有「願葬西湖」語。今朝親送到松楸。蝶魂栩栩春三月，內人既葬三日，有蝶見於壙塋，黑質而黃章，越二日又見，亦如之。時雖十月小春，然已交大雪，晨起嚴霜滿地，不應有此，亦可異也。馬鬣荒荒土一抔。世外別開溫愛畍，內人卒後，余夢與同在一處，耳聞風聲獵獵，而所居頗溫和，仰視有余篆書小額曰「溫愛世畍」。山中算補理安游。內人春閒在西湖，擬游理安寺，未果，今葬地即近理安。與君月夜墳頭望，望見平時講舍樓。墳前可望見詁經精舍第一樓。

青石磨礱手自鐫，自將生壙築生前。曾聞古有歸真室，已視身如不繫船。厚夜暫勞虛左席，鄉山仍許望重泉。余葬杭州，頗違首丘之願，然杭州距德清百里而近，且墓門東北向，仍可遥望鄉山也。曲

園未死先營葬，後世休疑題墓年。余手題墓碣，署光緒五年，後之過是墓者，勿以是年曲園未死爲疑也。

嘉平朔日大雪，自俞樓至右台山觀新築之塋，口占二絶

蘇公堤畔雪飄飖，銀作長堤玉作橋。自向曲園墳上去，籃輿未覺入山遥。

南山山翠望難分，藤杖芒鞋踏凍雲。寒殺東坡老居士，雪中來看魏城君。

錢塘徐文穆公有故第在城中姚園寺巷，荒廢久矣，其五世孫花農孝廉復修葺之，花農乃余門下士也，因賦詩落之

我愛徐陵絶世姿，其人與筆兩瑰奇。身爲浙水知名士，家有高宗御賜詩。高宗賜文穆公詩，墨迹至今猶在。行見勛名還祖笏，已聞聲望動京師。今當緑野重新日，正是青雲發軔時。

昔日經過晝錦坊，相公門第太荒凉。喜聞晏子新更宅，即是平泉舊賜莊。定比湖樓添色澤，去年，花農爲余鳩集諸同門築樓孤山之麓，是爲俞樓。會看雲路起翱翔。期君勉紹家風盛，佳話應符五世昌。

長沙歐陽泰，馮氏之青衣也，能詩文，以所著《泥中吟》見余於俞樓，因賦四絶句贈之

鼠肝蟲臂竟難猜，如此行藏如此才。示我《泥中吟》一卷，前生儻自鄭家來。

不徒詞賦鬥清新，聽到雄談倍有神。滿腹山川形勢在，居然同甫一流人。

來牛去馬老英雄，賸有詩囊總不空。天爲此翁增閱歷，重教攬勝到秦中。時泰將由楚入秦。

送君秦楚我居吴，自愧江郎筆已枯。大小馮君如見問，謂馮展雲前輩、鐵花同年。爲言憔悴在西湖。

嘉平十日自杭回蘇，爲風雪所阻，兩日行十二里，偶賦二絶句

吴江往歲滯歸船，癸酉歲，歸舟爲冰阻於吴江。深費閨中望眼穿。今日杭州重阻雪，更誰燈下卜金錢。

舟行原與在家同，同在乾坤逆旅中。我似浮雲無一定，不知何者打頭風。

糕餌中有曰東坡酥者，戲賦此詩

玉屑銀泥到口無，佳名更喜借髯蘇。何當更起東坡問，可是當年爲甚酥。

詁經精舍諸君子爲余築樓孤山之麓，是曰俞樓，其時新居太夫人憂，未有詩以落之也。兹補作四章，寄精舍諸子

昔年曾向此經過，六一泉荒蔓草多。戊辰秋，曾偕内子至六一泉小坐。大息光陰真荏苒，無端樓閣起嵯峨。橋邊香冢鄰蘇小，山上吟龕伴老坡。多謝門墻諸弟子，爲余辛苦闢行窩。樓在六一泉之西，其後有東坡庵故址，又西過西泠橋即蘇小墓矣。

就中徐邈擅清才，謂花農也。自説曾從夢裏來。書籍嫏嬛煩鶴守，洞門屈戍待人開。皆花農夢中所見也，鶴頸懸牌曰：「不遇其人，不開此門。」名山竊據雖非分，古佛無言或許陪。其東爲孤山寺，有古佛一尊。手署碧霞西舍額，浮生本幻不須猜。余擬署額曰「碧霞西舍」，以花農夢中所見左有碧霞門也，事詳《俞樓經始》。

多情更感老彭鏗，謂雪琴侍郎，余親家翁也。添築西頭屋數楹。排列雲根三面透，劈開泉脈一瓢清。雪琴爲添築屋，又鑿池叠石，并詳《俞樓經始》。樓頭記昔曾懸榻，雪琴曾借住精舍之第一樓。湖上於今恰望衡。俞樓與退省庵相對。爲喜梅花春信早，不辭彩筆寫縱横。因十月中梅花盛開，雪琴爲畫紅梅一幅。

憔悴西風一病身，手扶藤杖到湖濱。追陪秋集誠忘老，余從前曾於詁經精舍觴門下諸子，王夢薇繪《俞樓秋集圖》。坐憶春游又愴神。今年春，與内人同至俞樓。望裏青山埋骨地，時爲内子營葬右台山，并自營生壙。意中明月倚欄人。十一月，精舍課，余以「月到舊時明處」命題，寓悼亡之意也。右台仙館何時就，擬傍松楸再卜鄰。余於墓域之側買地一區，擬築屋三間，名曰「右台仙館」。

庚辰春日戲柬諸同人

余今歲行年六十矣，學問之道日就荒蕪，著述之事行將廢輟。書生結習，未能盡忘，姑紀舊聞以銷暇日，而所聞所見必由集腋而成，予取予求，竊有乞鄰之意。伏願儒林丈人、高齋學士各舉怪怪奇奇之事，爲我原原本本而書，寄來春在草堂助作秋燈叢話，約以十事爲率，如其多則更佳。先將二絶爲媒，幸勿置之不答。

衰頽不復事丹鉛，六十原非親學年。正似東坡老無事，聽人説鬼便欣然。

郭冲五事太寥寥，戲學姚崇十事要。不論搜神兼志怪，妄言亦足慰無聊。

《栖霞慘别圖》爲楊君葆彝題

楊君葆彝，字佩瑗，常州人。庚申之亂，其家五遷而至紹興之栖霞村，已則奔走嫠嚴閒，爲衣食計。辛酉九月，有事於剡，維時其父坐一室，手一卷，倚窗而目送之，其母送之門，其婦立門内，一僕負囊篋前行。乃别未久，而紹興陷，母赴水死，父走山亦死，其婦奔波困頓，至明年亦死。始時上下尚十餘人，今惟孑然一身矣。楊君工繪事，因手繪臨别時狀，作圖乞詩。

黯然銷魂莫如别，況以生離爲死訣。當年惘惘出門時，栖霞村中日無色。一翁危坐南窗前，案頭猶具丹與鉛。手執一編送以目，此時不語心凄然。一媪青裙門外立，瞻望徘徊不忍入。願兒早去早歸來，此時未言先飲泣。門中有婦何娉婷，心逐征夫身在庭。空勸加餐亦何補，欲語不語惟淚零。一奴負笈匆匆走，猶望衡門屢回首。可憐游子此時情，地老天荒能斷否。掃盡烽烟又中興，栖霞重過淚沾膺。昔年骨肉都爲土，此日行蹤半似僧。我撫斯圖長太息，曩遭厄運嗟何極。但期異日表瀧岡，即以丹青識先德。

内子嘗署所居室曰「茶香」，余《百哀篇》中偶未之及，今檢遺篋，得「茶香室」小印，感而賦此

浮世原知不是真，回思往事總傷神。最憐竹里館中月，不照茶香室裏人。余於春在堂西南隅築小竹里館，而内人不及見矣。辛樹經春將發葉，妝臺隔歲已生塵。房櫳遺迹都消歇，小印芝泥色尚新。

二月二十五日清明家祭，回憶去年此日情事，凄然有作

去年此日到杭州，山色湖光緑滿樓。竹葉三杯名士酒，是日，門下諸子均候於俞樓。瓜皮一棹故人舟。彭雪琴親家翁泛一葉小舟自退省庵至。舊游歷歷宵來夢，浮世飄飄水上漚。明歲今朝更何似，石泉槐火不勝愁。

三月三日登舟如杭州，二兒婦携孫女慶曾從焉，書示慶曾

越水吴山歲往來，如今意緒總摧頽。懶看春色重三節，默數前游五十回。余自戊辰至今，蘇杭往返五十二回矣，曰「五十」，姑舉成數耳。舊事迷離如夢境，故人消息隔泉臺。舟中賴有嬌孫在，聊博衰翁笑口開。

門下士王夢薇廷鼎乞詩，書四絶句贈之

匡鼎風流絶世姿，其人三絶畫書詩。烟波鴛脰湖邊路，傳唱王郎絶妙詞。夢薇有《鴛脰湖棹歌》一百首。

一官骯髒落風塵，見説名場似積薪。手版沈沈百僚底，只餘詩骨尚嶙峋。

無端兩度簡書催，天許書生眼界開。黑水洋中黄蓋壩，張家口外李陵臺。夢薇曾與海運之役，又曾轉餉至張家口。

俞樓諸子共論文，吴苑名流喜遇君。愧我胸中奇字少，虚勞載酒過楊雲。

以猪一頭放之雲栖山中，内子姚夫人遺意也，并媵以鷄一尾，而紀以詩

物命滿天地，何者不當惜。吾自去歲來，久擬斷葷血。苦從兒輩諫，兼采門生説。謂已花甲周，未容肉食缺。姑爲議食單，略使有區别。爲我特殺者，一概從擯斥。羽族如鷄鶩，水蟲若魚鱉。一物有一命，忍以充肴核。閒或未忘味，百錢付屠伯。易其肉一臠，亦足供餔啜。獨念老孟光，遺言發垂絶。乃買猪一頭，厥狀頗肥腯。媵以鷄一尾，毛羽皚如雪。載之如雲栖，縱之就欄栅。永遠免刀砧，逍遥在泉石。明知所見小，區區誠無益。物固不勝放，放一而遺百。惟思臨死言，何忍付一吷。爰將所因由，具爲老僧述。略予芻豢資，年月登簿籍。既償逝者心，亦以免吾孽。何肉尚爲累，藉此庶稍釋。

病中聞花農捷南宫，寄詩賀之

金花帖子出皇州，十載相期願始酬。虎榜流傳到吴苑，鵲聲喧噪驗俞樓。三月中，余在俞樓讀花農闈中文，甫加墨，而鵲聲大噪。本來吾黨無雙士，合占仙曹第一籌。病叟曲園憔悴甚，爲君黄色

上眉頭。

四月二十二日，距内子之歿周歲矣，焚寄一律

幽明隔絶已經年，和淚題詩寄九泉。家事略如君在日，墳塋築及我生前。老夫白髮還多病，快婿青雲未著鞭。女婿許子原春闈下第。只有門墻徐穉子，新登蕊榜大羅天。

五月初六日爲先大夫生日，時爲光緒庚辰歲，距生於乾隆辛丑滿百歲矣，薄營家祭，敬賦一律

記得兒年二十時，老親六十未全衰。道光庚子歲，先君六十生辰，時客常州，樾亦侍焉，時年二十。客中不具稱觴禮，集内猶存自壽詩。色笑依依疑可接，光陰冉冉信難追。影堂今日重瞻拜，算是期頤進一卮。

四十年來歲月長，幸留先澤在青箱。國恩稠疊推三世，先祖南莊府君以下累贈通奉大夫。家集留傳遍四方。先祖手批四書及先君《印雪軒詩文集》，皆刊版行世。膝下曾孫將納婦，墳頭宰樹久成行。

祇憐垂白孤兒在，今歲居然也杖鄉。

門下士馮聽濤檢討崧生、戴青來編修兆春、徐花農庶常琪各和余俞樓詩，自都門寄吴下，率賦一律答之

歐蘇竊比我何堪，且與諸君作美談。添得湖堤風景一，郵來詩句翰林三。遠煩天上凌雲筆，同賦山中聽雨庵。聊復裁箋寄都下，莫教傳誦遍宣南。

六月初三日爲内子姚夫人生日，手書《金剛經》一卷焚寄，附四絶句

甲子周來甫一齡，定知未改昔時形。人間無物堪爲壽，手寫《金剛般若經》。

一隔幽明便渺茫，不知何處拜尊章。百齡老父今安否，地下應煩進壽觴。

轉憐我是未歸人，憔悴猶存老病身。自譜人間可哀曲，今年六十作生辰。

莫爲衰翁苦繫懷，夜臺眠食自安排。我今學得消憂法，日與兒曹鬥卦牌。余有八卦葉子格，見《曲園雜纂》，時與兒輩戲爲之，俗呼葉子曰牌。

病起口占

景逼桑榆病是常，原非二竪故爲殃。不能堅執廢醫論，余有《廢醫論》一卷，在《俞樓雜纂》。反自營求却疾方。徒使人閒留冘物，恐勞泉下盼歸艎。最憐兒婦清晨起，苦爲衰翁藥餌忙。

得曾劼剛通侯紀澤佛蘭西國來書，却寄二律

巴黎漢使有書來，芳訊迢遥萬里回。玉版新箋同貝葉，金壺妙墨異松煤。來書紙質堅白，出外國新製，墨光五色，乃蔗霜熬煉而成，非松烟常品也。懷人尚作江南夢，餞歲剛拈海外杯。書作於嘉平廿七日。一紙封題珍重甚，遠從六甲寄蘇臺。

又聞使節去匆匆，五日飈輪走似風。聞將赴俄羅斯，自法至俄，火輪車五日可達。直以苦心持大局，不妨清議聽群公。魯連排難無雙士，魏絳和戎第一功。舊隷南豐門下籍，喜看繼起有英雄。

大吉龜爲顧艮庵觀察賦

艮庵今歲行年七十，偶獲一龜，長身細腰，下豐上殺，形如胡盧，名之曰「大吉龜」，賦十絶句以張之，并使工畫者摹其正反側三形，索同人賦詩，余因賦此。

《爾雅》釋六龜，天地四方備，前弇後弇殊，左倪右倪異。史載八名龜，則更別其類。北斗與南辰，不知何取義。至於龜形奇，龜歷不勝記。或益之八足，或附之四翅。尾可一可十，目或六或四。要皆皤其腹，厥狀若贔屭。云何此督郵，妙不可思議。不等卓臍肥，轉類楚腰細。前後倨句半，分合連環二。無煩白茅束，大可匏瓜繫。習鼎摹8形，回仙寫吕字。君從何處得，我昔見猶未。蘇鄰喜讀書，謂李眉生廉訪。博聞又强識。謂晋義熙時，曾有贑縣吏。得龜置樹間，胡跋而尾疐。遂成馬鞍形，此龜定一例。我亦述所聞，傳自《夷堅志》。宋時秀州民，得龜於市肆。厥狀類藥瓢，異而詢所自。答云束以鐵，成此頗不易。乃歎古所傳，今竟有其事。龜本一神物，自古推上瑞。不見芳蓮上，千載恣游戲。君年正七十，顔童眉轉翠。古人頌遐齡，龜與鶴相次。龜堂放翁築，龜冠坡老製。歷考宋元前，未聞相避忌。君見固超俗，君詩更有味。吾知大寶龜，定是天所畀。勿克違元吉，不待揲蓍筮。肇錫以美名，躬承此嘉惠。萬歡出齊時，平福在唐世。古來大吉祥，一一爲君萃。置之怡園中，君園名也。嘉林何薈蔚。自尋曳尾樂，永謝折腰累。優哉復游哉，眉壽過百歲。

余前出「堪」字韵詩，都中諸君子頗有和者，因四疊前韵寄馮聽濤崧生、戴青來兆春、徐花農琪、蔡輔臣世佐諸館丈

皋比竊據愧難堪，聊可湖樓作筆談。余舊有《湖樓筆談》七卷。學問百分奚有一，光陰十載又餘三。余主講詁經十有三年矣。偶營西子湖邊屋，得傍東坡山下庵。多謝諸君發高興，新詩遠寄到江南。

自笑迂疏百不堪，敢將時事付空談。厭聞瀛海九州九，喜誦菩提三藐三。時新成《金剛經訂義》一卷，補入《俞樓雜纂》。久向人間稱冗物，新於墓下築茅庵。時於右台山築屋三間。異時倘過蘇堤問，行到于墳再上南。

谷飲巖栖病亦堪，客來聊復與閒談。搜羅異事盈千百，時搜輯異聞，箸《右台仙館筆記》。唱和新詩至再三。人道草《玄》楊子宅，自題老學放翁庵。莫嫌生計蕭條甚，坐擁書城抵面南。

寄去吟箋一笑堪，還如揮麈共清談。諸公仕宦如雙陸，老我科名過十三。自庚戌至庚辰，十五

科矣。白首怕看同館録，青山惟戀讀書庵。只憐豪氣銷除盡，有愧當年陸劍南。

築右台仙館成，落之以詩

右台山下一新阡，今歲重成屋數椽。聊傍墓田營丙舍，未容讖語應辰年。今年歲在辰，余多病而竟無恙，知未足應龍蛇之讖也。三間室小纔容膝，七尺墻低止及肩。莫笑規模多草草，草堂資是賣文錢。時有求撰墓志、祠記、義莊記諸文者，饋金二百兩，因成此屋。

老妻埋骨此巖阿，老我婆娑此嘯歌。門榜戲教嬌女寫，門額刻「右台仙館」四字，長女錦孫筆也。山居應少俗人過。茶香室内低安榻，茶香室乃内人舊居室名也，余移署仙館卧室。槿樹籬邊小築坡。四圍編槿爲籬。尚有數弓餘地在，更將書冢起嵯峨。余所著書已行於世者二百五十卷矣，右台仙館之旁尚多餘地，乃聚其稿而瘞之，立石而識之，題曰「書冢」，蓋久有斯志而今始成之也。

《曲園雜纂》又《俞樓》，百卷書成筆已投。更向林泉專一壑，重憑著述冀千秋。舊聞都向豪端寫，異事兼從海外求。正似東坡老無事，强人説鬼在黄州。余吴下有曲園，因成《曲園雜纂》五十卷，西湖有俞樓，因成《俞樓雜纂》五十卷，及右台仙館成，不能成書，姑成筆記十二卷，聊述異聞而已。

湖樓小住伴歐蘇，又踏蘇堤到裹湖。扶老已虚雙椰栗，栖真應共一庴廯。自題神机原堪笑，同坐仙龕庶不孤。他日山中兩翁媪，倘煩簫鼓賽村巫。右台仙館中設一龕，左爲曲園先生之位，右爲曲園夫人之位，皆余所手題也，嘗貽勒少仲、吴平齋書及之，且曰：「安知他日不爲右台山中土地公婆乎？」是亦可一笑也。

九月十六日重至湖上俞樓作

俞樓樓外柳成陰，坐對湖山淚滿襟。往事不堪重問訊，餘生未卜幾登臨。黄花老圃秋容淡，白首孤燈暮氣深。更向右台仙館去，墓門松柏已森森。

十月朔自俞樓遷右台仙館作

孤倚湖樓興易闌，又於山館一盤桓。軒窗静對仍開卷，墓域親行等蓋棺。生壙已成無慮死，危時未定暫偷安。不勞車馬來相訪，扶杖龍鍾倒屣難。

山居即事

幾家寥落不成村，孤館荒凉早閉門。暮夜野狐嘷屋角，清晨山豕突籬根。桑條枯死蟲都盡，橡實拋殘鳥尚存。差喜晴檐長杲杲，立冬時節氣猶温。

靳迪丞觀察邦慶入山相訪，遂與同游法相寺，瞻禮定光佛真身，并品錫杖泉而還，即次其見贈詩原韵

遠出城闉度隰原，竟來山館駐高軒。一條曲折松間路，幾處荒凉竹外墩。且與同參定光佛，不妨遲款湧金門。何當更躡危巖上，錫杖泉邊一問源。

得彭雪琴侍郎書，却寄一律

督師江上親家翁，一紙書來感慨同。未許三潭訪明月，君有退省庵在西湖三潭印月，時方督辦江防，今歲恐不及來也。可能萬里駕長風。時被命總理海外火輪兵船。白頭空灑憂時淚，赤手難施填海功。賴有嬌孫隨杖履，猶將字課課閨中。君長孫女即余孫婦也，時同在焦山行館，秋間曾以閨中字課寄我。

王子夢薇擬爲余作四圖，曰曲園著書，曰精舍傳經，曰俞樓雅集，曰右台歸真，甫創是議，未有圖也。張子小雲乃以一夕之力畢成四圖，因各題一絶句於其後

曲園著書

逍遥曲園中，撰述皕卷外。今老不箸書，慚愧此圖畫。

精舍傳經

自來第一樓，十有三春秋。雖無經可授，樂與諸賢游。

俞樓雅集

爲吾築斯樓，樓成吾老矣。惟願諸君子，年年集於此。

右台歸真

乾坤乃逆旅，久客必思歸。諸子來相訪，見吾杜德機。

月夜至墳前石上小坐

夜静無風草不吹，惟看墳樹影參差。偶來石上一孤坐，坐對月明有所思。思昔同摇湖舫夕，余曾於月夜與内人泛舟西湖，有詞存集中。思前同款達齋時。余在吴下，每於月夜與内人同游曲園，《百哀詩》中所謂「夜深重款達齋門」是也。今宵風景真相似，獨倚枯笻自咏詩。

登潁秀山訪錫杖泉之源，汲水一盂而返

高僧卓錫處，終古水潺湲。泉爲長耳和尚故迹。一綫出石罅，分流來人閒。我因酌神瀵，於此叩禪關。未許山靈惜，分將雲液還。

游虎跑泉，以足蹴石上，則泉水噴溢如珠，亦可異也，紀之以詩

誰向西湖畔，移來南岳泉。至今成勝迹，一水長瀅然。偶以足蹴踏，俄看珠聯翩。行童莫輕叩，中有驪龍眠。

余於去年春爲孫兒陛雲聘定彭雪琴侍郎之孫女爲婦，彼此稚小，猶非婚嫁時也。惟衰翁多病，而吴楚相距又遥，力請於侍郎早成嘉禮，今年嘉平十六日禮成，且喜且感，情見乎詞

舞勺猶非婚冠年，便爲料理合歡筵。勝衣童子雖堪喜，視蔭衰翁轉自憐。及我未填黄壤日，看他同拜畫堂前。嘉期好在嘉平月，十六良辰月正圓。

記得金釵作聘初，老妻同住在西湖。存留遺物交新婦，楮柱衰門賸病夫。未定安危難逆料，早完婚嫁是良圖。侍郎厚意真堪感，親自三湘送到吴。

徐花農庶常請假南旋，止宿於吴下寓廬，賦二律贈之

徐陵才調本無倫，一日聲華動九閽。科第足爲吾黨重，朝廷深喜故家存。君爲文敬公昆孫，文穆公來孫。須知海上旃檀氣，君海舶遇風，聞旃檀氣甚烈，危而獲安。即是天邊雨露恩。君得館選後，詔以其原官内閣中書移獎其子弟二人，異數也。會見勛名繼文穆，舊時祖笏付來孫。

曲園衰叟愈頽唐，春在堂中酒一觴。垂暮夕陽無足戀，多情舊雨最難忘。看君妙墨夐豪活，時以手書松壺先生集見贈。助我清談麈尾長。在京師時，曾寄贈麈尾二柄。異日河汾傳盛事，曾收房魏在門墻。

除夕述懷

燭花紅映小窗前，又啓檀欒守歲筵。風景依稀如往日，死生契闊已經年。杳無消息來泉壤，一任光陰付逝川。老眼龍鍾兩行淚，每逢佳節總潸然。

辛巳元旦試筆

老妻不見後庚辰，内人生於嘉慶庚辰，其卒也光緒己卯。老我重逢辛巳春。摹取稼軒辛字印，居然六十一年人。

六旬已滿復何求，除夕剛逢六甲周。除夕乃癸亥日。天爲衰翁開七秩，歲朝甲子起從頭。

元宵

試燈風裏一徘徊，如此良宵亦可哀。空有銀花生火樹，諒無春色照泉臺。新年景色匆匆過，往日歡腸寸寸灰。算自歲朝到元夕，老夫懷抱幾曾開。

彭雪琴侍郎和余「年」字韵詩，因叠前韵述懷

太歲重逢辛巳年，已周六甲又初筵。文章謬竊時流譽，衰病叨蒙造化憐。脱略衣冠游物外，經營窀穸及生前。近來學業荒唐甚，一曲烏烏唱《老圓》。余有《老圓》一曲，入《曲園雜纂》。

記我垂髫總角初，初從南埭徙東湖。余生於德清南埭故居，四歲遷臨平，其地有東湖之名。外家荒冢姚司命，余外家姚氏，世居臨平，舊有姚司命冢，見元人劉大彬《茅山志》，今不可考。里社叢祠伍大夫。臨平有伍子胥廟。世局變遷如傀儡，老懷清净喜浮圖。布衣蔬食浮生了，隨意句留越與吴。余去年自題春在堂楹聯，云「越水吴山隨所適，布衣蔬食了餘生」。

新正十八日，花農招諸同人宴湖上，夢薇即席用余前韻寄雪琴侍郎於吳中，因再疊前韻寄花農、夢薇

湖樓卜築已三年，分得孤山地一筵。小有林泉殊不俗，無論風月總堪憐。名山妄冀千秋後，詞館回思卅載前。寄語玉堂徐穉子，往時鶴夢試重圓。花農生有夢鶴之兆，詳《俞樓經始》。

光陰最好是春初，春信傳來明聖湖。見說西泠新雅集，有懷南岳舊樵夫。雪琴侍郎自號南岳七十二峰樵父。祇憐尚負壺觴興，未及同描笠屐圖。聊可團欒共兒女，倒顛紫鳳與天吳。

題雪琴侍郎《吟香館詩集》

果然兒女又英雄，侍郎有小印，曰「兒女心腸英雄肝膽」。都在吟香小集中。張敞戲描眉嫵緑，花卿怒擲髑髏紅。美人臭味宜芳草，猛士情懷托大風。豈止彭郎小姑句，至今傳誦遍江東。侍郎破小姑山賊壘，有「彭郎奪得小姑還」之句，海内傳誦。

此事須知本性情，不徒詞藻鬥縱横。源從忠孝兩途出，學自艱難百戰成。後世讀堪當史

筆，有《從戎草》一卷，於戰事頗詳。至今老尚負詩名。公然鐵馬金戈外，又主騷壇玉敦盟。

花農和余去歲「倫」字韻詩，因叠韻答之

深情如水比汪倫，一刺投來喜及閽。精舍前游十年事，詞曹後輩幾人存。兼謂青來、輔臣諸君。縱談世務書生見，歷叙家常故舊恩。感觸老夫無限意，文章付托又兒孫。

朝來喜氣滿中唐，其時適爲孫兒陛雲娶婦。聊借杯盤補壽觴。去年嘉平二日爲余六十生日，不觴一客。公等風流堪自賞，吾儕形迹久相忘。舊時同學誰榮瘁，身後虚名任短長。轉瞬俞樓重聚首，君家祠宇正連墻。俞樓之東即君家文敬公祠址。

余去歲右台仙館作，門下諸君頗有和者，然有「棺」字韻殊不易和，舟中無事，偶叠韻成二首，博諸君一笑

辛苦研經歲月闌，不勞北面問三桓。偶搜《異苑》資投轄，謂所著《右台仙館筆記》。久冷名心不夢棺。已悟浮生花頃刻，可能晚境竹平安。人間萬事尋常甚，只是長開笑口難。

越水吴山興未闌，直將韋布傲躬桓。纜舟近訪秦皇迹，窆石遥尋夏禹棺。偶作小詩聊破寂，翻勞險韵苦求安。俞樓諸子風流甚，極盛還愁欲繼難。

右台仙館述懷，次外弟嵇幼蓴韵

雨窗忽透日三竿，客枕瞢騰夢乍闌。枯管不飛文囿雉，空山仍泣女牀鸞。病餘暫享林泉福，老去難言歲月寬。注史箋經總收拾，近來學問只稗官。

重教搜索到枯腸，甎硯頻磨晋太康。余有晋太康甎硯一方，姑借以趁韵，實未携至山館也。浮世已憐春草草，新詩難和韵琅琅。重洋未静魚龍氣，抔土空留翰墨香。去年於山館隙地築書冢。我已彭殤無異視，凌雲一笑又何傷。

又次李黼堂方伯韵述懷

小樓閒鎖聖湖濱，又傍松楸築屋新。竹户開時來野衲，籃輿過處笑村民。余在山中每坐一藤倚子，二人舁之以行。賓朋薄暮常同散，墓域清晨必一巡。若向南山問風景，不妨算我略知津。

余於右台仙館隙地埋所著書稿封之，崇三尺，立石識之，題曰「書冢」，李黼堂方伯桓用東坡《石鼓歌》韻爲作《書冢歌》，因依韻和之

我生巳年月在丑，至今已成六十叟。人閒歲月信如流，金烏飛騰玉兔走。亮無上藥駐頽齡，空有虚名挂人口。黄粱已醒卅年前，青史敢期千載後。姓名聊可伴陽五，學問翻思傲歐九。不栽王儉幕中蓮，不折亞夫營外柳。不隨市儈逐錐刀，不作枝官博升斗。惟將青鐵硯爲田，何必黄金印懸肘。竊從學海問源流，冀爲經畬掃秕莠。開卷居然自得師，閉門未覺吾無友。茫茫墜緒撥秦灰，歷歷方言徵楚穀。少昊氏官辨龍鳳，安釐王冢發蝌蚪。欲證夏鼎窺禹穴，思讀商盤問殷耇。妄冀驪珠自我探，恥爲狗盜隨人嗾。此中淺深各有得，亦如中衢置尊卣。此中疑信每參半，又如問塗向矇瞍。止可沿洄水際湄，豈能攀躋山巔嶁。坐看精力半生空，竟積簡編三尺厚。紛紛摹印遍蘇杭，落落賞音問誰某。徒令紙價市中高，見説流傳海外有。雖然災禍到棗梨，或者眉壽頌栲杻。世人得鼠欲嚇鳳，幾輩畫虎翻成狗。我從前年賦悼亡，此身嗒焉如木偶。歸真有室傍青山，偕老無人同白首。荷鍤參軍便可埋，摸金校尉何勞掊。右台山下一蝸廬，小有丘壑亦可取。偶營書冢瘞殘稿，巧借名山代藏垢。文冢姑援古人

例，墓田能否兒孫守。螢光雪彩聽長淪，泉室夜臺期速朽。爲君辛苦和蘇詩，自唱挽歌非自壽。

書冢歌成，門下諸君頗有和者，因叠前韵申未盡之意

人生少壯鷄鳴丑，晚景崦嵫成老叟。始而游戲相徵逐，繼以衣食事奔走。越女矉里自言妍，齊虜得官乃以口。金殿對策天子前，玉堂獻賦群公後。年少那問屐幾兩，官貧未厭食三九。居然八載直西清，猶記一椽僦南柳。余在都下曾寓南柳巷。世事竟如雲過眼，我生得非日在斗。須知高車擁八騶，何如竹几閣雙肘。拂衣歸洗京洛緇，縛帚來掃門庭莠。已拚白首卧青山，豈以黄封易紅友。不圖盜賊起磐牙，遂使倉皇到臧穀。時危巢幕竟如烏，事定臨淵翻羨蚪。岑參詩「臨淵見蝌蚪，羨爾樂有餘」，因有問此句出處者，聊一注之。剗除戰壘招農氓，搜輯亡書問耆耇。赤舌城燒幸無恙，黄耳書來誰所嗾。招我談經第一樓，何異寵頒鬯二卣。儼然抗顔坐爲師，譬猶賦詩古使瞍。大好西湖屢溯洄，小占孤山一連嶁。古訓是式心所好，經師自命顔孔厚。積十餘歲年復年，有二三子某與某。知我築樓舊有議，余戊辰春詁經精舍課題有「湖居三議」，曰築湖樓、造湖船、製山轎。憐我湖樓尚無有。乃辟隙地掃荆榛，乃集良材羅檍杻。樓成坐聽柳浪鶯，門外卧守桃花狗。我與湖山頗有緣，人生飲啄固非偶。遂爲亡婦營馬鬣，不必鄉山正狐首。因將生

壙豫經營，亮無寶鼎此把揞。遺書不望所忠求，荒墳豈慮不準取。哀集草稿自埋藏，付托山靈同護守。聊備右台一故事，敢附《左傳》三不朽。一和再和坡老詩，不勒貞珉已足壽。

清明後三日，徐花農庶常攜尊至右台仙館宴集，遂游法相寺，得斷甎於壞垣，有「福壽」二字，取歸置之山館，因紀以詩，仍用東坡《石鼓》韵

今年三月日乙丑，我辭漁父就樵叟。余於三月三日自湖樓至山館，其日乙丑。遂令好事城中人，争向右台山下走。或籃輿過赤山步，或小舟艤花港口。越七日後得壬申，喜諸君來不先後。山齋逼仄布筵一，坐客聯翩并我九。客爲汪柳門、沈蘭舫、徐花農、王夢薇、倪倬雲、潘鳳洲、許子原，續來一山中客郭君。乃列嘉肴雜筍蒲，却當新火分榆柳。城北徐公興最豪，花下行厨酒一斗。我懶且病稍見寬，客起欲去輒被肘。醉吻思飲僧爐茶，連步亂踏山田莠。天寒未茁雨前茗，地僻且尋方外友。要煩老衲薦皋盧，豈怕行童笑瞀瞉。歸來日落樹栖鴉，忽見墻頭字露蚪。不圖甎甓成烏曹，竟有銘辭祝黄耇。竊取直欲猱而升，使一人蹲其下，一人踏其肩而上，乃得之。防護不容尨也嗾。奉持歡喜到蝸廬，珍重品題逾鳳卣。愛不忍釋手爲胝，奇莫能名目如瞍。從來古甎出漢晋，不在破冢即丘嶁。字迹剥落辨難真，土花洗剔積愈厚。流傳或雜贋鼎贋，年號空存某代

某。文曰富貴顛一例，語取吉祥亦多有。若從墻壁掃莓苔，不過山澤生樞杻。識字亮無康成牛，穿窬聊禦孟嘗狗。鎸此吉語意云何，得自瞥觀夫豈偶。吾聞福列九疇一，又聞壽居五福首。此豈私心所及望，亦非一手遂能掊。機翔嘏集信有徵，語奇意重敢輕取。姑將妙墨拓形模，兼汲清泉滌塵垢。敬承汪倫愛我意，謂柳門。永作右台仙館守。孝穆作記記固佳，花農紀其事于甎。安仁勒銘銘不朽。鳳洲爲作銘。老夫衰病百無能，敢與諸君同福壽。

三月二十日自杭旋蘇，舟中作

杭州小住又蘇州，真似飄飄水上漚。已悟浮生同逆旅，且携弱女共扁舟。歸許氏女從行。暮春天氣晴還雨，垂老心情喜亦愁。賴有一編消白晝，衰翁聊復展眉頭。時携一書，曰《兒女英雄傳》，長白鐵仙文康所作，宋時平話體也。

曲園牡丹盛開，對之有感

園林雨過净無塵，坐對名花憶故人。花好還如前度日，人亡又是一年春。喜他搖曳風前態，憐我衰羸病後身。玉合銀盤嬌未吐，想應留向夜臺新。有白牡丹一株，今年未開。

親家翁彭雪琴侍郎巡閲江湖，兼挈余孫婦歸寧，賦詩贈別

元戎大旆出江村，已見威稜動海門。兩岸旌旗屯戰士，一船書畫載嬌孫。自憐垂老還多病，未免臨歧易斷魂。惟盼明年秋信早，桂花香裏再開尊。

杭州湧金門内有金華將軍廟，將軍姓曹名杲，仕後唐爲金華令，見《咸淳臨安志》。其神見形輒爲蛙，今年春見於俞樓，花農以告。夏日無事，補作一詩

吾聞黄河神，蜿蜒爲靈蛇。又聞漢水神，翊翾爲神鴉。神物變化類如此，小儒安能測其理。葉縣仙人雲外舄，祠山大帝泥中豕。湧金門内湧金池，池上舊有將軍祠。將軍曹姓非蜍名，至今父老能言之。既非蝦蟆充給事，又非蚳蛙爲士師。生不封侯作蟲達，死何入水從鴟夷。乃其靈迹歷歷在，鼠肝蟲臂安能知。我泛餘不溪中舟，疑有神人來同游。事見《春在堂隨筆》

卷第五。我築右台山下壙，疑有仙蝶來送葬。事見本卷。嗟我碌碌井底蛙，神之惠我何其嘉。敢云昌黎正直動山鬼，或如東坡同行有僧伽。湖上春游歲逾十，頻向湧金門出入。異時再過將軍祠，敬爲將軍一長揖。

徐花農庶常出新意，用處州大竹熨之使平，製爲一扇，寄余吴中，滑笏可愛，余名之曰「玉版扇」，賦詩寄謝

班姬咏齊紈，紈扇制最古。孔明麾羽扇，扇又製以羽。厥後蒲葵扇，流傳自典午。一經謝公手，捉搦到士女。至今此三者，爲用遍區宇。後人吐新奇，不屑守舊矩。棕扇翦棕心，松扇削松柎。防父切。閩中檳榔葉，近亦至中土。獨念六角扇，賣自蕺山姥。其製實用竹，今何不一睹。走馬張京兆，自以便面拊。便面即竹扇，小顏有此詁。但恐織竹成，竟似素絲組。後世有方麴，實亦不足數。風流徐翰林，匠心自傾吐。精選凌寒姿，遠自括蒼取。磨鑢不以鉋，擣碪非用杵。霍霍成風斤，硠硠修月斧。細意使熨貼，妙手無齟齬。宛如一片玉，乍向崑山剖。滑澤逾截肪，潔白過漚苧。製成争傳觀，驚喜欲起舞。老夫坐蝸廬，正愁遇溽暑。承君遠寄將，入手不忍去。世俗重雕翎，高價聽市估。武林舊夾紗，何嘗不鮮齇。對此轉無色，僅堪伊

仰伍。由來名士作，風致緫楚楚。呼爲玉版扇，增入文房譜。疏簾清簟閒，伴我坐揮麈。

花農重建其六世祖文敬公祠之門廡垣墉，諸同人集湖上落之，夢薇有詩，即用其韵

湖堤夏緑正含兹，突兀新營文敬祠。聖節允宜良會日，是時值國恤，故於六月二十六日行落成禮，是日，今上萬壽聖節。天章燦似乍頒時。累朝宸翰及諭祭文均摹刻祠中。遥知祖澤存文竹，已有清才鬥色絲。浙右衣冠傳盛事，酒杯惜我未同持。余在吴下，故未與也。

科第前賢接後賢，最宜丑未戌辰年。自文敬至花農，成進士者六人，丑未年各一，辰戌年各二。高門鼎鼎看重建，文敬故第在姚園寺巷，花農前年葺治之。華胄遥遥閲六傳。神火昔曾見江上，文敬生時有神火之異。清風今又到湖邊。祠即文敬清風草廬故址。尚期勉紹鹽梅業，認取南枝兆已然。前年花農爲我築俞樓，有紅梅一樹先冬而開。

夢薇手拓福壽甎文、製紈扇見贈，叠前韵謝之

別館山中草未滋，寓樓仍傍蔣公祠。俞樓在蔣果敏公祠之西。何來福壽殘甎字，得自賓朋雅集時。叠韵仍教依《石鼓》，製箋不必畍烏絲。余曾摹甎文製箋。如今摹入齊紈扇，好與蒲葵一例持。

衰翁何敢望時賢，惟藉丹鉛送暮年。推挽好憑諸子力，姓名儻許暫時傳。已搜吉語頽垣上，更訪斯文絕巘邊。時花農諸子又於俞樓後山石壁上得摹厓「斯文在茲」四字，爲趙人張奇逢書，亦一奇迹也。謀築小亭覆之。妄竊自娱吾豈敢，清風入手亦欣然。

七月十九日命兒輩釋服，凄然賦此

本期泉路共追陪，如此留連亦可咍。歲月已隨流水去，兒孫仍箸彩衣來。靈筵乍撤神猶戀，吉祭初成意尚哀。我亦龕中設虛位，櫝函非久料應開。余自製一木主，與夫人之主同奉龕中，但未題耳。余棺椁、衣衾，以至生壙，凡身後之事無一不具，時至即行，論者勿以豫凶非禮爲議也。

築俞樓之明年，又建西爽亭於山上，而中間隙地猶多，吴叔和比部壽臧又就其地增築軒亭，於是有伴坡亭、靈松閣、小蓬萊諸勝，時余在吴下，賦詩落之

步從山麓到湖樓，尚有中間隙地留。爰築危亭與坡伴，「伴坡」之名，因余詩有「山上吟盦伴老坡」之句也。更營傑閣待神游。距閣尋丈有一松樹，今年春金華將軍之神即降於此松上，故以「靈松」名。回廊西上疑雲棧，精舍東開學釣舟。説與老彭應一笑，小蓬萊對小瀛洲。彭雪琴侍郎退省庵在三潭印月，臨水有榜曰「小瀛洲」。

小園一曲地三弓，久向蘇臺作寓公。多謝同游諸舊雨，又營别業傍清風。俞樓之左即徐文敬公清風草廬。不無雁雪留連意，大費鶯花點綴功。徐辟彭更佳話在，續添名士有吴充。前年有以「俞樓經始」四字爲謎語射四書人名。「徐辟彭更」者，謂花農草創之，而雪翁又更張之也，今又得吴叔和廓而充之，余戲謂徐辟彭更外當添一吴充矣。吴充，宋人，《宋史》有傳。

花農以松實寄贈賦謝

昔君詒我以桂子，食之清香滿口齒。今君詒我以松實，不但有香兼有色。君家松樹高出楹，其上有實纍纍生。妙在一青間一頳，青者味澀不可食，赤者可食甘如櫻。吾聞古有仙者名偓佺，服食松實成神仙，受而服者亦長壽，或二百年三百年。然而松實不恒有，尋常園圃見則否。豈如南方海松子，狼藉杯盤佐尊酒。故家喬木綠參差，况是孫枝繼長時。看取清風振謖謖，固宜佳實生離離。老夫吴下支離叟，深感徐陵惠我厚。右招桂父左松喬，儻保衰齡到黄耇。花農庭前四季桂結實甚多，夏間曾以寄贈。

俞樓四異

佛異

花農於丁丑春夢至一處，曰福禄寺，右一門未啓，左一門曰碧霞。由碧霞門而入，有古佛，不裝金。其後有清泉出石壁下。其西樓臺纚屬，積書如堵，一鶴守之。及將營俞樓，度地於六一泉側，其地即孤山寺，寺有古佛，不裝金，與夢所見同，寺後泉石亦如所夢焉。

碧霞門外一徘徊，門内天然異境開。有福靈禽司竹素，無言古佛坐蓮臺。淪漣泉水清堪鑒，突兀山峰翠作堆。此際俞樓猶未築，分明先入夢中來。

仙異

辛巳閏七月十三日，花農與鄒鏡堂、陳子宣至俞樓，相度將增築露臺。及返棹，而城門闔矣，以月色甚佳，乃作竟夕之游。初時見月輪蕩漾波閒，俄而變爲千萬小鏡迎船而來，又變爲六七，又變爲一串，已而成爲一大鏡，三人皆歎爲奇觀。時舟已至三潭印月，顧見荷花大開，正惜無小舟采之，忽有二童子掉一葉舟而至，遂坐之，深入花中，盡興而反，反而童子與小舟皆不知所之。時已四更，此童子何從來，又何從去，殆遇仙矣。

蒼然暮色下俞樓，已阻嚴城更暢游。蕩漾冰輪忽無數，參差明鏡滿中流。最奇蓼岸三更月，誰掉瓜皮一葉舟。竟有垂髫兩童子，載人深入藕花洲。

神異

辛巳春，花農與倪儒粟及孤山寺僧本慧同至俞樓，於西爽亭小坐。既下山，見松樹上一蛙，淺緑色，竟體如碧玉琢成，無磊砢之狀，知爲金華將軍之神，咸聳然異之。余前已作長歌一首，兹又作此詩，以爲四異之一。

碧鷄金馬豈訛傳，神理難知自昔然。五夜陳倉來有雉，三春杜宇去爲鵑。請看栖止青松上，不異游行緑水邊。欲效水仙王故事，將軍祠下薦寒泉。

鬼異

俞樓之西有古墓焉，方花農築樓時，夢一青色人自西墻外至，向之而拜。次日見樓西有墓，命保護之。及辛巳夏，吴叔和增築軒亭，或以地隘，議拓墻而西之。其時有錢新之者，善刻石，方寓俞樓，忽得暴疾。其夜夢一人青色，自言爲明季裨將王慶祥，托轉告花農、夢薇諸人，勿犯其墓。鬼可謂有靈矣。然此鬼自言葬在瓢池之西，樓西之墓距池較遠，未知即此否。今改從瓢池之東，曲折上山，從其請也。

此中誰料有陳人，精爽雖存迹久湮。未必英名能入史，自言毅魄已成神。從今盡識甄舒仲，無事來呼祈孔賓。寂寞荒山一抔土，爲猿爲鶴總吾鄰。鬼自言已爲福建汀州城隍，故有「成神」之句。

題卞敏畫蘭

卞敏，乃玉京之妹，吴梅村爲作《畫蘭曲》，所云「畫蘭女子年十五」者也。此幅爲崇禎癸未中秋前一日所作，今藏太倉汪氏。

舊院風流總銷歇，頓楊往事憑誰説。豈知裊裊一枝蘭，二百年來香未滅。玉京有妹嬌如花，自寫風枝整又斜。此日墨花含古意，當時頳面映朝霞。《版橋雜記》云：「敏對客，面發頳。」多情最是桃潭客，已失重還倍珍惜。但教楚畹有餘芬，莫向秦淮弔陳迹。

竹瓶歌

徐花農庶常示余竹瓶一事，刳巨竹爲之，兩面刻字，則其六世祖文敬公所書也。問所自得，蓋有守備雷君幼山得之兵燹中，又有邵君同珍勸其歸之花農云。

吾聞花瓶各有宜，春冬宜銅秋夏瓷。異哉此瓶竹爲之，四坐傳玩皆稱奇。君曰可寶不在竹，請觀有文在瓶腹。乃從瓶腹讀其文，頓覺舌撟不能縮。噫嘻！君從何處得此歟，此乃文敬之所書。君言昨者一客至，抱瓶昏暮叩吾閭。曩時烽火遍浙水，有人得之兵燹餘。武夫亦復知寶貴，珍藏什襲如璠璵。挈瓶之守不可奪，客乃爲之述本末。非重在器重在人，東海遺徽猶未歇。爾守此瓶深有心，何不歸之徐翰林。其人舉瓶敬授客，客抱瓶至宵已深。自古高門貴能紹，敬穆兩公風久杳。五世其昌又得君，一時盛事數難了。姚園舊第已重新，清風草廬西湖濱。君往歲重新姚園巷舊第，今又修文敬公祠，即清風草廬故址。高廟賜詩壽文木，先臣墓志存貞珉。高廟賜文穆公詩今尚在，前年曾摹刻行世，今年又得文穆公墓志初拓本。此瓶不後不先出，豈獨琅玕珍異質。爲君手署竹瓶齋，王佩鮑壺非此匹。

譚文卿尚書自浙撫擢陝甘總督，賦詩贈別

帝以西陲付重臣，相侯而後更何人。因思邊徼新安輯，本是明公舊拊循。特降璽書來兩浙，重移幕府到三秦。金城郡下銀川水，定比西湖别有春。

兩年坐鎮浙西東，聽取謳歌處處同。前度黄堂留愛日，此時玉帳動春風。威行寰海魚龍静，弊絶敖倉雀鼠空。更爲聖朝修盛舉，文瀾高閣起穹隆。

秋風無奈唱驪駒，借寇雖殷願竟虚。大閲匆匆纔返旆，時新從浙東閲兵還。長編草草未成

書。公於書局中刊刻宋李文簡《長編》，雖已告成，而補葺者未竟。遥知英蕩將移節，定爲湖山一駐車。問訊蘇公堤畔柳，明年春色更何如。

不才何幸忝賓筵，深感尚書禮數偏。折節仍循芸館例，裁箋親製草堂聯。公集句爲楹聯，縣之俞樓，其句云：「千古一詩人，文章有神交有道；五湖三畝宅，青山爲屋水爲鄰。」朝廷自重甘凉寄，我輩難忘翰墨緣。黄閣他年開八秩，南山再獻《有臺》篇。公今年六十生日，余曾以小文爲壽。

九月二十四日偕許子原女婿及次女秀孫自龍井至理安，遍歷九溪十八澗之勝，口占二絶句

老妻欲作理安游，竟以孱軀願未酬。見《百哀篇》。今日携將嬌女去，山中溪澗數從頭。

九溪有數澗無數，并作山中一派青。誰料石矼剛十八，輿夫脚底是山經。九溪以并九水爲一，故名。至十八澗則莫能言其數，但云約舉之辭，見其多耳。乃輿丁舁我屢游其地，歷數履石渡水之處，適十有八，乃悟昔人命名之由。

次女秀孫有詩紀九溪之游，女婿許子原和之，老夫亦用其韵

山館清閒竟日留，籃輿更伴我同游。千巖萬壑不知處，紅葉黄花無限秋。法雨泉清聊瀹茗，甕雲洞小試探幽。歸來喜見新詩句，愛女吟成快婿酬。

俞樓詩記

自花農諸君爲我築俞樓於孤山西麓，今年吴叔和又增益之，亭臺之盛日加，泉石之勝亦日出，余舊有《俞樓經始》一卷，特紀其緣起耳。花農所爲《俞樓記》亦未備，擬作《後記》又未果。余恐久遠之後湮没失傳，乃就其中凡有題榜之處，悉以詩紀之，不拘一體，其前後叙次粗有條理，蓋欲以詩代記也，因名之曰《俞樓詩記》。

俞樓門外有「俞樓」二字，彭雪琴侍郎所書也，刻字於甎，置甎於楣。

陶廬謝墅總千秋，如我微名豈足留。行到白沙堤盡處，居然人盡識俞樓。

小曲園又進而有門，署「小曲園」三字，梅筱巖中丞所書，以余吴下有曲園，故以「小」別之，然實則小者大，而大者小矣。

吴中盛園林，高下窮土木。而我亟其閒，亦有園一曲。一曲渺乎小，在我則已足。云何移此名，來署湖邊屋。小而又小之，無乃太局促。豈知入其中，深邃如盤谷。儼割孤山半，山顛到山麓。斯乃大曲園，云小吾轉恧。蒙莊《齊物論》，萬事無定局。借此泯大小，滄海亦一粟。

碧霞西舍花農未築俞樓之先，曾夢游此地，其東有碧霞門，余因名正室曰碧霞西舍。其上有樓，所謂俞樓也。其前有平屋，以休賓客之從者。其後有軒，以爲燕坐之地。其西偏樓屋乃彭雪琴侍郎所增築者。樓下爲余卧息處，樓上設内子姚夫人之位，然皆統以碧霞西舍，不復異爲之名矣。

徐子曾從夢裏來，碧霞門在左邊開。因之小築稱西舍，恰好遥山對右台。余生壙在右台山，適相對也。林木猶須十年計，賓朋頗具一時才。不煩更闢西頭屋，恐有陳人卧夜臺。舍西尚有隙地，然有古墓存，恐後人或議開拓，故戒之。

瓢池碧霞西舍之後鑿一小池，其形如瓢，故曰瓢池。夢薇有《瓢池記》。池在山足，鑿之不易，雪琴侍郎使麾下健兒荷鍤從事，鍤凡屢折，三日而就。

鑿池成瓢形，清漣可俯狎。勿經此一瓢，三折健兒鍤。

伴坡亭瓢池東有伴坡亭，蓋垣外即東坡庵，余詩云「山上吟庵伴老坡」，謂此也，故以名亭。

舊聞東坡庵，即在六一泉。徐子補築之，則在泉西偏。又西即與俞樓連，乃築斯亭廣一筵。名以伴坡坡驪然，衰朽何足陪前賢。

靈松閣由伴坡亭循廊西上有靈松閣，以今年春金華將軍之神降於閣前松上，初擬名以迎仙，余謂將軍乃神而非仙也，故易此名。

曲廊西上有閣存焉，問閣何名或曰迎仙。問曲園叟叟曰不然，是乃神降而非仙緣。金華降神於松之顛，松以神靈閣以松傳。無曰松稚神所回旋，無曰閣小松將參天。

小蓬萊由靈松閣而上，有屋西向，花農名之曰小蓬萊。余問故，曰：「舊有斯名，襲用之耳。」余甚不解其意。既而悟曰：「雪琴侍郎所居退省庵在三潭印月，臨湖有榜曰『小瀛洲』，花農意在以吾比老彭耳。」因有詩寄侍郎曰「説與老彭堪一笑，小蓬萊對小瀛洲」。

我聞小蓬萊，西湖舊有二，一在延祥觀，一在甘園地。云何築室襲其名，不知徐子焉取義。竭來我泛三潭舟，有榜大書小瀛洲，中有老彭一寄樓。退省庵中樓名。乃悟斯名良有由，蓬萊正與瀛洲侔，得無戲弄雙白頭，詆我謂我神仙儔。作書偶向老彭説，老彭聞之轉愁絶，瀛洲雖好幾時歸，已與西湖兩年別。

西爽亭由小蓬萊而上，折而東行，有西爽亭。花農云李敏達所建西爽亭即在此地，余題楹聯所謂「小築一亭存西爽」，故迹者也。

敏達此開府，曾營西爽亭。尚堪尋舊迹，不必草新銘。夕照長銜壁，東風先入櫺。偶然來柱笏，坐對四山青。

鶴守巖西爽亭之下有巖石，花農名之曰鶴守巖，寫刻石上，跋云：「余夢前生爲曲園守書之鶴，故以名此巖。」斯雖讕語，亦一佳話矣。

徐子始生時，先德有異夢。夢一道士化爲鶴，心知此兒必異衆。徐子亦有夢，此夢可軒渠。自言前生一仙鶴，爲我護持萬卷書。大書鶴守巖，刻之巖石上。仙人騏驥本清高，福地琅嬛資保障。我書久行世，所存良亦稀。不須更爲我苦守，送爾去披一品衣。

曝書臺鶴守巖之上壘石爲臺，是爲曝書臺。

朝登斯臺兮，湖山蒼蒼。旭日初升兮，化爲湖光。吾曝吾書兮，發此奇香。
暮登斯臺兮，湖山簇簇。明月初起兮，蕩爲山淥。吾收吾書兮，留此奇馥。

文石亭下曝書臺，出一小門，循垣而北，有石壁，刻四大字曰「斯文在茲」，又六小字曰「趙人張奇逢題」，自來言西湖金石者所未著録。張公，獲鹿人，順治五年來爲杭州太守者也。花農始築俞樓時，曾履其地，荆榛梗塞，苔蘚斑斕，然已隱約見一「文」字，今春又爬羅剔抉，而其字乃全見，是亦一名迹也。因築亭覆之，名曰「文石」。

昔人志西湖，金石亦有記。不知孤山顛，乃有此四字。趙人張奇逢，石壁親磨礲。二百三十年，半被蒼苔封。掃石摹其文，筆意頗奇怪。蒼勁有古法，欹邪見姿態。異哉文在兹，惜哉人不知。築亭署文石，要使千秋垂。

曲園書藏汪柳門侍讀與花農、叔和同坐文石亭，見此四字之外餘石尚多，乃謀鑿其左畔爲石室，而納余所著全書於中，署曰「曲園書藏」。嗟乎！余書豈足藏之名山，諸君所爲過矣。姑取以配右台山之書冢，故亦賦一詩。

吾於右台築書冢，一時競作書冢歌。何意好事諸君子，又營石室孤山阿。汪子倡議諸子和，一議而決無嫜娿。遂命匠石運斤斧，丁丁鑿破青嵯峨。納我全書入山腹，封以巨石加礲磨。署曰曲園之書藏，不知藏此將云何。古人著書藏名山，往往山壁出蚪蝌。如我豈足言著述，無乃讕語相詑詑。第思西湖有故事，稍可解我慚顔酡。不見龍井之石室，句曲外史手自劖。瘞埋所注《道德經》，并及平日諸吟哦。即如書冢亦有例，請觀寶石山之坡。吾丘貞白文冢在，至今或未埋烟蘿。自古文人例好事，謂我不可彼則那。作詩敬謝諸君子，并告山靈煩護呵。

文泉由文石亭西上有一大池，南北可七八丈，東西可三丈，其地雖非孤山之顛，然在西麓亦爲最高矣，有此大池是亦一奇也，而志書不載，蓋知者鮮矣。余因與文石亭相近，名之曰文泉，刻石泉上。

雁蕩得名因有蕩，蕩在山巔不可望。傳聞蘆荻滿汀洲，竟與江湖同滉瀁。吾鄉西郭金鵝山，其上有泉流潺潺。歲月既久泉亦涸，遂使金鵝去不還。山上有水謂之浮，《爾雅》所傳非妄說。如何孤山有此泉，故老無聞記載缺。近築俞樓始得之，見者驚詫呼天池。我披荆榛試俯視，愛此一頃青琉璃。乃爲手寫文泉字，大書深刻傍水次。他年於此築精廬，且待廬成再爲記。

李黼堂中丞爲笠雲上人築室孤山，即宋詩僧惠勤講堂故址也，落成而黼堂已還湖南。同人用東坡送參寥入智果院故事，於十月九日送笠雲入山，用東坡韵各賦一詩

我作湖上客，竊據孤山岑。亭館雖新構，泉石本素心。故人李適叟，與我交最深。游筇到西浙，法侣招東林。妙解文字禪，足嗣參寥音。乃分山一角，爰築堂三尋。烟雲入几席，江湖爲帶襟。惠勤古講堂，遺址猶未侵。勿謂盛難繼，要使後視今。詩成懷李叟，殘菊還獨簪。

大兒紹萊既免其母之喪，仍赴直隸，以知府候補，感疾卒於天津，蓋八月二十五日事也。家人以余在杭州，秘不使知，還蘇始聞之，哭以詩

送汝原知再見難，只因我病已衰殘。殘年誰料仍無恙，衰淚翻教爲汝彈。良友津門親視斂，謂朱伯華觀察福榮，余門下士也。孀妻海舶遠扶棺。大兒婦樊航海至天津，扶柩南歸。老夫笑傲湖山日，如此倉皇事百端。

戊己庚辛只四年，三喪何意竟相連。戊寅年先慈見背，己卯年内人繼之，今歲辛巳又有此變。未符獨子雙祧例，已止孤孫一綫延。大兒無子，以次子祖仁之子陛雲子之，然祖仁久病，未必更有子，陛雲異日仍須兼祧次房也。眷屬明知同夢幻，家門未免太屯邅。虚名折盡平生福，莫遣靈龜更問天。

内子姚夫人有孤姪祖詒，字穀孫，自幼育於余家，夫人在日，與議婚者屢矣，而皆不果。今年十月，余爲娶秀水杜氏女，以詩告夫人

良緣前度費平章，後死何容一日忘。已遣新郎奠纁雁，休嫌舊議改河魴。內人在日，曾議聘姜氏女。粗完心願憐吾老，小創門楣冀後昌。他日與君泉下見，鳳雛應問幾時將。

壬甲編　春在堂詩編十

壬午寒食病起試筆

曲園居士太闌珊，一病遲遲欲起難。病日梅花猶未放，起時桃萼已將殘。精神莫望衰中健，氣候頻驚暖後寒。見説光陰交百五，如何飛雪滿雕欄。

花農去歲以蕙開并蒂賦詩紀瑞，余次韵和之，編詩時佚焉，補録於此

不知醖釀幾昕宵，種出名花姊妹嬌。旖旎都房刻連瑣，參差禁錡擁重喬。美人空谷誰同夢，名士春風競奪標。見説清芬承世德，賈生弱冠已登朝。

小庭人静綺疏凉，别有幽幽一味香。占斷風流宜楚畹，催開頃刻豈韓湘。左雲右鶴同瑶

島，南臉西眉共玉房。畢竟傾城誰伯仲，好憑彩筆與平章。

花農庭中松樹結實，青頳相間，頳者可食，青者不可食，余已爲作長歌矣。乃以青者種土中，輒生小松一株，亭亭可愛，花農有詩紀之，即次其韵

掇食枝頭只取紅，青青點綴笑徒工。誰知入土生機活，早有干霄瑞氣籠。品在靈芝三秀上，春回喬木百年中。明堂他日資梁棟，豈止冰霜傲款東。

病中偶作

真有蓬瀛海上山，俗流不信妄疑訕。須知靈氣蟠空際，不比凡山在世間。羽士飛行應及見，徐福輩或暫一見之。雲帆尋逐必空還。秦皇、漢武所以訪求而不得也。浪誇地軸周流遍，此境遼遼未許攀。近時泰西之人自謂乘輪船周行地軸，安見有此等山，真井蛙之見也。

三月二十日携孫女慶曾至西湖俞樓

未了西湖山水緣，又扶衰病此留連。養疴難執《廢醫論》，余舊有《廢醫論》，而此行則以藥餌自隨。排悶還披《玩易篇》。舟中與慶曾爲八卦葉子之戲，《玩易篇》亦余所著書名。三月春光隨逝水，前兩日立夏。十年舊夢化輕烟。惟應不讓衡陽叟，也有嬌孫在膝前。彭雪琴侍郎聞於是日啓行巡視長江，携其孫女同行，即余孫婦也。

日本僧心泉，字小雨，以楹聯寄贈，并其國人青山延于所著《史略》、賴襄所著《外史》各一部，賦此謝之

飛錫湖濱惜未逢，去年訪我於俞樓，不值。書來猶帶墨花濃。一聯壯我楹閒色，萬里尋君海外蹤。東國幾家成信史，西方別派啓真宗。日本有僧曰親鸞，其國主謚之曰見真，其教人惟以念佛爲事，不禁娶妻食肉，是爲真宗。心泉即宗其教，故有二子，曰昭曰穆，有女曰阿多。更煩問訊竹添子，何日吴門再過從。

四月辛酉葬大兒於右台山，賦詩紀事

昔葬姚夫人，右台山之麓。遂自營壽藏，一抔覆夏屋。去年大兒亡，吾不更再卜。即葬其左旁，於地不嫌蹙。并爲大兒婦，預將生壙劚。顧瞻其右旁，簣土尚堪覆。一律建墳塋，同時具畚挶。爲憐二兒病，且嘉其婦淑。相期百年後，骨肉此歸復。牛眠穴未開，馬鬣封先築。分列我左右，如驂之與服。時并爲二兒夫婦築墳塋於右畔，但未窆耳。使彼兄若弟，泉下仍手足。伴我夫與婦，山中不幽獨。更喜墓域外，有地適相屬。亡兒有遺妾，孀閨甘獨宿。他年附葬此，當亦彼所欲。嗟我爲人父，昔育今育鞠。養生兼送死，坐使鬢毛秃。惟念死歸土，不比生聚族。慚愧延陵子，吾見未免俗。

俞樓後山有趙人張奇逢所書「斯文在兹」四字，人無知者，花農築俞樓始得之，爲建文石亭，已詳見《俞樓詩記》矣。乃今讀康熙時釋明開所著《流香一覽》云：「有休庵者，鐵幢禪師所建，杭太守張奇逢書額，癸巳春徐冢宰題曰『閒淡居』。」所謂徐冢宰，即花農六世祖文敬公也，因作長律一首寄花農

休庵題榜國朝初，旋改名爲閒淡居。題自奇逢賢太守，改從文敬老尚書。至今訪古無遺迹，莫向流香問故墟。誰料孤山巖石畔，猶存四字蘚苔餘。斯文不識斯焉取，此老何爲此駐車。喜有姓名書可證，漫無年月意殊疏。長留鄉貫燕南趙，巧遇公孫城北徐。徐子清才能紹祖，俞樓小築實因余。驚看斑剥文留石，深惜離披草没裾。特起危亭亭突兀，别開仄徑徑縈紆。從今蹤迹流傳矣，始信因緣果有諸。一闢茅庵稍改舊，一填石墨復還初。文章聲望祖孫繼，光景流連先後如。總爲前張表陳迹，浪教老我竊虚譽。師門妝點殊堪愧，祖笏留傳定不虚。因作此詩寄徐子，莫教容易付鈔胥。

内子姚夫人遺有墮齒一，藏之至今十有五年矣，余於去歲亦墮一齒，乃合而瘞之文石亭前，以詩代志

已卜幽宫傍右台，無端又此翦蒿萊。青山小築墳三尺，黄壤深埋齒二枚。他日好留蓬顆在，當年同咬菜根來。殘牙零落存無幾，盡擬相從赴夜臺。

爲大兒營葬畢，携孫兒陛雲、孫女慶曾還蘇，并繞道清溪上先人冢

玉樹深埋不必論，老夫仍復返吴門。囊中故物抛雙齒，已葬之孤山矣。鐙下閒談對兩孫。携拜先塋深有意，自知暮景久難存。且期籬菊花開日，重漬杭州舊酒痕。

送汪柳門侍讀鳴鑾還朝

吴中同結寓公閭，日下仍還使者車。兩代交情訂群紀，君先德小樵封翁，余少時即與相識。十年文望重嚴徐。趨朝北闕觚棱月，懷舊西湖石室書。花農鑿孤山石壁，納余全書，君爲署「曲園書藏」四字。

他日乘軺更南下，可堪重問子雲居。余衰且病，此別黯然。

吴越錢氏五王像爲其裔孫英甫清顥題

鳳舞龍飛雖已矣，錦衣玉帶故依然。梁唐晋漢周天子，誰得綿延到五傳。梁二帝，唐四帝，晋漢各二帝，周三帝，無至五傳者。

長夏無事，與二兒婦姚、長女錦孫、孫女慶曾、外孫女許拖珠避暑前後兩曲園，率成一律

後園楊柳前園竹，家人呼小竹里館爲前曲園，因以曲園爲後曲園。兩處軒窗一樣凉。老與世人殊鑿枘，閒偕兒輩共壺觴。風來已度蕭森韵，月上還摇瑣碎光。莫向尊前思往事，餘年幾度此徜徉。

中秋之夕，與兩兒婦及長女及孫兒孫婦孫女外孫兒女玩月曲園，率成四律

今年頻作曲園游，每到園中必久留。兒輩最憐蘭槳活，老夫惟愛竹房幽。孫婦孫女及外孫女輩喜坐小浮梅檻，余與長女兩兒婦則於艮宧小坐。況逢佳節晴堪喜，又值連朝病略瘳。莫負殷勤兒婦意，安排小飲作中秋。

兒婦相從長女陪，達齋團坐酒三杯。更攜孫女外孫輩，同望月宮拜月來。老去童心還爛漫，病中險韵怕敲推。最難咏月題「紅」字，一笑爾曹小有才。孫兒陛雲詩有云「隔籬透出一燈紅」，月下賦詩而用「紅」字頗不易和，孫女慶曾和云「墻根桂影重重上，不羨三春萬紫紅」，亦小有思致也。

等此園林柳幾株，月光便與日光殊。遥看枝上翩翻葉，竟是盤中宛轉珠。更比瑩瑩仙露活，豈如落落曉星孤。由來此景無人道，霧淞冰花得似無〔一〕。月光照樹葉正面輒有光，楊柳樹高而葉小，望之的皪如珠，亦一奇景。

〔一〕 淞，原作「淞」。

登山臨水儘流連，忽漫回頭憶往年。老母未曾游月夜，病妻偶一醉花前。老母在時，因年高故夜閒從不至園中。老妻偶一至，以多病亦不數數也。浮生草草真如客，舊夢重重化作烟。且對一尊開口笑，不知秋月幾回圓。

吴下曲園、湖上俞樓及花農之玉可盦，皆於八月中芙蓉盛開，花農有詩，老夫因亦作四絶句

曲園有栽欲成災，連日呼童掃緑苔。七八月閒園中大生毛蟲，二兒婦督奴婢捕治之，數日始盡。誰料今年秋色早，芙蓉花并桂花開。

昨得徐陵絶妙詞，亦言紅萼滿青枝。君家四瑞今成五，應酹花神酒一巵。花農家舊有四瑞，松瑞、桂瑞、梅瑞、蕙瑞也。

俞樓亦復有芙蓉，一様花開一様穠。惜我吴中猶卧病，未來花下植吟筇。

關心更有右台山，山館無人鎮日關。門外芙蓉兩行在，可能留待主人還。

衰老多病，戲作小詩布告海内諸君子，請以本年八月爲始，停止作文三年，凡以碑傳序記等類相諉誣者，概弗應

誤攻文字力將殫，垂老方知擱筆難。稍擬安排出世事，權同停止入流官。時各行省以仕途壅滯，往往請停止分發三年。餘生能否三年待，夙債猶期一載完。有三傳兩墓志已先諾之矣，擬於一年内應之也。公鼎侯碑有人在，莫將衰朽當歐韓。

日本國人岸田國華，字吟香者，搜輯其國人詩集一百七十家，寄吴中求余選定，余適卧病，未遑披覽，先賦一詩

平生浪竊是虚名，老去聲華久不争。隱几坐方學南郭，寓書來又自東瀛。吴中病榻鷄皮叟，海外騷壇牛耳盟。百七十家詩集在，摩挲倦眼看難明。

唐韡之孝廉以劉文清所書「山居精典籍」五字見贈，遂張之右台仙館，花農有詩，即次其韵酬花農，兼謝韡之

妙墨流傳百歲閒，居然語意巧相關。山翁領取山居字，每到西湖必入山。

只愁車馬來闐溢，未免山靈笑驛騷。安得於中精典籍，一編暮暮又朝朝。

戴用柏以恒既爲作《俞樓圖》，又擬分作數圖，賦詩謝之

安道清名世所知，家傳絶妙畫中詩。抱琴不作王門客，却作俞樓老畫師。

已寫俞樓一幢圖，更裁繭紙細描摹。清妍點綴分豪末，能免妝嫫費黱無。

山林妝點笑諸君，已有微詞耳畔聞。我比楊雄尤懶惰，無心更作《解嘲》文。事見《春在堂尺牘·復王户部書》。

浪竊虚名二十秋，居然海外識俞樓。而今更仗先生筆，會見流傳五大洲。

余不赴人招飲由來久矣，馬星五觀察、徐花農庶常、吴叔和比部載酒肴至俞樓觴焉，因用前年「堪」字韵即席賦謝

懶惰嵇康百不堪，尊前聊復共清談。盛筵此後應難再，賢主今朝又得三。莫負佳辰小春月，已拚爛醉老彭庵。退省庵主人彭雪翁在坐，自云「今日吾拚一醉」。酒闌便有臨歧感，惟盼軺車早指南。時花農將入都。

花農因余詩有「盛筵難再」之語，又載酒入山觴余於右台仙館，再疊前韵

典籍精研我不堪，時唐韡之孝廉以劉文清所書「山居精典籍」五字見贈。惟堪知己共閒談。故人要使盛筵再，隔宿先招益友三。余嘗戲謂花農：「君必載酒入山，則我必在雲栖矣。」花農故預約江梅生、鄒鏡堂、蔣澤山先至仙館，聒而與語，以羈縻之。相與同麾名士麈，不然定訪老僧庵。感君此意流連久，短晷渾忘日至南。

富海帆制府《韜光蠟屐圖》爲其曾孫曉峰方伯題

甲午至壬午，幾及五十年。適逢授衣月，又值造榜天。甲午、壬午均鄉試年也。曉峰方伯莅浙久，坐對湖山一回首。緬懷祖德道光年，於今四十九重九。先公曩撫浙西東，勛望高於南北峰。天上仙槎下星使，時吴退旃尚書、徐廉峰太史來典浙試。閩中大旆來元戎。程梓庭制府自閩來浙大閲。五枝短笻五兩屐，陳石士侍郎時爲學使者，亦與斯游，故與公爲五人也。踏破山中一徑碧。興酣直到韜光庵，坐覽江風與海日。至今圖畫留人閒，長存名迹照湖山。遺民正惜邵棠老，世澤欣逢魏笏還。方伯勛名能繼武，行看兩浙重開府。試問新營迎翠軒，方伯於三潭印月新築迎翠軒。何如舊迹巢栒塢。是歲吾方舞勺時，而今老去及題詩。荔園夫子來持節，是我髫年進學師。圖中有史荔園師詩，是歲始來視浙學，余即其科試所取士也。

次女繡孫於十二月十八日卒於杭州，哭之於詩，得十五首

一病原知事不輕，尚疑未至遽捐生。如何拋却青春婿，竟去黄泉伴母兄。

傳來消息太遲遲，已屆幽冥一七期。當汝夷衾僵臥日，是吾歡笑曲園時。是日雨雪初霽，曲園中風景頗佳，適長女歸家，遂與兒婦輩同飲於艮宧，歡笑竟日，不知汝即於是日長逝也。及吳中得確信，已在廿四日矣。

遠遣奴星問汝安，誰知汝骨已先寒。一箋草草封交婿，箋末猶書汝共看。余以數日不得子原婿書，使人往問之，作書致子原，尚云「吾女同覽」。

飲藥呼醫日幾回，藥方束笥竟成堆。篋中冰與擔頭火，合就陰諧鴆一杯。汝病不過二十餘日耳，死後子原寄藥方來，共二十八紙，寒熱攻補，無所不有，宜其死矣。

身後零丁事事非，二男六女痛無依。呢喃一隊梁間燕，母死巢空四散飛。子原書來，言將長子阿春、六女阿仙交我處，其次子阿冬、五女阿藕交其二伯父，三女阿賢交其姑母，至其二女阿引本在我處，長女阿多、四女阿蓮本在二、四兩伯父處也，東零西散，言之慘然。

回想于歸宛目前，長安道上早春天。婿家亦在艱難日，辛苦隨夫十九年。同治三年，余送汝入都歸於許氏。許固武林望族，然親家翁季傳明府先逝，女婿子原年未弱冠，其家境亦甚清苦。及子原舉孝廉，年來稍優裕，而汝死矣。

自隨夫婿出京華，佳日春秋總在家。今歲春風人不至，不能再看曲園花。汝於甲戌出京，自甲至辛八載，每年必至吳下。春來秋去，率以爲常，亦閒有一歲再至者。自去年十一月十五日歸杭州，及今年，遂不至。

本圖移汝到金閶，小屋三間隔一墻。太息此謀終不果，雙扉虛設後迴廊。余擬移汝家至蘇州，余屋後有小屋一區，粗可栖止，汝亦欣然。因於艮宧廊下開小門通之，然此計因循未果，此門遂成虚設矣。

湖樓人事苦紛如，聞汝來時意一舒。此後緑楊堤上望，不能盼汝再停車。余每至俞樓，賓朋雜遝，筆墨旁午，意甚苦之。每聞汝至，則爲之一喜，而今已矣。

清閒山館勝湖樓，與汝籃輿曾共游。笑汝不知朝露暫，尚思溪澗再尋秋。余每至右台山館，汝亦必至。去年曾與共探九溪十八澗之勝，今秋汝書來尚言及之，意欲再游也。

華筵懶作坐中賓，只許嬌兒作主人。從此無人諳食性，袖携胡餅進城闉。余在蘇杭均不赴宴會，每在西湖入城謁客，輒飯於許氏。吾女量余食性，略治一二品，余欣然舉箸。今後誰爲我治具乎？

匆匆已欲去杭州，又向横河半日留。誰料此行成永訣，可知臨别數回頭。余今年於十一月初七日發杭州，臨行前兩日，又乘肩輿入城，不謁一客，但至横河橋許氏小坐。此行蓋與吾女永訣，有莫之爲而爲者。

老夫憔悴病中軀，暮景如斯可歎無。去歲哭兒今哭女，那教老淚不乾枯。余題一聯於其靈幃，曰：「十歲能詩，廿歲能詞，錯認癡兒兼福慧；去年哭子，今年哭女，怎教老淚不乾枯。」

明年擬刻汝遺詩，并及零星所作詞。附我《全書》行海内，流傳日本與高驪。女所作詩詞曰《慧福樓稿》，慧福樓乃其幼時所居室，余所名也，蓋喜其慧而又冀其有福也。今何如哉？女詩詞雖不甚工，亦多可誦者，明年當選擇而刻之。余《春在堂全書》傳播頗廣，女詩詞附吾書以傳，當可流及海外也。

更思卜地傍南岡，與我松楸共一方。此願未知能遂否，來年共婿再商量。女嘗言「我死必葬右台山相近之處」，蓋欲與父母墳墓相鄰也。今擬從其志，當與子原商之。

癸未元宵得女婿許子原書，有「風雨凄其，無異幽冥」之語，正與老夫懷抱相似，率成一律焚付繡孫

試燈風裹太無聊，連日陰霾積未消。人以傷心催暮景，天將苦雨作元宵。如斯佳節真堪笑，已與泉臺不甚遥。莫怪老夫心緒惡，女兒四七是今朝。

余擬刻繡孫詩詞，乃女婿許子原書來，言其病前已付焚如矣，爲之爽然自失，又賦一律焚寄

飄然已返太虚行，何有區區死後名。知汝已忘身外物，在余未免世間情。仍從遺篋搜殘稿，尚記新詞賦落英。女舊有《落花》詞，余曾和之。燈下編排還自笑，老夫大夢亦將醒。女詩詞之在我處者及子原所記憶者尚得數十首，擬盡刻之。

余所使者自杭州回，聞之許氏之婢媪，知繡孫焚詩在九月中，豈逆知將死乎？余十月至十一月在杭州相見，略無微言相示，何也？又賦一律

聞汝焚詩九月中，豈非預識數將終。如何十月來看汝，不以微言略示翁。泉路茫茫無可問，老懷鬱鬱想難通。惟思相見明年語，不久還應笑語同。余十一月初五日至女處，臨别，女語余曰：「明年相見矣。」

正月二十九日招花農飲於俞樓之碧霞西舍，即送其北上

聞説雲帆已日邊，余在吴下，聞其於二十五日成行。尚留一面亦前緣。碧霞舍内三杯酒，緑水洋中萬里船。事業無窮期後日，兒孫有托慰衰年。老夫自顧崦嵫景，未免臨歧倍黯然。

右台仙館舊止屋三間耳，今又補築三間於其後，奉高曾祖父四代神位而祀之，謹記以詩

昔築右台館，小屋惟三間。屋後有餘地，大小如其前。更築三間屋，前後相毗連。緊余舊有願，築屋清溪邊。非爲栖息計，將以奉我先。蹉跎竟不果，遂至遲暮年。西湖山水窟，名勝天下傳。三台有靈氣，鍾自南峰巔。此乃形家説，吾且姑勿言。惟念吾祖父，曾與賓興筵。當時赴省試，此處應流連。北望烏巾山，百里而近焉。於此妥先靈，豈曰非所便。況從屋後望，望見吾新阡。吾生亦寄耳，不久來長眠。庶幾得隨侍，泉下相周旋。子孫世守之，勿使遺址湮。其有顯達者，天路期騰騫。否則隱於此，稍買山下田。嗚呼意無窮，不盡此詩篇。

仙館前三閒，於正屋設吾夫婦之位，左曰曲園先生，右曰曲園夫人，今又增慧福樓主人之位，蓋爲繡孫設也，命二兒婦姚率孫兒孫女孫婦輩設祭以妥之，而紀以詩

一自亡妻葬右台，吾兒歲歲必親來。如今接引歸仙館，依舊追隨在夜臺。猶記春秋留共飯，乍交申酉輒辭回。余每歲春秋至右台仙館，女亦必至，然至申酉之際，必辭余而入城矣。不如此後從容甚，遮莫斜陽樹杪催。

二月八日使人至許氏，迎外孫男女春兒、引兒、仙兒以歸，又成一律，焚寄繡孫

夫婿雲程仍萬里，阿翁塵世不多時。祇憐濕哭乾啼輩，尚遠男婚女嫁期。失母自宜謀寄托，如余豈得久扶持。他年免著蘆花否，汝在泉臺知不知。

女婿許子原爲繡孫卜葬大兔兒山之麓，距余右台之塋半里而近，從其志也。余不習形家言，然其地土高燥，四山環抱，躬履其地，决爲吉壤，喜賦一律

營葬南岡事克諧，松楸咫尺慰吾懷。一牛鳴地遥相望，兩兔兒山大更佳。兔兒山有大小二山。往歲卜鄰謀竟左，事見前注。此時埋骨願無乖。待余潛閟長扃後，明月清風與汝偕。

二月二十日挈二兒婦姚及孫兒陛雲、孫婦彭至德清上先人冢，賦此示之

烏山南埭舊柴荆，先人敝廬在德清東門外烏巾山之陽，地名南埭。南埭西南先世塋。先曾祖天因府君葬於溪南，自舊廬視之，則在西南隅，故俗呼西南角。更向田間辨牛舌，先祖南莊府君葬烏山之陽，地形狹而長，俗名牛舌地。還從山下聽鵝鳴。先考澗花府君葬西門外金鵝山下，邑志稱「金鵝鳴」者，即此山也。提携婦豎殷殷告，指示松楸處處清。老我重來知幾度，汝曹他日要分明。

三月二十八日距繡孫之亡百日矣，時女婿許子原應試入都，外孫男女輩分寄四處，其家中無人矣，未知爲營齋奠否？因命兒婦輩於吴下寓廬設祭，適《慧福樓幸草》刻成，即焚寄一册

求名夫婿去燕臺，兒女分飛四處開。死後空閨剛百日，靈前清酒欠三杯。歎余垂老還多事，爲汝營齋略盡哀。慧福樓詩新刻就，一編焚寄九泉來。

朱桂卿福詵、蔡輔臣世佐及花農三庶常自都下仍用「堪」字韵作詩見寄，因再疊韵二首奉酬

日下聯吟我不堪，且將近狀與君談。那知浮世屐幾兩，又定《叢鈔》卷廿三。時編定《茶香室叢鈔》二十三卷付刻。海外流傳青鏤管，日本國人來乞書者甚多。山中料理白雲庵。時又於右台仙館增一小屋，移爨室於垣外。最憐退省樓頭客，一片雄心到越南。適彭雪琴尚書在坐，縱談時事。

似我衰慵非所堪，請纓虛願不須談。寥寥同調千中一，忽忽流年六十三。浮世久居真似客，閒門常杜竟如庵。微吟寄付諸君子，又費詩筒遞北南。

花農庶常授職編修，即用「堪」字韻寄和

承明著作卜君堪，十五年前有是談。余初識花農，決其必入翰林，曾與楊石泉中丞言之。天上傳來風廿四，君散館考列一等二十四名。人間恰好月初三。余在吳下，於五月朔日得君留館之信，即函報君家，限初三日到。佳音遠遞金壺電，君兩從電報局寄信至蘇。喜氣先騰玉可庵。君齋名也。看取畫書詩并妙，御齋儤直最宜南。余謂君異時必入南書房，亦嘗與楊石翁言及之。

余選日本國人詩，見有尾池世璜者，字玉民，其集中有用三字韻至十七疊者，與余輩「堪」字韻略同，但無「庵」字耳，中外雖異而書生結習未始異也，因成此告桂卿諸君子

險覓狂搜已不堪，偶逢瑣事又須談。曾披海國詩千百，同鬥詞鋒覃十三。佳話頗宜揮客麈，新編早已寄僧庵。時以《東瀛詩選》寄日本僧心泉。不其山下康成老，老去翻教吾道南。

花農又用「堪」字韻作四詩寄吳下，老夫技癢，又如數報之

何事偏於養病堪，敢矜枚藻與鄒談。海東移到虬枝一，時日本國詩僧心泉以其國松樹一株寄贈。關外郵來麈尾三。花農以自然柄麈尾見贈，云自山海關外來者，先後已三柄矣。舊築書城環堵室，新添梵課臥雲庵。余近來晨起必至艮宧誦《金剛經》一卷。《金經》日日清晨誦，誦畢晨曦度卯南。

玄理原非殷仲堪，故人虛勸作詩談。彭雪琴尚書屢勸作詩話，未果，《宋史·藝文志》有「詩談」之名，茲借用之。殘牙已瘞右車一，即前年築雙齒冢事。病脈稍平左腕三。醫者謂余左三部脈無病。笭箵只應游退谷，丹鉛何敢望升庵。偶編海外《香奩集》，欲爲東瀛譜二南。余所選《東瀛詩選》，其弟四十卷皆閨秀詩，因屬刻工先印十餘本，即以一本寄花農。

老境如余久不堪，且因知己更深談。故人又少同年一，謂邵汴生少宰。舊感仍縈六月三。是日爲內子姚夫人生日，仍爲設祭，不能無感。自覺病軀便懶版，余臥必高枕，將來恐如東坡先生之終於懶版矣。不將游具製行庵。黄山谷有《行庵銘》曰：「翦棕爲庵，駕於人肩。」余游山則藤倚子而已。彈丸脱手新詩到，驚見熊僚在市南。

謂我詞鋒鬥尚堪，豈知廢學只游談。曲園地小析爲二，家人有南北曲園之稱。皕卷書多添作

三。余所著書已逾三百卷矣。何意諸君住蓬島，未忘此老在茅庵。令人回首長安市，宅子曾尋柳巷南。余在京時，曾住南柳巷，宋王銍《默記》稱：「王荆公使其子雱至京尋宅子。」則京官所居曰「宅子」，自宋然矣。

吴仲英恒示我古玉摹本，其形如刀，云夏禹治水之遺物，能辟火災，爲作歌紀之

吾觀古玉器，亦自有差等。尺二寸曰瑒，長三尺爲珽。異哉此玉何瑰奇，視珽不及瑒過之，云是神禹治水之所遺。元代劈正斧，亦云夏時物。彼斧此則刀，相配無所詘。何不陳之朝會時，大可焜燿黼與黻。惜哉於古無可徵，庚辰童律呼不譍。但見斑剥土花古，背厚面薄若有棱，名之曰刀如所稱。此刀之所至，隨在有神異，能使畢方逃，能使回禄避。若以唐宋龍簡等視之，未免有褻此神器。吾詩固薄劣，不足發斯義。請如北海十二石，留待東坡爲作記。

讀次女婿許子原水部七月廿二日哀逝之作，漫題四絶句

中元景物過逡巡，往事回思總愴神。記得年年設湯餅，女兒爲婿作生辰。七月廿二日，子原生

日也，女往年在吴下，是日必具麵食。

殘縑斷紙付焚如，幸草猶存亦燒餘。忽漫一箋來眼底，去年八月廿三書。前二日，於無意中得女去年八月二十三日書。

外孫稚小最堪憐，謂阿春。携授《尚書》在膝前。更有四齡嬌女在，謂阿仙。聰明頗似汝童年。

仲冬初六是良辰，卜葬南山與我鄰。子原書來，言葬期已定於十一月初六日。太息去年當此日，尚將相見訂明春。其事見前詩注矣。

中秋小病，有負明月，次日花農書來，即用其書中語賦詩却寄

三五良宵病裏看，翻勞吉語出長安。每年此夜中秋易，花好月圓人壽難。來書云：「看清暉之不改，每年此夜中秋，願景福之常新，花好月圓人壽。」月與去年同入室，人於此夜欠憑欄。何如粉署迎涼客，「粉署迎涼」亦來書語。玉宇瓊樓不覺寒。

重九日與兒婦輩游曲園，登小山，看月色，聊補中秋之游

小山雖小亦堪游，況復宵來景色幽。爲念百年同逝水，故將九日補中秋。人生悲喜每交集，天意陰晴難預謀。莫惜冰輪容易墮，可知一歲幾當頭。

仲冬初六日送次女繡孫之葬，焚寄一律

暮年情緒不堪云，蒿里歌聲歲歲聞。自爲内子營葬後，去年葬大兒，今年又有此事。午夜青燈老夫淚，卯峰黄葉女兒墳。墳在兔兒山，余故以卯峰名之。泉臺再見知非遠，山館相依永不分。異日清風明月夕，兩家莫厭往來勤。

將窆，命二兒婦姚致祭，又用前韵焚寄

凋零骨肉不須云，且把虞歌唱汝聞。傳世無慚左家女，卜鄰況傍右台墳。異時兩姓碑俱古，去歲今朝袂始分。事見前注。好與母兄先聚首，九泉爲我致殷勤。

嘉平二日，余生日也，向不稱觴。今歲因所生曾孫女進兒是日適爲雙滿月之日，小治湯餅，與兒婦輩共飲

已知暮景不常存，且盡筵前酒一尊。六十三翁小生日，俗以每滿十歲爲大生日，其他皆小生日。一堂四代女曾孫。浮生明曉須臾事，此日還同笑語温。戲爲兒曹吟舊句，夕陽雖好近黄昏。

甲申正月十七日即事

已過元宵月未殘，偶將絲竹佐杯盤。危時不礙偷行樂，老境偏宜强自寬。粗掃庭除留臘雪，略張鐙火破春寒。外孫生日今朝是，一醉無名特借端。

子原三叠韵見和，因次原韵復成一律

老去居然興未殘，亦姑謀樂不嫌盤。低排彩幄笙歌細，高據胡牀襟帶寬。往事十年真似戲，追憶乙亥年事。新春幾日尚餘寒。不妨借作尋歡計，莫對蒼茫感百端。

書湯烈婦家書後

湯烈婦，常熟人，周玉書妻。咸豐十年，常熟陷，周先一日避居漊下，烈婦於城陷之明日爲書寄周，與之訣，書末并詳言己與家人死所。乃使其僕護持長子出亡，而自與幼子連馨、女淑貞投井死。及賊平，王給諫憲成以事聞，旌如例。其邑人築亭井上以表揚之。其子之德來乞余詩。

一紙家書共護持，從容慷慨兩兼之。若非屈子沈湘賦，便是文山銘帶詞。周君得書後旋卒，以付其友趙少琴，趙亦卒，又付其友邵曼如，始得不泯。

井欄百尺井泥深，古井寒泉鑒此心。要識妾心千百鍊，贈君約指一鈎金。書云：「寄上戒指一枚，見此如見妾。」

稚男弱女共捐身，留得佳兒小石麟。誰向危城傳尺素，從今二二亦傳人。書云：「恨不得一言永别，使二二來報知。」「二二」殆即其僕名也。

傷心漊下即天涯，消息傳來百日賒。八月三日寄書，至十一月二十一日始達。妻既死貞夫守義，依然徐淑共秦嘉。周君題其書尾云：「君爲我盡節，吾亦爲君守義。」

亂後重尋一畝宫，紅羊劫過又春風。街名五福真無愧，死節由來是考終。書末云：「五福街寄。」

爭傳巾幗有奇男，含笑黄泉視死甘。倘仿介山留忌日，庚申八月日初三。婦死於八月初三日。

人間天上總茫然，如此歸真即是仙。共向易遷宫裏住，不須更説再生緣。書云：「願來生再叙未了之緣。」

皇恩綽楔表烏頭，况有佳兒泮水游。之德已入昭文學。留得井亭誰與配，孝娥烈婦共千秋。浙江錢唐有孝娥井亭，爲岳忠武王幼女銀瓶建。

柳侯祠

柳侯名察躬，柳子厚之祖，《柳集》中《先侍御史神道表》所稱「德清君」者是也。有惠政，既殁，而邑人祠之，歲久祠廢。及宋，而戴侯之神興，邑人即以柳祠故址爲之祠，於是祀戴兼祀柳。後又附以葉，是爲吾邑三總管神。每歲清明前，賽社甚盛，自城中至各村聚，總管廟亦甚多，然與唐時初立柳祠之意則異矣。同治十年冬，余至德清省視先塋，泊舟城中，而自坐小舟至金鵝山展先通奉君之墓，留奴子沈貴守舟。忽有人至舟求見，問其姓，似是「劉」字，沈曰：「卯金刀乎？」曰：「非也，木字偏旁耳。」匆匆遂去。余歸，沈以告。因思姓氏中木字偏旁而與「劉」音相近者，惟「樓」字，然吾邑無此姓也。及歸吴下，以語江子平孝廉、蔡瑜卿秀才，兩君皆德清人也，曰：「兹事絶異，豈柳侯乎？」余固笑而不信也。今年春送孫兒陛雲回德清應童子試，句留半月，訪知柳侯固有專祠在西門城上，因往瞻拜，敬賦一詩。

吾邑論祀典，莫古於孔侯。至今餘不廟，絶然臨溪流。次之莫如柳，舊有惠政留。是謂德清君，聞之柳柳州。遺迹不可考，荒祠誰與修。厥後戴侯出，四境蒙其庥。祀戴兼祀柳，名位微不侔。雖與戴并列，乃與葉爲儔。至今稱三社，廟貌盈山陬。每當春賽社，奔走來童叟。區分紅與緑，無乃爲神羞。邑人呼戴侯曰大社，葉曰紅社，柳曰緑社。同治十年冬，我此維扁舟。有客來相訪，問姓似是劉。乃云是木旁，則又疑爲樓。吾邑無樓姓，此疑將誰諏。惜我不相值，未得窮其由。偶以語二客，二客瞠其眸。將無柳侯神，來與君同游。讕語付一笑，神與吾何求。然而蓄此疑，十有三春秋。今年來故里，以事久逗遛。訪知柳侯廟，實在城西頭。我乃拾級登，不惜衣頻摳。躬詣其祠下，再拜身傴僂。所祀固惟柳，此外無匹仇。誰謂柳專祠，古有今則不。當與餘不廟，千載同匹休。賤子固碌碌，未足神意酬。文章與道義，無以通明幽。敬爲賦此詩，聊當陳尊卣。

聞花農有封事言戰守事宜，寄詩美之

秋風閩海羽書聞，宵旰誰分聖主勤。舉世平戎無善策，書生報國有雄文。魚龍曼衍空千變，鵝鸛森嚴自一軍。老我壯懷消秏盡，惟憑房魏重河汾。

往歲得福壽甎，花農有《名山福壽編》之刻，今歲又得其一，乃并拓其文，署曰「雙福壽」而繫以詩

自訂《名山福壽編》，一時佳話遍流傳。誰知寂寞三台路，又得分明兩字甎。未擬重賡石鼓韵，聊堪遠寄玉堂仙。時將此甎寄贈花農矣。老夫不足當斯語，嘉兆端應爲衆賢。

沈肖巖廣文閬昆又得福壽甎一，因以見贈，并考定爲仙姑山宋時佛光福壽院舊物，媵之以詩，即次韵奉酬

殘甎留自宋時年，歷歲於今過半千。雙福壽曾傳盛事，三台山定有前緣。來詩有「三台福壽永綿綿」之句。摩挲豈是尋常物，培植還憑方寸田。爲感故人持贈意，不辭吉語賦連綿。

日本人井上陳政，字子德，航海遠來，願留而受業門下，辭之不可，遂居之於俞樓，賦詩贈之

不信天涯若比鄰，乘桴遠至太無因。憐君雅意殊非淺，愧我虚名本不真。喜有湖樓堪下榻，敢云學海略知津。自慚未及蕭夫子，竟受東倭請業人。唐劉太真《送蕭穎士序》云：「東倭之人逾海來賓，舉其國俗願師於夫子，夫子辭以疾而不之從也。」

陳子德言彼國有奉使中華之田邊參贊，曾畫俞樓圖以歸，如其圖而建樓焉，田邊君亦彼國好事者矣，因賦一詩

虚名浪竊亦堪羞，竟使流傳遍十洲。試向海東問徐市，居然域外有俞樓。是誰畫筆描摹細，亦見輶車閱歷周。聞説櫻花開最盛，可容攬勝墨江頭。日本國有櫻花，屢見詩家吟咏，墨江亦其國勝處也。

哀王張顧

老王，輿夫也；老張，舟子也；老顧，右台仙館之守者也，皆事我於湖樓山館者，不數年皆死矣，各賦一詩哀之。

老王爲我舁籃輿，臨水登山必與俱。此後九溪十八澗，舊曾游處恐模糊。九溪十八澗，山中地名，溪有名，澗無名。老王云履石渡水處凡十有八，故得此名。蓋舁我行其地，默數而得之也。

老張爲我掉扁舟，遍向西湖裏外游。緑幕紅闌都已朽，不堪重問舊黄頭。花農所製小浮梅舸，今亦朽矣。

老顧爲余守右台，右台仙館净無埃。芙蓉今歲開仍好，此後何人著意培。右台仙館有芙蓉數十本，皆高出於屋，老顧所澆灌也。

余比以脾病，喜食山藥。門下士童米生時奉檄崇明，以其地産此，購以見贈，并録示朱子《山藥》詩，因用其韵賦謝

何須遠劚景山英，《北山經》云：「景山多藷藇。」海島沙田不待耕。脾土滋培宜老病，手書寄贈

賴門生。徐花農太史、王夢薇少府均以此寄贈。江郎枯管慚難頌，江文通有《薯蕷頌》。韓子山厨喜可烹。昌黎詩云：「山藥煮可掘。」欲向海虞傳食譜，蔗霜細擣製爲羹。聞常熟人能以山藥作羹，極佳。

十二月二日，余生日也，夢見先母姚太夫人病，余與亡婦姚夫人趨往省視，寤而泫然賦此

父憂母難又今兹，不覺依依夢見之。未到追隨泉壤日，還如趨侍寢門時。衣裳顛到天將曉，夫婦提携意恐遲。此景儼然猶昨日，孤兒白首淚漣洏。

贈暴方子巡檢式昭

明裁巡檢增總督，一代亂源從此伏。未亂巡檢治有餘，已亂總督救不足。語本《日知録》。故知官無論崇卑，蟣虱一官關大局。方伯譚公知此意，敬以巡檢登薦牘。遂令明詔下樞廷，微賤姓名蒙記録。其人謂誰暴方子，年少有志異流俗。舊爲吴郡平望司，官不愛錢民受福。厥祖爲吾同歲生，故與往來稍習熟。今聞服闋復來吴，以詩相贈兼相勖。素絲勿使化爲緇，願子守

身常如玉。

自次女絿裳之亡，歲再周矣，聞其家將行吉祭之禮，感賦一律

不堪年矢太匆匆，自汝云亡歲再終。未脱素冠憐幼子，外孫輩仍俟滿二十七月始除服。重提舊夢泣衰翁。余曾夢在蘇寓樂知堂，閽者入白有翰林院衆官來見，余甫命延請，一輿先入，啓簾而出，則絿裳也。玉堂未必他生驗，繐帳先看此日空。寄語多情荀奉倩，更無遺迹在房櫳。

乙丙編　春在堂詩編十一

福禄壽甎

舊臘於吴下得斷甎，有「福禄壽」三字，乙酉元旦賦此試筆。

昔得福壽甎，右台山之麓。今又得此甎，福壽益以禄。借問所從來，初非意所屬。吴下有荒墟，偶此事畚挶。土中露殘甓，有文人共矚。奴子頗好事，不辭手親劚。剔蘚視其文，三字尚可讀。携歸獻主人，吉語頗不俗。歲朝無一事，手拓紙數幅。《名山福壽編》，得此儻可續。

余於壬午年曾作小詩布告同人，有停止作文三載之約，至今秋滿矣，雖宿痾小減，而精力仍衰，敢援舊例，再展三年，即用前韵又賦一律

荏苒光陰忽已殫，頹唐精力復殊難。古方服食無雲母，新朔頒行又日官。却憶舊時三載約，已於今歲九秋完。仍申前約如前數，十度春秋儻過韓。再展三年，則余年六十八矣，韓昌黎壽止五十七，故云然。

彭雪琴尚書寄示虎門軍營除夕述懷詩，次韵答之

海外真成大漏卮，狂言欲發自嫌癡。要窮鰲軸三千界，别練龍韜十萬師。能使戈船周異域，不愁烽火似今時。待君長劍摩天日，先折欃槍第一枝。余前數日曾以《罄圃罪言》一篇奉寄，故次句云然，通篇亦即《罪言》之意也。

舟過唐西，觀梅於超山，飯於報福寺，留題香雪樓

鄧尉尋春未有緣，日前擬探梅鄧尉未果。偶來此地一流連。山中初茁猫頭筍，湖上輕摇燕尾船。是日賃小舟泛於丁山湖，其船名燕尾。佛石尚留唐代墨，寺有石刻吴道子畫觀音像。仙梅猶逞宋時妍。寺前有古梅數株，云宋物也。何當更躡超山頂，海色江聲在舄前。余孫兒陛雲登超山之巔，望錢唐江及龕、赭兩山，了了在目，余以風大不果登。

贈日本僧無適

始信天涯若比鄰，但論文字總相親。謬承請業蕭夫子，幸識能詩休上人。何肉周妻平等法，無適仍娶妻食肉，在彼國謂之真宗。郊寒島瘦苦吟身。昔年枉結珊瑚網，海外猶餘未采珍。余前年選日本詩，有方外詩四卷。

嚴少藍夫人所畫墨龍歌

昔有巧工來自騫霄國，畫龍不點龍雙睛。龍睛一點即飛去，滿堂風雨來縱横。世人但傳

僧繇事，豈知語本《拾遺記》。大凡神物總通神，禹廟梅梁何足異。後來最著四明僧，五代時以畫龍稱。回翔升降皆有勢，直欲前無曹不興。畫龍亦復有工拙，口吻翕張見優劣。開口之猫合口龍，能使畫師肱三折。不櫛進士雄於詩，夫人自稱不櫛進士。餘事作繪尤神奇。偶然貌此鱗蟲長，濡染大筆何淋漓。古人畫馬即師馬，不知畫龍何師也。得無奇氣在胸中，自有真龍來腕下。阿兄携圖示我索我歌，夫人之兄爲緇生庶常。愧我少年頭角都銷磨。但願臨摩百本或千本，長爲海國鎮壓蛟黿鼉。

咏日本國櫻花

余觀東瀛詩人之詩，無不盛稱其國櫻花之美，讀而慕焉，求之未得。今年井上子德以小者四株寄贈，賦詩紀之。

不是櫻桃也號櫻，傳來異卉自東瀛。白加婆喜通奇語，在東國有赤加婆、白加婆之名。黄栗留慚竊美名。屈曲連根盤老榦，繽紛弄影綴繁英。花開却好春三月，一入中華奉夏正。聞彼國人言四月開花，乃清明前即開花，始訝其早，繼乃悟中東之朔本有一月之差也。

瓊譜芝圖總未標，東邦久已入風謠。静姬應讓三分潔，紫史還輸百種嬌。静姬、紫史皆東國美女，彼中詩人曾以喻此花也。墨水文波相掩映，東國水名。卯花素質助妖嬈。亦彼國花名。楊妃久住蓬萊島，今日歸從海外遥。有名楊妃櫻者。曾向山僧乞一枝，昔年曾屬東國心泉和尚覓之。春風消息竟遲遲。遥知花國分移日，也似明妃遠嫁時。珍重封題煩驛使，商量澆灌護仙姿。到來喜值初開候，不負飈輪海上馳。李杜韓蘇見未嘗，東國詩人廣瀨吉甫《櫻花》詩云：「李杜韓蘇誰識面。」我今得見試評量。千金聲價逾蒿苣，一笑風神敵海棠。自可靚妝争玉女，未容驕語壓花王。東國人每云中土有此花，牡丹不得爲花王矣。斯言也，余未敢信。從今補入《群芳譜》，添得東風幾日忙。

花農在都門，於除夕買梅花一株，其花已盛開，至二月下旬花猶無恙，乃采數朵，賦詩寄贈。及至吴中，則三月初矣，色香未變，亦可異也。余因采櫻花數朵報之，而媵以詩，即用原韵

五雲絢爛一箋開，來書用自製五雲箋。知有新詩日下來。豈止相思慰蕭艾，并教生色到蒿萊。東華道上傳春信，西子湖邊憶舊栽。君於俞樓栽紅梅一株，十月而開，彭雪琴尚書爲繪圖紀之。驛使居然破成例，翻從燕市寄蘇臺。

老夫衰病鬢添霜，喜有名花門艷妝。妻島移來雖國色，帝城分到是天香。已煩助我林泉興，亦擬增君翰墨光。寄去白加婆數朶，越裳白雉預呈祥。「白加婆」見前詩注。

乾隆間，日本曾以金幣聘吾邑沈南屏先生爲畫師。今余又應其國人之請選定日本詩四十四卷，沈肖巖廣文以爲皆吾邑盛事，賦詩見贈。率成一絶句酬之

昔賢畫筆重扶餘，浪竊詩名笑我虛。却使東瀛傳盛事，清溪三絶畫詩書。年來日本人求書者幾於無月無之，合之或可稱「三絶」乎。

孫兒陛雲應科試，以第一名入縣學，口占志喜

五十年來舊夢存，余於道光丙申入學，今五十年矣。書生門户又傳孫。舟窗燈火兒依母，時二兒婦同行。場屋文章弟僭昆。姪孫同愷亦入學第三十名。已奪錦標前一載，陛雲於去年四月應府試取第一，因學使更易，故至今年四月始行院試。未符佳話小三元。俗以縣府院試皆第一者爲小三元，陛雲府院試皆第一，縣試則第二。老夫更有無窮興，挈汝秋風到省垣。

送潘伯寅尚書還朝

籬鷃雲鵬本不侔，兩年翰墨頗綢繆。案頭古佛香分炷，君以峨嵋銅佛見贈。架上新書字代讎。余刻《茶香室叢鈔》，君爲校字。劍履俄聞趨玉陛，姓名會見置金甌。只憐衰病曲園叟，一别何時再共游。

虎丘新築擁翠山莊，爲詩以張之

昔有僧酩酊，曾於横山麓。叩石出清泉，旱潦不盈縮。見《吴郡圖經續記》。云何憨憨泉，又在虎丘足。亦云異僧迹，圖經不并録。憨與酩音同，地亦近相屬。得無二而一，彼流此則洑。自從軍興來，蘇臺屢走鹿。休問酩酊泉，憨泉知者孰。坐令名迹荒，未免吾儕恧。朱君雅好事，謂朱修庭觀察。欲使靈源復。幽討偕山僧，諮訪到樵牧。秦皇所試劍，真孃所埋玉。果有一勺

派，更欣令子繼清輝。壺中甲子無須問，莫道人生七十稀。

領略晨烟又夕霏，山中清福不須祈。雨窗有弟聯牀聽，宦海何人轉棹歸。陶洗閒情仍翰墨，拋殘舊物到牙緋。巋然海内靈光殿，莫道人生七十稀。

詩筆兼長劉孝威，老猶清妙見天機。不知晚歲卧雲壑，可許故人分釣磯。鷗鷺舊曾盟白水，鹿麋同不羡金鞿。願教共享林泉樂，莫道人生七十稀。

琴星零落十三徽，難認延英舊緑衣。異日青山誰志墓，昔年紫陌共停騑。試於老大看誰健，莫向生平感昨非。一樣優游閒歲月，休言七十古來稀。

磨刀雨歌

五月十三日，俗傳爲關帝生日，有雨爲磨刀雨，吴縣顧鐵卿《清嘉録》云：「主人口平安。」今年是日有雨，戲作一詩。

我讀《關公傳》，初不言用刀。但云力可萬人敵，不知五兵何所操。及讀《魯肅傳》，「刀」字始一見。諸將軍俱單刀會，人佩一刀而非戰。乃觀陶氏《刀劍録》，公有二刀鑄於蜀。采鐵都山百鍊成，銘曰萬人文可讀。我疑此亦佩刀耳，與世所傳了不屬。荆門州南關廟前，真有大刀如所傳。其刀今插石竅内，刀如與石相鈎連。千人拔之不可動，一人摇之能回旋。刀重一百八十斤，桿長丈餘八寸圓。見明包汝楫《南中紀聞》〔一〕。順德有刀更可異，上刻「青龍偃月」字。襄樊閒猶公所經，五嶺以南馬迹未曾至。何況青龍偃月名，此説荒唐本衍義。同是俗傳亦有别，彼或可信此則僞。順德事見國朝羅天尺《五山志林》。更取公傳觀從頭，試於字義深研求。傳云策馬刺顔良，刺之爲言猶云以戈揰其喉。古者刺兵乃矛屬，見《考工記》注。得毋關張所用皆長矛。古事流傳無可考，商女稗官隨意造。至今婦竪識關刀，武林更有九刀廟。凡關廟皆有刀，杭州一廟獨有九刀，周將軍所持一，從者八人各持一，遂名九刀廟。余謂此與《魯肅傳》諸將軍俱單刀會頗有合也。年年五月十三日，爲公生辰誰所述。是日必有雨滂沱，云是磨刀水流溢。嗚呼！懸弧令日不可知，磨刀俗説尤堪嗤。南方多雨則爲磨刀日，北方多旱則爲曬甲期。宣化府於是日爲曬甲會，蓋神廟有甲，出而曬之也。小窗坐聽雨霅霅，惟神威棱孰敢狎。願借神力挽天河，净洗人閒兵與甲。

〔一〕聞，原作「問」。

彭雪琴親家以陛雲入學，和余志喜原韵三章，從廣東大營寄示，叠韵酬之

一紙書來深意存，敬將詩句示童孫。君期黄榜新科第，來詩之意，深以科第勖陛雲。我憶青山舊弟昆。憂國自然常耿耿，休兵聊且慰元元。試歸退省庵中看，翠篠紅蕖正繞垣。

李憲之廉訪以所著《仿潛齋詩集》見示，即次其集中「觴」字韵一首贈之

小集聞詩始濫觴，集中第一卷曰「聞詩集」。已如初日照扶桑。采風遠至南華洞，君曾典廣西試，桂林府西湖有隱山六洞，第三曰南華洞。行部親臨東吕鄉。君曾官兖沂曹濟道，東吕鄉在沂州府日照縣，太公望故迹。忽向胥臺來秉臬，遂教孳叟得登堂。投詩并告謙旬别，正擬芒鞋踏道場。時余擬暫還湖州。道場，湖州山名。

次韵答李黼堂方伯同年

芋禪小築近俞樓，君於俞樓後山築精舍，曰「芋禪」。幾度清談共茗甌。別後頓驚同調少，書來兼有好詩投。且爲昭代存青史，君所撰《國朝耆獻類徵》甚富。莫念前情感白頭。君比年頻有天倫之戚。三復佳章聊一和，西湖譜作榜人謳。

跳山訪古歌爲陶心雲作

吾浙從來少漢迹，不圖迭出道光咸豐間。道光癸未始得跳山之石刻，咸豐壬子又有三老遺記出於客星山。建武建初相距既非遠，會稽餘姚地更相接如鶼蠻。古墨流傳不可滅，遂令述庵司寇生慚顔。我昔屢至浙東地，惜乎游覽之福平生慳。陶子心雲篤好古，跳山萬丈窮躋攀。二十二字盡軒豁，明人臆説真堪訕。妄謂武肅跳此幸而免，得毋其下錢字偶未藏榛菅。因而附會錢王事，徒堪讕語欺鄙闤。不知其下更有五行行四字，建初年號烏容删。明人止見其上「大吉」二字，傳爲錢武肅微時販鹽遇邏者跳避此山，因書此「大吉」二字，蓋不知其下猶有五行，每行四字，且有「建初元年」

字也，其下又有「三萬錢」字，張少薇太守云豈當時有見「錢」字者而傅會邪？昭代崇古古乃出，一字真可當千鍰。三老古拙此奇恣，坐看晋唐名迹皆羸孱。安得摸拓百本或千本，庶不負君一日搜尋艱。

許氏長外孫女自山左歸，感而有作

記得當初送汝時，自知再面已無期。不圖遠道歸來日，翻是衰翁得見之。浮世光陰真荏苒，空山墳樹已參差。今朝看汝低鬟拜，觸我殘年無限思。

七月七日爲魁星生日，見施可齋《閩雜記》，因祀之而記以詩

文昌司桂籍，語始於宋時。袁桷《清容集》，曾載其青詞。斗魁戴文昌，天官書有之。因文昌及魁，祀之良亦宜。或謂宜祀奎，我又竊獻疑。奎星爲毒螯，武庫其所司。試問縫掖徒，祀奎義何居。不如仍其舊，實亦無可訾。宋代有軼事，流傳自淳熙。魁星始臨蜀，又向吴中移。及乎臚唱日，試卷帝親披。甲乙忽互易，甲蜀乙吴兒。始歎太史言，占驗不我欺。可知魁星重，自宋非今兹。獨怪其爲狀，醜乃如蒙倛。得毋肖字形，宜爲亭林嗤。然而天星像，往往多

怪奇。二十八宿形，朝暮殊妍媸。歲星爲老人，熒惑爲兒嬉。安必魁星容，白皙鬒須眉。慎勿笑忖留，猶勝拜鍾馗。惟是天垂象，非有生辰垂。乃讀《閩雜記》，不知傳自誰。云七月七日，是其懸弧期。牛女方良會，湯餅應見遺。此俗本龍巖，江浙無人知。文昌有生日，秩祀兼官私。即援文昌例，可爲魁星推。禮固以義起，事皆由人爲。敬以乞巧日，再拜陳一卮。不徒壽以酒，又且張以詩。光芒萬丈中，如見髼鬆姿。

食熊蹯作

熊蹯胹難熟，宜酒復宜醢。《太平聖惠方》云：酒醋水同煮，大如皮毬。聞之程侍郎，又云宜用鷄。沃以潯鷄湯，毴脱成柔荑。與鷄同鼎鬵，不久爛如泥。凡物蟄土者，畏聞雄鷄啼。熊亦是蟄物，大小理則齊。程春海侍郎遺集有《熊蹯詩》，其説如此。昔我游温麻，維舟甌江堤。故人方子春，惜我三日稽。熊蹯食已盡，所存惟詩題。往年如福寧，道出温州，方子穎觀察方於三日前食熊掌，示我以《熊蹯詩》。今年夏溽暑，蔬食安鹽齏。乃承朱公叔，謂修庭觀察。一緘來小奚。賚我二巨擘，毛毹色則黳。子路居深山，不儕鹿與麑。如何出熊館，一朝入罟罦。遂令鼓刀人，四鬄存其蹄。老夫食指動，洗釜及甑甗。付之庖人手，刮摩宜金鎞。或羹之爲臛，或醢之爲臡。我非晋夷皋，不熟無訶詆。俄而登於盤，試我雙留犁。果然齒可決，柔軟如牛臄。老饕既屬饜，子婦相提携。分甘到賓客，染指及嫛婗。舉家嘗異味，勝劈尖團臍。熊魚雖并美，有熊可無鮭。春初食鰣魚，來自海舶齎。大嚼竟不可，自愧齒無齯。今春，雪琴尚書及門下士日本陳子德均饋鰣魚，然煮之不爛，余不能食也。不如此一臠，可佐酒一樽。轉惜退省翁，未付鸞刀刲。前在雪琴尚書退省庵中見有二蟠，然不果食。作詩記口福，細字盈幱褫。

余既作魁星生日詩并命詁經精舍諸生同作之，或問魁星生日何以必於七月七日。無以應也，戲作一詩答之

《藝文類聚》無中秋，而已載有七月七。漢武皇帝是日生，不聞更有人同日。今爲魁星作生辰，此事何從稽故實。嘗讀王逵《蠡海集》，諸神生辰各有説。然則魁星義何居，以理推求辭轉窒。或者北斗有七星，而魁於斗居弟一。故即以七爲月數，一七得七魁星出。又聞魁爲陽爲明，此理曾聞孟康述。七爲少陽九老陽，老陽一變失其質。魁生以七不以九，義取少陽陽始茁。至若明莫明於火，焱焱炎炎孰與匹。地二生火七成之，以數取之義亦密。無怪舉世仰魁光，萬丈輝煌觀者怵。宋制州試以仲秋，自宋至今用一律。先期一月祀魁星，禮亦宜之非有

失。我爲魁星一再歌，定有光芒照蓬蓽。

贈瞿子玖學使鴻禨

昔秉中州節，今乘浙水軺。詞曹頻出使，弱冠早登朝。爲學能知本，多才自不驕。儀徵文達後，未見此風標。阮文達年三十五歲浙江學政報滿，君今年亦三十五，新任浙江學政，君其阮文達之替人乎？殷勤承下問，囁嚅轉難陳。精舍二三子，同游十八春。徒勞批尾筆，未見出頭人。許鄭淵源在，從公一問津。

九月之望浙闈揭曉，余孫陛雲中式第二名，賦詩志喜

甫於泮水聽鸞聲，又向秋風賦鹿鳴。自入學至此適五閲月。先德敢期常食報，衰門頗望早成名。巍科已忝唐鄉貢，稚齒剛符漢賈生。陛雲年十八。爲念天南人盼切，捷書飛達老彭鏗。時由電報飛達彭雪琴親家。

老夫昔向月宮游，不作人間弟二流。余於道光甲辰歲舉於鄉闈中，初擬弟二名，後有疵其三藝者，遂抑

置三十六，余賦詩云：「不作人間第二流，却來三十六天游。」先大夫賜詩云：「寄語傍人休惋惜，雖居王後尚盧前。」集内詩曾邀父笑，榜頭名竟爲孫留。群公競擊闈中節，場後瞿子玖學使見陛雲文，决其必售。及入闈視填榜，先讀闈墨，至弟二名，知爲陛雲也，即與副考官潘嶧琴宫允言之。逮發彌封，果然，相與擊節歎賞。良友先凝日下眸。次日即得徐花農太史由電致賀，并招入都同住。來歲杏花消息裏，可能平步到瀛洲。

日本人岸吟香年逾五十始舉丈夫子，乞名於余，余以五十曰艾，因名之曰艾生，并贈以詩

半百初聽雛鳳鳴，此兒合以艾爲名。請看二十餘年後，争向東瀛訪艾生。

嘉平十九日爲第二曾孫女珉寶洗三，適親家翁彭雪琴尚書自粤還蘇，薄治湯餅，賓朋小集。時雨雪未霽，李憲之方伯用東坡《聚星堂》詩韵見贈，次韵答之

我一青氈傳累葉，家世舊聞述螢雪。童孫秋賦幸成名，先代書香欣未絶。頗望桑弧當户懸，不辭屐齒過門折。如何雌霓又連蜷，却喜槍欃久銷滅。元老新從海外歸，酒籌復向尊前掣。是時玉戲猶未收，看取冰花已如纈。門前佳客來青蓮，坐上名言飛玉屑。但得賓朋聚有緣〔一〕，不愁歲月去如瞥。險韵同賡坡仙詩，禁體仍用歐公説。只憐頭白老尚書，鬢已如銀心尚鐵。

丙戌二月四日，余親送孫兒陛雲航海入都應禮部試，二兒婦及孫女從焉。蓋自送縣府試，至今相沿成故事矣，賦此紀行

溯從童試至鄉闈，母子翁孫不暫違。幸得聯翩偕計吏，又教牽率到皇畿。三年三度好春色，前年送縣試，以正月往。去年送學院試，以三月往。今以二月往。六十六翁大布衣。婦豎提攜人八口，同隨候雁鳳城飛。

〔一〕朋，原作「明」。

至上海，附海晏輪船北行，所居曰官艙，中爲大艙者一，左右爲小艙者各二，一門之内若一家然，亦可喜也，題四絶句

海天如鏡净無埃，最好晴窗六扇開。若仿西湖湖舫例，此舟題作大浮梅。

飛艫原不異行庵，鯢甗終宵睡思酣。待問如何安睡法，老夫譬似坐摇籃。

迢遞雲山接北溟，蠻烟蜑雨海風腥。《金經》一卷清晨誦，可有魚龍檻外聽。

依然一室話喁喁，浮海乘桴婦竪從。我懶支頤無一事，静聽四十八回鍾。輪船中擊鍾報時，與自鳴鍾異，一時四擊，自一至八，周而復始，故一日凡四十八次擊鍾云。

到天津賦贈門下士朱伯華觀察

著録門生數百人，惟君曾共歷艱辛。往歲曾與同避粤寇之亂，相依兩載。蘇臺魂夢廿年别，丙寅歲别於蘇州。柏府頭銜二品新。君已加按察使銜并賞二品冠服。官職會須功業副，交情已見死生真。君避亂時，感内子姚夫人調護之恩，事之如母。亡兒紹萊殁於津門，君經理其後事甚至。丁沽此日重相遇，老淚龍

鍾欲滿巾。

入都寓居潘家河沿

舊游回首總雲烟，遥望長安遠在天。老我懶尋驢磨迹，嬌孫喜賦《鹿鳴》篇。因携骨肉人三兩，重問舟車路幾千。租得潘家河畔屋，孤松一樹暫流連。墻外有松樹一株。

次日賦五言一章題客坐之右

自出春明門，二十有三年。甲子歲入都遣嫁第二女。吾衰久矣夫，只合山中眠。豈復有意興，來賦都京篇。惟念膝下孫，稚小素所憐。遠赴春官試，未免心懸懸。老夫爲牽率，自忘旅力愆。其母亦偕行，其姊遂從焉。溯自童試來，若有成例沿。燕臺好春色，多士來聯翩。乃於前一月，賃得屋數椽。其地在何所，潘家河之㝡。門外新桃符，室中舊青氈。祭竈請比鄰，見笑諸英賢。不敢謁一客，客至不敢延。必欲見過者，亦樂與周旋。布衣而朱履，禮法皆所蠲。報謁在何時，期於出京前。更與諸公約，衰老宜從便。一不入酒坐，二不登歌筵。長安人海中，若無此叟然。待過四月望，一笑吾其還。

汪柳門閣學、徐花農太史載酒見訪，賦謝

諸君爲我洗瓶罌，又念衰翁懶出行。仍仿右台山館例，往年在右台仙館，花農每載酒相訪。倍徵東道主人情。清和且喜宜春服，脱略幾忘在帝城。只惜彭庵老居士，此時杯酒未同傾。

花農率去年秋闈分校所得士來見，賦此紀事

漢以受業爲弟子，轉相授受爲門生。此義發於歐陽公，雖不盡合非無因。古人學問重家法，淵源雖遠烏容泯。世子芈子公孫子，亦許來問洙泗津。請觀《漢書·儒林傳》，自某傳某皆具陳。李唐以來重科弟，乃亦相沿用此例。既有座主有門生，門生門下自宜逮。五代流傳裴皡詩，不與鯉庭桃李異。由來一榜盡通家，合向祖庭稽譜系。鄙人老矣卧空山，長安舊迹皆從删。精舍皋比聊復據，玉堂鈐索無由扳。徐陵才調冠吾黨，二十餘年相往還。雖以文章相契合，實與骨肉同交關。去歲秋闈預分校，搜羅蘭茝芰蓁菅。得士一十有七人，森然玉筍排成

班。亦援此例來見我，我轉對之生慚顔。豈聞輦轂冠裳會，施及山林泉石間。惟喜坐中諸俊乂，瓊柯玉樹交相對。幾人翰墨有前緣，鄧君應潢爲湖州太守幕中客，余孫陛雲應府試取第一，君與閲卷。幾輩英雄留後代。吴君昌坤乃國初吴順恪之後，即世所傳大力將軍者也；王君焯乃道光中定海死難王剛節公之曾孫。布衣朱履曲園翁，得無自顧慚形穢。轉瞬春風蕊榜開，大羅又結群仙隊。再持白柬叩吾門，十七科前前後輩。

金孝女詩

孝女名爾英，秀水人，七歲喪母，事父至孝。有問名者，曰：「願終身事父，不二天也。」行年四十，先其父卒。

齊國嬰兒子，終身奉二親。後來無此孝，今又得斯人。願以童真老，休將禮法論。勝他巢許輩，不仕廢人倫。

彭麗崧孝廉八十壽詩

秣陵傾蓋記初逢，皓首龐眉六十翁。丙寅年，與君初相見於金陵曾文正師幕府。年齒推排宜北面，君許余以兄事。淵源契合有南豐。文正師爲君老友。節堂高會群英集，文正師會東南諸名士，觴余於節署，君亦在坐。講舍清尊一笑同。余曾招君飲於吴中紫陽書院。不覺光陰逾廿載，前塵昔夢太匆匆。

見説精神尚未衰，行年八十近期頤。姓名久仰鄉先輩，著述親傳易祖師。聞新刊《易經解》。高弟春風晨夕共，佳兒秋駕後先馳。君七子，舉於鄉者四人。膝前携得嬌孫在，玉樹瓊柯弟幾枝。君携一孫同住船山書院。

講院船山締造初，便邀長者駐高車。彭雪琴尚書創建船山書院，延君主講席。諸生都向道旁拜，此老猶能鐙下書。經義兩齋安定例，玄亭千古子雲居。試從退省庵前過，白髮尚書歎不如。

頻年吴楚悵睽違，幸與諸郎遇帝畿。於都下見君三子，樹森字稷初，言孝字石愚，蘙字畯伍，皆孝廉。芳信傳來雁北向，清歌唱到鶴南飛。敢煩行輩君頻折，君因言孝及蘙皆與余孫陛雲同年，稱謂甚謙。自愧精神我轉非。安得江南重訪舊，湖樓山館共斜暉。

出都留别諸君子

匆匆催上潞河舟，不覺凄然淚欲流。須念頽齡將七十，豈能後約訂三秋。柳門、花農諸君皆期余己丑歲再至京師。雖承良友殷殷意，徒惹衰翁黯黯愁。記得先人詩句在，殘年未必再來游。先君於甲辰年六十四歲下第出都，有詩云：「寄語杏花休戀我，殘年未必再來游。」余今年六十六歲，又加二年矣，安能再來乎？

余見家人輩所持扇，有京師者，有河南者，有江西者，有廣東者，有福建者，有湖南者，有日本者，有高麗者，至江浙閒所有固勿論矣，因賦詩記之

午晴溽暑逼簾櫳，坐上招凉各不同。五月未交三伏日，一堂先動四方風。巧偷月樣從天上，妙翦冰綃出海東。只有老夫珍舊物，狐裘卅載共蒙戎。余用一羽扇二十五年，幾與晏子狐裘等壽矣。

中秋之夕，與兒婦、孫兒女、外孫兒女輩曲園看月，口占二絶句

大好光陰八月中，最難有月却無風。盤中瓜果盆中餅，也學吴儂拜月宫。

不醉中秋已四年，或無月，或適有事。偶乘清興一流連。展開八尺冰紋簟，席地團團坐月邊。

時新得東洋叠席，陳之曲水亭中，席地而坐。

滬上盛行《學詩捷徑》《虚字注釋》《誤字辨正》諸書，不知誰作，而皆托名於余，賦此一笑

虚名我已愧難居，假托微名更覺虚。邵武士爲孫奭疏，齊梁兒造李陵書。虎賁入坐非無辨，贋鼎欺人或有餘。不解慶虬之作賦，如何總説是相如。

題唐六如集，即贈易笏山方伯，笏山自言六如後身也

桃花仙館久荒凉，賸有流傳翰墨香。明代兩人真可惜，解元唐與狀元康。

六如皆幻本非真，明月居然有後身。珍重遺詩與遺畫，一齊付與再來人。

孫琴西同年和余「罍」字韵詩，因叠韵寄贈

老來才盡似空罍，燕市春風又一行。黄榜姓名如隔世，白頭兄弟尚關情。近聞講席虚鍾阜，大可行窩寄石城。舊日朱軒今絳帳，遥知多士定心傾。時金陵鍾山書院講席尚虚，曾沅浦制府欲延令弟蕖田前輩主之，蕖田未决，余謂如蕖田不就，君宜就之也。

題烏山土神廟壁

吾邑烏巾山，烏巾氏故迹。借問烏巾誰，父老無能覈。吴興之烏亭，相傳在昇山。亦云烏巾氏，寄迹於其間。烏亭誰爲之，右軍王逸少。吾以右軍故，偶憶張宏號。張宏號烏巾，三國孫吴人。篆隸皆擅場，飛白尤入神。右軍爲斯亭，必爲斯人築。當以工書故，羲獻皆私淑。吾邑與接壤，地無百里遥。安知張烏巾，不於此逍遥。兹山名烏巾，名當從此始。《廣韵》「烏」字下，不載烏巾氏。可知烏巾氏，唐前未有聞。奈何沿俗説，不知有張君。吾擬築烏亭，即於兹

山麓。先出此一篇，敬爲父老告。

吾爲烏山詩，猶未盡吾説。茲因讀《真誥》，一説更奇絶。漢末淳于斟，隱居烏目山。因遇慧車子，而得出世間。然而烏目山，圖經所不録。遂令陶隱居，疑即是天目。天目與烏目，名義固已殊。安得逞臆見，易天而爲烏。吾謂烏不訛，目乃帽之誤。帽字古作冃，誤由形似故。烏帽即烏巾，巾帽義則均。此雖異前説，或亦可附陳。吾家先人廬，即在茲山麓。倘遇慧車子，執鞭吾所欲。

蔣烈婦詩

烈婦姓黄氏，少失怙恃，九歲以童養婦歸於蔣，十八歲成婚。甫逾月，蔣氏子死。死百日，依其鄉之俗，禮祭於墓，其夜縊而死。

未同牢，先執帚，侍兩代姑九年久。甫好合，俄孀居，合二姓歡一月餘。合歡止一月，祭墓俄百日。百日墓歸，吾事則已畢。上堂視舅姑，入室撫遺孤。舅姑幸無恙，嗣子啼呱呱。乃反其私室，乃寢乃燕息。小姑與同牀，覺來一鐙黑。半衾虚無人，驚呼聲不出。一繩高挂牀頭粗，遍體衰麻仍如荼。周身繭纊胡爲乎，此意分明語小姑，我死勿使男子之手親我膚。

任烈婦詩

烈婦姓蔡氏，爲任明經錫庸之妻，明經甫得拔貢生，未會考而卒，婦死之。

烈婦年十五，升堂拜姑章。明年十六歲，夫婿饋於庠。逾年年二十，夫婿貢玉堂。玉堂猶徘徊，玉樓俄翱翔。烈婦曰已矣，誓將從之亡。白頭姑在前，黄口兒在旁。謂宜緩須臾，於義夫何妨。竟不緩須臾，激烈殊乎常。上有天子詔，敕建門前坊。下有文人筆，百世流其芳。

瓜勒嘉節婦詩

節婦滿洲人，姓王衣氏，爲瓜勒嘉氏圖斡恰納字廷玉之婦。廷玉卒，節婦請翁娶繼姑，生子觀成。翁旋卒，婦與姑共撫之，至於成立。

夫死請立嗣，是亦人情常。婦則曰否否，吾有翁在堂。與其別立嗣，不如翁生子。翁生子有孫，吾夫有子矣。乃跪於翁前，請翁續斷弦。翁固鑒其誠，天亦報其賢。翁子今成立，不敢忘嫂氏。嫂實撫我躬，嫂實延我祀。其節固可敬，其識尤堪師。謂余不信者，讀《憶兒時》詩。

其夫弟觀成有《憶兒時》詩，樂府體九解。

送女婿許子原北上

蕭瑟西風賦《北征》，女亡婿在總關情。五年黄壤無從問，萬里青雲又此行。往事回思如一夢，老夫相見恐來生。未知得第歸來日，能否湖樓酒共傾。距己丑會試尚四年。

重九前一日至杭州湖樓山館小住月餘，得詩十七首

西湖不到已經年，婦竪相逢盡有緣。都道年年看此老，如何鬚鬢總如前。道旁一女子其言如此。

寒露將交暑轉加，無風無雨亦堪嘉。重陽來就菊花約，剛好天公烝上聲。桂花。俞樓桂花盛開。

竟日賓朋滿敝廬，宵來一枕且蘧蘧。湖堤静不聞街柝，只聽僧房敲木魚。

中興李郭盡相知，未識文襄褒鄂姿。今日跨虹橋畔路，扁舟來訪左公祠。聞新建左文襄祠，將次落成，晨往一看。

花神廟在左祠東，能否還如往日工。此後文襄前敏達，美人畢竟傍英雄。左文襄祠即花神廟故址，因仍於東偏建花神廟，從前花神塑像極工，中奉湖山正神，相傳即李敏達公也。

清夜來游退省庵，要看明月印三潭。健兒驚起真堪笑，匪寇張弧竟誤占。月夜至退省庵，時門已闔，呼於其門，守者驚起，疑爲寇至。

一年三度佛生辰，冠蓋先期集水濱。深感諸公能折節，拜觀音了拜山人。二月十九、六月十九、九月十九相傳皆爲觀世音生日，浙中自中丞以下皆前一日至天竺行香。余如在湖樓，則諸公出山必來相訪，今歲來此適逢九月十八也。

映水芙蓉艷似霞，階前書帶翠交加。今朝天竺燒香去，買得觀音髻上花。十九日使人至天竺燒香，買得觀音花二朵以歸，問之識者，實即良薑花，山中人美其名以紿香客耳。

靈蹤猶記昔年留，一樹靈松今尚稠。四異此番添作五，金華神又降俞樓。金華神曾降於俞樓之松樹，故建有靈松閣，余作《俞樓四異》詩，此其一也。今年九月十九日，又降於俞樓之庖厨，時已薄暮，即具香燭飛棹送之歸廟。

湖樓未算是幽栖，策杖來尋山徑蹊。新築墓門高一丈，右台山鬼手親題。今年於右台山館前建立墓門，一面刻「俞氏墓道」四字，署曰「曲園自題」，又刻一小印，曰「右台山鬼」，傍刻一聯云：「且喜故鄉無百里，敢期此後有千秋。」一面刻「温愛世界」四字，即余夢中所見也，事具第九卷詩注。旁刻一聯云：「不妨姑説夢中夢，自笑已成身外身。」

老龍井到虎跑泉，歲歲清游成例沿。遍歷九溪十八澗，理安寺讀舊題聯。從龍井寺歷九溪十八澗，於理安寺小坐，至虎跑泉而回。余自癸酉至今，如此游者數次矣。理安寺懸余一聯云：「竹筧潛通十八澗，蒲團小坐兩三時。」猶甲戌年所書也。

聽取烏烏野兔聲，空山夜靜少人行。何來老麂惟三足，彳亍荒墟時一鳴。山中有鳴聲烏烏者，實即狐也，諱之曰野兔。又有一麂，不知何年斷其一足，至今彳亍而行，厥聲頗異。

驚來相告語聲囂，爲報精廬一炬燒。回憶無邊好風月，自慚德薄福難消。十月初六日，詁經精舍第一樓不戒於火，館人來告，時已半夜矣。樓有「風月無邊」四字額，彭雪翁所書也。

無端村落聚豺獖，白晝柴扉處處關。頓使草堂增氣色，森嚴刁斗警空山。有流民聚居村落，或言皆非善類，因函知劉吉園總戎，命健兒入山干掫。

高下松楸雜舊新，須知我亦此中人。括蒼太守來相訪，笑說他年是比鄰。新補處州陳鹿笙太守入山相訪，自言所卜佳城近在咫尺。

湖樓尚擬暫徘徊，忽漫歸心一夕催。不獨菊花虛未賞，女蘿兩樹欠携回。初擬出山再至俞樓，因孫女隨行偶患瘧疾，遂即回蘇。王同伯比部饋菊花四十盆，在湖樓未一見；雪舟和尚饋女蘿兩盆，在山館忘未携歸。

越水吴山歲歲經，水程未暮棹先停。今宵喜借飇輪力，穩載魁星與壽星。江浙間夜不行舟五十年矣，此次因借小輪船曳之而行，竟夕不停，自杭至蘇，歷時凡九。余時出新意，爲魁星、壽星兩像在杭州刻版携回。

王氏子婦哀詞婦姓孫氏，王夢薇之子婦也。

我與夢薇友，知其子婦賢。何以知其賢，乃其翁云然。翁曰婦來前，吾有文一篇。汝爲我書之，勿使訛烏焉。翁曰婦來前，吾事紛聯翩。求書者接踵，索畫者隨肩。門前客幾輩，案上書幾箋。汝爲我識之，勿使淆後先。婦曰謹受命，翁毋心悁悁。翁曰婦來前，我母病未痊。飲食宜有節，斯責惟汝專。婦曰謹受命，以意爲節宣。小而餅與餌，大而粥與饘。多寡量所受，取求隨所便。母乃大歡喜，宿疾皆如蠲。翁曰賢哉婦，翁曰悲哉天。天胡奪我婦，不令歲月延。是故曲園叟，謂此婦可傳。何以傳此婦，乃翁語可憐。

花農自都門以緑菊花一朵寄贈，菊之緑色者殊罕見，花譜有名徘徊菊者，白瓣中微有緑色，豈即此乎？賦此以答花農

菊花百五十三種，燦爛西風艷似霞。鑄就黄金雖有色，雕成碧玉更無瑕。山中高士陶彭

澤，世外仙人蕚緑華。花已徘徊人又甚，幾回遥望暮雲遮。

書京師同文館中西合曆後

《春秋》書「春王」，諸國不一例。《晉史》用「夏正」，遂與《麟經》異。往往春所書，是其冬之事。自漢《太初曆》，始改用「夏正」。後世遂循之，歷唐宋元明。二千餘年來，不知子姒嬴。佛説四種月，一日月，二人間月，三月月，四星宿月。頗與中國别。中國與印度，所差有半月。遐荒自成俗，短長誰與絜。赤明及龍漢，道家年號殊。清寧二百年，新宫銘所書。要止廣異聞，誰與徵居諸。惟聞瓜哇國，入貢宣德閒。自言千三百，七十有六年。當時究其始，謂從鬼國傳。天魔變罔象，誰復窮其然。我朝大一統，聲教及海外。海外大九州，咸來赴王會。諸國用西曆，推步自稱最。中西各一天，異同無乃太。丁君精西學，丁君字冠西，同文館總教習也。乃思觀其通。中曆與西曆，合之一編中。丙戌冬至始，丁亥冬至終。不憑月晦朔，而憑日過宫。佛所謂日月，不與月月同。唐有朱希真，感時淚成陣。藤州與梧州，互異大小盡。同此歲三月，如何分域畛。追念升平時，大小有定準。此事與今殊，腐儒休妄引。獨念我聖清，超軼漢與唐。巍巍乾隆朝，萬里開新疆。每年十月朔，正朔頒明堂。大小兩金川，一一列上方。烏什沙雅爾，節候今猶詳。明年丁亥春，皇帝始親政。小臣愚無知，歌咏共田畯。伏念内治修，斯能外侮勝。富教語本孔，省薄策用孟。行見光緒年，追復乾隆盛。仁者自無敵，制梃不待刃。彼海外諸國，來享兼來王。豈敢以鱗介，而妨我冠裳。年年賀正月，國國列職方。司天班正朔，普及東西洋。奉到時憲書，一例陳餼羊。

丁己編　春在堂詩編十二

丁亥元旦試筆

算從七歲到今兹，丁亥流年又遇之。天克地衝雖厄運，辛巳生人遇丁亥歲爲天克地衝。年豐人壽是昌期。每年元旦，司天例有人壽年豐之疏。休援午日持齋例，内子姚夫人爲余午日持齋事見《百哀篇》，夫人卒，兩兒婦及次女綵裳踵行之。綵裳又卒，其長女代母持齋。却憶丁科應試時。余丙申年入學，丁酉初應鄉試，中副榜。十載光陰如許假，尚堪重賦泮宮詩。

用洗蕉老人除夕詩韵述懷老人乃惲次山撫部之夫人。

春信纔回爆竹中，又看太簇律將終。時已正月之末。廿年只卧茂陵雨，萬里誰乘宗慤風。銅柱勛名傳久遠，吴清卿中丞以勘定中俄邊畍所立銅柱榻本屬題。玉堂詞翰門精工。徐花農太史寄詩來甚多。吴、徐兩君皆余門下士。坐看諸子飛騰去，老我頹唐不諱窮。

青浦金友筠明經文潮匿姓名與余書，余屬青浦校官陳子愚訪得其姓名，寄詩戲之

寂寞楊雲不解嘲，一樽且復剖霜匏。浮生似磨勞仍轉，世事如棋懶更敲。坐上衣冠從脱略，案頭筆墨總叢淆。《唐書・陸贄傳》：「案牘叢淆。」虚名浪竊真堪笑，徒使悠悠歲月抛。

堪笑林陰仰雪翁，其寓名也。居然荷篠丈人風。楚狂歌鳳無名姓，早有人知是陸通。

日本陳子德以其國所出紙布見贈，爲賦紙布詩

宋時蘇易簡，曾撰《文房譜》。謂紙可爲衣，其法傳自古。用紙滿百幅，胡桃一兩許。乳香亦稱是，三物同一釜。熱氣烔烔然，或烝或竟煮。煮熟乃乾之，勿使臭且腐。捲之以箭幹，用笴去其羽。居然積尺寸，初不雜絲縷。微嫌窘邊幅，不免勞綴補。頗聞黟歙閒，其製乃更巨。

所造紙衣段，幅長可竟户。士人亦服之，道塗禦風雨。又或從佛戒，不衣蠶所吐。以上并蘇説，我疑或讕語。有客東海來，爲我談風土。始知紙可衣，古人不誑汝。爰寄一端來，遠自重洋賈。其色涅不緇，其質柔可茹。其長可三丈，其重不百黍。婦豎相傳觀，驚歎謂未睹。我思布一耳，品類不勝數。冬日則以棉，夏日則以苧。以草有荃葛，以毛有氆氌。郎古切。西海水有羊，南荒火有鼠。橦樹花離離，箪竹葉湑湑。蔡侯昔造紙，徵材到網罟。樹膚麻頭外，敝布本所取。既以布爲紙，擣搥費臼杵。又以紙爲布，翦裁禦寒暑。物變固無窮，良工心亦苦。稍與蘇説殊，彼不待機杼。此則有經緯，尚可見端緒。經仍以木棉，緯以紙爲主。想見工女勞，一月三十五。余幼好奇服，垂老猶童豎。亟命付裁縫，聊可詑朋侶。人笑太觕麤，我喜便輕舉。曳裾即出游，奮袂旋起舞。倘得十萬箋，直可無錦組。請移黄婆祠，來祀先生楮。

彭雪琴尚書舊蓄一鶴，近忽羽化，慰之以詩

有鶴相依數十秋，一朝化去不能留。老天亦徇蒼生意，未遂先生寥廓游。

春風大旆又東行，鶴冢遥知早已營。寄語羽童休戀戀，過三十載再來迎。

三月三日自蘇之杭，以小輪船曳之而行

乘舟安得順風行，人事居然巧與争。佛法金輪能運轉，仙機丹竈不分明。一繩足抵千帆力，半刻能兼竟日程。我是閒游適相肖，飛來飛去片雲輕。舟名飛雲，乃假之崧振青中丞者，去歲自蘇至滬亦假此舟。

余主講詁經精舍，自戊辰至丁亥二十年矣。開課之日，招見在精舍肄業諸生小集俞樓，侑之以詩

文字湖山兩有緣，直從中歲到華顛。回思初擁臯比日，只算重交弱冠年。濯濯柳皆成合抱，余初至西湖，湖堤無一柳樹，今則成陰矣。呱呱孫已忝興賢。余孫陛雲即於戊辰年生。一樽戲爲諸君設，二十生辰湯餅筵。

越中紀游

自向西陵放畫橈，輕舟容與路迢遥。不知曲折通何處，處處河流處處橋。

蕭山城外儘徘徊，水近湘湖緑似醅。沿路香風吹不斷，黄雲兩岸菜花開。

南錢清接北錢清，閒倚蓬窗玩月明。却笑蘇杭來往路，斜陽未暮不教行。

天然廣厦頗瓏玲，二十年來兩此經。一朵奇峰依舊好，舊游人已半凋零。七星巖舊稱烟霞洞，有明胡梅林刻「天然廣厦」四大字，憶辛酉與内人携兒女輩同游，至今二十七年矣。

當門老樹緑參天，如此家居儼若仙。携得嬌孫隨杖履，山中一叟是同年。游七星巖，遇茅孟淵孝廉立仁，乃余孫陛雲同年也，年五十三矣。其家門户修整，門外大樟樹數百年物。

鑿就金身五丈修，巧將山骨細雕鎪。誰書竹垞閒言語，空惹靈山老佛愁。七星巖傍普照寺有石佛，高五丈，不知何人所鑿，亦鉅觀也。有人隸書竹垞先生記一篇，歷考古來佛像之大者而以金碧皆民膏血，爲佞佛者諷。然竹垞此記本非爲此寺而發，書此殊無謂也。

遥望柯亭頗鬱盤，中郎祠小不堪觀。只餘一席魁星閣，遠景收來十里寬。途經柯亭，遂往游焉，實則一魁星閣耳。雖可望遠，而逼仄殊甚。下有蔡中郎祠，亦嘈雜無足觀。

金臺歌舞暮還朝，寂寞楊雄耐客嘲。今日來看村社戲，畫船簫鼓鬧周橋。周家橋有龍船之會，且以河臺演劇，遂往觀之。維舟臺畔，坐卧皆便，亦一樂也。余在京師不觀劇，故去歲在都下有「一不入酒座，二不登歌筵」之句，兒輩舉以相質，余笑曰：「在周家橋則可。」

精廬小築號雲泉，内有雲根高插天。石壁微凹劣容膝，老僧於此坐三年。將至吼山，有佛舍曰雲泉庵，中有奇峰拔地而起，高可千仞，山罅有小穴，片石覆之，昔有老僧於此閉關而坐者三載。

吼山山石太離奇，石骨嶙峋水活之。柔櫓輕摇入山腹，曠如門户奥如帷。吼山水石宕，山水絶奇，舟行可深入山中，盤旋而出，惜屋宇不精，無可久坐。

歸途更入繞門山，一樣舟行水石閒。可惜世無好事者，不將水榭築迴環。繞門山與吼山風景相似，但稍淺耳，其地并無屋宇，不及吼山。

路旁突兀孝仙亭，欲覓殘碑未有銘。更有小祠祠孝女，擬從父老訪圖經。孝仙亭近繞門山，孝女祠即在山下，皆不知爲何人也。

大禹陵存禹井荒，尚留子姓奉蒸嘗。年年六月逢初六，都向陵前奠酒漿。禹陵遇姒姓者，自言大禹之裔尚有百餘家，每歲元旦及六月六日禹生日，率子孫祭奠。

荒凉禹寺少人來，扇扇窗櫺寸寸灰。爲有唐碑須一讀，雙扉苦遣道人開。禹寺正屋三間，荒凉殊甚，内有唐開成年往生碑。

巍巍南鎮會稽山，且賃籃輿一往還。遥望香爐峰斗絶，不教兒女强躋攀。游南鎮未登香爐峰，因二兒婦携兒女侍游，故未克登其巔也。

氣清天朗惠風和，此語昭明指摘苛。我向劉龔村裏泊，迅雷甚雨待如何。至劉龔村，將賃輿游蘭亭，適遇雷雨，遂留待明日。

蘭亭未必竟如前，風景依稀尚儼然。峻嶺清流林木茂，千秋長似永和年。將至蘭亭，風景絶佳，所謂「崇山峻嶺」「茂林修竹」「清流激湍」，至今如故也。

金吾捨宅國初時，小小精廬處處宜。只有疑團難問佛，如何遺迹托蓮池。小雲栖舊名興教院，寺僧言蓮池下院也。然此院本明金吾朱公佩南之别墅，康熙己丑其妻張淑人捨以爲寺，其族孫題記甚明，不得云蓮池遺迹。小雲栖之名所未詳也。

臨水登山興轉增，匆匆五日返西興。未尋大吉磨崖字，未訪冬青宋六陵。

盧舍庵記事

我聞有明萬曆中，織造太監來孫隆。自建生祠在湖上，巍然西泠橋之東。無何鼎革入昭代，遺址零落埋蒿蓬。盧公雙泉居此職，始還舊觀仍蔥蘢。大殿奉佛盧舍那，奄祠一變爲梵宫。盧舍庵名從此起，似寓舍宅由盧公。孫東瀛像亦不廢，權作佛寺伽藍供。我讀遺碑考四至，其西北鄰郭孝童。郭孝童墓今尚在，然隔以蔣公祠矣，知彼時庵址頗廣也。樹栅於水活水族，凡鱗常介靡弗充。傳聞春秋好風日，門外常駐游人驄。庵僧賣茶頗獲利，坐上客滿皆盧仝。已而庚申遘大劫，四顧無復頹垣紅。去歲有僧曰林泉，忽來闢治地數弓。小築三椽劣容膝，但有宋桷無垣墉。今年三月日初八，大風斗發聲逢逢。一吹而倒俄頃事，榱崩棟折四大空。我憫此僧遂露處，薄有所助慚不豐。又爲遍告諸同人，翼日皆至其數同。僧大歡喜佛亦笑，大悲小閣堪成功。或言此庵本非古，椽人遺迹何足崇。豈知神奇出臭腐，往往變化殊初終。不見裴家緑野堂，舊屬李家三伶工。裴晋公緑野堂乃開元樂工李龜年、鶴年、彭年第宅之中堂也，見《明皇雜録》。湖上精廬半頹圮，得此亦足停游蹤。小詩聊復記其事，奚必碑石重磨礱。

雪琴尚書以「霜」字韻詩寄示，次韻酬之

出入兵間四十霜，風雲際遇慶明良。功成朝野威名在，病久江湖舊夢凉。大樹猶新人已老，梅花如舊鶴先僵。尚書所畜鶴新斃。曲園尚有百杯約，往年有此約，至今未滿其數。莫負秋宵月照梁。

傅氏婦三割股，女再割股詩

烏乎割股何事邪，一之爲甚至於三。是真忘其身所苦，而但行其心所甘。夫病三危三活之，至今鄉里爲美談。吾獨異其弟二次，夫南妻北兩異地。數千里外聞夫病，惟有寸心可自致。於此奏刀彼霍然，如響斯應吁可異。乃知割股事無他，但以至誠動天地。其事有效有不效，其誠有至有不至。稍有豪髮近名心，即屬虚夸無益事。勿信人肉治虚羸，邪説誤人陳藏器。傅氏之婦何其賢，割股救夫夫病痊。夫曰此事良可傳，婦曰吾不求名焉。德清傅懋元雲龍妻李三次割股救夫病，其第二次則懋元在德清葬親，李在京師，聞懋元病，禱於天，割股肉，隔數千里。而割股之夕，懋元即愈，以書來告，臧獲皆稱異。烏乎傅氏婦則賢，傅氏有女尤堪憐。其母以殤幼子故，卧病枕席久不痊。女時年甫十有五，見母病危涕如雨。傍徨無計起沈疴，惟有背人私割股。割股食母母有瘳，無何兄又病於喉。女曰兄死母亦死，塊肉又爲兄劘劀。一弱女子能辨此，固宜名氏動天子。乃女有弟年十二，亦效爲之如其姊。舊史俞樾聞而嗟，曰賢與孝萃傅氏。傅氏女即懋元女，其母即李也，其弟曰范冕。户科給事中洪良品以傅女事聞，旌如律。

慈溪女子張貞竹字碧筠，年十有二，能書盈丈大字，陳鹿笙太守屬其書「福壽龍虎」四字見贈，爲賦此詩

昔聞順德李氏兒，四歲能書盈尺字。李名世嶼，明萬曆時人。御史馬公巡廣東，抱置膝頭所親試。童子已奇女更奇，如張碧筠吁可異。大字長至一丈餘，妙齡小止十有二。括蒼太守書家雄，羊真孔草靡勿工。亦復傾倒此女子，爲之延譽諸名公。寄我雲箋大如席，一箋一字猶嫌窄。四字福壽虎與龍，紙色銀光文則赤〔一〕。四字皆朱書。古來奇女盧眉娘，繡七卷經一尺方。彼以其細此以鉅，并推絶技無低昂。老夫嗜奇素有癖，對之起舞喜欲狂。取配明人大魁字，樂知堂上生奇光。余家樂知堂上縣明人王時泰所書大「魁」字，其字刻石在山東，汪柳門學使拓以見贈。

送門下士井上陳子德歸日本

日東遥望海茫茫，送子吴門酒一觴。萬里歸人同晁監，唐王維有《送秘書晁監還日本》詩。三年

〔一〕赤，原作「亦」，據小注文意改。

吾黨得陳良。攀吟宰樹情何極，將拜其師得能局長之墓。起舞斑衣樂未央。其二親均無恙。更願異時仍過我，尊前重與話扶桑。

徐花農京寓所栽五月菊忽成異種，數朵合而爲一，折以寄贈，爲賦一律

不惟并蒂又連心，想見天工醞釀深。曶鼎ꝏ文雙琢玉，曶鼎有「ꝏ」字，釋爲「環」字。梵書∴字亂堆金。佛書「伊」字作「∴」。瓣多儼剥同功繭，枝重如栖共命禽。璧合珠聯才子筆，定教譜入墨池吟。花農與徐侍郎用儀有《墨池唱和集》。

寄贈張朗齋中丞

昔年申息久聞名，今歲丁沽喜識荆。文法真從老泉得，君極喜蘇老泉文。神功能與大河爭。時奉命治黄河。秋風弓劍天山道，春色旌旗海岱城。偶作小詩書便面，知君結習尚書生。此詩因去年爲君書扇，率筆作此，久失其稿。今年君書來致謝，因追憶而補録之，故有「今歲丁沽」之句，實去年事也。

盆蘭中有一跗而九瓣者，中有雙心連合爲一，亦異品也，折賜陛雲，係之以詩

一枝插向膽瓶斜，合蒂同心亦足誇。簇簇繁英舒九瓣，垂垂小朵并雙椏。蘭房騈種宜男草，蕊榜聯開及第花。折付阿孫殊有意，老翁望眼十分賒。

孫婦彭氏歸寧衡陽，夢中賦詩二句送之，寤而足成一律

六年夢繞舊妝臺，歸慰慈親笑口開。不遣吾孫偕汝去，要期後歲奪元來。此二句夢中作。一雙嬌女商行止，携其長女去，留其次女在家。七十衰翁伴往回。謂親家翁雪琴尚書。記取春風正二月，曲園遲爾共探梅。

落葉次洗蕉老人韵。

掃盡巢痕舊燕鶯，滿天霜氣曉來清。平添夜月三分色，略減秋霖幾陣聲。蔭暍竟違平日

志，歸根頗動暮年情。頹唐不學飛蓬樣，懶逐長風到處行。

落木蕭蕭景最佳，今年游屐欠安排。亂山荒徑難尋路，古樹斜陽易感懷。敝帚千金聊坐擁，斷琴三尺已深埋。此生不作南柯蟻，休問榮枯到大槐。

匆匆節序九秋臨，無復花陰與柳陰。寒士衣裳未裁翦，美人詩句久銷沈。驚沙滚滚流難塞，伏莽重重迹轉深。莫向亭皋頻極目，蕭條千里總傷心。

秋風不設護花鈴，任撲雲亭又水亭。薜荔墻垣猶有賸，梧桐院落最先聽。爛紅乾翠都堪惜，轉緑回黄不暫停。我亦人間一蒲柳，敢同松柏鬥遐齡。

題故人孫蓮叔《翦燭談詩圖》，爲其孫澤臣作

昔年我作新安客，得與興公共晨夕。我因拜母屢登堂，君爲通賓常置驛。是時家世劇豪華，千户侯封未足誇。門館客酣金谷酒，市樓女看壁人車。百萬黄金揮欲罄，凌雲意氣依然盛。酒友詩朋會似雲，燭奴燈婢圍成陣。無何大劫遘紅羊，倉卒全家竄道傍。蟻子蚍蜉誰赴救，蟲沙猿鶴竟偕亡。覆巢完卵雖餘二，集菀集枯今昔異。惟存紅葉讀書樓，君家樓名。猶賸當年題榜字。人間轉眼即雲烟，何况遥遥四十年。荒冢誰來尋宿草，暮年我亦感華顛。無端有

客來吴市，太息一寒胡至此。風流非復越王孫，落魄居然康老子。篋中檢取舊時圖，請以今吾認故吾。圖中二人，一爲蓮叔，一即余也，然不可復識矣。紅燭談詩當日共，青燈讀畫此時孤。不獨形容渾異昔，即看字迹今全别。圖中有余題詩，字迹娟秀，與今絶異。老女重描舊畫眉，寒禽難學初調舌。萬事滔滔付逝波，王侯將相總銷磨。汾陽門巷疏槐冷，梓澤園林蔓草多。老夫久悟浮生寄，却爲斯圖重隕涕。眼看葛帔感窮交，手撫銅駝悲往事。和淚題詩對短檠，雍門一曲不勝情。舊人無復何哉在，誰與殷勤唱渭城。

光緒十四年正月十二日甲子，是日逢金又值奎宿，相傳金奎甲子爲文字之祥，祭之者吉。因命孫兒陛雲祭焉，并勖以詩

良辰吉日喜重經，同治十二年二月十五日金奎甲子，陛雲始入塾。再爲吾孫一乞靈。倉史造文先甲子，見《鶡冠子》。宸垣示象本奎星。説本《日知録》。黄金待鑄金門榜，青鐵先鎸鐵硯銘。能慰阿翁癡願否，棗糕明歲祭中庭。

御史大夫祁子禾先生用「堪」字韵見贈，四叠韵報之

正擬徵詩續廣堪，彭雪翁屢勸余作詩話未果。廣堪事出《周書·蕭圓肅傳》。詩來如共德公談。清芬竹葉杯浮百，雅韵梅花笛弄三。官貴待調先世鼎，學成更築老來庵。閒情尚憶蘇堤上，三面青山西北南。

約略杭州説尚堪，漁歌樵唱雜街談。神祠擊鼓□○半，西湖春來進香者多鳴鉦鼓。□讀方，○讀圓，見《禮記·投壺》篇。卜肆摇錢⚊⚋三。香市盛時閒有賣卜者。⚊讀單，⚋讀拆，見《周易》朱子《本義》。春早探梅到林墓，秋凉載月過彭庵。令人頓觸停雲感，何日輕帆發楚南。時彭雪翁尚在衡也。

笑我衰慵百不堪，頹唐近狀與君談。貧惟杜老長鑱一，富有《容齋續筆》三。時又纂《茶香室三鈔》三十卷，未刻。山爲宅幽題退谷，室因娱老署頤庵。祇應未斷閒吟興，時盼傳書雁到南。

日下賡歌豈我堪，擁爐聊當一宵談。大千春色將過半，七十流年不欠三。白香山詩「相看七十欠三年」乃六十七歲時作也，余今年六十八矣。公等相將趨鳳闕，老夫隨便築漁庵。滄江一卧居然穩，不作悲歌董邵南。

文昌生日歌

春王二月月三日，世傳是日文昌生。上自京師下郡邑，一例崇祀陳犧牲。老夫今朝亦蚤起，鷄魚豕肉盤中盛。内外諸孫咸會集，衣冠羅拜當軒楹。或言文昌乃星象，不聞入夢符長庚。云何隨俗作生日，是以非禮誣神明。我謂文昌星有六，昭回於天同列宿。上擬三台乃其倫，《周禮》先鄭説：司中，三能也；司命，文昌宫星。下儕七祀則已黷。祭法七祀有司命，熊氏云非天之司命。至於後世祀文昌，僉謂其神出於蜀。附會河圖括地象，帝以會昌神建福。梓潼灌口各争雄，割據兩川分鼎足。又謂其神實姓張，天上張星豈同族。張仲孝友猶可言，若張惡子無乃辱。文昌化書真可焚，并謂降生入蛇腹。以此事神神弗歆，我有一言告流俗。東漢梓潼有文君，班范兩書都無聞。我讀《隸釋》始得之，周公禮殿記所云。當時高眹修禮殿，不欲湮没前人勛。云自梓潼文君來，已爲兹土興斯文。文君名参益州守，實與文翁同不朽。《華陽國志》亦有之，其姓則然名則否。志云文齊字子奇，西漢末已登朝右。梓潼人拜益州官，王莽公孫詔不受。有子曰忳守北海，一門兩世拖青綬。又有文恭字仲寶，斯人或亦文君後。乃知文氏在梓潼，門第不與單寒同。已見傳家有簪紱，豈其廟祭無鼎鐘。始奉烝嘗惟子姓，後遂播滿川西東。檀弓物始昧所自，籍談數典忘其宗。當年私建文君祠，此時大啓文昌宫。傳訛不比石賢士，秩祀宜偕應上公。雖已文章焕奎壁，豈忘弧矢縣桑蓬。降生難考庚寅始，紀年諒不甲午終。《禮殿記》有云：「至于甲午。」猶幸遺聞出故老，長留初度傳無窮。神禹生日六月六，至今歌舞塗山童。老君生日九月九，至今奔走黄冠翁。固宜援引作生日，未容泯没隨飄風。烏乎！古人已死無定名，古事已往無定評。酆都君爲陰長生，二郎神疑趙仲明。均詳見《茶香室叢鈔》。訛傳千古事所有，奇論一出人皆驚。我歌此詩爲神壽，没而爲靈生爲英。傳説列星古有例，何妨仍唱升天行。起視奎光長萬丈，依然照我東西榮。

清明後一日，登舟如杭州，二兒婦携孫女曾孫女從焉，許氏兩外孫女亦偕往

秋風未到武林城，去年秋，因病未至杭州。今歲春風又此行。四代都盧皆骨肉，一年容易過清明。且圖領略沿途景，莫漫流連往日情。只恐武夷君笑我，曾孫嬌小太憨生。

嘉興三塔灣咏妙諦和尚事事見國朝徐承烈所撰《聽雨軒贅紀》。

昔在勝國時，倭患東南熾。蘇杭皆被兵，嘉禾寇亦至。禾中三塔灣，塔旁故有寺。倭掠諸婦女，纍纍此閉置。寺僧醉守者，縱使悉逃避。倭歸得其狀，大怒相詬詈。縛僧石柱閒，叢鏃射之斃。積薪焚其尸，尸毁血猶膩。至今三百年，不與當時異。厥顱尚宛然，肢體亦略備。我聞宋建炎，有寇寇延平。一女爲所掠，以死完其貞。横尸大道旁，歲久迹愈明。雨乾晴則濕，奇迹人皆驚。此僧與此女，雖死無殊生。意氣一朝事，蹤迹千古傳。乃知不壞體，惟在片念堅。維舟三塔旁，石柱猶巋然。榜人指而告，過客歎且憐。訛傳在國初，其名無聞焉。我爲作此詩，軼事徵由拳。此僧名妙諦，事在嘉靖年。石柱猶未泐，吾詩儻可鎸。

唐栖水嬉曲

栖溪春水明如鏡，歲歲水嬉今歲盛。花果欣逢比户豐，其民皆以花果爲業。村民早鼓先期興。先期童稚習歌謳，土穀祠邊衆聚謀。《拜》《殺》《荆》《劉》看曲本，《拜》《殺》《荆》《劉》爲元曲中四大家，見朱竹垞《静志居詩話》。旗盔雜把製行頭。戲具分旗盔雜把四箱，見李斗《揚州畫舫録》。畫船彩幟風前颭，兩兩相維成巨艦。百寶莊嚴貫月槎，萬花絢爛移春檻。一時簫鼓鬧如雷，齊向長橋河下來。後舞前歌花世界，東舷西舫蜃樓臺。樓臺歌舞來相續，小與酬勞殊太薄。片片蜂糖玉帶糕，條條鳳蠟金花燭。是日諸船皆嚮余舟演劇一齣，犒以糕餌及燈燭。燭龍入夜更蜿蜒，燈火高高下下懸。竟可地名星宿海，錯疑身到焰摩天。清明時節沿成例，是會皆在清明前後。點綴升平殊有意。巧借隋宮水飾圖，別翻唐代梨園戲。我偶輕舟到此維，翁孫四代共扶持。水嬉亭畔聊乘興，不是風流杜牧之。

次韻寄孫琴西同年

幾人張丈幾殷兄，垂暮相思倍有情。世事佛言如夢幻，吾儕天使以詩鳴。只愁古井波將竭，看取新田莠已萌。猶賸頹唐兩愚叟，漫歌一曲唱同聲。

日本人佐藤楚材，字晋用，行年八十有八，賦詩徵和，爲賦此詩

一箋飛到詫伊誰，想見吟成笑撚髭。敢謂新羅知潁士，且同白傅和微之。人間矍鑠九旬

叟，海外清和四月時。其生日在四月。安得牧山樓上坐，寫君玉貌倩徐熙。牧山樓，其所居也。

山居漫興〔一〕

右台小住已兼旬，山館清閒迥絕塵。古佛分貽錫杖水，自法相寺西沿塢而上有錫杖泉。老僧翦贈玉樓春。法相寺僧醒機頻以牡丹花相贈。朝朝陶墅挑來筍，南高峰北麓有留餘山居，陶氏别墅也，地多筍，山僧每日來售。日日彭庵采到蒓。彭雪琴尚書退省庵守者時采湖蒓相餉。一事草堂難免俗，宵來鼓鼙鬧比鄰。山中孤寂，不能不以健兒護守。

畢竟村居迥不同，有時嘩語起兒童。亂飛樹隙黄頭雀，突入窗櫺鐵綫蟲。蟲名也，有六足，形與枯枝無異。夜静野狐鳴最苦，其聲呱呱然。朝晴山鳥語偏工。鳥聲甚多，不可辨。惟欣一樹薔薇好，枝北枝南白間紅。

朋舊爭來此款扉，清談有味可忘饑。紅堆斐几鶯桃熟，緑滿筠籠蠶豆肥。連日飽食此二物。略具茶盤僧有例，僧舍客至，皆以盤盛餅餌佐茶，余山居亦仿之。雜陳草具客休譏。今朝一雨無人到，

〔一〕 興，原作「與」。

山徑苔痕屐齒稀。

老夫天性本疏慵，久住山中興轉濃。箸料收來千个竹，山中有細竹，可爲箸，遠方親串争來索取。杖材削得一枝蓉。屋邊芙蓉甚高，余曾斫其老榦爲杖。懶觀東嶽祠邊社，時值三月廿八日，鄰近東嶽廟香火頗盛。願作南高峰下農。時擬買山田數畝爲山館之糧，然力未能辦也。戲唱村歌傳父老，好教樵牧和喁喁。

臨平雜詩

昔年曾住藕花洲，今日重來理舊游。猶有外家兄與姊，蕭蕭白髮總盈頭。春伯表兄與余同歲，伯蘭表姊八十有一矣。

史翰林居片瓦無，兒時蹤迹未模糊。如今畫入雲萍録，史埭春燈第一圖。余童時寓居史家埭，乃史翰林故居也。有樓臨街，每元夕張燈，必登樓觀之。門下士張小雲明經圖余生平所游歷凡四十事爲《雲萍圖》，「史埭春燈」居第一。

馬家陜巷一條長，遺址難尋舊草堂。惟賸乾河沿畔屋，泥金曾照此門墻。馬家衖中屋亦余舊居，即所謂印雪軒也，今燬矣。惟乾河沿之屋，今陳氏居之，猶無恙。余中進士時居此屋也。

外家舊宅彀魂銷，六十年前事未遥。記得同依門檻看，斜陽人影戴家橋。外家姚氏屋亦無恙，今曹氏居之。其後門臨河，隔河有戴家橋，每夕陽返照，則橋上往來人影悉入橋畔人家墻壁之上，頗有畫意，余兒時與姚夫人共觀之。

大陡門前人語嘩，市廛未改已全差。倘教再抱書包過，何處來尋賣餅家。大陡門乃市中極鬧處，余兒時抱書赴塾，親至餅家買餅，今不復存矣。

算有青山總似前，景星觀尚傍山邊。更來夕照庵中坐，細品山中一擔泉。宋時景星觀旁有東嶽廟，今則并而爲一，與夕照庵均在臨平山下。庵旁有一擔泉，泉小僅可容一石，而千夫汲之不竭，故得此名。

舊游如夢認猶堪，且共孫曾一夕談。只惜匆匆難遍訪，午潮廟與永平庵。午潮廟演劇，童時屢往觀之，永平庵則嘗讀書其地。

去歲今年兩度過，釣游舊地總情多。莫教補入《臨平志》，恐與丘丹一例訛。沈東江先生《臨平志》誤唐詩人丘丹爲臨平人，余曾辨正之。余寓臨平凡三十年，釣游舊地，不異故鄉，後世安知不與丘員外一例訛傳乎。

光緒戊子鄉試，余於順天、江南、浙江、福建、河南、湖北六省闈題皆有擬作，得文七篇，詩四首，合爲一册，每册賣洋錢十分之一，集有成數，寄上海賑局，助直隸、河南之賑，賦此紀之

去歲寫楹聯，一揮五十幅。賣得百洋錢，聊以振煢獨。去年秋冬閒事。黄河決鄭州，海内盡輸粟。我亦效區區，杯水不自恧。今歲大比年，多士賦鳴鹿。山中一陳人，豈復名場逐。見獵心忽喜，弄丸手猶熟。偶成文七篇，如踏棘闈六。東坡擬對策，直言暢所欲。我則游戲耳，文心鬥場屋。遂令好事者，人人思寓目。傳寫疲鈔胥，災禍到梨木。老夫忽出奇，笑謂此可鬻。鬻此一千本，或比楹聯速。千而取百焉，值比楹聯薄。滬上諸君子，勇哉過賁育。集資累巨萬，災黎遍蒙福。以此小助之，或可供饘粥。億萬飢民中，一二得果腹。太倉粟一粒，滄海水一掬。勿笑此戔戔，勿厭再三瀆。賣字又賣文，算我硯田沃。

梵書「唵」字歌

蔣澤山孝廉貽我梵書「唵」字，云刻石在陝西，有跋云：「義静三藏於西天取得此梵書『唵』字，所在之處，一切鬼神見聞無不驚怖。」又有太宗皇帝贊曰：「鶴立蛇行勢未休，五天文字鬼神愁。儒門弟子無人識，穿耳胡僧笑點頭。」不刻年月。余以義静即義浄，斷爲宋太宗詩，因賦此歌。

義静三藏取經至，得此梵書一「唵」字。其字儼然如人形，上顱下趾無不備。附有太宗皇帝詩，蛇行鶴立稱其奇。惜無年月供探討，爲唐爲宋無人知。我聞唐僧有義浄，咸亨二年初發軔。遠慕法顯玄奘風，遍探鹿苑祇林勝。證聖元年還中朝，駝來經典千牛腰。閲歷二十五年久，經由三十餘國遥。其時臨朝乃武后，距貞觀元六十九。太宗貞觀之末年，義浄五齡未髡首。此字實由義浄傳，此贊非出貞觀年。太宗宋帝非唐帝，一言可決無疑焉。人言此字有神異，野仲游光皆歛避。右台仙館太荒凉，留向空山鎮魑魅。

《壽星真形圖》亦蔣澤山所贈。

宋嘉祐八年，仲冬十一月。市有一異人，奇古無凡骨。飲酒不計數，百杯猶未歇。好事圖其像，流傳遍閭閱。遂動仁宗聽，野服許朝謁。賜之酒一石，狂飲如羌羯。司天忽上奏，壽星臨帝闕。再訪市廛閒，其人倏已滅。徒令君與臣，相顧驚咄咄。至今傳其圖，千載幸無缺。廣顙豐顴頤，秀目鬢須髪。雙足森有毛，草鞋而不襪。人閒壽星像，視此乃全別。惟其身甚短，不殊俗所説。雖有其詭異，終無其秀發。壽星見真形，拜觀豈敢褻。蔣子知我者，謂我好奇譎。爰命其猶子，摹寫窮豪末。遂令楮墨閒，丰采儼如活。其上有跋語，托之邵康節。其然豈其然，斯疑未能決。事載《聞見録》，邵氏所采掇。不言康節翁，當日有此跋。吾爲作此詩，不必托前哲。兼擬寫萬本，鐫刻同碑碣。庶以廣異聞，非敢祈大耋。蔣君猶子名在鎔。

書室中偶來二客，蔡君芸庭年八十三，王君濟川年七十一，余年六十八，合成二百二十二歲，戲作小詩

三人二百二十二，屈指年華我最輕。戲學香山白居士，笑呼張丈與殷兄。

今年夏，余以孫女許嫁宗湘文觀察之子舜年，字子戴，及江南鄉試榜發，子戴與焉。湘文觀察有詩志喜，次韵和之

吴山越水迢遥路，消息傳來榜上花。宗姓者通榜止一人，亦榜花也，時余在浙中聞捷。得信已教姻婭賀，彭雪琴尚書輿疾來賀。題名猶恐弟兄差。子戴從兄弟同應鄉試者三人，其名下一字皆同，傳者猶以爲疑。深閨未向嬌孫説，廣坐先將快婿誇。弱冠妙齡纔廿四，老夫回首感年華。余領鄉薦時亦年二十四。

見説青年已有聲，一黌旗鼓冠諸生。七年前，子戴以弟一人入上元縣學。能文久播京華譽，門下士徐花農太史、女婿許子原水部都下書來，盛稱子戴年少能文，蓋皆聞之許春卿舍人者。繩武休虚里巷名。金陵城中有宗老爺巷，見《上江兩縣志》，乃宗氏始遷祖通政公所居。紫陌不勞偕計吏，湘文觀察將引覲京師，即挈之赴禮部會試。緑衣會見對延英。贈詩兼爲吾孫勖，湛貢登科彭伉驚。

嘉平十三日遣嫁孫女，疊前韵志喜

廿四年前思往事，山妻一笑對黄花。孫女之將生也，内子姚夫人使一嫗卜問男女，嫗偶持菊花一枝而

返，夫人笑曰：「黄花乃女子之祥也。」已先弱弟三年長，余孫陛雲小於其姊三歲。止較新郎兩月差。子戴與孫女同庚，但小兩月耳。婉娩聽從嬌女態，性情容止老夫誇。湘文觀察與余門下士馮夢香孝廉書問孫女性情容止，余笑曰：「皆好。」門闌迎到乘龍婿，子戴入贅寒門。何減風流鄧仲華。東漢鄧禹年二十四封侯。

傳來臘鼓正聲聲，已見春從三九生。此夕洞房初合卺，明年金榜更題名。成禮之日，余製大金字八，縣樂知堂上東西兩序，曰「金榜題名，洞房花燭」。自憐門户清於水，喜見丰姿美似英。爲語右台猿與鶴，一鳴再聽不須驚。余今年於右台仙館聞子戴秋闈之捷，明年春闈報捷，余時或亦在右台也。

醉司命日，孫女偕婿同歸常熟，口占二十八字示孫婿子戴

臨歧把袂頗難堪，老淚龍鍾與婿談。學得安昌侯一語，愛憐孫女甚於男。

至常熟謁仲雍、言子墓，各賦一律

熟哉遺冢未沈淪，緬想高風儼可親。中子不援孤竹例，逸民直接采薇人。翻因讓國能開國，莫謂文身是辱身。千古完人應第一，兩全父命與天倫。仲雍墓。

鬱鬱佳城枕大岡，顔曾而外見文章。西河并世同傳教，南國千秋此破荒。偶試弦歌偕宓子，若論豪傑過陳良。一抔土在虞山麓，禹穴姚墟共久長。言子墓。

己丑正月聞徐蔭軒同年拜協揆之命，時漢人三相，南皮爲丁酉同年，合肥爲甲辰同年，蔭軒則庚戌同年也。感白香山「五相一漁翁」之語，戲賦一律

五十餘年事，升沈迴不同。朝中三宰相，湖上一漁翁。曳履星辰上，挐舟烟水中。香山詩句在，聊可贈群公。

送許氏第二外孫及四五兩外孫女赴滇

萬里滇南路，難堪此別離。汝曹歸有日，吾老見無期。少小游偏壯，崎嶇到恐遲。日邊與泉下，何以慰相思。時次女亡久矣，婿在京師，外孫輩隨其伯父赴雲南禄豐縣任。

送彭雪琴親家還湖南

二十年來交誼舊，三千里外别愁新。回思歷歷夢中事，相對依依病裏身。君病未愈，余亦大發宿痾。人羨還鄉衣有錦，我憐攬鏡鬢如銀。惟期同保桑榆景，猶欠花前酒幾巡。舊有百杯之約，至今未竟。

書城隍歌

宋鄭祭四墉，事載於《左氏》。杜訓墉爲城，是即城隍始。成都城隍廟，建自李贊皇。乃稽崇廟貌，初不由於唐。蕪湖舊有廟，赤烏二年建。可知三國時，祀已遍郡縣。凡物之所聚，其中必有精。聚久精氣厚，是以有神明。中霤與井竈，名殊理則一。既凝而爲精，斯孕而成質。吾家環堵室，積書固已多。積至數萬卷，高連楝與阿。其上巍然隆，其中窈然曲。雄關天府秦，危棧劍門蜀。古人擁書坐，謂可抵百城。如我書室内，不愧書城名。有城則有神，有神則宜祀。書城隍之名，吾竊以義起。清晨一瓣香，敬爲書城隍。願神守書城，勿爲鼠蠹傷。人謂禮無徵，我謂神如在。除夕祭長恩，請以城隍配。城隍之祀，當以《左傳》所載宋鄭祭四墉爲始。或謂即八蜡水庸，然水墉乃田閒水道，非城隍也。

四月二十二日爲内子姚夫人忌日，距其亡也正十年矣，漫賦一律

年年此日一吁嗟，自隔幽明十載賒。孫不成名吾已老，貧仍如故病稍加。竟登耄耋誠無味，欲抱曾玄未有芽。細事報君聊發噱，小浮梅檻又堪刓。曲園中小浮梅壞，又修治之。

六月三日爲内子姚夫人生日，計其生年七十歲矣，又賦一律

白頭偕老付空談，欲遺前情總未堪。一别十年年七十，又逢六月月初三。我生亦似燈將燼，世味真如蠟不甘。明歲嘉平初度日，可能同坐右台龕。

烏目山人王朝忠所書細字歌

其字凡五十有四，刻象牙爲胡麻形，兩面書之，文曰：「《詩》云：『樂只君子，民之父

母。』民之所好好之，民之所惡惡之，此之謂民之父母。庚午十一月書於印月山房之西，烏目山人王朝忠，年七十有一。」以顯微鏡照之，行款整齊，筆畫清晰，洵奇作也。孫婿宗子戴孝廉以示余，因爲賦此。朝忠字蘊香，吴縣人，寓居常熟，有《護花廊詩草》。庚午爲同治九年。

昔聞覃溪翁先生，歲歲歲朝有故事。每於西瓜子上書，「萬壽無疆」四楷字。五十歲後目力衰，「天子萬年」字稍易。六十歲後力更衰，改書「天下太平」四。又於一粒胡麻上，手把麄豪恣游戲。一片冰心在玉壺，七字分明工且細。其後富陽董文恭，能寫胡麻亦其次。「天下太平」字不難，難於寬綽有餘勢。古來絶技誰能同，惟師宜官有此異。曾聞寸紙寫千言，究竟不知真與僞。異哉王君伊何人，有此奇能是宜識。刻象牙作胡麻形，與真胡麻形無二。執筆爲書《大學》篇，當日不知焉取義。《詩》云「樂只」至「父母」，二十九字密如毳。字分兩面各數行，其下年月無不備。烏目山人王朝忠，書於某年與某地。其地印月山房西，其年庚午今猶記。是歲七十有一齡，古稀老翁見者悸。異哉王君伊何人，豈非熙朝一人瑞。我於何所得見之，出以示者吾孫婿。老夫自愧目力孱，借光於鏡始能覬。豈惟字迹不模糊，更覺筆端饒嫵媚。衆手把玩懼銷磨，一家聚觀同愕眙。此技從來不多見，願爾珍藏勿輕棄。眉娘尺絹七卷經，以此視之亦何愧。倘逢老輩董與翁，吾知欣然定把臂。

九月之季，自杭還蘇，久雨之後大水瀰漫，舟中率書所見

雨晦風瀟兩月連，推篷四望意茫然。長川浩浩都無岸，野水滔滔亂入田。童子操舟過橋上，老翁淅米坐階前。臨流不少參天樹，今日看來僅及肩。

今年湖州各縣皆荒於水，而吾邑德清爲甚，聞之衋然。因念去歲曾以擬墨一千四百本賣得洋錢一百四十圓助直隸、山東之賑。余今歲亦有擬墨之作，乃援舊例印一千本，每本賣洋錢一角，集成百數寄上海施君少欽，彙付德清賑局，以效杯水之助，賦詩紀之

故鄉昨日有書傳，話到窮閻實可憐。老我空存周急意，貧儒惟仗賣文錢。叨分阿堵青銅百，時洋錢一角止值錢百。廣印麻沙白版千。去歲發棠今又請，車薪杯水總戔戔。

余賣文助賑，以擬墨百本寄龔仰蘧觀察，每本售洋錢一角，乃承以十倍之直相讎，賦此謝之

集腋成裘未覺勞，戲憑筆墨换錐刀。書來忽拜百朋賜，文價俄增十倍高。君以千縑謝皇甫，我將一粥助黔敖。他年《龔遂傳》中看，此事雖微亦足豪。

咏東瀛二物

懷爐以洋鐵爲之，形如片瓦，空其中，以炭屑裹紙爇之，可置懷袖閒，故名懷爐。

金鉔熏香未足珍，東瀛佳製得來新。老夫冷盡心頭火，懷抱猶存方寸春。

齒磨形如粉，色微赬，用以擦牙可去齒垢，故以磨名。

刮垢摩光用最奇，瓠犀能使白如脂。老夫零落殘牙少，留贈人閒利齒兒。

余賣文助賑，已以洋錢二百寄上海矣。又念今歲以賑册屬代募者甚多，余杜門養拙之人，不能爲沿門托鉢之事，因一并寄還施君少欽，而媵以賣文續得之洋錢二十，賦詩志愧，且謝不能

呼癸呼庚大可矜，自慚吾力竟難勝。須知中散閉關客，不是阿難托鉢僧。惟有癡符聊可畫，敢求諧價再從增。一齊寄付施元長，愧此戔戔兩十朋。

孫女自常熟寄詩來，次韵和之

冬來晴旭滿窗寮，日日清晨坐到宵。庭竹無風猶自戛，瓶花不凍尚須澆。病魔未共三尸斬，詩壘猶堪一戰挑。知爾紅閨將咏雪，尖叉險韵鬥蘇潮。韓如海，柳如泉，歐如瀾，蘇如潮，乃李耆卿語，今人輒云韓潮蘇海，誤也。

德清蔡家橋有章菊泉者，以種痘爲業，年八十餘矣。今秋因久雨成災，禱天求霽無效，乃縊而死，其愚不可及也，賦詩哀之

天降秋霖不可止，有翁庭中跪不起。叩頭禱天求天晴，一雨四旬猶未已。額角流血膝爲穿，皇天高高不我視。翁力竭矣無能爲，中夜一繩雉經死。嗚呼此翁何其奇，爲民請命身殉之。其人能爲小兒醫，其家亦具中人資。有子有孫不孤獨，八十九十將期頤。愚不可及乃至此，天高聽卑胡不知。雷霆曾爲匹婦下，山岳曾爲愚公移。至今晴檐長杲杲，或者天亦憐其癡。是可殁而祀於社，蔡橋土穀翁宜尸。豈惟下伍大官廟，兼當上配戴侯祠。大官廟、戴侯祠皆吾邑土神。戴侯名繼元，宋寶祐中以拯溺而水死成神〔一〕，封保濟顯佑侯。異時村巫走報賽，弦管嘔啞歌我詞。大官廟在新市鎮大官橋側，大官者失其姓名，其人開米肆，歲大無，賤糶以予貧民，米盡抱升斗赴水死，亦成神。

〔一〕寶祐，原作「延祐」。宋無「延祐」年號，查戴繼元事迹，當在宋寶祐二年，據改。

花農典試山西，歸途於平定州青玉峽得白石一，琢爲文具二，自京師寄贈，爲賦此詩

白石固晋産，見於《詩·唐風》。粼粼與鑿鑿，不與他山同。我疑太行雪，終古難消融。千載化爲石，湍水相磨礲。遂令溪澗内，吐氣成白虹。徐子使三晋，驛路馳花驄。驚見青玉峽，茁此白芙蓉。采之質磊砢，叩之聲玲瓏。琢爲文具二，貽我曲園翁。近朱與近墨，隨其所遭逢。一爲印泥盒，一爲墨牀。要其本來質，皓然無污隆。是有君子德，竊以勵我躬。老夫年七十，不慕喬與松。但求返太素，堅白完初終。

沂水劉次方給諫綸襄今年分校禮闈，得余孫陛雲卷，謂其用筆迴不猶人，奇賞之，乃薦而未售，甚以爲惜，賦兩絶句由花農寄示，因次其韵寄花農并呈給諫

阿孫稚小未成名，虚費先生太息聲。想在青雲深處看，誤將籬鷃當焦明。

五星聚處夜沉沉，遥望龍門俯萬尋。但願舊栽花更好，不教姑負養花心。

再疊「寮」字韵兩首寄孫女

知汝裁箋傍畫寮，寄從昨日到今宵。膚寒或藉懷爐熨，前數日寄去東洋懷爐二。氣順無煩肺露澆。聞嗽疾已愈，肺露治嗽甚效，吴市有之。杯酒香甜常酩酊，書來言每夕飲酒。匣琴生澀懶句挑。料應妝罷趨庭日，歸棹剛乘黄浦潮。計其君舅湘文觀察當從滬上歸矣。

日映簾櫳月映寮，憐余寂寞度昕宵。鬢毛久被嚴霜壓，肝木難憑聖水澆。時余發肝疾。世事懶撐雙睫看，俗緣擬卸一肩挑。門前尚有求書者，苦遣分書學李潮。日有求書者，且約必作八分書，甚厭之。

十二月十七日，次曾孫女珉寶生日，適有饋鹿筋者，煮以啖之，戲賦一詩

今日汝生朝，明歲汝年六。啖汝以鹿筋，願汝壽如鹿。

庚辛編　春在堂詩編十三

庚寅正月十五日立春作

元旦春，人稱奇，我生以後兩遇之。道光九年、光緒十二年皆元旦立春。元宵春，同一律，七十年來始遇一。昔聞竹垞翁，謡諺徵三農。立春值元旦，百歲人難逢。此説不足信，讕語欺兒童。試從元至元，追數宋寶祐。三十八年耳，誰云不易覯。無怪竹汀翁，笑其所見陋。我謂不如元宵春，請將歲月從頭掄。上溯嘉慶十九年甲戌，是年亦元宵立春。下逮光緒十六年庚寅。老夫自憐生太晚，要問世間七十七齡人。

花農在京師，有從山西以汾水鯉魚置冰中以饋者，即轉寄吴下餉余，洗釜烹魚，欣然舉箸，爲賦此詩

冰中鼷鼠冰中蠶，至陰中有生機含。是以膳羞供冰鑑，可免魚餒肉不甘。故人貽我金色鯉，此鯉得之汾河水。自晋至燕燕至吴，負冰而行四千里。昔食湘水魚，漬之以鹽形如腒。前年彭雪翁曾以湖南鱅魚見餉，甚大。今食汾水魚，藏之以冰仍鮮腴。我命雙鯉傳還書，書中多謝城北徐。附以小詩供軒渠，算我咀嚼冰中蛆。

百花生日曲園小飲

老夫不自作生辰，免費山厨酒一巡。偶向小園陳草具，爲將初度祝花神。青陽好景無多日，白髮衰翁已七旬。莫怪欄干頻徙倚，殘年能更幾回春。

陳寶渠太守福勳以貝多葉十番見贈，賦謝

我聞貝多有三種，西域寫經皆用之。多羅多梨用其葉，部婆一種用其皮。葉長尺半廣五寸，猫頭筍殼無其嫩。却能遠歷五百年，竹膜楮皮功盡遜。佛法凌替耶蘇興，三印度國無一僧。英吉利人據其地，遍栽罌粟如田塍。貝多樹亦無顔色，空留舊植三婆力。太丘道廣富交游，得此新從舍衛國。西戎即叙路迢迢，佛性堅牢喜不凋。十葉何殊金十笏，愧無詩句和張喬。唐張喬有《興善寺貝多樹》詩。

題花農晋闈選士圖

皇帝龍飛親大政，詔舉慶科羅傑俊。徐陵吾黨舊知名，御筆標題赴三晋。禮部題請放正副考官，皆御筆親書姓名。同事欣逢謝幼輿，是科山西正考官爲謝君雋杭。同年同讀玉堂書。凉秋七月聯鑣出，突兀天門度使車。自京師至晋，所經山道有四天門。天門度後龍門啓，門外森嚴置蘭棨。如玉如英采晋材，豈輸蘭芷生沅澧。偶將瓜果供蟾宫，敬以精誠達上穹。晋國自來多大駔，河汾豈敢

忝文中。多少經生頭盡皓，論才未厭馮唐老。但求器識稱文章，不必門生盡年少。更念孀閨節婦兒，百年冰糵苦支持。欲酬雪柏霜筠意，惟有墳頭桂一枝。中秋夜，豫東屏中丞饋瓜果，花農仿吴中風俗陳瓜果祭月宫，并焚香籲天，願多中耆宿及節婦子若孫。果然佳士聯翩至，拔茅連茹居其四。解元段成章，第二張棨，第三王珮瑶，第四吴觀亨，皆花農所定。雙鳧乘雁不須拘，自來兩主考分雙單名取中。一鳳高飛三鳳次。知名半是老諸生，花農所取果多耆宿。撤棘開門衆論平。更有孤寒三十輩，家家有母是陶嬰。又有三世守節者之子孫及節母之子三十餘人。避暑宫前秋正好，繫舟山下寒猶早。匆匆一拜汾河祠，輕車歸去長安道。花農出闈六日即行，但至汾河神祠一瞻禮而已。歸途秋色滿旌旗，猶是金風玉露時。背水陣邊搜漢石，過井陘，於淮陰侯背水陣處得一奇石。壽陽驛裏和韓詩。過壽陽驛，和韓文公詩。天顔甚喜歸朝速，是科各省考官惟山西覆命獨早。僚友争求程墨讀。篋中出此一圖看，心秤公平儼在目。明遠樓頭鼓角高，不知佳節過題糕。九月初十出榜。昔年曾玩金臺月，花農於乙酉年分校京兆秋闈，有《瑣闈玩月圖》。一例留簪青瑣毫。花農近著《青瑣簪毫記》，載館閣及科場事。老夫老向吴中住，喜見日邊傳尺素。披圖讀此十篇詩，漢畫唐碑何足數。花農以漢周勃所畫壽星及唐清河王紀功碑拓本見贈，然余謂漢畫非真也。更幸高門世澤留，好將嘉話播杭州。請看選士晋闈日，正是西堂得桂秋。花農以其從弟珂是科浙江中式，賦《西堂得桂詩》四律。

閏二月歌

二月爲花朝，八月爲月夕。置閏得遇之，人情良所適。如何嘉慶癸酉年，置閏當在九月前。先是彗星出西北，奏請改閏由司天。乃以癸酉閏八月，改爲甲戌閏二月。不知當日議如何，曷不上稽康熙之戊戌。嘉慶十七年辛未，彗出西北方，欽天監奏改癸酉閏八月於次春二月。於是俗説有謂本朝不宜閏八月者。其實康熙五十七年戊戌固閏八月也，説見禮親王《嘯亭雜録》。嗣後八月閏再逢，龍飛元年咸與同。咸豐元年、同治元年皆閏八月。惟閏二月遇者罕，未嘗再見弧星中。試從庚寅溯甲戌，歲星六度周蒼穹。老夫今年七十歲，竟難以此誇兒童。再援元夕立春例，敬問世間七十七齡翁。自嘉慶甲戌至光緒庚寅七十七年，與元夕立春同，余前詩所謂「要問世間七十七齡人」也。

有饋鸚鵡者，畜之逾月而死，葬之墻外隙地，以詩代志

天生慧種出滇中，有客携來自粵東。江建霞庶常自粵東歸，携以見贈，云本滇産。緑鬟朝雲借名字，金輪武媚冒家風。修翎已見條條長，巧舌方期語語工。丹趾翠衣竟零落，鴛鴦冢畔葬氄

甃。往年有兩鴛鴦死，亦葬其地。

藺村廟

昔吾先王母，求子藺村廟。已而如所求，欣然子在抱。是即吾先君，年譜今可考。事見先君自撰年譜。亡婦姚夫人，垂暮未有孫，乃援故事請，弧矢懸蓬門。先室姚夫人於丁卯年求孫於藺村廟，逾年而陛雲生。是神與吾家，有大功德存。爰考藺村廟，已見於宋代。《春渚紀聞》中，曾將靈迹載。宋何薳《春渚紀聞》載有藺村大王事。七百餘年來，廟貌巋然在。不知始何年，求子者趨之。神理固難測，世俗安能知。不見任彥昇，今爲眼目司。吴中有眼目司神廟，所奉即任彥昇也。老夫年七十，關懷在似續。亦援故事請，不嫌再三瀆。但求子生孫，五世蒙神福。

西湖雜詩

匆匆兩日走飈輪，時借小火輪船名萬和者曳帶而行。剛好鶯花三月新。閏二月晦到西湖。太末移來一拳石，唐藝農觀察來攝臬篆，以常山縣石洪溪石命健兒負以相贈。曲園帶到數枝春。時於吴下曲園折雜花數枝插瓶，帶至湖上供亡婦姚夫人之前，欲其粗領年來曲園風景也。休嫌已過踏青節，猶喜來逢修禊辰。只怪故人吴季子，龍泉寶劍贈何人。同年龍泉吴冠齋世珍以龍泉劍見贈，余老矣，雄心消盡，殊無所用。

一到西湖便是家，老夫幽興近來加。掘來園内猫頭筍，連日食筍甚美。采得山中雀舌茶。時向墳鄰湯姓者乞得清明節前所采茶少許。懶著青鞋踏溪澗，自丙戌秋後，久不作九溪十八澗之游矣。喜從白首話乾嘉。法相寺僧醒機年已八十，話西湖舊事甚悉。惟憐退省庵中叟，老病龍鍾音信賒。雪琴尚書卧病家居，久無親筆書矣。

布衣蔬食向來堪，隱士家風事事諳。麥秸粗疏編作扇，時以青蚨十二買得麥秸扇一柄。竹筠精巧結成籃。杭人編竹爲小籃，於香市賣之，甚精。飽嘗蒓菜柔還滑，細嚼茅根澀亦甘。掘茅根食之，亦殊有味。攜得曾孫隨杖履，不嫌嬌小髮鬔鬖。謂曾孫女璡寶。

湖樓山館儘荒凉，時有賓朋集草堂。戲仿淘真作平話，前年從潘伯寅尚書處借得《三俠五義平話》，戲爲改定，易其名曰《七俠五義》，今滬上已排印成書，盛行於時矣。淘真，亦作陶真，乃平話小説之類，宋時有此名目，汴京舊俗也。閒翻《串雅》檢單方。丁松生大令刻趙氏學敏《串雅》未成，先成内編，余從書局得之。「單方」二字見《直齋書録解題》，有《本草單方》三十五卷，王俣撰。披裘藉禦晨窗冷，揮箑還招午枕凉。寒燠不時，一日之中箑裘并用。惟有一端殊自笑，未忘孫輩踏名場。時孫兒陛雲與子戴孫婿同赴禮部試。

花農以去歲典試山右，遠寄牲醴之資，屬爲祭告亡婦姚夫人，乃於右台仙館設祭，并焚寄一詩

秋風使者出衡文，初駕輶軒意自欣。千里歸來西晋路，一杯祭告右台墳。蘋蘩奠醊剛初夏，是日立夏。杞梓搜羅到彼汾。料得九泉應色喜，老夫詩報老妻聞。

余既成《西湖雜詩》四首，山中小住旬餘，又得七律四首

緑雲繞屋樹參差，又到清和首夏時。時已立夏。青粈飯香留客共，立夏日有饋烏米飯者，即道家所謂青精飯，亦名青粈飯。紅藍花好乞僧移。從净慈寺雪舟上人乞得胭脂花數枝，移歸種之。戲書福壽雙修字，山中無事，偶寫草書「福壽」二字，如兩人對坐之形，刻版摹拓以貽好事者。廣索山林雜咏詩，詁經精舍三月望課，余命諸生賦《山中雜咏詩》，凡二十題，曰山房讀書、山齋延客、山家訪友、山寺尋僧、山洞攓雲、山梁步月、山溪聽瀑、山田看耕、山轎晨游、山厨午爨、山泉煮茗、山果釀酒、山竹翦箸、山松斧薪、山花插瓶、山石供几、山鷄報曉、山鳥噪晴、山蔬供饌、山藥延齡。雖爲農桑祈霽色，草堂却喜雨如絲。雨則山中愈静。

自來山館已旬餘，剥啄柴門無日虛。垂死鄰童還乞藥，有鄰童病已不治，日來乞藥，未知能活之否。慕名野衲亦求書。山中諸僧時來求書。詩文一任流傳濫，求詩文者甚多，率爾應之，不計工拙。賓客休嫌禮數疏。余在山中，惟以便衣見客。忽訝鳴騶震泉石，輶軒使者此停車。潘嶧琴學使入山相訪。

宵來踞坐此胡牀，婦孺依然共一堂。喜有行庵便游覽，黄山谷有《王良翰行庵銘》云：「翦棕作廬，駕以人肩。」余雖無此製，然有小轎亦頗輕便。愧無立饋懶收藏。宋沈括《補筆談》云：「『大夫七十而有閣。』閣者板格，以皮膳羞，正是今之立饋。」按此知今人呼厨爲櫃，乃宋時立饋之遺語，字當作「饋」。余居山中，有饋盛饌者，輒以無厨櫃却之。辟除瘴癘惟宜酒，消釋霉黴賴有香。却喜春光似秋色，滿山開遍野花黄。山中有草開黄花，遍地皆是，乃悟張季鷹《雜詩》賦暮春景色，而有「黄花如散金」之句，殆即此種。

庭前新結竹籬笆，莫笑山居小似蝸。日下門生醱清酒，徐花農太史以去年典試山西，遠寄牲醴之資，屬爲祭告亡婦。湘中勁旅掃閒花。劉吉園總戎命健兒數輩入山，干掫之外，兼助掃除。淚因傷逝頻頻墮，時新得彭雪琴尚書騎箕之信。餐爲扶衰稍稍加。晚食向只粥一甌，入山後易以飯半碗。一事自慚真鹵莽，亂塗真草整還斜。求書者多，日不暇給，率以行草書應之，不輕作篆隸書矣，殆亦衰徵也。

哭彭雪琴尚書一百六十韻

公功在天下，公名在國史。四海所推崇，百代所仰企。此不待吾言，吾言不在此。惟懷姻婭情，請溯論交始。同治之八年，太歲在己巳。公初謝兵符，養疴游浙水。西湖第一樓，巋然西湖涘。公謂此樓佳，於焉駐鞭弭。我亦適來游，一見承倒屣。走筆畫梅花，權作屋租抵。公於己巳年來浙養疴，借居余詁經精舍第一樓，畫梅花一幅見贈，題詩云：「一樓許借元龍住，畫幅梅花當屋租。」此吾兩人訂交之始。自此交益密，自此情益昵。乃禮切。清游踵相接，高談掌共抵。詩筒倡和百，酒座往回幾。爲我飯置糜，公喜食硬飯，余至，必令厨人具軟飯相待。爲我酒設醴。以余不飲故。相交二十年，有若昆與弟。及至壬申年，公入覲天子。乃權本兵職，乃觀大婚禮。兩江適虚位，朝議惟公以。公堅乞骸骨，請歸守桑梓。有詔命巡江，歲歲必躬履。公受詔南還，訪我於吴市。仍假第一樓，聊以寄行李。我時獻末議，所議良亦韙。西湖湖裏湖，三潭印月，俗呼湖裏湖。三塔尚鼎峙。長橋九曲折，有若珠穿蟻。東北隅隙地，彌望草薿薿。於此築精廬，當不讓湘澧。公聞而欣然，短章奏黼扆。臣有退省庵，衡陽舊鄉里。西湖亦築庵，庵名即同彼。巡江至下游，願於此休止。於是工始鳩，於是材更庀。不半載樓成，樓小屋亦庳。與我第一樓，相望如尺咫。坐上塵同揮，門前舟共艤。嘗作西溪游，扁舟入蘆葦。共飯於∴庵，「∴」乃梵書「伊」字，山中庵名。坐有老學使。謂黄恕皆侍郎。一壺兩楪子，陶然共舉匕。每人具酒一壺，蔬菜兩楪。又作雲栖游，山中走邐迤。石公爲主人，楊石庵制府時撫吾浙。殽嘉酒亦旨。公即席賦詩，詩成不逾晷。右筆左持杯，豪氣出十指。我偶與公言，縱談西湖美。九溪十八澗，幽秀無與比。公即發高興，遥指白雲裏。乘樏共入山，愈入愈可喜。山壓人面前，泉流我足底。攝衣渡清泠，披襟坐嘉卉。公舍輿而徒，回頭轉我傒。大叫驚林鳥，健步逐山麂。臨流兩踝没，登高一足跬。我謂君此游，山靈笑欲死。不是游名山，竟是摩賊壘。一時游戲語，亦足見奇偉。前後數寒暑，年年駐旌棨。我本梁伯鸞，賃廡不自恥。偶爾營曲園，公喜爲啓齒。太歲在丁丑，承公枉玉趾。我孫甫十齡，携向尊前侍。一見大稱賞，頗不謂鄙俚。腰間漢玉佩，手解手親遞。遂合二姓歡，永受百年祉。丁丑歲，公至吴下，余携孫兒陛雲出見，時甫十歲，公一見大悦，解漢玉佩贈之，遂成二姓之好。及乎戊寅冬，吾婦病類痞。公勸游西湖，庶幾病可已。是年俞樓成，我猶未及視。公謂太隘小，垣成乃更毁。廓而使大之，依然相連纚。鑿就泉瀏瀏，叠成石嵓嵓。徐辟與彭更，佳話遍遐邇。杭人有以「俞樓」二字爲謎射四書人名二，曰徐辟、彭更，謂花農創之，而公更擴大之也。己卯歲二月，春風正旖旎。我與婦偕來，牽率到奴婢。公時聞我至，即起命船欐。携來酒滿壺，佐以肴填樏。黄道卜良辰，紅箋聘媒氏。藎篋出金釵，寒厨洗瑶篚。良緣從此結，大禮不嫌菲。湖光山色中，盛會殊濟濟。誰料樂生哀，迭嘗荼與薺。吾婦逾月亡，老夫爲隕涕。傳語親家翁，吾衰可立俟。逝者已九原，存者不可恃。願孫早有室，及我未爲鬼。公亦憐此意，報我書曰唯。庚辰臘嘉平，月望非月朏。卜吉在十二月十六日。燈火照軒楹，笙歌震階戺。堂前玳瑁筵，牀上鴛鴦被。攜來小比肩，穠華壓桃李。市兒詑丰姿，坐客問年齒。自我所寓廬，至公所居邸。相距半里遥，往來不嫌駛。揖讓忘主賓，嘲詼雜汝爾。臘鐙爲公挑，春酒爲公釃。吟箋傳輿儓，禮幣及娣姒。守歲坐團欒，憂時語歔唏。無何海氛惡，邊郵苦難敉。詔下命督師，公老起撫髀。昂首望南天，海雲何靉靆。戰士未裹糧，輿圖先聚米。羊城勢固雄，虎門實相踦。列營宜鉤連，築壘更崎嶬。公時在軍中，甘苦共下士。張我黄皮室，庋我烏皮几。其上設枕簟，其下置釜錡。零丁洋風濤，大黄滘泥滓。一一躬受之，病遂深入髓。孔明入不毛，伏波征交阯。勞或與公同，功未足公擬。三年躬況瘁，百蠻魄盡褫。遥望越王臺，不敢發一矢。試與鄰境衡，孰臧而孰否。民咸曰休哉，而公死此矣。聞公病戎幄，經月不動履。驟聞吾孫捷，躍起躡鞮𩌏。如此意拳拳，足徵情亹亹。公歸自粤東，笑口又一哆。是何蘭房中，不夢熊夢虺。我抱女曾孫，其前尚有姊。攜之以拜公，瑶環而瑜珥。遂開湯餅筵，金樽連日洗。公時尚能飲，兼能啖餅餌。雖已病支離，或未傷根柢。儻可臻期頤，不憂遽委靡。自此又六年，年年共梧匜。一見一回老，病勢加倍蓰。心血吐已空，形骸枯若枲。有手不能動，有足不能跂。有口不能言，有舌不能舓。莫禁射姑旋，竟遺廉頗菌。猶憶戊子春，遺我以雙鯉。尚是親筆書，此後無一紙。去歲遇禾中，清淚爲公泚。逖矣此歸途，殆哉此病體。深懼半途中，或竟長城圮。歸帆告安穩，私心竊自揣。明知病無救，猶疑未及是。乃聞歸家園，展轉在牀笫。既未減沈疴，又且困瘡痏。一朝謝塵寰，飄然騎箕尾。失此老成人，安危更誰倚。即今論大局，猶未登上理。横海有長鯨，伏莽有封豕。安得盡如公，以爲天子使。庶幾制夷狄，不必煩鞭箠。然此公論耳，公論人所紀。吾但論私情，私情固在己。二十二年來，臭味共蘭芷。詩文必互商，道義亦交砥。笑貌猶在目，聲音猶在耳。重登一寄樓，淚盡目爲眯。側聞建公祠，即在水中沚。行當籲臺司，疏請陳籩簋。嬌孫公所憐，爲婦亦媞媞。已命營齋奠，素服易羅綺。吾孫試春闈，能否拾青紫。得公此噩耗，定亦有餘悸。吾家西齋中，一榻爲公庋。憶否去年秋，閒軒猶一啓。公既返太虛，塵事豈復記。拉雜書告公，聊以代些只。我今年七十，亦與風燭似。不久從公游，扶桑到濛汜。

四月二十二日亡婦姚夫人忌辰焚寄

歲歲年年風景同，光陰荏苒一星終。十二年矣。自憐我老還多病，惟盼孫賢略慰翁。歷試三科仍未第，連生兩女竟非雄。黄泉不久應相見，何計酬君屬望隆。

余今年七十矣，犬馬之齒不足言壽，預賦一律，敬告同人

休道人生七十稀，年年此日一欷歔。父憂母難何言慶，漏盡鐘鳴久擬歸。逆旅已知身是寄，畸人本與世相違。諸君莫費殷勤意，留唱虞歌送襚衣。壽言壽禮概不敢領，請留作挽歌及賻賵之禮。

咏老

未老年華已早衰，况今年老更衰羸。齒疏久廢剔牙杖，骨痺頻施敲背椎。坐處每須長枕倚，立時亦籍短筇支。我生七十便如此，不信人間有耄期。

病魔從我廿年賒，境迫桑榆勢更加。朝忌葷腥餐白粥，每晨吃粥，不用鮭菜。暮防腹削啜紅茶。

茶有紅緑，緑者尤損人。蓄痰成飲酸頻嘔，積癖生瘍癢屢爬。始信有身真大患，老聃此語竟無差。

自入名場五十春，姑以二十歲爲始。而今非復舊精神。詩文謄寫多塗乙，書札標題誤日辰。容易遺忘藏弆物，最難記憶往來賓。莫嫌報謁遲遲甚，名氏模糊想未真。

端居深苦食難消，雜沓賓朋又畏囂。回憶兒時翻覺近，偶思門外便如遥。抑搔賴有童孫侍，膳飲全憑子婦調。留此人間一長物，作詩自歎自相嘲。

夜游曲園，籠燭數十枝以代月，漫賦一律

良宵安得月當空，絳蠟高燒亦與同。燈佛光明堪繼日，燭奴圍繞喜無風。分懸樹杪疏還密，倒映波心緑閒紅。老我暫時猶健在，不辭嬉戲共兒童。

今年六月大風，園中楊柳枝條爲風吹折，故秋宵得月較往年爲多，叠前韵成一律

試從良夜望長空，覺與從前迴不同。掩映清光雖有樹，芟除密葉喜因風。虚堂頓覺新生

白，險韻重拈舊限紅。壬午年，孫兒女月下賦詩，有「紅」字韻。但願年年多得月，不嫌稍減蔭童童。

書湯貞愍公殉難事略後公之孫曰世佺者所述。

咸豐三年春，二月乙酉日。爲初十日。賊攻儀鳳門，金陵勢岌岌。湯公率練丁，大呼出擊賊。遇賊於鼓樓，衆寡固非匹。籠東各四散，公怒猶狂叱。家人强扶持，同入李氏室。拔刀欲自刎，奪刀人繞膝。謂公且無死，聞賊已奔逸。公亦色有喜，傳言招潰卒。寓書上元令，火速具糧食。是時天曛黄，白日已西匿。爰與鄰里輩，仍效扞掫職。行夜夜至丙，街衢闃無色。寂不逢一人，群情憂且惑。上元使者歸，一一口爲述。制府已授命，重城已全失。鄰里各散去，公惟仰太息。扶歸李氏居，勸公姑勿急。暮夜偵探難，黎明當得實。俄而東方明，犬聲起餩餩。一夫乘垣窺，賊幟滿南北。公乃曰信矣，吾計有所出。或刎或雉經，死狀良可惻。汝曹睹此狀，能無心惴慄。不如赴清流，此死安且吉。乃賦絶命詩，從容自命筆。詩成欲啓户，家衆跪而泣。此居幸僻静，出户事難必。萬一與賊遇，不得死净域。安坐待宵深，庶免逢鬼蜮。公笑而頷之，計定何必亟。且圖與汝曹，團坐此片刻。丙戌夜子時，無月一天黑。公曰此其時，汝曹無我尼。女乙切。遂出後門行，有水清且溧。向北九叩頭，臣死有餘責。又向東叩頭，先塋遠難即。褰衣自赴水，猶手一栁栗。有女實從之，公第四女歸王氏者。忠與孝爲一。倉卒不得棺，衾裯裹嚴密。葬之竹園中，實在菜圃側。公本將帥臣，嫻雅通儒術。與我先君子，相交深翰墨。久聞公死事，死狀未詳悉。公有從曾孫，名鞠榮。從游登我閾。出示此一編，明白無差忒。念公已家居，不死有誰逼。乃持一念堅，不顧群情暱。慷慨又從容，良由其志壹。曾子易簀斃，季路結纓踣。以今方古人，如公復何恧。我爲此詩歌，可補國史佚。

題陳恪勤公畫像

遺祠幸未委蓬蒿，公祠在葑門外。遺像真堪壓鄂褒。蚯蚓矢難污潔白，聖祖南巡時，有置蚯蚓矢於行宫御坐前，欲以傾公。《蜻蜓賦》已寫清高。公九歲作《蜻蜓賦》。勵精敢負初年誓，公初入官，即誓天以清白自勵。盡瘁安辭末路勞。公卒，世廟有「鞠躬盡瘁」之諭。賦不可加官可罷，長教江左被恩膏。兩江總督阿山欲增地丁耗羡，公力争曰：「官可罷，賦不可加。」

九死孤蹤亦可驚，保全端賴聖聰明。朝衣幾戮黿家令，藜杖仍還劉更生。公再論死，皆蒙恩免，命入武英殿修書。宰相一言迴主聽，謂李文貞。小民萬户署官清。公知海州日，值歲除，民閒皆署「官清民安」四字於門。兩番被逮拘囚日，市井號咷盡哭聲。知江寧、知蘇州，兩次被逮，民皆爲罷市。

漕河兩節拜恩濃，以河督兼署漕督。自以精誠達九重。夢兆生同岳忠武，公生時，母夢一大鳥，故名鵬年，與岳忠武事同。祠堂死配海剛峰。江南祀公名宦，以配海忠介。孤忠雖受當時忌，正學終爲後世宗。自是衡湘鍾閒氣，森森松柏在隆冬。

一生宦迹未銷磨，豈獨蘇臺受賜多。出手經綸先赤縣，公初仕，官浙江西安縣。到頭心力盡黄河。終於南河總督任。姓名已足驚魑魅，公守蘇州時，吴人書公名於門以驅疫鬼。方藥猶堪起疾疴。吴人有疾，於公祠中求方頗效。見説三吴諸父老，賽神歲歲舞婆娑。吴人呼公祠爲陳太爺廟，報賽甚虔。

偶於吴蔗農孝廉處借小書數種觀之，漫賦一律

老去深知精力孱，舊時學業半從删。拚將暮史朝經力，都付南花北夢閒。楊蓉裳以《天雨花》彈詞、《紅樓夢》平話并稱，謂之「南花北夢」。往日虚名真自誤，異時俗論莫相訕。驪山女紀文君傳，擬闢名山山外山。余擬以《史》《漢》所載驪山女事爲《驪山女紀》，即世傳驪山老母也；又以今世祀梓潼文昌帝君，謂即高眹禮殿碑之梓潼文君，擬撰《梓潼文君傳》，然亦徒存其説而已。

西湖六絶句

西湖烟水足清娱，紅樹青山儼畫圖。只惜未除人事擾，愛西湖又畏西湖。每到西湖，應酬繁冗，意甚畏之。

吾孫北上到皇都，南下衡湘萬里途。余孫陛雲春間入京會試，秋間又至衡州弔彭剛直，南北往返萬里有餘。我只一汪看死水，嘉慶間，成親王有詩嘲一内監云「一汪死水謗西湖」，見袁隨園《詩話》。畏西湖又笑西湖。

彭庵往事未模糊，往返扁舟興不孤。今日淒涼祠下拜，笑西湖又哭西湖。

待尋十景舊規模，花港蕭疏麯院蕪。惟有功臣祠數處，哭西湖又惜西湖。

年年依樣此葫蘆，二十三年不少殊。山色湖光皆見慣，惜西湖又厭西湖。

殘年七十日西徂，未卜明年健在無。携得曾孫同眺望，厭西湖又戀西湖。

張船山集有《觀我》詩四首，命詁經精舍諸生擬之，因亦同作

未到無生便有生，由來此事誤非輕。年年描畫葫蘆樣，日日支撑傀儡棚。籬溷簾茵隨所

適，趙丁李丙强爲名。須知入世多煩惱，聽取呱呱第一聲。生

衮衮年華去似雲，滿頭霜雪已繽紛。青燈尚憶兒時味，黄土將營身後墳。朋舊凋零渾欲盡，孩童嬉戲轉成群。莫言晚景猶堪愛，太息人間易夕曛。老

晦明風雨盡爲痾，氣血俱衰可奈何。方劑君臣難配合，鼎爐夫婦欠調和。病魔來似空中箭，俗言病來似箭，此語深合「疾」字從「矢」之義。醫手操將暗裏戈。我視此身如槁木，不勞師利問維摩。病

莫將夭壽較彭殤，同是黄粱夢一場。空向名流乞銘誄，虚留子姓奉烝嘗。仙家尸解終銷滅，佛説輪迴更渺茫。還我本來了無物，不從石火再争光。死

冬日園中小集

連日晴和雪未來，園林猶可暫徘徊。且携冬釀一尊酒，來認春光數點梅。甌茗香浮青橄欖，盂羹艷糝紫玫瑰。余以玫瑰花乾瓣糝羹中，頗有香味。吾生如寄姑行樂，莫問消寒弟幾回。

十二月二日至象寶山，送長女婿王康侯之葬，有感而作

回思二十五年前，迎到王郎正妙年。婿於丙寅年入贅寒門。門第烏衣仍未改，婿爲文勤公次子。科名金榜竟無緣。婿久困場屋。欲爲先世存遺迹，王氏本由蘇州遷寶應。不礙他鄉卜墓田。七十衰翁初度日，山中親送汝歸泉。老夫今年七十，是日即生日也。

嘉平二十四日爲弟二曾孫女珉寶上學

最小曾孫最所憐，髿髿短髮未垂肩。杯盤略具先生饌，即以王氏大外孫爲師。章句初開《大學》篇。授以《大學》四句。啓發聰明宜破日，是日爲破日，余謂於破蒙最宜。祛除懵懂避盲年。明年無立春，節俗謂之盲年，不宜上學，故於臘尾行之。幾時有弟同書塾，莫使衰翁望眼穿。

辛卯元旦試筆

天假我年到八十，亦止三千六百日。試以三千六百錢，日日清晨去其一。自十而百百而千，

錢貫一年短一尺。老夫殘年亦如此，而況八十那可必。請從辛卯元旦始，固已銷除一錢訖。

穀日之夕於園中放花爆爲戲

迅如掣電艷如霞，好博兒童一笑嘩。錯落夜珠奪明月，玲瓏火樹吐銀花。世情陽焰同無著，文筆光芒或有加。未到元宵豫行樂，老來景物不嫌賒。

上燈日作

自入新年旬日餘，宵來寒氣未全除。坐閒猶擁金錢豹，有饋豹皮者，置之坐上。盤内常陳土附魚。連日食此魚，甚美。老懶無能真廢物，清平有味是閒居。試燈風裏聊從俗，莫使元宵景物虚。

歸王氏長女頻來，喜賦一詩

相違半里儼比鄰，每到吾廬不浹辰。少日深愁兒女累，老年翻喜往來頻。無煩竈妾添營饌，已戒閽人婉謝賓。小小園林堪小坐，老梅猶賸數枝春。

天山赤松歌

亦稱萬年松，出西域伊梨山中，古之天山也。松高幾及千丈，有僵踣山谷者，皮色變赤，厚可數尺，紀文達《閲微草堂筆記》曾載之，武林趙恕軒《本草拾遺》載松皮膏即此松也。汪寶齋司馬以一片見贈，余鑿成小山，空其中而爇香其下，使烟氣自穴出，如雲出山中，亦頗可玩，爲賦此歌。

祁連山高不知幾千億萬丈，乃有群松簇簇欲與山争高。蒼鱗翠鬣歲久化爲赤，赤松仙人安知非其曹。龍顛虎倒卧山谷，赤虬夭矯澗中伏。偷鑿片鱗殘甲來，壓斷明駝千里足。傳聞天山萬年松，可入仙家千金方。以治血枯功最良，老人病欬久不愈，一勺入口如瓊漿。昔年紀文達，親至塞外見其異。趙氏補《本草》，收拾藥籠不敢棄。汪倫贈我長尺餘，何異投我瑶與琚。略施雕琢用人力，居然一角峰巒如。人驚雲氣滃滃出巖穴，不知其下爇香其中虚。嗚呼！此松絶遠不易得，我得玩之几席側。蒼官非復舊時容，舉以示人人不識。爲作天山赤松歌，五臺白松天台金松相對總無色。

二月十五日園中玩月

孤燈如豆懶頻挑，小步園林破寂寥。初不擬出，及至園中，洋鐘八擊矣。且進紅茶當緑酒，余不飲酒，惟啜茗而已，是夕婢以紅茶進。最難月夕即花朝。二月十五日亦稱花朝。寒威自喜衰能耐，清興須知淡更饒。明夜無風期再至，不教辜負此春宵。

十六日又至園中玩月

昨宵有約不容差，今夜清光比昨加。滿地竟如流水浸，長空并乏片雲遮。老梅零落猶餘馥，新柳蕭疏未放芽。忽訝瓊林高出屋，誰知元是玉蘭花。時玉蘭盛放，月光照之，竟似玉樹。

十七日又至，是夕月初不佳，已而風起雲開，清光大勝

連宵景物尚依依，何意清光此夕微。賴有好風作鞴扇，遂教明月脱蓑衣。吴俗以月在雲中爲蓑衣月。辛夷照耀仍堪愛，丙夜流連未忍歸。料得西湖應更好，湖樓遥望興遄飛。

鏡屏串月歌

春在堂西偏設一鏡屏，月望前後數夕，於月當午時，從鏡中仰視，天上月化一爲五，竟如一串，但末後一月稍淡耳，乃悟石湖串月亦止如此，爲賦此歌。

吴中八月中秋節，都向石湖看串月。想見波光蕩漾中，冰輪成串真奇絶。不圖小小鏡屏風，風景依稀亦與同。是時二月十五夜，月如明鏡懸長空。玻璃窗内清光入，扇扇玻璃不相襲。清光射入鏡屏中，莫辨是分還是合。但驚璧合又珠聯，五顆銀丸一樣圓。不比五雲分異彩，儼如五緯聚同躔。一串牟尼光奪目，我疑吐自驪龍腹。縷縷穿成絡索珠，團團琢就連環玉。大小看來總不殊，後頭一月較模糊。粉本初濃終略淡，文章前密後還疏。此景惟於當午見，好比優曇花一現。綺疏開闔了無干，晶鏡推移仍不變。古語一光夾二光，墨家此論豈荒唐。見《墨子·經説》篇。抱珥重輪皆此理，三潭相映更尋常。石湖奇迹吴兒艷，或横或直無從驗。或以行春橋洞言，是横説；或以上方塔鐵索言，是直説。老夫只向鏡中看，不必刻舟去求劍。

贈吴蔗農孝廉

孔李通家自昔然，余與君家累有世講之誼。又從文字結新緣。阿孫忝與君同歲，小較於君三十年。余孫陛雲與君爲乙酉同年，然君長三十歲也。猶憶秋風棘院開，吾孫竊占本房魁。誰知一一鶴聲句，竟向楊衡偷得來。闈墨初出，誤將君第三藝刊作余孫陛雲名。如君才調本翩翩，麗句清才儼欲仙。北夢南花傳誦外，而今又唱《遂初緣》。君著有《遂初緣》彈詞。休因下第感劉蕡，且向文壇自策勛。倘許湖樓安一席，願將風月與平分。君謀充浙中書院監院。

書箑贈張朗齋中丞

虎符龍節鎮東方，已見威名動八荒。横海將軍拜韓説，治河都尉領平當。士欣廣厦千間庇，帝倚嚴城萬里長。偶作小詩寫公箑，遥瞻泰岱正蒼蒼。

自蘇至杭雜詩

都盧骨肉又同來，携到曾孫七歲纔。傳語健兒休鹵莽，不須輕發震天雷。時假得礮船護送，因携有小曾孫女，戒勿發礮。

緑波春水暖盈盈，百六韶光雨乍晴。看取家家插楊柳，教人知道是清明。舟中值清明節。

猶記栖溪看水嬉，畫船簫鼓過遲遲。戊子年事。而今重泊長橋下，又是來觀耍舞時。

田蠶尚早共嬉娱，緑女紅男總不孤。船尾船唇相對坐，便知蕩槳是兒夫。鄉閒婦女乘小舟，若與操舟者相對，必其夫也。

清明作社是鄉風，三社還分緑與紅。只怪村農迎旋去聲。社，雷轟電掣太匆匆。吾鄉於清明日迎神，舁之趨行市廛閒，謂之作社，亦逐疫意也。社有三，曰大社，曰紅社，曰緑社。鄉閒有所謂旋社者，舁神旋轉而行，往往壞人廛舍，亦敝俗，宜禁也。

大虹橋下是通津，藤蔓牽纏已滿身。古語磨兜堅最好，願題橋柱示行人。吾邑東門外大虹橋，舟過其下者，戒勿開口，杭州武林門外拱宸橋亦然。

明聖湖邊未一游，彭公祠下遽維舟。焚香只向祠前拜，不願重登一寄樓。到杭州第二日，即率兒婦輩詣彭剛直公祠，一拜而返，退省庵風景不忍再領略矣。

年年來往此蘇杭，精力衰頽學問荒。却訝朝陽一鳴鳳，甘心走狗列門墻。聞杭州駐防營中有如如老人者，名鳳瑞，年六十餘矣，援青藤門下之例刻一小印，曰「曲園門下走狗」。

潘嶧琴學使於署中築一小亭，環植修竹，名曰「此君亭」，時方續輯《兩浙輶軒録》，因繪《此君亭選詩圖》，索余題詩

曾聞古有采風使，采取風詩獻天子。漢唐以後曠不修，昭代右文重有此。儀徵文達來觀風，收拾珊瑚歸網中。排比略依科甲乙，徵求已遍浙西東。茫茫墜緒無人繼，欣見森然重起例。廣文冷署奉官符，都講高材獻私議。驛使平添傳送忙，戟門投遞總詩囊。梅聖俞詩搜算袋，柳耆卿句覓垣墻。零珠墜玉搜羅衆，詩律寬嚴常互用。果然人各以詩鳴，有時詩亦因人重。夜燭晨鐙手一編，不辭辛苦費丹鉛。觚編豪絡五十卷，考獻徵文一百年。是時軺車行部畢，歸到節堂多暇日。滿院親栽緑玉君，無邊秀色侵詩帙。何來妙手擅傳神，敬爲先生一寫真。修竹萬竿詩萬首，儀徵而後此傳人。我忝詁經主函丈，講堂文達留遺像。詁經精舍講堂有阮文達公像石刻嵌壁。願移君像配儀徵，萬古烟雲同供養。

送許星臺方伯奉召還朝

頒來玉詔促朝天，帝念賢勞暫息肩。坡潁弟兄同禁近，兼謂筠庵同年。劉樊夫婦并神仙。聞夫人同行。迢遥道路三千里，矍鑠精神七十年。我亦浙西一黎老，幨帷悵望倍依然。

昔年傾蓋在吴中，君昔官蘇臬，始相識。此後清談歲歲同。十字摹從齊代石，君曾集泰山經石峪十字製楹聯見贈，此字不知何人所書，或曰王子椿，或曰唐邕，皆北齊人也。一鐙留得漢時銅。君贈雁足鐙一具。紫霞杯酒流香遠，又贈紫霞杯二。緑牡丹詩寫艷工。君賦《緑牡丹》詩，和者甚多，余亦同作。大好湖山資管領，芝泥合向錦箋紅。余得六舟和尚所刻「管領湖山」印，君擢浙藩，即以贈之。

頻年宦迹在西湖，問水尋山興不孤。濟勝羡君真有具，詅癡爲我竟成符。君售余《春在堂全書》甚多。坐閒鐘鼎如屏幢，君坐閒環列古器。鏡裏鬚眉入畫圖。君有畫像置鏡屏中，甚肖。去歲山齋承遠訪，欣然野蔌配村沽。君去年秋曾訪我於右台仙館。

潞河一棹去徐徐，君擬從水道入都。正是春光駘蕩餘。人羡成仙班景倩，自憐如水鄭尚書。略援比翼朝天例，尹文端有《比翼朝天圖》，君伉儷偕行，亦擬繪圖紀之。可憶騎驢覓舉初。我儻攜孫來日下，宣南坊曲訪君居。明年又屆會試，余儻如丙戌年事送孫兒陛雲入都，當訪君於日下也。

有婢玲兒將嫁，以詩遣之

玲兒生小最玲瓏，伴我嬌孫繡闥中。今遣于歸還一笑，吾家婢總嫁英雄。余家舊有婢曰福兒，嫁富蘭生都統，後署將軍。每歸余家，綠幃紅繖，從騎如雲，頗極貴寵。又有婢曰翠筠，嫁蔣君金田，今此婢嫁韓君浦臣，兩君皆長江水師營中實缺武員也。

題鬡雷亭亭在冷泉亭側。

冷泉泉水静無聲，風定波澄似鏡清。一派忽從潛鬡瀉，千秋長作怒雷鳴。要爲趙宋留遺迹，特向軒楹署舊名。只惜故人拋此去，九衢車馬聽轟轟。亭爲宋安撫使趙公所建，後又改名瀑來，許星臺方伯同年集資建復，仍名鬡雷，今方伯内召，即將首塗北上矣。

自杭還蘇雜詩

來時新綠到垂楊，歸日農家已翦桑。小住武林逾一月，清明節物換端陽。來時於舟中過清明，住杭州四旬，距端陽尚遠，而市有鬻端陽節物者矣。

栖溪溪水水嬉歌，記得春游樂事多。今日重來看鐙戲，鶴鐙過後蝶鐙過。戊子歲，曾於唐西看水嬉，有詩紀之，今過此適逢鐙戲。

西洋花卉影扶疏，時携西洋花數種歸。坐對舟窗一事無。戲與兒曹同角勝，老夫新製勝游圖。時出新意製勝游圖，亦選仙圖之遺意也。

柔滑蒐葵透水生，老僧采贈滿盆罌。盛將清水携歸去，同吃西湖蒓菜羹。聖因寺僧滿上人采蒓菜見贈，携歸分貽親故。

憔悴篙師雪滿顛，崎嶇戎馬憶從前。不須更話沙場事，來聽先生唱《老圓》。有篙工曾從僧親王轉戰山東，不離鞍馬者五晝夜。

蘇杭一水本通津，去楫來橈不浹辰。多謝封姨頻助力，不煩辛苦借飇輪。從前江浙省垣皆有小火輪船可借以牽曳，今則無矣，然余此行其來也五日，其歸也四日，因風順亦不甚遲滯也。

四月二十二日亡婦姚夫人忌辰，焚寄一律

一十三年去不回，每逢忌日有餘哀。人閒萬事真如夢，膝下重孫尚未來。孤姪差堪酬宿

諸，夫人之姪祖詒，字穀孫，余爲娶妻杜氏，今生二子一女矣。女兄新又到泉臺。表姊歸周氏者八十四歲矣，三月中病殁，乃夫人之伯姊也。只憐草草勞人在，何日安閒卧右台。

林屋山民饋米歌

滑縣暴式昭，字方子，官太湖西山巡檢，以清操自勵，勤於民事，不善事上官，坐是失官。暫寓山中，饔飧不繼。山中民争以米饋，未匝月得米百餘石，柴薪𦚰菜稱是。於是秦君散之爲作《林屋山民饋米圖》，秦亦山中人也。

一官深壓百僚底，今又一官去如屣。尚何勢力能動人，乃有山民來送米。東村送米來，佐以薪與柴。西村送米來，益之菜與𦚰。魚豕鷄鳧無不有，更有饅頭及牢九。願官之壽年年高，饋官年糕配春酒。借問送者誰，其人素未知。弱者婦與孺，老者艾與耆。或爲農家子，或爲市中兒。趙丁李丙非一族，前于後喁同一辭。烏呼！君官山中有年矣，止飲太湖一杯水。不媚上官媚庶人，君之失官正坐此。乃從官罷見民情，直道在人心不死。薄宦不能一朝留，清風可以百世祀。無怪當年譚中丞，巡檢微員告天子。譚序初中丞護蘇撫時，曾以君名登薦牘。君今歸矣斯圖傳，披圖誰不知君賢。豈無大官解組去，投來瓦石盈其船。

虹橋木歌

武夷君幔亭之會，以木爲虹橋接引鄉人，會散而歸，遥聞風雷之聲，虹橋倏爾斷絶，橋版片片飛著巖壁閒，事見圖志，至今猶存。好事者以計取之，得其斷版，甚爲寶貴。祝安伯太守家在武夷山下，以兩片見贈，高一尺有半，廣六寸，厚三分許，合兩片爲一，儼如木山，置之坐右，賦詩紀之。

武夷仙人高會日，山中架木成虹橋。酒闌人散橋亦斷，木柹片片隨風飄。或著山巔或山岬，不援不繫長堅牢。偶然吹墮一二片，得者珍惜如瓊瑶。考亭先生笑不信，遠溯堯時洪水儆。下民避水競登丘，伐木營巢此其賸。朱子謂堯時民避洪水爲巢所遺。果如此説愈遥遥，更比武夷仙迹勝。至今要已數千年，不是陶唐即秦政。隨園老人曾見之，山舟學士親題詩。當時所見僅盈尺，非松非柏無人知。仙人船木不可得，得此已極人閒奇。武夷有仙人船七，明萬曆時偶墮其一，人争取船木爲佩。風流太守持贈我，斫就嶙峋山一朵。携歸置之春在堂，其色斑斕形磥砢。以配天山萬年松，伯之仲之無不可。余藏天山萬年松一段，汪寶齋司馬所贈。欲知此物究何時，安得仙人問張果。

余前作《鏡屏串月歌》，但寫其奇，未明其理，嚴芝僧同年來問，又成一絶句示之

金波蕩漾太玲瓏，竟與牟尼一串同。若問如何成此景，只緣斜射鏡屏中。如天上月在南，則鏡屏宜東嚮，使月光斜射鏡中，自然成串矣。

側看分明正看無，鏡屏大小總無殊。一奩秋水纔盈尺，照出團欒九顆珠。手執小鏡斜對月光亦能成串。余嘗命孫婦彭於廊下執小鏡照之，居然有九月也。

病中寄宗子戴孫女婿及孫女慶曾

無端一病竟淹纏，堪歎桑榆欲暮年。伏枕終宵纔一寣，音忽。授衣七月已重綿。偶聞風雨心先怯，便話烟波興亦闌。未識能來湖上否，黄花紅葉九秋天。

花農視學廣東，飛電來告，倒叠從前「堪」字韵寄賀

喜駕軺車指嶺南，好音先到我蓬庵。電傳錦字纔盈六，電音簡略，止六字。露湛丹毫已至三。

花農考差四次，得之者三，凡放差皆御筆親署姓名。但使匠門無雜木，何愁委巷有游談。前後左右皆得其人，自然弊絶風清矣，誰謂廣東弊藪也。從君欲訪羅浮勝，衰病心情愧未堪。

病閒口占

病來又閲幾晨昏，心緒蕭條不可論。天上將來雁父母，褌中已長虱兒孫。余素無虱，忽捫得數枚。郵筒遠道仍通信，遠近書札仍力疾親寫。書室經旬不啓門。只惜中秋三五近，負他明月照金尊。

病中厭食葷腥，而零落殘牙并菜根不能咬，日以醬炙蘿蔔食之，戲成一絶

肥甘無福不能饕，零落殘牙更不牢。只合終朝吃皛飯，蘇家蘿蔔未曾毛。

花農書來，請益其所短，余謂使者當用所長，不必用所短也，仍倒疊「堪」字韵示之

文明自古屬離南，不必重營問道庵。但願鳳樓真造五，何勞䟤徑别開三。用長大可參兵法，有我方能聽客談。網取珊瑚獻天府，詞臣報國料應堪。

病中紀夢二首

昨夢至一處，衙署若大吏。夾道聲傳呼，似報貴人至。高門蕩蕩開，門右千人侍。一夫趨我前，右膝爲著地。入門我遂覺，覺而不稱意。死後果如斯，何異人間世。兜率與海山，竟無我位置。遥遥白雲鄉，可望不可致。

昨夢見一人，尊嚴若天使。予我鴆一杯，云此賜汝死。其熱如沸湯，不可探以指。引吭一飲盡，擲杯聲鏗爾。覺而驚且疑，怪事那有此。然而胸膈閒，自此稍舒矣。得毋仙之人，治我轉我詭。休咎不可知，聊復書此紙。

九月十一日，亡兒紹萊生日也，計其生年，五十矣，感賦一律

玉樹長埋不記春，算來已是五旬人。桑蓬舊事猶如昨，簪笏浮榮豈是真。嗣子未能抛白苧，而翁久已厭紅塵。今朝爲汝營齋奠，少個曾孫小石麟。

潘嶧琴學使前以《此君亭選詩圖》索題，已爲賦一詩，今又以《輯雅堂校詩圖》索題，又爲賦此

昔題此君圖，我已盡厥旨。今披輯雅圖，欲言反無以。惟念中興來，二十餘年矣。欲求上理登，必自文教始。文教之盛衰，轉移在學使。安危將相外，尤宜注意此。江浙兩行省，夙擅人文美。天子甚神聖，萬歲躬自理。妙簡左右臣，往教東南士。公昔乙酉年，軺車臨浙水。乙酉典試浙江。今又奉簡書，來將浙學視。按行十一郡，搜羅杞與梓。傳授舊衣鉢，培植新桃李。果然三年來，文風蔚然起。衡文有餘力，采詩趁暇晷。李家錦囊中，梅家算袋裏。長篇固足珍，短章亦可喜。觚絡又豪編，晝夜不停指。裒然六十卷，羅列滿棐几。下可示浙人，上可獻

天子。側聞王祭酒，用意亦類是。續輯《經解》成，價貴三吴紙。王益吾祭酒視學江蘇，刻《皇清經解續編》。皆於儀徵後，殷殷仰而企。方今號治平，隱憂猶抱杞。鹿或鋌於險，蜃或嘘爲市。安得如公等，持節行萬里。遠探學海源，嚴立修途軌。文軫交中外，弦歌遍遐邇。豈惟文治興，兼可兵端弭。中興麟閣功，在此不在彼。吾言大非夸，可使國史紀。獨惜金石志，編纂猶未已。擬輯《兩浙金石志》，未成。文達之遺意，將無猶有俟。甲午公再來，觀成當可跂。

買菊花數十盆，置之艮宧，賦詩紀之

一曲小園太落寞，乃於秋來大賞菊。所費青蚨不盈貫，所得黄華已滿屋。相對可至一月餘，不比春光易零落。牡丹芍藥自言妍，美人只合居金屋。高價幾將十倍增，盛開難得一旬足。論值不如此花廉，計候反比此花促。造物以此娱幽人，敢不拜嘉受其福。大盆小盎來駢闐，北牖南榮環曲录。高高下下若陂陀，叠叠重重類帷幄。誰云入室非芝蘭，已覺滿堂盡金玉。娛蕊兼堪羹匕調，殘英更可枕函蓄。天生三絶色味香，人稱四友梅蘭竹。是真費少而利多，毋乃功高而賞薄。沾沾較量在花前，菊花大笑先生俗。

菊花下張鐙小坐

宵來看菊興尤狂，更爲高燒燭數行。莫道秋光遜春色，也同銀燭照紅妝。遥看鏡裏能增艷，久坐花中自覺香。小集團欒殊可愛，天時未冷夜初長。

曾文正公登鄉榜時名列三十六，余與楊性農同年彝珍同之。性農書來述及，并云「出處隱顯，易地皆然」，此語余不敢當也，爲賦此詩

與君進士是同年，更溯秋風折桂先。舊夢重重難捉搦，微名六六竟聯翩。幸存文字因緣在，敢附真靈位業傳。或者前身猶可證，本來同在大羅天。道家以大羅天爲第三十六天。

性農又言，庚戌同年落落晨星，惟性農與余及琴西三人爲歲寒松柏，余感其言，又爲賦此

卌載光陰去絶蹤，歲寒珍重後凋松。昔年一夢争分鹿，此日三人合作龍。我輩竟成同命

鳥，傍觀莫笑瘦腰蜂。庚戌一榜介丁未、壬子閒，舊有蜂腰之誚。只愁齒冷朝中友，别有巖巖太華峰。性農此言就林下言也，庚戌同年在朝中者有徐蔭軒參知，錢馨伯、許筠庵兩侍郎，則朝野各三人矣。

用西法照全家小像，爲賦一詩并記

余據胡牀扶杖而坐，立余後者，余孫女及許氏第二外孫女，又稍右爲孫婦彭氏，餘人雁行而立。左行之首大兒婦樊，右行之首二兒婦姚，樊之下爲從孫同愷及許氏外孫引之，姚之下爲孫兒陛雲及許氏第六外孫女，其依余膝下者兩曾孫女也。備書之以告我後人。辛卯十月曲園老人記。

布幃氈褥净無塵，寫出分明鏡裏身。一老龍鍾曲園叟，兩行雁翅合家人。傳神西法由來妙，照影東坡遜此真。婦竪團欒聊共樂，不須辛苦畫麒麟。

十月十四日，孫女慶曾生日也，戲出新意，爲治具十數品，所用止鷄子一味，賦此一笑

爲侑嬌孫酒一觴，菊花叢裏小排當。謹遵禁體詩功令，獨出新裁食憲章。二卵傷廉嗤衛將，千鷄鬥富笑齊王。何當更製大鵬彈，捧向筵前勸共嘗。

余去年七十生辰，友朋投贈概謝不受，不料日本有舊隸門下之井上陳子政爲我遍徵詩文也。今年八月寄至吴中，因刻成一集，名曰《東海投桃》，率題其後

虚名何意滿東瀛，祝我期頤我轉驚。論學幾同鄭北海，每云鄭康成、服子慎不能遠過，又云許、鄭復出。策勛竟配李西平。每論中原人物，以余與合肥并論，不知其不倫也。讕言蒸棗原無實，雅意投桃大有情。只惜陳良吾黨士，倫敦城下滯歸程。子德時奉使英吉利。

寒夜用孫兒陛雲、孫女慶曾唱和韵

晚來庭際望，又見月纖纖。風勁摇簾押，寒深襲帽檐。爐灰留焰小，硯水帶冰銛。明日天開霽，晴窗喜更添。

嚴緇生同年得余鏡屏串月法，試之而效，大悦，賦《串月弟子歌》見示，報以小詩

明月前身有宿因，竟煩折節老詩人。坐風立雪尋常事，不及俞門串月新。

「大明生東月生西」一章示串月弟子緇生同年

大明生東月生西，此古渾天家之説。渾天家説天渾圓，以天包地無欠缺。日月盤旋於其中，無所謂入無所出。陽左陰右乃定位，陽升陰降亦常轍。因而日月有東西，古人即以此爲別。日生於東而上行，月生於西而下徹。今人見月出東方，不知在月已爲没。其實日月何所

知，玉兔金烏自跳擲。東西乃自人區分，出入亦以意排列。先儒所見不到此，注家疏家義皆闕。鄙人平議始發明，究竟然否未敢決。今因串月弟子問，先生轉以此言質。

伯蘭表姊哀詞

姊爲舅氏姚平泉先生長女，余婦之女兄也，適周氏，年八十四而卒，將葬矣，爲哀詞以代挽歌。

姊生長我十三年，自幼提携最見憐。辛苦慈親事鍼黹，每勞劍我坐鐙前。
尚在髫年不解愁，每逢佳節共嬉游。年年元夕看鐙戲，與姊同憑史埭樓。
周郎僚婿最相親，文字論交誼更真。情話蟬聯常竟日，兩家何異一家人。
兒女昏姻一諾諧，誰知初願竟全乖。彩雲莫惜匆匆散，玉樹同歸黄土埋。
無端大劫遘紅羊，竟誦《離騷》弔國殤。太息人間有何味，卅年已歷小滄桑。
干戈纔定又承平，姻婭仍如往日情。昔歲吴門來訪我，青裙白髮話平生。
大年八十慶生辰，我亦來爲祝壽人。談笑如常行步健，期君穩享百年春。
幼子才高賦《鹿鳴》，燕齊遠客爲微名。更憐愛女隨夫去，迢遞滇南萬里程。

精神矍鑠尚如前，何意頤齡竟不全。見説臨終了無病，宛如熟睡到重泉。

外家姊妹似同胞，此後餘生更寂寥。我亦殘年風裏燭，與君相見定非遥。

零落殘牙存者無幾，今又落其一，感賦

連朝齮齕不相安，一旦分張轉覺歡。蜕去豈堪仙骨比，藏來聊作佛牙看。人言文貝重編易，滬上有善補齒者，與真齒無異。自問紅菱再啖難〔一〕。零落輔車猶賸八，莫將無齒例楊蟠。

沈烈婦詩

粤有馬氏女，嫁爲沈郎婦。馬氏家海濱，厥族素稱右。爲仁和喬司鎮人。沈郎亦儒流，早擷泮池茆。從徐邈讀，音柳。己卯試於鄉，名副賢書後。沈爲吾邑人，光緒五年副榜貢生，名寅禾。清才良堪珍，僻性亦所狃。不樂世途趨，惟願衡門守。婦能順事之，静好無訾咎。衣必適燠寒，羹必嘗

〔一〕 菱，原作「綾」。

旨否。無端嘻出聲，融風連夕吼。一炬竟成災，危樓勢難久。路已斷梯桄，焰且及栱枓。時窮力乃生，情急計偏有。重綿裹郎軀，重氈蒙郎首。抱持到軒楹，提擲出窗牖。己亦從之下，離地不嫌陡。身如猿狖輕，背更駏蛩負。相將出險中，生一死且九。偉哉健婦力，何異武夫赳。大勇在寸心，豈徒在雙肘。夫婦慶再生，不絶僅一綹。室廬蕩如洗，器用掃如帚。別謀梁廡賃，不辭顔巷陋。童蒙來求我，饘粥聊糊口。天既厄其境，天更奪其壽。一病竟不起，凄凉寡婦笱。乃爲具衣衾，乃爲營脯糗。乃爲買棺槥，乃爲卜岡阜。墓木樹以松，柩車載以輀。自亦營生壙，同此一培塿。曰吾事畢矣，送死頗不苟。誓將從之逝，夜臺侍姑舅。更偕我良人，拜我亡父母。麻衣身尚著，苴絰手自扣。口含雙明珠，其大幾及拇。非無臂上釧，灼爍如瓊玖。非無指上環，珍重等金釦。拉雜毀棄之，視若土瓦缶。擊碎齊后環，撞破亞父斗。艱難自求死，楚毒拌俱受。百鍊一鈎金，入喉忍不歐。佐以阿芙蓉，一杯當鴆酒。奄忽竟長逝，精白信無垢。感泣到途人，贊歎及田叟。天子重節烈，要使風化厚。行且樹綽楔，行且陳尊卣。嗚呼沈烈婦，千載名不朽。

花農度大庾嶺，有早梅迎馬首而開，折一枝見贈并媵以詩，次韵酬之

天將山水助精神，看取風光一路新。河上游龍迎瑞石，渡黄河時，以一片冰心石印投之，示白水盟心之意，賦長歌紀之，有云「龍君繫作肘後印，留與龍門永作鎮」，不獨見清操拔俗，亦徵意氣之豪，此事可傳也。淮濱靈鳥候清塵。淝水、淮水閒有一鶴迎送。廬山已許窺真面，庾嶺還教報好春。我讀君詩參佛語，梅花消息即蓮因。君母鄭夫人夢受佛偈，末句云：「蓮花會上有前因。」故以蓮因名其室。

五羊城内節堂開，杞梓楩楠盡待裁。佳氣已將春送到，好音先有電傳來。君發電報，告知十二月初九日接印。羨君家世清芬紹，惜我年華暮景催。賴有羅浮芳訊在，不辭一醉艮宧杯。曲園中東北有斗室名艮宧，向陽頗暖，余時率婦豎小飲其中。

花農途次又倒疊「堪」字韵見示，未有以報也，因寄書之便，走筆成此

狂吟一路到天南，君途中詩甚多。詩格陶庵又邵庵。佳節剛過臘月八，使星相繼武林三。君前任爲樊君介軒，又前任爲汪君柳門，皆杭州人。試從剛直祠前拜，可憶明湖酒後談。定向楣楹濡大

筆，雄文非子更誰堪。彭剛直公廣東專祠想已落成，君必拜其祠下，且題楹聯也。

得子真稱吾道南，更煩吉語祝頤庵。以十二月二日爲余生日，駢詞寄祝。書傳丹鳳雲飛五，君自製五雲箋，書來用之。字寄金蛇電掣三。君途中三發電報至蘇。日下舊聞懷舊雨，《廣東新語》佐新談。諸生好自承衣鉢，若問淵源我不堪。

庾嶺梅枝北亦南，新添春色到寒庵。殘牙零落猶存八，余新又墮一齒，存者僅八。好事平章却有三。新爲姪孫箴璽娶婦，而許氏長外孫及二外孫女昏嫁之事，亦半由我處料量也。鄧尉山中傳雅咏，越王臺下聽雄談。莫言迢遞關河隔，只當湖樓促膝堪。

咏黄芽菜

自海舶暢行，北方白菜滿吴市矣。此黄芽菜乃家鄉所産，余自幼食之，兒時風味極可念也，爲賦此。

北來白菜漫相驕，愛此園蔬最沃饒。入望竟如黄穲稏，捲心也學緑芭蕉。捲心者佳。雖非蒓鱠頤堪朵，一任花猪首亂摇。吴人呼爲猪摇頭，不知何義，殆不喜食之故耳。爲有兒時風味在，老夫舉箸每魂銷。

俞樾全集

汪少華 王華寶 主編

春在堂詩編 曲園自述詩
補自述詩 春在堂詞録

貳

（清）俞樾 著

謝超凡 整理

鳳凰出版社

壬癸編　春在堂詩編十四

壬辰元旦口占

歲朝婦孺共團欒，八九衰翁强盡歡。未便衣冠都脱略，已於拜起倍艱難。明窗試筆年規在，余每年元旦書「元旦舉筆，百事大吉」八字。静室焚香日課完。每日誦《金剛經》一過，元旦不輟。莫對屠蘇悲失歲，夕陽光景暫盤桓。

新正二日，花農自廣東省垣傳電賀年，率書一絶句復之

金蛇紫電御風行，吉語傳來不計程。親筆老夫書客籍，嶺南星使賀新正。

立春前一日聞雷，詩以紀之

迎春官吏剛入城，阿香駕車隨之行。依依格格雌雄鳴，老夫坐聽心爲驚。傍有村嫗喜相慶，道此休徵名臘迸。每逢臘迸是豐年，莫訝冬而行夏令。斯言載籍無所徵，却思舊事從前曾。吾年十六歲在丙，除夕聞雷聲鼛鼛。光緒九年十一月，葭管飛灰纔六日。亦聞雷鼓填然鳴，似挾一陽從地出。乃知此事初無奇，我生以來兩遇之。其餘記憶所不及，試問故老當能知。連日煩蒸不可奈，强御重裘思解帶。豐隆鬱律出奇兵，石破天驚來意外。臘迸之説雖無稽，其象非同震遂泥。但願今年果大有，吾先農父操豚蹄。

正月十六日，許氏二外孫女歸王氏長外孫，媵之以詩

嬌養吾家十八春，外孫女六歲來吾家，今二十四齡矣。今朝爲汝締良姻。阿爺日下娘泉下，憑仗衰翁作主人。

梅花香裏月團欒，十六良宵好合歡。春在堂前添色澤，分將喜氣到門闌。

王郎年少最翩翩，名姓曾經達九天。王氏外孫於其祖文勤公身後奉有「及歲引見」之諭。爲有文勤

遺澤在，他年知是玉堂仙。

更欣從母即慈姑，佳婦佳兒兩足娱。明歲姑年剛五十，壽筵能得抱孫無。其姑即吾長女也，今年四十有九矣。

至退省庵，率一兒婦姚、孫女慶曾、曾孫女璡寶，同拜彭剛直公祠，時公奏稿新於吴下刻成，即以一册交守祠者，置公神龕

刻成奏議及遺詩，詩八卷亦已刻成，尚未印釘，故未携來。後死難將此責辭。青史大名奚藉此，白頭老友合如斯。只憐近日余衰甚，大似當年公病時。余近者腰胯酸痛，艱於行步。扶杖三潭三太息，餘年幾度拜彭祠。

新市人沈阿長在西湖爲余操舟有年矣，以婢瑞香妻之，并爲製一小舟，使操以爲業

浮家莫笑似浮萍，爲製烟波一小舲。他日我來湖上住，漁童前導後樵青。

余殘牙零落，能吃筍而不能吃蒓，有問者，口占答之

尚堪大嚼猫頭筍，無可如何雉尾蒓。吾齒居然仲山甫，剛柔茹吐異常人。蒓絲柔滑，入口無可捉摸，不如筍固鈍根，可任人咀嚼也，此非親歷老境者不知。

曲水池上新成一小橋，賦詩落之

園林一曲柳千條，但覺扶疏緑蔭饒。爲惜月明無可坐，故於水面强爲橋。平鋪白版儼成路，俯倚紅欄剛及腰。更置梯桄通小閣，差堪布席置茶銚。自有此橋，曲水亭與回峰閣通矣。

花農學使以羅定所出蒲席兩端寄贈，并云此即古所謂蒲越，「越」讀如字，以地得名也，固衍其意，賦此爲謝

輶軒使者乘輕軺，羅銀水畔何迢遥。迢遥寄我兩端席，發視何啻瓊與瑶。彼中民俗俱工織，織蒲爲席好顔色。陸離儼似錦成文，滑笏不同裘有緎。使臣行部偶得之，更發高論前無師。古云越席即謂此，以地得名夫奚疑。尤可徵者曰蒲越，經師誤讀音如活。豈知蒲席自越來，故名蒲越配稿鞂。不見磬石出韶州，云是虞廷之鳴球。嘉魚出自肇慶府，南有嘉魚歌於周。而况蒲越製最古，祀天用之義有取。須知蒲席來從越，亦如苞茅貢於楚。王者豈以異物珍，所貴德足來遠人。德足來遠遠物至，郊壇乃敢陳明禋。我朝規模更無外，海外珍奇盡來會。區區一席何足言，寄與先生當縞帶。老夫得此成奇觀，草堂六月俄生寒。韓公贊歎黄琉璃，杜老驚詑青琅玕。作越席歌滿一紙，老夫之意不止此。願君廣搜席上珍，杞梓楩楠貢天子。

曲園即事

手治園林十八年，亭臺泉石故依然。自從添造平橋後，風景依稀較勝前。

回峰閣小小於舟，經歲無人此一游。今日人人連步上，要看新月柳稍頭。自造平橋，曲水亭始與回峰閣通矣，每新月初出，其地得月較早也。

玻璃爲鏡即爲門，曲水亭北設小門兩，而皆玻璃闔之，則似鏡屏然。別有雙奩壁上存。爲是吾園難縱目，教從鏡裏看吾園。

竹筒引水作流泉，滴瀝清聲到耳邊。試向橋頭憑檻看，水紋添得幾重圓。盛水於缸，置山石間，以竹筒引水而下激之，使上流入池中。

小浮梅檻又重新，緑幕紅闌映水濱。更仿鐵龍濬河法，頓教翳穢變清淪。小浮梅檻敝矣，時又新之，并以曲水池中多柳葉翳穢，濬之使清。

每逢月夜儘倘佯，無月還來此納涼。偶有微風生樹杪，已聽檐鐵韵琳琅。

書花農《國香三瑞詩》後

并蒂花開第一枝，風流猶是秀才時。六朝駢體無多讓，已兆徐陵絶妙詞。君第一次於杭州三元坊館舍得并蒂蕙，君猶諸生也，同里許君贈詩云：「名花自古如名士，駢體文章愛六朝。」

并蒂花開第二枝，老夫及見爲題詞。更煩鐵面趙清獻，同賦暖風芳草詩。君第二次於姚園寺舊宅中得并蒂蕙，時已以庶吉士假旋，余爲賦詩，彭剛直公時在西湖，亦爲賦詩。

而今開到第三枝，使者銀羅校射時。莫向騎奴頻問訊，夢中早已報君知。今歲四月，君校士羅定，又於輿中得并蒂蕙，問誰置此，無知者，而其夜曾夢人以素蕙四盆見餉。

三十年來三見之，遥知九畹舊曾滋。海棠雖避詩人諱，正是清芬克紹時。君避太夫人之諱，故易其名曰蕙，實則三次所見皆九畹之秀也。第一次在辛未歲，第二次在辛巳歲，今歲壬辰，三十年矣。

焚寄彭剛直公

謝病臨淮自乞身，璽書再起舊綸巾。象牀寶帳無遺語，虎節金符又重臣。辛苦灰盤當日事，飛揚油幕此時新。雲旗倘向江邊過，一笑相逢兩故人。

花農以荔支見惠，即次原韵賦謝

杜老猶銘菜把恩，况貽珍果到寒門。已分冷艷來梅嶺，去年君度庾嶺，曾折早梅寄贈。更擷甘芳到荔園。高價可傾吴下市，軺車正歷海邊村。只慚一語真非分，天上人間與并論。君詩云「天上慈雲罔極恩，人間風義托師門」，蓋以所得荔支分半薦先、分半寄余也。

即事口占

本來虀菜孟嘗君，暑日腥羶更厭聞。不是聞韶亦忘肉，居然三月食無葷。

善飯廉頗是將才，豈余衰朽敢追陪。近來飯量殊堪笑，朝一茶杯夕酒杯。

莫將眠食問何如，老去精神尚似初。九九炎天八十一，著成十四卷新書。長夏杜門不出，著書得十四卷，因夏至後亦有九九之諺，故題曰《九九銷夏録》。

截筒引水作泉聲，注見前。翦紙爲鐙代月明。以緑紙糊圓燈懸空中，望之如月。世事由來都是假，老夫何必不人情。

又得四絶句

寂寞閒居養散材，經時冠帶滿塵埃。門前投刺人稀少，有女歸寧當客來。謂歸王氏長女。

江花鄭草總荒蕪，尚有童心只自娱。三要近來添作四，西湖新製勝游圖。曲園三要者，一爲八卦葉子格，二爲三才中和牌譜，三爲勝游圖，今又製西湖勝游圖，則四矣。

大慚大好滿人閒，無怪昌黎欲汗顔。草草課孫文一卷，吉林傳誦到臺灣。余所著《課孫草》，前年有自吉林來求者，今年有自臺灣來求者。

計字酬縑非敢叨，也煩潤澤此枯毫。曲園文價年年長，試比隨園總未高。隨園當日竟有以千金求一文者，余文雖極貴，尚不能得其三之一也。

中秋夜作

萬里陰晴今夜同，此言未敢信坡公。客談偶及兩年事，風景懸殊百里中。妻姪姚穀孫言，前年在上海，舊年在無錫，中秋皆遇雨，而蘇州則皆晴也。東坡謂中秋晴雨皆同，此言未信。塵世只須論見在，清光且喜滿長空。吾生如寄姑行樂，也學吴兒拜月宫。

朱將軍殺虎圖

將軍名洪章，字焕文，貴州開泰人，官永州鎮總兵，時有虎入城，將軍發火槍斃之，故作是圖。

朱將軍，勇冠軍，雲臺烟閣銘其勛。以戰功賜騎都尉，世襲。永州城，虎入城，呀呀張口誰敢攖。萬槍隆隆聲不徹，無奈虎皮堅似鐵。將軍一槍揞其喉，狂吼未終虎已絶。昔時李將軍，射虎非真虎，已自英名震千古。將軍所斃真於菟，真虎所至千人逋。將軍直前無峙躇，真視猛虎如鼪鼯。至今披此圖一幅，尚有威風動林麓。我謂此事猶尋常，將軍當年手縛虎中王。克復金陵時，地雷發，將軍首先入城，破僞王府，親擒僞王之兄。

任筱沅中丞訪我春在堂，適潘蔚如中丞及盛旭人觀察繼至，旭翁年七十九，蔚翁年七十六，筱翁年七十，而余則七十有二，三賓一主，共二百九十七歲，因以詩紀之

四人二百九十七，一主三賓春在堂。五老未全誰繼至，八公分半已成行。蒼浪鬢鬢看俱古，脱略衣冠恕我狂。三公皆盛服，余則布衣朱履。太史明朝書盛事，老人星聚在金閶。

筱沅中丞見示和章，叠前韵酬之

三壽作朋真我幸，一時并集在兹堂。珠槃敢主耆英會，來詩語意非所克當。花樣休題官錦行。旌節輶軒皆是夢，湖山壇坫尚能狂。坐中潘鬢蕭疏甚，猶擬秋風叩帝閶。蔚如中丞有重九日北上之意。

重九前二日，崧鎮青中丞、劉景韓方伯、黄澤臣廉訪、王心齋觀察不期而集，并訪我於西湖俞樓，中丞曰：「是亦一盛事，可與吴中四老之會并傳矣，不可無詩。」因疊前韵又成一律

曲園居士湖濱住，大會群公在一堂。十載戟門老賓客，中丞、方伯皆吴中舊雨，近十年矣。幾人詞館舊班行。廉訪、觀察皆翰林後輩。湖山眺覽能增色，年齒推排許放狂。余馬齒最長。再報德星杭郡聚，又教傳述到吴閶。

吴季英以所藏《隨園十三女弟子請業圖》索題，率書四絶句

授經從不到姬姜，絲竹徒聞集後堂。天爲先生開創格，穠桃艷李滿門墻。

春日湖樓雅集時，蛾眉羅拜老袁絲。括蒼洞裏前身在，或者猿公本是雌。

少小流傳歸娶圖，白頭眉案未曾孤。編詩倘使容周姥，應集名流拜大家。

曲園何敢比隨園，未許山莊舊例援。却笑合肥賢相國，强從師友較淵源。新得合肥相國書，以

余與相國并出曾文正公門下，引鄧遜齋語「門下一文一武」爲比，而又自謂過之，姑存此説，俟後人論定耳。

姚少泉表弟言余鼻有元峰，是神仙中人謫降，此説余所不解。又言凡謫降者多不得志於人世，甚有流爲乞丐者，則頗似有見，戲作一詩，紀其囈言

敢云生本謫仙人，且借讕言證夙因。十丐九儒無定格，三茅二許有前身。料應洞口雲猶在，莫把人間事認真。久住閻浮竟何味，枉將碧落换紅塵。

觀影戲作

湖樓良夜小排當，老尚童心興欲狂。戲劇流傳黑媽媽，南宋時以影戲著名者。彈詞演説白娘娘。是夕所演爲宋時青白二妖事。輕移韓壽折腰步，明露徐妃半面妝。曲罷局闌人亦散，世間泡影總茫茫。

《青溪别色爐歌》爲潘偉如中丞賦

中丞撫黔時，奏開鐵礦，遂於青溪建造别色爐。爐成，適值大雨，其介弟觀察君通西學者又逝，遂封閉至今，甚可惜也。中丞爲圖以紀之，屬以詩張之。

中丞材識當代無，一生心血存此圖。借問此圖圖何事，貴州青溪别色之洪爐。嗚呼！周官丱人失其職，地愛其寶秘不出。禮失求野學在夷，古法流傳來異域。方今人人言富强，生金生粟徒茫茫。金銀有氣人不識，翻教鼰地來狼巟。中丞杖節到貴水，上察天文下地理。古稱産鐵三千六百有九山，誰料菁華乃聚此。問此何地曰青溪，鐵苗滿地無高低。乃於此地建大廠，高凌霄漢深及泥。耳目心思三者竭，一旦鉅觀成突兀。汽爐礦爐通陰陽，風管氣管窮豪髮。自古材大用必難，又逢大雨天漫漫。次公逝矣疇人散，徒令異論交謾讕。我謂東山宜復出，大爐重開應有日。玉英色白金英黄，豈止鐵官慶饒溢。先生一笑摇其頭，已將此事付東流。五十萬金六年力，博得千秋萬載古迹青溪留。

哭門下士朱伯華觀察

伯華名福榮，紹興人，隨其父在蘇州，曾以文字就正於余。庚申春，蘇州陷，余挈之出危城中，從浙西轉至浙東，相依一載有餘。以内子姚夫人撫視有恩，事之如母，與亡兒紹萊猶兄弟也。後以孝廉官部曹，出爲監司，分發直隸，於李傅相營務處司支放兼管海軍衙門出納。一歲中，經其手者無慮數百萬金，而絲豪無所私，傅相甚重之。年未中壽而卒，惜哉。

哭君何事最凄其，難忘相從患難時。廿載事余真似父，一官爲國不知私。龔生竟夭殊堪惜，伯道無兒更可悲。泉下倘逢吾婦子，爲言尚未定歸期。

授經石歌

花農行部於英德得一石，若老人危坐而手一編者，因名之曰「授經石」，寄贈余於吴下。余觀之，其左一翁危坐，其右又似有人跽而受者，笑曰：「此吾《曲園墨戲》中所謂曲園課孫者也。」蓋仿佛形似，各以意視之，因賦此詩，即寄謝花農。

老夫恣筆爲墨戲，華石衡雲出新意。曲園二字似老翁，一孫字似童子侍。是曰曲園課孫圖，以字爲畫從古無。不圖世間有此石，此石得無爲老夫。一老儼然岸幘坐，約略須眉竟是我。手中似有一卷書，有人俯而受之左。使者行部偶見之，歡喜絶倒相奉持。云是曲園授經像，神工鏤刻非人爲。遠自天南寄吴土，頓使米顛首爲俯。授經愧無經可授，課孫又慚孫也魯。惟念英石世所珍，况此石爲我寫真。置之案頭竊自笑，我本山中一石人。

天寒風勁，久不至曲園矣，日來以看雪數至，遂於艮宧小飲

一年好景過如雲，歲暮園林未足欣。冬月矜嚴真御史，宋人陳昉《潁川語小》云：「秋月如翰林，冬月如御史。」朔風跋扈上將軍。枯楊落落都無色，凍雀啾啾若有云。今日偶來看雪景，不辭久坐趁微醺。

小窗婦豎話喁喁，三白今年喜竟逢。市脯製成剛趁臘，村沽釀就却宜冬。臘肉、冬釀酒皆席間物。風飄竹葉飛青鳥，雪壓松枝卧玉龍。此句乃許氏二外孫女抱珠作，上一句則老夫對之。自煮瓊華殊有味，掃雪自煎之以瀹茗。明朝還擬再扶笻。

癸巳元旦

歲歲年年老學庵，又迎春色到江南。青郊韶景一百六，絳縣衰年七十三。葷血已將除宿垢，近喜蔬食。茶香還擬緝叢談。時又草《茶香室四鈔》，未知成否。待將小牘松窗寫，自顧頹唐恐未堪。《松窗小牘》，宋無名氏百歲老人著。

題張价人太守《銅官感舊圖》

咸豐四年，金陵賊由武昌犯長沙，上據湘潭，下扼靖港。曾文正公檄精鋭攻潭，自帥師攻靖，敗於銅官渚，公自投於水。太守先在莫府見公手草遺疏，知必將死，潛匿舟尾。至是突出援之，公問何來，以湘潭捷告，蓋僞言也。公大喜，遂不死，已而果捷，賊遂遁。此一舉也，實中興大局所係，斯圖所以識也，而人鮮知者，惟見李次青方伯《紀事》及左文襄《感舊》文。太守名壽麟，長沙人，終於泰州牧。癸巳春，有以圖見示者，率題一絶。

大將一星危欲摧，有人扶起上雲臺。乾坤旋轉皆由此，只算手援天下來。

吕烈女詩女父名佩芳，母吴氏，女於光緒十八年五月四日死，年二十三。

無錫遷蘇州，有編户吕氏。其業爲縫人，生計賴十指。家有好女兒，嬌艷若桃李。閨中習鍼綫，厨下佐刀匕。許嫁顧氏兒，馮氏之義子。繆繫已多年，冰泮猶有俟。去年媒氏來，言婿甚不美。鼻涕一尺長，狼藉無人理。惟嗜阿芙蓉，終朝守牀笫。今年媒氏來，言婿見逐矣。馮氏棄不顧，誰怙復誰恃。行從伍大夫，吹簫於吴市。一説母摇頭，再説父切齒。家有好女兒，嬌艷若桃李。閨中習鍼綫，厨下佐刀匕。若以嫁此兒，終身復何倚。償爾聘幣錢，還我年庚紙。一刀兩决絶，概付東流水。女始聞而驚，猶疑未至此。女繼聞而悲，天乎竟至此。疊用二「至此」，用《采薇》二「之故」、《車牽》二「庶幾」例也。嗚咽閉户泣，慷慨仰藥死。客冬大雨雪，今春寒未已。倮然顧氏兒，凍餓不能起。一朝斃路隅，踡曲若羊豕。上距女死時，不過期年耳。黄泉倘相見，其顙定有泚。一爲餓莩鬼，泥塗化蟲蟻。一爲貞女魂，雲路鳴環珥。俗論徒悠悠，誰歟表厥里。吾爲烈女篇，敬俟采風使。

往年潘文勤公以峨眉銅佛見贈，銅廣一尺、修五寸，鑿佛十八尊，云是峨眉銅佛殿之壁，殿毁壁摧，偶得其殘片也。然其色黝黑，不類銅。余讀范石湖《吴船録》，知峨嵋有三千鐵佛殿，因疑此爲鐵佛。賦詩紀之

峨眉山顛佛放光，普賢大士開道場。徒衆三千競來會，白猿青鴿森成行。後世因有鐵佛殿，不識何年何代建。三千鐵佛聚一堂，長聽山禽呼佛現。往歲文勤潘司空，貽我古佛云是銅。銅廣一尺修半之，鑿成佛像大小同。纍纍三六一十八，想見良工費磨刮。言此銅佛殿之壁，昔孟蜀時所建刹。毁此殿者張獻忠，殿毁壁亦無遺蹤。偶然得尺或得寸，無異琥璜圭壁琮。獨怪黝黑非銅色，青銅黄銅莫能識。摩挲再四竊有疑，其色黟然竟似墨。疑此鐵佛殿所遺，石湖居士親見之。彼時三千今十八，宜乎貴重逾尊彝。故人文勤已長往，應到光明巖頂上。倘從法界參普賢，爲鐵爲銅試一訪。

司馬温公澄泥硯歌

硯有温公銘，云：「與蓮兮同出，與玉兮同質。顧我非君子兮，胡爲處此室。」署曰「涑水君實志」，有真西山跋及延平李侗與文徵明觀款，今藏杭州孫君仁甫家。

古人之硯惟用瓦，是故昌黎氏以陶。後世之硯取材廣，金銀銅鐵紛其曹。就中石硯用最普，端石歙石各有譜。最奇澄泥出虢州，歐公曾以貽原甫。又聞高平吕老人，所治泥硯若有神。偶得一二價百鎰，若無吕字猶非真。温公此硯世罕見，重以其人非以硯。笑他紅漆鳳皇臺，遺物流傳蜀王衍。摩娑此硯有深思，與玉同質無磷淄。想見辛勤十九載，《通鑑》全書屬草時。

戴氏妾割臂詩

丹徒戴樹人觀察有妾袁氏，戴他出，妻吴小產甚危，妾割臂肉羹以進，竟愈。夫人子之於父母，妻妾之於夫，此事恒有之，若妾之與嫡，則自古無聞也。爲賦此詩，以襮其事。

割股非正理，昌黎之所訶。然實由至性，迫於無如何。苟非性之至，安肯刀輕磨。事之最奇者，莫如呼延贇。割股療子疾，過情良可歎。亦因愛厥子，方寸爲之亂。今有戴氏妾，割臂事尤奇。不惜妾膚痛，但求嫡病治。塊肉入嫡口，效過葠與蓍。戴公時外出，妻吴孕未育。一朝危欲墮，乳醫手盡束。妾袁計無出，背人自封肉。吾觀《周易》象，二女卦曰《睽》。同居志不得，一室相勃谿。異哉戴氏室，有此妾與妻。戴固能齊家，吴亦能逮下。至於袁氏者，吾所見蓋寡。至性至情事，夫豈有所假。乃歎天下事，文義難拘牽。父爲子則悖，妾爲嫡則賢。同此一奇行，而有然不然。此事格於例，未能旌於朝。要當表襮之，以回薄俗澆。倘有輶軒使，采我此風謡。

聞浙藩署有瓊花，戲作小詩，乞劉景韓方伯翦贈數枝

聞説瓊花開正妍，乞公翦贈數枝鮮。好揩老眼分明看，莫誤尋常聚八仙。

越日瓊花至，實即聚八仙也，口占一絶句

將謂天葩出化工，誰知原與八仙同。千秋衛霍麒麟閣，多少英雄草澤中。

景韓方伯索作瓊花詩，爲賦長歌

揚州瓊花天下無，北宋移植至汴都。南宋臨安亦移到，兩處旋植皆旋枯。還之舊地乃復茂，春來花葉仍扶疏。宦者陳源弄奇譎，偷得劉郎接花訣。劉禹錫詩云「接樹兩般花」，古來言接花者始見此。翦取瓊柯三兩枝，聚八仙根巧相接。杭州自此有瓊花，后土蕃釐幾莫别。或云金兵下維揚，瓊花一樹先摧傷。道人偷以聚八仙，潛種舊日瓊花旁。河豚贗本已非實，鸜鵒遷地安能良。又聞鄠縣有炭谷，炭谷瓊花白于玉。中央一瓣如蝶形，隨花開不隨花落。花落蝶飛飛上天，將無去傍瑶池宿。如斯不愧稱奇葩，移根疑自仙人家。仙種凡間那能見，紛紛目論能無差。且邀廿四橋頭月，來認無雙亭畔花。我客杭州垂卅載，未識瓊花竟安在。《雜組》《丹鉛》費討論，謝肇淛《五雜組》〔一〕、楊慎《丹鉛録》均辨論瓊花。山礬梔子徒欺詒。忽得劉公一紙書，貽我盈筐珠琣瑠。山中適開聚八仙，家僮折取來争妍。細看兩花實同類，花開皆在三月天。色香相近形亦似，八朵排列如環圓。我出一言花勿惱，是一是二勿深考。此花開傍行中書，固宜膺受瓊

〔一〕謝肇淛，「淛」字原闕。

花號。在山則名聚八仙，伴我山中成九老。

杭州瓊花歌

余前謂瓊花之與聚八仙二而一者也，乃丁君松生以明人楊端《瓊花譜》見示，則瓊花九朶而聚八仙八朶，區以别矣。余適以《杭州瓊花歌》課詁經精舍諸子，因走筆成此篇，雖似《考異郵》，仍是《參同契》耳。

瓊花謂即聚八仙，斯言未定然不然。譬如滿山紅躑躅，謂即鶴林之杜鵑。將以此説爲是歟，西施乃只直一錢。將以此説爲非歟，邢尹原不分媸妍。或謂聚八仙有子，瓊花無子異在此。恐亦如麻有雄雌，雌者爲苴雄者枲。苴則有子枲則無，是亦陰陽之定理。又況物類不可知，區者萌者多參差。八月桂花無一子，四季桂花子滿枝。芭蕉之子亦罕見，閩廣甘蕉子離離。尋常穀樹皆有子，獨於斑穀則無之。如以子有無爲辨，世間凡卉皆堪疑。又謂其葉有分别，瓊花之葉光而潔，聚八仙葉微有毛，此其所論殊瑣屑。虎薊猫薊等薊耳，一皺一光竟何説。亦猶山林之民毛，地土使然非有劣。乃今得見《瓊花圖》，繪之者傅序者盧。前明監察御史傅公繪圖，三山盧昭爲序，傅公名不傳。國朝周熙又重繪，兩圖傳刻無模糊。要皆九朶非八朶，竟與聚八仙懸殊。八朵九朵既有別，難云一樣如雲荼。將毋瓊花實仙種，自元以後見者無。陳源弄巧已堪歎，如以鶴頸來續鳧。自命程嬰唐道士，道士名大寧。恐其所存非趙孤。作僞更有金丙瑞，竟以贋鼎充昆吾。瓊花之論自此定，誰言莫辨雌雄烏。花下徘徊忽自笑，按圖索驥亦未肖。天下之物惡能齊，齊物莊周見未到。自六十莖至百莖，不妨同受靈蓍號。自十五蓴至八蓴，不妨并入建蘭考。梔子之花固六出，而八出者亦自妙。桂樹之花同四出，而五出者亦不少。即如雪花本六出，翦水仙人同鬥巧。至於春雪則五出，玉戲天公又改造。雖有八朵九朵殊，難定上中下中表。虛煩討論楊鐵崖，楊詩云「泠然墜下一枝香，九朵攢頭自如玉」，又云「後人恐負無雙號，八仙換取如瓊貌」，考訂甚明。徒費咨嗟于少保。于詩云「愛爾蕃釐玉一叢，奇花不與八仙同」，然忠肅實未見揚州舊植也。宋鄭興裔辨瓊花，一異三異苦探討。獨於八九置不言，於意云何人莫曉。老夫欲爲花解嘲，前人成見毋相膠。洛以流坤吐地符，河以通乾出天苞。洛出九疇河八卦，八數九數分其曹。要皆乾坤之精蘊，能得其一皆足豪。古之瓊花九疇數，今之瓊花八卦爻。奇偶陰陽天所定，雌雄牝牡物莫逃。雌者有子雄無子，無分倮羽鱗介毛。一奇一偶數既判，有子無子理亦昭。乾坤苞符於此泄，豈一道士權能操。我讀《爾雅》雖未熟，蟲魚草木粗紀録。唐蒙均號女蘿類，根櫬同稱木槿屬。如必屑屑與分晰，安得老圃爲我告。何者鹿葱何者萱，孰爲苦薏孰爲菊。芙蓉菡萏今同名，牡丹芍藥古一族。古今時異物亦異，未可故見拘碌碌。空山獨坐荒榛荆，忽然滿眼皆瑶瓊。九老未能共談笑，八公猶幸同年庚。中郎虎賁既近似，玉環飛燕毋相輕。揚州瓊花不可見，見此敢謂非瓊英。走筆爲作瓊花咏，佳話應遍杭州城。

花農以手製蜜漬荔枝自高州寄贈

嶺南荔枝遠莫致，自漢至唐歎不易。趙宋移植到汴京，居然成實亦堪異。近來海舶走颷輪，閩粤雖遥三日至。應笑當年楊玉環，年年辛苦紅塵騎。要其香味固已殊，盤中飣餖聊勝無。嶺南學使出新意，百花仙醴盛冰壺。蜜漬鱁鮧古所貴，況此佳果逾楊盧。果然歷久味不變，絳羅衣襦白玉膚。高凉山下仙雲墮，頓使全家頤盡朵。老夫笑謂姑徐徐，未可尋常視果蓏。一盤先供大士前，次及亡妻次及我。攝衣手進身鞠躬，重違來意焉敢惰。君來書，屬以一盤先供余所奉觀世音大士，再以一盤供亡婦姚夫人。我初食荔丙寅年，郭遠堂中丞所饋。爾來歲歲登我籩。方紅江緑遍領略，或已臭腐或尚鮮。飽食内熱解以蜜，良方曾聞前人傳。東坡先生啖荔日，定使蜜殊同流涎。君出新意合古法，人疑妙製來于闐。于闐國食粳，沃以蜜，見歐公《五代史》。豈與煮食哀家比，或猶醋浸曹公然。迢迢千里薦時食，進之家廟陳几筵。餘甘分我已可感，不煩再奠荒山阡。君又寄一瓶至杭，屬其友楊君代薦家祠，又薦之亡婦姚夫人墓下，余力辭之。

橘珠

廣東化州有小橘，土人琢爲珠，亦頗可玩，花農以二串見贈，爲賦一詩。

蘇澤堂前種獨殊，垂垂小實滿高株。誰將王母萬年橘，琢就牟尼一串珠。香比麝臍收到靜，形如驪頷摘來粗。不須更詫奇藍好，剛配懷中橄欖壺。閩中橄欖核製爲小壺，可盛鼻烟，余得其一枚，亦頗滑笏。

女蘿篇

哀魯氏女也。魯女適李氏，不得於舅姑及其夫，仰藥死。其父幼峰太史，余門下士也，賦詩悼之，寄以示余。余賦此篇弔魯女，兼慰幼峰。

女蘿附喬木，願與喬木齊。兩枝并一榦，終古無分暌。何意此喬木，非杞復非棟。鼪鼯之所穴，鵂鶹之所棲。方春亦冽冽，雖晴猶淒淒。所見是何象，終日惟昏霾。所聞是何物，終年惟寒蜺。女蘿質太弱，女蘿枝苦低。憔悴菅蒯色，零落桃李蹊。女蘿長已矣，能弗念舊閨。返魂今無術，轉世古有稽。春風一潛吹，幽質或再荑。不復爲女蘿，以弁易其笄。化爲階下蘭，伴爾天上藜。

花農又以蜜漬鮮龍眼見贈，媵以詩，次韵賦謝

昔時曾荷杜當陽，贈我驪珠一斛量。却好彭鏗同在坐，手携班扇共招凉。往年杜小舫觀察曾以鮮龍眼見贈，適彭雪翁在坐，共食之。十年前事渾如夢，萬里傳來别有香。定比茯苓松子好，堪供服餌孔元方。

石蟹蝤蛑味各存，品題應感老坡恩。久聞虎眼推殊品，新與龍牙共到門。龍牙乃荔枝中異品。雋物豈容辱奴隸，龍眼有荔枝奴之名。餘甘兼許逮童昏。南方草木知無數，好倩諸生細討論。花農初至粵觀風，以《南方草木頌》命題。

花農以助振拜花翎之賜，以詩賀之

新聞恩命出朝端，翠羽飄摇大可觀。昭代酬庸推獨重，儒臣拜賜得尤難。昔年席帽游燕市，今日貂蟬勝漢官。頓使老夫爲起舞，山中欹側竹皮冠。

火浣布

火浣之布非一類，或云獸毛或木皮。猜猢之獸出南海，鎖鎖之木生西夷。萬里隔絶不易得，無怪疑論騰曹丕。故人新自蜀中返，章一山梫。乃以此布充饋遺。其大數寸僅如掌，其粗更過綌與絺。其色亦非皚如雪，若黄若白又若黟。投之火中轉燦爛，居然縷縷如銀絲。始知真有火浣布，安得䰐杰一問之。不知石絨之所織，抑或火毳之所爲。相傳建昌有此布，今來自蜀夫何疑。所惜不堪製爲服，并不中爲巾與褵。惟於東洋紙布外，老夫得此又一奇。往年日本門下士陳子德曾以東洋紙布一端見贈。

壽孫琴西同年八十

回思四十四年前，與子相逢在日邊。詞館一時推好手，君與慎芙卿、曾樞元皆庚戌榜中善書者。名場三度作同年。丁酉、甲辰、庚戌皆與君爲同年。乍聯鵷鶴猶非熟，得到蓬萊總是仙。文字論交何日始，南歸送我有詩篇。余癸丑出都，君有詩贈行。

災年百六苦相催，太息昆明有劫灰。我已歸從五湖去，君初飛下九天來。君由上書房出守安慶。紫陽偶共文壇啓，丙寅、丁卯，余與君分主蘇杭之紫陽書院。白下旋看行省開。吾榜曾王兩開府，謂文誠、文勤兩公。相期同作濟時才。

從前筮《易》得《明夷》，冏伯還朝亦一奇。君曾筮得《明夷》卦，余謂「明夷，馬壯，吉」，君以太僕卿還朝，亦其驗也。倘使三天重入值，料應八坐總堪期。長安道上收殘局，老學庵中補舊詩。尚有永嘉流派在，商量千古太平基。君刻永嘉諸先生書甚多。

七十詩成共唱酬，曾和君七十自壽詩。而今又越十春秋。世間百歲一彈指，林下三人都白頭。楊性農同年言，庚戌同年中性農及君與余爲歲寒三友。未必兒孫無繼起，最難耄耋更同游。尚期一十二年後，重聽賓筵賦鹿呦。計是時君年九十一，余亦八十四，若預行於癸卯正科，則尚可少一年也。

「人生天地間」二首答坐客

人生天地間，與逆旅無異。前之人尚存，後之人又至。同處一室中，不能無情意。乃區分輩行，乃設立名字。爲子孫曾玄，爲伯仲叔季。是乃古聖人，以此强維繫。實皆過客耳，同策長途騎。老夫逾七十，百年亦容易。猶未抱曾孫，計代不盈四。愛我爲我期，置之不足計。涼亭一碗茶，客枕一覺睡。須知後客來，本爲前客替。後客未到門，前客姑少墍。

人生天地間，與戲場無異。或貴爲侯王，或賤於奴隸。或尊嚴若神，或懭慌若魅。或名士風流，或力士贔屭。鮑老與郭郎，各坐各人位。蒼鶻與參軍，各執各人事。總之皆戲耳，博人一笑咥。老夫逾七十，久已謝冠珥。一孫歌《鹿鳴》，尚困南宫試。愛我爲我期，置之不足計。冠帶漢官儀，巾服唐人製。笙簫鬧袍笏，金鼓舞旗幟。不過梨園中，各演一場戲。

朝鮮人池君文光，字叔謙，航海而至中華，訪我於姑蘇，而余適在杭，乃來杭州，而余又還蘇，因留杭以待余之至，自夏而秋，五閲月始得一見。余感其意，爲賦此詩

萬里東瀛外，乘槎到浙中。遠煩平壤客，來訪曲園翁。歸國期難定，懷人句轉工。吴山還越水，夏雨又秋風。自愧衰羸甚，虚叨謦闇隆。西湖好風月，聊慰子游蹤。

右台仙館題壁

祇此西湖景，今來又不同。輪船參滬俗，高氏豁廬有木輪船。燈舫染吴風。張勤果公祠有蘇製燈船。景物年年異，園林處處工。右台仙館裏，寂寞老楊雄。

借高氏豁廬木輪船，乘之游張勤果公祠

已整歸裝尚未旋，時即將還吴下。沿堤小試木輪船。富春舊館猶前日，張勤果公祠本嚴氏富春山館舊址。勤果新祠又幾年。徑路崎嶇走山罅，樓臺絢爛照湖邊。轉添兒婦憑欄感，陳迹回頭一惘然。二兒婦姚氏，姚與嚴故有連。兒婦幼時侍其祖母游西湖，即寓富春山館，所居曰萬卷樓，推窗北望，可見後湖，迄今四十年，陳迹全非，萬卷樓故址亦不可復識矣。

鎮青中丞過訪山中賦謝

頻年車騎到西湖，今入山中路更紆。人謂嚴公優杜老，史傳李及訪林逋。緑軿安穩無騶唱，紅樹蕭疏即畫圖。見説先生新戒酒，不煩村鳥喚提壺。

去年嚴緇僧同年曾以孝婦詩見示，余亦賦詩美之，不存於集。今年十月，余在吴下病瘧，瘧止又發氣痛宿疴，委頓異常。二兒婦姚晝夜奉侍，衣不解帶者已月餘矣。余感其意，補前詩成一絶

曾讀嚴家孝婦詞，病中伏枕有餘思。吾家婦亦如君婦，七十衰翁仗護持。時大兒婦樊、孫婦彭均還母氏，惟大兒妾于氏隨同侍疾，備極勞勩，附告後人。

病中成生老病死四絶句

無端失足墮塵寰，大氣盤旋一瞬間。辜負劬勞無報答，每逢生日總潸潸。生

重重往事過如烟，百歲光陰付逝川。一個泥塗絳縣老，居然七十又三年。老

自知久客早應回，底事還勞二豎催。寄語病魔休作劇，爾姑先去我當來。病

鐘鳴漏盡勢難留，便是千秋第一秋。兜率海山隨處好，莫教飄墮又來游。死

生死問答四絶句

聞説生人樂，生人樂若何。春花與秋月，想比夜臺多。死問生

人間是何物，道左一凉亭。各走東西路，無非此暫停。生答死

但有生而死，從無死更生。茫茫死後事，尼父不分明。生問死

聞君體不適，一睡即安然。暫眠猶是好，何况是長眠。死答生

病起試筆

偃仰胡牀兩月寬，病中踞一胡牀，半眠半坐，兩月有餘。起來庭院暫盤桓。病情子母循環易，初發瘧疾，輕重相間，俗謂之子母瘧。藥劑君臣配合難。陰陽虚實，病者不自知，何責醫者，余所以執廢醫之論也。水面泡痕渾欲散，燈中油燼未曾乾。尚留槁木形骸在，明歲春風且再看。

峨嵋小松

蜀藩龔仰蘧方伯寄贈，長不二寸，十餘株爲一束，紅紙緘封，歷數千里不槁，栽小碗中，培以泥土，青葱如故，亦奇品也。

濕活乾枯萬卉同，天生異質細如絨。山厓藴蓄千年緑，紙裹封題一寸紅。久閉筐箱無灌溉，略沾泥土便葱蘢。已從蜀道來吴下，又寄燕臺與粤東。余以分寄京師許子原、廣東徐花農。

石花

徐花農學使自廣東寄贈，其質石也，其形花也，玲瓏可愛，此與上蜀松二題本擬爲作長歌，老病未能，各賦一律而已，甚矣衰也。

刻玉雕瓊出化工，是花是石總玲瓏。天邊靉靆雲同白，海底珊瑚樹未紅。芝菌叢生形略似，柏松變化質難同。世有松化石，閩中又有柏化石。遥知使者搜求富，多少珍奇鐵網中。

嘉平二十九日寅時立春，余於卯初忽捫得一虱，念春德在生，不忍殺之，放置草閒，戲賦一詩

吾非王景略，又非王介甫。此虱何爲來，其大幾一黍。是時甫立春，生氣正和煦。君子順時令，推愛到雛乳。是亦一佛子，豈論微與巨。余不忍汝殺，放爾就泥土。爾其吸春風，爾其飲春雨。物類有變化，久久且生羽。化爾爲青蟲，飛翔到園圃。視在敗絮中，豈不大得所。吾愧非江泌，不容爾生聚。吾亦非薛嵩，不責汝報補。一笑賦此詩，春色到豪楮。

甲丙編　春在堂詩編十五

甲午元旦，於孫兒陛雲書室中見瓶菊猶存，爲賦一律

柏酒桃湯換歲華，尚留瓶菊數枝斜。且斟元旦屠蘇酒，來看重陽隱逸花。未必秋容爲我壽，莫將春色向人誇。須知冬暖渾閒事，敢擬吴中太傅家。吴縣潘文恭公有《元日菊花》詩。

題羅兩峰山人所繪尹文端公諸人小像後

兩峰山人寓居隨園，時諸名公皆請其畫小像，前後得八像，袁子畬同正乃隨園先生從孫也，乞余題後。

熙朝人物盛乾嘉，唐宋元明未足誇。幸有兩峰留妙墨，儼於諸老接清華。相國文端推領

袖，椒園開府承華胄。名慶保，文端公子。滋圃參知衣鉢傳，節堂綸閣相先後。陽湖孫氏一名儒，老坐書城校豕魚。更有風流兩名士，船山詩筆夢樓書。丙堂司馬名稍晦，查奕昭，號丙塘。要亦同時推老輩。誰其殿者小倉山，白髮朱顔彌可愛。一人一幅互傳摹，如對詩家主客圖。自是隨園遺澤好，至今文采照寰區。惜我遲生三十載，鬚眉空向圖中對。七人不幘一峨冠，隨園先生外，七人皆不冠。同是莊襟兼老帶。八人皆便服。病腕題詩力未堪，惟欣盛會冠江南。斯人雖不科名重，八老居然鼎甲三。莊滋圃狀元，孫淵如榜眼，王夢樓探花，八人中備三鼎甲亦奇。

余來右台仙館，適山花盛開，折取數十枝插瓶罍中，羅列架上，亦頗可觀，爲賦一詩

蕃釐觀瓊花，鶴林寺杜鵑。不圖空山中，能教兩美全。世謂聚八仙即瓊花，映山紅即杜鵑，雖未必然，要自同類。更有花中王，萬卉難争妍。參差置架上，絢爛羅庭前。遂令山齋内，春色來無邊。豪門買春色，諧價百與千。磁斗横斜插，錦幔高低懸。可憐賦十户，不敵酒一筵。誰知山中花，賤若薪蒸然。山童拗花至，養之以山泉。盆盎皆適用，瓶罍隨所便。居然大富貴，初不費一錢。世間朱與紫，對此皆菸蔫。作詩自誇耀，勿向城中傳。

劉鐵樵珊瓆，河南南陽人，余視學中州時取列高等，食餼者也。今以即用知縣來浙，聞余入山，親至山中展亡婦姚夫人之墓，賦詩謝之

屈指於今四十年，大梁舊夢付雲烟。猶餘白髮門生在，來拜青山墓道前。已愧登龍虚夙望，尚煩下馬過荒阡。老妻地下聞知否，回首夷門定惘然。

余去歲賦瓊花詩，謂今之聚八仙即古瓊花，但有八朵九朵之殊，因發奇偶牝牡之論，自謂至確。今年山中此花盛開，細審之，則九朵者亦或間有，且有十朵者，同在一樹而朵之多少不同，乃知前説亦不盡然，而聚八仙與瓊花同類則益信矣，補賦一律

瓊花九朵古流傳，八朵花名聚八仙。誰料妍媸鬥邢尹，非如奇偶卜坤乾。品流晋代幾難别，眉嫵唐宫各樣全。想自陳源移接後，至今花國竟無權。宋宦者陳源以瓊花移接聚八仙，至今種類之雜，想由於此。

游崇先襲慶寺觀珍珠泉

欲訪珍珠泉，因度馬鞍嶺。非僧爲我導，遥望但引領。輿丁迷不得路，虎跑寺僧爲導之。崎嶇久乃至，小屋類舴艋。屋上三重茅，其高僅及頂。旁有一泓泉，清瑩如古井。僧言朝暮閒，泉出力殊猛。一串牟尼珠，照映日光炯。我以足蹴之，果然沸如鼎。深感泉有神，非時應我請。此寺雖荒凉，此山實幽靚。肇始吴越時，歲年亦既永。薦福與崇教，舊名誰復省。崇先襲慶名，記載尚彪炳。南宋造官酒，於此置修綆。泉甘酒味好，無人不酩酊。方今西湖上，寺寺盡荒梗。僧謀開此山，檀施夫誰肯。惟念巖壑佳，頗足塵囂屏。倘有好事者，閒來啜新茗。小築數椽屋，藉領四時景。虎跑龍井外，是亦一佳境。

湖樓山館雜詩

蘇杭來往路，歲歲借飇輪。戲咏香山句，題爲一隻艂。余於二月二十四日發蘇州，樂峰中丞借普慶小輪船曳帶。

水驛經臨熟，如將舊例稽。栖溪今晚泊，明日到餘溪。余途中不謁客，惟於唐西小泊，二兒婦母家存焉，次日至德清掃墓，即開赴杭州。

一到西湖上，先登剛直祠。城中諸舊雨，相見不嫌遲。余至西湖，即率兒婦輩謁彭剛直公祠。

年年湖上住，婦豎總追陪。今日香山叟，携將月上來。余每至西湖，兩兒婦及曾孫女必有從者，今歲則歸王氏長女亦來。

久作山林客，休嫌禮數寬。只堪談風月，初不具衣冠。余至俞樓，即懸手書一聯云「止談風月，不具衣冠」，右台仙館亦然。

陰晴殊頃刻，凉燠辨幾希。惟藉暑寒表，自量朝暮衣。壁縣寒暑表一，以爲衣服增減之節。

處處皆詩料，因教詩興加。階前書帶草，屋角繡毬花。俞樓階下書帶草甚茂。

孤山林處士，竟不果移居。我向右台去，逋仙定羡余。林和靖隱孤山，有詩云「山水未深猿鳥少，此生猶擬别移居」，可知孤山猶非隱處，然竟不果移也。俞樓即在孤山西麓，余每歲至俞樓小住，即移居右台仙館，此一事勝逋仙矣。

寂寞山齋内，聊堪一事誇。客來憑檻坐，高下盡瓊花。瓊花即聚八仙，詳見余所著《瓊英小録》，山中甚多，折以插瓶，羅列滿架。

壁上何所有，存留舊日詩。墓圖漢畫古，唵字梵書奇。右台仙館壁上懸余往年落成之作，女婿許子原所録也；又懸漢董君石闕所畫祭墓之圖，門下陳子宣所摹；又懸宋刻咸寧縣卧龍寺「唵」字，則從孫篤臣所摹也。

晚來扶竹杖，徙倚墓門前。密樹藏松鼠，空山叫杜鵑。余偶以松鼠命對，王氏弟三外孫女對以「杜鵑」，頗有會心，即以入詩。

攜得嬌孫去，能將樂事尋。滿籃采桑椹，盈把拔茅鍼。時曾孫女琎寶從。茅根初茁可食，曰茅鍼。

出水絲蒓細，掀泥毛筍粗。兩皆宜素食，肉食客知無。城中吃蒓菜必用鷄湯，又細切火腿拌之，余殊不知其佳也。山中但以筍湯煮之，乃得其真味，吃毛筍亦然，謂此物宜配以猪肉，余不敢謂知味者也。

連日陳湯餅，老懷聊自娛。兒孫生日好，歲歲在西湖。三月初二日爲二兒生日，十七日爲孫兒陛雲生日，山館湖樓皆爲具湯餅。

一雨幸無事，仍難掩敝廬。門前人乞藥，坐上客求書。湖上及山中此二事最多，日不暇給。

結夏權輕重，山中偶效之。自慚非孟業，什一我猶羸。立夏日，以大秤稱人，余謂是僧家結夏之制，山中逢立夏亦戲爲之。余稱得九十斤，《語林》載孟業肉重千斤，余不及其十之一也。

索居寡聞見，近事廣搜求。湖上佛傳戒，城中官慮囚。昭慶寺僧傳戒，余往觀之，威儀頗盛。四月五日擬入城謁客，聞中丞是日秋審過堂，乃止。

山花非一族，隨意插籬笆。且養哺鷄筍，休栽老虎花。老虎花即鬧楊花也，亦名黄杜鵑花，雖好有毒。

家近南山下，南山事頗詳。山村問徐范，山客訪王張。徐村、范村，皆在南山。又有一山家覆姓王張，余曾訪其主人，乃張氏子贅於王氏者也，其事猶在康熙間。

游事都成例，於今廿二年。曉斟龍井水，暮酌虎跑泉。余每游山，自龍井走九溪十八澗而至理安小憩，又至虎跑品茗而還，自癸酉年始，幾成游例矣。

叢祠滿山麓，名姓未能詳。只怪胡公廟，夫人乃姓郎。龍井有土神廟，即宋侍郎胡則配以夫人郎氏。余按其墓志，夫人乃陳氏也，同年應敏齋廉訪爲其鄉人。余嘗以語之，然未能訂正。

天竺開山後，都將佛地看。緇流滿湖上，只有兩黄冠。西湖惟照膽臺關廟及葛嶺初陽臺爲道觀，餘皆僧廬也。

遥指盤陀石，靈龜此是家。寄言老元緒，慎勿過張華。後湖有鉅石贔屭，湖邊相傳下有巨龜，大可盈丈，能化爲人。

古墓竟誰氏，墳前石几留。何年鑄頑鐵，錮此土饅頭。後湖有古墓，以鐵錮之，不知其誰也，傳聞異辭，墓前石几猶存。

珍珠泉最好，惜少屋三椽。何必乾坤洞，虚抛六萬錢。珍珠泉在馬鞍嶺，山景頗佳，但止一茅棚，無可坐耳。乾坤洞在石屋洞上，甚逼仄，虎跑寺僧曾以六萬錢買之。

山居雖僻陋，幽事亦紛淆。花寄寺中養，文煩門下鈔。以牡丹兩盆寄法相寺僧，依盟養之。又以山中所作文數篇托門下士王硯香鈔録。

老夫聊慕古，門下各求新。有客來投刺，周秦以上人。有門下士孫鏡江吏部來見，其名刺摹鐘鼎文。

絶妙閨中筆，臨摹散氏盤。徐陵有嬌女，試寫折枝看。鏡江吏部命其女公子摹《散氏盤銘》書便面以贈余，因寄廣東，倩花農學使女杏文於一面畫花卉。

老去陳京兆，來談《般若經》。能降即能住，方寸自虚靈。余注《金剛經》，以「即住即降伏」發明無實無虚之旨，陳六舟大京兆見訪，乞一卷去。

送去劉公是，旌麾到汴中。山人入城市，誰授歙烟筒。劉景韓方伯每見余，必命侍者進烟筒。時移藩汴梁，余往送之，臨别依依，余謂之曰：「此後入城，無以此進者矣。」歙烟筒見佛經。

魚菽年年例，湖樓亦一陳。因逢家忌日，不拜佛生辰。四月八日，先大夫忌日也，余每歲是日皆還蘇寓致祭，設或不及，即於俞樓行之，亦往年故事也。

山肴兼野蔌，風味總山家。爛煮夔州麵，濃煎盧洞茶。蜀士張君鋆彦贈夔州麪，麪甚佳，然必爛煮乃可食。盧洞茶出廣西。

平生不解飲，小飲亦陶陶。且學杜陵叟，樽中有蜀醪。趙展如方伯以家釀見餉，乃其鄉甘泉縣釀法也，云曹參飲醇酒即此物，少陵詩「蜀醪誰造汝」亦謂此。

御冬雖有蓄，御夏倩誰供。賴有盤中物，青青乾菜葓。門下士馮夢香以菜葓乾見贈，云以開水漬之，即青翠如生，夏日苦無鮮菜，得此殊可喜。詩人以旨蓄御冬，此則可以御夏也。

宋嫂魚羹好，城中客未嘗。况談溪與澗，何處白雲鄉。西湖醋溜魚相傳即宋嫂遺製，余湖樓每以供客，陳六舟學使、趙展如方伯皆云未始知有此味，况九溪十八澗諸勝，城中諸公宜無知者矣。

海内求文字，誰知百不工。閻羅亦從俗，乞序曲園翁。去歲，杭人許仲孫茂才德達曾爲冥官，權閻羅王者數月，著有《冥記》一篇，求余作序。

全孝以身殉，斯人亦可傷。姓名猶未識，何以發幽光。有求書「殉身全孝」四字者，轉展相托而來，竟不得其姓名事實，但爲題年月而已。

吾書行海内，頗亦費舟車。好事曹修古，編排石印書。門下士曹小槎茂才以吾《全書》行世已久而卷帙繁重，舟車携挈爲難，謀用西法石印以廣流通。

爲惜詩僧少，湖山意興孤。擬開方外社，島可作生徒。劉景韓方伯言湖上無詩僧，亦大減色，倘再莅浙，此事亦須提唱，擬設詩課專課方外，余笑曰：「公果有此舉，余願以月旦自任。」

偶校堯夫集，頗堪怡我情。痛删吴氏注，土飯與塵羹。邵康節《擊壤集》有三本，一本二十卷，編年者也；一本八卷，分體者也；二本均善；一本十卷，乃前明兩吴氏所注，注皆淺陋，而分其詩爲五類，亦殊可怪。門下士宋伯言大令恒坊，其鄉人也，擬假活字版排印，屬余校讐，余謂宜從二十卷本，即四庫本也，其闕誤之處以八卷本校之，若十卷本則可燒也。

於世一無濟，徒然抱熱腸。燕傷敷妙藥，犬癩覓奇方。梁燕爲猫所傷，以藥敷之不愈。湖樓守者蓄一犬，病癩，授之以方，不知效否也。

佛會偏逢雨，湖堤竟寂然。黄旗風裏颭，知是放生船。浴佛日遇雨，故湖上無游船，惟放生船數隻，黄旗招展而已。湖船懸幟，亦惟放生會有之。

回憶初來日，桃花艷似霞。今年花事早，看到石榴花。時甫交立夏，而榴花已盛開矣。

甫見陰霾合，旋看霽色開。天公重蠶事，豫爲作黄梅。連日陰晴不定，山中謂之蠶黄梅，以時方育蠶也。

湖上太荒寂，健兒宵打更。因將三鼜義，索解到諸生。湖上人稀，劉吉園統領使健兒數輩聚㯽，因以三鼜解課詁經諸生，亦自作一篇，馮夢香謂三鼜義得余説而定，未知然否。

聽取鼜鼜鼓，山中膽氣豪。朝空山鹿迹，暮斷野狐嗥。舊有三足鹿，今不復見，晚間狐鳴亦稀矣。

今歲淹留久，居然近五旬。輿丁與舟子，相習總相親。摇湖船者沈阿長，轎夫阿王，湖樓守者五十，皆事我多年矣。

山館東頭屋，經年築未成。我來知幾度，何必費經營。余擬於山館東頭添作一屋，然竟不果。

歸過杉青閘，扁舟偶一停。不逢皇甫坦，孤負落帆亭。歸舟泊嘉興城外，游落帆亭，得電報，知孫兒陛雲又下第矣。郭彖《睽車志》載皇甫坦能知休咎，書一「落」字與應試士子，揭榜乃二十三名，蓋分析「落」字爲「二十三名」四字也，惜吾孫不能應此耳。

記游多七絶，今作五言詩。太息曲園叟，江郎才盡時。余記游之作多七言絶句，今作五言乃變格也。

送劉景韓方伯移藩汴梁

纔看節鉞駐錢唐，時護理浙撫。又送旌麾到大梁。魏闕定承天語渥，夷門行聽頌聲長。紛紛吏治隨時異，滚滚河流自古狂。帝意倚君爲砥柱，嵩高維岳鎮中央。

不才何幸接餘風，歲歲西湖一笑同。已向仙家分玉樹，承折瓊花見贈。更從佛坐授烟筒。事詳前詩注。鍾王書法留傳在，以所臨橅各種見贈，并乞題跋。韓范勛名屬望隆。他日重來吾及見，定先竹馬衆兒童。

四月二十二日亡婦姚夫人忌辰焚寄

一別悠悠十六年，略將懷抱訴當筵。孫兒十載名難就，孫婦三春病未痊。老我精神非昔日，舉家食用倍從前。不如早謝人間去，不管紅塵事萬千。

京師市上有以陶瓦鎸成小山及屋宇者，亦頗有致，外孫女許緗芸寄贈一具，爲賦小詩

老夫無別好，所好只山林。但得山林意，便存猿鶴心。盆池雖小小，盤谷亦深深。扶杖巖間叟，清泉許共斟。一老翁扶杖立，一童子烹茶，又有一猿一鶴一鹿。

蜀僧竹禪出新意，作九分書，謂行書一分，真書三分，篆書五分，以所書《千字文》見贈，賦詩謝之

八分本從篆隸出，割八取八并爲一。工此體者代有人，鮫龍盤拏妙無匹。或云八分始於秦，李斯小篆同時新。作者上谷王次仲，本是秦時一羽人。何期相隔三千載，上谷家風傳後代。禪師俗姓王。不爲羽士爲高僧，一樣書名傾海内。三真六草皆可焚，我行我法前無聞。行一真三篆書五，合而計之名九分。九分書與八分異，同是神通小游戲。雖寫梁朝散騎文，不臨

智永禪師字。曲園居士亦好奇，曾集其字爲百詩。今以一卷寄丈室，禪誦餘功試寫之。余曾集《千字文》字爲七言絶句一百首，今以一卷寄竹禪，詩多儷句，可以寫作楹聯也。

哭孫婦彭氏

作婦吾家十五年，迢迢吳楚締良緣。重親奉侍堪稱孝，三黨周旋總道賢。静好閨房無詬誶，與吾孫陛雲伉儷十五年，聞其閨房中無一語齟齬。主持門户有經權。最難去歲衡湘返，買得明珠一顆圓。去年孫婦歸衡陽，以奩中資爲陛雲買一妾而還，余因其姓龍名之曰懷珠。

回憶尚書送女來，一時喜氣滿庭陔。全無門第驕矜意，孫婦性極謙和，雖婢媪輩不以聲色加之。略有琴書狡獪才。孫婦喜彈琴，一學即成，小楷書亦秀整可觀。小惠常思逮糠市，有以貧告者，必小助之。科名并不望金臺。今年陛雲下第南回，孫婦語其姑曰：「吾家本不以科名富貴爲重。」如斯懷抱真堪詫，似比鬚眉更覺恢。

只住人間廿九秋，曇華幻影竟難留。鶴書雲信全無準，今春余在杭州，孫婦病已亟矣，親筆與余書必曰：「身體健適，服藥甚投。」斗火盤冰總浪投。恒服養陰之劑，亦間進葠茸肉桂。忍使慈姑指淚眼，惟遺嬌女拜靈幃。誰知身後無窮事，都爲吾家豫運籌。孫婦病亟時，語其嗣姑甚詳，蓋於吾家事已自謂布置妥帖矣。

老夫何罪又何辜，總坐虚名誤此軀。名者，造物所忌，余以無實之虚名流播海内外，適足折除薄福矣。泡夢電雲十年内，元魏留支譯《金剛經》云：「一切有爲法，如星、翳、燈、幻、露、泡、夢、電、雲。」與今本異。寡鰥孤獨一家俱。余老鰥夫也，大兒婦則寡婦也，陛雲有父非孤，無子而未老非獨，然爲大兒後則孤子也。其妻死無子，喪帖止列一虚名，則不得謂非獨也。鰥寡孤獨吾家備矣，惟二兒夫婦全福，然二兒病廢久矣。自知住世應非久，竟不忘情亦大愚。轉爲癡兒長太息，從今誰與奉盤盂。余二兒有心疾，儚儚無知，孫婦事之甚謹。偶有小疾必往問視，日或至八九次，每朝暮具膳，稍不精潔不以進，是尤人所難也。

六月初三日亡婦姚夫人生日焚寄

前詩焚寄墨猶新，懷抱今朝又一陳。試向亡妻詢近況，又添孫婦拜生辰。婉孌定博晨昏喜，剛直遥知過往頻。謂親家翁彭剛直公。頓使老夫歸思切，不堪久戀此紅塵。

西湖葛嶺之陽有古墓，錮以鐵，余前詩所謂「古墓竟誰氏」者也。丁君松生謂是宋孫花翁墓，以朱青湖《抱山堂集》訪孫花翁墓詞證之，良塙。余爲文記之，又賦此詩

水仙廟毁舊基空，桑九祠存宿莽豐。孫花翁墓本在水仙王廟側，今乃在桑九郡王廟側，疑即水仙廟故址也。過客但知尋鐵墓，東坡詩「太昊祠東鐵墓西」，今借用其語。詞人誰更弔花翁。但看石几今猶在，墓前石几甚長，朱青湖詞所云「石几横陳八尺長」也。欲薦寒泉尚可供。定我小文丁敬禮，不辭殘碣再磨礱。松生擬以吾文刻石墓前。

哀鄰女

女姓馬氏，名阿富，自幼許嫁張氏子。母因其婿不才，索庚帖歸，女不樂也。越兩月，竟因小故服毒而死，殆亦其志有不可奪者乎？賦詩哀之。

本來身世太零丁，緑女紅男兩葉萍。女幼隨其母改嫁，依繼父以居，聞其婿亦如是。十載鴛盟消鯛

墨，一杯鴆毒死鴉青。所服毒乃生鴉片烟。不勞妙藥來施救，似悟浮生總委形。臨死時有此語。欲勒貞珉竟何處，老夫詩筆當碑銘。

馬氏女死未逾月，聞其婿亦服生鴉片而死，莫測其故，豈女固烈女而其婿亦義夫邪？再以詩哀之

鶼鶼莫惜未同飛，生死曾無一月違。倘譜吴中新樂府，不妨改唱《華山畿》。《華山畿》故事，男先死，女從之，此則反是。

彭剛直公祠下焚寄

年年祠宇拜崔嵬，今拜公祠意更哀。大樹葱蘢遺蔭在，寒柯憔悴女蘿摧。公諸孫皆英英秀發，而長孫女歸吾家者，乃賢而不壽，何也？料應依舊追隨去，孤負從前遣嫁來。不獨吾孫腸欲斷，老夫衰淚漬瓊瑰。

無端毒霧起扶桑，又費軍符日夜忙。辛苦枕戈劉越石，倉皇單騎郭汾陽。幾時東海銷兵

氣，正擬南山獻壽觴。料得忠魂還耿耿，問公何計固金湯。

毛烈女詩

張漢章司馬縉雲宰江山縣，適有毛烈女事，司馬訪得其實，表烈懲奸，悉如律令。受代還省，詳言於余，余爲賦此詩。

貞烈毛氏女，待年於王氏。王氏姑不貞，家又貧如洗。比鄰婦周氏，見女詫女美。含笑與姑言，汝家不貧矣。家有錢樹子，豈以饑寒死。不愁吠有尨，但慮媒無雉。我與爾爲圖，行見趨如蟻。一説姑點頭，再説姑啓齒。一章。何來輕薄兒，容止亦翩翩。買女一夕歡，願輸五萬錢。介周告其姑，姑聞而欣然。爲女具膏沐，爲女置花鈿。女啼走爨室，面目塗煤烟。化作鳩盤荼，非復姑射仙。客驚走而去，姑盛怒而前。二章。乃絶其飲食，三日無杯羹。願爲蟬而死，不爲蛲而生。乃更箠楚之，遍體遭笞搒。乃更錐刺之，流血成膏餳。乃更炮烙之，皮肉皆如黥。乃更斷其指，不使能枝撑。乃更翦其舌，不使能呷嚶。巨綆縛其體，手足皆絣繃。沸湯灌其喉，腸胃皆煎烹。嗚呼女之死，百毒何交并。天地爲之泣，鬼神爲之驚。三章。鄰里噤不語，母族又無主。父死母已嫁，得錢賣死女。姑喜周亦喜，人命輕如羽。無端縣官來，黑索縛之去。青天一聲雷，膽落衆狐鼠。縣官坐堂皇，如見爾肺腑。開棺面如生，血出猶濡縷。如何死七日，尸骸不臭腐。姑惡鳥無聲，俯首就囹圄。械脰縶兩足，周歷遍所部。爾民鑒於兹，毋若此豺虎。四章。爰營烈女墓，爰建烈女祠。墓在紫竹林，祠亦於此宜。厥墓何葱蘢，厥祠何嵬峨。傾城來拜送，士女相追隨。縣官親主祭，佐以學校師。爲文紀其事，讀者皆漣洏。女年十有六，女家婁江湄。女名曰鳳英，敬告輶軒知。五章。

與法相寺僧般洲話山中風景偶賦

不與山僧話山景，幾忘山客住山家。神牛夜出巡群獸，牛色青。老麀晨行制毒蛇。麀遇毒蛇以前兩足蹴之，三蹴蛇死。幽谷梟聲藏密樹，危巖虎迹踏閒花。朝朝猿狖來分芋，深掩禪關未許撾。

雪後口占

連朝愁抱鬱難開，又被殘年急景催。天末烏頭風未起，俗謂黑雲多風，白雲多雨，故有「烏頭風，白頭雨」之諺。空中赤脚雪先來。諺又以不雨而驟雪爲赤脚雪。消除兵氣無奇策，抵禦冬寒有濁醅。更喜客傳讕語好，行看泰運共陽回。有術者言過冬至後，世運即亨泰矣。

乙未春日寄馮夢香孝廉

聞君今又客衢州，應笑吴蒙不解愁。詹尹卜居無善地，祝宗祈死是良謀。春來花事三分過，老去情懷萬念休。擬向右台生壙内，安然一卧到千秋。

春在堂東軒瓶梅結實，孫兒陛雲以告，二兒婦援紀文達家瑞杏軒爲證，因爲書「瑞梅軒」額，并紀以詩

膽瓶賸有一枝春，春老天教碩果存。儼似萍花能結實，休嫌芝草竟無根。觀時已悟浮生寄，從俗還將吉語論。手寫瑞梅軒額在，留爲後驗付吾孫。首句出韵，用前人「入群孤雁」例。

曲園有牡丹花一叢〔一〕，爲柳陰所蔽，久不花矣，今春忽開兩朵，亦紀以詩

百寶欄前事久非，忽開兩朵鬥芳菲。紫霞醲醉仙家酒，白氎新裁佛國衣。兩花一紫一白。竟似薛滕來競長，休嫌環燕不同肥。紫者稍瘦。花開追誦先人句，五十六年知者稀。余家舊住臨平，印雪軒有牡丹數株，歲久不花，庚子春忽開兩朵，先君子有詩紀之，至今五十六年矣。

余自杭州移瓊花至蘇寓，植之書室窗前，今春開花甚盛，喜而有作

《瓊英小録》昔曾編，今歲繽芬滿檻前。海上逢迎盡魑魅，花中聚會有神仙。瓊花實即聚八仙也，詳余所著《瓊英小録》。移根惜未雙株并，杭州移到兩株，爲人乞去其一。吐萼欣看八朵全。見説奇葩還有子，行教吴下遍流傳。

〔一〕丹，原脱。

送花農學使還朝

春水胥門兩泊船，浹辰聚首亦前緣。今春君兩過蘇州，相聚十日。迢迢珠海還朝日，草草銀河洗甲年。世事豈惟長太息，吾儕聊復暫留連。他時英蕩重來日，未必衰翁尚似前。

哀小獅狗

十年豢此小波斯，似有因緣不我離。未曉已來牀下伺，已昏猶向足邊隨。病中灌劑無良法，死後薶藏有敝帷。適有敝帷，翦半薶之。買得荒凉數弓地，青衣黄耳共題碑。舊有小婢秋香死，買地葬之，今即瘞犬於其旁。

書長曾孫女璡寶所持便面

吾愛重孫女，含飴倍覺甘。聰明渾似母，珍惜不殊男。上口詩篇熟，居家禮數諳。爲書雙福壽，副此定應堪。一面書「福壽」二字，一面寫此詩。

次韵寄贈六橋都尉三多

何以銷磨三伏天，不談吐納不談禪。蕭條門巷堪羅雀，枯槁形骸欲蜕蟬。吴下聊充蘇子美，湖州不是杜樊川。神仙宰相都無分，欲和君詩自恧然。來詩云：「山中宰相陶弘景，地上神仙葛稚川。」

七月二十一日爲孫兒陛雲聘定許氏第六外孫女爲繼配，以詩記之

真是親從親上加，俗語有親上加親之信。傳來喜氣自京華。女婿許子原時官工部。吾孫未可虚中饋，此女由來長外家。自次女亡，即撫養於吾家，時止四歲耳。却爲絢華彭氏孫婦所居室名。三太息，更因慧福次女樓名。一咨嗟。惟期早日成嘉禮，老我崦嵫暮景斜。

廣東梁垣光星堂善刻玉，花農屬刻小玉章見贈，大不徑寸，刻字一百四十二，神乎技矣，爲賦一詩

往者吴縣王藴香，能於胡麻寫細字。一粒胡麻兩面書，其字五十而有四。詳見第十二卷。行列整齊筆致妍，此已人間稱絶藝。要之目力過常人〔一〕，運動毚豪未爲異。異哉粤東梁星堂，善以鐵筆刻玉章。借問玉章大幾何，建武銅尺一寸方。刻我《福禄壽甎歌》，我歌雖短頗亦長。凡二十句句五字，百字分布爲九行。前有題目後有跋，姓名年月無不詳。一百四十有二字，字工妙窮微茫。一尺絹繡七卷經，古稱神女盧眉娘。今觀梁君刻此印，當使眉娘走且僵。嘗讀櫟園《印人傳》，切玉如泥不多見。皜臣死後良工歇，樊榭山人有餘戀。「皜臣死後良工歇」，樊榭句也，皜臣江姓。後來妙手祝漢卿，其技亦殊令人羡。寸石能刻百餘字，奏刀從容目不眩。要之刻石非刻玉，孰易孰難不待衒。梁君今年六十餘，目力腕力仍如初。其壽曼衍不可量，其藝精進當何如。異日朝廷仿古制，鐫刻剛卯驅夔魖。剛卯之制，長寸二分，方六分，刻六十六字，見《後漢·輿

〔一〕之，原作「止」。

服志》。梁君絶技世所僅，固宜徵召來公車。豈惟列名技術傳，或且待詔承明廬。老夫何幸得此印，自應什襲而藏諸。流傳五百餘年後，人人珍重如瓊琚。

九月十六日舟泊石門，薄暮雨雪積寸許，時距霜降甫十日耳，詩以志異

纔看佳節過重陽，六出飛來太覺狂。青女司霜兼及雪，《淮南子》云：「青女乃出，以降霜雪。」黄花傲雪甚於霜。觀時已悟堅冰至，卜歲還愁晚稻傷。薄暮石門城外泊，禦寒賴有酒盈觴。

寄題臨平孫氏謙六堂

余家與孫氏有連，余自十歲至十五歲讀書其家之謙六堂，有樓曰硯貽，乃余輩挾册呷唔地也，樓燬於兵亂，後重建，撫今思昔，爲賦此詩。

謙六堂前桂已摧，硯貽樓下首重回。吴三汪六皆黄土，賸有白頭俞二來。吴、汪皆往時同學少年也。

於右台仙館遺嫁張貞竹女士，口占兩絶句

記得相逢十載前，愛他真有筆如椽。至今鶴字存留在，寫足霞光八尺箋。貞竹曾書一「鶴」字見贈，其長八尺。

洞房酒後集簪纓，一笑來將行輩争。都説曲園女弟子，今朝下嫁小門生。所適錢君英甫，乃花農門下士。

十一月初八日許氏第六外孫女來歸，再紀以詩

四齡到此髮鬖鬖，女自幼失母，育於我家，來時止四歲。今日來歸亦美談。擇婿可能似温嶠，薦賢深喜得曹參。此舉乃亡孫婦彭氏遺意也，余戲比之蕭何薦曹參自代。願孫早茁蘭芽秀，使我稍嘗蔗境甘。七十耋翁無久計，鄭康成説年餘七十曰耋。惟存後望是多男。

題李小池刺史《環游海國圖》

地圓之説本曾子，地球之名從此始。緯書稱地有四游，古人固已喻其理。然而地猶鷄子黄，水包其外何茫茫。禺䝞禺京父子不能易而處，東公西母夫婦不過遥相望。漢掾甘英到西海，大秦條支歷歷窮所在。沮於安息船人言，臨流而返氣何餒。自從泰西各國來敂關，周行地軸如循環。朝聞陶珠南海至，暮見法顯西天還。偉哉李謫仙，豪邁恥家食。發自吴淞江，周歷遍異域。中華之與美利堅，頂趾倒顛適相值。我國亭午日正中，其地夜半天猶黑。乃信地體本來圓，一孔腐儒固不識。自西徂東若轆轤，自夏至冬猶須臾。計日二十六旬外，記里八萬五千餘。爰以耳目所聞見，繪爲二十有四圖。艅艎鯋潯險更惡，虬柱虹梁麗且都。鵬騰鼇倒可怖畏，鸞歌鳳舞堪嬉娱。有時重洋受顛簸，幾疑赫怒攖天吴。有時山椒恣登眺，仍將清話招浮屠。船車楫馬走倏忽，尺洲寸島工描摹。豈比方士作讕語，蓬萊圓嶠兼方壺。嗚呼！黄帝以來定九牧，海外九州擯弗録。千年隔絶今又通，天意殆將舊軌復。嘗聞半部《論語》可以治天下，今則《孟子》一篇足。切要之言曰反本，刑罰從輕税斂薄。耕於其野行於塗，無不欣然得所欲。鄰國仰與父母同，海外九州盡來屬。群公辛苦議更張，無乃下喬入幽谷。因君此圖發長歎，迂哉吾言聽者孰。

周黄鐘玉律琯歌爲吴窓齋中丞賦

黄鐘之管長九寸，班志鄭注無不同。陰律以銅陽律竹，此説本於鄭司農。後鄭説與先鄭異，十有二律皆以銅。黄帝造律雖取竹，亦聞黄帝律用玉。舜祠襄冢得皆符，誰謂取材必嶰谷。王莽始變而用銅，兩鄭所言均未塙。以上并本《晋書·志》。至其長短初無聞，古傳三寸有九分。又云黄鐘管一尺，史志所載何紛紜。後人謹守九寸説，班鄭云云吾亦云。要其受黍千二百，自漢以來莫之易。如何多寡有參差，各因其時所用尺。隋開皇時稽古制，有辛彦之有鄭譯。自漢晋，至後魏周，尺之大小竟懸隔。同長九寸徑三分，受之以黍有寬窄。或九百黍不能容，或二千黍猶可益。惟遵銅籥蔡中郎，不多不少逢其適。宋代鐵尺亦與同，惜哉其一未如額。此由庣腹有盈虚，拙工使然何足責。以上并本《隋書·志》。今欲追定古黄鐘，古尺端宜先考覈。窓齋中丞富收藏，羅列古玉千百方。珧華黎緑滿几案，琥璜珽瑁圭璧璋。修短豐殺各殊異，手摹目睩心忖量。乃知周時有三尺，一一爲之言其詳。俄於秦中得玉琯，玉色潔白微兼蒼。證以所定搢圭尺，實得一尺二寸長。内徑七分又有半，宛如嶰竹空中央。適受一千二百黍，減一則弱增則强。定爲黄鐘古律琯，考驗得實喜欲狂。出以示我我亦喜，君更爲我言其理。天之大數十有二，黄鐘陽律宜準此。九寸舊説未可拘，古來沿誤自班史。《隋志》考定諸黄鐘，嚮壁虚造無一是。今以古尺定古律，乃是實測非虚擬。萬事根本出黄鐘，度量權衡從此起。上自朝廷下郡國，大而宫室小杯匜。皆可是則而是效，無不有綱兼有紀。方今人人言變法，先民規矩棄如屣。古制疑將一掃空，毒過秦坑更倍蓰。何圖此琯出此時，天意茫茫必有以。或者猶未喪斯文，樂備禮明當可俟。願君持此獻明堂，制度考文佐天子。

即事有感

世事茫茫不可論，一重公案此中存。請開海禁宋文恪，今日輪車走墓門。宋文恪公墓在婁門外，時開火輪車路，適當其衝。公諱德宜，字右之，康熙朝賢相也，然請開海禁，實自公始。

除夕口占

除夕仍開餞歲筵，又添新婦更欣然。家風只與常時似，世事驚看逐日遷。冉冉衰齡春有限，茫茫後路海無邊。行當再見唐虞盛，屈指天元九十年。

余於道光丙申年入縣學，至今光緒丙申六十年矣，追念前塵，憮然有作

光緒二十有二年，老夫行年七十六。歲陽在丙歲陰申，六甲循環如轉轂。後丙申溯前丙申，余年十六未冠巾。始以文字試郡縣，有司程式粗能遵。衡堂史公來校士，幸博一衿青其身。歷數名場得意事，此是生平第一巡。是時海内猶全盛，丹徼青冥都息警。萬里提封元版圖，百年休養漢文景。逾兩年有黄鴻臚，力言民患猶未除。請塞漏卮培國本，欲以法令懲頑愚。中外會議僉曰善，煌煌厲禁懸通衢。邊帥奉行稍過當，實始挑釁波斯胡。踵其後者變其議，竟以和戎爲上計。和議既成海禁開，從此蕩然無限制。中間又值大亂來，轉戰廿年殊不易。中原無復有金湯，一任狼𦡆來嗅地。去歲邊釁開東洋，蠻烟蜑雨何茫茫。但有鼓鐘延海島，竟無弧矢拒天狼。結贊要盟馬莊武，維州棄地牛奇章。不獨黄金擲虛牝，并教黑眚掃文昌。議强議富紛然起，變法行從取士始。莫將八股困英雄，且握六觚窮物理。喇第諸字譯華文，歐邏巴人充教士。光學化學妙無窮，尼山俎豆將祧矣。舊德先疇不復存，矜奇弔詭伊何底。前丙申至後丙申，人事變遷竟如此。六十年來老秀才，撫今思昔不勝哀。遂將世上滔滔

事，都向心頭歷歷來。旁人争爲袁翁喜，今歲重來游泮水。誰知一領舊青衫，斑斕漬透憂時涕。

青楊歎

蘇州盤門外有地曰青楊，時於此創設繅絲、紡紗諸局，平治地基，掘出骸骨一萬餘具，且有甚異者，余爲賦此歌，以寄浩歎。

漢廣川王好田獵，境内古墳皆被搰。魏王鐵冢掘到泉，袁盎瓦棺穿見骨。後來煬帝開汴河，汴堤冢墓傷殘多。千載大金仙蜕骨，亦遭浩劫無如何。嘗疑此事未堪信，小説家言難盡聽。誰料吴中真有之，古事茫茫今可證。一從機器西洋來，紗廠絲廠同時開。盤門城外青楊地，千夫椎鑿聲如雷。哀丘莽莽無封樹，舊是義園叢葬處。閃爍青燐黯有光，縱横白骨森無數。冢中枯骨亦太奇，或黔或赭或則黟。骨色不同，或云地氣使然。或爲白鼠走躑躅，或爲赤蛇蟠躨跜。皆冢中所有者。更有一墳完且固，巨靈力擘纔呈露。中有楩楠兩具棺，不知何代何人墓。一時吴下徧傳聞〔一〕，傾國來看冥漠君。名流憑弔孫王冢，盤門外孫王墓，或云孫堅，或云孫策，宋滕宬有

〔一〕 徧，原作「偏」。

記，明盧熊有辨。今相傳亦被發，然實無據也。婦豎喧傳閣老墳。得楠木棺二，父老相傳云王閣老墳，然明代王文恪公鏊墓在東洞庭，王文肅公錫爵墓在閶門外，則此亦不足據。豈無義士同陳向，枯骸八萬將收葬。尤中書先甲主錫類善堂之事，使人檢拾掩埋，然日不暇給也。數十輕舠載不完，半填沙土半隨浪。嗚呼！重泉一閉便千秋，誰料中郎善發丘。劇賊如逢朱漆瞼，讖言豈應劉黄頭。陰風慘淡無從繪，每過午時天必晦。自正月來大率如此。今宵雨雪昨宵雷，二月初五日大雷電，初六日大雨雪。人事天時吁可慨。纔完商局又洋場，日夜丁夫畚挶忙。道畔髑髏如解語，莫將至樂傲侯王。

《歲暮歸書圖》爲孫仁甫明經題

武林孫氏藏書九千萬卷，乾隆間開四庫館，孫氏進書甚多，宋杜大珪《琬琰集》其一也，四庫著録，由翰林院鈐印發還。庚辛之亂，藏書散失，亂後搜訪，僅得十一。乙未歲除，有以書求售者，即《琬琰集》也。仁甫以洋錢五百買得之，繪《歲暮歸書圖》，命其子康侯茂才入山求詩，爲賦此篇。

武林孫氏推名族，故家不僅森喬木。九千萬卷舊收藏，富敵石渠與天禄。四庫館啓乾隆年，詔求遺籍窮垓埏。君家進書最夥夠，至今著録存文淵。中有《名臣琬琰集》，宋紹熙年杜氏輯。密行細字色黝然，百七卷書猶宋刻。蘭臺采録仍封還，玉堂鉅印何斒斕。頓令此書倍增重，重其曾自天家頒。嘉道升平人共慶，湖山歌舞猶全盛。坐老縹囊緗帙間，瑯環福地安能勝。無端大劫遭紅羊，末流積毒歸錢唐。傑閣文瀾付一炬，何論杜庫兼曹倉。亂後歸來搜墜簡，多少烟雲重過眼。千百之中十一存，汾河委策知何限。去年臘月歲云徂，有客携來一袱書。發函瞥視得此集，珍重何啻瓊瑶如。賈人儓估逾常格，縱典魚須非所惜。酬伊王面五百錢，還我家傳十六册。自從西學興西洋，光學化學窮微茫。一時異論遂蜂起，幾疑吾道將淪亡。今觀此事余心慰，故物青氈未可棄。士食舊德猶有期，天喪斯文知尚未。君家橋梓盡名流，弓治箕裘世澤留。盍倩良工重影寫，臨安舊志共雕鎪。君去年重雕《臨安志》三卷，亦當時進呈者也。

石屋嶺睹明人霍韜題名

石屋嶺下有一小洞，曰乾坤洞，亦曰小石屋。其旁又有一洞，狹僅容人，深可三丈餘，不知何名，洞口刻字云：「余應兆、霍韜同游，嘉靖癸未又四月十二日。」按《明史》，韜於正德九年舉會試第一，謁歸成婚，讀書西樵山，世宗踐祚，除職方主事。癸未乃嘉靖二年，或正其自家赴闕之時，自廣東至京師，故經由杭州也。韜卒於嘉靖十九年，年五十四，則當生於成化二十三年，其成進士已二十八歲，何婚之遲也，計癸未年已三十七歲矣。余應兆不知何人，與韜同游，遂得留名，幸矣。

文敏題名古洞旁，想因赴闕過錢唐。山中已了讀書事，殿上將陳議禮章。青史紛紜徒聚訟，蒼苔剥落尚成行。翻憐碌碌同游者，空谷長留姓氏香。

前詩序中所云余應兆，實查應兆也，余偶誤記耳。丁君松生以拓本見示，查之爲人頗非碌碌者，又賦此詩正之

石墨摹來再細看，磨崖名姓未曾刓。底須青史留佳傳，《明史》無傳。自有蒼生頌好官。官山東參議及淮徐兵備道，所至有聲。大禮是非無所附，權璫氣焰不能干。何當更向吴中問，墓道崇碑或尚完。查字瑞徵，長洲人，正德辛巳進士，除工部主事，権浙江木税。時鎮守中官方倨侮，查與二御史入謁，中官據上坐，笑引却之。尚書林俊以忤中官被逐，疏請召還。後歷官至河南布政使。詳見《蘇州府志》，蓋據劉鳳所撰墓志也。按辛巳爲正德十六年，明年即嘉靖矣。檢《明史·七卿表》：林俊，嘉靖元年四月任刑部尚書，二年七月致仕。則查釋褐即権税浙江，與霍同游，正此時也。然林俊致仕非被逐，劉志小誤。

有二蝶飛集曲園，一即飛去，一墮蛛網死。取視之，大如掌，色純緑，亦異種也，爲賦緑蝴蝶詩

漫將蝶粉配蜂黄，别樣風神别樣裝。誰料蘧蘧漆園叟，竟成楚楚緑衣郎。飛來窗下疑鸚武，挂向枝頭即鳳皇。想是花神弄顔色，借他翠袖襯紅妝。

七夕戲作

七夕拜雙星，乞巧亦舊俗。遲可至十月，說本《開元占經》。早或用初六。見宋陳靚《歲時廣記》及明沈德符《野獲編》。要惟七月七，故事聞之熟。今歲天氣佳，候已過中伏。一雨喜新晴，庭院净如沐。更有蛾眉月，娟娟懸屋角。兒女援成例，焚香更然燭。老夫亦好事，不辭拜匍匐。自惟愚且魯，至老猶碌碌。但能如弦直，不能爲鈎曲。但知抱古心，不知悦今目。方今大巧開，事不從其朔。人可行於空，海可化爲陸。應變圓如環，趨時疾於鏃。而我獨何爲，困守愚公谷。天孫幸憐我，塊然若一樸。鈍根爲我拔，靈泉爲我沃。庶幾破混沌，不憂困蹐跼。天孫聞而

笑，所見胡不卓。吾方憫世人，機巧競馳逐。履蹈辭故常，師資求異族。不就馳驅範，不遵布帛幅。蟬羽較重輕，蟻封計盈縮。精氣偷列缺，神功奪阿育。奇想從天開，絕技矜我獨。異説遂風行，禍心已陰蓄。如何人不悟，信好日以篤。效顰自謂妍，逐臭翻言馥。豈知勝其巧，惟在守吾樸。吾願世之人，不雕又不琢。風俗洗澆漓，紀綱守嚴肅。農夫服先疇，商賈循世鬻。伏臘從鄉風，兒童赴家塾。毋喜其新聲，毋眩其奇服。毋攘人之瑜，毋失已之鵠。毋芸人之田，毋離我之局。民風比懷葛，世運追軒頊。參魯而柴愚，工樸而商慤。甘抱漢陰甕，恥襲邯鄲躅。願遵四達衢，畏走九疑麓。彼即以巧來，一笑非所欲。其事吾弗爲，其書吾弗讀。人巧我則拙，制勝以此足。再拜謝天孫，斯言幸我告。守我定盤珠，養我不材木。飽我家常飯，閉我環堵屋。耳目杜聰明，身世忘榮辱。問奇謝楊雄，歸真師顔斶。吕相糊塗人，郭令癡聾福。其樂陶陶然，期頤不待祝。

告西士

西士固好奇，我好奇更甚。嗟爾西土人，奇巧猶未盡。但知爲火器，流毒何其忍。電綫與火輪，能以遠爲近。究之何所益，徒爲識者哂。馳騖八極外，真乃擲虚牝。爾果有巧思，我當爲爾引。試舉一二事，能否爾自審。

有生必有死，賢愚皆同之。乃有道家言，謂可自主持。火候養丹田，精液生華池。交合配龍虎，胎息成嬰兒。其書雖具在，其語殊支離。鉛汞何所取，爐鼎何所施。此是一大事，爾盍爲深思。魏伯陽之《易》，張平叔之詩。無不窮其奥，兼能攻其疵。著書立一説，要使人人知。遂令蜉蝣質，同爲龜鶴姿。上追李八百，下及陳希夷。爾能爲此否，當以爾爲師。

老成子學幻，四序爲雙遷。盛夏冰皚皚，隆冬雷蕭蕭。及讀《抱朴子》，書有《黄白》篇。言雲雨霜雪，雖皆由於天。可以藥爲之，與真無異焉。乃知人之力，可奪造化權。《魏書・西域傳》，有國曰悦般。國人有奇術，疑神又疑仙。爲風風刁調，爲雨雨連綿。參觀此諸説，神妙真無邊。三里五里霧，豈得云訛傳。爾誠有巧思，於此宜鑽研。倘逢旱魃虐，良苗皆菸蔫。爾爲作霖雨，霑被陌與阡。倘逢黑蜧災，隴上堪行船。爾爲出杲日，仍可驅烏犍。遂使人間世，歲歲大有年。但有和甘福，而無陰陽愆。菽粟如水火，箱萬倉斯千。禮義生富足，盜賊銷戈鋋。熙熙與暤暤，如在羲皇前。爾能爲此否，人必稱爾賢。

丹砂化黄金，漢時有此説。欒大李少君，借此行其譎。然而神仙家，又言真有益。或煮土而凝，或燒鉛而結。茅君與葛翁，似皆得其訣。五代李道殷，并能化以石。南唐耿先生，又能鍊以雪。其事既有徵，其説自難蔑。儒家固弗言，民用實最切。爾誠有巧思，盍試一搜抉。點化果有成，家家皆金穴。府藏既充盈，度支無匱竭。下逮蔀屋民，衣食總無缺。大可絶戰争，小可泯盜竊。何必事通商，水陸走杌隉。何必事開礦，發掘到山骨。朝饔而夕飧，冬裘而夏葛。如取亦如携，無巧亦無拙。官不知賄賂，民不知攘奪。道路有餱糧，門户無扃鐍。無懷葛天民，視此亦何别。爾能爲此否，勿云吾不屑。

天既付爾聰，天既付爾明。嗟爾西土人，自命良非輕。挾其心計巧，欲與造物争。上可極九天，下可窮八瀛。如何所造作，徒以資縱横。願爾知變計，望爾能專精。於我諸所説，黽勉觀其成。天必錫爾福，萬國同升平。

咏古

秦皇并六國，天下合爲一。魁柄不下移，號令不旁出。漢唐以至今，相沿皆一律。骨肉無篡弑，家國無夷滅。僉謂此制善，戰争可永絶。然而四海廣，難以一人治。一人之耳目，天下交蒙之。簿書日以積，法律日以滋。堂廉遠隔絶，情僞難周知。上既豐其蔀，下各行其私。政以賄賂成，柄爲胥吏持。文誥雖備具，綱紀皆凌遲。君門萬里遠，呼籲無所施。郡縣之天下，積弊皆如斯。民窮則盜起，養毒成瘡痍。一夫走跳踉，萬里無城池。四夷窺我隙，坌集如通逵。中原何蕩蕩，無復存藩籬。互市遍内地，開第居京師。海且化爲陸，夏且變爲夷。閉關固不可，學步徒見嗤。不知蒼蒼者，此後將何爲。必欲救其弊，莫如復封建。封建之難復，智愚所共見。試觀西漢初，不僅有郡縣。大啓諸侯王，帶礪頒金券。不過數十年，忽焉消如霰。根本既不牢，宗社豈能奠。必待大變後，兵荒四海遍。終歲不遇春，終朝不見晛。村落無夜尨，林木有春燕。民生於其間，生計無一綫。人人困毒痡，處處愁昏墊。遂有豪傑士，出而承其變。一呼衆皆應，一舉衆皆願。始一鄉一邑，繼愈推愈遠。家各自爲守，人各自爲戰。方圓數百里，奉之使南面。小亦百十里，稱孤不爲僭。是即古諸侯，不必冕而弁。君亦不甚尊，民亦不甚賤。耳目所能及，黑白無能眩。視民所好惡，若己之恩怨。國相則鄭僑，邑宰則言偃。教不外里塾，官不設曹掾。兵即寓農田，富惟資穀絹。各正我封疆，無勞爾郵傳。既已内治修，何有外憂痻。爰有聖人作，一出人皆忭。善政所流行，仁聲共欣羨。萬國羅歌謳，四方修貢獻。是即古天子，無勞舜禹薦。要其所自治，固不逾畿甸。此外從其宜，各有邦之彦。天子坐明堂，慶讓示懲勸。方岳巡侯封，輶軒采民諺。中外盡升平，乾坤皆清晏。何必軒與羲，此象應重見。惜無彭與喬，吾言竟誰驗。

分久則必合，合久則必分。天下之大勢，古人有是云。但其所見小，未足窮無垠。只就九域内，區别町與畛。北不越幽薊，南不逾粤閩。東不出遼瀋，西不過峨岷。時而爲三國，正閏争斷斷。時而爲南北，史傳徒紛紜。豈知大九州，州各環以海。其在皇古時，九州盡來滙。鄒衍猶知之，所言固非紿。後王德不及，一州自爲宰。茫茫六合外，擯棄吾勿采。蓋自黄帝來，不知幾千載。分久則必合，閉久則必通。時既逢其會，天亦開其蒙。心思之智巧，耳目之明聰。豈惟絶一世，直欲無化工。電綫捷如響，火輪迅於風。雷可出自海，人可行乎空。遂令禹迹内，皆有海客蹤。豎儒不知變，成見猶未融。謂可絶其使，謂可摧其鋒。豈知天視下，廓然而大公。皆吾所覆載，無南朔西東。分久而欲合，誰能違蒼穹。東鶼與西鰈，會見皆來同。久之同文字，學校彼可充。久之同風俗，嫁娶人皆從。此謂一大合，不復分華戎。三國南北朝，小哉蟻與蜂。要之合與分，無一非天意。分合若循環，合易分亦易。更歷千百年，天意又有異。不過反掌間，閉關絶其幣。舟車斷往來，主客廢交際。完我清静天，還我乾净地。惜無千載人，不能見此事。吾儕生今日，空灑憂時涕。守先以待後，舍此無良計。

佛氏談世界，三千又大千。世界在何許，此語空流傳。西人創新説，頗足證其然。日月與五星，各自成一天。亦有人有物，亦有山有川。推之於恒星，無量復無邊。多若恒河沙，悉數誰能全。疑佛大神通，固嘗游其間。不然佛弟子，安得無疑焉。古説九重天，第一重爲月。其上水與金，又其上爲日。火星與木土，與日又懸隔。其上恒星天，迴乎不可測。惟月去地近，與人疑可即。嫦娥竊靈藥，奔逃到月窟。此雖悠謬言，乃自歸藏出。淮南之所載，張衡之所述。得無真有之，流傳自載籍。及讀《起世經》，詳言月宫闕。高十六由旬，廣則兩之一。中有月天子，其壽歲五百。我疑佛曾游，是以能具説。其後唐明皇，曾作月宫客。此固不可信，要亦不可闢。安知方士輩，不真有此術。又聞水晶宫，曾容盧杞謁。向皆斥爲誣，今亦未敢決。西人取輕氣，製之而爲球。飄颻乎高翔，上與浮雲浮。奇肱之飛車，當亦與此侔。御風列禦寇，對之瞠其眸。傳至百年後，其制宜更優。豈獨翔寥廓，豈獨凌滄洲。月宫竟可到，法曲堪重偷。更進而愈上，何異乘飛虬。日輪或難至，火烈無能留。金水兩重天，儻皆人可游。下土衆蟣虱，天路行夷猶。張騫到銀漢，李賀登玉樓。八十一萬里，從此堪置郵。我言偶至此，聞者笑不信。不知非妄言，吾説本經訓。絶地與天通，見之於吕命。可知皇古時，天人固相近。天神或下降，地民或上聘。周書與楚語，其説兩堪證。聖人惡其然，謂非理之正。乃命重與黎，絶之務使净。苟非舊曾通，何必新著令。我恐今之世，地天又將并。精騖乎八極，心游乎萬仞。非不快一時，無乃非王政。何當命重黎，清問侍虞舜。

傅曉淵茂才以其先德江峰先生《梅嶺課子圖》屬題〔一〕，率書一絶句

白雪嬌兒白髮翁，梅花嶺畔舊儒宫。笑他處士林君復，難把詩篇課羽童。舊題本二絶句，不存於稿，曉淵固請存之，乃補録其一，時曉淵已登拔萃科，不負乃翁之教矣。

東書房有梧桐樹，高六七丈，爲蟻所穴，其中空焉，風雨之夕，殊爲可慮，因伐去之，而悼以詩

枝高百尺力難扶，雨雨風風更可虞。解腕壯夫非得已，當門芳草竟須誅。新荄尚望陳根茁，雙植俄驚隻影孤。右畔一株尚在。手種梧桐今若此，老人自顧一長吁。

〔一〕傅，原作「傳」。

彭氏孫婦之亡二十有七月矣，命兩曾孫女釋服，而移其主附祀先人神机，漫賦一律

三年歲月過逡巡，往事回思總不真。新婦賢聲猶在口，嬌兒素服已離身。自憐白髮難親送，是日余以小病不出。且喜紅閨有替人。何日阿侯真入抱，泉臺應亦問頻頻。

偶檢舊書，得枯蓮一瓣，書五言絶句六首，似是咏荷花者，末署「丙申七月子振書」。其人不知何人，其年則必道光丙申，即余入學之年也。今六十年矣，爲書一絶句於其上

一瓣枯蓮兩丙申，舊時花對舊時人。青衿黯淡無顔色，白石紅欄句尚新。蓮瓣所書其首二句云：「回文白石塘，亞字紅闌曲。」

尤麓孫哀詞

麓孫名瑩，臨海人，肄業詁經精舍，篤志好學，壯年殂謝，臨歿歎曰：「吾功名不成，無所恨，恨不得再至西湖一見吾師曲園先生耳。」其婦殉夫同日死。嗚呼，是皆可哀也！

尤生古之人，樸茂含美意。所嗜惟學問，不知有餘事。每讀一書竟，貫弗其大義。千緒與萬端，條分而件繫。爲我作年譜，摭拾頗云備。嗟我一腐儒，瑣瑣何足記。去秋歸臨海，云就有司試。試既無所得，一病竟長逝。上有父在堂，下無子可嗣。與我獨拳拳，至死猶不替。不恨百無成，恨不再把臂。其婦亦賢淑，湯藥經年侍。泣問君已矣，將何爲妾計。君呼楮墨來，手示以二字。一節又一烈，聽其自位置。婦曰吾決矣，潛以烈自誓。君死婦亦死，棺槥竟雙具。此夫與此婦，迥與世俗異。嗟我老而衰，久溷人間世。硜硜抱經術，將爲世所棄。惟望二三子，起而張我幟。今又弱一个，吾道殆將廢。

送孫女慶曾還温州并示孫婿宗子戴

辛苦從夫去，呻吟帶病行。老夫猶自可，汝母若爲情。鬱鬱心頭事，迢迢海上程。臨歧無待屬，婿意自分明。

松生又於乾坤洞拓示明人李元陽題名，再賦一律

李元陽，字仁甫，雲南太和人。嘉靖丙戌進士，選庶吉士，歷官至荆州府知府。世稱中溪先生，淹博爲滇士冠，楊升庵以「畏友」稱之。其爲御史巡按福建時，刻十三經九行本，至今稱善焉。

諸老名從古洞題，訪求又得李中溪。至今滇士心猶折，在昔升庵首亦低。尚有經書聞舊刻，豈無歌頌楚遺黎。大梁開府同鄉里，景仰風徽試一稽。豫撫劉景韓中丞，其鄉人也，往年在浙時曾購求所刻十三經而去。

三歎息

始皇焚書二世滅，漢興乃除挾書律。禮樂詩書未盡灰，山厓屋壁隨時出。皓首經師苦講求，專門弟子同傳習。豈無僞書如張霸，豈無異説如王弼。後來理學出程朱，又與漢儒門徑別。要是同由孔氏來，尊儒重道無他術。自從西學來西洋，細入微茫不可詰。尼山舊位幾從祧，利瑪新書方競譯。慨自二千餘年來，六藝表章空費力。一齊付與水東流，老夫爲之一歎息。

明季空疏經學絶，本朝右文重采輯。順康以後到乾嘉，老輩鉅儒時一出。顧閻毛惠導其前，江戴段錢益加密。《尚書》討論古文僞，《周易》闢正先天説。聲音訓詁通乎微，制度典章核其實。儀徵相國集大成，學海堂書成巨帙。前有《通志》何足言，後有《南菁》庶堪匹。自從西學來西洋，阮王兩刻皆拋擲。慨自二百餘年來，諸老抱殘又守缺。一齊付與水東流，老夫爲之再太息。

嗟我明年七十七，垂老回思少壯日。雕蟲小技事詞章，漢注唐疏均未識。中年官罷居姑蘇，妄擬名山留著述。博觀國朝諸老書，最喜高郵王氏説。明堂修廣有新圖，卦氣陰陽殊舊術。親屬安排三黨九，亂臣考定十人一。大而典禮精參稽，小而字義細搜擷。春在堂書行海内，卷帙已經逾四百。略窺南閣祭酒門，冀參東漢啬夫席。自從西學來西洋，從此研經將輟筆。慨自四十餘年來，暑日寒宵常矻矻。一齊付與水東流，老夫爲之三歎息。

丁戊編　春在堂詩編十六

丁酉元旦口占

七旬又閲七年餘，坐對韶華暗自吁。風燭已成垂盡勢，月宫尚憶乍游初。余於丁酉中副榜，今又丁酉矣。舊交寥落同年録，新學支離異域書。飲罷屠蘇還一笑，久居人世待何如。

董壽母詩

壽母馮氏已於甲午歲計閏滿百歲，由浙撫題請建坊，至今年正一百歲矣，其孫伯騤茂才乞詩。

曾聞恩賚下彤廷，又向華筵進醁醽。若計五年逢再閏，已登百歲又三齡。巷衢歌舞娱元夕，正月十六日生辰。婦豎提携拜壽星。嘉道咸同又光緒，世間能有幾人經。

汪郎亭侍郎以家製罐兒山鷄來饋，賦謝

侍郎來書云：罐兒山鷄，以猪油灌入山鷄腹中，蒸熟切片，此惟咸安宫庖人能爲之。翰林充日講起居注官，年終進起居注之日，會食於起居注衙門，例用咸安宫庖人，必有此品，寶文靖極嗜之。城内外均不知作法。鳴鑾住内城，令厨子往學之。雖非唐臨晋帖，尚得皮毛之似，此亦翰林一小掌故也，故附及之。以上均侍郎來書語，節録之以代序。

侍郎歸築鍊珍堂，食譜新奇許我嘗。爲念庶羞容有雉，《儀禮·大射儀》「庶羞」注云：「或有雉兔鶉鴽。」費君一曲艾而張。《宋志》，《艾而張》與《雉子斑》本是二曲，唐李賀擬此曲則皆用雉事。盤中片片渾如玉，批以并刀勻且薄。竟似羹調白兔胎，非同脯切紅虬肉。君言簪筆侍丹除，曾爲宫廷注起居。歲暮成書恭進日，年年珍膳出天厨。雕盤綺食紛難記，皆自咸安宫裏製。就中此品最稱珍，老去平章猶酷嗜。君家鐐子得真傳，晋帖唐臨竟儼然。員外花糕無此軟，嬰兒雪莢遜其鮮。嘗聞明代廷臣宴，炮鳳烹龍巧相眩。劉若愚《酌中志》云：「遇大典禮，光禄寺備辦茶飯，有曰炮鳳烹龍者，鳳乃雄雉，龍則宰白馬代之。」何如竟號罐兒鷄，山鷄亦足充公膳。河豚贋本各争長，都下庖人效爲

之，或細切野鷄肉及猪油納猪腸中蒸熟切片，皆君所謂不知作法者也。灌注豨膏别有方。能使人間嘗禁臠，勝於宫外竊霓裳。老夫久冷春明夢，只向空山飽齏甕。玉堂天上不須論，白莧紫茄佐清供。君時以自製茄子同饋。

乾坤洞李元陽題名與林雲同同題，余初不知林爲何人，今於《圖書集成·氏族典》得之，補賦一詩

中溪昔到此山前，端簡林公袂共聯。林謚端簡。老去尚書官一品，少時進士榜同年。林與李皆嘉靖四年進士。外臺不入《七卿表》，林由右都御史轉尚書，皆在南京，故《明史·七卿表》不載。吾土偏留再至緣。先爲浙江提學僉事，後官浙右布政使，轉左。莫惜姓名《明史》漏，長存石墨在林泉。

余主詁經精舍講席，至今歲三十年矣，開課之日，慨然有作

先皇同治七年春，是年太歲在戊辰。我來始主詁經席，第一樓頭作主人。荏苒光陰卅年久，竟自戊辰到丁酉。我年七十又七齡，尚擁皋比不自忸。春風講舍年年開，撫今思昔心徘

徊。遂將三十年來事，都向心頭歷碌來。其時大亂初平定，士習文風方日盛。一朝學派溯乾嘉，千古經師宗許鄭。多少名流載酒過，晨燈夜燭與磋磨。硜硜家法持能正，落落微言得已多。學人門户無歧出，道德同而風俗一。讀《書》都解擯枚頤，學《易》咸知闢王弼。春華秋實鬥斕斑，頗在孫陽一顧閒。歷來典浙試、視浙學者，咸稱詁經人材極盛。幾輩翱翔到雲路，春秋兩榜得雋者幾及百人。幾人著述壽名山。黄元同、馮夢香皆詁經肄業生，今皆書院老山長矣。我亦沾沾私自喜，壇坫湖山吾老矣。俞舫摇來緑水湄，俞樓築向青山趾。一年兩度此招邀，朝聽劉瓛暮聽苞。衰朽翻將師李謐，英豪頗不笑邊韶。三十春秋成一世，天時人事從而異。梨棗争刊新譯書，丹鉛競寫旁行字。萬國同文西學興，西方教士髪鬅鬙。已愁禹迹淹將盡，更恐秦坑焰又騰。孟氏遺書深有味，一言反本無辭費。省刑薄税信能行，堅甲利兵非所畏。如何異喙各争長，辛苦群公日夜忙。未見長材能逐鹿，空教大道歎亡羊。今朝循例來開課，吾道非歟無乃左。痛哭先師許鄭前，一杯難勝車薪火。老我行將與世辭，諸生努力强支持。守先待後百年事，會有天元極盛時。

蘇武婦詩

《文選》載蘇子卿詩云〔一〕：「結髮爲夫妻，恩愛兩不疑。」可見其伉儷之篤。又云：「生當復來歸，死當長相思。」則其生死不渝，臨别時必有要言矣。《漢書》本傳載李陵勸降之言曰：「來時太夫人已不幸，陵送葬至陽陵。」此必實有其事。又云：「子卿婦年少，聞已更嫁矣。」托之傳聞，其不實可知，蓋李陵僞造此言，絶武歸志耳。子卿聞之，固當不信。千載下，轉因李陵一言使蘇婦蒙冤，余甚惜之。既載此説於《茶香室四鈔》，又作此詩存集中。

生當相見死相思，屬國當年贈婦詩。即此死生一言決，可知恩愛兩無疑。不圖降將來饒舌，竟説生妻已去帷。試問陽陵親送葬，可曾親見去帷時。

節旄禿盡未還鄉，十九年來兩鬢霜。欲寄家書無漢使，代傳閨怨有梁皇。梁武帝有《代蘇屬國婦》詩，纏綿悱惻。梁武去漢未遠，必知其實。不嫌胡婦分新寵，應笑陵妻改舊妝。贋筆沿訛何足據，齊

〔一〕載，原作「戴」。

梁學語小兒郎。李陵書云：「老母終堂，生妻去帷。」東坡言此書是齊梁小兒僞作。

子戴書來，言五月十二日孫女慶曾暴卒，哭之以詩

久病原知不可醫，驟聞噩秏轉凄其。病則已久，死則非病。春林風緊啼姑惡，秋浦潮回斷子規。本擬秋閒還蘇。已杜生機生亦贅，莫名死狀死猶疑。汝惟一德差堪取，持向夫家竟不宜。

前詩意有未盡，再成十絶句

十年幽恨苦難平，荆棘叢中了此生。見説赤繩初繫定，英雄名士一齊驚。既聯姻，彭剛直在金陵、徐花農在京師，同聲詫歎曰：「誤矣！誤矣！」

迎來贅婿頗風流，春在堂前喜氣浮。金榜題名花燭夜，一時佳話滿蘇州。孫婿宗子戴來贅姻時，新中式舉人，余製大金字八懸之廳事，云「金榜題名，洞房花燭」。

落溷飄茵任所遭，命宫磨蝎總難逃。年年樹上聽姑惡，飛上高枝聲更高。到温州後益甚。

申申怒詈在堂前，緝緝翩翩又耳邊。試向虎丘祠下拜，令人流涕小姑賢。蘇州虎丘有地名小姑賢，昔有姑虐其婦者，小姑曲解之，因建祠而即以名其地。

迎來桃葉最輕盈，顆顆楊家果已生。日向杯中和輕粉，翻言釜内櫟鵪羹。姑爲買妾，妾生楊梅瘡，未即納，翁問之，則詭言慶曾不容也。

輪船旬日一來游，欲報平安慰白頭。裁得衍波將下筆，淚痕漬透筆仍投。其侍婢言之。

虞山小住竟兼旬，强作清游病後身。一事真教成讖語，破山寺裏過生辰。去年慶曾生日，與子戴在常熟同游破山寺。

亦恐無名死太輕，遲遲未肯遽捐生。居然忍到三年久，絶命詩詞久已成。三年前已作絶命詩。

柔腸寸斷到臨終，回首庭闈夢不通。費盡經營無限意，親書死字寄家中。臨終前三日，附書子戴書尾云：「朱喜何病而死？」朱喜者，吾家老僕，三月中死者也。止此一句，不更著一字，其意在書一「死」字寄家中，非問朱喜也。

垂死哀翁淚滿頤，追思前事不勝唉。始知王滿連姻事，宜有黄門白簡來。向讀沈休文《奏彈王源》，以爲太過，今乃知古人所見遠矣。

《太常仙蝶圖》爲徐壽蘅侍郎、叔洪侍御題

侍御奉諱家居，仙蝶來止其廬，時丙申六月二十二日也。因繪圖寄侍郎京師，圖到而

蝶又集於侍郎之寓，則八月十六日也。侍郎徵詩，因賦此。

太常老道本來仙，專結名流翰墨緣。一樣池塘有青草，飛來飛去總翩翩。

飛來湘水去燕臺，五十光陰一往回。應笑人間太多事，迢迢蘆漢火輪開。

自從光緒溯乾隆，無限遷流百歲中。惟有仙人長不老，蘧蘧還與昔年同。

當代機雲兩俊才，故應仙蝶許追陪。曲園園裏非無蝶，只是尋常村裏來。

姚夫人生日焚寄

年年六月初三日，家祭仍開設帨筵。若計閏餘剛八秩，今年七十八歲，計閏則八十矣。又添孫女到重泉。夜臺翻有生人樂，塵世將逢末劫年。頓使老夫歸思切，右台山下共長眠。

光緒丁酉距道光丁酉余中副榜之歲六十年矣，八月初九日晨起書此

舊夢重重化作烟，又逢丁酉又秋天。玉堂後進廿餘輩，溯自庚戌來二十二科矣。金榜微名六十年。屈指一周花甲後，回頭初踏棘闈先。題名小録今猶在，碩果孤存亦可憐。正副榜一百十四

人，今存者余之外恐無人矣。

徐壽衡同年前輩典試浙江，以闈中述懷詩見示，次韵二首

文章自古屬離明，水有瀟湘岳有衡。人喜中興羅將相，天留大老領科名。漢廷自重九卿長，浙士虚期三載成。來歲春風持玉尺，會看桃李鬥菁英。君已拜視學浙江之命，旋由吏部侍郎遷左都御史，還朝供職，士論惜之，故以明年會試總裁爲祝。

不堪言命管公明，且與論文陸士衡。薛燭卞和難長價，曹蜍李志豈求名。自全散木安愚拙，力挽狂瀾仗老成。三十年來人事異，白雲天半自英英。

壽衡同年前輩贈詩二首，次韵奉酬

東西兩浙溯前游，今日相逢又九秋。已向瀛洲推老輩，近科認啓單，公名居首。更煩砥柱鎮中流。兩翁白髮稱知己，公手書楹聯見贈，云「大千世界一知己，八十老翁猶著書」。多士青雲仗蹇修。一笑雲泥都不計，三杯清酒共湖樓。

朝端封事幾篇書，公頻上封章甚切。物望都歸陸敬輿。此去行開丞相閤，閒來尚訪野人居。浪傳階下多書帶，湖樓書帶草甚多。只惜山中少洛如。湖州山中有洛如花，郡有文士則生，今科湖郡獲售者少，公以爲惜，故云然。懸擬程文殊自愧，恐教安處笑憑虚。余於浙闈題有擬作。

又次壽老韵，即以爲别

不能叨附鹿鳴筵，空作蟾宫兩度仙。副榜無鹿鳴宴，余六十年老副榜，不能叨重宴之榮。天上再煩修月户，山中且和聚星篇。餘霞艷艷猶成綺，舊夢重重欲化烟。齒較於公三歲長，不知繼見是何年。

晤世振之都轉，談論甚相得，賦詩贈之

一年兩度接清襟，高論如君實可欽。匡濟時艱須本務，維持國脈在民心。但存方寸權衡正，不畏尋常習染深。異日封疆膺重寄，願持此意作良箴。

徐季和學使自高氏山莊步至右台仙館見訪，是日乃其六十生日也，清談小飲，賦詩贈之

積雨經旬一霽纔，每逢佳客草堂開。鳴騶入谷將軍至，前兩日，濟均普將軍入山見訪。安步當車學使來。見説年將開七秩，休嫌官未到三台。輶軒遍歷東南地，時又拜安徽學使之命。藉挽悠悠世運頹。

聞花農入直南書房，寄詩賀之

御齋儤直最宜南，此贈君舊句也。余一見君，即以此期之，故云然。三十年來有此談。喜向禁廷簪彩筆，勝於驛路駕征驂。考差未得，方爲君惜，今乃釋然。前徽已紹二勛一，君承文敬、文穆兩公之後，而文穆亦曾直南書房。慈壽恭逢六十三。君入直後，恭逢皇太后六十晋三萬壽，恩禮優渥。芝草迭生真有驗，君京寓屢有芝瑞。豈惟瑞菊比羅含。

惲菘耘方伯以家製湯圓見餉，賦謝

使者傳來字數行，欣然嘉惠拜承筐。碓中細碾羊脂糯，鐺内匀浮蟹眼湯。潔白自存公本色，輕清頗得佛圓光。膝前携到曾孫女，呼作牢丸與共嘗。

送日本楢原陳政子德歸娶

日東有奇士，相識廿年前。已貫中西學，方當少壯年。豪游猶歷歷，雅意最拳拳。執摯蕭夫子，曾居余門下。傳真白樂天。兩次爲余寫照。贈余吴客縞，盼爾祖生鞭。聽打回帆鼓，言開合巹筵。人欣聯舊雨，日本有舊雨會，子德與焉。天爲締新緣。妻島添春色，師門拜暮烟。所娶得能氏，乃其師之孫。鷄鳴纔共警，鵬路又高騫。别後一彈指，携將小比肩。雙雙來見我，杯酒再流連。

光緒丁酉西湖有開鐵路之議，余在山言山，不能無言，輒作長歌以代

蕘唱

西湖山水天下勝，唐宋以來稱極盛。雨奇晴好百皆宜，轉覺東坡詩未盡。時局一變洋人來，拱宸橋畔洋場開。議傍西湖興鐵路，好從湖墅達江限。其地逶迤三十里，高者山腰下山趾。自茅家步向南來，逾翁家山猶未已。植竿立幟費經營，雖未興工勢已成。一路松楸將伐盡，萬家冢墓待填平。有人創此非常議，意欲從中圖自利。高資億萬托空言，異日成虧渾不計。問君地有幾由旬，只自江干到拱宸。舟楫往來稱便利，何須争此一逡巡。此邦貨物由來少，北毳南琛都不到。江西葛布安徽茶，衢嚴橘柚金華棗。看取洋場地尚荒，不聞巨賈此通商。尚無鬼市開羅刹，奚取神車走阿香。無端鑿空到林麓，奪盡山光與湖渌。豈惟怨毒積幽明，兼恐生機窮水陸。方今天子愛黎元，大吏憂勤重本原。豈向山川殘地脈，定從道路采人言。傳聞鐵路行將罷，早已歡聲騰四野。西湖花柳故嫣然，依舊游春又銷夏。

壽君殉難詩

壽君名星，字同春，習申韓家言，乾隆中爲淡水廳幕客。林爽文之亂，同知程公死之。君年已七十餘，招集義民，恢復竹塹城，擒斬賊目三十餘，固守年餘，後移駐大甲溪。會官軍剿賊，馬蹶被擒，駡賊而死，賞知縣職銜，祀忠賢祠。其族玄孫錫恭，余門下士也，請賦此篇。

臺灣自古居荒服，赤嵌城爲荷蘭築。鄭氏竊據數十年，昭代龍興方内屬。乃其民氣猶未馴，承平未久亂又伏。往往征討煩正師，遠渡澎湖島卅六。乾隆盛世同華勛，一夫倡亂林爽文。淡水地與鷄籠接，實於臺北居要津。官死吏逃民亦散，幕中有客曰壽君。七十老翁誓殺賊，蜑丁漁户皆成軍。自丙迄丁凡二載，長城頼有先生在。一朝追賊大甲溪，馬蹶被擒神不餒。嚼齒張巡氣益豪，銜鬚温序心無悔。至今廟食竟千秋，歲歲崇祠薦蘭茝。嗚呼！鹿耳鯤身氣象雄，山川猶與昔時同。朝廷已棄珠厓郡，父老空懷鐵稍公。遂使海疆淪異域，竟無義士激孤忠。紅毛樓下三更月，空有長鯨鼓颶風。

余主講詁經三十年矣，明歲中丞又致禮幣，宜以衰朽辭。然念近來時局日新，余去後，精舍規模必大變矣，姑藉孱軀，稍留殘局

自擁臯比三十年，衰齡何敢再流連。但思興廢關吾道，猶把修明待後賢。滄海狂流無計挽，夕陽殘景暫時延。明年一掬憂時淚，重灑先師許鄭前。余今年詁經開課，有「痛哭先師許鄭前」之句。

題陳蓉曙太守《峰泖宦隱圖》

九峰三泖間，東南稱勝地。宜有隱君子，輕世而肆志。君以五馬來，固已與隱異。況聞所建豎，足與龔黄儷。爲士講經訓，爲民籌樂利。云何繪此圖，仍以隱取義。或嫌出處殊，或笑名實戾。我獨謂不然，仕隱固一致。君昔金馬門，亦自稱避世。今雖擁旌麾，何異衣荷芰。一郡小試耳，大任行且至。存君隱者心，行君仕者事。春風有太和，秋水無纖翳。雖至督八州，依然衡與泌。

吴潁芝大史蔭培以其祖父兩代孝行乞詩，爲賦是篇

《隋書・孝義傳》，載有二孝子。鈕回鈕士雄，父子相濟美。隋祖表其閭，稱爲累德里。不圖至今日，又見於吴氏。恂恂彦欽君，名仁榮。内行粹無滓。爲後即爲子，豪髮無歧視。刲股治母疾，母疾竟爲已。殁以孝子旌，崇祠陳簠簋。厥子菡青君，名恩熙。又以孝繼起。嘗事父母疾，醫來窮於技。兒臂一臠肉，兩度付刀匕。雖有效不效，精神泣神鬼。兩君一鄉望，人中梓與杞。嘉言與美行，間史不勝記。姑舉其大者，已足式浮靡。孝義天所祐，科名人所喜。令子掇巍科，龍門躍仙鯉。英英金閨彦，翩翩探花使。日下寄聲來，乞我詩一紙。我乃老賓氓，半生寓吴市。清門雖未登，仁里素所企。異時累德名，亦當載青史。幸鄰孝子鄉，恭敬比桑梓。

恒春片石歌

恒春乃臺灣縣名，地産赤石。光緒壬辰、癸巳間，吴下張翰伯廷驤游其地，得片石以

歸。未幾而臺灣遂淪爲異域，翰伯乃繪《恒春片石圖》，余爲題詩。

此石昔在蠻荒中，隔絶不與中原通。隋將略地偶一至，遥望但見雲濛濛。前明海盜據其地，嘉靖間林道乾，萬曆間顔思齊。林顔平後荷蘭繼。明亡鄭氏自稱雄，此石依然化外棄。我朝聲教暨南荒，一統車書邁漢唐。已變荒洲爲郡縣，更開行省劃封疆。此時此石應生色，艶赫奇光照水國。儼從海底出珊瑚，壓倒懸黎與垂棘。無端海水嘯天風，鹿耳門邊不待攻。銅柱銘勛無馬援，珠崖議棄有楊雄。有人曾作臺洋客，携到恒春一片石。奇蹤應不讓陳倉，雅玩真堪比靈璧。而我深爲此石愁，赤嵌已不隸神洲。昔年白石神君廟，今日紅毛鬼子樓。我又深爲此石喜，何幸携歸君袖裏。他年天禄補琳瑯，録此恒春歌一紙。

戊戌元旦試筆

高軒一任曉來過，坐對粃盆自放歌。計閏年爲八十歲，三十年積閏月十二作爲一歲，六十年得兩歲，余今年七十八，計閏年則八十矣。連恩榜算廿三科。余庚戌翰林，自庚戌至戊戌一十七科，加恩科六，故爲二十三科。浮生冉冉行將盡，塵世滔滔奈若何。願似熙隆全盛日，不嫌薄蝕到羲和。元旦日食溯，康熙、乾隆間皆嘗有此事。

盧童子詩 童子名人麟，字欣如。

我聞宋代神童多，其最著者晏元獻。朱天錫與朱天申，兄弟兩難人共羨。四齡童子吕嗣興，入侍皇孫共筆硯。尤有奇者蔡伯俙，襁褓之中蒙召見。誦詩一百有餘篇，真宗皇帝大歡忭。三歲奇童出盛時，七閩山水多才彦。二句即用真宗賜詩意。所憐末路轉頽唐，垂老猶將祠俸戀。若黄居仁十三齡，此已尋常不足炫。明代惟有李東陽，四歲兒童拜金殿。後來文忠楊廷和，一十二歲領鄉薦。乃聞順德李世嶼，四歲能書大字匾。又有大庾嶺頭碑，大書雁回與人遠。旁書八齡童子書，名宋世勛無郡縣。從來髫齔有英奇，能使停年格一變。項槖甘羅大有人，張蒼羅結難同傳。老夫今年七十八，一二時髦曾入眼。新安童子黄崇信，九齡口角何輕便。元箸超超自不同，小時了了殊堪念。或試令屬對，曰：「小時了了。」應聲曰：「元箸超超。」淮南童子張家釗，八歲來投童試卷。當初未與一衿青，今日思之猶惓惓。嶺南童子余瑞鸞，輶軒使者以詩先。謂徐花農。孯經頤壽寫銀花，墨彩淋漓今尚絢。江右童子黄國楨，擘窠福壽筆尤健。去歲七齡今八齡，想見婉孌猶未弁。不圖又有此盧郎，玉樹臨風抑何蒨。問年纔當幼學初，家在桂林寓茂苑。元和大令爲揄揚，李君紫璈。遂使老夫親覿面。試之文字頗清疏，走筆繽紛如集霰。倘教挾册試風檐，孤羆深叢堪一戰。安知不作史唐英，粉紅褲赴鹿鳴宴。此即古之張童子，禮部二經堪入選。只惜時無韓昌黎，誰爲宏獎誰爲薦。盧郎盧郎聽我歌，此後青雲宜自勉。願如晏元獻，三十五歲入黃扉；勿如蔡伯俙，八十老翁爲人賤。

句麗古碑歌有序

高句麗之建國，始於朱蒙。朱蒙者，東扶餘國王得河伯女，閉之室中，日照之而孕，既而生一卵，有一男破卵出，即朱蒙也，故自言日子，河伯外孫，見《魏書·高句麗傳》。此碑亦云：「我皇天之子，母河伯女郎。」與史合。史又言：「夫餘之人謀殺之，朱蒙東南走，遇大水，魚鱉并浮，爲之成橋。」與此所云渡奄利水事亦合。《後漢書·東夷傳》亦載此事云：「南至掩淲水。」掩淲即奄利之異文。惟《魏書》言名朱蒙，《後漢書》言名東明，疑東明是其名，朱蒙是其王號，彼國之例固然也。此碑云「鄒牟」，與史不合。然朱與鄒、蒙與牟一聲之轉，朱蒙爲鄒牟，猶掩淲爲奄利，譯音固無定耳。碑首所云雖似虛誕，而實見正史，凡言高句麗之先者，類如是也。此碑則爲其十七世孫廣開土而立。據《朝鮮史略》，晋孝武帝太元十七年，高句麗故國壤王伊連薨，太子談德立，是爲廣開土王。至安帝義熙九年，談德薨，子巨連立，是爲長壽王。然則廣開土立於太元十七年壬辰，薨於義熙九年癸丑，止二十二年。此云卅有九宴駕，乃計其生年，非計其享國之年。上文云二九登祚，由十八歲數至二十二年，適三十九矣。此王名談德，廣開土是其王號，而又云號爲永樂太王，豈永樂是其年號耶？明成祖年號永樂，當時且不知前涼、南唐及宋方臘皆有此號，高句麗號更非所知矣。廣開土亦是約舉之辭。碑首云：「廣開土境平安好太王。」後云：「廣開土境好太王。」可知此是美稱，猶中國之徽號。故文有詳略，而約舉之則但曰廣開土也。碑云：「永樂五年，歲在乙未。」其下又有六年丙申、八年戊戌、十年庚子、十四年甲辰、十七年丁未、廿年庚戌，紀載歷歷，則當立於晋太元十六年辛卯，薨於義熙八年壬子，可以訂正《朝鮮史略》之誤。碑云：「以甲寅年九月廿九日乙酉遷就山陵。」則薨後兩年而葬也。碑爲守墓而立，蓋其國舊俗，以國人供王墓灑掃。廣開土王遺命，則欲以所掠取濊韓之奴客充之，而又慮其不知法則，故參用國人三之一。碑所云「國烟三十」「看烟三百」，皆謂此種人也。碑立於義熙十年，至我朝光緒二十四年，凡一千四百八十五年，而碑文完好如新，惟闕一百五十餘字，未知何故，疑有所諱而剗去之也。日本使者中島時雨雄以拓本自京師屬花農寄贈，因賦此詩。

高句麗之始，鼻祖曰朱蒙。生自東夫餘，神物殊凡庸。以日爲阿耶，以河爲阿翁。一朝避難去故土，大河前阻無戢䍐。河伯聞之大驚詫，嗟吾外孫途其窮。立召魚鱉黿鼉龜鮫龍，鈎連成橋環環如長虹。履之而渡何從容，洵由神力非人功。宜乎立國七百有五歲，二十八世長爲東夷雄。傳十七世而至廣開土，神武頗有鄒牟風。二九登祚號永樂，國富民殷五穀豐。每戰必勝攻必克，掃除部洛如撥䕸。碑書「部落」作「部洛」。惜乎壽不永，三十九而終。不及其子號長壽，在位七十九年壽過殷中宗。乃爲山陵制，頗較先代隆。洒掃之户三百有三十，三新一舊相彌縫。新者濊韓諸奴客，舊者仍使國民供。爰有國烟看烟别，刊碑示禁藏祠宫。此碑立於晋義熙，至今一千四百八十五年猶若新磨礲。文不盡可識，義不盡可通。要其書法實雄秀，令人如對古鼎鐘。是時北方碑刻險怪可怖畏，南人又以俗書姿媚欺兒童。句麗古碑誰所寫，漢隸雖遠堪追蹤。東瀛仙客知我好古胸有癖，遠從日下郵寄來吴中。花農太史逞臆説，謂我下筆頗與同其工。魚目難與夜光混，虎賁豈敢中郎充。惟愛此碑自奇絶，不辭連日摩雙瞳。百殘即百濟，平穰即平壤，既可以證史文異；赫奴爲赫怒，唯有爲雖有，更可以知古字同。嗚呼！玄菟樂浪故土今已不可問，惟此片石奇光尚燭扶桑紅。

天津二等中西學堂招考學生，從孫箴墀考取第二，送之北去，爲賦此詩

百年世業守箕裘，惟有楹書數卷留。祖德衰微行且盡，儒門淡泊竟難收。遂教吾黨趨新學，從孫中習西學者尚有一人，曰同悌，今在福建。不及農夫守舊疇。送爾北行雖可喜，悠悠時局使人愁。

上巳口占

積雨新晴一笑堪，客來時事不須談。休論海外九州九，且過園中三月三。人被老侵心已稿，花因寒勒萼猶含。長安道上諸年少，春色如何試共探。

排悶偶成

三春長是雨廉纖，永晝如年不捲簾。窗下喃喃貓念佛，牀頭唧唧鼠求籤。二句皆據俗語。但知精力隨年減，未覺韶光遇閏添。今年閏三月。今歲西湖好風景，酒痕襟上未曾霑。

余卧室前有山茶花一樹甚盛，前年十月一花忽開，經霜雪萎焉，而至今不落。今年花開尤盛，此花猶在枝頭，賦詩紀之

一花開早飽風霜，冷抱冬心不吐芳。兩度春風吹不動，眼前爛熳是孫行。

禮闈揭曉，孫兒陛雲獲售，口占一律

未冠先登鄉飲筵，孫領鄉薦年十八。五回孤負杏花天。五赴會試未售。已拚學校司丁祭，本科大挑二等。誰料科名利戌年。余庚戌進士，至今年戊戌四十九年。尚冀青雲能遠到，已看紫電遍流傳。蘇滬均有電報。固由祖德留猶在，一半還因汝母賢。二兒婦賢孝且好善。

新昌俞氏有名焕斗字五峰者，過蘇來訪，因得見其家譜，敬紀以詩

吾家烏巾山，寥寥數十户。族微無譜牒，家寒但農圃。自吾高祖來，歷歷始可數。其前竟闕如，名字莫能舉。但聞自元時，家已在此土。爰有希賢公，遐哉吾遠祖。見明沈御史松《族譜序》。見於先君詩，徵諸沈氏序。嗟我生更晚，望古色先沮。君從新昌來，示我新昌譜。一世祖曰稠，家世本齊魯。二世祖曰珣，來綰剡縣組。實始居新昌，舉族於此聚。十二傳至樞，族乃從茲鉅。所生有四子，命名各有取。賢哲皆所希，更願顔閔伍。四子曰希哲、希賢、希顔、希閔。四子分三宅，一子獨無所。因父官吴興，就彼築環堵。希哲爲中宅，希顔爲西宅，希閔爲東宅，希賢則因父官吴興參軍，故遷居吴興。其後又三傳，希賢下尚有三世，曰日義，曰光泖，曰楠，以後無考。自此不復叙。至今東西宅，繁生若苞栩。中宅雖式微，亦向衍螽羽。惟吴興一支，無從更覶縷。詎知即衰宗，鄉居又貧窶。吾祖南莊公，讀書窮四部。相承近百年，科名幸接武。飲水當窮源，繅絲貴抽緒。鼻祖鄭俞彌，吾嘗徵之古。詳見《春在堂隨筆》。清溪有俞氏，豈等自生稆。得君示崖略，爲我細分剖。追溯所由來，或竟自天姥。援筆紀以詩，世系惜難補。

臚唱日，孫兒陛雲以第三人及第，再紀以詩

氈筆纔題淡墨香，又聽臚唱九天長。未符吾邑戊年盛，德清蔡氏康熙間兩狀元，一庚戌，一壬戌。已放先塋丙舍光。先高祖明遠府君墳樹春間吐光如火。梓里補全三鼎甲，德清有兩狀元，二榜眼，未有探花。棘闈閲歷六科場。自丙戌至戊戌，凡七科會試，有一科未赴，故止六科。徵名回溯真堪笑，雲路無風鷁退

翔。入學第一，鄉試第二，會試第三。

汪柳門侍郎以詩來賀，率次其韵

長安棋局幾番新，一第聊堪慰老身。科甲寒家剛五世，自先祖以來，五世科甲相繼。探花吾郡過三人。湖州探花，順治閒吴光，康熙閒茆薦馨，光緒閒馮文蔚，至陛雲而四。已題黄榜名堪喜，未副紅閨意勿嗔。陛雲續娶婦許氏，本其中表妹也，自幼失母，育於吾家。甲午科陛雲會試，賦詩送行，以狀元期之。如果得狀頭，亦唐盧儲後一佳話，惜不能也。分得龍頭剛一角，生平不負歲逢辰。陛雲於戊辰年生。

書戊戌科會試闈墨後

聚奎堂上一編成，功令俄傳已變更。遂使時文掃殘局，還容孺子附微名。孫兒陛雲文亦刻在內。天留此卷長爲殿，人望他年再遇庚。猶記康熙庚戌榜，陸清獻與李文貞。康熙癸卯、甲辰，鄉會試廢時文，用策論，至己酉、庚戌鄉會試，又廢策論，用時文，陸、李兩公皆庚戌會試所得士。

戊戌冬日留别詁經精舍

一擁皋比三十年，年年講舍聚群賢。幾人白髮名山長，謂黄元同、馮夢香諸君。幾輩青雲閬苑仙。謂吴子修、徐花農諸君。秋實春華猶爛漫，冬裘夏葛已推遷。老夫一掬憂時淚，屢灑先師許鄭前。

先師許鄭鑒微誠，精力衰頽竊自程。縱使豹皮猶護惜，不煩螳臂再支撑。節堂維縶非無意，廖穀士中丞以書慰留。講舍攀留更有情。精舍諸生皆稟請中丞挽留。寄語諸君仍努力，他年會有濟南生。

彭剛直公祠下作

衰病龍鍾强自支，又來湖上拜公祠。英姿颯爽猶堪見，大局艱難不可知。幕下危巢真似燕，道中堅卧奈無羆。九京隨武如重作，正是長沙痛哭時。

雷陳交誼又朱陳，自締絲蘿意更親。天上曇華原不久，人間幻夢竟非真。最憐秋夜墳頭月，不照春風陌上人。公以長孫女妻余孫陛雲，及陛雲以第三人登第，而孫婦不及見矣。此夕雲旗如過我，知公清淚亦沾巾。

余病卧，忽夢與人議治河，余主掘地注海之説，而諸人或言築遥堤，或言築禦黄壩，余大聲曰：「然則教從何處去？」侍疾者皆聞此言，咸來問訊，余笑而不答，爲賦此詩

漢廷三策竟空陳，欲澹沈災未有因。但守良規一字掘，休嫌故道九河湮。若偕河伯交争土，徒費群公苦負薪。説與當途資笑噱，老夫囈語本非真。

己庚編　春在堂詩編十七

己亥元旦試筆

支離病叟太伶仃，七十居然又九齡。門榜偶題新鼎甲，房幃未抱小添丁。余未有曾孫。賓泯手稿仍編集，今年擬刻《雜文六編》。山長頭銜謝詁經。去歲已辭詁經講席。一拜影堂還復卧，不堪扶杖到園亭。每年元旦必至曲園，望空三揖，致敬於花木之神，今病未能也。

風箏續舊作

金繩覺路認依稀，憑仗封姨爲指揮。俯仰風塵無俗韵，翺翔雲路有危機。此一聯乃四十二年前舊句。重如壯士千鈞挽，輕若仙人一舄飛。安得泠然追列子，排空竟去不須歸。

諸暨令沈君劍芙以「浣紗」二字拓本見贈，却寄二絶句

浣紗溪上浣紗石，兩字傳由王右軍。賴有《櫟園書影》在，始知名迹出唐君。此二字乃龍游唐堯臣書，諸暨令也，見周亮工《櫟園書影》。

大令今逢沈隱侯，平生詩酒擅風流。何妨再染摩崖筆，不讓堯臣在上頭。

花農以全家照像寄示，率題一詩

的皪銀光一幅鋪，鬚眉如鑑不模糊。人從福慧雙修到，數與乾坤六子符。君與夫人、三子、三女皆在。眷屬神仙都絶俗，精神松柏本非臞。君來書言近狀視照像較腴。紫宸黄閣他年事，再畫朝天比翼圖。

花農又以乾隆窑茶甌寄贈，賦謝

内府茶甌製最工，百年故物認乾隆。甌署「敬畏堂製」四字，乾隆内府物也。一箋寄自蓬萊客，十

咏添來桑苧翁。秘色却分蘋果緑，好花剛映石榴紅。案頭適供榴花。茗餘追話升平事，寫入甌南小録中。往年花農贈一茶壺，余爲著《壺東漫録》，今又以茶甌贈，因請援甌北例著《甌南録》，然恐未能矣。

徐壽蘅前輩同年拜工部尚書，以詩寄賀

清才碩學冠朝中，五十年來拜下風。荀子齊廷三祭酒，在朝翰林，公爲領袖。毛公周室大司空。約園光景前游在，公新刻《約園志》，園在浙學署。綸閣勛名後望隆。惜我阿蒙吴下老，幾時再得一尊同。

壽蘅前輩又寄贈二詩，次韵奉酬

一品穹官八秩年，尚將妙墨灑松烟。真人自抱神仙骨，古佛還參文字禪。處世良規無過耐，公賜余孫陛雲書云：「五十年翰林始至一品，得力在『耐』字。」投時高論竟誰賢。孫枝幸許龍門附，敬拜先生此秘傳。

試拈枯管和新吟，三復來書意轉深。且喜此翁猶矍鑠，緣知吾道未銷沈。長沙太傅憂時

涕，《小雅》詩人憫亂心。來書言「交食頻仍，訛言煩興」，皆《小雅》詩人所三歎也。自愧蹉跎無遠志，坐看歲月去侵尋。來書言：「蕭勺群慝，望之有道君子。」然余非其人也。

花農於五月三十日召對儀鑾殿，詳録問答語寄示，爲賦此詩

儀鑾宫闕啓重重，親上雲階拜衮龍。金殿平明天咫尺，玉音問答語從容。兵農籌度時方亟，書畫評量職所供。二句括問答大意。日旰君勤微示意，徘徊尤見聖恩濃。召對至四刻之久，皇太后乃從容曰「那没你」，語止半句，蓋命之出而不忍言出，所以待近臣者如此其厚也。

詁經精舍今歲又虛講席，劉景韓中丞兩次來書請復主詁經，而精舍諸生亦同稟中丞力申是請，率賦小詩謝之

衰翁八十太頹唐，明年八十矣。壇坫湖山卅載長。世上從無不散席，人生難得好收場。二句皆據俗語。蛇成畫足功徒費，豹死留皮願或償。他日講堂香一瓣，可容末坐附孫王。精舍奉孫淵如、王蘭泉兩先生木主，皆始掌教也。

余言於景韓中丞，請以汪柳門侍郎主詁經講席，聞開課有日，喜贈一詩

卅年手握大文衡，桃李春風滿鳳城。君累充主考、學政、會試總裁、殿試讀卷，門生滿天下。北闕夔龍存舊望，西湖鷗鷺訂新盟。好尋嘉道流傳派，莫負儀徵創建情。我似老僧宜退院，敢將衣鉢屈先生。

余與花農以「堪」字韵唱和，已二十餘叠矣。今年夏花農又四叠韵，徐澂園尚書見而喜之，亦四叠韵，并寄吳下，余亦叠韵如其數呈澂園，即寄花農

頭白尚書興尚堪，每憑高咏發高談。飛騰雲路天門九，接洽恩光晝日三。萬壽節，尚書蒙賜宴，賞賚優渥；花農亦於前數日召對，歷四刻之久。已有勛名懸魏闕，還將詩句寄陶庵。金華殿内雍容語，一片承平雅與南。余每得花農書，歎曰：「真金華殿中人語也。」

司空新喜拜巢堪，漢司空巢堪，見《和帝紀》，其人又見《曹褒傳》，言：「一世大典非褒所定，不可許。」蓋亦守舊之君子。蒿目時艱每共談。橫議喧闐十人九，騷情微婉一篇三。梅花待賦王沂國，蓍草休拈朱晦庵。但願群公襄上理，空山高卧讓圖南。

六十年前記尚堪，何戡不在共誰談。惟期同作野王二，定許重賡宵雅三。余與尚書皆道光甲辰恩科舉人，至癸卯正科，可重賦鹿鳴矣。朝右耆臣靈壽杖，山中禪客太平庵。雲鵬籬鷃遥相望，未覺天涯限朔南。

老擁皋比我不堪，今歲詁經又虚講席，劉景韓中丞兩函來請，余力辭之，薦柳門自代。鼓詞平話佐閒談〔一〕。荒祠考定唐桑九，西湖有唐桑憲保祠，憲保行九，故題曰桑九部王，今誤作三九，余考正之，載《春在堂隨筆》。豪迹鋪張沈萬三。余《茶香室續鈔》載沈萬三事甚詳。吴下偶成新樂府，余新著傳奇二種，曰《驪山紀》，曰《梓潼傳》。湖濱空鎖舊吟庵。近來筆墨疏慵甚，莫誤經師訪濟南。

前詩既成，覺所以答花農者尚略，因又疊韻二首

敢同韓愈屈牛堪，昌黎有《送牛堪序》，自云「師屬也」。殊勝秦青服薛談。元凋采芝曾過五，花農

〔一〕 閒，原作「間」。

屢有芝瑞。黄翁洗髓又經三。花農時生殤。仍開日下詩人社，花農有《日邊酬唱集》。争訪橋東米老庵。花農寓虎坊橋東。見説已成《青瑣記》，花農著此書將成。不須叢話索甌南。花農前以茶壺贈余，爲著《壺東漫録》，今又贈茶甌，曰可成《甌南叢話》矣。

自問原非殷仲堪，也教揮麈作清談。看君穩步花甎八，容我閒開竹徑三。尚擬清風拜徐墅，西湖俞樓與清風草堂鄰。還將花淚灑彭庵。每過退省庵，時或流涕。相從幸有高賢在，五絶無慚虞世南。

花農宫庶所種盆荷連開并蒂花，以蓮房二枚寄贈，賦謝其意

蓮因慧業遠留貽，花農母夫人有《蓮因室集》。喜見奇葩放并枝。人在九霄承雨露，天將二美鬥風姿。生皆兩兩周家士，來必雙雙魯國姬。最好房中都有子，合存偶數不嫌奇。一房十五子，一房十三子，皆奇數也，奇爲陽數，多男之兆，而并之則二十八，仍是偶數。

世振之都轉以京倉老米寄贈，賦此謝之

老米偏於養老宜，來書云高年服食最宜。一囊捆載出京師。多承良友加餐意，回憶長安索米

時。自昔太倉曾忝竊，而今遠道又分貽。秋風湖上高軒過，皛飯相留可不疑。

余前辭詁經講席詩云「可容末坐附孫王」，興到妄言，且亦身後計也。乃詁經諸君子即言於中丞，於精舍設立長生位，雖感盛意，實非鄙懷，漫賦四詩

第一樓頭舊主人，悠悠三十一年春。生祠敢引于公例，尸祝奚煩畏壘民。竊比何嘗心弗喜，堅辭豈謂意非真。余一辭於監院曹小槎孝廉，再辭於院長汪柳門侍郎，三辭於撫部劉景韓中丞，均不見聽。祇慚不及曾文正，自奮雄威斧作薪。曾文正在日，有欲爲設長生位者，公怒曰：「吾見必手劈之。」

耿耿殷憂許鄭知，頻年灑淚對先師。余丁酉開課詩云「痛哭先師許鄭前，一杯難救車薪火」，以後詩屢及此意。庚辛劫運還如昨，甲子天元未有期。風雨鷄鳴空宛轉，雪泥雁爪任迷離。惟欣咫尺彭庵在，常似蓬瀛相對時。俞樓後山有小閣，花農名曰小蓬萊，蓋戲以對彭祠前小瀛洲坊也。

鶴書雲信約同儕，有楊君榮壽等聯名出小啓，招集同人，期於九月十九日。是日新晴天氣佳。一紙官符軍府下，是日奉中丞札，飭監院以安設日期報院。兩行肴案講堂排。生而受祭陶元亮，陶公挽歌云「肴案盈我前」，想光景必似之。死或成神蔡伯喈。盛會不知何以繼，且圖高興此時皆。

老夫匿迹在林泉，頗訝虚名處處傳。海外學堂留小像，日本人橋口太郎壽用西法照我小像去，云將携歸置之大學堂。山中書藏庋新編。靈隱書藏有余《全書》。已愁薄福銷除盡，無怪衰年老病全。不久右台安穩卧，余生壙在右台山。隨他毁譽滿人閒。末句出韵，用唐人「孤雁出群格」。

太常仙蝶見於前人歌咏屢矣，花農所見有一仙二仙三仙四仙之多，則可異也，爲賦一詩

蓬萊瑞靄望中凝，得接靈蹤一再仍。古佛竟兼三四五，《金剛經》有「三四五佛」之語。老仙疑有子孫曾。知君叠喜來相告，愧我無緣見未能。余生平從未一見。惟祝源源相繼至，異時畫稿再摹滕。

十月初八日志感

六十年來一夢如，不堪回首舊居諸。當年十月逢初八，正是盧生入夢初。六十年前此日，乃余

新昏日也。

一別悠悠二十年，杳無消息到重泉。倘教舉案人猶在，此夕重開合巹筵。

曉枕口占

最難調護小春天，乍暖還寒屢變遷。自笑衣裳顛到甚，暖披裘褐冷披棉。有灰鼠裘甚薄，一木棉裘較厚，并置椸架上，隨其寒暖而用之，不嫌倒置。

更漏無如冬夜長，遲遲未入黑甜鄉。老猫只念彌陀佛，不管宵來鼠輩狂。有一猫自京師携回，畜之已十有四年，初亦甚辟鼠，今則老矣，不爲馮婦。

先生頭腦本冬烘，一到天寒意轉慵。紅日滿窗猶擁被，聽他二十四聲鐘。近來晨起頗遲，自鳴鐘八下矣，牀上一鐘，案上一鐘，隔房又一鐘，俟三鐘齊鳴而後起，故二十四聲也。

老年精力愈衰微，暮史朝經事盡非。平話偶看花獨占，彈詞更聽《鳳雙飛》。偶看《今古奇觀》平話，内有「獨占花魁」一回；《鳳雙飛》則新出彈詞也，頗可觀。

偶然微物足娛情，隨手拈來總見成。靈藥冬蟲還夏草，奇花濕死又乾生。蜀友張紹歐以冬蟲夏草來饋，可入藥，亦可入饌。又兄子同愷往年寄我乾菊花數朵，以微火烘之，花瓣皆舒如初開時，置水中則仍乾沾矣，余謂伊梨有濕死乾活草，殆即此類也。

零落殘牙滿口空，屠門大嚼苦無從。厨娘頗解衰翁意，製罷魚鬆又肉鬆。

仕宦原非三世家，隨常粥飯不求奢。盤中白菜兼青菜，壺内紅茶與緑茶。

湖山笑傲舊吟身，今日湖樓景色新。紅燭兩行香一瓣，老夫未死已成神。詁經監院曹小槎來言，十月十九日於精舍爲余設長生位，陳設香燭。

接到盧綸外弟書，窮愁潦倒苦難扶。如何專喜談兵事，地網天羅布陣圖。表弟姚少泉年七十一矣，喜談兵，自言能布天羅地網陣，可以制四夷，欲余言之劉中丞，余謝不敢。

萬事雲烟盡掃除，老人所喜是閒居。客房每倩客陪客，書賈還求書换書。東偏書屋賓朋所集，余衰慵未克陪侍也；書坊中頻以閒書來易余《全書》中零星小種。

老去文章總厭陳，不如兒戲逐時新。已看擁腫蓮蓬老，更見峻嶒蘿蔔人〔一〕。曾孫女輩削蘿蔔爲人形，厥狀可怖。

寂寞門庭客到希，吾孫新又入京師。閒中只學王摩詰，一弄葫蘆一首詩。花農寄贈葫蘆四枚，云大内物也，余懸一枚於杖頭，時一摩弄。

〔一〕　蔔，原作「蔔」，注文同。

銷寒吟每字限九筆。

徐花農宮庶以宮中《銷寒圖》鈎摹見示，乃「庭前垂柳珍重待春風」九字，字皆九筆。花農并與吾孫陛雲言，擬作《銷寒詩》，每字限九筆，余聞而欣然，臘尾年頭一無所事，雪窗枯坐弄筆自娱，得詩九首，以符九九銷寒之義，傳觀同好兼寄花農。

品流契洽帝城洪，英彥星斿炯若虹。要促南柯赴春信，故封扃界卻秋風。茻枯孤峙茆亭苩，音白，《集韵》云百濟有苩氏。余見近人所著《稀姓考》云，白氏入蕃，加草作苩。是苩即白字也。香炰重挑柘炭紅。姑昵粈盆為活計，胡牀削版叓施狨。

巽風恊律祝春皇，星柬南飛首為昂〔一〕。屋後苔垣拾枯柨，亭前柳陌映畦洸。幽扃宋宋恒思卧，重帟垂垂突冒香。陋室形神相祖洽，「祖洽」二字見《禮記·孔子燕居篇》，義詳鄭注。卻看洹界故徉徉。

〔一〕為，原作「爲」，據詩題下注改。第五首「要客拜為括春使」、第六首「孤叟庬眉為耉長」、第七首「枌為要約甚矜持」、第九首「郊庠狀首皆為冠」之「為」字同。

信風昨既度南陔，建首昜春苒苒迴。幽客承迎訂幽約，奇吧怒長茁奇胎。室施厚帟姑娱者，「娱」字依《康熙字典》「淏」字之例作九筆。盆洒香泉待洗孩。余新得曾孫。俛看亭柯秊皆活，東皇威柄甚恢恢。「東」字作「東」，用《韓敕碑》體。

美哉春昫炤柴扃，玅甚香風拂画屏。飛度前罔俄後邑，依徊南垞叜咼亭。要迎奇客恒祛俗，為盼甠昜故拜星。卻門姸姿挑袐思，依音按律奏玲玲。

衍律昜迴政待迎，依依苑柳叜垂英。帟挑㲩苧重重帥，音潑，淺白色，見《集韵》。垣染枯苔垛垛赬。即「頳」之或體，見《說文》。要客拜為括春使，奇軍派赴奕秋坪。重㛞幽室長持卷，便是庡封南面城。

垣茻亭吧秊耐枯，弦韋幽侶迭相欿。逭迴秋囿恒持臿，拂拭春庭故奏竽。「庭」字謹遵宮中《銷寒圖》作九筆。孤叜厖眉為耉長，姣娃洗面拜神姑。客星曷待迢迢祝，卻指星南便是弧。余明年八十生日，有詩預辭親朋饋贈。

南苑垂珂故鬥姿，謂花農。枊為要約甚矜持。威俵若迫軍苛政，侷促重紆叜苦思。香郁盆柑姑染指，眗迴囿柳叜修眉。亭泉幽宗神飛逌，長使英流哂炫奇。

亭苕倆俏鬥風神，宗卧南罔便是春。幽度柗枊思眇眇，「柗」字見《漢書·地理志》，師古云：「古松字。」明修某垞咽津津。某，古「梅」字，見《說文》。勉袪俚俗神長活，苦保英奇品恰珍。村柳姿枯香叜甚，姑持是卷眂珉珉。宋蘇易簡小名珉珉，余曾孫中有名珉者，故借用之。

勉依故律按紅弦，奇思奔流赴若泉。苛挍音形神惘惘，成此九詩頗費苦心，然按之字典，仍恐不無出入。苦妟匡匧痔便便。郊庠狀首皆為冠，姬姞修眉迭奏妍。指画重重迴叜夏，俄看春信降風前。

余作《銷寒吟》已得九首，而潘補琴庶常又言宜作九言詩九句，因又成此八十一字

孤昜既彔叜夏柔若孩，「彔夏」即剥復，用近人朱駿聲説。恊風柄政亭毒咸㢴哉。春皇陟降要使香界恢，封姨威怒郤為姸姿迴。南陌咼郊枯枏俄胚胎，修柯孨峙青流屋後苔。疭柳長垂紅映垣前某，古「梅」字。依徊陋室約客重持盃，即「杯」字，見《集韻》。神怏形洽斿衍依庭陔。「庭」字遵宮中《銷寒圖》作九筆。

戲題《銷寒吟》後

炅吞炔音皆近桂，若云九筆總參差。惟看石慶誤書馬，頗可通融入此詩。漢人以炅、吞、桂、炔四字爲九筆，實皆非也，石慶誤書「馬」字，則真成九筆矣。

臘八日陛雲舉一子，賦此志喜

吾生臘月剛初二，此子還遲五日生。却好良辰逢臘八，不虚吉月是嘉平。余雖生於臘月，然小寒未届，猶子月也，今年則初六日已小寒矣。

夜闌回憶我生前，尚有先人舊句傳。七十九年春不老，又吹喜氣到幽燕。余生時，先大夫在京師，故有詩云「春風吹喜氣，千里到幽燕」。今陛雲亦在京師，已發電報告知。

争向牀前告老夫，耳長頤闊好肌膚。怪伊大母前宵夢，莫是高僧轉世無。二兒婦三日前夢一僧來云，將托生於此，余故擬乳名曰僧寶。

曾孫三抱皆嬌女，陛雲已連舉三女。今日桑弧真在門。自笑龍鍾八旬叟，不能再抱是玄孫。

余往年七十歲時，親友饋贈壽言壽禮，概謝不受，賦詩云「諸君莫費殷勤意，留唱虞歌贈縗衣」。今年庚子，余八十歲矣，再申前說，敬告同人

七十纔過八十臨，更將微意付長吟。要須賤子歸真日，再費群公念舊心。或助麥舟營後事，或歌《薤露》發哀音。此時投贈真無謂，徒惹衰翁淚滿襟。

花農知余新得曾孫，賦詩寄和，次韵酬之

日下仙人寄我詩，燕臺喜氣已先知。余詩云：「七十九年春不老，又吹喜氣到幽燕。」吟成恰在洗三日，花農作此詩在十二月十日，正洗三日也。傳到剛逢數九時。余時正作《銷寒吟》，每字限九筆，即花農創格也。昔弄房帷皆是瓦，陛雲已生三女。今生階砌亦非芝。惟應夢兆差堪異，或者前生老戒師。事詳前詩。僧綽僧虔古有名，且將一笑佐盱衡。殘年待盡同蛇蟄，余生年屬蛇。往事回思愧鶴鳴。余生長子時，術者謂是歲直《中孚》九二爻，有鶴鳴子和之象。且喜芳蓀新在抱，已徵喬木略敷榮。先高祖在康熙

中言吾家必有興者，至今二百餘年，似有小驗。迢遥湯餅難相餉，聊把清談付管城。

曾孫僧寶雙滿月鬀頭

正月穀日，僧寶彌月也，蘇俗正月不鬀兒頭，二月二日謂之龍擡頭日，宜鬀頭，然是日火日又非宜也，因改於二月四日。老夫抱之鬀頭，口占一詩。

臘八良辰産此兒，而今春日已遲遲。欣當乳燕出巢候，恰直神龍昂首時。胎髮膩仍留丱角，白香山詩「膩剃新胎髮」。毛衫軟不礙柔肌。兒衫不縫邊，俗呼毛衫。吾孫遠作金臺客，勞動衰翁抱衮師。

述祖德篇

高祖明遠公，蓋生康熙初。高祖、曾祖生年皆失考，然吾祖生於雍正三年，則高祖之生至近亦康熙初矣。家世實寒微，世業惟耰耡。生有子女七，一一羅庭除。其六吾曾祖，頭角初無殊。高祖獨奇愛，謂此非凡雛。後必有興者，昌大吾門閭。歲時伏臘祭，必吾曾祖俱。曾祖天因公，披褐藏璠璵。讀書既未就，識字耕田夫。吾祖南莊公，乃始專爲儒。一生亦偃蹇，青衿白髭鬚。行年躋七十，久已名心枯。從子新采芹，初曳龍門裾。吾祖爲牽率，老幼相提扶。是科竟入彀，不料仍齟齬。監臨吉中丞，謂與恩例符。失正乃得副，聞者爲嗟吁。中丞亦自悔，吾祖殊愉愉。留此貽子孫，何爭乎桑榆。先祖南莊公於乾隆甲寅歲行年七十，久不踏名場，是歲有從子新入學，乃與同應省試。填榜日，先祖已中式矣，監臨吉公曰：「是可邀恩賞舉人。」乃撤去之。及入奏，年七十者止賞副榜，不賞舉人，中丞大悔。先祖聞之，笑曰：「此何足道，留貽子孫，不更美乎？」吾父磵花公，始得登賢書。先君乃嘉慶丙子科舉人。春官十一試，鬱鬱志不舒。傳至吾兄弟，先志何敢渝。官職雖未達，科名皆有諸。兄林道光癸卯科舉人，余道光丁酉科副貢，甲辰恩科舉人，庚戌科進士。兄子名祖綬，少年赴公車。祖孫皆丙子，佳話傳京都。惜乎竟不壽，未老身已殂。兄子祖綬，光緒丙子科舉人，距先君中式適六十年。吾孫舉於鄉，年未弱冠逾。吾孫陛雲光緒乙酉科舉人，時年十八。六試始登第，忝入承明廬。陛雲於光緒戊戌科以第三人及第。吾邑數科甲，頗足雄偏隅。狀榜各有二，惟探花獨無。吾孫彌其缺，如鼎三其趺。遂令邑人口，藉藉南埭俞。余家居德清東門外南埭，人稱南埭俞家。徐胡與譚蔡，吾邑推崔盧。徐、胡、譚、蔡爲德清四大姓。敢云尾附驥，已欣脛續鳧。峨峨明倫堂，赫赫新規模。大書三鼎甲，誘勸諸生徒。俞氏雖後起，上配徐蔡胡。去年德清明倫堂落成，書三鼎甲姓名榜之楣，狀元蔡啓僔、蔡升元，榜眼胡會恩、徐天柱，探花俞陛雲。回思高祖語，然歟非然歟。康熙至光緒，歷年二百餘。二百餘年前，朕兆何所儲。二百餘年後，徵驗似非虚。惟當益自勉，無令先業蕪。讀書乃本計，積德真良圖。我年登八十，光景惟須臾。作詩告後人，庶可銘盤盂。既以策才智，兼以警頑愚。要使吾雲仍，各奮青雲途。無使我高祖，追悔前言誣。

曾孫女璡取牡丹花墜瓣用竹絲穿插成朵，綴之枝葉間，人不能辨，爲賦一詩

爲惜殘英尚艷姿，又教擡舉上高枝。零脂賸粉無遺憾，翦月裁雲有巧思。佛手拈來自成片，神鍼穿就不須絲。居然花落春仍在，重憶衰翁廷試詩。

立夏日循俗例秤人，戲賦

僧家結夏律最精，以蠟爲人較重輕。可知每年結夏日，先須一一經權衡。人閒亦復沿成俗，堂前高挂鞦韆索。手把秤星經一編，鍾肥胡瘦親甄録。骨人肉人争鼇豪，黍頭麥頭殊低高。抱到曾孫纔五月，居然十倍逾羲爻。曾孫僧寶秤得十斤。老夫忝作一家長，黄鍾千黍難輕讓。

八十衰翁九十斤，未改六年前舊樣。余甲午歲在右台仙館，亦秤得九十斤。吁嗟乎，燕雀低昂何足論，從來輕乃重之根。孟業千斤亦無謂，但願一十六兩元氣年年存。宋張安道遇一道人，云凡人元氣重十六兩，老則秏。見蘇子由《龍川别志》。

蔡臞客自天津赴湖南，訪我於吴下，因招傅曉淵、章式之同集春在堂，臞客、曉淵皆諸暨人，而式之原籍亦諸暨也，爲賦一詩

論交文字自來真，草草盤飱作主人。且學東坡行享禮，不勞西子認鄉親。苧蘿村裏誰尋艷，楊柳溪邊舊問津。天津修志，實余始之，今成於臞客之手，然相距幾四十年矣。姑借吴門一杯酒，尊前同吃聖湖蒓。時西湖僧滿舟適以蒓菜相餉。

徐壽蘅同年前輩挽詞

三月春風芳訊來，雲箋幾幅尚親裁。接公三月十三日書，凡五紙，紙五行，猶親筆也。方期怡老堂常在，不料靈光殿竟摧。寥落交游三五少，客臘得合肥相國書，言甲辰同年，相國外，惟公與余矣。優長學

問九重推。殁後，有「學問優長」之諭。哭公自是悲吾道，豈爲黄壚酒一杯。

即將交誼論初終，亦與尋常迥不同。青史千秋真待我，黄扉十載竟遲公。尚書北闕星辰上，處士西湖烟水中。誰識雲泥仍不隔，年年往復費詩筒。

文字因緣信有之，吾孫又得拜緇帷。臚傳幸附三人末，陛雲廷試卷適在公手。耐守真成一字師。賜陛雲書曰：「余生平得力惟一『耐』字。」愛士儼如親子弟，立朝猶見古須眉。非才忝注韓門籍，珍重長安此素絲。

飾終恩詔下楓宸，四海人思一个臣。章奏每持根本重，詩歌亦見性情真。案頭《哨遍》詞猶在，公曾和東坡《哨遍》詞見贈。牀上陀羅被已陳。賜陀羅尼經被。他日約園重訪舊，老夫衰淚定沾巾。約園在浙江學署，公有《約園志》。

張恕齊大令年七十四，潘譜琴庶常年七十二，汪郘亭侍郎年六十二，同日訪余。余年八十，合成二百八十八歲，戲賦一詩

三人二百二十二，蔡君芸庭八十三，王君濟川七十一，余六十八。四人二百九十七。盛旭人方伯七十九，潘霨如中丞七十六，任筱沅中丞七十，余七十二。詩張盛會憶當年，前二事并有詩紀之。翕集耆英又今

日。坐中一主三嘉賓，合作人間一大椿。遲來不數陳驚坐，次日有陳君辰田來，年七十九，惜未及預斯會。最少還推汪應辰。謂郋亭。幸與淮南八公友，三度相逢賓主九。三會十一人，余皆預焉，則九人矣。九人八百有七齡，堪步香山九老後。香山七老會詩云「七人五百八十四」，後加李元爽一百三十六、僧如滿九十五，爲九老，共八百十五歲。方今萬壽正開科，奈此風聲鶴唳何。但願甘泉烽火息，我偕五老共游河。蔡、王二君及潘中丞皆已下世，存者六矣。

仿張船山《寶鷄題壁》詩十八首

橫流初起只涓涓，誰料崇朝便蔓延。婦女能爲祆廟火，兒童競習内家拳。豈真梵咒傳紅教，更甚奸民聚白蓮。吃菜事魔從古有，最奇篤信有諸賢。

溯從海禁弛滄溟，門户東南竟莫扃。不礙青蠅紛聚市，生憎白馬亂馱經。已教市虎人人惑，叵耐城狐處處靈。遂使群情疑且憒，一朝坌起似蝻螟。

已聞嚴責大金吾，朝政多門又改圖。豈爲齊人工技擊，遂教鄭國拜神巫。紅燈夜半明霄漢，白刃朝來滿道塗。多少瓊鋪珠箔内，令人難信赤非狐。

衆正盈廷望太平，誰知禍亂已潛萌。哭求佛救無馮道，笑練神兵有郭京。鷄鶩只争鸜鵒粒，豺狼早滿鳳凰城。戈鋋首指西河館，坐困波臣幾客卿。

無端一炬竟成災，甲第連雲付劫灰。憔悴姬姜中路泣，倉皇丞相小車來。拋殘謝墅圍棋局，淒斷梁園作賦才。此夕甘泉閒眺望，滿城烽火照樓臺。

玉帳誰司大將權，朝來伐鼓又淵淵。行間兵仗蚩尤戲，篋裏軍符《盜跖》篇。搜刮錢刀窮室內，飛揚旌旆駐門前。閒關有客京華返，親見尚書第化烟。

槐柳衙前一駐車，半成焦土半成墟。燒殘官地蛙都絶，閒殺臣門雀亦虚。詩興久拋何水部，履聲并斷鄭尚書。不知日日通明殿，更有何人直玉除。

北御河邊一水清，仙曹游戲住蓬瀛。秦牢已歎蟲難化，亳社俄驚鳥又鳴。《大典》那能存永樂，直廬空自憶承明。他年欲認巢痕舊，劉井柯亭處處平。

溢郭闐城九市開，終朝車馬走如雷。南金北毳千鍾室，東舞西音七寶臺。紫陌一時燒拉雜，黄鑪他日轂徘徊。陳花脚麵曹婆餅，都入華胥録裏來。

閒將棋局看長安，中外危疑事百端。鼂錯朝衣竟東市，鍾儀軍府尚南冠。將來青史知誰是，如此黄扉亦大難。老去平章無賴甚，一龕佛火借蒲團。

黑風白雨舞鯨鯢，丁字沽邊落日低。見説一軍皆化鶴，似聞六國竟連鷄。不知大局誰楷

柱，遂使中原盡鼓鼙。草澤英雄隨處有，非惟擾擾遍燕齊。但將碧血酬君

豈無壯士氣淩雲，欲向危疆自策勛。韋叡麾幢終不去，要離妻子已先焚。

父，難把青萍掃敵氛。異日角飛城下路，令人流涕故將軍。

跋扈將軍氣似虹，自提勁旅雜羌戎。徒傷飛矢行人義，未奏搴旗斬將功。竟倚苗劉安社稷，豈將傕汜當英雄。悠悠付托何容易，都在鈞天一醉中。

東南諸將各專城，玉敦珠槃共會盟。似有意煩回紇馬，尚無人起晉陽兵。據爲樂土真難恃，撐住危天幸未傾。太息舉棋無定著，白頭愁殺李西平。

帷幄諸公坐運籌，無端笑擲此金甌。匆匆破竹今誰禦，一一分瓜舊有謀。何地堪稱天下脊，有人要索太師頭。若教韓范仍當國，盛業中興尚未休。

鶴唳風聲滿四郊，金城千仞不堅牢。舉朝猶自争牛李，一戰何曾有鄂褒。韓侂胄雖邀幸免，陳宜中已報潛逃。惟應書遯深寧叟，未損生平物望高。

一朝戎馬滿京師，三月光陰遽至斯。平日嬉堂惟有燕，此時卧道竟無羆。紙鳶已斷南來信，鐵馬空馳北上師。赫赫宗周今茂草，傷心欲廢《黍離》詩。

恭聞玉輦已西巡，迢遞關山晉與秦。青鳥傳書渾不定，黃楊厄閏果然真。强鄰大有投黿

意，草莽非無逐鹿人。努力中興諸將帥，安排勛業畫麒麟。

秋懷四咏

輟筆

平生撰述費居諸，卷帙裒然四百餘。老竊虚聲雖可喜，生逢末劫待何如。將來伏勝誰傳業，此後虞卿罷著書。水火風災更迭起，名山料亦不堪儲。

斷葷

蟣虱紛紛殺運開，尸陀林裏最堪哀。已驚流血將千里，奚忍分羹更一杯。滋味本來宜淡泊，干戈况乃正喧豗。何曾與我原同飽，枉殺鷄豚浪費財。

傳家

曾聞七十老而傳，况我頽唐又十年。案上虚陳家用簿，趙松雪有親書家用簿，見《香祖筆記》。囊中那有御書錢。都盧總付吾孫手，了當還憑汝母賢。莫道阿翁依舊管，管山管水暫流連。辛稼軒詞：「乃翁依舊管些兒，管竹管山管水。」

祈死

世緣夢幻本非真，况此膠膠擾擾身。豈望死歸兜率國，莫教生作亂離人。舊疴猶記前庚子，道光庚子，余年二十，是歲大病。佳話思符兩戊辰。《左傳·成十七年》，范文子使祝宗祈死，戊辰卒；《昭二十五年》，叔孫昭子使祝宗祈死，戊辰卒。二子同祈死，同以戊辰卒。元盛如梓《庶齋老學叢談》以爲異。寄語兒孫休戀我，十年前已厭風塵。

八十自悼

平生一事學伊川，每遇生辰總黯然。俞元德《螢雪叢談》云：「伊川生日致齋恭肅，不事飲燕歌樂。」正苦未除煩惱障，不圖已屆耄荒年。戲場離合悲歡幻，劫運刀兵水火全。自製人閒可哀曲，烏烏唱向草堂前。

二百年前世澤存，苦將崛起望仍昆。先高祖明遠府君在康熙初言吾家當有興者。遺書雖守青箱學，先祖南莊府君手鈔書甚多。老屋空存白版門。四歲移家居史埭，余四歲從德清移居仁和臨平鎮之史家埭。七年教授客汪村。三十歲前館休寧之汪村，首尾七年。回思少壯艱辛事，尚有襟邊舊淚痕。

已分青氈了此生，蹉跎三十幸成名。置身瀛閬雖堪喜，回首室衡轉自驚。月下吟情仍賈島，花前詩句竟韓翃。也同入夏春猶賸，偷領春風一日榮。余進士覆試，以「花落春仍在」句爲曾文正所賞，遂忝第一，此事屢見余詩文矣。後觀姚伯昂先生《竹葉亭雜記》載，六安陳鶖，嘉慶丙辰進士，覆試第一，詩題「首夏猶清和」，陳詩云「入夏初居首，春光賸幾分」，不數日竟卒，人以爲讖。余詩雖稍勝，要非春風得意中人也。

授簡抽豪朵殿旁，先皇垂賞到文章。傳來盛世都俞語，添得衰翁翰墨光。咸豐八年，河南巡撫英桂入覲，文宗語及臣樾，有「寫作俱佳」之諭，即以此四字刻小長印，有求書者輒用之。萬事雲烟何足計，九天雨露總難忘〔一〕。貞元朝士今餘幾，北望觚棱淚兩行。

一自中州卸使車，歸來何地可閒居。未栽堂北忘憂草，時先太夫人在閩。且住城南獨學廬。自河南罷歸，於吴下賃居石琢堂先生獨學廬，亦稱城南老屋，有五柳園。故里漫愁無片瓦，名山猶望有傳書。余生平著述皆始於此。不圖烽火連吴越，五畝園林化作墟。

倉卒姑蘇一炬紅，頻年蹤迹似飄蓬。耐寒申浦朝看雪，黄浦舟中遇大雪，深可四五尺。冒險丁沽夜走風。坐夾版船將抵天津，陡遇颶風，飄流竟夕，幾及朝鮮。性命居然逃虎穴，妻孥時或寄牛宮。在

〔一〕　雨，原作「兩」。

上虞縣避地楂浦時事。維摩詰女今無恙，猶共當年哭路窮。眷屬中同歷患難者惟大女及二兒存，然二兒不復能記憶矣。

豈有雄心欲據鞍，如何草草便登壇。江湖正滿黄巾盜，鄉里聊充白版官。亂後溪山都破碎，危時丘墓幸平安。書生戎馬真堪笑，失計生平第一端。邵幼村師充團練大臣，以浙西鮮熟識之人，奏派余辦湖屬團練，勉强於德清敷衍數月，甚無謂也。

兵火餘生亦幸存，偶隨估舶到津門。途危轉覺他鄉好，錢盡方知債主尊。貧賤名思留著作，神仙累苦迫兒孫。匆匆十六年來事，坐席曾無三載温。自庚戌至乙丑十六年，遷徙幾二十次。

喜聞烽火息南天，重向吴中寄一廛。二品封因兒拜命，兒子紹莱爲余請二品封。九旬壽爲母開筵。太夫人九十生辰，於吴下稱觴，頗極一時之盛。頭銜從此稱山長，浪迹居然類水仙。不意承平真再睹，浮生堪幸亦堪憐。

詁經精舍聖湖濱，一擁臯比三十春。常願師承牢守舊，豈期學派驟開新。料無滄海迴瀾力，甘作雲房退院人。自是湖山緣分盡，俞樓俞舫總生塵。

湖自青年至白頭，曾於四部略研求。著書不僅兩《平議》，兩《平議》行世最早，然余所致力者尤在兩《雜纂》及《茶香室經説》等書。觀世曾懷三大憂。余有《三大憂》一篇，刻《賓萠續集》。驪女姓名登十亂，余考定驪山女爲十亂中之婦人，自謂最碻。　孟皮俎豆到千秋。余在學政任内，曾奏請以孟皮從祀崇聖祠。　老來回想皆堪笑，付與悠悠逝水流。

初踏名場尚是童，而今閱歷竟成翁。余十七歲中式副榜，即閱歷名場，今六十四年矣。　已經小謫除仙籍，未許重游到月宫。光緒丁酉科，距余中副榜花甲一周，然副榜例無鹿鳴宴也。再三年癸卯，正科例得重宴鹿鳴，然恐不及矣。　風雨空山幾猿鶴，雲霄舊友半蒿蓬。　偶然檢點懷中刺，只少同年一紙紅。余比年往來江浙，丁酉、甲辰、庚戌諸同年皆無人矣。是以竟無年愚弟帖。錢子密尚書來，欲用之，檢尋不得，爲之憮然。

曲園草木逐年春，徙倚雕闌感又新。　泉下沈沈無信息，花間黯黯欠精神。　凋零頻有天倫戚，姚夫人亡後，大兒、次女及孫女皆相繼下世。　飄泊猶非土著人。　如此烽烟何處好，桃源可奈未知津。

吾孫偶忝探花郎，黌舍題名頗有光。德清向止有狀元、榜眼而無探花，陛雲以第三人及第，乃補書三額懸明倫堂。　正擬高堂嬉燕雀，誰知大局變蜩螗。　朝中洛蜀争朋黨，闕下苗劉作戰場。　一入承明能幾日，兩番風景殼傍徨。

甘泉烽火竟頻仍，凝碧池頭感慨增。　諸將可能功唾手，小臣惟有涕沾膺。　羈留幸免王摩詰，奔赴終輸杜少陵。　更費中宵懷轉展，經時魚雁斷親朋。女婿許子原、外孫王少侯尚在京中，花農已至固安，亦未知何往也。

後庚重與話先庚，道光庚子，海氛初起於廣東，至今六十年。八難三災已數更。早歲嬉游驚入寇，余二十二歲時作《聞戒篇》，爲甬東之警作也。中年轉徙誤歸耕。自中州歸即遇大亂。山林何處堪投老，天地無情未厭兵。藐是流離今暮齒，江南愁殺庾蘭成。

蓬門寂寞謝衣冠，纔到秋風便戒寒。長女還家將客待，曾孫入抱作兒看。桐棺已具難空皮，余置一櫬，已二十餘年。虀甕無多易報完。余近已蔬食。安得崑山周壽誼，周壽誼生宋景定間，歿明洪武間，年一百十三歲，見章有謨《景船齋雜記》。天元甲子再盤桓。

未到懸弧預賦詩，自知暮景薄崦嵫。好從秋桂飄香候，待到寒梅破臘時。余生日爲十二月二日，此詩則作於八月也。生日何勞問史記，死期已遣祝宗祈。青童句曲山中會，倘許從游定不辭。《真誥》云：「十二月二日，東鄉司命君於是日上要總真王君、太虛真人、東海青童合會於句曲之山。」余生適當是日，欣然規往矣。

秋來買菊百十盆，陳列春在堂內，有一幹雙花，與尋常一幹雙枝而綴兩花名爲并頭并蒂者不同，賦詩紀之，草木之異，不足言瑞也

并頭并蒂總尋常，一幹雙花見未嘗。人笑尹邢嬌避面，兩花相背。天教達适燦成行。羣來

古篆真如弜，古「弗」字，見《玉篇》，花形如之。挹取清芬妙是馞。音香，大香也，字出《篇海》。只我貞元老朝士，不堪重檢舊冠裳。花色紫，若微薦者，據《菊譜》，此名舊朝衣色。

郜荻洲觀察雲鵠年七十六時舉一子，至今年九十二，則子十七齡矣，爲之納婦，有詩志喜，洵佳話也，賦詩賀之

《春秋》郜子最年高，《春秋·僖二十年》「郜子來朝」，余考其人已八九十歲，説詳《俞樓雜纂》二十八。白髮盈頭興更豪。九十詩人同衛武，一雙嘉耦羨枚皋。《漢書》，枚皋年十七上書吴王，召爲郎。欣看此日開鴛社，定有旁人乞鳳毛。羅結異時過百歲，孫曾繞膝樂陶陶。

書外孫王少侯都下來書後

頻年薄宦客金臺，飽歷艱辛志未灰。慈母當歸空自寄，癡兒遠志竟難回。不辭温嶠絶裾去，會見王尊叱馭來。尚有文勤遺澤在，家聲應許紹三槐。

花農拜閣學之命，寄詩賀之

數載南齋契聖衷〔一〕，疊承恩命自歧豐〔二〕。芒鞋未克趨行在，君以兵燹後衣裘未具，不克赴行在。芸閣先教兆夢中。君曰前夢至一處，有樓臺一坐，内懸一扁曰「好嚼梅花」。余謂所夢即是内閣扁字，則調羹兆也。抛去晶章方寸白，照來榴火十分紅。君十月朔與余書，官猶庶子也，越二旬得閣學，書言案頭失一水晶印章，盆中榴花至重陽猶開，且結一實。余謂庶子冠用水晶頂，閣學冠用珊瑚頂，榴實有珊瑚之象，此二事不啻預爲君告矣。黄扉舊望今應紹，焜耀江湖老長翁。君爲文穆來孫；江湖長翁，余自寓也。

孫蕖田前輩乃道光二十一年辛丑恩科進士，至明年光緒二十七年辛丑，六十年矣，例得重赴恩榮之宴，疆臣先期以聞，詔報可，亦科名盛事也，寄詩賀之

疊頒恩命下彤墀，盛事流傳到浙西。昔歲鹿鳴曾再賦，乙未年事。此時雁塔又重題。青雲

〔一〕衷，原作空格，據《春在堂詩編》十九卷本（同治七年刊）補。
〔二〕疊，原作空格，據《春在堂詩編》十九卷本（同治七年刊）補。

千輩皆居後，近科翰林認啓單共一千餘人，而公爲之冠。黄閣三公孰與齊。朝中大學士皆公後輩矣。更有臨淮元老在，同將山斗拜昌黎。李少荃傅相乃公會試分校所得士。

頭銜一世似冰清，今日欣邀異數榮。二品卿班新拜命，聞加侍郎銜。四朝詞苑舊登瀛。却符故事黄崑圃，本朝重宴恩榮，自乾隆辛未黄叔琳始，以詹事賞加侍郎銜。爲溯遺聞張杲卿。宋張昇，字杲卿，大中祥符八年乙卯登科，至熙寧八年乙卯歷一甲子，龐元英《文昌雜録》載之，以爲佳話。按此即重宴恩榮之權輿。只惜未留莘老在，《宋史》孫覺、孫覽兄弟同傳，莘老乃覺字也，今借謂令兄琴西太僕同年。令人回首不勝情。

余浪得虚名，海内皆知有俞樾矣，乃吴中諸生有曰俞鉞者，不知何許人也，賦詩以發一笑

姓名假設本無干，木落還欣金未刓。王逸少宜偕逸老，白居易又見居難。競傳此客能驚坐，欲爲先生製大冠。我愧崔崔兼杜杜，尚留一半與人看。

每歲二月十九、六月十九、九月十九，俗傳是觀世音生日及出家、成道之日。余家於此三日皆戒厨下勿得以腥血入饌，謂之净竈，亦俗例也。十二月二日爲余生日，亦援是例，净竈一日，并作一詩垂示後人，世世子孫無違此戒

齋厨俗例久相安，生日何妨與并看。共體慈悲菩薩意，却宜粗糲腐儒餐。欲將古訓銘饕鼎，先作新詩附食單。歲歲嘉平逢二日，子孫爲我净杯盤。

是日五更聞風雨聲，枕上口占

天爲衰翁作生日，一宵風雨大排當。眼前景物只如此，此後光陰料不長。孤負好音傳紫電，徐花農閣學自京師傳電致祝。空勞苦口勸黄堂。吴下群公謀製屏爲壽，倩濮紫泉太守來道達其意，苦勸勿辭。老夫自把門闌鎖，一任高軒來去忙。是日扃門謝客。

𨚗亭侍郎製蜂窩豆腐見餉，其名甚新，爲賦小詩

大烹豆腐嫩兼鬆，小様蜂房叠又重。莫遣葛仙和飯嚼，防他噴出便成蜂。

僧寶於去年臘八日生，今歲此日歲一周矣，江南風俗有試兒之例，見《顔氏家訓》，聊一行之，喜賦此詩

去年臘八此兒生，今歲重聽臘鼓鳴。抱向筵前見賓客，競言頭角已峥嶸。

睟盤羅列看如何，小手居然解撫摩。只愧儒門欠英武，但能取印不提戈。是日，兒先以手撫摩書册，旋以左手取小金印，右手取珊瑚帽頂把持不釋，旁有小寶劍不取也。

親朋投贈滿堂前，兒帽兒鞋黸黸鮮。坐客更欣邠老在，杖頭解付古時錢。潘譜琴庶常以古錢二十枚贈，皆吉語也，言其幼時所佩，時年七十三矣。

老夫從不作生辰，今日欣然酒一巡。仍爲家風存淡泊，不勞雜技更紛陳。親友中有欲以雜戲爲一日之娛者，余峻拒之。

倉亭示和章，叠韵酬之

吾孫婚早子遲生，陛雲初娶婦止十三歲。今日方聽雛燕鳴。敢望此兒成大器，但求中品列鍾嶸。

阿翁吟苦是陰何，枯坐空齋又達摩。若望玄孫還入抱，魯陽爲我試揮戈。

欲將舊德話從前，鄭草江花總不鮮。惟盼書香存一脈，豈期衰族振俞錢。

欣逢臘八是嘉辰，笑向梅檐試一巡。更喜汪倫頻過我，兩家原是舊雷陳。

倉亭再和，因又叠韵奉酬

香山正待賦春生，再八日即立春矣。東野仍於詩一鳴。不問此兒賢與魯，且將詞筆鬥崝嶸。

喜抱重孫奈晚何，《詩》：「曾孫篤之。」《爾雅》：「孫之子爲曾孫。」鄭箋郭注并云：「曾猶重也。」故曾孫亦或稱重孫矣。在前兩女已肩摩。是男應有玄孫見，塗抹粗知畫與戈。陛雲連生三女，長者十八歲，次者十六歲，又次者則尚小也，使長、次二女有一是男，則余此時應有玄孫在抱矣。

光景欣逢六九前，好將菽乳當冰鮮。盤中有凍豆腐。如斯湯餅真堪笑，破費青銅三百錢。

記得生孫歲戊辰，陛雲生於戊辰年。蒼龍天上幾周巡。但求世講通家誼，交紀交群總是陳。

俞廙軒中丞新得彭剛直墨梅一幀，寄余乞題，率題數語

廣平賦梅花，人之風度如花妍。剛直畫梅花，花之風骨如人堅。姑射仙人抱冰雪，凌波俏立原幽絕。二句用原題詩中意。乃其奇氣盤輪囷，此老心腸究是鐵。嗚呼！於今鬼蜮方縱横，公亡畫在公猶生。張之素壁宵來驚，虬枝偃蹇蒼龍鳴。

觀剛直原題云「癸酉除夕前一日作於寄蜉閣」，至今二十八年矣，緬懷舊好，再題一絶

待向湘中訪寄蜉，悠悠二十八春秋。昌黎重對孟郊竹，那得風前淚不流。

辛丑編　春在堂詩編十八

辛丑元旦

纔過鼠後即牛前，俗傳有此語。坐對韶華黯自憐。九九殘年隨逝水，重重舊夢化輕烟。且將白日黄鷄曲，寫入紅情緑意箋。余手製箋也。但願四方烽燧息，春臺大衆共陶然。

新年雜咏皆用俗語，聊示璡、珉二曾孫女。

匆匆短晷過殘冬，又見春光檻外濃。一品鍋宜除夕設，萬年糧爲歲朝供。紫姑未動箕頭筆，紅紙先開井口封。最是竈神迎要早，迎遲猶恐太龍鍾。

循例家風又一遭，兩行紅燭影堂高。堆盤滿滿金錢餅，飣坐團團元寶糕。未免羹湯勞婦子，且圖燈火戲兒曹。老夫扶杖瞻遺像，回憶童時舊緑袍。「今夕逢除夕，開箱取緑袍」，余七歲時詩也。

貧家豈有買燈錢，且喜晴和景物妍。杯茗分持賓主柄，年家子沈芷卿自江西寄贈茶碗數枚，其碗有柄，柄有在左在右之分，蓋從賓主并坐，左右手之便也。盤飧羅列子孫圓。粉餈不拘大小，謂之子孫圓。老梅盆内香猶濯，殘菊瓶中色已蔫。却爲花園安土地，年年三揖在花前。花園土地之名，宋時已有之，余家曲園雖小，亦不容無，每年元旦，余必具衣冠三揖。

空費寒厨幾日忙，老夫頓頓是家常。敝袍已染二藍色，藍色深者爲二藍，其淺者爲三藍，余布袍黯敝，淺藍變爲深矣。淡飯還澆三白湯。白菜也，鹽也，水也，余謂之三白湯，最喜食之。利市肉香嫌久腊，俗以猪頭祀神，謂之利市肉，然皆醃以鹽而風乾之，非腥也。糊塗圓好喜多糖。吾鄉作粉餈不裹餡而以赤豆沙拌之，謂之糊塗圓子，先大夫嗜之，故至今猶必以薦。偶呈小食群公笑，齒冷人閒食憲章。

自换桃符只幾天，又看春餅早登筵。盤龍饅乍沿街賣，蘇俗舊有盤龍饅頭爲過年祀神之用，見《清嘉録》。走馬燈俄滿市懸。迎到財神分五路，翦成喜字總雙全。七人八穀都經過，飛帖猶煩補拜年。

春到貧家亦可誇，冬青柏子插横斜。瓦盆青種萬年草，竹爆紅開百子花。出釜孛婁純是糯，入甌橄欖最宜茶。《西湖攬勝圖》猶在，聊共兒童一笑嘩。《西湖攬勝圖》見《三耍》。

眼前景物再搜尋，隨手拈來味轉深。筍片層層皆是玉，筍脯中有名玉蘭片者甚佳。糖條寸寸總成金。新年兒童喜食寸金糖，美其名也。紅箋喜試新年筆，余每年元旦裁紅箋，書「元旦舉筆，百事大吉」八篆字。黄曆愁牽暮歲心。竈有送迎燈上落，十二月二十四日送竈，元旦接竈，正月十三日上燈，十八日落燈，皆舊例也。一齊收拾付長吟。

曲曲園林本不寬，草堂春在未知寒。盤中細搗長生果，爐内深埋歡喜團。纔擁粃盆謀餞歲，又排彩格賭升官。詩成莫笑香山俗，寫付重孫嬌女看。

潘譜琴庶常以桃核壽星賜曾孫僧寶，賦謝

巧匠雕成徑寸形，鬚眉衣裓盡瓏玲。幾時偷自東方朔，一夕飛來南極星。何必青田求大核，且從絳縣算遐齡。君今年七十三，故以絳縣老人擬之。衰翁手挈重孫拜，敬祝先生老復丁。

花農自庶子升閣學，余有詩賀之矣，兹以謝摺稿寄示，再賀以詩

上苑高遷出谷鶯，絲綸喜紹舊家聲。廿年名在八科上，君庚辰翰林，至戊戌已九科矣。九代封

邀一品榮。君擬請三代一品封誥，上接文僖、文穆兩公，九代一品矣。自有文章稱臺閣，了無災難到公卿。鈔來疏稿郎君筆，其長子名興東。異日應聽雛鳳鳴。

正月十三夜於曲園假山上放花爆，亦年例也

枝枝火樹鬥槎枒，銀礫金沙整復斜。夭矯九龍來取水，翩躚雙蝶去穿花。眼前一瞬飛如電，空際千條散似霞。且與兒曹同盡興，認春小坐共杯茶。認春即春在堂後軒。

余以虚名流播東瀛，日本國人能讀余書者多矣，有上海領事翻譯官白須直寓書於余，言曾讀余《課孫草》，此則可異也，漫紀以詩

時論方將制藝焚，科場學校議紛紛。誰知地隔兩頭洞，兩頭洞乃海嶴名，自日本至寧紹經由之路，見《圖書編》。尚有人談八股文。當日膝前聊講習，此時海外遠傳聞。莫將覆瓿區區物，了却玄亭楊子雲。

日本人樵原陳政，字子德，曾在余門下，庚子之變死於京師，其所照小像猶在，對之泫然，賦詩弔之

湖樓猶記共論文，頗上三豪儼對君。膝下應留金瓠在，君有女尚幼。閨中已痛玉臺分。君娶西鄉氏，未久偕至中華，君死始歸國。茫茫妻島無春色，黯黯哀丘有夕曛。一樣才人來異域，如何竟不及陳芹。陳芹，交南國人，避黎氏之難，遂來中華，中嘉靖甲午舉人，官知縣，有詩集，見《靜志居詩話》。

盆梅盛開

衰年不是漫游身，鄧尉空傳在比鄰。盆內偶成些子景，堂前已足十分春。有香贈我真清友，無地容君愧主人。倘得白家園五畝，玉鱗百樹已輪囷。余每年有盆梅四五枝，若有隙地栽種，二十餘年來，百餘樹矣。

滬上有以余所製《勝游圖》及《西湖攬勝圖》用西法照印各一千紙，售以助振者，賦詩一笑

暮史朝經老亦停，聊於游戲辟畦町。亂鈔玉笈《三山志》，借用骰盤《五木經》。只合編排成彩格，豈期衒賣遍郵亭。藉輸秦粟尤堪笑，可值銅錢三百青。

繆悠詞

語皆俚俗，意涉荒唐，殊非雅正之音，是謂繆悠之説。

孟姥亭邊酒一杯，阿猫阿狗各投胎。十方善信開緣薄，四海英雄打擂臺。寶塔竟將天戳破，夜叉真把海擡來。隔簾花影分明看，福有根苗禍有荄。

烏頭莽起一天風，吹醒人閒渴睡蟲。買得乾魚爭死活，拖將老虎看雌雄。草依兔子窠邊長，水向龍王廟裏衝。莫把骨頭敲大鼓，大家都在鼓當中。

無端六賊戲彌陀，咄咄人閒怪事多。欲躲雷公偏霹靂，難當小鬼況閻羅。投明有路蠅鑽

紙，避熱無方蟻走鍋。只有蝦蟆心不死，陰溝裏想吃天鵝。

花對還愁葉不當，從來鷂遠要繩長。有鑼有鼓成臺面，無酒無漿豈道場。已見鬼迷鍾進士，又聞狗咬吕純陽。粉墻竟倩何人打，一面須教兩面光。

幾個忙家幾會家，同談苦話吃甜茶。瞎跑終露雲端馬，亂打徒驚草内蛇。枉費凉棚千里搭，竟無錦被一牀遮。死棋盤裏尋仙著，著錯還防滿局差。

一陣狂風一陣烟，八哥飛到畫堂前。竟無大鑊煎乾海，尚有長人頂住天。臂上幾曾能走馬，腹中真見會撑船。何時劉海來相助，脚踏金蟾手耍錢。

欲憑懞懂破陰陽，太歲臨頭不可當。安得三杯銷塊壘，但聽兩碗響玎璫。通衢大道蛇攔路，白日青天鬼打墻。畢竟半斤還八兩，莫將黄雀笑螳螂。

燈籠黑漆太模糊，六六幺幺信口呼。即使拾回甜橄欖，終難打破悶葫蘆。觀音勉力齋羅漢，醜婦羞顔見舅姑。莫倚牡丹稱國色，名花也要葉來扶。

萬花筒裏看多時，眼飽誰憐腹自饑。已歎運衰常見鬼，敢期病退便逢醫。金剛有力難擡理，强盗何心肯發慈。地久天長只如此，彩雲易碎况琉璃。

分明不是蜃中樓，一段風光一段愁。卧榻側容人熟睡，矮檐底要客低頭。戴將石臼跳難好，打破砂鍋問未休。幸有肚皮彌勒大，送來都向袋中收。

兩舍三家小小村，也將戲法教猢猻。螺螄殼裏排場大，鴨蛋頭邊菩薩尊。兔弱那禁獅去搏〔一〕，蝶微也有虎來吞。一枝錫杖輕提起，竟可敲開地獄門。

花落安能再上枝，近來世事十稀奇。偷鷄已悔徒拋米，藥虎何當自服砒。膽小常防雷劈頂，心粗又惹火燒眉。何堪再作回頭看，張果驢兒莫倒騎。

自題《繆悠詞》後

愁裏光陰睡思多，聊憑筆墨試銷磨。千秋《隋志》俳諧集，一曲元人罷耍歌。炙輠談天總游戲，輶軒絶代儘搜羅。還當問訊郘亭老，弦外聽來究若何。郘亭題詩云：「弦外誰知寄托深。」

〔一〕獅，原作「螄」。

正月晦日園中即事

正月晦猶正月朔，本來元夕共繁華。古人未置中和節，此日争停游冶車。《藝文類聚·歲時部》正月十五日後即繼以晦日，是正月晦日古人固與元宵并重，自李鄴侯請於二月一日置中和節，而晦日之節廢矣。欲爲始和存舊俗，却當小病慶新瘥。前兩日余有疾。杏花已吐將開蕚，梅樹猶含未放葩。朵朵玉蘭初展瓣，條條絲柳正舒芽。掃除院落無黄葉，拂拭窗櫺有碧紗。浮世偷將閒半日，重孫抱到髫雙丫。且因佳日資歡噱，莫爲危時發歎嗟。大碗濃盛青菜麵，以青菜下麵，余最嗜之。深杯清注白圓茶。橄欖大者名白圓點，茶最宜。明年今日如猶在，再共兒曹一笑嘩。

二月八日又至園中

九十春光强半過，再十日即清明矣。又携婦竪此婆娑。雜花芳草童心在，高柳斜陽老淚多。且喜風和宜杖履，渾忘雲擾有干戈。待從一百七齡叟，問訊乾隆景若何。上溯乾隆六十年所生人至今一百七歲矣，殊歎余生之晚也。

移盆梅數株於園中擇地種之

爲愛盆中數樹梅，不辭幾處劚蒼苔。夜寒惜未親鋤月，春暖欣逢始發雷。凡種植宜於驚蟄之後。自較黄楊容易長，只愁白髮要來催。使君種荔香山笑，白香山聞楊使君種荔枝，戲之云：「愁君得吃是何年？」我顧頽齡亦自咍。

花農以程君房墨兩笏寄贈，賦謝

明代製墨誰最精，其始方與羅齊名。方正、羅小華。蘇汪兩邵置不數，蘇眉陽、汪中山、邵青丘、邵格之。後又易以方與程。方于魯、程君房。元元靈氣妙無比，「元元靈氣」乃程墨名，上「元」字恭代。壓倒青麟一滴髓。青麟髓乃方墨名也。俗論翻嫌膏太輕，誰知聲價傾燕市。其時論者以程用膠太輕，宜南不宜北。方今九市烟塵紅，金壺妙汁應已空。君從何處得此墨，將無價與黄金同。憶昔吾孫偕計吏，豹囊曾拜烏丸賜。余從前應殿試，未知有明墨也，及陛雲丙戌入都，則人人言明墨矣，君亦曾以見賜。願留此墨付曾孫，儻許彤廷重與試。

二月十二日汪䑛亭侍郎招集楊定甫、費屺懷、喻志韶、曹石如、潘酉生、蔣季和及吾孫陛雲同飲於其寓廬，主賓八人皆翰林也，亦吳下一盛事，以詩紀之，索䑛亭和

春水桃潭千尺深，招邀勝侶共題襟。百花未過三生日，二月十二、十五、十八，世傳皆百花生日，蓋八月十五爲月夕，則以二月十五爲花朝，亦自有理，其兼及十二、十八者，用宋時三大節前三後四之例也。一席先羅八翰林。仙桂自然無雜木，新苔此外幾同岑。時翰林在蘇者，官場不計外，尚有潘譜琴、朱硯生、吳清卿、沈穀臣、鄒詠春、鄧孝先。憐余二十三科客，老耄何緣與盍簪。

花農拜經筵講官之命，寄賀

稽古桓榮本絶倫，鸞臺鳳閣掌絲綸。論文精舍猶高弟，進講經筵已大臣。新命疊頒行在所，舊游重話聖湖濱。青雲遥望原堪喜，自顧殘陽轉愴神。

題宋陳居中《朝貢圖》

圖爲武林吴氏所藏，吴君耳似奉其父子薇之命乞題，乃其曾祖蘊香司馬官撫州時所得也。舊不止此，亂後所存僅八國，曰撤虎兒罕〔一〕、曰渤泥、曰爪哇〔二〕、曰韃靼、曰真臘、曰占城、曰三佛齊、曰吐蕃，每幅之後以别紙題識國名，略附考語，有一紙署楊士奇書，又有文三橋、張東海兩跋，未知真贋，然畫則似真迹也。

嘉泰畫苑陳居中，人物蕃馬咸精工。時論以比黄宗道，謂其猶有宣和風。所畫入貢各蕃使，鬚眉衣裓無一同。可知南宋雖偏安，諸夷朝貢猶時通。吴君耳似寄示我，云自曾祖傳之聰。吴君名惟聰。亂後所存僅八國，餘皆散佚隨飛蓬。奉其父命乞題句，想見世守同裘弓。我披《宋史·外國傳》，五國可考餘無從。渤泥、真臘、占城、三佛齊、吐蕃。乃歎史家有闕略，翻藉畫史存奇蹤。獨怪南宋畫苑畫，題記奚待西楊公。文張兩跋尤草草，得無贋鼎非真龍。但求畫真他勿問，名論吾服淮海翁。秦澹如觀察題跋有此語。樊榭山人遺句在，已如崔灝難争雄。《樊榭集》中

〔一〕撤虎兒罕，疑當作「撒馬兒罕」。

〔二〕爪，原作「瓜」。

有《陳居中入貢蕃王圖》詩，丁君松生命其子和甫録附此卷。率書數語副來意，或托名迹傳無窮。

園中兩樹海棠高出於屋，今年花開特盛，游賞其下，竟逾旬日。風雨一宵，零落滿地，呼童持帚掃歸其根，使異時即化爲根畔之土，竊謂是收拾落花第一妙法也。他樹有落花亦仿此爲之，因賦此詩，告世之惜花者

海棠零落竟無存，半雜苔痕半蘚痕。葉落尚知宜糞本，花殘豈可不歸根。何須別築新鴛家，更與重招舊蝶魂。蓄聚菁華待來歲，春風枝上再温馨。

余舊有齒疾，年來僅存三齒，遂無疾矣。今又有一齒欲落，不免又痛，因賦詩留之

楊蟠無齒頗優游，齒疾如何迄未休。矍相圃憐人已僅，買臣妻訝勢難留。長存餘孑原非望，稍緩須臾試與謀。老我頽唐應不久，何妨相伴到山丘。

謝袁海觀觀察惠牡丹

好風寄到洛陽春，穀雨纔過未浹辰。時交穀雨方五日。蝶亦隨香款蓬户，花還從俗趁飇輪。附輪船至蘇。天葩已吐三分艷，野蔌兼分幾味新。君因余喜素饌，故又附以東瓜、王瓜、茄、匏等數種，皆市中未有之珍品也。富貴依然行我素，相知尤感此情真。

書丁竹舟《武林藏書録》後

武林山水甲神州，文物東南莫與儔。緗帙縹囊富藏弆，香梨文梓競雕鎪。丁君好古承遺緒，上溯六朝范與褚。吴范平、晋褚陶。遥遥書藏訪錢家，宋錢龢。下逮瓶花兼玉雨。吴焯瓶花齋、韓文綺玉雨堂皆藏書家。我披此《録》心忡忡，千秋過眼如飛蓬。自歎衰年逢厄運，因將盛事話乾隆。乾隆一代空千古，文治武功無與伍。大小金川盡削平，更命遺書搜四部。同時四閣建峥嶸，淵溯源津各錫名。舊典已教稽永樂，新書更爲訪寰瀛。收藏最富惟江浙，特下璽書問存佚。浙中首及曝書亭，次及寧波范天一。猶恐叢殘未盡搜，山厓屋壁遍搜求。亂危傾覆詔無忌，諭云：即有忌諱，并無妨礙。帝虎烏焉官與讎。山塘書賈推金氏，古籍源流能僂指。吾湖書客各乘舟，一棹烟波販圖史。不知何路達宸聰，都在朝廷清問中。見乾隆三十八年閏三月初七日上諭。星火文書下疆吏，江湖物色到書傭。窮陬僻壤開風氣，何況之江名勝地。遂使汪吴范鮑孫，汪啓淑、汪汝瑮、吴玉墀、范懋柱、鮑士恭、孫仰賢。各將私藏呈中秘。大開書局太平坊，編次諸君日夜忙。浙中進呈之書皆於太平坊設局編次。一十四回分奏御，四千餘種各提綱。浙撫進書一十四次，共四千五百八十八種，他省無出其右者。原籍發還歸世守，玉堂巨印鈐如斗。諸書著録發還者皆鈐以翰林院印。頒來圖籍共幾家，浙江蒙賜《圖書集成》者三家，鮑士恭、范懋柱、汪啓淑；賜《佩文韵府》者三家，吴玉墀、孫仰曾、汪汝瑮。奉到御題凡幾首。進書稱旨者，皆有御題詩句。西湖建閣號文瀾，百有餘年未改觀。偶爾黄埃興黑霧，依然緑水映紅欄。茫茫天道殊難計，時局日新還月異。争從西學拜西師，各習洋文譯洋字。回憶篁庵設局年，同治六年，巡撫馬端敏公奏開書局於篁庵，而校勘諸君皆在戴氏之聽園，余忝總其事。中興氣象故依然。戴園風景無更改，人事烟雲有變遷。北望神京堪痛哭，古來淪陷無斯速。劉井柯亭化作灰，遑論牙籤兼玉軸。似聞太學幸猶存，石鼓遺文尚可捫。留得幾家書肆在，廠西門到廠東門。有客書來慰遲暮，昨得門下士章一山明經來書。升平未必難重睹。異日蒲輪下漢廷，誰爲伏勝誰轅固。八十衰翁鬢似絲，河清可俟恐無時。惟援《小雅》詩人例，思古傷今自賦詩。

排悶偶成

暮啃朝飱亦太癡，不妨一室自怡怡。積書環堵成之字，書室中積書凡三曲。稱意栽花喚可兒。襟上虱皆爲佛子，余近來時或有虱，戲用無畏三藏語。案頭猫已到期頤。余畜一猫已十六年，群呼爲壽猫。莫言心緒無聊甚，益是無聊益有詩。

截竹爲筒，盛水插花，分懸左右，坐卧其下，儼若花陰，饒有雅致

截竹爲筒蓄水深，插花高下儼成陰。胡牀踞坐花陰下，不覺飛來花滿襟。

花農寄贈宣德爐，賦謝

爐底刻「大明宣德六年工部尚書臣吴邦佐監造」十六字，他爐所無也，檢《明史》亦無其人，聊賦此詩，質之花農。

故人贈我宣德爐，宣德六年所造作。則個切。鐫刻監造人姓名，工部尚書吴邦佐。我因考

《明史》，史傳無其名。又觀《七卿表》，表列殊分明。宣德六年歲辛亥，是歲工部無紛更。曰吳中曰李友直，皆居本部爲正卿。異哉吳尚書，不知竟誰某。得無亡是公，子虛與烏有。或疑留都例不書，南京七卿不列表。此說誠然而亦否。在南則爲南工部，不署南京何太苟。明自永樂後，時而置行部，時而罷行部，宣德三年罷行部，則北京去「行在」字，而南京應加「南京」字矣。惟喜此爐製作精，入手便覺光瑩瑩。微論甘南與施北，即爲蘇鑄何容輕。宣爐有甘家南鑄、施家北鑄、蔡家蘇鑄諸名目。敬爇名香供我佛，陳之觀世音菩薩坐前。討論前朝徒兀兀。一笑歸之史闕文，金石原堪補史闕。

謝皅亭饋鯧魚

如此丰昌水族稀，本作昌魚，李時珍曰：「昌，美也。」冰盤傳送到柴扉。柳公權不嫌多骨，其骨甚軟。楊太真還笑欠肥。肉甚肥白。魚婢可容充下女，時珍又曰：「或言群魚皆隨而食其沫，有如乎娼，故得此名。」龙兒一任卧斜暉。《升庵外集》言：「此魚叏以粳米，可連骨食之，故名狗渴睡魚。」昨朝鯆音蘇。字今鱻字，詩去應將鱻音業。字歸。君先饋鰣魚，繼又饋靠子魚，今又以此魚饋，來書云：「聊備三魚。」故以此言戲之。

辛稼軒壽人八十詞云：「人間八十最風流，長貼在兒兒額上。」校者改下「兒」字爲「孫」字。顧澗蘋云：「『兒兒』或是奴家之稱，二語之意當以『八』字作『眉』字解。」余按稼軒又有壽岳母八十詞云：「胭脂小字點眉間，猶記得舊時宫樣。」則顧説信矣。余八十老翁，賦此一笑

老夫耄矣復何求，齒豁頭童萬事休。自謂百年如夢幻，人言八十最風流。便從九九圖中數，余今年八十一。仍向兒兒額上留。只惜老妻久黄壤，胭脂小字欠眉頭。

張君春岫以余舊寓臨平作《臨平圖》見贈，披圖感舊，爲賦此篇

憶我生年四歲初，始從南埭徙東湖。余舊居在德清東門外南埭，臨平湖有東湖之名。扁舟一棹潘橋艤，老屋三間史埭租。余初遷臨平，僦屋史家埭，乃康熙丙戌翰林史尚節故居也，門前一小河，有潘家橋。外家家住赭山港，阿母提携時一往。十友凋零幾姓存，雍乾人物猶堪想。余外家姚氏居赭山港，外曾王父意山先生爲同里孫文靖公《東湖十友圖》中之一。百年喬木上公家，即謂孫文靖。老桂槎枒兩樹花。聽

事前有木樨花兩株。我昔抱書此中讀，硯貽樓上鬧咿啞。余家與孫氏有連，余自十歲至十五歲讀書其家之硯貽樓上。大小陡門人藉藉，其地有大陡門、小陡門，唐宋時乃蓄泄之區，今水道變遷，兩陡門皆市廛矣。市廛横貫東西柵。有長街自東至西。休言小市少肥鱻，春日燒鵝秋鳥腊。二物皆臨平著名食品。偶隨樵步到山邊，夕照庵前起暮烟。靈境未探龍母洞，山有龍洞，昔有室女生一白龍，此其遺迹，每年四月八日，人多至洞卜水旱，余憚登涉，未一至也。仙蹤時訪葛翁泉。《康熙仁和志》言臨平山下有煉丹泉，爲葛仙翁遺迹，沈東江《臨平記》不載，殆失所在。今夕照庵前有一擔泉，瀹茗極佳，余疑即此也。一擔，蓋因煉丹而誤。兩康志稿真堪惜，康蓮伯、子蘭兩君輯《臨平志》甚詳，惜亂後失其稿。辛苦張君重采摭。門下士張小雲孝廉撰《臨平記補遺》四卷。司命難尋外氏墳，臨平舊有姚司命冢，見元人劉大彬《茅山志》，余外家姚氏當即其裔，然莫知冢所在矣。永思空訪吾家額。羊嫁橋有小屋數椽，内懸「永思」二字額，相傳宋高宗爲金兵所迫，有俞氏兄弟二人，兄名太和，弟不可考，匿高宗而出戰，皆死焉。後高宗追思其功，書此二字賜之。先君有詩存集中，余亦有記一篇存外集，然此事疑以傳疑，究未知信否也。典午中興建武元，臨平俞氏有淵源。《咸淳臨安志》載「周繹侯廟」，晋建武元年侯裔孫卓卜居臨平，鄉大姓俞氏即其地祠侯。是晋時臨平有俞氏且爲大姓也。晋惠、晋元并有建武年號，然惠帝建武止有兩月，此建武元年必元帝年號也。千秋莫考遷流迹，一旦重營印雪軒。余家寓臨平時，青田端木先生國瑚爲書「印雪軒」三字額。草草寓廬無所愛，移居非一還非再。凡三徙。紅墻剥落將軍祠，居馬家衖時，迪西有曹將軍廟，將軍名信，唐乾符時人。緑草蒙茸美人埭。居乾河沿時，迆東有美人埭，不知所以名。自憐白髮八旬翁，往事雲烟付太空。忽向畫圖尋舊地，宛從衢巷認新豐。一篇長句爲君賦，歷歷釣游猶可數。倘補東江詩記中，莫教又似丘丹誤。沈東江《臨平記·詩記》中誤以唐丘丹爲臨平人。

余有一鷹毛扇，同治元年買於天津者，今四十年矣，爲賦一詩

白髮衰翁首屢搔，坐觀人事去滔滔。萬邦公法新金布，八股時文舊弁髦。明月空留頭上古，浮雲難據眼前牢。惟餘一握鷹翎扇，四十年前此羽毛。

日本國子爵長岡護美過訪草堂，以詩見贈，次韵酬之

文園寂寞卧相如，何幸高軒過敝廬。風月曾窮五洲外，詩有小印曰「五洲風月」。鬚眉不信六旬餘。年已六十，止如四十許人。縱饒戚里家聲貴，其人乃日本國后之兄。未盡書生結習除。購取老夫全集去，虚名浪竊轉慚予。時購余《春在堂全書》一部而去。

次日報謁，又贈以詩

貴極椒房戚，榮膺穀璧封。衣冠仍脱略，風度自雍容。春訪吴中樹，雲歸墨上峰。白頭憐我老，何日再相逢。

題汪退谷所書《徐大臨宫詞》後

詞爲明宫作，作者徐大臨昂發，書者汪退谷士鋐也，有以索題者，率書二絶句。

絶妙宫詞一卷開，偏存奇字費疑猜。我疑當日宫門榜，竟署雲坌不作臺。第一首云「雲坌門聳接三蹕」，「坌」字不識，檢《集韵》，「臺」或作「坌」。疑「坌」即「坌」字之誤，或當日門榜竟如此寫也。雲臺門即後左門，見《天啓宫詞》注。

透玲碑古文無考，爪拉冠新製不傳。均見詩中。安得虞山陳次杜，搜羅軼事作詩箋。常熟陳次杜作《天啓宫詞》，自注頗詳，此詩「雙樹長懸多實珠」及「剥成蝴蝶堆銀碗」，均見彼詩注也。

宣德爐第二歌

花農又以一爐贈，文與前爐同，再賦此歌。

花農昔贈宣德爐，誰歟監造尚書吴。考之《明史》其人無，一笑等之先生烏。乃今第二爐繼至，竟與前爐文不異。若使當年無是公，何以一僞又再僞。嗚呼！青史傳人本不多，惟憑表志爲搜羅。年深代遠事繁賾，掎摭往往遺義娥。前明嘉靖時，宫觀大興造。揚州有木工，姓徐名則杲。歷官兵部至尚書，何嘗載入《七卿表》。徒憑史表爲有無，竊恐湮埋人不少。明朝祖制遵高皇，雜流亦得登巖廊。吴縣木工有蒯祥，凡所營建咸精良。歷事永樂至成化，累官工部左侍郎。及觀王元美所記，又有蒯義興蒯鋼。并以木工官工部，一爲左堂一右堂。若郭廷英若蔡信，兩人亦以木工進，皆居工部侍郎官。可見雜途流品盛，我疑吴邦佐與此猶季孟。憑藉一藝長躋躐，三台峻史體謹嚴。擯弗登一爐，翻得留名姓。如今一再出人間，或欲流傳托歌咏。吉金熊熊長不磨，傳疑則可非傳訛。我又爲作宣爐歌，寄示花農將云何。

外孫王少侯隨那琴軒侍郎赴日本，賦詩送之

送爾乘桴去，臨歧無限情。艱難感身世，辛苦事功名。夜夜北堂夢，朝朝東海程。歸期先屈指，秋月幾回明。

陸鳳石侍郎自西安寄贈商山芝草

四皓游仙去不還，尚留芝草滿商山。蔓延空谷同薇蕨，余家人有識之者，曰實即薇蕨類耳，但色紫爲異。照耀斜陽異蒯菅。好配花猪成雋味，來書云煮肉最佳。宜偕杞狗駐衰顏。并以甘州枸杞一匣同贈。報君欲仿君家例，却惜梅花未可攀。

今年有兩廣、雲、貴、甘肅五省鄉試，而日久未見闈題，賦詩志慨

時文試帖一齊休，今歲猶聞數處留。業已事同强弩末，更誰書訪大航頭。竟成棄物真芻狗，尚冀回春此土牛。寂寞楊雄還欲擬，幾番拈筆又重投。余自戊子科以後頻有擬墨之作，今亦無復此興矣。

園中有大柳樹二，風雨摇撼，池岸傾頽，慮其顛仆敗我墻屋，不得已伐而去之，悼之以詩

園林最喜柳扶疏，到此如何付翦除。樗櫟不材原許壽，芝蘭有礙竟須鋤。非貪明月來花徑，爲怕秋風敗草廬。廿七年前親手植，早知今日悔當初。

八十一歲作歌

《春秋》二百四十年，見聞傳聞分三世。可知一世八十年，自是《春秋》家舊例。若云一世止三十，如有王者何太易。三十年而至於仁，勝殘去殺非難事。如何善人得爲邦，又必百年方可冀。孔子自言知百世，此必非以三十計。百世果止三千年，自孔子來數將備。五百年後非所知，尼山一席誰其替。孔子生於周靈王二十一年庚戌，至今光緒二十七年辛丑，二千四百五十二年，再五百四十八年即三千年。是故一世八十年，義本《春秋》非苟異。倘謂此説未可信，吾請更與論字義。「世」字從十從七十，篆體分明不我秘。七十加十是爲八，不取諧聲專會意。南閣祭酒知有知，

定采芻蕘不見棄。許解「世」字云：「從卉而曳長之。亦取其聲。」余謂「世」字從十從七十，似較簡捷。我年八十又加一，前之一世嗟已逝。今歲纔交一歲初，桑弧蓬矢須重置。柱下相君食人乳，市中壤叟爲兒戲。引睡宜聞嗄喏聲，看書惟識之無字。嘉平二日我生辰，或可晬盤聊一試。吾孫天幸又生男，與我同庚堪把臂。時孫婦將免身。從今嬉戲共曾玄，不免喧鬨爭餅餌。花下仍堪竹馬騎，案頭又可村書肄。儻不三歲四歲殤，行將九歲十歲至。不知此後幾春秋，弱冠登朝吾尚覬。

春在堂桂花盛開，歸王氏長女來，與之游賞終日

桂花香滿小庭中，準擬年年一醉同。不是多愁即多病，更難無雨又無風。每年有此意，然往往不果。秋光却喜今番盛，良會休教此日空。草草杯盤誰與共，招來月上伴衰翁。維摩詰女名月上，白香山詩「月上新婦伴病夫」。

花農以康熙年瓷杯二枚見贈，爲賦一詩

昭代人才古無偶，一技之長皆不朽。濮仲謙以雕竹鳴，時大彬以沙壺壽。張爐伊扇各知

名，嘉興張鳴岐銅爐，江寧伊莘野紙扇。海内風行不脛走。誰知瓷器亦成家，更有浮梁昊十九。以上皆本王漁洋《池北偶談》，然李日華《紫桃軒雜綴》已有昊十九之名，疑其人在明末國初也。昊十九精選材，剛不瓶柔不坏。巧妙得未有，莫如卵幕杯。薄如鷄卵幕，潔净無纖埃。借問重幾許，半黍當一枚。以上見《紫桃軒雜綴》。惜哉絶技無人逮，彩雲易散琉璃脆。將無此器久銷沈，未必留貽逾百載。乃承遠寄從京師，更看題識爲康熙。儼如内府珍藏物，想見康熙全盛時。聖祖削平諸大亂，武功文治超唐漢。已開鴻博聚群英，更集圖書成鉅觀。商憧工樸俗敦厖，物阜財豐世清宴。即如一器偶流傳，亦復千秋同愛玩。入手幾同蟬翼輕，膩人更比鵝肪僾。我疑此即卵幕杯，神物護持長不瑕。康熙至光緒，二百有餘年。二百餘年來，萬事如雲烟。人官與物曲，隨世俱推遷。西洋奇巧日日出，流霞妙器無人傳。昊十九流霞器亦見《池北偶談》。我作此歌君莫和，柄鑿方圓吾自左。思古傷今涕淚多，一時都向杯中墮。

送外孫許汲侯赴朝鮮

送爾游平壤，兹行亦壯哉。涉波惟仗信，賦海莫矜才。欲向三韓去，先驅五馬來。已官知府。衰翁悲往事，喜極首重回。傷吾女之不及見也。

表弟姚少泉以所著《天地元始開化論》一篇見示，率題其後

太極團團一個圓，先成大地後生天。論中大意如此。獨翻盤古相承案，直溯洪荒未判先。但見兩儀分上下，誰知三《易》有坤乾。殷《易》首坤，義或如此。命門探得真消息，亦論中所及。莫向悠悠俗耳傳。

張春岫爲畫俞樓及右台仙館圖，各題一絶

右台仙館

山館沉沉不見春，先生妙筆寫來新。他年倘築董君闕，再畫墳前拜掃人。

俞樓

六一泉邊小小樓，西湖勝概已全收。圖成莫署「俞樓」字，一任張王李趙游。

京師有請箕仙者，其仙自稱賀知章，能爲人作書畫，花農請爲余書「春在堂」三大字，壯偉可觀，賦詩紀之

葛仙手署天台觀，「飛白大字仙乎仙」。道林歐筆國清柳，便覺相去如天淵。說本米襄陽《海岳名言》。人間仙筆不可見，徒令凡筆紛流傳。那得更起薛稷寫，鬱鬱三字鮫龍纏。吾家春在堂，逼仄復逼仄。湘鄉爲題榜，遺墨今猶黑。蕭然環堵中，已覺大生色。不圖仙之人，更爲潑醉墨。四明狂客賀知章，晚以黃冠歸故鄉。草書隸書無不妙，一時箋翰人珍藏。如何靈爽至今在，爲我大書「春在堂」。封題遠寄來吴下，歡喜奉持疑且訝。鳳翥鸞翔體謹嚴，當年不信張顛亞。君不見，蘇州太守黃堂居，木蘭堂額云是香山書。棗木傳刻失真久，不知元本當何如。大筆懸空走如電，不啻唐賢親覿面。請看春在堂前賀監箕筆真，應勝木蘭堂上白公摹本贋。

送孫兒陛雲入都銷假

菽水承歡力尚艱，重將風景認蓬山。家貧未辦蒓鱸計，官冷宜居木雁閒。材不材閒固處世之

方也，况在今日。盼爾青雲能遠到，憐余白髮太衰孱。蜩螗世事休多問，姑祝明年乘傳還。

奎樂峰制府自蜀中寄贈邛竹杖二枝，賦謝

頻年踞坐一胡牀，記得移來狨坐旁。余年來坐一皮倚子，猶公撫蘇時所贈也。誰料青城千里遠，又貽緑玉兩條長。槎枒有角根仍瘦，滑笏無斑質自蒼。欲寫羲之邛竹帖，祇慚蛇蚓不成行。

憤言

公然倡議廢群經，滬上爲新學者有此説。異論高談不可聽。萬古秋陽常皜皜，一朝秦焰又熒熒。鋪張海國新聞見，播棄尼山舊典型。昔抱三憂今竟驗，一憂無中國，二憂無孔子，三憂無天地，余二十年前有此説。坐看白日變幽冥。

余最善食菜，今年所蓄頗多，有毗陵之蹋菜，有金陵之瓢兒菜，而從孫婿趙卓士又以家園所種菜見餉，堆置一室。白香山云「此翁何處富，酒庫不曾空」，余無酒庫而有菜庫，亦可喜也，賦詩張之

虀鹽風味本來長，老去何嘗一飯忘。菜庫今年頗豐足，菜神應祀蔡中郎。

朱修庭觀察招髯者四人同集於其寓齋，主客皆髯，名曰五髯會，詩以張之

天旋地轉世升平，時初聞兩宫自汴啓蹕之信。盛事先從吴下生。八翰林纔成雅集，汪郋亭侍郎春間曾有八翰林之會。五髯仙又聚耆英。鶴猿共訂長生侶，鸞鳳還聞得意鳴。修庭招客之柬有「鸞鳳和鳴」四字，乃吴俗喜事所用也。惜我衰頽難與會，余不赴人招已二十四年。不然尚許唤殷兄。坐客有盛旭人侍郎，年八十八，長於余七歲。

日本子爵長岡君以仿宋刻《尚書正義》寄贈，賦謝

舊籍曾歸足利儲，舊藏於其國足利學。遥知珍重等璠璵。封題寄自東瀛遠，槧刻傳從南宋初。据紹熙壬子黄唐《〈毛詩〉〈禮記〉跋》，知此刻在南宋初。山井尚難求缺葉，原本缺十五葉，以别本補，山井鼎作考文謂之補本，今所補止存一紙，又据宋十行本補。儀徵竟未見全書。阮文達公作《尚書校勘記》，所据宋本即此本也。然文達止見《盤庚》以下諸篇，蓋未見其全。菅家《論語》參疑信，比較兹編恐不如。日本津藩有造館藏有鈔本《論語》，相傳其國名臣菅公所書，世稱菅家本，余案頭亦有之。

庚申歲，戴文節在杭州殉難，余有詩弔之，其明年寫贈一友，至今歲而此紙爲文節之從子子謙參軍所得，標飾求題，事越四十一年，不特所贈何人茫不記憶，并字迹亦不自識矣，賦此一歎

昔年辛酉今辛丑，相距迢迢四十年。烏兔奔忙殊可歎，蚓蛇醜劣轉堪憐。姑留翰墨因緣在，却笑酸鹹嗜好偏。寶此一箋何所用，好教坡老去鑱錢。

送許氏二外孫善侯挈婦王氏、三外孫女赴朝鮮

昔年送汝滇南去，已覺迢迢行路難。何意新婚纔兩月，又携汝婦到三韓。故園景物休多戀，平壤風光莫久看。總是外家兄妹輩，明春相聚又長安。聞明春將至京師，吾孫亦在京也。

蹋菜

常州所産，其葉鋪地，如人以足蹋之者，故名。余十五歲時侍先大夫讀書常州，嘗食之，至今六十餘年矣。門下士竇甸青宰武進，以此菜饋，爲賦此詩。

蹋菜常州出，寒畦滿地鋪。毬場非蹴鞠，塔影有浮屠。常州東門外有塔甚高，塔影東西所及方圓數十頃，其菜尤美，故亦名塔菜。巨迹憑誰認，嘉名任俗呼。雪泥重問訊，爪印尚存無。

瓢兒菜

金陵所産，以形似得名。劉少峰觀察以此菜相餉，亦賦一詩。

白下瓢兒菜，經霜味更鮮。狂奴如許買，高士竟堪懸。舀去枝枝濕，兜來葉葉圓。一箪疏

食在，下箸倍欣然。

題程忠烈公遺像 公名學啓。

偉矣程忠烈，平生智勇俱。艱難經百戰，談笑定三吴。剗盡六門壘，梟來八賊顱。當年無此舉，麋鹿尚姑蘇。公殺降之舉，世或以爲非，然有功於蘇甚大，蘇人宜感之，寓於蘇者亦宜感之。滬上一隅地，安危倚外洋。惟公建旗鼓，能與抗顏行。箕尾歸何早，旄頭氣轉張。臨淮元老在，感舊涕沾裳。中國與日本之戰，李文忠歎曰：「程方忠在，何至於此！」

元微之《春游》詩用「闌散」字，讀「散」作「珊」，入寒韵。余按《集韵・二十五寒》「跚」下有重文「散」，蓋本《史記・平原君傳》「槃散」義也。元詩以「闌散」作「闌珊」，亦猶「蹣跚」之作「蹣散」，義尚可通。乃李端民和之，竟作「聚散」字用，則可異矣，《容齋五筆》載之，戲仿其例

殘冬最苦夜漫漫，起對晨光又一歎。豈有功名追票姚，二字依師古注作去聲讀。何妨懶惰過中散。詩文喜共故人賞，時世愁看來日難。偶學元詞歌罷耍，時仿元人《罷耍詞》作《呸呸歌》。自歌自樂不堪觀。

叠前韵作仄聲讀

孳叟依然漫郎漫，何爲又作牛山歎。世人争駕彌戾車，吾道將成《廣陵散》。老卧山林爲不才，飽嘗憂患緣多難。倚樓看鏡兩相忘，八十詩人陸務觀。

嘉平二日生辰，净竈一日，再賦一詩示家人，申去年之意

一日蠲除豢與芻，生辰食品付寒厨。菜根虀切如肪白，豆腐濃煎比肉腴。常願遵循同令甲，不嫌清淡似浮屠。他年支派難稽考，但問今朝净竈無。

魯幼峰太守鵬自江右來蘇，賦贈一詩

龍湖講舍舊從游，自出承明又幾秋。五馬銜姑書牘尾，八人命已活刀頭。君去年奉檄治吉安

教案，有八人者將正法矣，君察非正犯，以去就力争，八人者竟得活。休因家室傾衰淚，君時喪偶。且借江山佐壯猷。三十二年老山長，居然得此一名流。君舊肄業龍湖書院。

陛雲舉第二子，未百日而殤，悼之以詩

明珠入手喜如何，奈此曇華一刹那。盆内暫看些子景，尊前長聽《阿呀歌》。余新作《阿呀歌》，一似爲此兒作者。五行缺水知無濟，八字中無水。三月咳名算已過。生九十三日。孤負殷勤邠老意，玉牛奚忍再摩挲。潘譜琴以玉牛一枚賜兒，以其生年同屬牛也。

樂峰制府又以邛杖一枝寄贈，其來書有「扶掖大雅，楷柱名教」語，余謝不敢當，然不能無感，輒賦此詩

邛竹得名從漢時，至今邛杖天下知。故人杖節鎮西蜀，秋間曾以二杖貽。浣花老人舊有例，敢不拜受謝以詩。無何又寄一枝至，初意謂公憐我衰。肅衣見客受其杖，江叔海太守齎杖來。焚香展函讀其詞。一言大雅賴扶掖，再言名教宜楷持。讀之舌撟不能下，斯言於我安所施。

必執此言用此杖，杖不宜受宜乎辭。三復公書三太息，公言可爲深長思。竊思我朝稱極盛，後有乾隆前康熙。五經謹嚴遵御案，四庫閎大開京師。薦舉經學得吴顧，乾隆辛未保舉經學，取四人，第一吴鼎，第四顧棟高。召試鴻博來彭倪。康熙己未召試鴻博，第一名彭孫遹，第二名倪燦。其時風同道惟一，士論不敢差豪氂。嘉道以來百餘載，謹守成軌無他歧。不圖風會忽一變，放言高論殊離奇。謂六經可一炬毁，聖賢經傳同糠秕。謂三綱可一筆掃，大泯亂我民之彝。四子之書宋儒定，元明至今循其規。我儕束髮抱書讀，孰不奉此爲初基。乃謂以是課蒙士，未足開發人心脾。遂使新書日日出，其意直欲無宣尼。國家功令置不問，先民榘矱棄若遺。大雅淪亡且勿論，直恐名教將陵夷。扶綱植紀誰之責，安得有杖須伊耆。我老且病又微賤，雖操此杖將奚爲。重爲告曰：杖兮杖兮汝努力，勿徒爲我扶衰羸。逐日去追夸父走，化龍來共壺公嬉。運以巨靈之高掌，輔以扶桑之喬枝。庶幾有以副公意，我將扶杖來觀之。

壬寅編　春在堂詩編十九

壬寅元旦

元旦新詩寫此箋，壬寅舊事溯從前。道光壬寅，余年二十二。半升分煮家常飯，是年先大夫失館，命余兄弟各謀生計，始異爨，余《百哀篇》所云「當年初治饔飧日，日食惟消米半升」也。四萬全文館俸錢。是年余館杭州蔡氏，歲入四十千。驢磨重尋真大夢，鹿鳴再賦待明年。秋冬此老如猶在，尚擬恩施乞九天。余道光甲辰恩科舉人，例於明年癸卯正科重赴鹿鳴筵宴，今年秋冬即可入奏。

「何處春深好」四首仿元白體，不用其韻

何處春深好，春深吾道中。淵源秦博士，絲竹魯王宮。欲使微言紹，休將異説攻。饒伊王

輔嗣，止作應門僮。

何處春深好，春深吾意中。營營非所願，靄靄與人同。不慕莊周達，奚悲阮籍窮。須知方寸内，懷葛古遺風。

何處春深好，春深吾室中。好花常在眼，俗客絶無蹤。香篆一爐碧，牙籤萬卷紅。世間新譯本，未許棟邊充。

何處春深好，春深吾筆中。縱無文似錦，也有氣成虹。詩格參長慶，經師拜鄭公。卮言雖日出，一掃盡皆空。

寄花農

聞君一謫下蓬萊，鍾鼎旗常願盡灰。春夢不堪重問訊，閒雲惟望早歸來。白蘇堤畔新詩料，許鄭堂前舊講臺。大好湖山供笑傲，老夫猶幸得追陪。

仿陶園詩爲園主人美含戴翁作

昔我先祖母，實惟戴氏女。戴氏在吾邑，不下徐蔡許。三家皆德清著姓。溯其所自來，淵源從歙浦。吾邑戴氏自徽州隆阜遷來，所謂紫竹林戴氏也。歙西有隆阜，亦一大村聚。隆阜紫竹林，戴氏所聚處。我昔客汪村，前後七寒暑。屯溪至隆阜，經由有定所。余從前館休寧汪村，每由屯溪登陸路，經隆阜。每過紫竹林，籃輿爲延佇。惜無賢主人，不克叩其户。乃今仿陶翁，於此闢園圃。高踞文墩巔，地有高墩，曰文墩。俯臨歙江渚。危樓試一登，泬寥空四宇。白岳與黄山，天外兩眉嫵。倘我再來游，定許共揮麈。枇杷花開時，良會我亦與。園多枇杷樹。舊戚話潘楊，新交訂嵇吕。惜乎衰且病，訪戴托空語。走筆題此詩，蒼茫感舊雨。

元旦詩和者頗多，因叠韵自和

諸公爲我劈吟箋，我亦何妨韵叠前。一百難逃習詩杖，宋政和制，習詩賦者杖一百，時功令廢詩賦，故戲爲此語。萬千空唱賣癡錢。吴下除夕童謡云「千貫賣汝癡，萬貫賣汝呆」。且欣連日皆晴日，豫卜今年是有年。尚擬重探湖上勝，清明寒食暮春天。

偶成

春光小半過無痕，情事何妨試一論。袖内臂纏蛇總管，有藤鐲名蛇總管藤，云帶之可以去風。盤中手剥鴨餛飩。時偶食高郵鹹鴨蛋。目昏終日慵開卷，身懶兼旬不出門。孤負西湖烟水好，白沙堤畔碧沄沄。

毬場歎

我聞蹴鞠始黄帝，後世軍中傳此戲。洋人技擊最精工，抛球場開上海地。如今傳習來京師，都人聚看咸稱奇。衮弄飛弄般般好，神妙無窮八片皮。清明白打争開宴，歡笑渾忘時局變。有人過此獨徘徊，記是當初翰林院。翰林自古最清高，況在重熙累洽朝。青史人人盡班馬，黄扉代代出蕭曹。乾隆九年歲甲子，是年院署新修理。天子親乘玉輦來，臣僚都在金坡俟。綺食雕盤出上方，玉書仙札降奎章。叨陪筵宴分蓮炬，恭進詩篇和柏梁。昭代隆文稱極盛，院中圖籍尤充牣。庋藏《大典》自前明，四庫搜羅猶未盡。玉河橋畔水淪漣，方丈蓬萊望若仙。一樹金槐高百尺，不知封植自何年。蚩尤妖霧飛來毒，三月咸陽無此酷。柯亭劉井總成墟，門外沙堆應盡劚。火輪車過聲如雷，天門蕩蕩洋人來。稱雄各把方隅據，選勝還將圓社開。人生俯仰成今古，滄海揚塵真目睹。此日西人蹋蹴場，舊時東壁圖書府。貞元朝士白頭翁，天上巢痕一掃空。不須感慨摩銅狄，仍算金家兀朮宫。

六橋都尉三多**以余食後易嘔，自都下寓書，勸用西醫之説，每食先飲湯數匙，次食魚，次食肉，然後進飯，云是養胃之法也，賦此一笑**

老去加餐勉自强，故人愛我爲評量。儼頒令甲新條教，來换庖丁舊約章。已進小鮮方食肉，未陳脱粟豫澆湯。近來事事皆西法，變到先生藜莧腸。

喻志韶太史長霖**自都下寄和余元旦詩，叠韵奉酬**

數行瑶字寫羅箋，來書用羅紋箋，詞館例也。車笠論交十載前。君與余孫乙酉同年。共喜清香近郗桂，君爲乙未第二人，陛雲亦忝戊戌第三人。定容遠派附俞錢。喻、俞本一姓，故《晉書》「俞歸」，《隋志》作「喻歸」。煎茶試院期今歲，課讀寒機話昔年。君有《寒機課讀圖》。記與渭陽賢舅氏，謂王子莊先生。同探委羽洞中天。黄巖縣有委羽山，亦云是道家福地洞天之一。

肅親王手書楹聯見贈，賦謝

梁園無分伴鄒枚，欲賦屏風謝不才。兩地雲泥方隔絶，九天珠玉忽飛來。沛王經論儒林重，江夏書名藝苑推。寄到柱銘人共看，一時光彩照蘇臺。

竹林舊仰大司成，謂伯羲祭酒。當代龍門負重名。教澤猶應在南學，賢聲又見起東平。經綸雷雨關家國，宏奬風流本性情。師友淵源知有在，固應勛業冠宗盟。

青萍結緑待評論，群士争希一顧恩。大匠自然無棄物，小孫何幸得登門。龍跳虎卧楹間字，曾賜陛雲楹帖一聯，屏四幅。玉蟻金醅席上樽。又蒙招飲。莫道頭銜冰樣冷，得陪笑語便添温。

曲園衰叟已頽唐，辱荷謙尊愧不當。辱稱曲園先生。甘與子雲同寂寞，敢偕太史論文章。聯語云「太史有書能著録，子雲於世不邀名」。小眠齋裏愁難到，大雅堂前喜共望。自笑才非杜陵老，也將詩贈汝陽王。

明衡陽王書「永思」二字額歌

臨平山南半里遥，小溪曲折難通橈。有一石梁架其上，居民云是楊家橋。亦作揚嘉，又作羊嫁，未知孰是。橋邊俞氏家其地，不識由來幾何世。室中有額曰永思，相傳南渡高宗賜。高宗南渡金兵追，蕭王危渡無其危。俞家兄弟出禦寇，同時戰死殊堪悲。臨安他日開行在，御墨淋漓寄深慨。亦止流傳故老言，未見他書曾記載。兩康志稿費搜羅，自躡梯桄細揣摩。見有衡陽王署款，乃知舊説盡傳訛。道光間，康蓮伯、子蘭兩君修《臨平志》，親至其家，梯而觀之，有「衡陽王書」四字，乃知非宋高宗書也。惟念衡陽開國久，宋齊梁陳無不有。稽之《南史》，宋齊梁陳均有衡陽王。唐代猶聞有惠莊，唐惠莊太子亦曾封衡陽王。此王畢竟爲誰某。張君賈勇又褰裳，刮垢磨光看得詳。「永思」二字親模拓，竟有皇明宗室章。光緒初，張小雲孝廉作《臨平志補遺》，屬張君春岫又梯而觀之，并手拓其文，中央鈐有皇明宗室印，始知是明代諸王也。我因世系徵《明史》，衡陽王乃遼王子。明太祖子植封遼王，其子貴煛封衡陽王，謚莊和。王名貴煛謚莊和，此是衡陽受封始。一傳靖僖再悼僖，三傳安僖國祚衰。靖僖名豪墣，悼僖名恩鐯，安僖名寵淹。茅土頒從成祖日，鐘簴廢在世宗時。莊和於永樂二十二年受封，安僖於嘉靖十八年薨，無子，國除。四世三王史所録，悼僖王恩鐯未襲封而卒，其子襲封，乃追王之，非真王也，故四世實三王。歷年一百一十六。惜無歲月此留題，難定當年書者孰。余函問春岫，如額有年月便知爲何王矣，復書云無。遠稽俞氏在臨平，典午中興已有名。《咸淳臨安志》於「周絳侯廟」條言「有臨平鄉大姓俞氏」，詳見余詩卷十八。舊聞零落雖無考，老屋流連倍有情。我作此詩先正誤，印文摹本吾親睹。皇明宗室字分明，何得遠攀宋南渡。又存舊記表雙忠，余舊有《揚嘉橋俞氏雙忠記》，存《賓萌外集》。未敢遂云無是公。離之爲兩成其美，仍爲吾宗弔鬼雄。余謂南宋初年俞氏雙忠事或竟有之，故兄名太和，至今猶在人口。但明衡陽王所書額又自爲一事，未可并爲一談耳。

陳筱石漕帥遵詔保薦特科，而余孫陛雲與焉，雖非所克當，其意良可感矣，賦謝二律

鴻博停來百十年，自乾隆丙辰開博學鴻詞科後，至今一百六十七年。又逢明詔降求賢。舊科自寓新章在，時詔求經濟之才，雖援照博學鴻詞科例，而用意稍別。小草偏蒙大匠憐。豈有經綸副廷對，原疏云：「以一甲高第出身而潛研經史，通達時事，不徒以科第見長。」并無學術紹家傳。原疏云：「家學淵源。」重煩擡舉秕糠力，一疏公然達九天。

老夫衰病卧衡門，魂夢依依只此孫。清俸豈能供菽水，輶車未便省晨昏。時頗望其得近省試差

以便歸省，然不可必也。難援令伯陳情例，深感昌黎薦士恩。寄語氋氃須自勉，蜩鳩儻許附鵬鶚。

余道光甲辰恩科舉人，應於光緒癸卯正科重赴鹿鳴筵宴，壬寅年終奏請，定例然也。乃今春湘撫俞廙軒中丞預爲甲辰恩科舉人周樂疏請重宴，恩詔俞焉。於是吾邑戚友即爲余具呈本縣過玉書明府，申府轉詳，殆恐風燭殘年不能久待乎。余感其意，賦詩謝之

鹿鳴重宴始乾隆，重宴鹿鳴始於乾隆甲午科孟琇，至今光緒癸卯一百三十年。百有餘年逮我躬。已幸慶科先歲一，若依定例待年終。忽聞湘水飛章告，頓使鄉閭衆議同。却笑吾家重表姪，扁舟來往太匆匆。戴少鏞大令乃先祖母姪曾孫也，實預其事，親至吳下來告於余。

筱石漕帥知余有重宴鹿鳴之舉，以詩寄賀，次韵述懷

八十衰翁自憮然，重將往事話當年。槐柯未了一場夢，桂苑真成兩度仙。余先中副榜，後中正榜，舊有小印曰「兩度月宮游客」，適爲今日之兆。頗望孫能持使節，明年陛雲倘能得典試差，亦佳話也。最悲兄不共賓筵。余兄壬甫太守爲道光癸卯科舉人，如其尚在，明年亦重宴鹿鳴矣。感君重叠投佳句，清宴園中手自編。淮浦節署有清宴園。

五月二十二日，余孫陛雲蒙恩簡放四川副考官，電音馳報，喜賦一律

好音傳自日邊來，藉博衰翁笑口開。雪案猶存《課孫草》，余舊有《課孫草》三卷。星軺竟到望京臺。成都府有望京臺，唐韋皋所建。一家沆瀣原同氣，正考官乃毓紹岑學士，即陛雲房師。此地淵雲大有才。使節平安江艤便，小春盼爾共探梅。擬令試事畢後，請附輪船沿江而下回籍省親〔一〕。

前詩意有未盡，再成一律

往歲臯比謝蜀中，今看使竹即孫桐。同治季年，蜀中設尊經書院，延余主講，謝不赴，聞蜀士頗似失望；今吾孫幸典蜀試，庶藉以聯文字之緣。計程官路五千里，編號家書四十號。陛雲聞命即發家書，書題第四十號。戚許後塵追老輩，吾邑典蜀試者二人，皆在乾隆時，一戚蓼生，一許祖京。夔巫歸棹盼衰翁。紅牙曾

〔一〕籍，原作「藉」。

譜文君曲，儻有前緣在梓潼。余曾製《梓潼文君傳》傳奇。

女婿許子原自臺諫出守揚州，至吴下相見，喜賦一律，即用丙戌年送別詩韵

飄然五馬竟南征，藉慰相思兩地情。明月未知何處好，雖簡放揚州府，而與陳筱石漕帥有連，尚須對調。錦衣先向故鄉行。因到任尚早，先回浙省墓。廿年已歎黄泉隔，女亡二十一年矣。一別俄看白髮生。舊夢茫茫何可問，老夫喜極淚重傾。

光緒二十八年六月辛亥，浙江巡撫任公以樾中式道光二十四年甲辰恩科舉人，遵例於光緒二十九年癸卯正科重赴鹿鳴筵宴，先期陳奏，奉上諭「俞樾早入詞林，殫心著述，教迪後進，人望允孚，加恩開復原官，準其重赴鹿鳴筵宴」。聞命恭紀

貞元朝士幸猶存，重領鄉筵酒一尊。少日風流豈紅褌，宋眉州唐堯弼年十四赴鹿鳴宴，著粉紅褌，

見周密《浩然齋雅談》。暮年光景已黄昏。迂疏未足乎人望，衰朽何堪濫聖恩。爲有疆臣援例請，頒來天語倍加温。

回思壯歲踏名場，費盡槐花四度忙。余應鄉試共四次。待補曾經登小榜，余丁酉科中式副榜，嘗考今制副榜即宋時待補小榜之遺意。聯科頗足慰高堂。余與兄壬甫於癸卯、甲辰聯科中式。空山久冷姜家被，兄亡三十年矣。恩地全荒陸氏莊。留得漫郎聱叟在，又來廣坐聽笙簧。

卌六年來草莽臣，重煩丹詔起沈淪。試從廢籍稽昭代，再入詞曹得幾人。翰林復原官，異數也。喜有故官題墓碣，悵無前輩列朝紳。只愁計較芸香俸，甘爲吾孫步後塵。

忽聞恩命降從天，自撫衰躬轉黯然。竟許祖孫同翰苑，祖孫同官編修，亦罕事也。未容兄弟共賓筵。壬甫兄在，亦重宴鹿鳴矣。望中長路五千里，陛雲時奉使入蜀。夢裏前游六十年。尚有瓊林一杯酒，春風能否再流連。

前詩意有未盡，再成四律

河清可待竟非誣，成例居然得與符。廿六科來同輩幾？甲辰同年，除湖南周樂已見奏報外，未知尚有幾人。陌餘年内故鄉無。德清一縣在國朝無重宴鹿鳴者。大書應附吴張後，在湖郡則有二人，乾隆丙子吴大煒，同治庚午張應昌，并見《湖州科第表》卷首。小録休嫌癸甲殊。余與癸卯諸君本兄弟同年也。只抱頻羅庵主恨，當年雙桂一株枯。梁山舟先生《重宴鹿鳴》詩云：「可惜弟兄雙折桂，北枝今日不齊芳。」與余有同恨。

落拓江湖一角巾，不思再踏玉階塵。屢煩師友招延意，甘作山林放棄身。余罷官後，袁端敏、曾文正并有意招延，謝不往。自分姓名沈廢籍，翻因年例拜恩綸。田閒父老休相訝，原是甘泉舊從臣。

光陰似水去悠悠，且借虚名慰白頭。泮水昔年曾再到，在丙申年。月宫此日又重游。耆儒莫副天言奬，上諭云：「以慰耆儒。」盛事差堪藝苑留。上諭云：「洵屬藝林盛事。」副榜惜無重宴例，不然三度聽呦呦。

爲憫衰羸各競先，照例應於年終入奏，而今多提前辦理，殆恐風燭殘年，不能久待乎。風光催送一年前。須陀洹得完初果，項曼都曾號斥仙。酒醴賓筵難假借，本年雖補行萬壽恩科及庚子正科，然重宴之舉尚在明年也。文章幕府已流傳。浙撫任筱沅中丞鈔録奏稿咨送。明秋我老如猶在，尚擬重賡《宵雅》篇。

哭歸王氏長女

汝生回溯甲辰年，我正初登鄉飲筵。今日君恩重錫宴，不圖催送汝歸泉。女初生，余應鄉試中式，今重宴鹿鳴之詔下，而女死矣。

二十年前次女喪，而今長女又淪亡。蘇州茶與杭州飯，換得龍鍾淚兩行。余在西湖，每入杭城拜客，次女必治饌留飯，在蘇城則長女必瀹佳茗相待，而今皆已矣。

亦知病勢本非佳，誰料兼旬事便乖。臨死無窮遺恨在，二男一女各天涯。時大外孫在汴梁，二外孫及三外孫女均在高麗。

問病誰知便送行，爾時言語尚分明。黯然一握牀頭手，六十年來父女情。七月初七日，余往視之，臨行坐牀前，女握余手，殆示永訣。

行期屈指太匆匆，女每計算日期至十四而止，果於十四日去。已有香車駐院中。自云舅姑來迎，轎班頭已到。地下文勤應不老，料猶問及曲園翁。其舅即文勤公也。

八十衰翁病榻前，時余適卧病。病中哭女倍凄然。人生高壽真非福，不及吾妻子女全。內人年六十而終，二子二女皆在，余八十二未死，而子女殞其三矣。

鼂亭以詩賀余重宴鹿鳴，次韻謝之

一出承明歲月遥，每將問仕笑周霄。却因兩度游莘野，重向三秋候桂軺。人喜青藜又劉向，自憐白髮已班超。年來秃盡生花管，難共諸公賦早朝。

題陳蓉曙觀察《泰山訪碑圖》

秦碑舊在玉女池，後又移之元君祠。存者二十有九字，後昧死請前臣斯。乾隆五年一炬火，遂令殘石無留遺。惟君好古有奇癖，今之劉跂江鄰幾。不惜危崖走犖確，欲將古迹搜瑰琦。究竟秦碑不可見，但見没字碑巍巍。今君改官到江左，倘發高興如前時。建業郡庠試一訪，劉摹李刻應未劉。建業郡庠即今江寧縣學，舊有李處巽刻劉跂所摹本，今未知存否。

龍湖李氏檇李詩爲李少園作

艷痕一捻尚分明，李有一捻痕，相傳西施指爪痕也。佳種千秋未變更。許叔重初傳定本，《經典釋文》云：檇李，「依《説文》從木」。疑舊本止作「雋」也。顔師古爲正嘉名。《漢書·地理志》：由拳，「故就李鄉」，其字作「就」。顔師古注乃引應劭曰：「古之檇李也。檇，音子遂反。」買從僧寺幾無價，舊惟净相寺最佳，今則稀矣。移到君家倍有情。聞自其祖泉石先生始從净相移植，今三世矣。若仿孔禽楊果例，潘徐兩圃豈容争。檇李有潘園、徐園之名，皆從净相移植者。

寄題吴松雲半園

鴛脰湖邊别墅開，聽秋醉月好亭臺。世間不少屾和沝，都可分將一半來。屾，二山也；沝，二水也，并見《説文》。

章一山棖秋闈中式，喜賦一詩

功令求才又一新，秕糠掃盡舊埃塵。别開場屋文章派，遂起山堂考索人。已喜金梯初得路，更煩鐵網遠搜珍。君擬選刻本科闈墨。吾孫忝副輶軒使，能否球琳采蜀岷。時未見蜀墨〔一〕。

霍國夫人歌

郭汾陽富貴壽考，婦竪皆知。乃其妻霍國夫人王氏〔二〕，亦古今婦人中第一福壽兼全者也，而世無知者，戲爲此歌以張之〔三〕。

千秋艷説郭汾陽，富貴還兼壽考長。共歎元功駕褒鄂，誰知賢佐有姬姜。太原望族推王氏，有女穠華若桃李。笄年甫及便來歸，龍虎風雲猶未起。閨中華飾屏珠璣，浣濯長披舊嫁衣。敬奉尊章顔有喜，和諧娣姒意無違。漁陽鼙鼓無端作，萬乘倉皇登劍閣。肅清九廟奠神京，封到真王還是薄。汾陽威望動乾坤，鳳閣龍樓擬至尊。將佐奉槃進頮水，侯王持帚掃宫門。夫人貴亦人臣極，詔自琅琊封霍國。輔佐艱難與有功，制書深奬夫人力。夫人自琅琊郡君封

〔一〕未見、墨，原闕，據《春在堂詩編》十九卷本（同治七年刊）補。
〔二〕氏，原闕，據《春在堂詩編》十九卷本（同治七年刊）補。
〔三〕戲，原闕，據《春在堂詩編》十九卷本（同治七年刊）補。

霍國夫人，制云「克著艱難之勛」，實由輔佐之力。平康里第壇高華，兒女成行拜内衙。次子雖憐埋戰壘，五郎且喜婿天家。天家貴主顏如玉，粉侯同住黄金屋。一房啾唧不須聽，兩老癡聾都是福。良辰令節綺筵開，流水游龍絡繹來。夜夜笙歌歸院落，朝朝金紫照樓臺。有時循例趨宫禁，戚里恩榮無與并。每把清明御火分，慣將興慶朝班領。晚悟浮生總是空，蒲團禪誦六時中。金錢輦運營蘭若，玉詔摽題署法雄。夫人晚年好佛，奏建法雄寺。滚滚年華隨水逝，華堂一慟黄腸閉。繸服親煩帝女裁，御香特遣中官祭。九九衰翁雪滿鬚，夫人卒時，王年八十一。不堪老伴失鶼鶼。悼亡永罷元宵宴，夫人卒於正月辛未，考史，正月甲寅朔，則是十八日也。送葬渾忘六月炎。夫人於是年六月二日葬萬年縣之鳳栖原。生死哀榮曾未有，一時朝野稱嘉耦。最巧生年與卒年，妻皆逢巳夫逢酉。汾陽生於神功元年丁酉，卒於建中二年辛酉。夫人生於神龍元年乙巳，卒於大曆十二年丁巳，壽七十三，小於王八歲。鳳栖原上草離離，想見佳城舊有基。不必宋祁重補傳，夫人不見於《唐書》郭子儀本傳。已煩楊綰大書碑。夫人神道碑，楊綰撰。汾陽自是人中傑，霍國賢名何可没。儻教閨閣拜夫人，應勝天孫祈七夕。

陳六笙方伯以軍中紀事詩自蜀寄示，次韵和之

昔年精舍我談經，久仰虚堂一鏡澄。余主講詁經精舍，君適守杭州。見説近來添白髮，忽從空際看紅燈。拳匪中有紅燈會。豈真幻似含沙蜮，可奈繁於止棘蠅。賴有匣中長劍在，不辭再奮舊威稜。

莽莽郊原未止弋，又看髦士聚峨峨。時適鄉試。短兵竟作萬人敵，十四日三場正點名，有拳匪闌入省城，君輿中遇之，親出擊殺數人，餘皆遁去。妙筆仍工三折波。君和余重宴鹿鳴詩，書箑寄贈，甚妍妙。八十行將登大耋，君年七十六。七千還仗馘餘魔。《周書·世俘篇》：「武王遂征四方，馘魔億萬七千七百有九。」異時旌節仍臨浙〔一〕，再和花開緩緩歌。

偶書所見

孟子所私淑，惟孔爲獨摯。是以七篇中，援引非一次。或傳述其言，自「始作俑者」起，所引凡二

〔一〕 旌，原殘損，據《春在堂詩編》十九卷本（同治七年刊）補。

十餘。或記録其事。如孔子亦獵較之類。乃考《論語》書，此類皆不具。間或有同者，亦復同而異。不厭與不倦，謂是答衛賜。「學不厭」「誨不倦」，即《論語》「爲之不厭」「誨人不倦」，然非與子貢言也。大哉與君哉，不留神禹地。《論語》「有天下而不與」兼謂舜、禹，《孟子》冠以「君哉舜也」，而不及禹。又或《論語》略，不如《孟子》備。鄉原止單詞，「鄉原，德之賊也」，《論語》無「過門入室」語。鄭紫失連類。《論語》止「惡紫」「惡鄭聲」，《孟子》則「惡似而非者」凡六句。又或《論》缺遺，轉賴《孟》補綴。要殺桓魋謀，「桓司馬將要而殺之」不見於《論語》，惟記「桓魋其如子何」一語。瞯亡陽虎計。《論語》止言「孔子時其亡也而往拜之」，不言陽貨先瞯亡饋豚。百有餘年後，誰實從旁睨。至取兩書校，更有大乖盭。草尚風必偃，明明孔對季。謂是論喪禮，未免失所謂。祭葬必以禮，孔以告孟懿。引作曾子言，無乃昧所自。吾疑孟子時，固當別有據。七十子所傳，人各自爲記。以視齊魯《論》，或且過倍蓰。瑣瑣記遺聞，如「昔者孔子歿」之類。堂堂發高議。如宰我、子貢、有若之論孔子。至於《論語》書，孟子目未寓。孔孟所傳授，不於此乎繫。惜經秦火燒，無復存一字。僅存此十篇，至今配六藝。常山都尉來，流傳無敢替。孟子如復生，驚非吾所肄。後人又纂輯，始自梁武帝。有《孔子正言》二十卷。薛集語猶存，《孔子集語》二卷，薛據撰。孫集語又繼。本朝陽湖孫星衍撰《孔子集語》十七卷。高者采經史，下亦及傳志。《盜跖》篇之妄，《衡波傳》之僞。一一臚列之，無乃近於戲。巍巍夫子廟，春秋官致祭。西人讀其書，若未滿其意。何者爲微言，何者爲大義。不識其精深，轉疑其平易。嗚乎孔氏書，存者十一二。秦灰不可撥，孔壁無從覬。何處廣桑山，使我窮其秘。

西湖第一樓設余長生禄位，此事倡於曹小槎監院，成於劉景韓中丞，雅非余意也。壬寅冬日親至湖樓撤而去之，因賦一絶，播告同人

古聞欒社與于祠，自顧何人豈所宜。奉作鮑君石賢士，諸公戲我已多時。

既非栗主又非桑，難領春秋酒一觴。抛入西湖最深處，好教配食水仙王。

西湖雜詩

一別西湖歲屢更，湖山戀我尚多情。籃輿穩坐無多路，寶石美人含笑迎。余不至西湖四年矣，自武林門馬頭登岸，不半里便見寶石塔，亭亭雲表，對之欣然，「寶石如美人」，湖諺然也。

却爲登臨一愴神，湖樓山館總生塵。尋僧野外惟殘碣，訪友城中半古人。城中故人如朱茗生、

丁松生、譚仲修、吴季英、毛葆園皆物故，城外諸僧如昭慶寺雲溪、净慈寺雪舟〔一〕、廣化寺悦勤、法相寺依盟、乾坤洞開亮亦皆化去。

欲向杭州訪舊游，驚看華屋變山丘。戲場袍笏年年换，看戲人争不白頭。戊戌來此，中丞則廖穀士，學使則陳桂生，方伯則惲菘耘，廉訪則丁潛生，都轉則世振之，糧道則鄭芝巖，杭嘉湖道則陳養原，杭州府則林迪臣，今諸公皆作古人矣。

歲歲湖樓酒一卮，曹劉此舉竟何爲。今朝親劈長生位，文正遺言我所師。西湖第一樓爲余設長生位，雅非余意，親往撤去之。憶曾文正督兩江，有欲爲設長生禄位者，公怒曰：「吾見必手劈之。」余此舉竊師其意。曹謂曹小槎監院，劉謂劉景韓中丞，此舉兩君爲之也。

懶向城中謁達官，客來亦復與盤桓。手扶墨竹華山杖，恕我龍鍾下拜難。余孫奉使過秦，於華山得墨竹一枝，携至杭州製爲杖，頗佳。

秈稻新嘗雪滿匙，寒天雅與火鍋宜。西湖豆腐東門菜，此味何曾竟不知。杭人食秈米，蘇人頗不慣，余則喜食之也；豆腐與菜皆常饌美品。

偶將西法照衰容，四坐傳觀一笑同。携得曾孫隨杖履，天然白叟與黄童。余用西法照小像，一

〔一〕净，原作「静」。

手扶笻，一手携曾孫僧寶，客至，每與觀之。

玉佛遥從印度臨，招賢寺裏共攀尋。佛光照耀西湖水，何必真身丈六金。有僧自印度募來玉佛一尊，佛是坐像，高逾六尺，玉不甚佳，乃石之似玉者，然亦偉觀也，供奉招賢寺中，余親往瞻禮，擬爲作長歌。

無端鼙鼓鬧江皋，草草軍興又一遭。擬向右台仙館去，山中高枕可能牢。時桐廬有草寇，杭屬之新城、富陽皆戒嚴。

正喜湖堤葉未枯，忽然飛到六花粗。年來飽看雨晴月，老去翻來看雪湖。在湖樓遇大雪，西湖舊有晴湖、雨湖、月湖、雪湖之説。

數年不款右台扉，山館荒凉鎖翠微。今日冒寒重一至，勝如他日鶴來歸。余住湖樓六日，遷於山館。

籃輿安穩頗堪乘，竹杖輕扶絶勝藤。山客自依山内禮，官場不拜拜山僧。余此來不入城拜客，中丞以下均遣一介致意而已，入山次日，即至法相寺見僧亦飛，至六通寺見僧致中。

碧梧翠竹尚周遭，天竹經霜艷似桃。更有手栽雙桂在，如今已比屋檐高。皆山中即景也。

爲憐素壁太蕭然，手寫香山句一聯：老自退閒非世棄，貧猶强健是天憐。余今年猥蒙「教迪後進，人望允孚」之恩諭，而詁經講席久以老病辭退，今年并歸安龍湖、上海求志兩書院亦薦賢自代。人或譽余老而健者，不知造物哀憐，特未癃廢耳，故題此聯於右台仙館，香山句也。

四十年前遠莫徵，新安舊夢久瞢騰。誰知老撤談經席，尚有傳經一戴憑。休寧戴光輝，字美含，乃余前在新安時受業弟子也，年已七十矣。余久不記憶，在湖樓得其來書，言之歷歷，始憶及之。

甲辰同譜已無多，又向湘江感逝波。同采芹香同折桂，不能重聽鹿鳴歌。湖南周樂，字笠西，余甲辰同年，今春俞廙軒中丞奏請於明年癸卯科重赴鹿鳴筵宴者也，乃至六月而卒，年已九十矣。謂海内同年惟余一人，故來赴告，余感其意，寄一聯挽之。此君亦於道光丙申年入泮，蓋進學、中舉皆與余同也。然則余能否待至明年，亦不敢自必矣。

和我新詩迥出群，皡亭欣賞最殷殷。誰知出自紅閨筆，記取詩人葉墨君。皡亭侍郎命詁經諸生和余重宴鹿鳴詩，作者八人，皡亭極賞一人之作。余來杭訪之，乃葉女史筆也。女史名翰仙，字墨君，能詩能畫，且能作賦作論，與王同伯比部有葭莩之誼，故知之甚詳，年垂三十，閨尚未許嫁。

抛開手版即袈裟，一十年前王克家。頭白尚書竟安在，老僧相伴有烟霞。王克家，安徽通判也，其兄丁丑進士，刑部主事，克家於光緒十八年入京引見，兄與之書，使投浙藩趙展如方伯。一至湖上，愛其山水，即出家爲僧，名燈裕，字定能，通内典，書法酷似六朝，亦奇人也。至山館相見，爲賦此詩。

東瀛仙客忽經過，一刺通名是大河。問訊長岡與嘉納，岸田等輩近如何。日本駐杭領事大河平隆則至湖樓相見，余所識其國人，如子爵長岡護美、弘文學嘉納治五郎、處士岸田國華，皆問訊及之。

不以衣冠累病身，還愁翰墨費精神。何當説與求書者，千萱曾無一菊真。余畏衣冠之累，見客率便衣，又憚筆墨之勞，尋常求書者，率命從孫侃代筆。「千蕙叢中無一菊」，范石湖句也。

高論蒼生我不堪，偶然抵掌亦空談。惟憐赤子呱呱泣，代乞慈霖一滴甘。余此次還德清，諸戚友爲言城中及新市鎮育嬰堂苦無經費，余言於省中當事者，請稍增益之，中丞、方伯皆許可，已由邑紳具稟，當可有成也。

何來高論太炎炎，民政平權總不嫌。吾道悠悠竟誰寄，高明信不及沈潛。意有所謂也。

朝來笑口共軒渠，接到家書一紙餘。嬌小曾孫初把筆，鴉塗數字不成書。家書末附曾孫僧寶數語，僧寶名四歲，實止三歲，尚未能書，或其母與其姊把其手爲之也。

句留半月返金閶，又費舟航兩日忙。多謝飈輪遠來接，此情深感費龍驤。余將返蘇，承浙西水陸統領費君毓卿命威靖輪船自嘉興至杭州來接。

臘月剛交初九天，祖孫一舸共言旋。偶書聯語居然驗，認取來船即去船。余來時，舟人索吾孫書柱聯，率書云「祖孫一舸同來往，晝夜六時大吉祥」，及歸時，所坐適即此船，前言竟驗。

玉佛歌

如來金身一丈六，三十二般妙相足。化作金人入夢來，遂令人知有身毒。一時象教中原開，豈僅雘丹塗土木。或鼓洪爐以銅鑄，或傍名山將石鑿。種種莊嚴種種殊，巧極工窮方琢玉。昔在東晋義熙時，爰有玉佛來京師。師子國中遠入貢，瓦棺寺内群稱奇。像高四尺有六寸，竟體潔白如凝脂。歷十寒暑甫能到，泥輴山樏千夫疲。惜哉乃遇東昏侯，斫而小之爲釵笄。徒博玉奴一玩弄，遂令玉佛無留遺。人間此像不復見，千秋遺恨留闍黎。今歲杭州有奇事，金牛湖營玉佛寺。老夫好奇夙有癖，親棹扁舟訪其地。古招賢寺今已荒，碧柱頹廊盡頹廢。庭中不見紫陽花，寺舊有紫陽花，見東坡詩。玉佛當門若迎睇。其高六尺猶有奇，趺坐儼然垂兩臂。面如滿月眉清陽，妙得拈花微笑意。雖非和氏與藍田，抑亦琇瑩玉之次。乃揖寺僧求其詳，借問此佛來何方。僧言募自印度國，火輪萬里行重洋。我聞古有旃檀像，所到之國其國昌。此佛遠從西域至，足徵國運方靈長。西湖舊有大佛頭，相傳錦纜維秦皇。佛頭剥落不可辨，巋然頑石留山岡。天竺山中觀世音，或云移至玉河鄉。天福舊刻竟安在，疑有疑無疑存亡。何幸一朝得此像，洵足奇迹增錢唐。曲園居士瞻禮訖，敬作長歌當短偈。與其摩挲金銅仙，不如贊歎白玉佛。

長女雲裳之葬發引有期，余先二日往送之，適余生日也，爲賦一詩

記昔七句初度日，山中親自送王郎。往年女婿王康侯葬象寶山，余親入山送之，是日適余七十生日。難援舊例重臨穴，已命生辰罷舉觴。余每年生日，女必歸來，亦小爲治具，今則已矣。恕我未能躬視窆，從今不復再登堂。次女亡，余不忍再過許氏。今長女亡，余亦不忍再過王氏矣。憑棺欲哭還收涕，相見黄泉樂正長。

有感

天寒容易日西斜，坐對空齋感又加。檢點窗前渾似舊，瓶中惟欠蠟梅花。悼長女也，女每年折其園中蠟梅花一大枝爲余插瓶。

甲辰同年今年奏請重宴鹿鳴者，余之外有江南張君丙炎、湖南周君樂。在杭州聞周君亡，有詩悼之。及至蘇州，又聞張君亡，未知尚有續奏者否。恐海内止余一人矣，爲之盡然，又賦一律

已向湘江歎逝波，謂周君也。不圖今又失清河。頭銜學士猶如故，君蒙賞翰林侍讀學士銜。齒録同年賸幾何。直恐孤懸成碩果，虚煩異畝附嘉禾。甲辰恩科例附入癸卯正科。問余能待明秋否，等是人間春夢婆。

件兒豆腐歌

杭州飯店件兒肉，每肉一件賣錢六。城中葷飯山中素，件兒豆腐出天竺。汝南中丞老無事，謂許信臣前輩。時時向我誇口福。君吃件兒豆腐無，壓倒山珍與海錯。因將製法詢闍黎，非惟不用醯與虀。木菌竹菇均所禁，但用一味酸鹽虀。丁丁董董灑取汁，和之以水清無泥。烱烱熱氣出自釜，就而啖者千留黎。我今年老齒牙壞，雖過屠門難一快。惟與腐侯最有緣，爰命厨娘如所戒。果然香味兩俱佳，何必肥甘方可嘬。配此雅宜片兒湯，和麵成片，以湯煸之。佐之或許瓢兒菜。金陵所産。輶軒使者陳太丘，謂陳六舟京兆。往年登我湖上樓。八寶豆腐爲我製，有此謂可無珍羞。其實鷄豚無不有，聶而切之其中投。八寶何如一件好，自有真味天然留。曲園食單殊草草，惟欣軟嚼最宜老。三雅園中豆腐乾，仿而爲之亦殊妙。三雅園，杭州茶肆也，豆腐乾最佳，余家能仿爲之。皅亭聞之發大噱，虀菜孟嘗所見小。請來吃我罐兒鷄，應比件兒豆腐好。罐兒山鷄，内府所製也，皅亭家中能爲之，曾以餉余。

偶檢得舊時大字名片一紙，余初入翰林所用，五十年前物也，爲賦一絶

君恩許復舊時官，舊物居然今尚完。五十年前名紙在，湯盤禹鼎與同看。

余用西法照印小像二，一立像，余布衣，右扶藤杖，左携曾孫僧寶；一坐像，孫陛雲及僧寶左右侍，祖孫皆貂褂朝珠，僧寶亦衣冠。把玩之次，率賦一詩

衰翁八十雪盈頭，多事還將幻相留。杜老布衣原本色，謫仙宫錦亦風流。孫曾隨侍成家慶，朝野傳觀到海陬。余以立像寄京師肅親王及日本子爵長岡護美，均報其以照像贈也，又分貽家鄉戚友。欲爲影堂存一紙，寫真更與畫工謀。照像不甚耐久，擬更倩畫工摹寫，備他日影堂之用。

次惲季文韵，即慰其意

如此清門如此才，天公有意爲滋培。莫因瑣屑家庭事，不放英雄懷抱開。慈蔭欣看堂上永，循聲會聽膝前來。謂玉臣司馬。園林試訪梅消息，不日春回斗柄魁。

歸安縣菱湖鎮有龍湖書院，余主其講席三十三年，今年以老病告退，菱湖諸君子欲於院中爲余立長生位，蓋未知余有西湖撤位之事也，賦此辭之

西湖甫撤長生位，苕水仍留已去思。人望允孚雖有驗，余今年奉有「人望允孚」恩諭。經神忝竊總非宜。巫陽幸未爲宣召，畏壘何煩遽立尸。縱使大蘇忙不徹，且容身後再謀之。

前詩索皅亭和，皅亭以第三韵爲難，戲叠原韵

徒勞一瓣馨香奉，豈慰三秋蕭艾思。主用栗桑皆不可，祭陳荔蓼或相宜。宋太學生歲終祀神，必用棗子、荔枝、蓼花三物，取「早離了」之意。余辭退講席，則亦荔蓼矣。倘教彌勒龕常據，何若皋比位再尸。只博香山老居士，拈將險韵戲微之。

日本人野口一，字貫齋，知余明年重宴鹿鳴，賦詩寄賀，異邦人亦知此舉之榮，是可喜也，次韵酬之

白綾詩一紙，紅映晚來霞。詩以白綾寫之，寄到適薄暮。急向窗前看，摩娑兩眼花。回首六十年，故交遼海鶴。余甲辰同年無一人矣。碩果幸而存，經霜猶未落。但享清貧樂，甘爲寂寞人。石帆山下客，八十有三春。余明年八十三矣，放翁詩云「石帆山下白頭人，八十三回見草春。自愛安閒忘寂寞，天將强健報清貧」，詩全用其意。待坐月邊舟，重探天上秋。嫦娥如見問，舊事記吾猶。

君已過元宵，吾儕方餞歲。君寄此詩在癸卯正月人日，余接此詩在壬寅十二月十五日，於日本則爲正月二十三矣。遥望海東天，白雲竟安在。

小除夕，忽有人踵吾門，持洋泉十三售余《全書》一部而去者。此事不足異，在今日則可異也，賦詩紀之

西株東昧滿乾坤，吾道悠悠孰與論。經術文章總塵土，山厓屋壁付兒孫。誰知輟業方投筆，忽有懷金來叩門。付與時人莫輕睹，殫心著述詔書存。余今年奉有「殫心著述」恩諭，敬刻卷端以志榮幸。

除夕口占

餞歲辭年又一遭，不辭團坐共兒曹。位叨子婦孫曾上，壽比韓蘇李杜高。詩卷安排新草稿，酒痕濡染舊綈袍。麥丘故老今誰是，八十三翁亦自豪。余明年八十三矣，《新序》云麥丘封人年八十三。

癸卯編　春在堂詩編二十

癸卯元旦試筆

臘鼓聲中已是春，立春在初八日。喜聽檐鵲噪清晨。八旬耄壽零三歲，四海詞林第二人。翰林前輩尚有四川伍肇齡嵩生先生一人，亦癸卯同年也。敢向虞庠充庶老，且歌周雅作嘉賓。今年恩準重赴鹿鳴筵宴。吾孫能否重持節，再趁軺車一省親。

又成一律，命孫曾輩和

春在堂前笑語同，衣冠濟楚到兒童。迎祥先掃去年雪，送喜還占元旦風。十八歲猫依案下，家畜一猫，十八年矣。五千里鳥畜籠中。籠中二鳥，陛雲從西蜀携回。紅箋大吉新開筆，余每年以紅紙寫「元旦開筆，百事大吉」八字。隨意吟詩不必工。

糊塗圓

煮豆極爛，搗之成泥，和之以糖，揉粉作團，如龍眼大，合而瀹之，名糊塗圓，先大夫嗜之，故春盤必以薦。

糊塗宜小事，借作粉餈名。遂使浮圓子，翻成骨董羹。粘而風味在，忽突語音更。羊棗昌蒲歜，年年歲歲情。

正月初三夜，寢不成寐，意甚苦之。寅卯之際，始矇矓欲睡，若有十許人雜沓而來，疊呼曰：「與汝糕吃。」果有物如糕者送至余口，余驚而覺，則夢也。旦而語人曰：「此殆吾之病魔乎？」二兒婦曰：「不然，糕者，高也，來報喜耳。」戲賦一詩

豈借題糕賦早春，莫知俶擾究何因。膏薌不助方生氣，皋某難招欲去身。楚楚羔裘雖適體，鼕鼕鼛鼓太煩神。翻勞兒婦來相賀，鼎足高升戲老人。

正月初五夜，小兒女迎紫姑神，戲作

街鼓鼕鼕欲二更，閨中游戲趁新正。雖然未值蘇夫子，《東坡集》有《仙姑問荅》，載仙姑《謝臘茶》詩云：「如今復有蘇夫子，分我花盆美味嘗。」仙姑即紫姑也。也許相迎何麗卿。如意佳名應領取，宜男吉兆最分明。皆盤中所畫所書也。只愁難副乘軺望，「放」字連書總不成。問陛雲能放差否，連書三「方」字。

夜夢讀昌黎《祭田橫墓文》，於「雖顛沛其何傷」句下爲增四句，曰：「彼漢家之陵寢，亦衰草與斜陽，感千秋之俱盡，夫何憾乎興亡？」覺而異之，以詩紀之

篇删其章章删句，孔子讀詩有此例。若不議删而議增，玉石雜糅吁可異。昌黎文起八代衰，傋瞀陋儒焉敢議。乃以讛語羼其閒，四句六言字廿四。楚存凡亡付達觀，項蹶劉興直閒事。可使田横五百人，千載九泉一破涕。韓公讀此亦欣然，文章有神來把臂。授我胸中丹篆文，長我精

神益我智。大雅褊迫無委蛇，使我掎摭補其義。塗改《清廟》《生民》詩，點竄《堯典》《舜典》字。

光緒二十九年正月八日立春，是日甲子，於五行屬金，於二十八宿遇奎，是謂甲子金奎，文明之兆也。曾孫僧寶生甫三十七月，然已五歲矣，幸遇良辰，遂命開卷讀書，以詩紀事

喜逢日吉又辰良，笑挈曾孫上學堂。一歲春朝新甲子，九天奎宿大文章。更兼金水相生妙，僧寶於亥年生。能否聰明比父强。記有而翁前事在，陛雲於同治十二年二月十五日上學，亦金奎甲子也。尚期無負舊書香。

余八十歲時，曾戲作「老而不死」文一篇，多至二十八股，長至一千四百餘字，頗傳誦於時。未幾而功令廢時文，余亦不復有作矣，印本猶在，慨然書後

八十衰翁思湧泉，興酣落筆走雲烟。大違功令一千字，雄殿時文五百年。此調竟成《廣陵散》，從今永絶伯牙弦。王楊盧駱當時體，能否江河萬古傳。

女婿許子原自松郡來，賦贈

一水吴淞易往回，即今相聚又蘇臺。莫將舊事廿年問，且喜新正十馬來。邵武府彭佩芝，陛雲妻弟也，擬元宵前後來蘇，兩太守故戲云「十馬」。寂寂曾無鐙可試，匆匆又報印將開。時已迫開印之期，故即擬回松江。元宵春在堂前酒，悵我衰慵未及陪。元宵春在堂小飲，止命陛雲侍坐。

子原有和詩，疊前韻酬之

五馬行春第一回，君去秋到任。黄堂清望本烏臺。君由御史出守。鄉園且喜浙西近，宦轍還期吴下來。頗望君調守首郡。西崦頹陽憐我晚，東軒舊館爲君開。館之於東軒，君舊所館也。外孫出拜猶嬌小，風草詼諧未許陪。

阸亭侍郎用胡笑山觀察韵，與月汀將軍、藝棠中丞往復唱酬，辱以見示，因四疊其韵報阸亭，兼質諸公

騷雅前盟孰與尋，欣聞笙磬奏同音。韓蘇才調當今少，孔李交情累世深。余與諸君子皆有年世誼。酒社招邀慵不赴，余不赴人招飲二十五年矣。詩城突兀怯難侵。惟應夙負推敲興，且借吟箋寫寸心。

試將舊事一追尋，譜入巴人下里音。簪笏光陰抛去久，湖山緣分結來深。曾無花向豪端吐，早有霜從鬢畔侵。回憶兒時鐙火好，年逾八十有童心。

而今不計尺和尋，領取泠泠弦外音。未擬南樓陪庾亮，豈煩東觀召樊深。已驚世局垂垂變，一任年華冉冉侵。慚愧聖明猶鑒及，半生著述枉殫心。去年奉有「殫心著述」恩諭。

胥母門邊樹百尋，飛來威鳳吐祥音。西陲秋色廉車遠，謂笑山觀察。南國春風幕府深。謂月汀、藝棠兩君。燈下試拈佳句讀，簾前未覺峭寒侵。一箋寫付阸亭叟，敢與良工鬥匠心。

前詩甫寄，賸之以詩，五疊前韻

眼前詩境不須尋，豈學黃鸝巧弄音。好在性情都坦率，無煩辭句太艱深。夏正將過十三月，《春秋元命苞》：「夏人以十三月爲正。」即謂建寅之月。唐韻同拈廿一侵。泉下莫教亡婦曉，暮年詞賦劇勞心。事見《春在堂詩編》卷四，皕亭前日曾言及之。

皕亭於「尋」字韻已十三疊矣，因再作四首，合前成九疊，鼓衰力竭，不成詩矣，姑博群公一笑

八十三翁懶檢尋，候蟲時鳥自成音。若遵功令詩當廢，無奈吟情老更深。迭奏宮商方是樂，大鳴鐘鼓不爲侵。諸君麗藻先春發，抵得梅花數點心。

底須覓覓又尋尋，天籟由來本有音。氣盛不知雲夢大，思幽未覺武夷深。孟郊自笑吟偏苦，王粲須防貌易侵。《酉陽雜俎》云：「今人謂醜爲貌寢，誤矣。《魏志》：劉表以王粲爲貌侵而體弱。」幾句吟成髭幾斷，難言詩筆雜仙心。

度來斗室不盈尋，自吐蒼蠅蚓竅音。舞恃袖長難見善，汲忘綆短苦求深〔一〕。興高儼報師三捷，腹儉如逢歲大侵。好在不論工與拙，本來王績號無心。

仰望詞壇十二尋，自然正始有遺音。何期星宿千源富，亦取蹄涔一寸深。疊韵須知賡即續，《說文》以「賡」爲古「續」字。失眠豈誤寢爲侵。「寢」、「侵」古通，《易・謙卦》「王用侵伐」，王廙本「侵」作「寢」〔二〕，郘亭因作詩失眠，故戲及之。幸叨詩國附庸列，願比春秋蕭大心。

天氣驟暖，有一蚊飛至案頭，隨手斃之，既而悔焉，懺之以詩

蠉動蜎飛得氣先，居然栩栩到人前。生機容易雖堪喜，世路艱難劇可憐。微物何嘗非佛子，多情方許作神仙。從今舉手須留意，養取胸中浩蕩天。

〔一〕綆，原作「緶」。
〔二〕本，原作「木」。

王餘魚

王餘魚與鱠殘魚異。鱠殘者，《博物志》云：「吴王江行，食鱠有餘，棄於江中流，化而爲魚，長四寸，大者如箸，猶作鱠形。」余謂此魚即銀魚之大者，故亦有銀魚之名，今吴中銀魚極多，此吴王之説所自來也。王餘則比目之别種，《吴都賦》云：「雙則比目，片則王餘。」注云：「王餘魚，其身半也。俗云越王鱠魚未盡，因以殘半棄水中爲魚，遂無其一面，故曰王餘也。」今此魚在蘇罕見，而杭州則多有之，蓋出錢唐江，此越王之説所自來也。《臨海異物志》云：「比目魚，亦稱箬葉魚，而杭人呼王餘，亦曰箬魚。」則其爲同類明矣。今年春，偶於吴下得食之，爲賦此詩。

雙爲比目片王餘，古語流傳信有諸。化作半人應姓習，妝非全面竟成徐。若呼箬葉形還肖，儻唤銀刀譽轉虚。兩事相同吴越異，登盤莫誤鱠殘魚。

書王古草先生七十壽詩册 先生名本，字慕陟，山陰人。

鑾書爨字滿人間，正始餘音不可攀。誰料風檐開巨册，尚留古道照塵寰。古草先生越中秀，遭逢景運真稀遘。乾隆三年戊午春，正值先生六十壽。是年三月詔臨雍，闕下千官濟濟從。躬預圜橋觀聽列，蒼顔皓首一章縫。詰朝駕御太和殿，亦復隨班來覲見。紅雲深處御香濃，草野小臣同舞抃。從兹聲望滿金臺，荏苒年華七十來。輦下諸公齊介壽，花箋五色一時裁。至今留得詩箋九，磊落大名皆不朽。莊有恭、張廷玉、劉綸、齊召南、周長發、沈德潛、陳德華、梁詩正、秦大士。狀元宰相各成雙，張、梁兩相國，莊、秦兩狀元。又有詞科人某某。劉、齊、周博學鴻詞。古香古色好收藏，嘉道咸同歲月長。三度回環花甲子，百年變幻小滄桑。記得文宗初御宇，臨雍鉅典臣親睹。忝列詞曹侍從班，大昕同聽堂前鼓。事在咸豐三年。五十年來事變多，江湖一老獨悲歌。舊游空憶長安道，後事真成無定河。此册無端入我手，儼如揖讓群公後。前輩風流尚可追，升平景象焉能又。古有名臣獻壽篇，曾邀著録在文淵。後人讀此休輕睹，想見熙朝全盛年。

蒙古喀喇沁王名貢桑諾爾佈，號樂亭，從京師托六橋都尉寄紙來，索余書「夔盦」二大字

喀喇名王雅意多，時時毳帳問東坡。一箋寄自燕臺客，兩字傳之鴞諾河。見《元史》。境内已聞興教育，王於境内廣設學堂。尊前更復喜詩歌。王能爲詩。惜無千里明駝足，去看夔盦景若何。

送孫兒陛雲還朝覆命

檐牙霽色曉來佳，又向春風動别懷。歸里已逾三月假，趨朝待覆四川差。憐余白髮衰彌甚，盼爾青雲事更諧。此一聯承用辛丑年送别詩意。幾度保和金殿試，老夫望眼幾回揩。此次入都，散館、考差、應經濟特科，凡三預試。

咏自行棕人

摶土爲人，剪棕爲足，翦紙爲衣，置之盤中，擊其盤，則自能行走，各執器械，如戰鬥

狀。花農於京師琉璃廠買得十六枚寄贈。

剪棕爲足紙爲衣，蹀躞而行不用機。巧似棚中牽鮑老，輕於盤内舞楊妃。鴛鴦對對皆成耦，螻蟻團團大合圍。每二枚爲一耦，然并置盤中亦頗可觀。博得兒曹都聚看，終朝鼜鼛鬧房幃。謂盤聲也。

戲以菜花數枝插瓶爲玩

四野黄雲萬頃寬，阿誰曾作折枝看。筠籃買到錢無幾，瓷斗栽來花一般。大可風流成韵事，豈惟粗糲佐儒餐。魚鹽版築多奇士，老死何人薦芷蘭。

次韵陳小石漕帥清宴園三異

并蒂蓮

來自瑶臺第一成，憐憐兩字稱嬌名。玨雕却配娉婷質，鯈戲應聽唼喋聲。喜見紅衣新合舞，可知白水舊同盟。自聞文晁聯嘉耦，對此盈盈倍有情。唐大曆中，有女子晁采以蓮子贈鄰生文茂，墜一於水，花開并蒂，其母即以采歸茂。事見《全唐詩》。

并蒂蘭

澧沅幽伴遠來尋，空谷雙傳金玉音。燕姞春宵宜共夢，茂陵秋客不孤吟。倘隨桂棹鷗成隊，若入瑶琴鶴和陰。難得同心同臭味，何辭千里訂朋簪。

并蒂菊

一從陶翟東籬隱，又閲秋風幾歲華。處處耦耕開老圃，人人同壽祝名花。孤芳難釀重陽酒，雙萼偏開五柳家。莫被荆公笑零落，兼金鑄就此黄芽。

德清諸同鄉以余重宴鹿鳴，爲本朝二百數十年所未有，宜懸匾明倫堂，寄紙乞書，因爲書「重宴鹿鳴」四字，每字方二尺，書成賦此

昔歲親書鼎甲三，戊戌年，余孫陛雲得探花，吾邑鼎甲全矣，鄉人屬余書「狀元」、「榜眼」、「探花」三額懸明倫堂。已將嘉話播鄉談。承恩再赴賓興宴，題榜重煩老學庵。未必講堂增焜燿，自憐病筆欠狂憨。諸君相看休相笑，更有誰人此事堪。今歲重宴鹿鳴者不下七八人，然親書此榜者，余之外恐未必再有

人也。

贈日本兩九十翁，各次原韵

蕭然心迹兩無塵，留得清閒百歲身。往日雪泥休更問，再看明治十年春。待其國明治四十六年，則君百歲矣。

右贈雪爪先生姓鴻氏，雪爪其名。

如此遐齡即是仙，至今詩酒尚陶然。記曾齒冢留佳咏，我與湖山舊有緣。

右贈湖山小隱名長愿，湖山其氏。

寄題日本金洞仙史三岳莊，用原韵仙史姓金井，名之恭。

占盡名山秀，烟雲處處通。新居三岳下，謂富士、筑波、日光三山也。舊夢卅年中。日本明治初，曾倡義勤王。留得豪情在，還將勝事窮。穹碑高百尺，焜燿海天東。聞其工書，爲其國大久保公書神道碑，每字盈尺，尤爲偉觀。

贈日本蓄堂生結城琢，即次其元旦詩韵

料峭春寒不出庭，一箋飛到子雲亭。祖孫同拜瓊瑶賜，封面并署余祖孫名字。篇牘能傳月露形。何幸書來天外雁，儼如風聚水中萍。誦君元日諸佳什，詩格知非宋四靈。

楊古醖大令妻張淑人六十壽

自從詩廢《蓼莪》篇，不復生辰啓壽筵。大令自丁内艱，七十生日即不受賀。却爲閨中揚淑德，故從海内索吟箋。先生年已七旬後，淑人花甲初稱壽。略遲爛漫十年春，剛在清明三月候。昔年絳帳聚菁英，收到蛾眉女學生。誰料金釵當日贄，便聯玉鏡異時盟。從此同心又同德，豈僅蘋蘩供婦職。須知花縣撫循功，半出蘭閨匡助力。烽烟擾擾逼龍游，依舊焚香對茗甌。仗此安閒兩鶼鰈，掃開蠢動萬蚍蜉。宣平小縣魚軒莅，一琴一鶴隨夫婿。夜寢親將藥碗調，大令時宰宣平，卧病數月。晨窗還共官書議。即今六十未華顛，蘭玉成行滿膝前。武達文通森在側，鸞章鳳誥降從天。長、次郎君皆文官，三郎以都閫候選，故淑人得請三品誥封。不才愧乏安期棗，惟祝劉樊同不老。《霍國夫人歌》一篇，移頌君家翁與媪。余近有《霍國夫人歌》。

題蘭陵江女史《西樓遺稿》

女史名憙，字湘芬，江霄緯庶常之女，年二十二，未嫁而卒，有詩一卷、算草一卷，合題曰《西樓遺稿》。

數理精微聖代開，閨中亦復擅奇才。疇人傳補葛王沈，謂江寧葛宜、常熟沈綺、江寧王貞儀也，意本女史詩。再補文通愛女來。

聰明本是世間無，不厭詳求到六觚。嘲橘也存圍徑數，有《嘲橘》詩云：「圍祇三寸弱，徑止一寸强。」切瓜便是割圓圖。有句云「切瓜便作割圓看」。

趨庭更復學爲詩，不是尋常鞶帨詞。説兔論猫都有意，待從集外更搜遺。有《蓄兔説》、《猫捕鼠論》未刻。

才命相兼自古難，此才留與後人看。千秋兩卷《西園集》，壓到前朝葉小鸞。

静山制府德壽自粤中來書，乞書名刺兩字，即書付之，媵之以詩

昔年投刺到行窩，曾爲寒家却病魔。己亥秋，二兒婦大病，醫者進方，躊躇未敢用。公適至，兒婦見名刺

喜曰：「吾病瘳矣。」竟服是方，果愈。今日大名鎮蠻越，行看萬里靖干戈。愧無銀管一枝在，奈此金甌兩字何。請作柳家盈丈押，長留奇迹映巖阿。宋時柳應辰自作名押，長丈餘，刻巖石間。

向子振太守贈二白兔，賦謝

籧篨載到即時開，博得衰翁一笑哈。却好卯年逢卯月，先生爲聘卯君來。竟日商量位置難，樊籠太窄枳籠寬。何當帝釋親分付，好向冰輪借廣寒。《西域記》云：帝釋化一老夫，向狐、猿、兔乞食，狐、猿皆有所獻，兔獨無有，投身火中自獻。帝釋憫之，寄之月宮，月中之兔由斯而有。

咏日本櫻花日本村山節南所贈。

曾爲櫻花一賦詩，在乙酉年。即今又此對瓊枝。楊家妃子芙蓉面，姑射仙人冰雪肌。且喜繁英仍爛漫，自憐老眼轉迷離。舊時持贈人何在，獨坐春風有所思。從前寄贈櫻花者，井上陳政子德也，其人死庚子之變。

題宋養初侍御絶筆後

侍御名承庠，華亭人。光緒二十七年七月二十一日，洋兵入京城，侍御於是夜三更仰藥死。臨死有遺筆一紙，與其同寓章、雷二友。其孤樹基乞題，爲賦此詩。

自熄康梁焰，群情望中興。升平空想像，變故又頻仍。總被浮言煽，誰能外侮膺。帝城雙鳳闕，烽火照觚棱。

先生中夜起，涕淚滿衣裳。慘淡漏三下，從容字數行。孤忠懷二聖，後事付同鄉。早告家人輩，臨期有主張。其年五月十七日，君有書至家，云「急難時我自有主意」。

留守飛章入，朝廷鑒苦衷。卿班登四品，時論配三忠。吕鏡宇尚書以徐大司馬、許少宰、袁太常爲比。旅櫬歸程遠，豐碑墓道崇。乾坤存正氣，婦豎拜英風。

我一頹唐老，聞風亦肅然。昔曾題儷句，余聞君訃，即書一聯挽之。今又讀遺箋。名繼夏陳後，光騰峰泖邊。魯公有銀鹿，儻許共流傳。君有僕趙升，與之金不去，仍扶櫬回南，是亦可嘉也。

余素不工書，而求書者頗衆，殊不可解，疲於筆墨，倦而賦此

平生最拙是臨池，强應人求愧轉滋。一字庵名留韎鞨，蒙古喀喇沁王屬書「夔庵」額，蒙古乃韎鞨之遺種，見《圖書集成·邊裔典》。數行經訓付禺夷。日本學堂每每乞書講堂直幅，余輒書經語應之，如《易經》「君子體仁」四句，《孟子》「居天下之廣居」一節之類。或說日本爲古禺夷地，以禺、郁、倭三字通假證之，似可信。綾文纔寫尚書刺，粤督德静山尚書屬書名刺二字，唐人名刺有以綾爲之者，故有綾文刺之名，見明張萱《疑耀》。石墨還題宰相碑。時爲李文忠公書神道碑額。只有八旬舊開府，憐余衰病勸余辭。任筱沅中丞見過，謂余凡人求書者可勿應。

郎亭侍郎以尊甫小樵先生遺像屬題，感懷舊事，爲賦長歌

我少時從先子游，六年同泛毗陵舟。主人客籍寄吾浙，每因試事來杭州。主人汪樵鄰先生，休寧人，時寓常州，其子弟皆浙江商籍。同學少年人五六，汪氏兄弟叔姪三人，君與令弟格甫皆其族也，并余則六人。租得運司河下屋。晝飯常横并坐肱，夜眠亦抵聯牀足。三八欣逢別饌期，《漁隱叢話》云：「兩學公厨例於三八課試日設別饌。」可知今三八文期本於宋也。互矜拙速與工遲。朱莊共訪湖邊墅，時有朱氏於湧

金門外新闢一莊，花木亭臺極盛，時往游之。今莊已廢，而尚存朱莊名。施社同游橋畔祠。寓左近有施將軍祠，即宋時施全也。君雖比我十年長，不礙詼諧相謔浪。笑君語語帶吴音，君口操吴音，汪氏昆弟每以爲笑。戲我人人呼副榜。余時已中副榜，同人每戲呼余爲副榜公。此事分明在目前，悠悠六十有餘年。不惟舊雨都零落，并覺浮雲盡變遷。令子翰林官少宰，歸到吴門今數載。出君遺像屬題詩，笑貌聲音真宛在。當時城外好門閭，延月軒中坐讀書。君家在姑蘇城外，有延月軒，此圖即名《延月讀書圖》。燕麥兔葵重過訪，風亭月榭總成墟。我亦臨風一回首，湖山景物全非舊。舊夢成烟不可尋，流年逝水安能又。先生有子振家聲，今歲曾孫喜又生。只我白頭談往事，蕭蕭風木不勝情。

黄鸞曲

余去年《西湖雜詩》云：「抛開手版即袈裟，一十年前王克家。」爲理安寺僧燈裕作也。乃其姓名皆誤，其人實姓黄名鸞，今據其來函，并采陳蘭洲大令説，爲作此歌，以存其真，且正吾誤。

抛開冠蓋即蒲團，一入空門歲月寬。蒼狗白衣人事變，誰知當日有黄鸞。黄鸞家住南昌府，鶴嶺鸞岡舊游所。不惟家世習儒書，亦且姓名登仕譜。皖公山色最清嘉，此地曾經駐倅車。窮倅一官長落寞，偶然乘興到京華。京華喜有賢昆在，乙丑進士黄俊。郎署星高光皠皠。因而提挈入金門，宫漏遲遲隨衆待。其時拜舞滿班聯，恭值慈禧萬壽年。遥認儀容黄閣老，近瞻風度玉堂仙。謂常熟公及錢唐吴子修太史。臨别阿兄深有意，皖山皖水都無味。兩浙屏藩天水公，借他盈尺階前地。手持尺素又南來，屢叩朱門總不開。兩浙人才多似鯽，豈能異地更求才。無聊閒作西湖客，山色湖光兩清絶。多時醉夢忽然醒，一笑從前吾計拙。乃從昭慶拜雲谿，雲谿乃昭慶寺主僧。明鏡菩提賴指迷。昔日官場稱别駕，此時山寺作闍黎。錢唐太史來禪室，相見居然尚相識。長安棋局竟如何，世事真堪長太息。天水尚書最可憐，氅纓盤水送歸泉。白衣元老歸來日，也向空山泣暮年。郭郎鮑老無非戲，螻蟻王侯渾不異。去來今事不須提，水火風災行且至。我亦邯鄲夢醒人，久知浮世了非真。聞君高蹈滋吾愧，還是拖泥帶水身。

送陳筱石侍郎巡撫河南

正仗漕艫鎮上流，時方爲漕運總督。又移使節到中州。昔年虚拜旬宣命，前年曾拜河南布政使，未赴。今日真爲河洛游。底柱勛名駕張李，唐張鎬爲河南節度使，以功封南陽郡公；李光弼爲河北節度使，以功封臨淮郡王，皆即今之河南巡撫也。梁園賓客盛枚鄒。惜余未克從公去，去看巢痕無恙不。

王居士碣歌

王居士碑新出土，金石諸家目未睹。此碑名碣實非碣，大類石幢兼石柱。石有八面，各廣尺許，長四尺許。徐子示我新拓文，謂花農。文字完善不待補。王君世系出王喬〔一〕，黄老家言受之祖。祖名海，好黄老術。晚年踪迹慕林泉，壯歲聲名滿庠序。方將進士貢明廷，翻以賓僚入王府。徐王元禮神堯子，貞觀六年移封徐。四年庚寅君始生，羅綳繡被啼呱呱。君卒於開元二年，年八十五，當生於貞觀四年庚寅。辟召何乃及童稚，揆之年齒殊難符。康王俎謝子茂立，君年應已四十餘。元禮於咸亨二年薨，謚曰康，子茂嗣立，計君年四十三矣。學成名立出而仕，翩然來曳王門裾。徐王尊禮稱先生，必已儼然一丈夫。若其尚在康王世，計年未合先生呼。康王年齒不可考，然其居王位五十年，則其長於王君幾二三十歲。天門中丞精考古，得無於此稍粗疏。胡中丞跋謂王君所事即康王，殊誤。嗣王繼立雖無道，敬事先生不敢藐。先生曲意與周旋，苦口挽回應不少。《禮》有《坊記》《詩·

〔一〕系，原作「係」。

甫田》，即是先生諫疏稿。均見碣文。無如内行已虧傷，禄位安能百年保。未幾奉詔入京師，雖未明言事可曉。必其逆迹已彰聞，朝廷意在申天討。招君共載君力辭，張翰秋風見幾早。碣載君之言曰：「張翰、嚴陵斯可已矣。」存神養壽終天年，竟與汾陽同壽考。郭汾陽卒年亦八十有五。夫人張氏小九齡，亦復齊眉俱到老。夫人張氏，卒於開元五年，年七十九，溯其生在貞觀十三年，小於君九歲。先生有子子四人，人人守璞全其真。季子慎貞仕於釋，竟以巾鉢當朝紳。碣云：「慎貞仕釋爲沙門。」以出家爲仕，亦奇。墓碑即其所建豎，可知忘世非忘親。作者一僧其名邈，文章古雅無纖塵。題額書丹出一手，翩翩筆致如有神。碣末署名云：「并府北崇福寺沙門邈文并書兼題額。」文則隸書，題額及署名皆篆書。額書有唐古處士，古故通用非無因。額云「唐古處士王君之碣」，古處士即故處士也。關雎黄鳥物不類〔二〕，齊桓管仲人不倫。古人得意可忘象，下筆不怕俗士嗔。碣文引「生我父母，知我鮑子」作「成我鮑子」，并以爲齊桓語；又云「翩翩黄鳥，君子好仇」，即用《詩・關雎》篇意。何意王居士塔外，又得見此希世珍。唐顯慶時《王居士磚塔銘》，明末出土已殘缺。此碑近始出土，尚完善。王居士諱公，太原晋陽人，此王處士諱慶，上黨黎城人。王公王慶兩處士，太原上黨真比鄰。我作長歌紀大略，儻附此碣傳千春。

〔二〕 雎，原作「睢」，下注文同。

立夏日，支竈於庭，掃葉爲薪，以米和蠶豆，又碎切肉及筍合煮成飯，飯熟聚餐，謂之吃野飯，鄉俗也，賦詩紀之

南郊迎夏等迎春，野飯年年學野人。敗葉枯枝隨意拾，泥爐土銼一番新。清泉任淅矛頭米，活火憑燒車脚薪。倘仿七家茶故事，還將庚癸乞比鄰。吴俗，立夏日乞左右鄰七家茶葉煮茶飲之，免兒童疰夏。野飯之意亦是如此，故吾鄉亦有乞鄰米煮之者。

陳六笙方伯奉護理川督之命，寄詩賀之，仍用其軍中紀事原韵

新開幕府舊明經，公以拔萃起家。千頃洪波老更澄。閫外風雲歸使節，案頭滋味尚書燈。揮將赤白軍前羽，掃盡青蒼境内蠅。此日浣花光景好，應馳吉語報觚棱。

無須魯鼓與枸戈，好自搴厓大小峨。公善書。朝野傾心朝作督，軍民伏地共呼波。蜀語尊老人曰波，見《吴船録》，公年七十七矣。鬚眉自覺猶非耄，詩酒何妨尚有魔。我寫濤箋寄夔府，余寫此詩即用公所贈薛濤箋。可容一曲附《鐃歌》。

光緒癸卯科會試，四川中額十四人，及榜發，而吾孫去歲典試所得士實居其十，不可謂不盛也，以詩紀之

去歲秋闈歲在寅，吾孫奉使到峨岷。正愁玉尺衡量誤，又值金科律令新。是科廢時文，用策論。
且與同看夔府月，不知誰占鳳城春。今朝檢點題名録，十四人中得十人。

題沈越若庶常《鸞簫集》

沈越若庶常乙未館選後，乞假歸娶，彙同人所贈詩而刻之，曰《鸞簫集》，因明宋景濂送張翰林歸娶詩有「紫簫吹月夜乘鸞」句也，讀而艷之，爲題四絶句。

玉堂歸娶最風華，數百年來能幾家。記得前明傳盛事，會元霍與狀元花。明洪武開科狀元花綸，正德九年會試弟一霍韜，然皆非翰林也。

同朝媲美豈無人，洪武時張萬曆陳。洪武時，張宣雖翰林而非科甲，萬曆丁丑進士陳泰來則非翰林。

最是梅村吴祭酒，明倫堂上洞房春。吴梅村崇禎辛未一甲二名，歸娶，於明倫堂成禮。

聖代爭傳史與潘，溧陽史文靖，吴縣潘文恭。中間尚有老袁安。隨園居士。如今數到東陽沈，月夜吹簫更跨鸞。

我讀《鸞簫》詩一編，幾回艷羡幾流連。他年再赴瓊林宴，便請重開合巹筵。

送月汀將軍還京

敢云交紀又交群，六十餘年意自殷。桂苑叨陪先相國，余與令伯文靖公同年。柳營得揖上將軍。宦游仍訝清如水，君歷任封圻，宦橐蕭然。時局休驚幻似雲。惟願湖山來坐鎮，白蘇堤畔再逢君。

余孫陛雲童試第一，鄉試第二，殿試第三，今散館第四，胡笑山觀察以詩來賀，有「元亨利貞」語，兩疊韵報之

吾孫僥幸屢成名，疊見佳音出鳳城。當日忝曾分鼎足，須知鼎即籀文貞。《説文》云：「籀文以鼎爲貞。」

經濟科開又隸名，陛雲又將應經濟特科。珷玞豈敢望連城。倘容第五橋頭過，否則何妨六曰貞。

送陸春江方伯赴署漕督任

帝命藩臣鎮上游，錦帆細雨送輕舟。屯兵正是周淮浦，轉漕仍稱漢酇侯。酇字從師古讀。旌節連翩從此始，園林珍重爲君留。漕署有清晏園，陳筱石帥改名留園〔一〕，以此缺請裁，而仍留也。花間三瑞應無恙，擬共平原再唱酬。陳筱石漕帥去年有《清晏園三瑞》詩，一并蒂蓮，二并蒂蘭，三并蒂菊。

豫撫陳筱石中丞過蘇見訪，并以詩贈，次韻酬之

金符玉節朝天去，却爲衰翁枉駕來。原唱云：「特爲先生買棹來。」情話欲將尊酒叙，征程已被簡書催。欲留一飯，以樞廷有信來催，故不果。小園未盡流連意，大局全憑幹濟才。見説明廷求治急，

〔一〕陳筱石，「石」字原闕。

應煩妙手佐鹽梅。時論皆期君入贊軍機。

筱石又以留别清淮詩見示，即次原韵送行

長淮千里被棠陰，忽動離愁不自禁。帝以封疆需重任，臣憑河岳鑒微心。小民悉索愁懸磬，中土膏腴易播琴。想見隨車甘雨遍，不煩父老再呻吟。

送君此去到天津，珍重長塗觸熱身。已見頻繁頒節鉞，行將密勿贊絲綸。晨曦丹陛承新命，夜雨黄扉慟故人。謂榮文忠公。好布朝廷寬大政，康衢擊壤總堯民。

中外翱翔歲月寬，即今聲望動長安。趨朝未覺天閶遠，時駐驛頤和園。假館何嫌婿水寒。擬借住許氏宅。待赴兩河新使宅，未忘三輔舊居官。君曾官京兆尹。皇州風景今奚似，再向銅駝陌上看。

唱罷《陽關》第幾聲，不辭一再和先生。自慚地主殊疏闊，但祝天衢總坦平。膝下聊携小蕭願，時携曾孫僧寶出見。人間已算老虞卿。尚煩傳語吾孫曉，幸勿傷君相士明。陛雲承君保薦特科。

徐孝子詩

卓哉徐孝子，名職，諸暨人。至行人難侔。但盡無方養，不作有方游。讀《論語》「不遠游」章，謂：「游不游，當體親意。」日侍母之膝，夜居母之樓。樓居養親，足不下樓者數年。母或有不樂，笑語常咿嚘。母或有小疾，焚香露叩頭。爲母封厥股，爲母舐其眸。有目疾，爲舐之。爲母執梳枇，爲母洗厠牏。有親故慶弔，無旦夕淹留。晨出騎騾行，暮歸放騾休。畜一騾，有事他出，朝乘之出，暮必乘之歸，不逾一宿。小齋曰日省，賓客來綢繆。名理談程朱，詩句聯韓歐。忽聞母一呼，雙袂登時投。倘佯頤園中，年年春復秋。依依烏巢内，不知有王侯。頤園、烏巢皆築以奉母者。體母之遺愛，族黨無弗賙。遵母之遺命，善舉無弗修。爲母表苦節，上達十二旒。爲母卜吉壤，踏遍東南州。未葬不釋服，麻衣如蜉蝣。此亢今所希，迥異恒人儔。鄉里重其孝，環向臺司求。天子嘉其孝，詔書下所由。建坊表門閭，貞石工雕鎪。方今人閒世，風俗亦小偷。天性日以漓，異喙鳴啾啾。卓哉徐孝子，至行人難侔。我爲孝子詩，敬待太史輶。

胡效山觀察賜曾孫僧寶文房珍玩，賦謝

携得曾孫出草堂，憐渠塗抹未成行。俗書姑托郭祥正，今小兒所書「上大夫」二十五字，宋時已有之，白雲禪師曾舉示郭功甫祥正。楷體難摹姜立綱。明時《百家姓》、《千字文》諸書皆命姜太僕立綱寫刊，謂之姜體書，取其字畫端正。桂府尚宜供面具，蘇家豈合譜文房。重煩長者殷勤意，分付鄒婆好與藏。

六月三日姚夫人生日焚寄

歲歲年年酒一尊，今年此日却堪論。蘋蘩佐祭悲無女，去年此日，長女猶來助祭。霄漢飛騰喜有孫。陛雲以翰林應經濟特科，取一等第八名。英簜可能重秉節，桑蓬會見迭懸門。陛雲妻妾皆懷任。秋風星使詞曹出，倘許追尋舊爪痕。

余孫陛雲應經濟特科，取列一等第八名，賦此志幸

聖朝經濟特開科，兩試彤廷不厭苛。欲上逼陽須至再，得留矍相竟無多。第一場取數甚寬，共

一百二十七人，覆試極嚴，止取二十七人。瀛洲縹緲猶堪到，二等十八人。邛阪嶙嶒豈易過。一等九人。僥幸吾孫叨第八，遂教躐席上鑾坡。有旨記名，遇缺題奏。

自踏名場廿載寬，自甲申年初應縣考始，今二十年矣。居然十度試金鑾。自舉人覆試，至今應特科，保和殿考試十次。文壇奪得三重席，進學第一，中舉第二，殿試第三。仙鼎燒成六一丹。進士覆試一等，殿試一甲，朝考一等，散館一等，經濟特科第一場及覆試皆一等。祖德休忘留處遠，吾家科名皆先祖南莊公所留貽，屢見吾詩文。國恩須念報時難。翱翔雲路非容易，寄語吾孫子細看。

陛雲舉第二男志喜

夜半聽啼聲，牀頭鐘再鳴。自鳴鐘適二擊。剛逢庚伏盡，是日出伏。喜報坎男生。暑夕添涼意，是夜頗涼爽。嘉辰錫令名。以其生於六月二十七日，乃萬壽慶賀期內，故取乳名曰慶賓。朝來傳紫電，送喜到燕京。是日即由電報告知陛雲，詩重二「喜」字，喜不嫌重，勿易也。

答夫己氏

自慚言行只硜硜，聽爾申申意轉驚。管幼安惟貞素履，王夷甫竟誤蒼生。力微難作中流柱，味淡甘爲太古羹。不幸虚名盈海内，爲功爲罪任人評。余從前曾貽浙撫廖穀似中丞書云：「將來必有兩種議論，一謂曲園三十年來造就人材不少，一謂兩浙人材盡敗壞於曲園一人之手。」不圖今日果有斯言。

日本村山節南以所製韵字糕見贈，自「一東」至「十五咸」，其數三十，賦詩謝之

粉餈五五儼成行，五枚爲一列。製到「删」「咸」字字香。韵譜何妨用平水，食單大可佐重陽。層層燦列同群玉，一紅一白相間。片片匀排似截肪。其形方。多謝東瀛仙客意，來將詩膽試劉郎。

七月晦，相傳爲地藏王菩薩生日，家家然燭於地，計家中人年齒若干，則然燭若干，香亦如之，俗例也。余曾爲譜《燭影摇紅》詞，今又戲賦此詩

玉露金風幾度忙，草堂花徑十分凉。今年不乞天孫巧，此夕還燒地藏香。冉冉年華聊屈指，摇摇燭影自成行。秋來又抱曾孫一，添得清烟一縷長。

咏不倒翁

麥熟頭低黍熟昂，休嗤此老太頹唐。不同黄胖游春險，更比朱衣點首忙〔一〕。大可呼爲强項令，雅宜配以踏摇娘。何人學得翁頑鈍，笑對春風舞幾場。

〔一〕首，原作「音」。「朱衣點首」，典出《侯鯖録》，據改。

余有一猫，畜之十八年矣，忽然而死，悼之以詩

不是仙猫亦是仙，誰知數盡竟難延。移來京國三千里，丙戌年得之京師。養到貧家十八年。但覺形骸久消瘦，浪誇毛色尚新鮮。近來每日啖以猪肝，毛色頗好。虬龍高冢無須築，黄耳青衣共一阡。舊有婢死，買地葬之，後有獺犭八犬死亦埋於此，今猫亦瘞焉。

浙闈將次揭曉，由布政司行湖州府檄委烏程縣教諭徐君志芬持中丞聶公名柬來蘇，請余重赴鹿鳴筵宴，余以衰老謝不能赴，賦詩志感

六十年前爪印消，不堪霜鬢久飄蕭。賓筵莫副承筐意，軍府翻勞折柬招。浪説衰翁猶矍鑠，敢陪嘉客再逍遥。閒官勾當閒公事，虚費胥江往返橈。

浙撫聶仲方中丞、浙藩翁小山方伯又以電音來請赴宴，亦以電復之，再賦一詩

吴下年來閉户居，巾箱綬笥總生疏。余在吴下杜門不出一年有餘矣，客至概以便服見。青雲未合陪新進，紫電徒勞到敝廬。衮衮諸公虚勸駕，皤皤此老久懸車。惠耆小録親編纂，也算名山一卷書。時余輯《惠耆録》一卷，紀重宴之事。

鹿鳴之宴，余以衰病謝不能赴，又由布政司行湖州府委員齎送銀花二枝〔一〕，銀爵杯一具，祇領之下，敬紀以詩

八十衰翁老柏塗，宅加切。偶因年例拜休嘉。黄封許飲上尊酒，白首叨簪御賜花。鄭重官符行郡國，便蕃恩禮到山家。異時尚有瓊林燕，能否重邀異數加。

〔一〕齎，原作「齋」。

九月二十四日，亡女絑裳生日也，女婿許子原適自松江移守蘇州，於前一日接印，爰於郡齋營奠，余聞之，感賦二絶句

自汝云亡廿載餘，二十二年矣。喜看夫婿守姑胥。木蘭堂上風光好，鶼鰈無由得共居。

今日剛開愍忌筵，古人以身後逢生日爲愍忌，見元《秦王夫人施長生錢記》。一門裙屐集聯翩。謝家最小偏憐女，兒女成行繞膝前。其弟六女即余孫婦，亦兒女成行矣。

題明人曹桐丘先生鏷《乞食兒謡》并《圖》

自鄭俠《流民圖》後，繼之者有明楊東明之《河南饑民圖》，萬曆時所上也。乃今讀先生此《謡》，觀先生此《圖》，作於嘉靖三十四年乙巳，則在楊東明之前矣。其《謡》既詞旨辛酸，其《圖》更華墨慘淡，使人生惻隱心。鄭、楊之《圖》不可見，此宜長留天地閒矣。其所上大中丞丁公乃丁汝夔，按《明史》本傳，嘉靖中巡撫應天。考《職官志》，巡撫應天等府一員，嘉靖三十三年以海警移駐蘇州。先生進此《謡》，正其移蘇之明年，故云「下車訪求民

隱」，情事正合。丁公雖不善其終，然在當時亦一名臣。《傳》云「正德十六年進士」，距先生於成化二十九年成進士已二十九年，真老輩矣。海警方殷，加以饑饉，又承老成人苦口指陳，未知能有實惠及民否。先生十三世孫贊明寶藏遺墨，乞題於余，率書數語，并題二絕句。

一曲長謡已可悲，重煩老筆寫流離。溯從鄭俠流民後，又見先生畫乞兒。

自是桐丘世澤長，至今後裔總書香。披圖更爲前朝歎，堪歎當時丁大章。丁汝夔與陳九疇等同傳，史臣贊語頗有惜詞。

題日本鈴木蓮岳《塔澤山莊圖》

箱根山高高插天，山中處處流温泉。塔澤一泉尤清漣，此泉出自慶長年。彼國年號距今二百餘年。後遭洪水流仍湮，鈴木先生此卜廛。俯見平地生清烟，從而扣之流涓涓。依然氣得春之先，乃構精舍臨溪前。草堂花徑相鈎連，平橋横亘如虹懸。先生徙倚朱欄邊，孺人稚子隨其肩。下逮鷄犬皆怡然，嗚呼先生人中仙。

題長興鍾偉맨先生家書長卷先生名明遠，國初人。

聖世龍興日，群藩騷擾時。先生持大節，當代未深知。試取遺書讀，還將舊牘披。何須韓吏部，許遠本無疑。

初作惠州守，争看惠澤流。瓜分俄鄭氏，先生守惠州，海寇鄭氏入犯，逆藩割惠州與之，乃懷印入省。匏繫又廉州。旋移守廉州。莽莽豺狼窟，凄凄狴犴囚。守廉，適祖澤清叛，被執不屈，劫其印去，囚之於桂林。臨刑發高唱，九死免刀頭。賊帥欲殺之，臨刑賦詩自若，賊異之，竟不殺。

甫幸身離獄，俄聞疏達天。傳忠毅疏請褒叙。臣躬無刓缺，吏議太拘牽。吏議以不先投呈格之，傳寫又誤「呈」爲「誠」，事乃益晦。已届古稀歲，因歌歸去篇。樂山亭在否，世澤至今延。晚年隱居不出，築亭曰樂山。

賴有蘭臺筆，蔣丹林總憲跋語最精。千秋得定評。亂時容失印，蔣謂劫印事不必諱。歸日豈投誠。蔣謂公未從賊，何待投誠，部文「誠」字必「呈」字之誤。墨迹今猶在，丹心久更明。牛腰一長卷，永鎮故障城。

郘亭侍郎傳述藝棠中丞之意，以余重宴鹿鳴，欲製扁以贈，賦詩辭之，即以陳謝

一曲霓裳奏大羅，天教此老又婆娑。倘援學士覃溪例，再待三年丙午科。翁覃溪先生乾隆壬申恩科進士，嘉慶辛未科即應重宴恩榮，先生願遲一年以甲戌科重宴。若援此例，余應在丙午科矣。

鹿鳴舊韵叠苹蒿，衰朽何堪異數叨。聞説同年韓比部，力辭此舉意囂囂。癸卯同年韓叔起比部弼元本年應重宴鹿鳴，聞其力阻公呈，竟未奏請。

老夫意興亦衰慵，竟未輕舟赴浙中。想自頻羅庵主後，賓筵罕見白頭翁。吾浙自梁山舟先生重宴鹿鳴後，又得七人，而後至余，然以余所聞七人中，如湯文端公，如張中翰應昌，如李侍郎品芳，如孫學士鏘鳴，皆未親赴也。

開府清新已有詩，中丞和余二詩，甚佳。敢叨妙墨耀楹楣。願君留取如椽筆，他日爲題有道碑。

月汀將軍以重九日用杜韵詩寄示，依韵酬之

緯武經文韋孝寬，閒招親故共尋歡。不妨暫落龍山帽，未必長懸神武冠。大樹威名猶在望，重陽風景尚非寒。相期勉紹黄扉業，謂文靖相國及文端協揆〔一〕。好與江湖老友看。

丁厚庵名椿榮，諸暨人，道光癸卯科武舉人，官至平陽左營守備。光緒癸卯，例得重赴鷹揚宴，而科停宴廢，因奏準歸入鹿鳴宴，洵異數也。余幸與同宴，又聞其明年正九十矣，賦詩賀之，即以爲壽

玉詔新頒罷武科，尚餘嚄唶舊廉頗。因將猛士《大風》曲，并入嘉賓《小雅》歌。正惜同年儕輩少，欣聞異數聖朝多。惟憐我轉頽唐甚，不是詞場老伏波。

聞君束髮戰黄巾，戎馬崎嶇廿載身。刀下不輕戕一命，所至紀律嚴明，不妄殺一人。濠邊何止

〔一〕　協，原作「掛」。

活千人。守衢州時，城外難民環而求入，哭聲振地，君冒軍法，開城納之。于公種德真無算，翁孺封侯定有因。轉瞬期頤登百歲，引年又得拜恩綸。

臘八日，藝棠中丞親送「重宴鹿鳴」匾額懸挂寓廬，是日也，鼓吹填門，簪纓滿坐，亦盛舉也，薄治一樽，率呈四律，聊酬雅意，兼述鄙懷

鄉舉重逢六十年，君恩再赴鹿鳴筵。浙中已費嘉招意，浙省先委員來請，又發電音敦勸。吴下還教盛事傳。楊子生平甘寂寞，余曾以詩辭。翟公門巷忽喧闐。樂知堂上人争看，户册輝煌四字懸。

中丞坐鎮闔廬城，折節論交最有情。同譜叨陪先相國，余與文靖相國同年，故中丞執世誼甚謙。寄居亦是一蒼生。竟煩濡染親題額，更感聯翩共署名。同列名者，胡效山觀察、任筱沅中丞、汪郘亭侍郎、潘濟之太守，而余婿許子原適守蘇郡，故亦與焉。頓使衰翁縈舊夢，儼如金榜叩柴荆。

怡園東望路非遥，迤邐迎來吴苑橋。是日中丞以下諸公先集於顧氏怡園，然後送至余寓。坐上大羅仙聚集，街頭軟繡仗飄摇。游龍流水前驅盛，志渭臣、文幼峰、吴薌硯、應季中四太守爲之先馬。野鶴閒雲故態驕。今日居然扶病出，布袍朱履舊豐貂。余近來見客率以便衣，是日已爲盛飾矣。

老夫疏懶異尋常，自杜門來與世忘。一甲榮歸無賀客，余孫以鼎甲假旋，不受賀。八旬耄壽不稱觴。往年余八十生辰，扃門不見一客。承迎勉副諸公愛，灑掃平添幾度忙。手挈曾孫同下拜，算伊生日小排當。是日曾孫僧寶生日。

嘉平十二日皕亭招余孫陛雲爲其從孫賢耆入塾破蒙，賀之以詩

鳳雛嬌小試清聲，特召吾孫酒一觥。忝與前科充榜眼，宋時一甲第三名亦稱榜眼，詳見趙雲崧《陔餘叢考》。好爲來歲破年盲。明年首尾無春，俗稱盲年，忌入學，故於年前預行之。萬宜樓迥圖書府，君藏書處名萬宜樓。五世交深車笠盟。時携曾孫僧寶偕往，與君家訂交五世矣。惟願異時小兄弟，翺翔連步到蓬瀛。

程貞女詩

貞女，江寧人，生十五歲，許嫁上元周爲鈞，爲鈞卒，貞女執前約仍歸於周，以賢孝稱，年二十九而卒，嗣一子殤，其兄先甲來徵詩。

貞女姓程氏，許嫁周氏子。未嫁而周死，天乎奈何此。一章。耶娘語阿女，汝勿徒悲哀。爲汝擇佳婿，爲汝求良媒。二章。阿女語耶娘，兒既以身許。生則周氏人，死則周氏鬼。三章。乃造周氏門，乃登周氏堂。是日風凄凄，白日無輝光。四章。夫婿渺何所，惟有栗主在。抱之而成禮，麻衣扱地拜。五章。舅姑語新婦，汝志良堪嘉。不以生死異，奈汝青春何。六章。新婦語舅姑，生死誓不負。冰霜兒有心，井臼兒有手。七章。女事其舅姑，一如事其親。舅姑視新婦，亦若掌上珍。八章。女昔在母氏，割股療其父。女今在夫氏，又爲翁割股。九章。既爲夫氏謀，巨細無弗周。又爲母氏謀，户牖同綢繆。十章。父母既考終，諸弟亦成立。心與力俱盡，無何女亦卒。十一章。是在戊戌歲，閏月暮春天。女生廿九歲，歸周氏十年。十二章。天地之正氣，國家之貞教。名教之幽光，閨闈之奇操。十三章。厥弟曰先甲，好學能文章。乃爲闡其微，乃爲揚其芳。十四章。舊史氏俞樾，感而爲之賦。賦詩十五章，凡章皆四句。十五章。

醉司命日，𩛿亭以温州蠶豆見餉

朔風豈是浴蠶天，何處青青豆莢鮮。君説來從九鳳嶺，温州有九鳳山。我疑彼有八蠶綿。煮成自是偏宜粥，買到須知不論錢。記得老彭曾見餉，冬瓜臘日也登筵。彭剛直曾於臘月饋廣東冬瓜。

代曾孫銘衡賦謝藝棠中丞

欲賦高軒謝不能，如何嘉貺竟頻仍。新頒錦服猶藏笥，又賜金錢托買燈。背諷詩篇慚未熟，命背諷唐詩。面承辟咡喜難勝。他年困學粗成就，百尺龍門儻許登。

賀毓亭侍郎納妾

春風新賦定情篇，老去檀奴尚放顛。博得朝雲呈瓠齒，坡仙真個是髯仙。君多髯。

見説家依婿水旁，雙林曲巷一條長。君兩娶吴夫人，皆居雙林巷，姬家亦在此。遥知系出仙人後，五柞山人本姓方。姬方姓。

聽徹沈沈玉漏遲，晚妝燈下最相宜。蘇州太守真無賴，投轄留賓到亥時。是夕，蘇州太守招飲，君亥刻始歸。

蘭房换去舊桃符，射覆藏鈎總不孤。明歲西湖春水裏，畫船同載有清娱。君每歲必至西湖。

毁譽

毁譽人間本是空，悠悠任彼去來風。腐儒豈是王夷甫，有鄒嶔貽書，言余文章學術誤盡蒼生。羸老原非郭令公。門下士陳蘭洲大令言，余乃文壇中郭汾陽。聽彼呼牛與呼馬，化吾爲鼠又爲蟲。但求萬斛中山酒，醉到天元甲子中。

甲辰編　春在堂詩編二十一

甲辰元旦

乍雨還晴景物暄，屠蘇在手欲何言。甲辰猶是前鄉貢，前甲辰，余舉於鄉。庚戌真成老狀元。臨平市丐王老人嘗呼余而言曰：「爾當作狀元。」時余已罷官歸，一笑置之。乃光緒癸卯會試後，翰林認啓單出，則庚戌下止余一人姓名，老人所謂狀元，豈謂此乎？噫！丐其仙矣。抛去歲華難捉搦，拈來詩筆欠騰騫。一年一集頻年事，壬寅、癸卯兩年，各得詩一卷。此例今年儻許援。

藝棠中丞次韵賜和，叠韵酬之

幾日微寒幾日暄，已欣春入鳥能言。銷磨世慮憑黄老，唱和詩篇仿白元。我是寒螿宜伏處，君如威鳳正高騫。相期勉紹韋平業，君先德爲文端協揆。多少蒼生待手援。

中丞來詩有海濤島霧之歎，因再疊前韻

海濤島霧變涼暄，豈止西鄰小有言。幾見兵氛銷渤澥，惟聞恩詔逮黎元。水犀軍未平時練，金翅船從何處騫。見説貪狼芒角盛，天弧在手試爲援。

藝棠中丞三疊韻賜和，亦三疊韻報之

浪傳吹律早回暄，時立春已半月矣。懷抱悠悠再一言。人道先生如甫里，自憐朝士尚貞元。春蠶已覺絲將盡，病鶴難期翅再騫。欲叩戟門仍未果，不辭禿筆爲君援。

四疊前韻贈胡效山觀察

先生杖履得春暄，仕宦匆匆口不言。自有遺音追正始，更將舊事話開元。君贈余《八旗文經》五十六卷，内多本朝掌故。登龍望重人争附，君在京師，門下士甚盛。鳴鶴聲高子共騫。謂令子志雲觀察。

惟爲君家悲大阮，竹林未許再攀援。余與令叔迪甫明府同年，久作古人矣。

五疊前韵贈𨛍亭侍郎

西小橋邊草色暄，君家在西小橋。賓朋滿坐聽高言。君客甚多。笑將乃瀏請，去聲。嘲王導，《世説》「何乃瀏」之「瀏」，相承讀平聲，然劉孝標注云：「吴人以冷爲瀏。」而《集韵·四十三映》有「瀏」字，楚慶切，冷也，亦云吴語，則此字可讀去聲也。君善吴語，故云。戲以于思誚華元。君多髯。宛轉嬌鶯啼恰恰，君新納姬人。婆娑老鶴舞騫騫。萬宜樓迴藏書處，君藏書處名萬宜樓。在上高高未許援。

六疊前韵自贈

曲園草木未成暄，花不能言我欲言。且守庚申過暮歲，預籌甲子到天元。依宋王裕説，再八十年爲天元甲子。海魚未必長跳蕩，山鳥何妨自翥騫。余已飄然將出世，或如柳下尚堪援。

藝棠六叠韵見示，報以七叠，殊有鼓衰力竭之歎

晨窗把筆趁晨喧，一寫花箋四百言。七叠韵共三百九十二字，四百舉成數耳。但願兵端銷九海，好從歲首慶三元。兒童喜有新詩至，曾孫僧寶喜告曰：「撫臺又有詩來矣。」老朽慚無逸興騫。力竭鼓衰君莫笑，右枹不敢再爲援。

前詩至七叠韵，意已倦矣，而皀亭此韵多至八叠，讀之鼓興，因亦八叠前韵

八九初交候更喧，是日交八九。興來語語又言言。精神敢望衰中健，世運須開貞下元。草木經春猶未發，蚊虻得暖已能騫。適一蚊飛至。詩成餘勇還堪賈，未向强鄰去乞援。

與家人夜話，九叠前韵

燈前團坐夜仍喧，婦竪追隨共笑言。世系難稽俞跗始，相傳俞姓出俞跗，余考之未確。生年還溯

道光元。余生於道光元年。浮生已分泥塗老，舊夢休從霄漢騫。久擬敖游人外去，爾曹何事苦扳援。

滬上以日俄戰事摹繪成圖，閲之惻然，十疊前韵

偶一披圖慘不暄，蒼生刼運那堪言。魚龍噓氣連濛汜，烏兔韜光入混元。鐵甲船高驅浪立，紅衣礮猛挾風騫。茫茫天地無情甚，佛出須知不可援。

韵至十疊，可以止矣。然第十首不足結束諸篇，十一疊韵以爲之殿

七人八穀總晴暄，坐對梅花可與言。簾内婢携小鴉角，余晝坐書齋，家人輩以余病後，遣小婢隨侍。囊中錢貯大龍元。時官鑄龍元錢。枯豪不惜千枝秃，妙緒還憑一縷騫。隨意唱酬皆入集，吴中舊事不須援。余疊韵詩多不入集，是以有《吴中唱和集》之刻，今諸詩即附元旦詩後，故不别出也。

皚亭於「暄」字韻竟至十三疊，因十一疊報之，此後當不再疊矣

老來方寸尚餘暄，槃澗幽人獨晤言。敢望金錢賜高嶺，《宋史》，高嶺年八十四拜左補闕致仕，賜錢十萬。但期酒食奉曾元。木蟲食字真成蝨，寒鳥投林未是鶱。《説文》：「鶱，從鳥，寒省聲。」但取其聲，不取其義。疊韻詩終作廋語，三之胡又四之援。《考工記·冶人》云「胡三之，援四之」，玆但取三四字作十二耳。

正月十三日上燈，聚兒童十數人，各執花燈，盤旋春在堂，亦頗可觀，賦詩一笑

老夫意興故蕭然，偶傍元宵略放顛。綠炬紅釭相掩映，燭奴燈婢共回旋。一堂兒女小游戲，五色魚龍大曼延。《西京賦》「是爲曼延」，注音去聲，然《魯靈光殿賦》「軒檻曼延」自讀平聲，當可不拘也。更有銀花開火樹，金沙玉礫滿庭前。是夕又放花爆。

艮宧小坐曲園東北隅室。

尋春到艮宧，小坐最相宜。掃葉粗通路，扶花特補籬。盆魚紅韎韐，籠鳥碧琉璃。兩鳥碧色，淺深相間。不覺流連久，怡然忘我衰。

驚蟄前一日曲園看雪

等是園林雪，春來便不同。萬花將吐艷，一白與争雄。奪盡楊枝緑，收回杏蕊紅。昨朝當此際，雷鼓正隆隆。昨日大雷。

正月十八日大雷電，十九日大雨雪，藝棠中丞示《聞雷》詩二律，次韵酬之，首章答聞雷，次章咏雪

人間正苦蟲蟲熱，前數日熱甚。天上俄傳虺虺吟。此日一聲起平地，異時四境足甘霖。收回庭院炎歊氣，聽取雲霄咳唾音。畢竟震方生意暢，豐綏可慰使君心。

去歲冬暄微有雪，今年春早已聞雷。素娥暫出還扃户，十八日雷雨後已見月矣。青女重臨不待媒。《淮南子》云：「青女乃出，以降霜雪。」是青女兼主霜雪。世人習讀李義山詩句，遂若青女專主霜者，非也。作賦人仍梁苑去，尋詩客又灞橋來。祥霙一樣皆堪喜，六出花看五出開。世傳臘雪六出，春雪五出。

聞雷看雪和胡效山觀察

雄雷初鼓蕩，快雪又飄摇。送去仙人謝，謝仙乃雷部中火神。迎來相國蕭。南唐時酒令，借雪合古人名，徐融云：「明朝日出，争奈蕭何。」鳴聲虓音訢。甫息，戰勢龖音沓。方驕。兩日分冬夏，問天天苦遥。

却助幽人興，新詩次弟成。忘言逢雪子，《莊子·田子方》篇：孔子見温伯雪子而不言。點將到雷横。明季《東林點將録》有插翅虎雷横。莫再瀌瀌降，休輕虓虓鳴。關心民事重，既喜又還驚。

送從孫同奎游學西洋

一經世守又農桑，百有餘年祖德長。吾道無端開别派，爾曹相率走重洋。風霜閱歷窮荒地，眠食商量保衛方。八十四翁衰已甚，恐難再見汝還鄉。

齋前有竹數竿，柏樹、桂樹各一株，吾歲寒三友也，贈之以詩

一自夭桃謝，舊有桃樹，萎謝久矣。添來竹數竿。桂深陰密密，柏老勢丸丸。以此爲吾伴，相依共歲寒。呼爲三老友，晨夕與盤桓。

成都洪元白孝廉子英，乃余孫陛雲典試所得士也，自蜀赴汴應禮部試，迂道吴中來見，贈之以詩

飈輪正擬走哼哼，迂道吴中款我門。莫悵朝中無老輩，在朝諸老無一爲余前輩矣。且欣門下有曾孫。明人以門生之子爲門孫，見《都公談纂》，若吾孫之門生，則當爲門曾孫矣。迢迢桂籍逾三世，君曾祖肇東先生爲先大夫嘉慶丙子同年，而君伯叔曾祖中，又有爲余道光丁酉同年者。忽忽萍蹤欠一樽。轉瞬曲江開杏宴，去年盛事好重論。去年會試四川，額中十四人，而余孫門下得其十，都下頗以爲盛。

春分日，采緑梅花七朵瀹湯飲之，云可辟疫

窗下兒曹笑語嘩，瓷甌手進錯疑茶。如何天上小團月，化作仙人萼緑華。道是春分宜此飲，不知年例始誰家。老夫一哈聊從俗，疢疾消除氣力加。

效山和余艮宧詩，殆未知吾園之陋也，疊韻曉之

室東北曰宧，名艮固其宜。小小兩間屋，低低一道籬。軒窗欠丹雘，詩句愧琳璃。且喜新開霽，寒威此稍衰。

使人展季碩女史之墓，焚寄一詩

女史蜀人，姓曾氏，名彥，張子䥽祥齡之配。詩畫篆隸皆工，且通群經大義，非尋常閨秀比也。從子䥽來蘇，與余兒婦輩皆相識。時子䥽猶困公車，食貧相守，伉儷甚歡，子䥽多姬妾，不忌也。俄以疾卒。卒後，子䥽始成進士，入翰林，改官知縣，選授陝西懷遠縣，

挈二妾之官，生二子，調大荔縣，宦途頗順。去歲亦卒，聞即葬陝西，不返蜀矣。而女史之柩尚在吴下，權寄殯房，已十有餘年。既不能歸骨於蜀，又不能合窆於秦，歲月浸久，無人顧問，私竊慮之。適李紫璈大令超瓊來知吴縣，其鄉人也，且與子皾有舊，余因與言之，卒賴大令之力，買地而葬焉，余懷爲之一慰。女史所著《虔共室詩集》一卷，高古可誦，余爲製序，子皾刊而行之。又著《婦禮通考》，尚未成書。其病中有句云「伏生老去傳經倦，擬作來生立雪人」，爲余作也。余感其意，故遣使展其墓，并焚此詩。其墓地在吴縣十三都四圖律字圩，小地名曰青石橋，地主曰吴福生，曰吴仁山。

小築佳城已半年，墳頭宿草久芊綿。門墻虚訂三生約，著述孤留一卷傳。荒冢難招吴市鶴，吟魂行化蜀山鵑。老夫不負平生意，特遣奴星送紙錢。

有以黄初玉幢求題者，審之贋也，賦此曉之

魏初佛法猶未盛，古事遥遥無可證。緇流一二出其閒，嘉平甘露見亦僅。曇柯迦邏於魏嘉平中自西域來至洛陽，沙門士行於魏甘露五年至西域取經。此幢見説出黄初，歡喜奉持不自勝。一面刻像四面文，文字逾百無破璺。世人但讀受禪碑，得此真堪兩輝映。一讀而喜再讀疑，疑其年月殊

參差。黄初元年八月朔，此語大錯非小疵。魏文受禪以十月，是月丙午初登基。黄初元年十一月，大書於史如列眉。可知十一月以前，漢家鍾虡猶未移。年則延康非黄初，帝則漢獻非曹丕。奈何於此不深考，虎皮羊質吾誰欺。或云魏初孔廟碑，亦是黄初元年立。據史則在二年春，碑文與史不必合。《晋史》豕亥易傳訛，魯鼎贋真難辨識。况兹玉色頗黝然，即論刻文亦精絶。摩挲几席自堪珍，辨論是非無乃刻。我聞此言亦自笑，刻舟求劍吾之拙。不如敷衍成長歌，於意云何請問佛。黄初孔廟碑實二年所立，碑首叙受禪事，故云黄初元年也，與此不同，姑作談柄耳。

日本白須温卿饋衛生飴，賦謝

見説慈闈遠寄將，來書云老母所寄。米津松製最爲良。題云「米津松造」，想是人名也。吹簫却近清明節，題扇争傳風月堂。售此者爲風月堂，畫月於扇爲記。妙極甘和非俗味，功資保衛是仙方。老夫藉佐含飴樂，携到曾孫與共嘗。

清明日命陛雲回浙掃墓

病餘未克拜先塋，賴有吾孫代此行。自問頹然一羸老，不知賸有幾清明。薄營祭品常年例，憑仗飈輪數日程。從中丞借小輪船自德清至杭州，期於七日而返。寄語湖樓與山館，湖山緣已盡今生。

病榻口占

使者輶軒偶此過，車前一揖竟成痾。唐春卿學使見過，送之登車，一揖之後，腰痛大作。折腰豈是陶彭澤，僂背真同郭槖駝。門外高朋來絡繹，問疾者甚多。牀頭小婢費摩挱。時遣小婢摩之。重煩幕府殷勤意，薦到鍼科與砭科。藝棠中丞薦砭科戴姓試之，有小效，又鍼科張姓，未試也。

病七日矣，書以遣悶

一病驟難差，光陰七日賒。雨聲長滴沥，春色自夭斜。枕畔頻攤卷，牀頭亂插花。客來應笑我，高卧教留茶。

郋亭極道閶門外杜三珍齋醬肉之美，適子原在坐，命從騎往購之，余笑曰：「此《西都賦》所謂『輕騎行庖』也。」率賦一詩，以存一日之興

三珍老店杜家開，吳下爭將美味推。豈我骨人堪領取，煩君肴駟特傳來。一臠乍向盤中奉，匹馬旋從郭外回。割肉正方兼得醬，何妨市脯佐樽罍。

去歲於曲園中栽日本櫻花一株，今歲僅開一朵，日本領事白須君乃以數本栽盆見贈，賦詩謝之

去歲移栽櫻樹花，今年舊幹發新芽。未堪蓬島三芝比，已較温公一朵加。敢向春風嗟落寞，難從海國鬥繁華。東瀛仙客知吾意，數本分來艷似霞。

閒事

氣血俱衰不耐勞，惟將閒事寫吟毫。杜家買到三珍肉，事見前詩。唐氏傳來萬應膏。時貼鎮江萬應膏，頗效。枯木已拚長偃蹇，困鱗猶冀暫游遨。何時仍向南窗坐，坐擁書城四面高。

郎亭贈蓮蓬蹄，賦謝

操到豚蹄信復疑，蓮房蓮實認迷離。前生本是齊公子，小步翻成潘玉兒。想見紅蕖浮水日，便爲白蹢涉波時。老夫不費荷錢買，高踞牀頭一朵頤。

藝棠中丞以荷葉餅對蓮蓬蹄，其語甚工，衍之爲詩

老來無齒似張蒼，肉味如何尚未忘。荷葉餅雖難飽啖，蓮蓬蹄幸得親嘗。幾家贋鼎功殊遜，假冒甚多。片刻仙厨候最忙。過午不售。攜得曾孫來共飯，含飴還有藕絲糖。寧波有之。

謝中丞饋食物

病卧經旬體轉虚，欣承嘉惠到蓬廬。免教曹劌食無肉，要使馮驩歌有魚。更喜清香騰餅餌，可知珍貺過瓊琚。衰翁勉爲披衣起，捫腹皤然一飽餘。

郇亭從常熟歸，饋燕來筍

君自虞山買棹歸，携來春筍數枝肥。爲言掀土籜龍出，正值銜泥梁燕飛。簇簇千株新玉槊，喃喃一隊舊烏衣。笑他旅雁秋來返，只帶紅黄媚夕暉。秋色中有名雁來紅、雁來黄者。

病懷

年衰又與病魔逢，病骨支離事事慵。四體未完牀褥債，三餐便當几筵供。晨光喜捲窗間幔，夜漏愁聽案上鐘。更苦兼旬不巾櫛，鏡中短髮似飛蓬。

高卧真堪避俗氛，尚嫌筆硯未能焚。病夫雖已送迎廢，熟客依然來往勤。鄉里小開童稚塾，郊原頻展故人墳。皆近事。更憐孝女嬰兒子，何日幽光得上聞。時爲同邑徐孝女請旌，部覆未至。

爛漫園林花幾枝，今年開否未曾知。寄來遠信教人讀，嘗到嘉肴問孰貽。憂亂怕談遼左事，消閒愛誦劍南詩。奄奄一病真堪笑，兩過歐洲禮拜期。

連日孱軀費按摩，而今已算起沈疴。幾篇洋板新平話，一具胡牀舊養和。飯不湯澆難下咽，詩非筆授易傳訛。硜硜猶執廢醫論，懶擲金錢聘華陀。

效放翁幽居述事四首

休言一病太淹淹，轉覺詩情分外添。揮麈衝開蚊聚市，搥牀打斷鼠求籤。鼠唧唧作聲，俗謂之求籤。盤中燕筍條條嫩，郎亭饋燕來筍。筐内鴉梨個個甜。花農自京師寄鴉兒梨。我本無心著游屐，不妨鎮日雨簾纖。

起來時暫卧時常，懶惰真成養病方。合眼苦調臍下息，搔頭快削鬢邊霜。不鬀頭幾一月矣，今勉一鬀之。詩成草稿都藏腹，客到茶湯即在房。最是東牀賢大守，有時一日再登堂。子原適守蘇州，時來問疾。

不須頻問恙如何，九十韶光强半過。欲便宵眠安虎子，怕驚曉夢避鸚哥。櫻花東國移來晚，蒓菜西湖采到多。一朵牡丹盤碗大，小園春色未蹉跎。園中牡丹因失澆灌，只開數朵，一紫色者甚大，兒曹聚觀，或云如盤，或云如碗。

問卜求醫枉費錢，不如高卧轉怡然。光陰病過重三節，筋骨傷須百廿天。諺云：「傷筋動骨一百廿日。」書室定封蟰户網，佛龕久斷鴨爐烟。只餘筆底花仍在，日日吟詩月月鐫。

沈子梅觀察奉命恭送皇太后御容至美國，賦此送之

海㰒駕艨艟，雲山路萬重。頒來仙絳節，送去佛金容。鵷鷺班儼恪，魚龍氣肅雍。待君歸絶域，再話壯游蹤。

許愚山同年《鋤月種梅圖》，其曾孫金樞乞題，爲賦此篇

自叨恩榜甲辰科，六十年來荏苒過。去歲秋闈逢癸卯，鹿鳴宴上再婆娑。疆吏飛章同入告，海内張周存二老。江南張午橋，湖南周笠西。牽連賤子得三人，昔日月宫今又到。張周二老竟山丘，兩君皆未及與宴而卒。碩果孤存我亦愁。誰料事徵丁卯集，又教人憶甲辰秋。汶長後人居歙浦，高資萬萬輕千户。金穴銅山一旦空，事見《右台仙館筆記》卷十三。清風留到君曾祖。君家曾祖我同年，與我同登鄉飲筵。未容金榜題羅隱，竟借青氈老鄭虔。山中一築歸真室，文彩風流都歇絶。惟賸梅花明月圖，尚存蓮社高僧筆。蓮溪上人所畫。先生携此客長安，讀畫題詩盡達官。幾人耆舊傳中見，謂朱久香、卞頌臣諸公。幾輩同年録裏看。邵汴生、杜蓮衢皆甲辰同年。劫餘圖

畫欣無恙，滿幅琳瑯人共賞。并教婦豎亦驚誇，某某狀元某宰相。謂徐蔭軒、翁叔平、徐頌閣諸公。重孫珍惜比圖球，乞我題詩在上頭。榜下當年雖隔面，圖中此日儼同游。感事懷人一棖觸，爲君寫入雲萍録。尚期勉紹舊清芬，無負梅花千樹玉。

江右女史張蕊仙佩蘭至吴求見，投詩四首，余和其三以謝之

八十四翁行就木，虚名浪竊本非真。曲園不是隨園叟，莫誤金釵作贄人。

何意紅閨亦好名，門墻争願拜先生。當年力謝劉三妹，此志硜硜未敢更。江北劉古香女史願爲女弟子，余謝却之。

平生何敢望荆州，一見元非萬户侯。願作《玉臺新咏序》，慰君積想十春秋。女史自言慕余名十載矣，求序其詩，余不敢辭。

藝棠中丞親來問疾，賦謝

幾度書來問起居，今朝命駕到吾廬。塵埃陋室邀同坐，癡小曾孫送上車。投遞詩無奴便

了，連日有詩，因寓中人少，未克送去。流傳稿有女相如。案頭適有江右張女史詩稿，公欣然取觀。自憐衰病兼旬久，好藉清風一掃除。

中丞携僧寶問讀何書，戲摺紙作斗形賜之，期望甚厚，再謝以詩

天下人才藉此量，從來斗柄屬文昌。爲憐綺歲六齡弱，特剪羅紋二寸强。欲示三隅先一舉，能周四角即中央。其形如此。只愁莫副公期望，《大學》纔完第七章。

病中有悟，歌以紀之

嗟我一病將一月，至今腰脚孱無力。地雖咫尺不能行，身必憑依方可立。徒勞虎骨與熊油，膏藥名。竟似蜂腰兼鶴膝。如何夢裏轉康强，絶迹飛行疑有翼。矯健幾與猿猱争，奔馳并可驊騮及。嗟我兩目殊麻茶，今當病後尤增加。安得金篦净刮膜，那堪銀海常生花。借光空架車渠鏡，糊目如封雲母紗。如何夢裏轉清澈，雙瞳明净無纖瑕。蠅頭竟可細字寫，蝸角不被輕塵遮。執此兩端還自問，叩寂求音莫能應。跛者能履眇能視，《易》象寓言非可信。晝夜未

嘗判兩人，夢覺何緣分二境。罔象求珠真可期，傴僂登高靡弗勝。豈真字聻爲伯明，無乃化尻以輪運。香山居士爲我言，是爲形病神不病。本香山詩意。嘗聞天地有壞時，西傾東陷誰能支。獨留者個終不壞，歷千萬劫常如斯。佛經有云：「天地壞，者個不壞。」始悟形骸乃外物，惟此真我無人知。鏡花水月有實際，天清地曠無窮期。我斯未信見偶及，狂歌忽發人毋嗤。歌成太息還就枕，目昏足弱孫扶持。

咏牡丹七言八韵二首，禁用牡丹故實，并「國色」「天香」「富貴」等字

東皇降敕領群芳，花國中稱南面王。獨占繁華春世界〔一〕，自成官樣大排當。含苞未吐争探信，重幔猶遮已覺香。舊住玉樓李長吉，新封金屋郭汾陽。憑他濃淡皆尤物，洵是神仙又艷妝。蕭寺有時偏爛漫，名園無此不風光。癡蜂醉蝶經旬鬧，寶馬香車逐隊忙。我本郊寒兼島瘦，也將錦繡换吟腸。

群芳譜内試評論，艷李穠桃孰與倫。香盛能聞千步遠，開遲全領十分春。尊榮不比齊王

〔一〕 繁，原作「緐」。

假，絢爛翻嫌石尉貧。品望高華無伯仲，文章飽滿有精神。五雲樓閣居仙子，七寶莊嚴現佛身。但覺魏公偏嫵媚，須知開府本清新。玉牌題處長留種，金剪分來遍贈人。莫惜紅顏易黄土，白描聊復一傳真。

胡效山觀察俊章收藏鄉會試題名録，會試及順天鄉試自道光元年始，各直省鄉試自咸豐元年始，亦本朝一大掌故也。余聞而美之，爲此歌以張之

聖清二百六十年，惟憑科舉羅英賢。文章八股有程式，功令三場無變遷。康熙初年廢八股，旋廢旋興卯到午。康熙癸卯、甲辰及丙午、丁未兩科鄉會試均廢八股，用策論，至己酉、庚戌鄉會試仍復八股。美哉康熙庚戌科，文貞清獻俱千古。庚戌復八股，人才極盛，李文貞、陸清獻均出是科。乾隆天子天聰明，謂詩可以觀人情。遂教官燭三條下，添出承平雅頌聲。乾隆二十一年，詔於二場加五言八韵詩一首，四十八年又移於頭場。本朝事事超唐宋，最是科場得人衆。隨陸能武灌絳文，不是祥麟便威鳳。即從近世論人材，嘉道咸同總有才。試問中興曾左李，何人不自此中來。所惜年逾二百六，未必大名皆卓犖。國學雖刊進士碑，鄉闈只刻同年録。幾家能紹舊門楣，幾輩門衰祚亦衰。當日空題天上榜，此時誰訪墓頭碑。安定先生深念此，年年搜輯題名紙。迢遥遠溯道光初，秋榜舉人春進士。兩世相承談與遷，君尊人牧卿先生創爲此，君踵成之。網羅放失意拳拳。不使姓名訛李詡，明末舉人杞縣李信，與潁州人李詡名字傳訛，余曾辨之，見《壺東漫録》及《右台仙館筆記》。何難籍貫辨張銓。明萬曆甲辰進士有兩張銓，一大名人，一沁水人，俱正月二十六日生，子女皆同。當時衒賣遍都市，更有何人珍視此。亦如歐九省元賦，一紙兩文錢而已。如今積少竟成多，裒然七十有餘科。遂使麻沙舊雕本，儼如魯鼓與栒戈。南宋流傳紹興榜，中有紫陽人共仰。誰知徐履殿蓬山，竟與文公共天壤。紹興十八年榜，朱子第五甲九十名。進士徐履，温州遂安人，因秦檜欲娶以女，廷對不答一字，故附五甲之末，亦偉人也，事見國朝葉名澧《橋西雜記》。若非小録至今存，姓氏沈埋不復論。莫道此中惟點鬼，須知所在有傳人。我聞唐代詩人杜，杜荀鶴。又聞宋代平章吕。吕夷簡。偶然試卷留人間，不啻圖書出天府。何況莊嚴千佛經，其人雖往姓名馨。上爲柱史收遺逸，下可鄉閭備典型。近來横議争相炫，春會秋鄉終不變。時論幾將科舉更，朝廷仍重衡文選。先生辛苦費搜求，鐵網珊瑚一概收。自愧俞錢門望薄，姓名四世荷存留。

余前作禁體牡丹詩，和者頗衆，今續得一章，并前而三矣，用清平舊例，三而不四

爲憐濃艷儘徘徊，八寶欄邊日幾回。每到午時偏極盛，未交辰月不輕開。奪將萬紫千紅幟，脱盡庸脂俗粉胎。妙有葉堪充幕帟，更無花敢恥輿臺。滿堂金玉王侯第，五色絲綸館閣才。蜀國美人綃帳卧，太原公子裼裘來。句留名士香三日，破費豪家酒百杯。見説喬柯能出屋，兒孫世世好栽培。

立夏後一日子原餉鰣魚

薰風昨日到庭除，正是江鮮上市初。不惜籠中失幺鳳，蓄有兩翠鳥，前兩日失之。且欣盤内得頭魚。登筵未剔鱗間甲，下箸先嘗腹内腴〔一〕。多感殷勤推食意，分來强半勝王餘。

〔一〕 箸，原作「著」。

送丁次軒太守之棫歸武清

西臺清望十年長，五馬南來鬢已蒼。却喜名區莅峰泖，方期先德紹龔黄。君先德諱浚，字禹川，官廣東新興縣。游蹤忽忽桑三宿，歸路蕭蕭柳幾行。極欲與君商出處，自憐病榻太郎當。

安徽學使紹岑學士毓隆傳電問疾，賦謝

皖公山畔駐軺車，紫電傳來問起居。借重天邊神列缺，垂詢吴下病相如。食眠頗覺都無恙，腰脚難期更復初。爲報故人堪一笑，踞牀見客卧觀書。

臨平鄉人得一龜，一身而兩首，周子雲孝廉紀之以詩，録以示余，因亦同作

吾聞龜之爲物非一族，詭狀殊形不勝録。其尾可一而可十，其目或四而或六。甚或附之以兩翼，又或倍之爲八足。惟首止一從無二，天之生是固使獨。不圖臨平鄉，乃有雙頭龜。一

腔而二首，大小無參差。伸則俱伸縮俱縮，一首倡之一首隨。投之以食則皆食，并有四目炯炯俱來窺。噫嘻乎異哉！兩頭之蛇草際行躨跜，九頭之鳥空際鳴啞咿。見之聞之驚且疑，此龜兩頭無乃亦一奇。周子作詩紀其事，我爲周子考傳記。宋大觀中曾得兩頭龜，都水使者趙霆獻之以爲瑞。云得此於黄河中，一時紛紜起廷議。有詔棄之金明池，緑波清水聽游戲。可知此物世固有，雖不爲瑞亦非異。譬如荷池開并頭，又如麥隴成雙穗。在人且有比肩民，區區一龜渺乎細。君不見，翠山䴏鳥首有二，彭水儵魚首有四。又不見，三身之國一首而三身，三首之國三頭而一體。天地之閒人固有異種，物亦有異類。漢儒災異之説不足陳，宋儒格致之學亦徒費。獨愧我非博物張茂先，乃有元緒來吾前。不勞東坡先生授我龜冠法，且爲《南華真經》補入《駢拇》篇。

或言鱘魚宜先以醬厚塗鱗甲而後蒸之，味較勝，余試用其法，分半餉子原，而先以詩

銀鱗登市已尋常，新法傳來食憲章。魚以及時思自獻，醬如不得豈爲良。從前覆瓿非無用，此後烹鮮别有方。却笑桃花潭上客，題糕膽小等劉郎。䣛亭得此法而未敢試，故戲云然。

書無錫華氏所藏明敕後

明華節愍公允誠，字鳳超，以東林黨人死國難，亦君子人也。官工部時，爲其父復吉請封承德郎，母秦氏請封太安人，至今誥軸猶在，其裔孫子隨乞題。

明亡於崇禎，實亡於天啓。駕帖走四方，奉行廠公旨。是時王言何足珍，不惟其物惟其人。偉哉節愍公，大節無淄磷。處則爲孝子，出則爲忠臣。起家官工部，敕命榮其親。藏弆三百載〔一〕，楮墨猶如新。楚弓既失而復得，冥冥阿護疑有神。我聞唐宋諸敕命，不過鈐用吏部印。改用御寶始明時，丹篆輝煌大數寸。又聞詞臣撰誥命，始於本朝康熙初。前明草草付掾吏，内制未足追歐蘇。要之其人足千古，此敕人間争快睹。不必如朱巨川誥借重顔平原，猶勝於張九齡誥連名李林甫。

〔一〕弆，原作「弃」。

朝鮮國人崔曉林時榮投詩求見，余辭以疾，次韵奉酬

何來萍水三韓客，欲結萱蘇一日歡。輕泛仙槎辭故國，重裝詩卷壓狂瀾。流連勝迹悲今古，涉歷長途耐暑寒。愧我頽唐難出見，未能共話海天寬。

藝棠中丞撫吴三載，余以世好得與周旋，今奉恩綸移權漕節，臨歧戀戀，不能無言，輒賦八章以代驪唱

家世金張重上都，頻年霽月照姑蘇。吴中襟袖留詩本，江上旌旗換漕艫。虎節頒來尊督部，驪歌唱處遍鄉閭。誰知父老謳思外，更有乾坤一腐儒。

少時僥幸到羅天，豈意追隨有大賢。余十七歲中式副榜，忝與相國文靖公同年。當日龍猪身隔絶，此時羔雁世周旋。謬勞折節雖非分，許共題襟亦是緣。何况竹林看後起，吾孫又得附同年。余孫陛雲與公從子笛樓編修爲戊戌同年。

馬醫狹巷一條長，屢見高軒過草堂。坐上衣冠皆脱略，門前旌旆自飛揚。春盤草草殊堪

愧，病榻依依最不忘。每因問疾親至余卧室。攜到曾孫纔六歲，荷衣也許拜公旁。公每來，曾孫僧寶必出見。

騎卒傳箋不憚勞，豈惟詩句互推敲。有時頒到楊家果，幾度分來段相庖。時貽珍果美饌。大字經書便幼讀，以大字本《四書》付僧寶讀。小裁衣衩稱兒姣。又製衣帽賜僧寶。聚珍聞有新鉛版，更喜吟箋可代鈔。

秋風鼓瑟又吹笙，去歲重叨賦鹿鳴。愧以衰頹陪後進，忽看光彩照前榮。筆飛墨舞楣間字，主獻賓酬席上情。早使吴儂驚盛事，一時傳遍闔閭城。去歲余重宴鹿鳴，公製扁見贈，是日群公咸集，極一時之盛。

吾孫七載忝清班，南北舟車數往還。未忍桑榆抛白髮，又難松菊戀青山。高低籬鷃都休問，進退藩羝大是艱。每荷殷殷詢出處，雲泥雖隔總相關。

千里長淮鼓吹喧，此行何計更攀轅。官居陶侃八州督，家有香山五畝園。白石赤欄橋略彴，紅蕖翠蓋水潺湲。無邊風景天留取，留取喬林待鳳鵷。署中故有清宴園，陳小石中丞改爲留園，風景甚佳，緑水紅蕖，夏日尤勝。

自顧頹唐八十翁，雲龍角逐那能同。仍思擁篲迎吴下，更盼移旌到浙中。孔李長尋先世好，韋平遠紹舊家風。臨歧無限依依意，豈僅新詩付竹筒。

讀元人雜劇

喬孟符馬致遠關漢卿王實甫各擅長，須知雜劇即文章。流傳百種元人曲，抵得明時十八房。臧晋叔云元時取士有填詞科，主司出題目，限曲調及韵，取辦於風檐寸晷之中，故至第四折，雖喬孟符、馬致遠亦成强弩之末。余讀之，頗以其言爲信。

何處傳來委巷言，儘堪袍笏演黎園。蔡邕竟是漢丞相，柳永居然宋狀元。元人《王粲登樓》劇稱蔡中郎爲丞相，又關漢卿《謝天香》劇謂柳耆卿狀元及第，真戲劇語也。

張千李萬本非真，日日登場不厭頻。只怪輕浮兩年少，一胡一柳究何人。劇中凡官府祇候人皆曰張千，如有二人，則曰張千、李萬，皆寓名也。惟有兩浮浪子弟，曰柳隆卿，曰胡子傳，既見於《崔府君斷冤家債主》劇，又見於《楊氏女殺狗勸夫》劇，又見於《東堂老勸破家子弟》劇，似非寓名，不知何以相傳有此二人也。胡子傳或作胡子轉，蓋由傳刻之訛。

嘯聚梁山卅六人，至今婦豎望如神。何來孔目李榮祖，大可遺聞補《癸辛》。宋江等三十六人，詳見《癸辛雜識》，乃元人李致遠《風雨還牢末》雜劇有東平府都孔目李榮祖，亦梁山頭目，《癸辛雜識》所無也。余意此即《雜識》中之李英，傳聞異辭，少一「祖」字，而「榮」「英」聲近，遂誤李榮爲李英。今《水滸傳》作李應，則又李英之誤也。

狙靚狐猱各鬥工，新奇頗足眩兒童。王蟬老祖桃花女，都入彈詞演義中。鬼谷子姓王名蟬，見《馬陵道》雜劇，乃悟彈詞中有王蟬老祖，即此人也。《桃花女鬥法嫁周公》劇尤爲怪誕，不知所本。明人《西游演義》以桃花女先生、鬼谷子先生并稱，明時猶傳有此語。

八洞神仙本渺茫，流傳曹佾與韓湘。徐神翁已無人識，何處飛來張四郎。谷子敬《城南柳》劇，八仙有徐神翁，無何仙姑；范子安《竹葉舟》劇有何仙姑，無曹國舅，獨岳伯川《鐵拐李》劇有張四郎，無何仙姑，不知張四郎何人也。

豈果蓬山有秘函，仙蹤踳駁甚於凡。邯鄲兩度黄粱夢，一是盧生一呂巖。邯鄲呂翁尚在純陽之前，此事人多知之。乃元馬致遠《黄粱夢》雜劇竟謂是鍾離度純陽事，夢境不同，又不言有枕，此非不知有盧生事，蓋因盧生事而謂純陽亦然。疑元時别有此一説也。

秋胡妻死千年後，更有何人知姓名。今日始知羅氏女，閨中小字喚梅英。石君寶《秋胡戲妻》雜劇載其妻姓名曰羅梅英，不知何所本也。

連環計定錦雲堂，演義還輸雜劇詳。木耳村中尋艷迹，可能訪取任紅昌。貂蟬連環計，《三國演義》中事也，乃元人《錦雲堂連環計》雜劇并載貂蟬爲木耳村任昂之女，本名紅昌，因選入漢宫掌貂蟬冠，故名貂蟬。此則并非《演義》所知矣。

流落文姬塞上笳，曾傳有妹嫁羊家。誰知更有王郎婦，留得香名是桂花。蔡中郎女文姬，人所知也，羊祜之母亦中郎之女〔一〕，知者已罕，乃讀元人《王粲登樓》雜劇，則中郎又有女名桂花，嫁王仲宣，亦盲詞俗説也。

琵琶女子姓名無，未可娟娟好好呼。元道相逢不相識，何曾知有李興奴。香山《琵琶行》偶然寄托，元馬致遠作《青衫淚》雜劇，杜撰姓名曰李興奴，謂是樂天長安舊識，真癡人説夢矣。

買臣當日困塗泥，最苦家中婦勃谿。何意忽翻羞冢案，居然不愧樂羊妻。元人《風雪漁樵記》言買臣妻之求去，乃故激勵之以成其名，又陰資助之以成其行，故其後仍完聚如初。不知何意忽翻此案也。

素口蠻腰妝點工，當年曾伴樂天翁。不圖演入梅香劇，白樂天爲白敏中。小蠻、樊素爲香山姬侍，人所共知也，乃元人鄭德輝《㑳梅香》雜劇以小蠻爲裴晉公之女，嫁白敏中，樊素其婢也，不知何據。

宋史唐書總不收，何來故事儘風流。御園妃子尋金彈，相府嬌兒抛繡毬。元人陳琳《抱妝盒》雜劇言宋真宗於三月十五日在御園向東南方打金彈，使宮妃往尋之，得者即有子，此不知出何書。又《梧桐葉》雜劇言唐宰相牛僧孺女金哥抛繡毬打中武狀元，然則彈詞小説所言彩樓招親亦有本也。

踏青拾翠儘游行，行樂隨時總有名。見説重三修褉日，當時也喚作清明。元李文蔚《燕青博魚》雜劇云「清明三月三，重陽九月九」，又云「三月三清明令節」，同樂院前「王孫士女好不華盛」。疑當時流俗相傳上巳、清明并爲一節也。

〔一〕祜，原作「祐」。

仕宦原同傀儡棚，棚中關節逐時更。偶然留得排衙樣，人馬平安喏一聲。元雜劇每包龍圖出場，必有張千先上，排衙云：「喏，本衙人馬平安。」他官亦多如此，想必宋元時排衙舊式也。

卜兒孛老各登場，名目於今半未詳。喜看徠兒最伶俐，怕逢邦老太强梁。元雜劇中老婦謂之卜兒，老夫謂之孛老，兒童謂之徠兒，盜賊謂之邦老，此等脚色與今絶異。

尋常稱謂頗離奇，數百年來盡改移。夫豈小郎偏大嫂，奴雖老僕亦孩兒。各劇中凡夫稱其妻皆曰大嫂，至奴之於主必稱孩兒，如《桃花女》劇，彭祖年已六十九，然於其主周公仍稱孩兒也。

舊本流傳校勘精，偶拈奇字辨形聲。銅鏩音茶。官府頒來重，紙⿱鈹毛音見。兒童蹴去輕。《包龍圖銅鏩》雜劇中屢見「鏩」，即「鍘」字，而喬孟符《金錢記》劇則音茶，殆因一聲之轉，隨文而異讀也。「紙⿱鈹毛子」見馬致遠《薦福碑》劇，據《帝京景物略》，字本作「鞬」，此字從金從皮從毛，字書不載，乃當時俗體也。

絶代才華洪昉思，《長生》一曲擅當時。誰知天淡雲閒句，偷取元人粉蝶兒。洪昉思《長生殿小宴》劇中，「天淡雲閒」一曲膾炙人口。今讀元人馬仁甫《秋夜梧桐雨》雜劇，有「粉蝶兒」曲，與此正同，但字句有小異耳，乃知其襲元人之舊也。

讀金溎生武祥陶廬絶句，率書六絶句於其後

生初回溯道光時，六十年來幾局棋。我比先生廿年長，一生長誦《兔爰》詩。先生於道光辛丑

年生，世變從此起矣，余生於辛巳，較長廿年，《詩》所謂「我生之初，尚無爲；我生之後，逢此百罹」也。

大千世界不虛懸，竟可乘舟到月邊。我意一千年以後，并通金水兩重天。先生詩云「果使衆星成世界，可能都作月宮游」，余亦有此説，謂不特可到月中，并金星、水星亦可到也，有詩載《春在堂詩編》十五。

紛紅駭緑滿籬東，不在泉明賞鑒中。是桂是蘭都一例，今人不與古人同。先生詩云「駭緑紛紅翻近俗，有誰古意賞東籬」，余謂不獨菊花也，今之桂非古之桂，今之蘭非古之蘭。

制詔蠲除八股文，源流討論尚殷殷。老夫不自程材力，八百年來殿一軍。先生刻黄、許、馮三先生時文，并詳論常州一郡制藝名家，有抱殘守缺之意。余曾作《四書義》二十篇，亦頗自負。未識八百年時文許以此殿之否？今寄奉一卷，祈明眼人鑒之。

移家欲向西湖住，山色湖光自可人。愧我湖山緣已盡，俞樓俞舫總生塵。先生詩云「細數平生舊游處，移家只合住西湖」，余頻年不到西湖，湖山緣盡矣，深愧斯言。

歲除莫作百齡會，秋仲須燒八字香。倘使《叢鈔》能至六，零星故事好收藏。先生云，除夕合計一家年齒，如明歲有三人合成百歲，宜使一人避之，否則三人中有一不利。又云八月八日赴八寺燒香，來生可得好八字。余《茶香室叢鈔》至五鈔而止，若作六鈔，此等零星瑣事皆可收入也。

窮秀才謡

窮秀才，吉事凶事無不來。非親非故誰招徠，無名無姓群疑猜。叩首叩首人不回，從而酬之錢百枚。有客爲我言，此亦三學中一士。蘇州有長洲、元和、吴縣三學。不知何年青其衿，遂隸學官充弟子。以一秀字冒儒流，以一窮字驕鄉里。天幸腰脚耐奔波，終日踉蹌走城市。不論喪祭與冠昏，不問張王與趙李。方千三拜意云何，阮孚百錢斯足矣。嗚呼！齊人乞食來墦間，當時妾婦猶羞顔。何意衣冠潦倒一至此，不如呼庚呼癸登首山。重爲告曰：陶靖節腰竟爲五斗折，程不識名并不一文值。勿言一哥五秀户籍向來殊，須知十丐九儒流品本無別。

京甎歌

余婿許子原知蘇州府，奉檄督辦京甎，爲此歌詒之。

宮殿用甎取之蘇，其事始於永樂初。欲識明時製甎法，請觀張氏造甎圖。明人張問之有造甎圖式。長洲縣前鳴大鼓，傳齊六十三窑户。窑户家家有祖傳，未議造甎先取土。取土務於陸墓旁，餘雖有土非爲良。萬夫畚挶運而至，其色燦爛如金黄。椎之舂之欲其細，澄而漉之細且膩。七轉得土六轉泥，摶土成泥洵非易。乃以石輪砑使平，又以木掌摩輕輕。避風避日置陰室，凡閲八月而坯成。坯成入窑懼其裂，先以糠草薰一月。片柴棵柴次弟燒，燒到松柴功乃畢。窑户隨時謹護持，文火武火無參差。十有三旬火候足，方是丹成九九時。窨水出窑白如玉，四旁背面無斑駁。不中程式悉從捐，大率十中取五六。蘇州太守吾東牀，正造京甎進上方。物勒工名垂後世，此歌願子細端詳。凡京甎皆刻蘇州知府銜名。

咏留聲機器

明人彭天錫，串戲妙天下。每串一齣戲，足值千金價。有客憶夢游，張岱著《夢憶》一卷。爲之大歎吒。彩雲頃刻散，好花容易謝。安得縫錦囊，抑或製錦帕。將此緊包裹，不使漏孔罅。悲歡與離合，嘻笑與怒駡。一一皆存留，久久不消化。持贈後之人，千秋長鱠炙。以上并《夢憶》之説。此特戲語耳，戲語固非真。乃今有奇製，出自西洋人。竟能留其聲，不啻傳其神。其下有機器，默運如陶鈞。其上有若盤，旋轉如風輪。一鍼走盤中，入扣絲絲勻。如螺盤屈曲，如蟻行逡巡。聲即從此發，莫測其何因。老夫坐而聽，須臾聲屢變。關大王單刀，楊太真小宴。

慷慨秦瓊歌，嗚咽竇娥怨。不知誰按歌，竟未與覿面。既非聲傳風，西人有德律風，能傳言語。又非報走電。頗疑彭天錫，尚於此中潛。慈艷切。雖得聞其聲，其人固難見。吾知夢憶翁，於此猶未饜。

章一山梫連捷南宮，傳電至滬，因電報書無「梫」字，借用「侵」字，譯者又臆改爲「侯」字，傳者又誤書作「依」字，余固不知也，書來詳述，喜賦此詩

淡墨標題姓氏香，南中傳寫誤偏旁。桓謙竟至訛爲謹，《晋安帝紀》「桓謙」，《孫恩傳》作「桓謹」。蔡抗須知本是杭。蔡元定之孫名杭，《宋史》有傳，誤作抗。誰謂高才無遇合，却於吾道有輝光。余不知其已捷，寄書慰之，曰：「非高才之不偶，乃吾道之末光。」將來考索如重訂，應改山堂作玉堂。

效山觀察述一夢甚奇，效山非妄語者，代記以詩

安定先生壇坫開，門墻高弟半三台。君在京師，從游甚衆，今大宗伯溥公即其一也。不圖一覺游仙夢，收到門生女秀才。長生堂上人鱗次，左右分排筵各四。一人專席坐南方，桃李春風尊主試。夢至一處，額曰「長生堂」，面南設八坐，分左右兩列，君居右列弟二；面北一坐，則主是試者也。不試郎君試女兒，不論文字只論詩。好憑庾鮑清新句，自寫姬姜憔悴姿。所試皆陽間負才偃蹇女子，如何赴試，則不知也。分到先生剛七卷，一卷裒然登首選。二十八字盡珠璣，五十六人推弁冕。君定一卷爲第一，止七絶一首，主試者總閲，亦置第一。卷面人人署願留，紅塵何事不回頭。待將凡世黄金屋，换去仙家白玉樓。卷面署「願留」二字，蓋願留人世也，不署「願留」者，别有閲卷之人。先生此夢真堪詫，我謂先生言不假。異時儻過易遷宫，春女如雲拜秋駕。只惜名籤不并呈，書名於籤，籤皆揭去。不容人識許飛瓊。君家空輯題名録，難向珠宫問姓名。君收藏累朝題名録甚富。方今功令廢詩賦，不圖天上還如故。願爲碧落侍郎官，再賞青峰江上句。

次韵酬易實甫觀察

廿年詞賦識相如，歲月滔滔信不居。豸節頒來五嶺地，龍州留得一編書。君著有《龍州雜俎》。諸公辛苦中興日，群盜縱横轉戰餘。柳下北宫都已矣，用君詩意。不禁爲子更長歔。

次韵酬魯幼峰太守

一麾五馬久專城，琴鶴歸來行李輕。江右長官新德政，吴中游客舊詩名。雪泥莫認重重迹，香火彌增惓惓情。愧我病餘空握手，未將杯酒勸公榮。自顧原非松柏姿，虚煩公等祝期頤。偶邀白髮門生坐，亦倩青衣小婢隨。余病中見客，有小婢侍側，見君亦然。多謝殷勤詢老病，不辭稠疊和新詩。未知傳婿留佳硯，珍重瓊瑶究付誰。君爲女公子相攸未定。

郘亭以馬鈴瓜十枚賜僧寶，賦謝

天馬來西域，琅琅一串鈴。摘從造父手，抛向故侯塍。鐃鐸名難借，瓊琚價培增。兒童承寵貺，兼以勖飛騰。

聞吴下紫陽書院廢，詩以歎之

昔時吴下寄琴鐏，一再春風講席温。余於同治初主講二年。白髮門生猶有在，錢君乙生年已七十。

紫陽書院竟無存。百年喬木今蕭瑟，兩地名山舊弟昆。時余與孫琴西同年分主蘇、杭兩紫陽，今皆廢矣。
小小雪泥留不得，那堪天上問巢痕。

反正體詩

章一山庶常出新意，集篆文反正如一之字爲詩，余歎曰：「方今之世，士不復知有《說文》矣，此可嘉也。」因用其體，賦七言八韵。

一閈靈臺無罣牽，空林只索扶蘭荃。竹中巾几三庚爽，室内爻間二酉全。杳杳亭皋齊入画，菁菁芔木闇生泉。高齋典册由來古，小品文章亦自圓。常要美甘留舌本，未容朱墨累丹田。森開營壘黃山谷，曲合宮商白樂天。丄策莫非宗賈董，英丰大率帶幽燕。艸堂蓂缶因旹具，茶苦薑辛不喜彝。

又七律二首

密室工夫善自閒，丹青圖画尚斑斑。美丰一半東南竹，同輩無非大小山。甘苦文章宍莫賞，崇高富貴不容我。旹而杲杲旹而雨，𦣻告吾曹早閑關。

兩三竿竹亦森森，乘興宍當共入林。丰小自甘登丁品，文工尚苦帶商音。五車美富皇王典，一曲幽閒太古琴。亭午炎炎申酉爽，不需累日雨𦣻霖。

常因合坐共商量，黨異宗同兩不當。小品尚容登米芾，大丰未必困王章。山中幽艸生空谷，天上高文貢玉堂。莫向竝旹問行輩，本來非宋亦非唐。

昔由丁士登黄甲，未入高齋扶白申。子美尚留山上笠，林宗不舍雨中巾。大開竹里天𦣻幕，小坐茆亭草當茵。吾鼎只容吾自玉，爾來言行益誾誾。

從孫同奎自印度錫蘭島佛廟買得貝多葉一片，兩面有梵字，經文甚密，不可讀，姑紀以詩

從孫遠至錫蘭島，見説曾由佛國過。喜有奇文出蘭若，惜難異種辨梨羅。三婆力已分根少，一瓣司宜索價多。我道是皮非是葉，試詢海客意云何。貝多有三種，多梨、多羅用其葉，部婆用其皮，聞葉有廣五寸者。余舊所藏及此次同奎所寄皆只廣寸許，疑其皮也。同奎以英錢一瓣司得之，不知所值幾何。

吴下浙江會館落成，同鄉諸君請署堂名，欲見浙江全省會聚於此之義，余名曰「有宜堂」，而紀以詩

三折江流曲似之，右之有與左之宜。新營高館長春巷，其地名也。特取嘉名《小雅》詩。可許美談登志乘，惜無健筆壯楹楣。余病不能書，汪郇亭侍郎書之。寓廬咫尺真相近，長願留傳共樂知。余寓大廳署曰「樂知堂」，彭剛直所書。

和日本人詩二首

梧桐葉落乍凉天，多病衰翁晝亦眠。正喜門前無俗客，忽驚海外有詩仙。先生自昔稱披褐，居士於今署樂全。鄰父酒錢如許借，遥知一醉又陶然。君有句云「好拜鄰翁乞酒錢」。

右和菊川炳文

高風陶靖節，韵事陸天隨。不惜辭官早，惟愁得句遲。烹茶携碧豎，侑酒倩紅兒。爲戀花開好，流傳五字詩。君詩「遲」字韵云「歸爲戀花遲」，余甚賞之。

右和櫻井勉

謝子原餉哈什馬

老蟆飛上天，偷吃天邊月。吴剛揮巨斧，蟆驚走還穴。無何腹彭亨，其中乃有物。吸得月之魂，孕出月之魄。金刀剖其腹，瑩然一片白。熊白自言珍，象白亦不劣。何圖此幺麽，乃竟與之埒。衛碩人膚脂，藐姑射肌雪。獺髓遜晶瑩，鵝肪輸滑笏。粤人貴錦襖，大可一笑咥。果能中韞玉，何害外披褐。戛釜瀹作羹，風味乃全别。白逾妃子乳，軟過西施舌。毒不愁鯸鮐，鮮更勝蟚蜞。昔年客津門，記曾一流歠。老病卧吴中，又得快哺啜。聞自關外來，道路劇遼闊。其名哈什馬，音義苦難譯。食譜固弗收，本草亦未列。古稱蟾蜍肪，塗刀玉可切。得毋即此物，居然充肴核。老夫老無齒，喜此不待嚙。徐偃王無筋，趙飛燕無骨。多謝賢東牀，慰我老饕餮。免勞婦豎輩，祝鯁又祝噎。

咏五霸

五霸之説不一，而近人皆宗服、杜之説，以齊桓、晋文、宋襄、秦穆、楚莊爲五霸。然成二年，《左傳》載齊國佐之言，已以「四王」「五霸」對舉，是時距楚莊之卒止二年耳，豈當遽列於五霸乎？孟子曰：「五霸者，三王之罪人也。」然則五霸自當合三代而言。趙岐注《孟子》，以夏昆吾、商大彭、豕韋、周齊桓、晉文爲五霸，其説甚是。乃愚於豕韋，竊有疑焉。《國語·鄭語》載史伯之言曰：「大彭、豕韋爲商伯矣。」此趙注所本。乃史伯又言：「豕韋，彭姓。」而《左傳》范宣子言：「自虞以上爲陶唐氏，在夏爲御龍氏，在商爲豕韋氏。」是商之豕韋氏乃陶唐氏之後，而非彭姓也，彭姓之豕韋氏已爲湯所滅矣。《詩》曰：「韋顧既伐，昆吾夏桀。」鄭箋以韋爲豕韋氏，是豕韋、大彭并夏時諸侯，至夏之亡也，與桀俱亡矣。商之豕韋劉姓，非彭姓也。史伯不辨乎此，尚以爲是彭姓之豕韋，與大彭同爲商伯，不亦疏乎？與其信外傳，不如信内傳，故以豕韋爲商伯，愚不信也。夏昆吾、商大彭、周齊桓、晉文，霸者凡四，欲求其一以足五霸之數，其周之共伯和乎。《汲冢紀年》云：「厲王十二年出奔彘，十三年共伯和攝行天子事。」《吕氏春秋》曰：「共伯和修其行，好賢仁。周厲之難，天子曠絶，而諸侯皆來歸矣。」是共伯和在當日固受諸侯之朝，行天子之事，霸業赫然可觀，或且駕齊桓、晉文而上之，列於五霸，豈有忝乎？故吾咏五霸，主三代言，黜豕韋，進共伯，以成趙岐之説。

五霸無定名，論者人人異。若秦穆楚莊，豈足伸大義。碌碌如宋襄，霸風更掃地。竊嘗綜古今，一一考傳記。共工霸九州，遐哉可勿計。在三代前，故不列。有夏昆吾一，有殷大彭二。周齊桓晉文，合之已有四。請更求其一，而使五霸備。緬昔周中衰，後幽前則厲。厲王流於彘，天子已虚位。爰有共伯和，出而承其弊。修德行仁政，一時蒙樂利。巖巖共頭山，同軌無弗至。獄訟於此聽，朝覲於此莅。一十有四年，攝行天子事。既非羿奡輩，窺竊到神器。又非徐偃王，始興而終替。以此備一霸，誰敢奪其幟。上紹昆與彭，下則桓文繼。是謂古五霸，千秋此定議。

咏十亂

武王曰：「予有亂臣十人。」十人何人？無明文也。馬注雜舉周公、召公等九人，殆不足據。至十人中有婦人，孔子之言在當時必實有所指。馬氏以爲文母，後儒又改爲邑姜，皆非也。又或改作殷人膠鬲，斯更謬矣。愚嘗考之，此婦人乃酈山女也。《史記》載申侯之言曰：「昔我先酈山之女，爲戎胥軒妻，以親故歸周，保西垂，西垂和睦。」其有功於周可見。《漢書》載張壽王之言：「驪山女亦爲天子。」則其爲一時人傑，可知矣。周初寄以西方管鑰，始得致力中原，厥功甚鉅，列名十亂固其宜也。此論吾得之已久，屢見吾文矣。今又爲詩以張之，冀此論既見吾文，又見吾詩，庶幾不泯於後世。

武王稱十亂，初不言何人。雜舉望旦輩，未必皆其真。中有婦人一，聖語必有因。後儒私揣測，擬議殊非倫。太姒與邑姜，豈可儕諸臣。或改作膠鬲，金根誤爲銀。吾生千載下，何處堪諮詢。讀書偶得之，啓發如有神。緬惟鄽山女，其始生於申。嫁爲戎王婦，非徒充嬙嬪。實具雄武略，君長其臣民。因念先世來，與周通婚姻。力爲保西垂，半壁支乾坤。周家起西土，實與西戎鄰。管鑰既有寄，邊障遂無塵。專力注中原，大會到孟津。戎衣僅一著，鹿臺焚商辛。若非鄽山女，西顧愁昆岷。是亦開國功，豈嫌幗與巾。惜乎書有閒，未見曾來賓。宣尼不歎息，奇迹幾沈淪。經生不讀史，辨論徒齗齗。吾論本史漢，非苟求其新。惟願播此論，勿使斯人泯。更願起斯人，長鎮西海濱。

余病五閱月矣，而頭目昏花，腰脚軟弱如故，只能偃仰卧室之中，每日午後使人舁至外齋小坐而已，漫賦一詩

葛布衣單竹倚輕，「椅」字古只作「倚」。兩人舁我出前榮。曾孫奉杖爲先導，小婢隨車在後

行。陶令籃輿雖有例，謝公木屐竟無聲。孔家安國如相遇，八十四齡崔仲卿。崔仲卿年八十四歲，孔安國授以丹方，遂得長生，見葛洪《神仙傳》。余今年亦八十四矣，故云。然此孔安國乃仙人，非傳《尚書》者也。

魯幼峰太守因余贈詩有「白髮門生」之句，刻一小印曰「曲園門下白髮門生」，亦韵事也，爲賦一詩

如如居士太多情，門下甘居走狗名。往年杭州駐防有如如老人者，名鳳瑞，用青藤門下例，刻一小印，曰「曲園門下走狗」。不及黄堂賢太守，自稱白髮老門生。卅年萍水回頭遠，幾字芝泥照眼明。尚有吴中錢貢父，論年君合唤殷兄。余近有詩云「白髮門生猶有在，紫陽書院已無存」，謂錢乙生孝廉也，乙生今年已七十矣。

藝棠漕帥賜寄僧寶油花一篋，賦謝

餅餌之中得此稀，居然劈理又分肌。條條渾似玉條脱，縷縷儼成金縷衣。略用鹽調鹹亦淡，飽經油炙脆仍肥。曾孫癡小還知感，遥望淮雲輿欲飛。

疊韵和日本櫻井君

海檖遥難附，吟筇儼許隨。雖殊中外朔，未覺往來遲。中東之朔不同，而與君往返唱和不一月而達。惜我年逾耋，安能齒更兒。異邦有同志，聊復和君詩。

《瘞鶴銘》爲午橋中丞題

《瘞鶴銘》聚訟久矣，自《東觀餘論》斷爲陶貞白，至今無異論，而或又疑有唐一代何以竟無一人道及。乃余觀唐儲嗣宗《和茅山高拾遺山中雜憶》詩有《巢鶴》一首云：「千萬雲間丁令威，殷勤仙骨莫先飛。若逢茅氏傳消息，貞白先生不久歸。」味其語意，似知此銘爲貞白作，故詩句云然。儲嗣宗爲大中十三年進士，則唐人已有此説矣。午橋中丞以水拓本屬題，爲賦此篇，證成黄氏之説，即質之中丞。

《瘞鶴》一銘無定論，諸家聚訟始於歐。遠之則爲王右軍，近之則爲皮日休。或云顧况或王瓚，白雲黄鶴同悠悠。自從《東觀餘論》出，一言斷定陶貞白。從此人人無異詞，華陽隱居即真逸。遂令明代張天如，編輯陶文收此石。獨怪有唐諸名賢，窮搜古迹唐之前。十鼓輦來岐山下，一碑尋到岣嶁巔。何以此石在江左，竟無片語今流傳。我乃遐稽遍唐代，居然留有一詩在。大中進士儲嗣宗，曾向華陽寄遥慨。貞白先生不久歸，珍重鶴巢宜自愛。若非得見此銘詞，何以當年有此詩。是真鐵鑄一佐證，大可贊成黄伯思。前人未見我偶及，試向匋齋一質之。匋齋爲中丞别號。

書明李忠肅公書札後

明季李忠肅，粹然一完人。官位雖顯達，仕途多邅迍。始而蹈黨禍，幾與楊左鄰。繼而肅軍政，又爲勛貴瞋。屢起亦屢躓，一死殉甲申。聖朝褒節義，謚典頒楓宸。《明史》立佳傳，倪范同玢璘。此書公手迹，疏淡含精勻。用蘇句。意氣固激烈，語句亦酸辛。二子死洪流，似爲閹黨逼迫使然，丙寅年事，乃天啓六年也。小婦化幽燐。有云城門一劫，萬辱備嘗，小婦以驚悸溘焉，不知爲何人何事，疑是崇禎二三年閒，公以兵部侍郎守城，發炮誤傷滿桂軍，爲言官論列時也。怦怦憂國事，耿耿念老親。公父廷諫時尚在。既不具年歲，名姓亦泯泯。有人題紙背，始得垂千春。書末皆云「名正具」，有人於紙背題識，姓名尚隱約可辨。書致姚文毅，文毅亦名臣。文毅即姚公希孟，字孟長。并及文文肅，即文公震孟，字文起，姚文毅之舅也。其情尤諄諄。惟有一書中，語涉温體仁。温之去相位，姚已辭世塵。語意既鶻突，考核殊難真。有一書言及温體仁之決裂，考温罷相在崇禎十年，姚文毅已下世，不知是致姚否也。所貴公遺墨，歷久猶如新。外孫王氏子，念曾，字少侯。得之京城闉。什襲遠貽我，珍重逾琳珉。其書以人重，是亦希世珍。惜止存七葉，餘者已就湮。籜石翁所見，是否猶具陳。安得好古者，爲我重諮詢。舊爲錢籜石先生所藏，先生并題記云「寄姚文毅公札」，然今止存七葉，覩紙背所記數，知所闕者已多矣。

自仲春一病，遂成廢人，約而計之，有六廢焉，各賦一詩以寄三歎

春露秋霜未敢虚，龍鍾無力拜氍毹。惟應不久歸泉壤，親向尊前問起居。

右祭祀之禮廢

送迎成例竟難援，高踞胡牀與客言。强遣曾孫拜車下，憐渠未解賦高軒。客至，或陛雲不在側，則命僧寶送之登輿。

右賓客之禮廢

趺坐須臾便不支，華陀禽戲竟安施。虎熊猿鹿都無用，只學東坡一字隨。

右導引之功廢

《金經》兩卷略能通，老病全荒誦習功。領取西來達摩意，語言文字一齊空。余曾注《金剛經》，分二卷，每日誦之，今不能矣。

右禪誦之功廢

病來足軟眼麻茶，一室幽居小似蛙。豈獨湖山緣分盡，不能再看曲園花。此余弟十卷中詩句也，病中以詩自占，適得此句，豈非讖乎？

右游覽之事廢

朝經暮史日孜孜，垂老焉能更費思。不再安排覆醬物，只堪游戲打油詩。

右箸述之事廢

魯幼峰太守襁褓中得危疾，三日不蘇，得異人鍼之而蘇，時則九月九日也，其贈公命即以是日爲生日，亦古所未有也，爲紀以詩

玉芽乍茁便成烟，幸賴神鍼始霍然。繡被羅綳重入抱，丹萸紫菊正登筵。因將户左懸弧日，移到山頭落帽天。莫是前生趙松雪，年年此會祝延年。趙松雪亦生於九月九日。

三疊「隨」字韻酬日本櫻井君

又辱瓊瑶報，儼如笙磬隨。十珠換元稹，匹錦割丘遲。敢倚吾羸老，而呼君健兒。來詩「兒」字韵太謙，故謝之。惟期傳海外，杜集附嚴詩。

光緒甲辰九月七日，得花農都下六月十日書，頗怪其遲，發視則庚子年六月十日所寄也，乃不怪其遲，轉怪其久而不失，紀之以詩

日下書傳庚子夏，吴中信到甲辰秋。五年雁足將焉往，千里鵝毛竟尚留。兵火倉皇逃劫海，書凡十二紙，言兵亂事甚悉。仙雲縹緲住瀛洲。面署南書房徐寄。一緘預爲君先兆，仍到蓬山最上頭。

花農以所臨東坡書《羅池碑銘》寄示，率題一詩

儒雅風流徐孝穆，下筆天然絶塵俗。詩歌妙似李青蓮，書法喜摹蘇玉局。閒來無事常臨

池，一緘遠寄從京師。發緘展卷奇氣出，紙上騰踔千熊羆。昌黎公銘坡公字，二妙流傳到百世。君臨蘇字如有神，此卷翩躚尤得意。我愧夙欠臨摹功，鸜哥吉了難爲工。觀君此卷三歎息，嗟君即是今坡公。

花農又寄所臨米字，亦題一詩

學蘇即爲蘇，學米即爲米。問君何能然，曰得書之髓。我聞當日米襄陽，曾與東坡共一觴。席間兩公各揮翰，得意疾書神飛揚。須臾各得數十幅，幅幅鳳翥鸞翱翔。相易持歸各大笑，謂有神助殊尋常。君身本來有仙骨，爲米爲蘇原不別。老夫戲學米顛語，笑而謂君曰奇絶。

次韻酬邢厚莊京卿傳經

亦是山林亦市城，門前車馬不須驚。且將流水高山意，來聽朱弦疏越聲。詩派本如睢涣合，騷壇豈效薛滕争。只慚不副經師望，難作他年老伏生。君來書以經師、人師見稱。

卌載吳中寄一枝，蕭然即栗與軍持。園林只占三弓地，梨棗纔刊廿卷詩。已愧支離成老病，更憐偃蹇不時宜。段陳竊比吾何敢，來詩以段懋堂、陳碩甫兩先生相擬。未克從君醉習池。余年來杜門不出，未克一訪君也。

雲間歸少蘭錦衣重游泮水，賦詩徵和，和其二首

六十年來姓氏香，而今已是魯靈光。元龍樓上豪情在，天馬山頭舊壘荒。君曾辦團練於天馬山。且喜芹芬重又擷，可知蔗味後方長。惟憐同調凋零盡，三徑難尋裘與羊。

吟箋傳寫竟忘疲，禿盡江郎筆一枝。舊稿猶留戎幕檄，君曾入軍營司文案事。新編争和泮池詩。自嗟金榜題名欠，君應鄉試，屢薦未售。我愧珠宫識面遲。君投余刺，稱蕊珠肄業生。尚幸吾孫曾邂逅，相逢正值祝釐時。十月十日，蘇郡士大夫咸集玄妙觀，恭祝萬壽，余孫與焉，得與君相見。

徐若洲先生所臨鐘鼎文爲花農題

武林舊族推徐氏，實從敬穆兩公始。君爲文穆之玄孫，是時門第稍衰矣。乃其文武懷全

才，風角奇遁無弗賅。甫見上馬殺賊去，旋聞横槊賦詩來。生平八法尤精妙，親受杉泉公口教。君父杉泉公，工篆隸。此卷雜臨鐘鼎文，斯冰復起愁難到。君有令子子曰琪，書畫曾邀天子知。裝君此卷寄示我，斑斕如對古鼎彝。杉泉遺墨今猶在，南中留作甘棠愛。杉泉公曾宰南匯，今南匯人尚有藏其墨迹者。倘蒙内府采琳琅，寶笈石渠應并載。琪也閉門手自摹，豈徒劖刻到西湖。異時重入南齋直，恭進臣家累代書。花農擬彙刻先世墨迹於西湖祠堂，題曰「徐氏一家書」。

余每日坐藤椅，使人舁至外齋，然苦人力之疲，乃於椅下施四輪焉，遇平坦處則以輪行〔一〕，稍省人力

爲憐辛苦舁籃輿，小運圓機試疾徐。道上未馳五花馬，家中翻坐四輪車。雖愁户限高難越，且喜堂涂寬有餘。若遇少游應笑我，逍遥下澤願終虚。

〔一〕坦，原作「垣」。

次韵章一山庶常西湖感舊

自别西湖久不來，春秋雅集欠銜杯。雖存楊子談經席，已换蘇家作論才。萬古江河時局變，小樓風雨我心灰。尚留舊物君知否，只有孤山幾樹梅。

題陳鹿笙方伯《衣冠巷戰圖》

壬寅歲，北方拳匪蔓延川省，八月十四日，闌入成都。時鹿笙以臬攝藩，自大府衙參回，遇賊於走馬街，即降輿督衆殺賊。輿前騶卒不及二十，人人用命，斬馘頗衆，賊皆驚竄，城以獲全，僚屬爲繪《衣冠巷戰圖》。甲辰初冬相見吴中，出圖索題。

制府轅門東西開，鼕鼕鼓罷衙參回。騶卒傳唱聲喧豗，緑輿紅繖方伯來。方伯來，與賊遇。十十又五五，裝束殊詭異。無非吃菜事魔人，白刃横行了無忌。公先一夕微有聞，燈下手書白制軍。軍府不開夜半鑰，嚴城陡起朝來氛。平明賊自南關入，走馬街頭適相值。走馬街，城中大街名。前驅喤引聲忽停，異口同聲賊賊賊。公乃降輿立道塗，頭上翠羽紅珊瑚，頷下百八牟尼珠，殺賊殺賊連聲呼。公一呼，士乃武。士奚武，公所鼓。短兵相接處，戰血飛如雨。賊顱投馬前，賊骸棄糞土。賊非死即傷，踉蹌竄狐鼠。公仍鳴騶行長街，旗槍棍槊如前排。登輿四顧無一賊，輿前高卓肅静牌。昔公出城擣賊穴，蘇灣一戰賊膽裂。公曾殺賊於蘇家灣，見邸鈔。今又殺賊城闉中，錦城安堵公之功。事聞於朝帝嘉許，稠疊綸音頒九五。已登極品尼哈番，更錫嘉名拔都魯。是歲并行恩正科，吾孫典試到岷峨。非公有此一場戰，三場文戰將如何。閫外戎容方暨暨，門前髦士仍峨峨。合將四牡皇華曲，譜入軍前《勝了歌》。公有《勝了歌》，以解散脅從。往年杭郡頻相見，今歲吴中重覿面。康强善飯勝廉頗，慷慨據鞍仍馬援。七十八齡一壯夫，如公豈得老江湖。祝公富貴又壽考，再畫衣冠盛事圖。

余止存一齒，今又脱落，送之以詩

僅存一齒已堪嗟，并此難留感倍加。縱使先生非啖肉，那堪居士竟無牙。巉巗老態都難再，齠齔童年去更遐。孤負菜根滋味好，紅綾餅餡本來賒。余重宴瓊林，尚待六年，不作此望矣。

靖園

李文忠公之薨也，詔書有「忠靖」之褒，賜謚文忠以此也。吴下專祠成，余以靖名其園，紀天語兼順輿情，蓋公之功始於戡定三吴，吴人至今思之也。

昔公遺疏上聞時，忠靖深蒙聖主知。賜謚曰忠真不愧，名園以靖亦其宜。緬懷戡定三吴日，實切謳吟百世思。從此山塘添勝景，游人争賦靖園詩。

滬上近來新出外國小説甚多，病中無事，藉以自遣

奇事傳來海大魚，居然小説仿《虞初》。譯將東昧西株字，編作南《花》北《夢》書。諷刺語言偏有味，支離事實半非虚。黄車使者周流遍，只惜隨車少象胥。閩外國小説甚多，惜無譯之者。

程母裘太夫人百歲壽詩

太夫人乃少潁太守之配，以長子官湖北知府，請二品封，年九十有七，計閏例得爲百

歲。光緒乙巳三月其生日也，以甲辰年恭逢皇太后萬壽，故浙撫聶公先期入告。太夫人逮事祖舅姑，又得見玄孫，欽賜「七葉衍祥」額。其叔子輔堂曾宰德清，故徵詩於余，爲賦二律。

寰宇丹青萬壽年，恭逢恩詔下堯天。史官特紀熙朝瑞，輿論同歌阿母賢。已爲百齡祈綽綰，更從七葉慶綿延。西湖花柳春如錦，映到萊衣分外鮮。

伊川别派有高門，君家與二程子異派。盛事衣冠試更論。芝誥行將封極品，蘭湯還許浴來孫。家聲久紹黄堂舊，異數頻邀丹詔温。我是部民無可獻，惟將吉語侑金尊。

日本櫻井兒山六十有一壽詩

七秩初開第一筵，更從花甲祝綿延。當君弧矢懸門日，是我笙簧賜宴年。前甲辰歲，余叨鄉舉。妻島春光應不老，兒山清望儼如仙。遥知小印鐫辛字，印編吟翁十萬箋。

余病久矣，自惟形骸已敝，而神識未衰，或將死而成神乎，戲作小詩，以存讕語

形骸窳敗已難支，神識居然尚未衰。蔣尉安能帝鍾阜，柳侯或可廟羅池。慚無駿馬常存骨，喜有春蠶未盡絲。萬歲千秋非敢冀，不妨聊作百年期。

同治戊辰，余從曾文正公登天平山，公直至上白雲，余與丁禹生中丞僅至中白雲，坐石上待之。公下而笑曰：「蓋二客不能從焉？」今年冬至日，余孫陛雲與午橋中丞同游，中丞直至上白雲，陛雲與鄧孝先太史亦坐中白雲石上以待。相去三十七年，而祖孫情事略同，計余游時，陛雲始生也。因賦小詩紀之，或亦異日山中一故事乎

昔從文正此扶筇，未到雲山最上峰。但聽半空發長嘯，似言二客不能從。誰知三十七年後，又與諸賢一笑逢。爲語吾孫須認取，石邊還是舊時松。

送午橋中丞自三吴移撫三湘

自公旌節莅三吴，數月謳歌遍道塗。廣爲諸生置綿蕞，長教四境靖萑苻。名山緣分留金石，公喜以所藏金石分置名山。團扇風神付畫圖。公所照印小像甚多。只惜無人能借寇，福星移照洞庭湖。

高軒兩度過蓬衡，何幸殘年得識荆。《神讖碑》中容署字，瀕行，以《天發神讖碑》屬題。天平山頂欠題名。公與賓從同游天平山，題名絶頂，余以病未與。衣冠脱略都無忌，余率以便衣見。童稚追隨倍有情。余兩次皆携僧寶見。垂念吾孫尤惓惓，未忘香火舊時盟。陛雲在京師與公有異姓昆弟之約。

貞孝唐大姑詩

大姑，清苑縣人，湖北來鳳縣知縣唐公殿華女，浙江糧儲道陝西陸公襄鉞長子永棠聘妻。年十八，永棠卒，絶粒求死，父母許以如陸氏守志，始食。旋以母病未果往，刲臂療母，不效。母卒，投井，拯之出，俄而竟死，年二十一，光緒六年事也。始以貞女旌，繼以孝女旌，余爲賦此詩。

大姑姓唐氏，許嫁陸氏子，未嫁所天死。一章。所天死，胡獨生。不食三日，饑腸雷鳴。誓將一命，從之而傾。二章。阿娘語大姑，汝死非良圖。忍抛白髮親，去殉黄泉夫。三章。大姑語阿娘，爲娘進水漿。兒身伴母住，兒心隨夫亡。四章。素車素服，將歸於陸。未及歸陸，母病牀褥。兒臂肉不甘，母命不能續。五章。父尚存，母逝矣。母既亡，兒何恃。昔本爲母留，今仍從夫游。寒泉古井，其清瀏瀏。化爲瑶碧，萬歲千秋。六章。

陳筱石中丞再次「輕」字韵見寄，亦叠韵報之

魚雁傳來尺素輕，陳遵書牘得爲榮。遠煩開府清新句，下和衰翁逼仄行。想見指麾皆得意，定知鋒鏑早銷聲。祥符以清釐荒賦，刁民聚衆滋事，旋即安堵。太丘門第於今少，名望何慚長與卿。今歲江南寒意輕，庭中桂樹尚敷榮。只憐抱病劉公幹，非復談經楊子行。深感饒甜賜珍藥，承賜蔆桂諸品。謬容企喻附同聲。便煩傳語梁園士，五十年前舊客卿。余乙卯奉使河南，至今適五十年矣。

今年十月恭逢皇太后七旬萬壽，蘇郡耆老咸集於玄妙觀，隨班恭祝。事後又擇十二月七日集於觀中真人殿，用西法照相，名曰百老會，余病不赴，記之以詩

玄都觀裏共呼嵩，今日還教一笑同。未見千叟來闕下，「叟」字讀平聲，本劉越石詩。已看百老聚吴中。年齡縱遜李元爽，香山九老會有洛中李元爽，年一百三十六。圖畫都成陸放翁。愧我衰頽難赴會，不堪倍侍衆方瞳。

乾隆米歌

陳鹿笙方伯餉乾隆米一筐，云漢州倉中所積之穀也，有倉册可稽，煮粥甚佳，紀之以詩。

故人仗節鎮巴蜀，君曾權川督。白首歸來手重握。訪我吴中春在堂，餉我乾隆米一斛。我朝極盛推乾隆，萬里車書無弗同。都下宏開四庫館，軍前齊奏十全功。是時海内皆充溢，道德

同而風俗一。民敦工樸屏奇衺，時和年豐登黍稷。距今不過百餘年，世局如棋屢變遷。興利虛開農務局，救窮全仗米蠲捐。老夫俯仰蒼茫際，襟邊屢灑憂時涕。惜未能爲乾隆民，猶幸得吃乾隆米。此米由來出漢州，州倉積穀高於丘。倉册分明載年月，乾隆某歲某春秋。碾之成米粲然潔，煮之爲粥鬻然熱。傾之瓦缶瀏然清，果然色味香三絶。擎甌小啜不須多，已覺胸中滿太和。快哉一鼓堯民腹，吐出康衢《擊壤歌》。

和于香草明經「圓」「圈」韵各五首

隨意題詩亦自妍，吟豪草草寫吟箋。北臺不鬥東坡韵，坡用尖來我用圓。
春蚓秋蛇年復年，老來筆墨益頹然。戲摹魯薛投壺鼓，幾個方圍幾個圈。
人生萬事費周旋，正是輪王持世年。大地亦知方不得，如今久已變爲圓。
事事圓通事事便，循環最是妙無邊。羲皇應悔開天錯，一畫何妨改一圈。近世筮者遇老陽，作一圈識之。
挫角磨棱不是天，斫輪老手亦堪憐。偶然移動茶杯底，几上留痕個個圓。
煦噓呼吸亦徒然，高倚胡牀便是仙。含得淡巴菰一口，空中噴出總成圈。

東西烏兔自回旋，莫鑿中央渾沌天。明道先生親授我，一團和氣畫來圓。余嘗篆書「和氣」二字作圓形，謂之一團和氣。

抽刀斷水水仍連，於世常存不解緣。曾讀考亭《論》《孟》注，每章書上一重圈。

舊夢如雲化作烟，花開花落自年年。滿場袍笏闌珊後，來聽先生唱《老圓》。《老圓》，余所製曲名。

落寞徒存文字緣，東塗西抹任流傳。莫嗤名姓酸寒甚，少日曾蒙御筆圈。

徐花農閣學自去官後，今年恭逢皇太后七旬萬壽，隨班祝嘏，賜復三品銜，賀之以詩

小別蓬山春復秋，欣逢鳳詔下龍樓。紅塵本是九皋鶴，君自言前生是鶴。碧海真爲三品鷗。補足仙班前未歷，君前自五品超升二品。迎來恩命後加優。清風堂上重回首，君家有清風草堂。尚有傳家祖笏留。

從孫同奎自倫敦寄來小像，已改服西國衣冠矣，爲之一歎

章縫家世魯諸生，何意儒冠忽一更。豈以江充常服見，竟隨李廣短衣行。身投異國真無奈，目睹横流大可驚。膝下曾孫纔六歲，已將洋字鬥聰明。僧寶於洋文二十六字母〔一〕，已略識之無矣。

烏靈參

是物出成都灌縣土中，大小不等，聞雷聲則自能旋轉，故所處之土庨然成穴，掘而出之，云是温補之品，名之曰參，可以入饌，實不知何物也，亦陳鹿笙方伯所饋。

阿香駕雷車，排空走轣轆。厥聲隆隆然，百里震山谷。有物處土中，爲之感而觸。盤旋如走丸，反復若轉轂。包藏皮渾沌，推移石碌磚。良由氣鼓蕩，非有人踢蹴。遂令此坏土，豁庨空其腹。是物處乎中，不異蟄蟲伏。斫土偶得之，怪哉此何族。撫之形團團，叩之聲硞硞。色

〔一〕母，原作「毋」。

黑類涷梨，皮粗欠滑忽。謂是動物歟，無血又無骨。謂是植物歟，非草又非木。强名之曰參，云可補不足。於是豪家筵，争取佐醽醁。頓使灌縣民，日向空山斸。質疑禀瑶光，價可敵銀樸。一斤值銀十六兩。故人陳太丘，開藩到巴蜀。得之以餉我，數之適有六。兒童詫不識，錯呼泥蘿蔔。銅刀切成片，片片白於玉。亦頗有文理，初不煩琱琢。熟之以進客，果然清且馥。客有自蜀來，亦言昔未矚。外孫婿李友鵬，蜀人也，亦言未之識。老夫逞臆見，謂此乃卵屬。鮫龍皆有卵，大者可盈斛。兹其小小者，是以手可握。聞雷輒奮動，分明爲我告。若非鮫龍類，得氣無此速。龍醢與鮫鮓，固亦我所欲。况此僅胚胎，猶未見頭角。藉以供朵頤，何莫非口福。鮫龍皆屬陽，陽氣所煦育。我固陽虚侯，賴此庶可復。勿誤雷丸名，可補雷公録。《益部》記方物，我將以此續。

臘月十五夜大雷電

歲首聞雷臘又雷，今年正月十一日大雷電，余有詩紀之。群情無事苦疑猜。土牛未送陰寒去，玉虎先催陽氣來。收發不遵秦月令，災祥莫問漢蘭臺。海濤島霧瀰漫甚，憑仗雄威一掃開。

台州民金滿，少豪橫，爲鄉里患，彭剛直在西湖，聞之招致麾下，積功至守備，感念舊恩，即其鄉建公祠，命子孫世祀之，祠成來告，紀以詩

白髮尚書湖上游，赤城奇士遠來投。車前兼拜鄭高密，帳下真收周孝侯。當日櫜鞬邀一盼，今朝俎豆報千秋。斯人斯舉從來少，青史應教百世留。

藝棠中丞由署漕督拜江淮巡撫，乃新設也，賦詩賀之

峨峨軍府此權輿，丹詔南來拜特除。朝命寵頒新節鉞，邊防雄鎮古淮徐。即從袁浦開行省，空令吴民盼使車。自昔荒凉江北地，從今富庶比姑胥。

建業江山千古勝，維揚風月四方無。但看輨轄皆名郡，自是東南一大都。貴粟重農敦本務，整軍經武啓雄圖。知公不負園丁職，漕署有清宴園，公自謙稱清宴園丁。海宴河清副聖謨。

贈王壬甫

王君紹中，字壬甫，吾郡之菱湖鎮人，少以家貧，兼習律學，游公卿閒，南浮滇海，北度祈連。年四十餘，始還鄉里，應童子試，冠其軍，亦閒應龍湖院課。余偶以唐人孔紹安《榴花》詩「開花不及春」句爲試帖題，君詩甚工，余歎曰：「老名士也。」取第一，并貽書監院者，詢其生平。君聞而感之，以「晚香簃」名其所居，仿余春在堂例也。今年客大司馬長公幕中，自京師寄余書，并和余重宴鹿鳴詩，余因賦此贈之。

善賦榴花孔紹安，自將哀艷寫豪端。芒鞋蹤迹垂垂老，錦瑟年華細細彈。落拓一衿游幕府，闌珊八韵殿詩壇。功令廢試帖，論本朝試帖者當以君詩爲殿。晚香簃畔風光好，莫作衰翁春在看。

謝沈旭初觀察餉意大里亞麵

麩麪異品出重洋，萬里風吹麥隴香。洲遠應將界甌亞，味佳直欲勝桃榔。千條挑去銀絲滑，一束封來玉尺長。多謝殷勤沈家令，分貽湯餅試何郎。

乙巳編　春在堂詩編二十二

乙巳元旦

今歲行年八十五，屠蘇飲罷自三思。神仙世外陶弘景，富貴人間郭子儀。二公皆八十五而卒。尚且壽難逾此數，况吾病已歷多時。茫茫後事無須問，坐擁糿盆一賦詩。

元旦立春

東郊景物一番新，斗柄今朝乍指寅。莫道百年難得遇，老夫三遇歲朝春。道光九年、光緒十二年，均元旦立春。最是難忘第一回，道光己丑我猶孩。流風遺俗般般好，還自乾隆嘉慶來。

八十五歲放歌

大富貴亦壽考，天孫織女親爲汾陽告。于今傳習爲美談，僉曰善頌又善禱。豈知二語有軒輊，世人鹵莽未探討。大之一言深許之，大富大貴無愧詞。二十四考中書令，天子之尊薄之而不爲。亦之一言未深許，汾陽壽止八十五。天孫視此八十五歲人，何異蜉蝣與蟪蛄。壽考姑從世俗言，是亦唐朝一尚父。未足上比召康公，聊可追隨太公吕。富貴曰大壽曰亦，是謂名與實不與。天孫有知定首肯，此子得吾語外語。重爲告曰：富貴壽考人情同，魚熊難兼吾取熊。世閒竟有大富大貴者，爵三公禄萬鍾，惟此亦字不能加其躬。吾雖貧賤至没齒，要是江南之老而非渭北童。天之予我良亦豐，老夫得此亦足雄。亦字之義妙無窮，吾將自署亦壽翁。郿亭居士聞而笑，戲將成語一顛倒。大壽考而亦富貴，謂此方與曲園肖。曲園不受亦不辭，吾固不富不貧不貴不賤不壽亦不夭。

次韵子原出郭迎春

太守班春豫勸耕，不辭東郭遠承迎。笙歌未買新年樂，鼓角先占元旦晴。四境和風諧玉律，三杯仙露醉金莖。更看丹鳳銜書至，膝下佳兒喜策名。外孫引之奏保道員加二品銜。

子原叠前韻有歸耕之意，詩以勉之

味君詩意欲歸耕，冠蓋遥知倦送迎。但念中興方有象，又逢元旦大開晴。青雲高舉應千里，白髮低垂未數莖。莫爲時艱灰壯志，老夫洗耳聽清名。

次韻許子頌大令元旦試筆

貞元朝士舊詞臣，此日徒餘老病身。講舍清談猶似昨，余與君共事詁經精舍有年。宦途幻夢本非真。青樽且醉新年酒，白髮欣逢正旦春。愧我歲朝詩思颯，不堪徵和到同人。余有元旦詩，詞意衰颯，不勞賜和也。

沈壽康先生百歲壽詩名毓桂，吴江人。

威鳳祥麟不易逢，人間真有百旬翁。百旬甲子從頭數，尚在先朝嘉慶中。是時海内方全盛，文治昌明儒術正。國家功令重程朱，師友淵源宗許鄭。先生早博一衿青，暑夕寒宵雪與螢。不屑滇中官別駕，自甘吴下老明經。無端擾擾黄巾起，十載干戈殊未已。風移世變中興年，一卷《檀弓》皆物始。先生壇坫自嶙峋，杖履優游客滬濱。人謂貞元舊朝士，自稱天寶一遺民。白髮蒼顔扶杖出，方瞳炯炯仍如漆。甲辰光緒三十年，正值先生九十七。乾隆恩例至今沿，計閏之例，聞始于乾隆。計閏加爲一百年。試向天邊看明月，已經千二百回圓。疆吏封章援例請，龍樓鳳閣頒恩命。芝誥榮加二品封，儒冠紅綴珊瑚頂。一時賓從共趨蹌，都向華堂進一觴。冠蓋同趨通德里，屏風分爲壽人章。賤子行年八十五，自慚衰朽已如許。先生長我十三年，精神矍鑠鬚眉古。靈光魯殿總巍峨，丹桂靈椿歲月多。惟祝壽逾李八百，光風霽月儘婆娑。

題黄尊古先生《萬里長江圖》

先生名鼎，常熟人，工畫，王麓臺先生門下高第，康熙中奉敕繪《長江圖》，此其副本也。

聖祖命繪《長江圖》，臣鼎奉詔精描摹。先從京口試染翰，金焦兩點江心矗。北固主人猶揖讓，京口以金焦爲二客，北固爲主人。筆鋒直掃黄天蕩。燕子磯邊波浪高，石頭城外風雲壯。眉黛方描大小姑，雲中五老來相呼。聯絡吴頭兼楚尾，標題水郭與山郛。黄鶴樓頭一點筆，淺黛濃青争湧出。豪端綽約有餘妍，兼爲洞庭繪秋色。此後千山又萬山，瞿塘灧澦苦躋攀。先生只是從容寫，千里江陵一日閒。數載經營功告畢，臣鼎封題呈北闕。副本流傳在世間，猶然摹寫窮豪髮。先生本是畫中豪，王麓臺門品第高。想見此圖恭進日，丹青深荷玉音褒。巨卷牛腰長數丈，披圖猶見承平象。估帆商舶總安閒，蟹舍漁莊相掩映。千古長江一戰場，百年亦是小滄桑。而今風景如重寫，來去輪船日夜忙。

外孫婿李友鷗大令饋大鹿茸一架，友鷗曾官甘肅，得於其地者也，賦此謝之

天生神物補虚羸，兩角居然各四歧。仙客來從古隴，佛家無此大伊尼。山中乘坐應呼馬，市上傳觀莫誤麋。八十五翁衰已甚，感君持贈最相宜。

蘧園七老圖

友鷗以其先祖眉生先生《七老圖》見示，七老不署姓名，屬余辨别，余亦不能盡識也，

題詩四首，舉所知者告之。

當日流傳《七老圖》，姓名年月竟皆無。披圖一覽先相識，此是平齋老友吴。按圖自右而左第一人爲吴君平齋，雖不甚肖，有瘦可識也。

數到蘇鄰第四人，蘇鄰乃先生自號。修頤廣顙好風神。肩隨更有怡園叟，七老中間最逼真。第五人爲怡園主人顧君子山，七老之中尤爲酷肖。

養閒居士處圖終，謂潘君季玉。仿佛鬚眉想像中。此外三人難指實，就中或有杜陵翁。第二人疑是杜君小舫，面盤頗似，但多鬚耳，第三人或曰勒君少仲，第六人或曰彭君訥生。

此會於今廿幾年，摩挲病眼認難全。願君博訪吴中老，莫使傳疑等七賢。唐人《七賢過關圖》亦無姓名，迄莫能定。

以光緒三十一年時憲書「都城節氣」一紙寄從孫同奎於英吉利

重洋萬里賦西征，客裏驚心歲月更。欲爲家風存漢臘，恐無史筆紀周正。天朝頒朔知難遍，憲書止頒使館，不能遍及。元旦逢春料未迎。寄汝憲書剛一紙，好將節氣記分明。

《上海日報》言日俄兩國將停戰議和，喜賦

楚秦構怨大興兵，愁殺先生老宋牼。兩國烽烟全局動，萬人性命一銖輕。如聞玉帛仍修好，能否金戈永息争。垂死衰翁無所望，但求四海共升平。

元宵大雨雪，僧寶於庭中放花爆爲樂

爲厭元宵雪意狂，兒童奇策與争强。仙翁口内噴來火，進士頭邊放出光。但覺銀花相掩映，不勞玉戲大排當。天公若解從人願，定許明朝見太陽。

壬寅冬日《西湖雜詩》中有一首爲日本駐杭領事大河君而作，今春君聞而索觀，因寫付之，而繫以詩

昔日西湖上，相逢袂便分。愧無《小園賦》，可贈大河君。歲月如流水，山川隔莫雲。匆匆書此紙，聊與寄殷勤。

上海報館所刊時報日報附刻小説，刺取成書，偶題其後

自從西法來中華，滬上報館紛如麻。雖喜耳目擴聞見，頗嫌口舌騰喧嘩。誰知附刻有平話，亦復逐日登麻沙。沿習陶真宋時體，依傍小説《虞初》家。我衰且病百事棄，惟看閒書説閒事。就中刺取使成書，一日編排數百字。婦豎平添丙夜忙，笑談各試并刀利。書成付與老夫觀，無端感憤填胸臆。我朝乾隆古黄虞，詔開四庫搜遺書。一部《永樂大典》内，采之擷之無留餘。臣昀臣熊恭校上，縹囊緗帙陳丹墀。斯世斯人與斯事，樂哉何異游華胥。嗟我生在百年後，文采風流銷歇久。文敏一死遂無人，請開四庫有誰某。王文敏公懿榮奏請開四庫館，詔俟《會典》告成後舉行，後遂無議及者。遂令白髮老詞臣，不采蘭蓀采稂莠。他年唱向趙家莊，負鼓登場一盲叟。

俞保歌

䣛亭得孫，取乳名曰俞保，用余姓也，戲爲《俞保歌》。

有僧語歐公，公固不信佛。乃以僧名兒，此則又何説。公言生子期長成，若羊若馬若狗皆

可名。佛與衆生何重輕，吾非借佛爲光榮。歐公此言堪絶倒，先生名孫乃更妙。亦非猫兒犬子觀，不名佛保名俞保。俞錢姓氏本來微，當日曾爲梁武譏。俞藥且使改姓喻，俞保命名何所覬。吾非九真太守古循良，以任名兒非所望。設使流傳至後世，將疑考亭何以名沈郎。竊謂梅聖俞名固然好，似與韋法保字不相當。不如仍用僧哥例，詼諧妙語師歐陽。惟有一言願爲五童保，功令小試有五童互保。君孫定比吾孫好。異時勿作第三人，桂林一枝高占蓬山春。

正月二十五日僧寶入塾

聽事東偏隔一墻，卅年安置讀書牀。今朝姊弟新開館，曾孫女琳寶亦附讀，初入塾，俗謂之開館。當日爺娘舊學堂。孫兒陛雲、孫婦仙娜先後於此讀書。婉孌七齡憐尚幼，扶摇萬里望彌長。待携第二重孫至，記取金奎日最良。四月廿二日，金奎甲子日，擬命慶寶亦入塾破蒙。

胡葆生庶常駿，余孫典蜀試所得士也，來見賦贈

子雲亭畔舊知名，一日聲華滿鳳城。詞館遥遥難論輩，蓬門寂寂幸分榮。淵源浹洽應

無閒，出處商量倍有情。更感饒甜饋珍藥，龍雷虚焰倘能平。余患虚陽上升，君饋蒙桂，云可引火歸原。

安徽之壽州、四川之長壽縣各以其印一百作大「壽」字，謂之《百壽圖》，皖學使紹岑學士、蜀人胡葆生庶常同時見贈，爲賦此詩

吾浙西湖照膽臺，舊有漢壽亭侯印。高宗臨幸親留題，長與湖山相輝映。有人印作壽字形，百印百壽無破璺。此由神物世所珍，抑亦天章人共敬。若徒義取大吉祥，何必遠求古漢晉。纍纍印綬滿人閒，尋常銅墨亦殊勝。安徽所屬有壽州，州印刓敝文尚留。四川屬有長壽縣，縣印四字甚明顯。無端兩幅來聯翩，每一幅中百壽全。壽州壽縣各一百，并而爲陌陳我前。印章端整不巉互，字畫曲屈相鉤連。雖然不及漢壽古，合爲三壽奚愧焉。惟念天下州縣名，以壽名者多於福。壽昌屬浙壽寧閩，永壽在秦仁壽蜀。山東壽張西壽陽，正定靈壽隸輦轂。若皆摹印使成圖，并此可使成九幅。再加漢壽印爲十，積百爲千意良足。所嫌遼闊各封圻，未得遍求賢令牧。安能各出腰下章，燦爛芝泥娱我目。我昔曾爲《百壽圖》，惟取漢篆精描摹。與此體例非同符，余曾集漢印「壽」字一百爲《百壽圖》。况今年邁歲月徂。田光先生精已

枯，特此壽我奚爲乎。故人雅意不敢虚，姑留此配陳摶書。浙臬署有石刻陳摶「福壽」字，余曾拓得數紙。慎勿又題雙福壽，再向名山圖不朽。余在右台山曾得福壽甎二方，摹其文曰雙福壽，花農爲刻《名山福壽編》。

題金檜門先生《觀劇》詩後

前輩風流今已矣，承平樂事故依然。尋常一樣梨園戲，想見雍乾全盛年。

自慚吴下病相如，精力闌珊筆硯疏。廿首詩題元雜劇，至今懶惰未親書。余去年讀元人雜劇，得詩二十首，欲親書一通，未果也。

雨窗偶筆

連日沈霾積不開，杏花消息苦難猜。陰晴天主堂中出，上海徐家匯教堂日以次日晴雨告報館登報。雨雪祠山廟裏來。俗傳二月八日，祠山大帝生日，帝三女，嫁風山、雨山、雪山，各以其物爲壽，又一女嫁火山，禁不許來。曉起捲簾稀見旭，宵深伏枕屢聞雷。一年廿四番風信，今歲還愁欠幾回。

病懷

如此支離太不堪，個中况味我能諳。戒詩仍作詩馮婦，止酒真成酒魯男。病久已拚同廢物，客來應訝減雄談。自憐頭腦冬烘甚，試借西醫理一參。西醫有言病在腦者，余頗似之。

紀夢

二月初八夜，余夢見一人，初不相識，然知爲高郵王懷祖先生也，出一書示余，曰：「吾刻此書，每字洋錢五角。」又共讀一古書，有一字余不識，先生曰：「『都』字也。」余生平學術私淑高郵，晚歲夢見先生，似非偶然，詩以紀之。

夢裏分明見石臞，百年嚮往此通儒。文章自定千金價，籀古親傳一字「都」。信有淵源相浹洽，覺來想像未模糊。不知異日名山業，得與高郵并壽無。

贈胡志雲太守玉瀛

愛我拳拳到十分，衰年何幸得逢君。千金方劑今和緩，兩代交情古紀群。老去未除兒女累，雨中深感往來勤。向來一卷《廢醫論》，自遇先生又擬焚。

徐孝女詩孝女父名佩藻，字子芹，江蘇長洲人。

長洲永昌里，敕建孝女坊。借問孝女誰，姓徐名淑英。從古音，讀如央。阿爺病且死，阿女依於旁。阿爺語阿女，汝弟初扶牀，汝能不嫁否，以姊爲弟娘。阿女語阿爺，此兒分所當。阿爺大歡喜，汝孝逾尋常。予汝田三百，水旱無凶荒。以此養汝老，庶不愁空房。再拜謹受命，涕淚流沱滂。一從阿爺死，姊弟相扶將。弟已授有室，弟已游於庠。持此告泉壤，於心無慚惶。獨念父在日，有志建義莊。田止五百畝，未足供蒸嘗。孝女善持家，家業日益昌。續購二百畝，畝畝田皆良。益以父所賜，孝女無私藏。合成一千畝，父志今其償。欽旌孝女徐，具呈呈公堂。顛末述崖略，規條陳精詳。疆吏據入告，天語加褒揚。綽楔何峨峨，綸綍何煌煌。士夫聞此事，俯仰慚冠裳。婦豎聞此事，觀聽傾聾盲。謨郎切。今年女六十，戚黨咸稱觴。耆壽固應祝，大孝尤宜彰。方今重女學，女學遍蘇杭。不如此一女，實爲聖世光。我爲孝女歌，歌短意則長。異時傳列女，柱史其無忘。

山茶花

抛却園林滿院花，余病不窺園一年矣。只堪窗外看山茶。同昌公主塗紅蜜，軒帝宫人點赤霞。似爲病懷嫌落寞，故將春色弄夭斜。隔墻更有一株玉，墻外有玉蘭花。映照瓊英艷更加。

「瓊」字從《説文》赤玉之訓。

今歲二兒夫婦同庚六十，詩以壽之

夫婦同生丙午年，六旬眉壽喜雙全。小開豆腐瓜茄宴，却遇重陽上巳天。二兒生於上巳前一日，二兒婦生於重陽日。鼎甲兒郎聊慰藉〔一〕，臼辛家計漫憂煎。二兒婦持家甚勞。一尊祝汝期頤慶，

〔一〕 藉，原作「籍」。

定見曾玄滿膝前。

三月五日艮宧小坐

病來枯坐學瞿曇，經歲園林未一探。兒婦婉言商再四，（二兒婦力勸至園中小坐。）老夫游興補重三。玉蘭樹上苞初坼，紅杏枝頭蕊尚含。不負東風留待我，籃輿新製小於籃。（時縛小籐椅爲輿，頗輕而便。）

余不至外齋兩月有餘矣，昨日至曲園，今日遂至書室

陋室塵封兩月餘，今朝舁到小籃輿。案頭已換新詩本，壁上猶懸舊憲書。却爲重來三歎息，不知更坐幾居諸。華顛胡老仍相訪，問訊鬚眉可似初。（客臘十七日，胡效山觀察來，嗣後卧病內室，不出見一客。今甫出，而效山適來見，亦非偶然也。「華顛胡老」之名見蔡中郎《釋誨》。）

日本駐蘇領事白須君，録示其國乃木將軍詩二首，率題一律，即寄慰將軍

黯淡烽烟裏，將軍自賦詩。青山銘偉績，碧血葬奇兒。將軍之二子皆戰死旅順口，一於南山，一於百廿山。百戰鯨波窟，雙歸馬革尸。知君抱忠義，有淚不輕垂。

庭前山茶花開至百餘朵，紅艷奪目，再以詩贈之

百朵齊開艷似珊，丹霞絳雪滿林閒。竟無詩可紅兒比，錯訝春從赤帝頒。宰相火城光燭夜，閼氏顔色積成山。緑紗窗下終朝對，伴我蕭蕭白髪斑。

三月十三日，諸親友集於春在堂，爲二兒夫婦壽，詩以謝之

一笑姑從俗，群公過用情。杯盤聊遣興，冠蓋竟傾城。中丞以下諸公咸集。且喜春猶在，兼逢雨乍晴。今朝補修禊，此舉豈無名。唐開成元年，改上巳賜宴於三月十三日，見《舊唐書·歸融傳》。

陸春江中丞自湘移蘇，以留别湘人詩見示，次韵奉贈

三年聚散似摶沙〔一〕，與君别三閲歲矣。旌節聯翩疊放花。先權漕督，又權湘撫，今拜蘇撫。已建旗幢開幕府，仍留壇坫在詩家。自淮赴湘，自湘赴蘇，均有詩留别。官移舊地情尤洽，人近鄉山興更加。想見九重南顧意，教從熟路試輕車。

錯節盤根總不驚，書生仗鉞竟專征。講堂羔雁徵佳士，軍府貔貅練勁兵。公路浦邊春尚在，漕督署有清晏園。祝融峰下壘都平。在湘撫任，籌防甚力。吴中父老聞風慕，苦憶賢侯舊勸耕。

溯自琴堂海上開，行空天驥已呈材。送將皂蓋青旗去，迎得朱旛緑幰來。君宦吴，自上海縣累遷至方伯，遂大用。帳下健兒楊令賨，幕中名士李之才。此時滬瀆重經過，滿縣花猶憶舊栽。

露冕來頒吴下春，行看政教一番新。主恩已許三持節，吏治争推老斵輪。回憶過從如昨日，重煩存問到陳人。龍門百尺高難上，敬命吾孫拜後塵。余病不能報謁，命陛雲代往。

〔一〕摶，原作「搏」。

置自鳴鍾數架，於案頭旁又置時辰表數枚，以時考之，殆無一同者，始信天行之不能密合，而憲術之不必過求也。唐堯置閏月以定四時，三年一閏，五年再閏，自不至春爲秋、夏爲冬矣，小小出入，所不計也。後人精益求精，實無當於敬授民時之本意，私見所及，以詩明之

自鳴鍾韵各鏗鏘，遲速參差總不當。始悟天行難密合，不煩憲術過求詳。但將閏月調贏縮，已免農時誤燠涼。大息前明徐光啓李天經輩，博徵新法到西洋。

以越中名酒分餉子原

爲憐夜枕太惺忪，子原時患不寐之症。喜有醇醪出越中。眉嫵釀成女兒緑，頭銜借得狀元紅。酒名狀元紅，實紹興之女兒酒也。遥知酩酊微酣後，定奏瞢騰一寣功。從此蘇州賢太守，黄紬被内樂融融。

有蜜蜂無數飛集於廊

嗟爾奚爲者，嗡嗡結隊來。兩班羅將相，一寸起樓臺。窗外喧還寂，墻頭往復回。此間春色少，何事久徘徊。

白須温卿折櫻花數枝寄余插瓶，賦謝

晝長坐對小窗紗，正苦無聊閒啜茶。一片白雲飛到也，白須君送白櫻花。

翦牡丹數朵插瓶，又以他瓶插菜花數枝，并置案頭，戲賦一詩

國色天香莫與倫，更無凡品敢登門。豈知富貴儻來物，要有田園本色存。荆布亦堪金屋貯，王侯翻讓白衣尊。從來佛法原平等，俗目悠悠何足論。

唐韡之觀察著《鄂不齋筆記》，言余五十歲後即茹素，惟以山藥代餐。唐君固與余相習，何傳訛若此也。戲作二詩，一代唐君贈余，一爲余答唐君

曲園風骨太清奇，只吃藷蕷足療飢。三十年來屏腥血，朝朝石釜煮瓊糜。右代唐君贈余

涓子休糧餌仙术，安期辟穀飯昌蒲。由來都是莫須有，不獨先生記載誣。右余答唐君

立夏日循俗例秤人，沈旭初觀察秤得一百零五斤，以書來告，賦此調之

不是當初瘦沈郎，春光百五自誇張。除非孟業來相較，更比君家九倍强。孟業肉重千斤，晋時人，見《語林》。

次日汪郋亭侍郎來言，秤得百二十五斤，亦贈以詩

燕雀低昂一旦分，始知髯也最超群。郋亭多髯。沈郎畢竟腰支瘦，輸與先生二十斤。

江叔海教習以所著學堂口義三篇見示，率題其《祛惑》篇後

人人言自由，人人言平權。古有是説乎，吾應之曰然。借問見何書，於書固無傳。其事實有之，蓋在三皇前。天地初開闢，人亦生其閒。不識而不知，始若蠕與蜎。繼而日强大，相視皆睊睊。孰貴而孰賤，孰愚而孰賢。操持各有手，負荷各有肩。我之所欲取，我袖我自搴。我之所欲赴，我裳我自褰。萬足各跳躍，萬口同喧闐。無人不自由，無人不自便。無人不自由，無人得自全。小而聚鬥哄，大而興戈鋋。弱肉强之食，流血成原泉。聖人深惡之，乃齊之以禮。上天而下澤，名其卦曰《履》。綱紀自此嚴，名義自此起。有天子諸侯，有卿大夫士。國則有君臣，家則有父子。層層相鞘轄，不得自由矣。遂使億萬人，俯首就吾軌。朝廷則序爵，鄉黨則序齒。禮讓日以興，禍亂日以弭。五千餘年來，受福猶未已。今之横議者，惟圖便其私。將使文明世，化爲草昧時。嗟嗟爾何人，盍亦深長思。人之始有生，父母管束之。飢飽受以節，寒燠酌其宜。若令皆自由，赤子夫何知。尋常跬步閒，無不瀕於危。安能壯且大，冠帶而鬚眉。人之既有識，則又爲之師。拘置一室中，執卷而唔咿。有過則訶譴，甚或加鞭箠。若令皆自由，必至荒於嬉。一字目不識，一卷手不披。安能學而仕，别異氓蚩蚩。成人不自在，此

言不我欺。可知自由者，無一而可施。自由既不可，焉用平權爲。吾試舉一端，問爾可與否。人生有五倫，蓋始於夫婦。《儀禮》首冠昏，昏姻豈容苟。彼咪咪者猫，與哰哰者狗。春氣一感觸，蠢蠢求其牡。緬昔生民初，昏禮固未有。亦如猫犬然，隨意自匹耦。野田草露閒，苟合不爲醜。伏羲氏有作，曰是惡可久。乃爲制嫁娶，以別於飛走。言必由媒妁，命必出父母。周公又加嚴，同姓禁勿取。而後婚姻嚴，而後人道厚。今爾曰自由，不必有所受。母不施之衿，父不醮以酒。狂姐與狡童，各自相挑誘。是在苗峒中，容或不知忸。中華詩禮家，能無笑破口。

皅亭饋醬炙靠子魚

接到汪倫一紙書，試彈長鋏樂何如。杭州不吃件兒肉，杭市脯也。吳下重嘗靠子魚。妙在烹鮮能得醬，味殊啖鮓更加腴。何當買棹從君去，再訪西湖五柳居。時君將赴杭州。

韓國正三品弘文館纂輯官金君澤榮寄書於余，極道仰慕之誠，并以詩文數篇見示，因次其「晴」字韻二首報之

清和四月雨初晴，吹到三韓一紙輕。已感深情傳繾綣，更驚健筆擅縱横。西京族望推金史，東觀詞臣重墨卿。莫惜緣慳難覿面，好憑魚雁話平生。

海天遼闊異陰晴，時運遷流共重輕。來書言文章關乎時運，信然；又謂天與公壽以左右斯道，亦時運所關，則未敢當也。明月雖然千里隔，青燈同此一編横。只慚示疾維摩詰，不是成仙項曼卿。來書封面稱余爲老仙。欲報斗山推許意，且將録要寄先生。時以《春在堂全書録要》一册寄之。

王文勤公親家同年《秋闈步月圖》，外孫輩求題

同榜同官舊弟兄，年來入夢尚如生。况今儼對月中客，令我回思日下情。日下少年多不賤，詞曹無事常游宴。芒鞋屢踏珠巢街，君所寓也。茗碗分嘗玉蘭片。亦當時實事。此時鵷鶴暫同游，一别俄驚歲月遒。我向空山伴麋鹿，君從天路騁驊騮。驊騮一騁誰能企，大纛高牙等閒

事。竟去豪游赤嵌城，不來重校白田記。君曾校刻白田先生《讀書記》。此幢流傳乙丑秋，偶然清興發南樓。白頭老友披圖看，兔冷蟾寒無限愁。是歲君初臨浙水，浙省秋闈行甲子。是歲補行甲子科，君以道員派闈差。君時從事棘闈中，明月清風留此紙。回憶咸豐己未年，春闈分校聽傳宣。手披荆棘求蘭茝，取出蓬萊第一仙。咸豐己未，君分校春闈，狀元孫念祖出其門下。其後閩闈逢癸酉，親向文場搜弊藪。百弊全消五效呈，至今傳誦閩人口。同治癸酉，福建鄉試，君以巡撫充監臨，事畢與余書，臚陳五效。重重春夢總成烟，爪印巢痕僅此傳。墓上白楊高幾許，天邊明月故依然。同游未識人誰某，尚有何甚能識否。圖中尚有一人，不知誰何，余疑爲薛慰農，未敢質言也。四十年來事變多，不堪風景重回首。猶幸三槐世澤長，兒孫好振舊門墻。最念曾、念值兩外孫。只憐老我頹唐甚，落月凄然照屋梁。

惲季文中翰爲我歌罄圃《自悼曲》，其聲悲壯

季文豪邁當代無，興來鼓缶聲烏烏。偶然爲我歌一闋，銅琶鐵版驚髯蘇〔一〕。借問此歌爲

〔一〕 琶，原作「琵」。

者孰，磬圃老人新度曲。老人生在太平時，及見華胥好風俗。無端海水同飛揚，又驚盜賊來髽鬟。轉戰十年群盜盡，方期世運重光昌。誰料遷流殊未已，内憂外患同時起。但留邪詖在人心，何必龍蛇與洪水。磬圃老人心冲冲，高吟低唱思無窮。遂將六十年來事，都付長歌一曲中。此歌非歌渾是哭，此歌雖好無人讀。惟君奮袖起低昂，慷慨悲歌振林木。一歌再歌歌轉高，爲風爲雷爲怒濤。玉龍酣戰舞鱗甲，鐵騎突出鳴槍刀。傾耳細聽又愁絶，慘慘凄凄還切切。月明三峽子規啼，江冷孤舟嫠婦泣。兒童聚笑奴僕驚，至今三日留餘聲。梁上輕塵振欲落，壁閒長劍從而鳴。我本江湖一孳叟，藐是流離今白首。從無絲竹可陶情，惟有漢書聊下酒。雙袖龍鍾老淚多，江南春盡怕聞歌。勸君莫唱黿年曲，空遺桓伊唤奈何。

即事四首

春風别我去逡巡，景物驚看幾度陳。蠶豆竟如人易老，鰣魚還與世爭新。殷紅爛煮鷄冠莧，嫩緑匀調雉尾蒓。每到炎天屏腥血，日來便覺懶沾唇。

晝長無事不思眠，賴有新聞域外傳。沉艦潛行海中地，飛球環繞月邊天。兒童荒島人三五，女子空山歲一千。博得老夫驚又喜，朝經暮史盡從捐。中四句皆外國小説中事。

疾疢終年强自寬，春寒秋熱暫偷安。諺云「老健春寒秋後熱」，喻不久也。蔬厨不買三珍肉，市脯也，見二十一卷詩注。藥碗常研六味丸。只倩小鬟隨杖履，雖逢重客不衣冠。兼旬一削頭顱雪，雙月宜雙單月單。余二十日一鬀頭，故有雙月雙、單月單之説。

飽嘗世味任酸鹹，却有閒情未盡芟。尚擬培高司墓室，右台仙館低窪，擬增築之，「司墓室」借用《左傳》語。更求拓大積書巖。孤山舊有書藏，擬擴充之，藏余《全書》。百編新印官堆紙，時用官堆紙印書。一領仍披佛布衫。余喜衣洋布，取其輕也。布出佛蘭西，故有佛布之名。見説東鄰有餘地，可容種菜荷長鑱。

子原饋西洋無核楊梅

南荒有奇樹，厥名謂之櫃。結實九尺長，大亦與之匹。疑必有核存，剖之乃無一。見《神異經》。「櫃」字，韵書不載，據《類篇》「尼質切」，宜入「質」韵。無核則無仁，萌蘖從何出。是乃神物非尋常，人間安得此奇質。蘇州太守有書來，貽我西洋之楊梅。其味微酸其色紫，南村諸楊類如此。一枚入口咸驚疑，異哉無乃食肉糜。無花之果世所有，無核之果人稱奇。我聞無核果，出自聖多默。西域島名，見《坤輿外紀》。無論何果皆一律，此梅無乃從彼得。南懷仁固不我欺，惜未遍嘗桃李實。浙東蕭山蘇洞庭，枝頭顆顆垂瓏玲。野人衒賣來郊垌，示以此種目未經。輪船萬里來滄溟，方今梯航無弗暨，苜蓿葡萄不爲貴。楊家别派生西洋，固宜稍稍變風味。寄語閩中緑荔枝，勿以無核自珍異。我老無齒如楊蟠，欣然軟嚼渾忘酸。請據《論衡》名曰郁，勿與郁李同登盤。《論衡》云：「物實無中核謂之郁。」不知何義。郁李有核，非取此命名也。君不見，漢武種桃方朔笑，此梅無核良亦好。我非種荔楊使君，即使有核可栽吾亦自知老。

葉眉士太守以漁洋山人手寫《蠶尾續集》二卷見示，率題其後

本朝文治超唐宋，康熙一代詩人衆。清吟安雅各争鳴，惟有漁洋名最重。漁洋自幼擅奇姿，落葉吟成世已知。受經愛誦緑衣句，屬對閒拈白也詩。厥後詩名滿天下，浸淫漢魏追騷雅。陶韋格調見風神，秦屬雲山入爐冶。《蠶尾》初編有續編，起從亥歲訖申年。乙亥至甲申。至今留得初鈔本，猶是先生手劈箋。先生手筆真希睹，集内所無將此補。有七首爲刻本所無。老夫展卷獨徘徊，二百年來一今古。字欹墨淡了無奇，氣静神閒一至斯。試從字裏行閒看，看見康熙全盛時。

逆魚

苕水出天目，飛舞來錢唐。百里經吾邑，貫穿城中央。長橋作一束，怒流已湯湯。城門又一束，如落千仞岡。黄梅水大發，往往摧帆檣。長年老解事，艤舟虹橋旁。吾邑東門外有大小虹橋。舍舟而登陸，崎嶇走城墻。爾魚獨何爲，努力争雄强。千頭百頭衆，一寸二寸長。逆流而直上，不畏狂流狂。盤渦叠溜中，尾低頭則昂。嗟爾一白小，秉性何强梁。將軍楊無敵，勇士石敢當。客自故鄉來，餉我盈一筐。老夫雖嗜此，對之心慨慷。我所欲也魚，吾未見者剛。滔滔者皆是，目眩神傍徨。士雖多於鯽，圉圉而洋洋。大率從而靡，甚或走且僵。得無笑此魚，愚哉不自量。區區式蛙意，何路聞巖廊。

費屺懷太史以檀版一具見示，鎸有二詩，并有兩小印，一「洪」字，一「昉思」兩字，蓋稗畦故物也，爲賦一絶句

紅牙檀版是誰遺，小印鎸名洪昉思。想見沉香三易稿，當年咽徵吐宫時。《長生殿》初名《沉香亭》，又名《舞霓裳》，三易稿而定今名。

老我乾坤一腐儒，不堪擊缶唱烏烏。何當更訪西湖寺，尚有東嘉舊几無。西湖净慈寺舊有高則誠拍曲舊几〔一〕，見周櫟園《書影》〔二〕。

惲季文中翰孿舉雙孫〔三〕，以詩賀之

龍門桐長茁孫枝，健子鳌孖喜可知。此日兩卿聯德道，他年一甲定郊祁。圭璋雙琢連環玉，臂足分纏五色絲。博得重闈開笑口，欣符佳話鄭昌時。漢鄭昌時一産兩男，見《西京雜記》。

日本駐蘇領事白須温卿母七十壽詩

旌節離東海，盤匜戀北堂。欣逢開八袠，未覺隔重洋。矍鑠精神健，期頤歲月長。衛生飴最好，藉此祝康强。温卿曾饋余衛生飴，云其母所寄也，故及之。

〔一〕净，原作「静」。
〔二〕影，原作「彩」。
〔三〕孿，原作「攣」。

温卿書來，言其母得詩大喜，寄聲致謝，并擷家園中夏橘數枚見贈，蓋亦賢母也，以詩謝之

時當五月正炎歊，錫貢何來此厥包。雖是陸郎懷裏橘，居然王母席閒桃。品非丹荔偏同熟，味有紅酥許共叨。兼惠糖製食物數種。爲感殷殷持贈意，惟祈萱壽倍增高。

讀《先祖南莊府君家傳》感賦

乾隆癸卯科，吾祖與鄉試。闈藝人傳觀，皆云元可冀。誰知命不偶，榜出仍見棄。荏苒六十年，癸卯科又至。吾兄試於鄉，是科竟得利。異哉冥冥中，若有司其事。巧借孫成名，補償祖失意。吾祖在泉臺，定爲舉一觶。賤子忝鄉貢，則在甲辰年。闈中擬第二，三藝皆付鐫。忽有夫己氏，指摘其微愆。抑置三十六，視吾兄倍焉。壬甫兄中十八名。光緒乙酉科，吾孫登鄉筵。居然列第二，榜上名高懸。俗有亞元稱，戚黨争喧傳。我失孫得之，似亦非偶然。因感吾祖事，玆事相牽連。世人視得失，旦暮分天淵。得之神揚揚，失之涕漣漣。庸知

造物者，不沾沾目前。近則百十載，遠或歲逾千。但當修厥德，培植此心田。勉留子孫地，靜待旦明天。

《先祖南莊府君家傳》載郡守樊公初下車，觀風七縣士，於吾邑取府君及蔡生甫先生之定二人，決其必貴。後蔡果如公言，而府君不遇。樊公失載其名，檢同治中所修府志職官表，竟無之，敬紀以詩

吳興太守有樊公，下馬先觀七縣風。耕讀起家吾大父，文章入彀兩英雄。休嗟末路升沈異，深感當年知遇同。郡志不登家傳在，甘棠清蔭總無窮。

花農寄示《長生籙詞》，以余今年八十五，故從八十五起遞推至數百歲數千歲，幾及二百人，得七律二十四首，可謂富矣，裝成巨册，厚可寸許，率題其後

八五衰翁强自支，已知暮景薄崦嵫。總登百歲殊無味，不是當年陳損之。《茅亭客話》：蜀王氏時，有郎官陳損之年百歲，妻亦九十餘，朝士有婚聘宴會必請老夫婦，以乞年壽爲名。

世事浮雲屢變遷，青氈舊物久從捐。竇公總使身長在，難進《周官·司樂》篇。《漢書·藝文志》：魏文侯最爲好古〔一〕，孝文時得其樂人竇公獻其書，乃《周官·大司樂》章。師古注引桓譚《新論》：「竇公年百八十五歲。」

何况彭殤一例休，浮生誰短又誰修。黄安雖極人間壽，才見神龜五出頭。《洞冥記》：黄安坐神龜，此龜二千年一出頭，已見其五出頭，近萬歲矣。

文人例不厭荒唐，聊博衰翁笑一場。記取百齡交二十，兒孫莫與冷茶湯。《拊掌録》〔二〕：王溥父祚招卜者推命，有老兵告以貴極富溢，所不知者壽耳。卜者因極言其壽，七十、八十至百歲猶未止。祚大喜，因問莫有疾病否？卜者細推之，曰：「只是一百二十歲之年，微患臟腑。」祚回顧子孫侍立者曰：「孩兒輩切記之，是年莫教我吃冷湯水。」

拉風

製木爲二匡，蒙之以布，兩匡連綴，下又繫布尺許，襞積成裥，懸之空中，曳之以繩，風生四坐，名曰拉風，讀如臘平聲，亦曰風扇。

〔一〕侯，原作「候」。
〔二〕録，原作「籙」。

炎威無奈此蟲蟲，西法偷來亦自工。空際扶摇一匹練，室中鼓蕩四方風。儼如舞袖回旋勢，只費長繩牽曳功。何必同昌澄水帛，居然凉意滿簾櫳。

有以滬上書賈所售中國名人照相見示者，凡一百餘人，雜糅不倫，余亦在焉，賦詩一笑

歷歷鬚眉何處摹，居然衒賣遍江湖。合成老子韓非傳，畫出天吴紫鳳圖。莫怪梟鸞渾不辨，本來牛馬但憑呼。悠悠功罪難言處，著此乾坤一腐儒。其意謂此百餘人有功有罪，聽之公論，然則以余厠其閒，亦不知爲功爲罪也。

余嘗爲人作書，得之者疑其非真。後其人於市上購得余書一幅，大喜寄余，請加題記，余視之贋也。目睫之閒，真僞莫辨，遑論千載，賦此一歎

悠悠物論等虚空，况我雕蟲百不工。秦吉了書容易肖，梅河豚體大堪充。敢期賞識風塵外，任付酸鹹嗜好中。賸有題名一字在，苦將目力費群公。

有議余文集中壽文太多者，以詩解之

碑志并非古，始自東漢時。麤觕載年月，叙述多浮辭。降而南北朝，駢儷體益卑。偉哉昌黎氏，一變而雄奇。實用史漢體，大起齊梁衰。遂令碑版文，貴重如尊彝。故知文無定，全視人所爲。壽文古亦無，南宋始有作。有《名臣獻壽集》十二卷。明代陶安與羅玘，集中已編録。入集誰最多，莫如歸太僕。亦止三卷耳，吾乃倍爲六。《雜文》六編均有壽文。非惟人所嗤，抑且自知恧。惟念吾所壽，頗亦非凡庸。或爲賢公卿，功烈銘鼎鍾。或爲名將帥，聲名震華戎。或爲布衣士，節行輕王公。或爲閨房秀，禮法稱女宗。一一紀其實，即與碑志同。勿謂吾文陋，史職舊所供。勿謂斯體卑，古賤今或崇。文章以義起，亦足垂無窮。異時修國史，無遺此菲葑。

無題

蝦蟆陵下阿儂家，翡翠樓頭入望賒。一闋新歌《金縷曲》，百年香土玉鈎斜。盈盈秋水奩中鏡，殷殷春雷陌上車。太息天孫真自誤，輕教海客渡靈槎。

烏衣冷落舊門墻，欲托良媒黯自傷。花紙瑶緘勞檢點，楸枰玉子怕商量〔一〕。虛連鶼鶼鶼鶼會，坐看鶯鶯燕燕忙。拈弄閒鍼又閒綫，篋中改盡嫁時裳。

十二闌干面面通，無邊風月入簾櫳。稱身衣試新裁緑，封臂紗銷舊點紅。下蔡多情容易惑，邯鄲小步最難工。偶將玉珮貽交甫，費盡磨礲日夜功。

由來療妬總無羹，勞燕東西太不情。烏爪欲搔何處癢，娥眉翻惹别人争。劃分神女金釵水，訂定温郎玉鏡盟。此後可能酣好夢，還防枝上有黄鶯。

〔一〕 枰，原作「秤」。

往年柳門、花農兩君爲我鑿書藏於孤山，其地卑濕，不能耐久。今年命門下士毛子雲茂才改鑿於南高峰下。而諸暨令張子厚亦門下士也，又爲鑿書藏於其邑之寶掌山。兩藏同時落成，以詩紀之

辛苦窮經卌載餘，余自戊午至今四十八年，著書垂五百卷，説經者居其半。自憐無益費居諸。未忘敝帚千金意，聊付名山二酉儲。敢望所忠求禪稿，儻逢不準發藏書。悠悠五百餘年後，畢竟誰爲董仲舒。

西湖舊藏未堅牢，繭足營求不憚勞。子雲入山尋求數日，始得南高峰下之地。滄海横流任東下，奇峰竊據此南高。敢將委宛遺書比，且把闍黎雅意叨。其地屬法相寺，余擬稍酬其值，而寺僧亦非書來，堅謝不受。見説鐵函完固甚，鑄精鐵爲箱。人間劫火儻能逃。

五泄雲山深復深，欣逢仙吏此鳴琴。即謂子厚。地從寶掌禪師闢，碑向香巖佛寺尋。寶掌山爲寶掌禪師道場，有香巖寺，寺有唐碑。白氏櫃將文集貯，仿白香山「文集櫃」之意，製栗木以爲櫃。烏曹甎免土花侵。用古塈周制燒甎爲之椁。區區妄作千秋想，費盡門墻諸子心。

天元甲子幾時來，用宋王裕説。世運茫茫未可推。已分百年抛荏苒，還勞兩處劘崔嵬。餘芬遠紹芸香業，小慧兼存柳絮才。兼藏先祖南莊府君《四書評本》，先君錮花府君《印雪軒詩鈔》，先舅氏姚平泉先生《瓶山草堂集》及孫女慶曾《繡墨軒遺詩》。願仿石經堂舊例，未逢其會莫輕開。

日本諸君子聞余印行《春在堂全書》，附印六部，書成寄往，媵之以詩

日本吾鄰壤，使槎來往勤。雖然尚西學，仍不廢中文。寄語彼都士，須憐此意殷。異時搜墜簡，遥望海東雲。

諸暨張子厚明府善友，余年家子，亦門下士也，爲我鑿書藏於寶掌山，余甚感之。適從諸暨移知烏程，即用其邑人吴澄甫孝廉原韵寄贈

經生學術即官箴，廿載湖樓賞識深。春日栽花仙吏手，秋宵説餅故人心。時以月餅見餉。三年風月長吟嘯，五泄雲山好帶襟。見説浣溪歌頌滿，傳來都是舊同岑。謂其邑人陳蓉曙觀察、傳曉淵大令，皆君同門友也。

烏拒山邊須女泉，皆衢州地。睢陽聞笛有遺篇。君先德厚甫先生，余同年也，力守三衢，厥功甚鉅。龍頭險地躬親冒，鳩治新書手自箋。能使浙防支半壁，遂教楚士著先鞭。余嘗謂吳中力保上海，而李文忠之師得從滬入浙東；力保衢州，而左文襄之師得從衢入，厥功相等。三衢俎豆千秋事，長與文襄共几筵。

舊雨云亡繼起誰，翩翩裙屐少年時。不辭屢放明湖棹，來讀重修精舍碑。余有重建詁經精舍碑。萬里關山奚憚遠，君題俞樓聯有云「萬里關山來後學」。一編枕胙自忘飢。傳家書劍分明來，今日真能副所期。

帳下偏師半白徒，書生慷慨效狂愚。君屢充營官。懸腰寶劍惟三尺，奮臂雄威在一呼。李廣短衣曾射虎，王喬飛舄又成鳧。西山雁蕩雖然小，諸暨西境有小雁蕩。小試東坡調水符。

豈有金鍼效指南，竟居北面笑君甘。更援石室藏書例，親向香巖勝境探。寶掌山有香巖寺，唐刹也。吳下荒園春尚在，霅溪清水月初涵。劇思共醉烏程酒，寄語兒童借篠驂。

八月十三日先祖南莊府君忌日，感賦

恭聞先祖有遺言，至此遷流不可論。功令已經廢科舉，留貽那得到雲昆。先祖曾言：「願留科第，以貽子孫。」其後先君子及余兄弟及兄子祖綬均有科名，至余孫陛雲五代，而祖澤盡矣。兒曹頭角雖堪喜，余有兩曾孫，頗見頭角。世業箕裘豈復存。今日筵前扶病拜，龍鍾八十五齡孫。

豆腐

曾傳妙製出劉安，今日真同菽粟看。一味儒餐推極品，千秋化學杖開端。余嘗謂淮南王製豆腐，蔡倫造紙，皆西人化學也。每逢曉市喧村店，未許豪家上食單。熱氣炯炯新出釜，「熱氣炯炯」四字本《廣韵》。略加虀菜不嫌酸。鹹虀菜煮豆腐，無上妙品。

襪底酥

何來妙製出厨娘，鈿尺裁量二寸强。名士虚聲空畫餅，美人舊襪尚留香。不知漫火鏊閒熱，轉覺微波鳧下凉。一樣紅綾風味好，殘牙無分得重嘗。

自笑

自笑龍鍾一病夫，朝朝扶病强枝梧。書高六尺身相等，《春在堂全書》裝釘一百六十本，積之高六尺許。壽過八旬命所無。自來術者爲余推命，無言能過八十歲者。廿五科來詞館絶，余在詞館已歷二十五科，今後無繼起者矣。卅三年後講堂蕪。余歷主江浙講席共三十三年，今各書院皆廢，惟詁經精舍存，近亦議廢。天留老眼模糊看，看盡雲林十萬圖。

日本櫻井兒山贈瓷器一匣，茶壺一，茶碗五，賦詩謝之

東瀛瓷器最精良，多謝詩人遠寄將。何必鮮紅仿魚靶，明宣德時有紅魚靶杯。靶，音霸。已看潔白似鵝肪。傳觀足奪宣窑色，試用須煎岕片香。慚愧瓊瑶無可報，一箋聊侑九霞觴。

素火腿

常州素火腿以豆腐皮爲之，僧寺所製也。

農夫操豚蹄，壯士啖彘肩。此物古所重，厥製初無傳。金華府熏蹄，出自東陽縣。載《一統志》。俗有火腿名，流傳南北遍。要皆花猪肉，四鬄存其蹄。常州素火腿，妙想開闍黎。淮南王豆腐，公子彭生肉。片片豹胎腴，層層麟脯熟。老夫喜素食，不喜僞亂真。素鷄素鵝鴨，從不輕沾唇。惟此素火腿，風味頗不惡。清香可點茶，微鹹宜下粥。無肉令人瘦，食肉又鄙夫。肉食即素食，此策真良圖。新詩姑留題，舊事巧比附。青陽小宰羊，其實吃豆腐。

諸暨寶掌山書藏告成，山中人乞詩，詩以落之，即刻石上

寶掌峰前路，香巖寺外山。已將青嶂鑿，仍遺白雲關。傳語頻伽鳥，余書寄此閒。好煩常護守，莫漬蘚痕斑。寶掌山有頻伽鳥二，相傳寶掌禪師雙屐所化。

次韵寄答韓國金君澤榮

關山何必蓋同傾，千里清風一紙生。浮海未能陪仲路，聞言便足識然明。名山自訂詩文集，君有詩文集十二卷。薄宦渾忘仕已情。君去官後，仍任編纂之職。世事悠悠吾道在，莫嫌恃老語言輕。

尖圓方一首紀吴語也

端午尖盤中，角黍何纖纖。中秋圓團團，月餅登我筵。烏兔東升西又墮，端午中秋容易過。桂花開後菊花黄，市中買到重陽方。重陽方，竟何物。劉郎詩筆之所不敢題，花糕員外之名從此出。執矩司秋誰所操，雖非大方亦足豪。似煩宰肉陳平手，小試昆吾切玉刀。尖者尖如錐，圓者圓如鏡，方者方如翦方勝。手美張家迭出奇，一年風景垂垂盡。老夫老去惜年華，節物催人黯自嗟。戲爲兒曹述吴語，好教小録補清嘉。方者或以爲年糕，余以重陽糕當之，似較合也。

金危危

光緒三十一年九月十一日，五行屬金，二十八宿值危，建除又值危，是名金危危，俗傳是日祭之致富。

建除家説古傳留，日吉辰良巧與謀。泥佛佛無靈可乞，山塘泥孩俗名泥娃娃，亦名泥佛佛，長曾孫女以對金危危，因足成是詩。金危危有福宜求。滿箕滿斗皆堪喜，俗以金箕滿、金斗滿，皆爲吉日。逢角逢張不用憂。操一豚蹄殊自笑，也同田父祝甌婁。

王葆山七十壽詩

葆山名元瑞，黟縣人，素不相識，忽以七十自壽詩百韵寄示，欲乞一詩，冀見名姓於余集中，余感其意，爲賦二律。

林壓山人長壽身，書來字字見精神。已爲鄉國扶笻客，曾作軍門獻策人。滇海襄勤嘉志節，臺洋壯肅采條陳。謂黔督岑襄勤、臺撫劉壯肅，并見君自壽詩注。於今莫悵年華晚，自是齊廷老斫輪。

小桃源裏足優游，何幸瓊瑶遠見投。文字虚名慚我竊，承以紀、阮兩文達見況，非所敢當也。山林清福羨君修。七旬人健渾忘老，百韵詩長未易酬。安得稼軒借詞筆，爲歌一闋《最高樓》。

辛稼軒有《最高樓》詞一首，壽洪内翰七十。

白須温卿饋長生飴

長生仙果世間無，誰料餦餭却與符。元石沽來千日酒，凉州進到百年酥。味如粔籹還加美，功比昌陽定不誣。多感故人持贈意，老夫衰病儻能扶。

賀花農

花農第二郎君策雲駕部附輪船南還，至黑水洋，觸俄國所伏水雷，全船炸裂，躍登小舟，舟小人多，登時覆没。力扳船舷，探頭海面，與海水浮沈，約一時許遇救得生，諺云「大難不死，必有後福」，故以詩

天將奇險鍊奇材，黑水洋中異境開。滚滚頭邊走鯨浪，轟轟脚底起魚雷。水雷亦名魚雷。若非忠孝傳家在，那得波濤奪命來。我亦曾經覆舟者，坳堂小水僅如杯。余庚戌歲覆舟青楊浦，其地水面僅數丈耳，然余此行也，成進士，入詞林。策雲之險百倍於余，他日所至其可量乎。

肴

肴者何？京口市脯也。猪肉以微鹽滲之，煮極爛，切極薄，茶肆中賣以點茶。愚按《曲禮》注，骨體曰肴，切肉曰胾。此宜名胾，何以名肴？姑據俗稱，無庸深考。

花猪片片切來匀，略滲微鹽味最真。遂使曹婆店中物，竟於喬姥卓邊陳。《東京夢華録》有曹婆婆肉餅店，《楊州畫舫録》有喬姥茶卓子。煎茶博士高擡價，啖肉先生别鍊珍。豆腐乾葷火腿素，世間何事不求新。余戲呼爲葷豆腐乾，以配常州之素火腿。

胾

子原饋無錫醬肉骨，骨間微有肉，剔取食之，津津有味，余戲名之曰胾，以配鎮江之肴。彼應名胾，而反名肴，此應名肴，而反名胾。古今語不嫌相反也。

屠門小嚼到梁溪，筐篚盛來便取携。肉尚未乾非是腊，《説文》云：「腊，乾肉也。」骨雖有醬不爲鬵。《廣韵》云：「鬵，雜骨醬也。」何妨借用持螯手，亦或兼施刮膜鎞。我比東坡尤坦率，任他饞犬走東西。東坡在惠州食羊骨，與子由書云：「此説行，則衆狗不悦矣。」

并蒂石榴

昔咏同根菊，在《詩編》第十七。今吟并蒂榴。房中雙百子，枝上兩平頭。曶鼎㊍文在，兩榴相連，其形如⚭，古「環」字也。虞裳⟅⟆字留。兩榴相背，其形如⟅⟆，古「皺」字也。重臺花最好，此合號重樓。

閒看

閒看仙人一局棋，黃粱枕畔有餘思。車書萬國來同日，風雅千秋運盡時。金闥别須新馬式，玉臺空畫舊蛾眉。自憐廿五科前輩，執束登門更有誰。

子原折贈菊花數枝，皆異種也，得自高句驪

閒園秋色最夭斜，閒園乃郡齋園名。海外移栽種更嘉。見説陶公籬下菊，本來箕子國中花。絳紗裹就黃金甲，一種黃表朱裏。丹鼎烘開白玉芽。一種每朵分三層，中間紅，上下皆白。莫問三韓舊風景，且留佳品在中華。

菊樹歌

花農於京寓種菊，隔歲茁芽，今歲高五尺許，花開甚盛，名之曰菊樹，余爲賦短歌。

昔聞江陰太倉菊，其高可至一丈許。余客吴中亦有年，未見日精如此鉅。江陰、太倉、上海菊有高一丈者，見明太倉人所著《學圃雜疏》。徐子花農善藝花，菊花隔歲先抽芽。三尺短籬遮不住，尚留二尺枝横斜。連日金風吹玉露，枝頭爛漫開無數。遂將陶令徑邊花，唤作謝公階下樹。寄語花農好護持，明年更茁最高枝。試將鈿尺裁量看，壓倒尋常金絞絲。菊有名金絞絲者，高一丈餘，見《彙苑》。

花農又言盆中繡毬花自二月開至十月未謝，賦詩紀之，余亦寄題一律

曾向春風鬥艷陽，小春時節尚餘芳。花天久聚神仙隊，朱長文《繡毬花》詩「八仙瓊蕚總含羞」，其實瓊花、聚八仙花皆繡毬同類也。香國長開蹋踘場。二女同居元是玉，花存二朵。一團和氣不知霜。移將三友圖中去，莫被金哥抛打忙。元人《梧桐葉》雜劇，有唐宰相女金哥抛繡球打中武狀元事。

易笏山方伯八十壽詩

笏山藩吴時，與余往來頗密，而其時倡和之作散佚無存，故録存壽詩，藉識當日周旋之雅。

記昔雄藩吴下開，鯫生何幸得追陪。戟門每爲山人啓，曲巷頻邀車騎來。宦轍喜逢三載駐，吟箋不惜百回裁。今當八秩稱觴日，試話前游侑一杯。

弱翁治行本無倫，即論文章亦有神。叠韵同填《金縷曲》，余和君《金縷曲》各二十四叠韵。高談縱論草廬人。君曾命諸生論孔明自比管、樂事。春風仙館桃花舊，君曾修葺唐六如祠。秋夜清歌水調新。君曾於中秋賦《水調歌頭》。却被才名掩勛業，尚虛玉節一頒春。

見説林泉樂有餘，屏除賓從狎樵漁。仙蹤玉府迎貞一，君有女公子殁而降箕，自稱貞一子。慧業金環認六如。君自云唐六如後身。人羡須眉長矍鑠，我知心地轉空虛。胸羅《道德》五千字，不必函關更著書。

一自移家八洞天，君隱居廬山，道書所謂第八洞天也。爐峰瀑布盡流連。已抛浮世三公貴，且結名山五老緣。兒輩飛騰都紱冕，阿翁供養只雲烟。不知匡俗先生後，數到先生第幾仙。

閲學堂章程，禁讀律詩，而余近來乃多作律詩，不合時宜，此亦一端也

老去東坡每自嗤，竟無一事合時宜。未能恪守漢功令，猶是耽吟唐律詩。鶴膝蜂腰拘舊例，花紅玉白鬥新詞。若非寬典逢當代，百杖須知不得辭。宋政和間，禁士大夫習詩賦，犯者杖一百。

聞翰林院始有裁撤之議〔一〕，繼而不果，喜賦

已聞觀聽罷橋門，國子監已裁并學部。猶幸芸香署尚存。舉世争趨新彀率，吾儕深戀舊巢痕。外班亦有群仙集，不由館選而入翰林謂之外班，時學堂卒業生亦有授翰林者。前輩仍推一老尊。謂丁未翰林四川伍君肇齡。頓使衰翁發狂興，還思待詔到金門。

日本駐蘇領事白須君購《春在堂全書》兩部，一進朝廷，一存文庫，余感其意，賦謝一律

人臣不合有私交，况我林間一布袍。豈敢問遺通鍭矢，忽蒙采取到干旄。空山抱璞書生老，陸海披珍使者勞。見説君王英武甚，凌雲歎賞恐難叨。

〔一〕撤，原作「撒」。

越三日，又有日本儒官島田彦楨翰過訪敝廬，求余所著各書稿本，蓋奉其文部大臣久保公之命也。余筆墨草率，不自收拾，除兩《平議》稿已援唐劉蜕文冢之例埋之右台山，此外各書隨作隨刊，刊後稿本即拉雜摧燒之，無復存者。余孫陛雲竭半日之力，搜尋敝篋，僅得《雜文》《詩編》《尺牘》《隨筆》稿本各一卷，聊副其意而已

書冢成來廿六秋，紙勞墨瘁幾曾休。筆花已歎江郎盡，文草還邀海國收。流播鷄林原盛事，寶藏鼠璞豈良謀。得交久保先生手，此稿人間或幸留。

次韻贈外弟姚少泉鉞

惜君竟以布衣老，留得新書内外篇。弟喜談道，又喜談兵，余謂當分爲内外篇。善用藏鋒方是將，不傷精氣便成仙。目空瀛海三千界，壽到彭籛八百年。慚愧阿兄章句士，未能窺破管中天。

以家鄉所製紮羊肉及滷魚餉郘亭侍郎，媵以詩

聊憑微物表微情，莫笑戔戔物太輕。當日曾叨䲜字惠，今將鮮字報先生。君往年屢以魚饋，余詩有䲆鱻䲜之戲，今故云然，此事可與皛飯、毳飯并傳也。

于香草明經於市上買得松江女子袁寒篁手稿一本，詩詞各數十首，皆可觀，字亦姸秀，惜不知其人。有句云「石爛海枯終有日，惟余此恨杳無窮」，殆亦一傷心人也。又有《夢中作》云：「拂去香塵步玉霜，望中仙桂影蒼蒼。廣寒宮殿何由到，得共嫦娥鬥曉妝。」則亦生有自來者矣。爲題一絶句而歸之

海枯石爛字猶香，一卷詩詞兩擅長。夢裏廣寒宮殿在，寒篁前世是寒簧。

謝胡志雲太守饋臘八粥

曉來不耐小窗寒，喜有瓊糜佐早餐。新樣真堪登食譜，巧心未信出湯官。粥面以果品製成，各飾甚巧，疑出女公子手。共欣宮碗分嘗好，「宮碗」二字出漁洋《居易録》，吾鄉尚有此語。只惜山厨學製難。頓記兒時舊詩句，糖甜米白舉家歡。余八歲時《咏粉餈》云：「糖甜米更白，飽吃舉家歡。」

胡效山觀察見其女孫公子與余兩曾孫女璡玟唱和詩，戲用其韵見示，因亦次韵報之

不辭殘錦割丘遲，和到閨中咏絮詞。却爲兒曹一游戲，有勞我輩兩于思。遥知叠韵頻拈筆，定傍重親笑問奇。只是天寒翠袖薄，莫教辛苦夜鈔詩。君時選西湖詩，半由女孫公子寫録。

日本人濱野章吉年八十一，自稱猶賢老人，能以左手執筆作左行書，以所書《孝經》一卷寄贈，亦奇迹也，爲賦長歌

吾人作書皆右手，能左右書古亦有。齊臨川王映工左右書。要之左手仍右書，獨有先生乃否否。我思造字有三人，左行右行人皆遵。即論倉史所造字，亦復形體難具陳。丨之一字可下上，上下兩字異俯仰。疊或作𣌭苦難書，倒了作𠄏妙堪想。㫗字覆之而爲卣，旱字反之而爲亯。至若左右一遷移，ㄓㄓ本體原如斯。旡字右行則爲旡，后字左行則爲司。肙字右行則爲肙，刅字右行則爲叺。義有屮字屮字別，形有止字㐄字歧。彳亍丿乀殊向背，爪爪永𠂢争豪釐。可知作書本無定，右而有者左亦宜。又觀周世有臤尊，銘詞繁至五十四。皆自左而讀至右，令人乍讀一愕眙。此外更有曶妊敦，文雖不多十有二。亦復顛之而倒之，異乎尋常古彝器。左旋右轉總從心，何必拘拘守成例。然其文逆字則順，仍是右轅非左次。先生有意出新奇，天道左行運吾臂。左手執筆筆有神，一波一曳皆如意。讀仍從右字從左，是亦書家一絶技。反正爲乏《左傳》文，兩已相背《虞書》義。儼如漢甎作反文，絶勝雷仙寫倒字。試倩移從鏡裏看，字字行行皆正體。所書《孝經》經一篇，此篇傳自李唐年。四明狂客所手寫，十有八章

章句全。所書《孝經》一卷，乃臨其御府所藏唐賀知章寫本也。今得先生一臨寫，翻翻筆致何其妍。尼居曾侍從古本，可見鄭注非真傳。參不敏作余不敏，偶然一字訛烏焉。閨門一章不附録，是本蛇足宜從捐。安得影寫千百本，棗木摹刻金石鐫。先生今年八十一，想見矍鑠如神仙。老子有言正若反，請問先生然不然。

臨平烏腊舊有名，有顧氏業此百餘年，頗獲其利。兵亂之後，顧氏無一人矣，殆由多戕物命，天絶之也。今業此者又數家，或以餉余，感而賦此

臨平烏腊最爲良，顧氏當時獨擅長。一味牛心堪并貴，百年羊舌竟全亡。炮燔徒博人情嗜，羅網須憐物命戕〔一〕。太息市兒惟逐利，又來此品佐壺觴。

〔一〕網，原作「綱」。

花農寄一茶甎，云是宋時貢茶，面刻「丰」字

古人製茶圓如餅，大小龍團皆貢品。此茶何乃方似甎，竟與澄泥硯製等。面刻一字字曰丰，持以問人人不審。徐子謂出元豐年，丰字即是豐之省。我思周時豐宮瓦，豐字作丰丰兩半并。省兩爲一變作丰，徐子之言亦殊允。老夫好異不苟從，謂此丰字非是半。丰字半字篆體異，變篆爲隸文則同。奉夅等字皆從半，何嘗曲屈如彎弓。耕耡等字皆從丰，何嘗欹側如隨風。丰之音義近乎蔡，艸丰艸蔡古語通。許書丰蔡互相訓，竟如水乳相交融。當時君謨有茶癖，想其手製無弗工。刻此丰字代蔡字，隱寓姓氏垂無窮。君不見，宋代米與蔡，兩公同爲書家雄。米顛書米或作芈，以丰爲蔡誰敢攻。曲園此說亦未是，姑以質之吾花農。

陳蘭洲書來，言今年杭州有人見我於南高峰下，一笑賦此

以尻爲輪神爲馬，飛行直到南峰下。路人邂逅見鬚眉，驚曰曲園翁來也。惜我游迹無能窮，我更遍游東岱西華北恒南霍中央嵩。蒙汜以西扶桑東，下周地軸上摩蒼穹。一瞬千里又

萬里，歸來病榻卧未起。起來蹣跚行室中，右手扶杖左扶婢。

常州新修王忠藎公墓，寄題四律

公名安節，宋德祐時守常州〔一〕，元兵屢攻不克，伯顔親率大軍圍攻之。城破巷戰，傷甚被執，問其姓名，曰：「我守和州王堅之子王安節也。」伯顔愛其勇，欲降之，不屈，死。《宋史》有傳。生平善用雙刀，軍中呼「雙刀王」。忠藎，疑私謚也。其墓即在常州城中。有四世孫伯傾，明兵部主事，移家守墓，其家本臨川人，故即名其里曰臨川里。今常州守許君東畬因江陰金君湝生之言爲修葺其墓，徵詩於余。

天水淪亡日，江南瓦解秋。有人仗忠義，百戰死常州。臂折猶揮刃，身擒誓斷頭。大呼名父子，肯使九泉羞。

千古論名將，惟推王鐵槍。雙刀豈其裔，一死與争光。易代賢孫在，移家墓域旁。臨川遺址舊，碑碣矗斜陽。

〔一〕祐，原作「祜」。

賢守維風化，詩人弔鬼雄。重爲培片土，長與表孤忠。憶昔咸豐季，其時厄運同。是誰尸幕府，棄甲走匆匆。

毗陵舊游地，風景尚堪思。衙鼓周郎宅，神弦季子祠。如何經故里，竟未讀遺碑。今日頽唐筆，來題墓下詩。

十二月二十九日，亡孫婦彭氏生日也，計其生平四十歲矣，兒婦憫其賢孝而不壽，命陛雲於寶積寺薄營齋奠，感而賦此

回思兩小締鴛盟，花燭筵前未長成。來歸時僅十五歲。忽已四旬逢愍忌，古人以亡者生辰爲愍忌。尚餘三黨誦賢聲。杳無消息黄泉路，别有低徊白首情。勛業千秋年九十，令人追感老彭鏗。彭剛直公生於十二月十四日，今年九十矣。寓中有其遺像，是日陛雲率子女行禮，余老病未能一拜，擬作一詩，亦未果也，今附及之。

丙午編[一]　春在堂詩編二十三

丙午元旦

平明爆竹振門墻，命陛雲於卯初祀門。喜氣迎來東北方。佳讖難符鄭高密，前年甲辰，去年乙巳，余非康成，不足應龍蛇之讖。耄齡已過郭汾陽。紅箋仍寫新年吉，依年例，書「元旦舉筆，百事大吉」。緑菊還留去歲香。我是山陰陸務觀，不知尚醉幾春光。放翁有詩云：「嘉定三年正月後，不知尚醉幾春風。」其年八十六。

〔一〕午，原闕。按，俞樾詩生前隨作隨刻，按年編纂成卷，此卷初不知當至何年止，遂空闕以待。今知本卷詩爲俞樾去世當年丙午年所作，據補。

陸春江中丞元旦謁客，余與任筱沅中丞均謝不見。往見郋亭侍郎，云：「吾今日欲見三老，止見一老耳。」郋亭曰：「我乃附庸之老也。」次日以語余，因衍其語爲詩

子男五十里，乃成一邦域。不及五十里，謂之附庸國。人生七十歲，方覺古來少。不及七十歲，謂之附庸老。我聞郜子魯附庸，僖二十年來朝公。其人實已百餘歲，齊嬰吴札將毋同。爵雖卑，年則崇，何必百七十里雄據公侯封。桃潭汪郎六十八，古天子卿原與公侯埒。歸來吴下作寓公，頭尚未童齒未豁。自稱足力稱蹣跚，人見天機常活潑。自此七十八十九十而期頤，延年益壽無窮期。今雖暫屈邾滕列，不久吴晋争黄池。他日周邵康公一百有六十，躬率東方諸侯朝京師。吾儕四五百歲已作鷄窠之小兒，降爲任宿須句顓臾其奚辭。

余刻《春在堂雜文》，《王研香傳》《暴方子傳》已刻於第五編卷三，又刻於第六編卷二，疏忽至此，賦此解嘲

六集刊成聊自怡，兩篇復出大堪嗤。史家原有重登傳，如《宋史》，程師孟已見「列傳」，又見於「循吏傳」。文苑非無并載詞。如《文苑英華》，劉孝威《紹古詞》一見一百二卷，一見二百五卷。儼仿一歌三疊例，還如兩本對讎時。莫當李益韓翃看，同世同名轉可疑。

六橋都尉以同知官吾浙，去年以異常勞績保舉者一，以尋常勞績保舉者二，又經奉天將軍奏調一次，一歲之中姓名四達天聽，遂以異常勞績得免補本班，以知府用，書來述及，賀之以詩

才調如君故自超，疊邀恩詔下丹霄。官階已至二千石，藝苑仍傳三六橋。君名三多，號六橋，人稱之曰三六橋，余嘗調以詩云「西湖裏外六橋外，更有詩家三六橋」。四次姓名陳玉扆，百年家世本金貂。君本杭州駐防。屈居門下門生籍，頓使衰翁老態驕。君受業於余門下士王夢薇，故自稱門人。

人日雨，穀日雪，疊元旦韵

雨打軒窗雪打墻，老懷欲遺苦無方〔一〕。但將病卧過佳日，益歎衰齡近夕陽。院内飛揚真白起，南唐酒令云：「雪下紛紛，便如白起。」牀前嬉戲小黄香。謂兩曾孫。元宵能否天開霽，好借燈光伴月光。

光緒三十二年正月十二日立春，例於前一日迎春，而是日適遇忌辰。女婿許子原知蘇州府，諮求故事不得，因從衆議改於初十日迎春，余因以詩紀之，他日即吴中一故事矣

先春一日例迎春，今歲恭逢國忌辰。爲報芒神前兩日，恰當陬月最初旬。新詩好付輶軒采，故事奚須掾吏詢。多謝蘇州賢太守，預支芳信與吴民。

〔一〕遺，原作「遣」。

子原迎春，輿中得詩，余次韵和之

太守迎春遠出城，要從東作祝西成。祥光轉動旌旗色，協氣調和律管聲。黎庶窮檐同樂利，老夫病榻自將迎。婆娑枯樹垂垂盡，倘藉陽和一發生。

即事四首寄陳蘭洲同學

蘭洲書來，言放翁詩多而題目少，吾師詩必有題，殊勝放翁，因戲效放翁體作此寄之。

病中日月逐年增，俯仰生平感不勝。海内已停科舉學，街頭猶賣狀元燈。但求風月無加減，不管烟雲有廢興。寄語時流莫相笑，本來退院一閒僧。

五十年來吴下居，須知天地我蘧廬。任題鼎甲峥嶸第，只讀《盤庚》佶屈書。穩便隨身惟竹杖，從容代步有籃輿。所嗟朋舊凋零盡，昔日黄罏處處虚。

老去襟懷强自寬，閒來感慨總無端。竟虚聞喜兩回宴，豈慕編修六品官。聞新設學部，編修官六品。尚有書堪藏宛委，已無夢可話邯鄲。惟餘一片心頭熱，雖到嚴冬不畏寒。余性不畏寒，衣被甚薄，然亦病也。

底事宵闌睡未酣，此心久似老瞿曇。不看日日新聞報，只守年年老學庵。齒過八旬還晋六，詩編廿卷又開三。吟成寄與方山子，借問何如陸劍南。

五年前以盆梅贈外弟姚少泉，至今歲猶盛開，弟婦沈以詩來謝，次韵荅之

連朝晴日照苔垣，生意潛回老瓦盆。借此一枝弄春色，伴君五載住吴門。迢遥遠寄孤山夢，弟家自杭移來。瀲灧香浮元夕樽。爲語劉樊賢伉儷，年年强健是天恩。弟夫婦同庚，今年七十八矣。

元宵後一日，毘亭饋浮圓子，佐以醬鴨，賦謝

叠拜承匡賜，頻分舉箸腴。盤中陳粔籹，厨下誤壺盧。芳訊連朝至，清談昨日俱。更無「鮮」字報，去年饋君魚羊二味，有詩云「今將『鮮』字報先生」。「毳」字學髯蘇。

梅花中有名骨裏紅者，花開紅甚，折而視之，枝幹皆紅，洵異品也，爲賦一詩

老梅日日醉春風，醉盡春風表裏融。竟是千金燕市骨，并非一捻洛陽紅。素心蘭蕊差堪比，人面桃花豈與同。任爾燕支費顔色，個中顔色畫難工。

劉君光珊六十生日乞詩

中和令節補新正，君生於元旦，於二月朔補祝。共晋筵前酒一觥。只算屠蘇杯再把，本來彌勒佛同生。俗傳正月初一彌勒佛生日。篋中賀火書猶在，君前年事。海外同風集已成。君在滬，頻與日本詩人唱和。惟願年年春二月，長開盛會比耆英。

徐花農、何梅叟自京師寄和元旦詩，叠韵奉酬

病榻昏昏儼面墻，懶將節物品圓方。吴下節物有尖、圓、方之説，謂端午粽、中秋餅、重陽糕。余謂年糕

方，元宵團子圓，亦具方、圓二種，但無尖者耳。新年已過猶正月，古韵重拈又十陽。今韵七陽，古韵弟十。且喜聯翩來妙墨，更容沾染到天香。花農饋平安香，内府物也。一箋寄去長安陌，老筆雖頹尚有光。

再仿劍南體寄陳蘭洲

無端一病起正初，不覺淹纏半月餘。春夢婆休談往事，《秋雲娘》且閱新書。《秋雲娘》，外國小説也。琴聲院外隨風散，兩曾孫女彈琴，余未聞也。梅蕊牀頭得暖舒。可奈連朝雨兼雪，杏花消息竟何如。

十七年來病有根，逢春屢發避無門。庚寅歲，余在德清掃墓，於小舟中閃腰挫氣，自是逢春屢發。湧泉兩穴頻頻擦，翦水雙瞳久久昏。駒隙光陰成老大，鶏窠飲食仗兒孫。亡妻遺法如猶驗，擬擁寒衾讀《魯論》。姚夫人晚年喜讀《論語》，云可以却病。

東坡敢謂老猶饕，皛飯朝來幸未毛。京口嘉肴小白片，切肉作片，俗呼白片肉，時從孫篆玉饋京口肴未至。京口肴，見上卷詩。浙中珍菰大紅袍。滬上時衙賣大紅袍，實即萊菔也，云出浙中。詩腸雖病何曾澀，飯量如前本不高。一日三餐憑几坐，吾孫金殿此揮毫。余牀前據以飲食者，乃吾孫應御試時所用考卓子也。

書室兼旬不一過，惟於卧榻自婆娑。齒牙落盡齦猶痛，心氣虛來夢轉多。朋輩争賡元旦韵，兒曹爲唱百年歌。施肩吾恃唐才子，憑仗詩篇嚇病魔。

前詩云「心氣虛來夢轉多」，因思晋人論夢有因有想，實則强作解事，夢由於心，心氣虛則多夢，心氣實則無夢，續賦一詩，衍説此義

虛靈義本紫陽翁，《大學》注云：「虛靈不昧。」境到虛時靈自通。若問夢魂何擾擾，都緣心地太空空。一絲飄渺游人外，萬象離奇見鏡中。欲向天王籌補救，古方有天王補心丹。天王一笑謝無功。

陳筱石中丞自汴移蘇，詩以迓之

自送牙幢汴水游，君癸卯年自漕督調豫撫。詩筒歲歲遞蘇州。移旌今喜臨吴會，轉漕人猶憶鄭侯。韓范勛名從此遠，潘楊戚誼本來優。君看竹馬兒童後，更有吾孫迓八騶。

蘭洲饋於潛天生术一枚，賦謝

往歲左文襄，曾餌於潛术。食之留其半，千金不與易。扃鐍貯筐箱，封題進宫掖。從此於术名愈高，居然入貢如苞茅。朝廷屢下徵求詔，疆吏奚辭采取勞。君妹婿孫氏舊藏於术一枚，重十七兩，後由王茗農觀察進之左文襄。文襄餌其半，又由醇邸以其半進今上，服之大效，於是命浙撫歲貢术。以上皆君書來所説。於潛諸山接天目，奚啻千巖與萬壑。雲花露葉所涵濡，日精月華所孕育。爰有神术由天生，莫測靈根何地伏。天既生之天亦慳，鬼呵神護求之艱。樵步入山偶有得，荷鑱而往空手還。君從何處得此種，竟與文襄相伯仲。劈之一幹而雙歧，權之九十六銖重。噫嘻此术殊神奇，固宜包匭馳京師。老夫於世一無補，僭食神术非其宜。感君之意勉進一卮，報君之惠聊賦一詩。术兮术兮其無辭，扶我正氣補我脾。譬如初茁山中日，一飽徒供鹿與麞。术初生，往往爲野獸所食。

日本櫻井兒山爲我作《春在堂全書》類聚目録，因思往年門下士臨海尤瑩，字菉生，曾爲吾書作目録，分經史子集四類，逐條分析，各從其類，其書幾二十卷，未成而卒。兒山此録似無其詳悉，然亦嗜讀吾書者矣，賦此寄謝

吾自汴梁歸，始卜吴中屋。一意事纂述，卌年忘寒燠。遂令所箸書，寫之逾萬幅。《春在堂全書》已刻者一萬一千一百五十葉。吾黨有尤子，病其不易讀。爰仿《通鑑》例，爲吾作目録。經史與子集，各以類相屬。其書惜未成，此志竟誰續。東海櫻井君，姓名吾所熟。年已過艾耆，手不離卷軸。乃就吾全書，分類編爲目。細目雖未詳，大綱已在握。慨自新學興，吾書束高閣。同學二三子，晨星久寥落。甚或走殊塗，迷陽與郤曲。何意海天外，相從如驂服。吾道其東歟，欣然以此卜。

俗云「男怕穿靴，女怕戴帽」，謂男忌足腫、女忌頭腫也。余近來兩足頻患浮腫，頗有穿靴之兆，戲賦一詩

不著朝靴五十年，青鞋布襪總翛然。如何白髮八旬叟，又結烏皮六縫緣。《脚氣集》中添故實，《革華傳》裏補新編。但求勿向街頭買，學士官銜滿市懸。時浮浪子弟喜著西洋鞋，美其名曰學士鞋，滿街衒賣。

詁經精舍歌

文達阮公來視學，招集名流同相度。行宫左畔樓三楹，即志書所稱第一樓。《纂詁》一書從此作。謂《經籍纂詁》。後來節鉞鎮杭州，舊迹重修第一樓。此是詁經精舍始，孫王栗主至今留。精舍初建，文達延王蘭泉、孫淵如兩先生主講，至今栗主存焉。數十暑寒一俯仰，紅羊劫後成榛莽。謂庚申、辛西之亂。中興重建是何人，端敏馬公果敏蔣。馬蔣重興與舊同，沈顏兩老太匆匆。同治間重建精舍，延嘉興顏雪廬、湖州沈菁士爲主講，二公皆不久辭去。壇席未容虚浙右，弓旌不惜到吴中。吴中寓客

名俞樾，承乏紫陽兩裘葛。儼然來此作經師，始自戊辰終戊戌。顔、沈兩公既去，馬端敏曰：「然則非俞蔭甫不可矣。」時余主吴下紫陽書院甫兩載，端敏來請，余乃辭蘇而就浙。悠悠三十一年春，長爲湖樓作主人。不負春秋好風月，一年兩度住湖濱。浙水東西十一郡，其時駢集多才俊。幾人抗手揖班張，幾輩低頭拜服鄭。輶軒使者此經過，深歎人材精舍多。學海詞源隨挹取，春華秋實總搜羅。猶記昔逢丁亥歲，坐擁臯比二十載。戲爲湯餅召諸生，大烹豆腐瓜茄菜。光緒丁亥，余主講詁經二十年矣，招住院諸生於俞樓同飲，有詩云「算我生辰湯餅筵」，「大烹」句用成句。俞樓一角彀徘徊，俞樓即詁經諸君爲我所築。樓上窗櫺扇扇開。白頭宫保携詩至，謂彭剛直。滄海門生問字來。謂日本人陳政子德。其時海内猶無事，儼在乾隆嘉慶世。主持風化老元臣，尊禮賓師諸大吏。不圖世局似循環，轉緑回黄一瞬閒。雅玷騷壇成往事，蠻書夒字滿人寰。霰雪霜冰機已露，其中消息應堪悟。三十年爲一世人，一年蛇足添來誤。余至丁酉歲已滿三十年，即擬辭退，爲廖中丞及院内諸生挽留，明年戊戌乃决志謝去。此後相沿又幾年，夕陽光景暫流連。欲尋文達當年舊，只有門前額尚懸。功令新頒罷場屋，精廬一律同零落。八集詁經文可燒，余選刻詁經文已至八集。重修精舍碑應仆。余有重建詁經精舍碑。回首前塵總惘然，重重春夢化爲烟。難將一掬憂時淚，重灑先師許鄭前。即用余舊詩意。年來已悟浮生寄，掃盡巢痕何足計。海山兜率尚茫茫，莫問西湖舊游地。

送陸春江中丞還杭州

卅載賢勞願息肩，恭承明詔暫歸田。乍抛節鉞偏多味，一到湖山便是仙。吴楚謳思從此起，白蘇社會讓公先。只憐來歲之江館，未必能開極盛筵。吴中新建浙江會館，今春團拜，公爲領袖，次之者，濮紫泉方伯、朱竹石廉訪、糧道陸申甫觀察、首府許子原太守，皆浙人也，極一時之盛，明歲恐盛筵難再矣。

錢乙生廣文著《長元吴三學諸生譜》，起順治乙酉，迄光緒乙巳，備載無遺，余爲作序，因題一律

二百年來文運恢，儒冠儒服滿蘇臺。朝廷雖換新功令，鄉里仍尊老秀才。小録青衿今考定，吴中舊有《青衿録》。彩旗黄蓋舊迎來。閻百詩先生父牛叟先生《游泮圖》，前導彩旗，後張黄蓋，吴中迎學尚存此意。泮林此日重經過，只有黌門兩扇開。

子澄太史延清裒集太常仙蝶事實及各家詩詞爲《蝶仙小史》，即題其後

自慚不是漆園仙，未結蘧蘧夢裏緣。欲爲翩仙添小史，戲將逸事話從前。

己未初秋秋夕凉，故人招我共壺觴。歸來閒坐紅燈下，錦盒盛來老孟光。咸豐己未，余僦居吴中，蘇撫徐壯愍公招飲，是夕内子姚夫人捉得一大蝶，異而以錦盒盛之。余歸，出而共看，翩翩如故，縱之窗外。余時不識仙蝶，未及細審其形質，亦未知果是否也。

第二回逢己卯冬，又教人訝是仙蹤。是時晨起濃霜滿，亡婦剛營馬鬣封。光緒己卯冬，余葬姚夫人於右台山，晨起嚴霜滿地，有蝶黑質黄章，翩躚飛舞。越二日又見，亦如之。此殆真太常仙蝶，或與夫人有緣耶。

吾孫戊戌探花回，小蝶翩翩聚作堆。疑是仙人黑老道，化爲千百億身來。戊戌年，余孫以第三人及第，聞報前三日，有小蝶無數飛集春在堂前，皆黑色也，數日後有大蝶來引之去。

往歲詩篇爲二徐，拙集中實賦太常仙蝶者，惟爲徐壽蘅尚書作七絶四首，爲徐花農閣學作七律二首。今將瑣語補當初。何當問訊唐張果，一樣成仙如不如。

花農於都下禱於箕仙，求方爲余治疾，賦此謝之

十七年來病已深，元非二豎故來侵。莊周未達養生旨，仲路猶存請禱心。欲爲蜉蝣延短

晷，翻教鸞鶴發清音。只愁時至終當去，枉費仙方肘後金。

弔潘烈士

潘宗禮，字子寅，又字英伯，順天府通州人。自高麗航海回，憫彼國之淪胥，歎中原之積弱，遺書數千言，托其友呈外務部轉達，遂於光緒三十一年十二月初九日蹈海而死。海内稱爲潘烈士。

直將一死振聾盲，四海争傳烈士名。古有鮑焦今復見，世人莫道太輕生。

海外於今别有天，樓臺蜃氣莽無邊。須知蹈海猶非計，愁殺先生魯仲連。

禹鐘酒

越中佳釀得名奇，豈果傳從夏后時。當日雖然惡儀狄，至今竟未絶追蠡。鶴觴幸已飛千里，龍勺何妨酌一卮。《禮記》，夏后氏以龍勺。想見年年六月六，家家清醑獻神祠。余曾謁禹陵，見聖裔姒君云族人甚衆，每年六月六大禹生日，皆來會祭。余因思禹鐘酒名殊不可解，疑非鐘鼓之鐘，乃酒鍾之鍾。此酒蓋姒氏子孫釀以祭禹者，以禹惡旨酒，故清例如此。鍾、鐘音近易訛，姑存此説，質之越中父老。

與客談詁經精舍舊事

老學庵中老病身，舊游回憶聖湖濱。樓頭雪月雨晴景，西湖有晴雨雪月四景。坐上周秦漢魏人。余課諸生，治經必主古義，賦亦多取古體。前輩典型猶未墜，升平樂事尚堪循。乾嘉雖遠餘風在，不枉生爲盛世民。

往年王益吾祭酒視學江蘇，續刻《皇清經解》，潘嶧琴學士視學浙江，續刻《兩浙輶軒録》，時稱盛事。今相距纔十許年耳，而此兩刻無過問者矣，披覽之餘，喟然有作

大江南北浙西東，使者星來兩處同。學海堂前搜墜簡，《輶軒録》外采餘風。峥嶸壇坫俱稱盛，辛苦丹鉛各奏功。十六七年彈指過，蟫殘皃朽付飄蓬。

謝白須温卿饋湯花

色味香三絶，來從東海槎。瑶瓶瀉瓊蕊，玉液泛金花。已覺甘如醴，還看清似茶。湯煎曾説餅，今又拜君嘉。湯煎餅亦君所饋。

櫻井兒山以魚籃觀音瓷像寄贈〔一〕，賦謝

是誰海上駕黿鼉，載得慈雲一片過。妙相居然現天女，名窑原不讓官哥。携來烟水魚籃小，收取乾坤蜃氣多。中外同沾三藐力，行看萬里永無波。

得樂峰尚書來書郤寄

一箋投我勝瓊琚，想望清光十載餘。北斗泰山韓吏部，春風紅杏宋尚書。寄來邛杖扶羸

〔一〕像，原作「象」。

步，留得胡牀便燕居。公去蘇日，以皮椅子三具見贈。及至蜀後，又寄贈邛竹杖三枝〔一〕。倘許南疆重借寇，料應再訪子雲廬。

題吴柳堂同年《罔極編》後

是編自咸豐十年七月一日始，至九月六日止，紀其母宣太夫人病歿時事，而時變亦略及焉。柳堂後以尸諫，言人所不能言，其事當載國史。兹因其孫儀汾出是編見示，率題其後。

四海傳遺疏，千秋仰偉人。今觀《罔極録》，尤見性情真。吾榜嗟寥落，惟公邁等倫。康熙老庚戌，應許企前塵。康熙庚戌科得人極盛，陸清獻、李文貞皆出是科。道光庚戌介丁未、壬子間，舊有蜂腰之誚，然如公等亦無愧科名，惟余厠其間，祇有慚汗而已。

〔一〕杖，原作「枝」。

余刻二十二卷詩成，覆閲之，竟有押重韻者，疏忽如此，不禁失笑，賦此以告觀者

一韻居然兩用之，鑄成大錯太離奇。豈真沿襲柏梁體，漢武帝《柏梁臺詩》重押三「之」、三「治」、二「哉」、二「時」、二「來」、二「材」。抑或規摹《梁父詞》。孔明《梁父詞》重押二「子」字。見説古人原不忌，顧亭林云：「古人不忌重韻。」須知今律究非宜。輞川居士曲園叟，獨步千秋兩首詩。王摩詰《太子太師徐公挽詩》五律四首，第一首重押兩「名」字，律詩重韻此爲僅見，而余又貿然繼之，恐千古更無第三首矣。

陛雲還杭州掃墓，親至法相寺看去年所營書藏，在寺後石壁上，其下有亭軒故址，即志書所謂種石軒也。因援諸暨寶掌書藏之例，賦五律一首，他日亦擬刻之石上

今日藏書處，當時種石軒。荒蕪軒已圮，埋没石無言。佛借半弓地，天開六甲元。百年留有待，猿鳥莫讙喧。

宿疴小愈，出至外齋

軒窗兩月未曾開，拂拭塵埃又一回。自覺我如魚樂甚，錯疑人化鶴歸來。便從架上翻黄卷，再向階前掃緑苔。小劫居然更逃過，不知能此幾徘徊。

日本櫻花歌

往年看櫻花，高僅尺有奇。井上陳子德以小者數株合種一盆見贈。去年看櫻花，無幹虚有枝。白須温卿以折枝見贈。今年春風大得意，移得瓊林全樹至。亦温卿所贈。試將錮尺一評量，五尺堯禾猶不啻。孤幹直立枝彎環，荏苒柔條未忍攀。高張七寶玲瓏繖，雲花露蕊盈其間。想見東瀛花事好，十里五里看不了。行來如入蕊珠宫，望之儼對瑶華島。老眼摩挲曉日中，微嫌孤樹不成叢。花前戲誦前人句，若得千株便雪宫。花初開微紅，盛開則白，老眼模糊，見白未見紅也。

西洋水仙

洛神小賦仿陳思，一樣根株異樣姿。微步來從滄海外，輕袿换到艷妝時。五色皆備。楊妃浴後原如玉，鄭婢泥中不受緇。或水中，或泥土中，栽之皆可。東國櫻花開最好，無香翻覺少輸伊。時東洋櫻花亦盛開，但少香耳。

仁錢筍

鄒君景叔，杭人也，以仁和筍饋，云筍有仁、錢之别，仁和美而錢塘劣，余衍其語作歌。

春雷隱隱又軫軫，驚起籜龍齊露頂。朝來小市人聲喧，山中人賣山中筍。山中筍擔來聯翩，就中分别仁與錢。錢唐之筍非不美，不如仁和尤甘鮮。我思錢唐古秦縣，仁和今縣宋時建。豈有薛滕争長嫌，竟如橘枳逾淮變。仁和境内人烟稠，膏腴萬頃皆良疇。一任清廉賢令尹，便堪騎鶴上揚州。錢唐管領湖山美，繞郭荷花三十里。袖中明月與清風，三竺白雲六橋水。弟兄魯衛竟如何，燕瘦環肥相去多。筍味居然同宦況，錢唐只合讓仁和。我昔右台仙館住，飽吃錢唐筍無數。陶莊日日送將來，半帶黃泥半帶露。今日仁和筍入厨，牛齡軟嚼尚能無。只能辨别新蒓菜，嫩是西湖老太湖。蘇州蒓菜皆出太湖，遠不如杭州西湖蒓也。

達齋東偏有山茶一株，高不盈丈，今歲花開，有大如牡丹者，諦視之，一幹兩花，實并蒂也，紀以詩

達齋東畔柳陰稠，小小山茶數尺修。忽訝一花大如盎，誰知兩朵合成毬。瑶臺邢尹同嬌面，香國郊祁并狀頭。檢點曼陀羅舊譜，不知此即串珠不。山茶有名串珠者。

聞意大利國非素伊山炸裂感賦

火山炸裂事，海外常有之。今聞意大利，又有非素伊。土地盡崩坼，人民皆流離。旬日流傳寰宇遍，見説鄰封咸往唁。可知此事不尋常，是亦海邦一大變。我思人身小天地，天地與人原不異。上古黄帝有遺言，陰欲其平陽欲閟。人心馳逐無時休，自忘身世同蜉蝣。力所不能及，智所不能謀，上天下地窮搜求。一刹那中起樓閣，一方寸地興戈矛。天一真源爲之涸，龍

雷虛焰從而浮。非但紅潮滿其頰，甚或赤眚盈其眸。亢陽有悔無可奈，膏火自焚良堪憂。今觀泰西人，頗亦類乎此。利必析豪釐，算不遺尺咫。礦金掘到九幽中，電氣收來半空裏。是真天地一蟊賊，吸盡菁華猶未已。山澤氣窮窮不通，陰降陽升卦爲《否》。炎炎焱焱起山中，雖挽銀河那能止。古之聖人知其然，竭澤焚山禁勿使。常爲天地留有餘，利或未興害可弭。自從堯舜禹湯來，三千餘年蒙其祉。方今事事效西洋，窮高極遠伊何底。自此更歷千百年，天地之大亦窮矣。陰不涵陽陽不潛，冬日花開到桃李。安知中國諸名山，不亦同時報火起。吾聞胡僧論劫灰，世界終爲劫火燬。今觀火山炸裂形，是即劫火燔燒始。靈源斷絶大槐焚，精氣枯乾混沌死。若要生人與生物，不識幾千萬甲子。老夫竊抱憂天心，抑亦自悟養生旨。慎無再煽崑岡炎，亟宜善養華池水。

陳小石中丞出示留别大梁詩，次韻奉贈

千里封圻仗主持，况當庶政振興時。浚儀城外移新節，清晏園中補舊詩。君曾任漕督，有清晏園三瑞詩。郇伯雨膏人盡望，江督電請速來。弱翁治行帝深知。命無庸來見。匆匆行色吟偏健，一串明珠探得驪。

莫戀樊樓舊酒痕，南邦歌頌至今存。且辭月下梁王苑，來款花前齊女門。到處軍容森壁壘，閱看沿江炮臺。沿途景物攬江村。節樓開日春光滿，喚醒梅魂與柳魂。於三月二十九日接印，下車之始力求整作。

丹心白水夙同盟，看取翩然琴鶴輕。共仰盛年似荀羨，已驚威望比梁征。未抛伊洛先儒學，君在汴時創建尊經學堂。別鍊華戎合隊兵。藉慰九重南顧意，本來三輔久知名。君曾官大京兆。

書生本色一吟筇，北轍南轅鮮定蹤。此日劍池春試馬，昔年金闕曉聞鐘。君曾充留守大臣。惟憐桑梓睽違久，尚冀松楸入望濃。可奈簡書催太急，飈輪連日走如烽。君去年擬乞假回貴州籍，未果。今年又擬請二十日假回江西原籍省墓，旋奉旨催赴新任，亦未果。

太丘家世共知聞，霄漢翱翔幾雁群。君昆弟鼎盛。宋代勛名比韓范，陸家兄弟本機雲。即今旌節臨申浦，可有詩篇寄卯君。欲向池塘尋舊夢，吴門草色緑如裙。

憶接清光癸卯年，集中留得送行篇。在第二十卷。喜聞大旆三吴莅，頗損衰翁一夕眠。余與書云：「聞君將來，喜而不寐。」坐對定應憐老態，起迎不覺聳詩肩。只愁愛婿分襟去，未免欣然又惘然。子原守蘇州，遵例回避。

四月初八日，先大夫忌日感賦

自作孤兒六十年，强扶衰病拜筵前。敬因忌日陳家祭，愧未清明上墓田。比年德清掃墓，皆命陛雲代往。聖世科名今已斷，科舉已停，則吾家科名至陛雲止矣。名山著述可能傳。去歲於西湖及紹興諸暨寶掌巖兩營書藏，《印雪軒詩文》皆敬藏其内。惟欣垂暮崦嵫迫，不久還應侍九泉。

舊錫盂歌爲周子雲作

君年未六十，風貌甚古朴。訪我春在堂，我因止之宿。每日寅卯閒，君已起盥沐。手挈歙烟筒，三字見佛經。來造我之屋。别携一錫盂，小僅如奩盝。無款亦無識，不琱又不琢。似土簋無蓋，如瓦鐺無足。中盛淡婆姑，烟草名，淡巴姑亦名淡婆姑。零雜可一握。我見爲瞪眙，此物目曾觸。是我先母物，手澤今猶溽。我母與若母，姑姪誼最篤。偶然以此贈，誰料至今蓄。緬惟我外姊，長我逾二六。君母，我外姊，先慈胞姪，長我十三歲。從小賴提携，垂老更友睦。自承我母賜，寶之如和璞。相與共晨夕，都忘幾寒燠。今又傳至君，不厭手頻捉。其色則黝黝，其聲則硞硞。

彎彎曲曲唇，凸凸凹凹腹。佩邪不中規，斑斕欲生醭。幾同欹器欹，幸免撲滿撲。置之星貨鋪，一錢無可鬻。君看富貴家，傾銀又注玉。麻拂葛燈籠，兒孫以爲辱。君胡獨不然，其意別有屬。一器豈所珍，有懷在風木。老物重摩挲，色笑儼在目。范硯魏公笏，方兹亦何恧。世世永寶用，毋使毀於櫝。即此拳拳意，可以愧薄俗。而我亦凄然，爲君歌此曲。同懷杯棬悲，老淚不勝掬。

四月二十八夜，夢見先君子，余問：「大人近亦作詩否？」曰：「明日即有詩課，課題咏江珧柱二十韵。」覺而異之，紀以詩

夢里居然笑語聞，老親情興尚殷殷。招來吟侶金鵝麓，先君墓在金鵝山。拈得詩題玉柱君。故事想應徵海月，舊交尚可訪苕雲。先君幼時讀書徐氏苕雲草堂。如何人世翻零落，雅坫騷壇付夕曛。

次韵答小石中丞

未能扶杖暫登堂，且劈吟箋寫麥光。雪唱雲和殊有味，唐僧齊己詩「忽得雲和雪唱詞」，「和」字讀平

聲。高鵬低鷃久相忘。從容巾扇看諸葛，脱略衣冠笑子桑。再作小詩邀一笑，妨公半日簿書忙。

陳鹿笙方伯述其伯父仙洲先生，諱錫鈞，乾隆癸酉科舉人，官保定府知府。八十歲，直督李文忠保薦卓異，八十四重宴鹿鳴，八十八與夫人林氏重圓花燭，猶在保定府任也。斯真人瑞，以詩紀之

息廬八十須眉白，息廬乃鹿笙自號。生日開筵宴賓客。酒酣與客話遺聞，還效兒童呼伯伯。君家伯父仙洲君，自幼讀書工爲文。鄉榜題名前癸酉，其時弱冠一終軍。身歷仕途容易老，一麾五馬官非小。居然首郡領畿疆，卓卓循聲滿燕趙。畿疆坐鎮李文忠，敬以循聲達聖聰。廉平上考二千石，耄耋高年八十翁。八十老翁登薦牘，已使人人推老福。更聞兩度鼓笙簧，更見兩回拜花燭。兩事人閒總大難，天教此老一身完。最奇白首重來客，還是黄堂見任官。佳話流傳遐邇遍，一時歌咏盈千卷。息廬使我補爲詩，不覺臨風生艷羡。我雖鳴鹿兩登筵，一斷鵾弦廿七年。何況朝衫抛棄久，半生蹤迹只林泉。偶向吴中徵逸事，却有一人聊足志。定遠方君百歲翁，手版脚靴猶未棄。同治間有定遠人方實質，號介亭，以同知候補江蘇，年百歲，以耆員奏請恩施。當年入奏號耆員，宦轍迢遥惜未聯。倘許保陽來聽鼓，府公郡佐兩神仙。

書王可莊太守尺牘墨迹後

君以第一人，高占蓬山頂。内而史筆操，外則文衡秉。及把一麾出，劇郡兩典領。仁粟被萬家，盜風空四境。遂使吴中民，謂與况公等。方今求治急，風動各行省。平原走火車，空山鑿金礦。取士由學堂，徵兵遍鄉井。特頒議員章，創定鄉官品。公堂坐律師，官路立巡警。足纏禁婦女，體操教童齔。官設烏烟盤，將擁紅幫艇。彩票奉憲開，護照從洋請。米禁時弛張，漕價歲增損。事涉教堂難，捐到妓寮盡。有司勉奉行，心與力交窘。束手歎封疆，攢眉愁牧尹。倘使君尚在，官位必更迥。或出擁旌麾，或入調鼐鼎。際此時方艱，諒必動中肯。管子審重輕，鄭僑濟寬猛。上免宵旰憂，下爲閭閻幸。豈惟比韓范，行見匹崇璟。惜哉公輔才，年命竟不永。遺墨留此編，對之涕欲隕。走筆書數行，聊以發孤憤。舉世笑科舉，人人齒欲冷。此中亦有人，幸毋一例擯。

題唐朱審山水長卷

嘗聞唐以前畫史，畫入丹青皆實事。山川城郭寫真形，不以白描矜絶藝。語本謝在杭《五雜俎》。朱審唐時老畫師，題名進士建中時。留此山水一長卷，尺洲寸島窮豪釐。所惜相傳千百載，題跋諸家無一在。國朝兩老此留題，米紫來漢雯、汪悔齋楫。空以詩情摹畫態。我思此畫出唐朝，閻顧遺型尚未遥。某水某山當有本，必非粉墨憑空描。惜我生平游覽少，展卷仿偟無可考。中間石佛巋然存，此事頗堪一探討。吾孫奉使過嘉州，嘉州大像今猶留。雙趺贔屓跨江岸，至今江灘名佛頭。然其風景全不似，迥非蜀山與蜀水。更有一寺兩浮屠，回首蜀江亦無是。我詩姑作是云云，敬問人間宗少文。倘使卧游遍海内，定能證實此烟雲。

俗諺云：「夏至有風三伏冷，重陽無雨一冬晴。」有風亦作酉逢，無雨亦作戊遇，未知孰是。今年五月朔夏至，是日適逢丁酉，賦詩紀之

衰孱難與夏蟲争，最怕炎官太不情。且喜一陰生遇酉，不愁三伏日逢庚。已無黴雨沾衣濕，會有凉風入坐清。所惜重陽非是戊，不然還許卜冬晴。

郋亭饋蓮花白

蓮花白，西洋菜也，形似菡萏而大，鬆脆可口。

是何蔬品錫名嘉，見説來從海外槎。蔡伯喈雖司菜庫，張昌宗本號蓮花。珍逾萵苣千金貴，大比芙蕖幾倍加。從此竟堪忘肉食，豚蹄雖好不須誇。君曾饋蓮蓬蹄。

左席卿直牧樹珍贈五言古詩一章，賦此荅之

明季士空疏，斯文幾墜地。詩文號復古，誰則知古義。皇朝崇正術，表章先六藝。絕學乃復興，鉅儒出其際。閻顧導其前，江戴後斯繼。僅舉四家，本曾文正見贈詩意。爰從漢唐來，森然樹赤幟。緊余實惷愚，茫乎其若寐。幸生諸老後，聊亦一得覬。群經既兼習，諸子亦旁肄。粗通訓詁法，稍知假借例。高郵王氏門，未逮竊有志。書成數百卷，十或得一二。三十餘年來，頗亦行於世。吾道有盛衰，世運有隆替。自從西學興，舍道求之器。士習光化學，童寫俄英字。異學既風行，邪説乃日熾。分可君父忘，嫌不男女避。三綱行且淪，六經固當廢。阮王兩鉅

篇，至今高閣置。區區曲園書，不值一笑哂。老夫亦自量，何敢再攘臂。顧視此芻狗，未忍竟抛棄。浙西於錢唐，浙東於諸暨。各營一書藏，藏成深且邃。吾書藏其中，吾意竊有冀。更歷千百年，風會或又異。儻有好事者，出而發吾秘。乃今讀君詩，轉悔此非計。當代有子雲，何必後賢跂。作詩敬謝君，亦以寫吾意。匆匆一席談，落落千秋事。

五月十一日夜，有緑蝴蝶大如碗，四足，飛集長曾孫女瑻寶之室，馴而不去，賦詩紀之

豈果仙蹤出太常，却驚非黑又非黄。太常仙蝶有黄黑二種。勸君紅友一杯酒，問是緑衣何處郎。濠濮不堪尋舊夢，羅浮或許認家鄉。老夫戲語重孫女，此蝶分明爲爾祥。

題梁文莊公家書後

昔從湖上拜梁莊，即文莊賜塋。今讀遺書味更長。數紙盤盂垂大訓，百年翰墨發奇光。文莊本是三天客，舊學甘盤感疇昔。金殿揮豪墨滿襟，純皇御手親扶掖。公在上書房爲純皇帝作擘窠

大字〔一〕，適世宗駕至，命竟書之，見其墨沾袍袖，命純皇帝代曳之。公子黔中遠駐車，其時邊郡拜新除。公子敦書官遵義府知府。至今留得官箴在，老父清勤堂上書。書尾署清勤堂筆。書中語語清勤慎，勉以實心行實政。要言切戒是通融，想見前賢風采峻。手書剛健又婀娜，得力珠林寶笈多。公豫修《秘殿珠林》及《石渠寶笈》。異日山舟擅書法，可知此册是先河。數十年來風會變，老輩典型難得見。回首傳經介祉家，湖山養福徒餘戀。「傳經介祉」及「養福湖山」，皆高宗賜額。當日迎鑾淮水湄，賡颺御製百篇詩。見家書。雨窗展卷流連久，如見乾隆全盛時。

余以虚名傳播海内外，雖知不稱，然或者有以致之也。若幼少之時，天資駑下，不異常兒，而諸長老每有非分之期許，殊不可解。垂老追思，偶得三事，各紀以詩

吾舅平泉君，妗氏娶之黄。爰有黄公者，妗氏兄弟行。吾舅有四女，議以季歸我。妗氏猶

〔一〕擘，原作「劈」。

遲疑，有可有不可。黄公語妗氏，爾毋與與而猶猶。今失此佳婿，雖列萬炬何從求。嗟我幼魯鈍，日讀不過二百字。不知公何爲心乎，愛之口不啻。今老且就木，未足副公當日意。八十餘年來，黄公名字不能記。

我年二十歲，偶從先子還德清。維舟三里塘，徒步同入東門城。道逢一沈公，名雲字舒白。道光辛卯舉人，甲辰進士。先子命我揖，尊稱叔與伯。後公與坐客，縱論邑中諸名流。有若某某輩，公皆閉目摇其頭。坐客愕不信，豈無一士堪千秋。公乃張目語，曰有俞樾在。公等如欲與争雄，請學虬髯避海外。吁嘻乎！道旁一揖須臾閒，公從何處窺一斑。此事徐子爲我説，徐本立，字誠庵，亦同邑人。至今懷疑不能釋。

孫公竹孫者，先君子之表妹婿。吾嫂又公女，故我童時以父事。十齡就外傅，讀書於其家。童子六七人，樓上同咿啞。及我二十四，自江右歸應鄉試。公偶留我飯，稱我譽我不我置。公有兄子坐其旁，亦出一語相揄揚。俞氏難兄又難弟，兼謂余壬甫兄。將來名位未可量。公乃憮然歎，爾言何草草。小俞千古一傳人，富貴功名安足道。兄子愧且駭，不敢措一詞。余亦起避席，自覺顔忸怩。嗟我爾時何所有，但有小詩數十首。公何所見而云然，許我名傳千載後。至今垂老一追思，未識公言能副否。孫公名家球，竹孫其號，仁和臨平鎮人，故相國文靖公從孫。

《含真仙迹圖》

陳小石中丞喪其愛女，曰昌紋，字繡君。殁後於夢中頗見仙迹，母許夫人命工繪爲圖，圖凡二十。余按《真誥》，女子得道者居含真臺，因爲題其首曰《含真仙迹圖》。璡、玟兩曾孫女各爲賦七古一章，余覽之，亦欣然有作。

天風吹轉蓬萊院，世界恒沙誰復戀。爲感高堂展轉思，故教夢境分明見。珠箔銀屏敞畫堂，霞巾羽袖换仙妝。人間羅綺都拋郤，此是華胥第一場。偶然一换男兒服，游戲神通迷撲朔。手中簫管玉玲瓏，頭上冠纓金絡索。菩提明鏡總無埃，竟到華嚴法畔來。兜率陀天迎玉女，阿修羅衆拜瑶臺。有時閒泛芙蓉舫，真從春水來天上。四圍瑶草與琪花，一隊蘭橈兼畫槳。有時荼火見軍容，玉帳牙旗在碧空。多少蛾眉擐甲侍，繡蝥弧下女元戎。茫茫俯視塵寰處，黑霧黄埃莽如許。瓶中瀉出一泓清，大地清凉皆净土。歸來還是九霄旁，宫闕參差别一方。招得龍池諸女伴，仙音三疊奏霓裳。雲情鶴態描難足，寫出丹青剛廿幅。爲署《含真仙迹圖》，大堪補入《雲仙録》。曾孫兩女略能詩，各向窗前苦運思。牽率老夫發吟興，亦拈枯管一題之。題詩并檢瑶華史，千古幾人能得似。慧業應逾葉小鸞，奇蹤不數曇陽子。詩成投筆更茫然，暮景崦嵫轉自憐。兜率海山竟何處，不禁昂首白雲邊。

女婿許子原自松江移守蘇州，三載有餘矣。今年陳筱石中丞來撫三吴，其妹婿也，依例迴避，遂拜贛州之命。余老矣，恐此後再見無期，因歷叙數十年情事，作詩送之，即以爲别

憶昔絲蘿初締盟，兩家同住鳳皇城。袖中一幅紅鸞柬，坐上雙杯碧茗羹。癸丑歲，余在京師，許季傳親家至余寓，袖中出紅柬求親，余亦袖紅柬往報允，杯茗而已，禮無簡於此者。時勢艱難昏嫁早，甲子歲成昏，婿年十七，吾女年十六。阿翁送上長安道。破費研經數月功，布被練裳殊草草。即用遣嫁次女詩意。君家門第甲杭州，七子登科額尚留。許氏横河橋舊第有此額。只惜靈椿凋謝早，西華葛帔亦堪愁。吾女相從貧賤際，常憂門户支無計。勸學殷勤螢案功，謀生辛苦牛衣涕。詁經精舍面西湖，婿女同來亦足娱。夜夜俞樓共燈火，朝朝俞舫狎鷗鳧。更喜蘇杭來往便，東偏爲掃梧桐院。曲園花木小徘徊，秋去春來梁上燕。自甲戌至辛巳，婿與女皆春來秋去。無何一慟淚滂沱，慧福樓頭怕再過。黄壤廿年嗟已矣，青雲萬里問如何。送君又上京華去，此去聲名滿郎署。郎署争傳水部詩，諫垣榮掌京畿路。一朝五馬向南來，五十年華鬢未衰。已喜名區典峰泖，更欣首郡調蘇臺。蘇臺原是舊游所，春在堂前重笑語。昔時書卷寄芸窗，此日旌麾照蓬户。自憐老病未登堂，車騎頻來亦有光。郢説新奇常借閲，郇厨精腆每分嘗。太守園林花最盛，太守愛花同百姓。不辭日翦數枝來，插我膽瓶斜又整。曲巷平橋路未賒，奴臧婢獲走如麻。吾家孫婦君嬌女，日日堂前盼阿爺。曾孫癡小猶垂髫，令節生辰皆往賀。姊弟明朝赴外家，先生一日停功課。今春懽笑復明春，三載閒園作主人。閒園乃郡署園名也。吴下鶯花常似舊，天邊節鉞驟頒新。新來開府君家婿，國家令甲宜迴避。豈有妻兄顔濁鄒，可使臺參同屬吏。石樓山下路悠悠，章貢分源此合流。君以書生守邊郡，一官雄鎮贛江頭。江南父老咸嗟惜，惜此賢良二千石。尚期陳臬與開藩，還我使君終有日。只餘衰朽不勝情，忍向尊前唱渭城。惟誦當年舊詩句，老夫相見恐來生。丙戌年送君北上詩也。

午橋尚書登瑞士國布拉德山絶頂，時閏四月十八日，積雪滿山，千里一白，風景絶奇，因用西法照印，以一紙寄贈，爲賦短歌

羨君豪游直到西海西，布拉德山絶頂窮攀躋。俯視滄海深深八千尺，仰觀但覺浮雲低。

又况千山萬山雪，合成一片水晶域。願君大筆此留題，萬古洪荒數行墨。

寄贈劉雅賓太守傳福

雅賓乃余主講吴下時肄業生也，時新從四川叙州府調綏定府，以書來告。

五馬新移古達州，宕渠山下已停騶。行蹤幾遍三巴路，名姓應題六相樓。李嶠、李適之、劉晏、韓滉、元稹、張商英并官其地，後皆入相，故有六相樓焉。君以翰林出守，或能繼其盛乎。驛路風霜勞宦轍，講堂燈火憶前游。蜀箋蜀錦無煩寄，愛聽循聲動冕旒。

小石中丞之撫汴梁也，因求雪得雪，宴集賓僚於曾文正祠之瓣香樓，賦詩紀事。屬而和者，自學使、方伯、廉訪以下二十二人，刻石祠中，承以拓本見示。余感念前游，預聞盛事，即次原韻，走筆成詩，不計工拙

五十年前歲丙辰，余從前奉使中州，起乙卯秋，訖丁巳秋，故舉丙辰言之。梁園曾忝坐中賓。今來吴苑新

開府，亦是樊樓舊主人。大啓瓊筵因賀雪，小拈斑管便生春。刻成不待碧紗護，紅袖何須再拂塵。

聞爲南豐特起樓，自慚無分到樓頭。欣看好句皆珠玉，莫問浮生幾葛裘。匡濟時艱公等在，優游歲暮我何憂。倘教得預諸賓末，叙齒應叨一席留。聞同會二十二人合成一千一百餘歲，使老夫得預斯會，恐無出我右者矣。

午橋尚書以埃及古國所得石像數具，摹拓其文，製扇贈客，余與陛雲各得其一，洵奇迹也，爲作此歌

埃及始建國，遠在少昊時。國名密西來，城曰地維司。密西來亦作密西，地維司其初築城地也。厥後改名作埃及，惟時正在殷中葉。時在西曆前一千四百八十五年，加今西曆一千九百有六年，則三千三百八十有九年也。至今三千四百年，舉成數。乃有遺文書我箑。埃及國文字，肇始伊何人。創之者阿妥，繼之者明侖。後來國勢加恢廓，竟有戰船紅海泊。約瑟登朝解救時，所榔越國來談學。一亡於波斯，再亡於羅馬。茫茫開洛城，故宮無片瓦。尚書仗節駕飛艫，閒來弔古亡王墟。不識當年三石塔，巋然舊址猶存無。近從歐洲歸，貽我一便面。上有埃及文，觀者目爲眩。但見摹拓如人形，虡虒銅尺一尺零。其形或正亦或反，無論反正皆有銘。行列頗分明，文字莫可

校。一二象形文，爲羊又爲鳥。聞埃及國文字亦有象形、會意、指事各種，余觀此文有若羊者一，有若鳥者三，殆皆象形字也。老夫老病形支離，安能海外從公嬉。布拉豪游已歎絶，君登瑞士國布拉德山，以照片寄贈。埃及古迹尤驚奇。倉頡石室書，千古無人讀。永福有仙篆，歐公不敢録。中國文字猶難通，況在大荒西經中。惟欣得此掃殘暑，數萬里外來清風。

日本人有小柳司氣太者，編輯余事迹，分爲六章，一曰曲園世系，二曰曲園出處，三曰曲園著述，四曰曲園與我國文學，五曰曲園與曾李二公，六曰曲園雜事，余皆未之見。惟其第三章言著述者刻入其國《哲學雜志》二十一卷，余得見之。而中東文字雜糅，不可辨別。宋澄之孝廉諳習東文，爲余譯成一篇，因題其後

舉世人人談哲學，愧我迂疏未研摧。誰知我即哲學家，東人有言我姑覺。《哲學雜志》來東洋，曲園著述言之詳。豈惟師友追曾李，抑亦源流溯漢唐。自宋迄明講心性，直到清朝經學盛。江戴師生自繼承，高郵父子相暉映。古書假借發明多，古韵部居分別定。曲園生值道光元，諸老凋零垂欲盡。乃從高郵王氏後，又自森然闢門徑。是固二百餘年來，天使曲園爲後勁。以上皆隱括原書語，謂曲園乃中國經學家殿後之巨鎮。我聞此語雖慚惶，或者讕言猶可信。又言新學興泰西，幾視舊學如糠秕。豈知新舊迭相嬗，未可棄置同筌蹄。當以支那諸舊籍，外人皆稱我國爲支那。歐西新説同參稽。天生曲園於此日，豈徒孑孑存遺黎。正於新故傀互處，使爲象寄爲狄鞮。亦隱括原書語，謂曲園乃新舊過渡之大步頭也。我聞此言三太息，此言於我非所徯。方今一變可至道，俎豆危欲祧宣尼。吾儕遺經尚在抱，行見萬口交訶詆。更有何人此問路，山徑間介原非蹊。老夫年來見及此，兩度藏書山腹裏。儻有一卷兩卷傳，庶可千年百年俟。余去年於浙東西山中皆鑿石藏書。不圖今遇小柳公，竟知世有曲園翁。收歸哲學傳中去，傳語康成吾道東。

畫像

古祭必立尸，精神相感召。尸廢圖像興，則在求之貌。金母畫甘泉，其像必已肖。唐代拜御容，尊嚴比宗廟。流傳逮氓庶，沿襲成典要。若非有畫像，何以寓追孝。西人講光學，其技益奇妙。攝影入玻璃，寸管窺全豹。惜乎光易流，數年便銷耗。始知鏡取形，不如筆寫照。嗟我八十六，敢謂年非耄。吾榫久已製，吾像猶未造。範金固無資，刻木亦費料。乃招畫師來，爾技爲我效。形勿忖留嫌，神必阿堵到。異時坐影堂，伯鸞配德耀。子孫沿成例，歲時薦鍘芼。下逮雲仍輩，鐙下來瞻眺。曾孫猶識我，一一指相告。此即曲園翁，老醜幸勿笑。

黃河鐵橋歌

吾聞秦莊襄，實始爲河橋。此橋下逮明萬曆，蒲津古迹何遥遥。《秦紀》但云作河橋，張守節謂即蒲津橋，此橋在朝邑縣，直至明萬曆時河徙始廢。西晋建河橋，議本杜元凱。此橋累代有廢興，北宋末年橋尚在。晋杜預倡議於富平津口作河橋，其地在孟縣，宋政和中猶修治之。黃河千古流濺濺，河橋此後無聞焉。不圖聖清奏奇績，鐵橋高架河之堧。自從火車入中國，津漢一塗互南北。何物黃河當我前，臨流欲渡渡不得。外國工師膽氣粗，謂此何足迂吾塗。初議作鐵橋，猶與未决，外國工師力贊成之。乃聚千斤萬斤鐵，彩虹一道平空鋪。從此飆輪來往便，游龍流水走如電。不消烏兔兩回忙，已自漢濱達京甸。自漢口徑開京師，不兩日而達。從古河橋盡造舟，易竹爲鐵計已周。古之河橋皆是浮橋，故杜預云「造舟爲梁」，河橋是也。蒲津橋舊制本辮竹笮以維之，唐開元時始以鐵索易竹笮，見張燕公《橋贊》。眼前突兀鐵橋出，此舉真可空千秋。宋時萬安橋，刻有蔡襄記。橋廣若干修若干，微至楯欄無不具。黃河鐵橋前朝無，固宜備載橋規模。惜哉未有鐵橋記，幸哉猶有鐵橋圖。我撫此圖一擊節，我觀此圖三太息。易以設險戒王公，無險何以守邦域。南條之水江爲大，北條之水河爲雄。九州形勢此其最，金湯天造非人工。往者東南群盜起，朝廷特遣防河使。彼時千騎聚如雲，此日一橋平似砥。况聞鐵軌遍塵寰，十里百里一息閒。入蜀已如無劍閣，游秦何處有函關。勇夫重閉古人語，王道蕩平乃如許。水則徑投苻堅鞭，陸則高叱王尊馭。我言未竟人争訶，豎儒剌剌言何多。五大洲且合爲一，看余海上梁黿鼉。

陳鹿笙方伯挽詞

鹿笙故有脾泄之疾，今年五月增劇，自知不起，豫賦絶筆詩十章。其月二十八日作書别余，且贈五絶句，并以絶筆詩寄示，是月小盡，至六月六日而卒，僅隔七日耳。余感其意，和其絶筆詩四首，聊寄一慟，原詩十章皆用一先韵，不知何取也。

來去分明自了然，不生佛地定生天。人傳巴蜀留遺愛，公與湖山有宿緣。君自川藩罷歸，即寓杭州。

一月病魔愁殗殜，十章詩筆喜輕圓。只憐老友凄凉甚，回憶論交卅載前。

相逢一面訂韋弦，巾子山邊送上船。當日不知行旅苦，至今深感使君賢。余癸酉年至福建，道出台州，君適守台，爲余具舟，并遣健兒護送至黄巖。

杭州共賞晴湖勝，蜀道全消夕堠烟。却好吾孫銜命至，賓筵安穩薦嘉籩。壬寅歲，余孫陛雲典蜀試，第三場點名時，有寇闌入省城，君力戰却之，否則危矣。

吴中花月話便娟，藉慰相思各一天。前年君來吴下相見。共訝衣冠能殺賊，即壬寅蜀中事，君有《衣冠巷戰圖》。我看杖履竟如仙。霜松雪竹何妨傲，白髮蒼顔倍覺妍。遥指三台山下路，他年於此共長眠。君卜葬西湖三台山，與余生壙相近。

今歲剛交八十年，欣看荷葉正田田。君今年八十，於四月豫祝。方期文度常依膝，君長公子幼鹿觀察今年六十，與君同日稱觴。何意洪厓遽拍肩。耄耋光陰真露電，仙凡況味異馨羶。不知他日逢君處，能否同依香案邊。君贈余詩云：「前身同侍玉皇前。」

馬鈴子

秋蟲也，聲似馬鈴，故名。

平生抗俗走塵紅，車鐸郎當慣耳中。何意野蟲秋振羽，竟如天馬夜行空。不同暑日蟬鳴樹，略比寒宵蟀在籠。我已壯心銷耗盡，儘教伏櫪老英雄。

黟縣程輝卿錫熯以其先德勖吾翁詩見示，余未深許，又以畫册來，則花草禽蟲無不入妙，因摘段成式語「活禽生卉」四字題其端，并附二絶句

黄筌禽鳥趙昌桃，宋袁桷句。以畫成名亦足豪。絶勝詩家生活冷，霜情月思寫枯毫。

晴窗展卷幾回看，妙筆天成品目難。且學段家柯古語，活禽生卉是邊鸞。

小石中丞巡視太湖口，賦詩四章，歸以見示，和其一首

直上香山俯太湖，昔時曾伴老龍圖。余戊辰歲從曾文正公游此，今三十九年矣。卅年情事渾如夢，一樣江山總不孤。試向烟波窮北望[一]，可知形勢冠東吴。何當鼓棹從君去，飽看秋花千頃蘆。

[一] 波，原作「渡」。

孝女徐二姑詩

老去江郎筆已枯，尚將史筆寫莊姝。不傳才藻劉三妹，只表貞萋徐二姑。二姑昆弟原非一，姑與一兄皆嫡出。坎男離女竟雙生，楚國唐勒同一律〔一〕。無何乾蔭謝靈椿，庶出諸郎散似塵。只有一男與三女，垢衣生蘚侍孀親。不圖兄又魂游岱，臨死殷勤重語妹。與妹同來不同去，此後娘前惟妹在。可能竟作北宮嬰，夏清冬温妹代兄。涕泣誓言聞命矣，拌將丫髻了終生。長女三女後先嫁，留得二姑脂粉謝。長依白髮母堂前，不負黄泉兄地下。廿年事變儘繁多，古井沈沈總不波。惟把前言盟息壤，不將獨處感⿰女包媧。春風深閉閒庭院，鬟母鴉娘稀覿面。肩輿忽過所親家，兩家阿姥皆相見。爲言吾母病龍鍾，後日還期時過從。欲使病親先有托，豈非大命豫知終。晨妝明靚猶無恙，殗殜經旬俄屬纊。歸去泉臺見阿兄，應言恨未能終養。蘭臺舊史曲園翁，爾父曾同入泮宫。二姑父名本立，字誠庵，江蘇知縣，余與同歲入學。已歎故人失城北，更欽孝女勝河東。夏侯碎金奇女子，離夫事父登唐史。何如不嫁更爲高，巾幗完人了無

〔一〕 勒，原作「勤」。

滓。傳語杭州采訪家，莫將奇孝等恒沙。一自封章陳大吏，果然恩命出京華。余告之杭州采訪局，遂得旌如例。百行由來惟孝重，一縣喁喁咸感動。未見門前綽楔高，已看祠内馨香供。光緒三十二年八月二十日，入德清節孝祠。老我頽唐病不支，尚將名教强扶持。惜無黄絹中郎筆，來寫清溪孝女碑。

聞子原移守廣信賦寄

翠微樓在翠微閒，郡城有翠微樓。且喜銅魚又此頒。十八危灘休問訊，初授贛州。卅三福地好躋攀。郡西北有靈山，道書稱三十三福地。晨衙已免臺參累，宵枕何愁睡味慳。君素患失眠，今當愈矣。試看南屏與靈鷲，分明移到故鄉山。靈山一名靈鷲山，郡東南又有南屏山，皆西湖山名也。

唐張繼《楓橋夜泊》詩膾炙人口，惟次句「江楓漁火」四字頗有可疑。宋龔明之《中吳紀聞》載此詩作「江村漁火」，宋人舊籍洵可寶也〔一〕。此詩宋王郇公曾書以刻石，已不可見，明文待詔所書亦漫漶，「江」下一字不可辨。筱石中丞屬余補書，姑從今本，然「江村」古本不可没也，因作此詩附刻，以告觀者

郇公舊墨久無存，待詔殘碑不可捫。幸有《中吳紀聞》在，千金一字是江村。

次韵筱石中丞秋夜作

纔聞攬勝到天平，君前兩日曾游天平山。泉石流連尚有情。吟案燈光揺客夢，戟門鼓吹動秋聲。朝晴應卜農田熟，宵永彌添詩味清。想見八州兼督日，蕭然還是一書生。

〔一〕寶，原作「實」。

悼曾孫慶寶

肌膚冰雪貌丰昌，況復聰明記性强。以我八旬猶未死，致兒四歲便云亡。笑啼都化三更夢，湯藥空勞一夕忙。始信人間醫可廢，老夫舊論不荒唐。醫來，皆不知何病。

七月初，余用西人攝影之法照一小像，僅五六寸耳。白須温卿取付其國照相館，祏而大之，至四尺餘，立之坐側，偉然可觀，爲賦一詩

六寸俄成四尺强，層層攝取鏡中光。仍留裴楷三毫在，竟有曹交一半長。藤杖過頭人獨立，葛衣稱體候初凉。置之客坐非無意，客到還如我在旁。

陳鹿笙方伯之卒也，余既以詩弔之矣，已而聞其戚施君言，君易簀後，子孫已哭拜訖，忽又張目起坐，索紙筆作書，以洋錢若干分賦其衆，某一百某二百，又書一絶句云：「行年八十似浮漚，萬斛塵緣死便休。但願海波風漸息，家聲不墜作清流。」書已，投筆就枕，仍悠然而逝。來去自如，真異人也，賦此紀之

壽陽相國告終時，起擁夷衾又賦詩。聞祁文端公臨没有此事。始信至人原不死，豈期異事又逢茲。數行拉雜分支券，四句蒼涼絶筆詞。就枕悠然仍復去，茫茫此去竟何之。

題程忠壯公遺像

程靈洗，謚忠壯，《陳書》有傳，其先在梁時聚兵保黟、歙，拒侯景，領新安太守，至今徽人廟祀之。徽之程姓者皆奉爲祖，猶徽之汪姓者皆奉越國公汪華爲祖也。其裔孫錫煐以畫像求題，并有宋寶慶三年九月一日封廣烈侯誥，古色黝然。唐宋以來題跋諸家有文天祥，有虞集，洵程氏世守之寶也。因題二律而歸之。

桓桓忠壯邁恒倫，遺像留傳尚似新。百戰功名始黟歙，兩朝辛苦事梁陳。旌麾所向生無敵，俎豆常存歿有神。祠廟合鄰汪越國，同看子姓奉明禋。

英姿颯爽照塵寰，想像神威百世閒。誥敕崇封猶寶慶，名流題跋有文山。圖麟生面居然在，射蜃遺聞未可删。誥詞有「射蜃息妖」語，於史無徵，必其軼事。也似吾鄉錢武肅，一方鐵券尚斕斑。

六橋太守三多，本杭州駐防也，奉檄權知杭州府事，杭人守杭，事亦罕見，書來乞詩，爲賦一律

從龍勁旅駐吾杭，二百餘年當故鄉。君家自順治二年駐防杭州，至今已傳九世矣。平日鳩車此游戲，一朝燕履忽飛翔。暫因簿領抛松菊，已見旌麾照梓桑。頓使俞樓增色澤，門生門下有龔黄。

明人稱門人之子爲門孫，見《都公談纂》，余偶載之於《茶香室叢鈔》，遂有投刺於余，稱門下曾孫者，戲賦一詩

舊游如夢亦如雲，自顧頹齡轉自欣。年齒已成野王老，輩行合是武夷君。淵源竟及三傳遠，沆瀣還從一氣分。功令不將科舉廢，玄孫門下定成群。吾孫四川門生内用翰林、外用知縣者頗不乏人，使科舉不廢，則或放試差，或充同考，所取之士，余可作玄孫觀矣。

題張楚寶觀察三石圖

一石坐如踞，一石拜如嫈。一石夭矯學作龍，神龍欲飛不肯卧。三石得一已大難，兼而有之真奇觀。有如重臺蓮一朶，又若偃蓋松千盤。異哉平泉一品石，竟作太華三峰看。我聞磊字訓衆石，此義曾由汶長釋。請歌《楚辭》「石磊磊」，願君石交得三益。

黔士嚴晴初、黎授孫自言，黔去吴萬里，無不知有曲園，今來吴下，不可不一見。余感其意，爲賦此詩

黔士平時所識稀，何來二客款吾扉。謬推海内靈光殿，請看先生杜德幾。言語闊疏無意味，衣冠布素少威儀。不如舍此閒游去，十里山塘好夕暉。

浙西荒於水，吾湖尤甚，因賣字助振，詅之以詩

天將淫雨釀奇荒，見説哀嗸滿故鄉。昔歲賣文今賣字，戊子、己丑□曾賣文助□〔一〕。□夫小作饋貧糧〔二〕。是舉也，得洋錢七百有奇，以一百寄湖州交李松筠，以二百寄德清交戴少鏞，小助平糶；又以二百寄上海施子英彙振江北，餘則分饋族人，并所識貧乏者。一杯之水，聊記於此。

〔一〕 助□，疑當爲「助振」。

〔二〕 □，疑當爲「老」。

南匯葛氏昆弟四人，曰伯慈，曰仲逵，曰叔莊，曰季華，偶於其師案頭見余賣字助振詩，叔莊時年甫十歲，歎曰：「助振善舉也，又可得曲園先生之字，何幸如之，苦無錢耳。」因謀於兄弟，各以壓歲錢所餘乞余寫一聯。余聞而嘉焉，欣然寫付，并贈以詩

大好家風葛稚川，四株玉樹總森然。堂前欲寫宜春帖，枕畔同搜壓歲錢。不解何緣知漫叟，最難此意出髫年。就中叔豹尤堪愛，十歲能文謝惠連。

胡效山觀察俊章挽詞

安定先生松柏姿，歲寒標格最堪思。人欽京國知名早，我恨蘇臺把臂遲。幾輩貴游爭北面，君少負文名，從游者甚衆，今尚書玉岑溥公即其一也。半年邊瑣寄西陲。君官延榆綏道〔二〕，未久即引疾歸。

〔二〕 官，原作「宫」。

上方文綺珍猶在，官秦時，屢於行在拜受恩賚。行卷麻沙版未劖。曾以會試硃卷見示。袍笏抛餘忘宦味，鐙檠對處憶兒時。百年科第題名表，君搜輯道光以來鄉會試題名録甚備。廿卷湖山攬勝詩。君晚年輯《西湖詩録》甫畢。老學究存真面目，病維摩見古鬚眉。仍勤鉛槧何曾倦，能飫肥甘豈是衰。重繭宵披雖畏冷，君性畏寒。雙輪晨運竟忘疲。君出新意，置輪杖端，推之而行。因余先世通家久，余與令叔迪甫大令爲庚戌同年。不惜衰門執禮卑。鐵嶺新編曾再贈，贈余《八旗文録》兩册，一朱印，一墨印。《輶軒》舊録又分貽。君今年買得阮文達《兩浙輶軒録》兩部，分一以贈。桃投李報僮奴熟，雪唱雲酬婦竪知。君孫女與余兩曾孫女均有唱和之作。居易方欣交夢得，伯牙何意失鍾期。已開八秩堪稱壽，偶抱微痾總誤醫。一月前頭猶枉過，九泉何日得追隨。今年吟稿刊粗就，讎校烏焉更倩誰。余每刊書，君爲校字甚精審，今詩第二十三卷已刊其半，君不及校矣。

美國醫士柏樂文寓吴下二十餘年矣，近得一奇術，能洞見人藏府。其法以一毬盛電氣，使人背毬而立，一人以鏡窺之，則藏府畢見。吾孫陛雲往觀焉，適見其人之心，長二寸許，本小而末大，本在中而末偏左，其色黝黝然，其動趯趯然。餘無所見，蓋毬之所置正當其人之心也，若移易之，當無不見矣。歸與余言，因爲此歌，以紀其異

龍叔背明立，文摯向明看。看見方寸地，空洞無遮攔。事見《列子》。後來一公謁華嚴，使視吾心在何地。忽騎白馬過寺門，忽上刹端危欲墜。不知何術能使然，或亦寓言非實際。一公事見《酉陽雜俎》。醫家於此精研摩，爰有明堂鍼灸圖。人之藏府歷歷在，竟如依樣描葫蘆。革囊盛血那可見，未免疑真又疑贗〔一〕。五藏之神各有名，見《雲笈七籤》。安能呼之使覿面。泰西醫士

〔一〕 贗，原作「膺」。

忽出奇，竟於腹内窮豪釐。一毬大如碗，空明如琉璃。雙管貯電氣，輸灌無休時。一人背毬立，一人執鏡窺。鏡中所見惟何物，爲心爲肝爲肺脾。雖有重裘不能隔，遑論其内膚與肌。吾孫亦得與寓目，惟見一心儼可掬。本小末大偏在左，始信明夷占左腹。此外一皆無所見，非不能見目不屬。吾聞秦鏡高挂咸陽宫，照見五藏何玲瓏。見《西京雜記》。又聞唐時秦淮得一鏡，亦能照見人心胸。見李濬《松窗雜録》。此皆神物世間少，不過文人佐詞藻。西人光學何神奇，電氣用來無不妙。一點靈犀仗此通，何必然犀方了了。倘教此法傳人間，和緩倉公都拜倒。三部九候不須言，脈訣脈經皆可掃。扁鵲洞見癥結未爲難，華陀輕用刳割豈云巧。吾孫歸以語老夫，咄咄怪事人争呼。老夫舊有杜德幾，往往驚走鄭國巫。柏君柏君聽我歌此曲，奇人奇技誠非誣。吾心超然自在普賢地，試問爾鏡能窺無。

曾孫女玟翦小紅紙三方，大僅分許，摺成一人一馬一船，頗極微妙，爲賦一詩

人物纔如粟，成來亦自奇。須知五覆反，不出一豪釐。爾可虱心貫，吾從蝸角窺。因之齊大小，芥子是須彌。

光緒三十二年十一月十五日詔升孔子爲上祀，恭紀

江漢秋陽孰與倫，巍巍道德配乾坤。外人方欲群經廢，明詔還將至聖尊。俎豆森嚴升上祀，章縫歌頌滿橋門。從前私慮今全釋，始信斯文萬古存。

是月二十三日又有詔於曲阜縣特設一學堂，仍用前韵恭紀

危言日出奈非倫，曼衍將盈大地坤。欲使百家消異喙，須爲萬世定常尊。羅陳俎豆昌平里，屏絶桓文孔氏門。想見詩書崇正術，無論漢宋總長存。余謂曲阜特設學堂，宜分漢學、宋學二科，使人各就所近而學焉。草茅私見，未必有當，姑存狂瞽，以觀驗否。

王周曲

有唐詩學擅千秋，三百年中不勝收。我愛張皇到幽渺，戲將新曲譜王周。周也晚唐一進

士，但有姓名無爵里。或亦東南吳會人，故能私淑天隨子。見《志峽船具詩序》〔一〕。生小聰明阿母憐，五齡課讀在燈前。七歲居然解聲律，柔荑小手擘銀箋。髫年便具青雲志，不與鄰童共游戲。竹馬鳩車盡屏除，麻衣去就春官試。一試春官袍換青，泥金帖子報家庭。鄉中父老皆驚歎，榜下郎君只九齡。九齡登第真奇事，項橐甘羅何足異。算有張童子一人，或者與君堪把臂。張童子九齡舉於禮部，見昌黎序。朝朝游宴曲江東，五百同年拜下風。題字已加前進士，問年猶是未成童。惜向榜頭看氈筆，未占巍峨召第一。隨例聊將幕職充，蜀山蜀水堪愁絶。崎嶇萬里走瞿塘，十二巫山路渺茫。大好峽江船具咏，奈無魯望共商量。是時海内方喧哄，十國五朝何倥傯。草草梁唐晋漢周，先生一覺邯鄲夢。夢醒居然宋代存，太平興國五年春。左輔一牙俄脱落，時年太歲在庚辰。秭歸城外重經過，太息舊游無一個。倘教王煥偶然逢，兩老尚堪同唱和。王煥，唐天順二年進士，至宋猶在，年九十九。我爲斯人一歎嗟，可憐垂老尚天涯。浮沈薄宦功名小，淪落荒陬道路賒。轉念浮生如露電，當時人物誰堪羡。英雄抛去彦章槍，文字消磨維翰硯。螻蟻王侯一例休，不如此老擅風流。青年聞喜筵中坐，白首耆英會裏游。《宋史》《唐書》

〔一〕志，原闕，據王周詩補。

都不載，老夫留此長篇在。請讀王周進士歌，勿將烏有先生待。

病中答胡志雲太守贈鴨黄梨

北方有奇樹，秋老結瓊瑶。公子金衣貴，小憐玉體嬌。剥膚全是液，到口便成消。除郤嵰山雪，人間讓爾驕。

陳筱石中丞來視疾，時適余睡未醒，醒後賦詩謝之

大費殷勤意，親臨病榻前。三生猶有待，一面竟無緣。爲問維摩疾，空勞師利旋。知公迴旆際，亦復一凄然。

别家人

骨肉由來是强名〔一〕，偶同逆旅便關情。從今散了提休戲〔二〕，莫更鋪排傀儡棚。

别諸親友

閲歷人閒數十秋〔三〕，無多親故共綢繆。今朝長與諸公别，休向黄鑪問舊游。

〔一〕骨肉，《俞曲園先生臨終留别詩遺稿》（《繁華雜志》一九一四年第三期）作「眷屬」。
〔二〕從，《俞曲園先生臨終留别詩遺稿》作「如」。
〔三〕數，《俞曲園先生臨終留别詩遺稿》作「八」。

别門下諸君子

寂寞玄亭楊子雲〔一〕，偏勞載酒共論文〔二〕。不知他日三台路，誰過空山下馬墳。

别曲園

小小園林亦自佳，盆池拳石手安排〔三〕。春風不曉東君去，依舊年年到達齋。

〔一〕玄，原避諱作「元」，《俞曲園先生臨終留别詩遺稿》作「園」。

〔二〕文，原作「交」，據《俞曲園先生臨終留别詩遺稿》改。

〔三〕手，《俞曲園先生臨終留别詩遺稿》作「自」。

別俞樓

占得孤山一角寬〔一〕，年年於此凭欄杆〔二〕。樓中人去樓仍在，任作張王李趙看。

別所讀書

插架牙籤萬卷餘，平生於此費居諸〔三〕。兒孫倘念先人澤，莫亂書城舊部居。

別所箸書

老向文壇自策勛，談經餘暇更詩文。一齊付與人間世，毁譽悠悠總不聞。

〔一〕孤，《俞曲園先生臨終留别詩遺稿》作「湖」。

〔二〕杆，《俞曲園先生臨終留别詩遺稿》作「干」。

〔三〕平，《俞曲園先生臨終留别詩遺稿》作「半」。

别文房四友

論交最密是文房，助我成名翰墨場。太息英雄今已矣，莓苔拋棄綠沈槍。

别此世

自寄形於此世中，膠膠擾擾事無窮。而今越出三千界〔一〕，不管人閒水火風。

别俞樾

平生爲此一名姓，費盡精神八十年。此後獨將真我去〔二〕，任他磨滅與流傳。

〔一〕而今越，《俞曲園先生臨終留别詩遺稿》作「一朝超」。
〔二〕此後，《俞曲園先生臨終留别詩遺稿》作「今日」。

臨終自喜

自顧生平亦足豪，莫將幽怨付牢騷。聰明曾博先皇喜，文宗顯皇帝曾與故大學士英桂語及臣樾，有云「人頗聰明，寫作俱佳」。著述還邀聖主褒。光緒二十八年，奉有「殫心著述」恩諭。五百卷傳文字富，卅三年據講堂高。祖孫同日官詞苑，也算文人異數叨。

談經楊子只雕蟲，何意偏孚物望隆。蒙恩諭云「人望允孚」。已愧品題同北海，曾文正曾言：「李少荃拚命做官，俞蔭甫拚命著書。」更驚圖像配南豐。日本人以余與曾文正小像合摹一幅，傳布各國。藏來墨迹人間滿，和到詩章海外同。擬覓西湖名勝處，廣營書藏在山中。吾已營書藏二，如後人有力，當更闢之。

雲烟過眼總無痕，爪印居然處處存。科老真將作祧祖，趙甌北詩「科老已如祧廟主」。年高不僅見門孫。明人有門孫之稱，謂門生之子也，若余孫亦有門生，則不僅門孫矣。叨先詞館人千輩，再領鄉筵酒一尊。更喜峥嶸頭角在，謂曾孫僧寶。儻延祖德到雲昆。

蕭然從此出紅塵，在我真無未了因。三教何須共牽曳，九幽當可免沈淪。生前自定名山業，死後仍完净土身。不學鳩摩出神咒，臨終詩筆尚如神。

臨終自恨

茫茫此恨竟何如，但恨秕糠未掃除。七尺桐棺三尺土，此中了卻萬言書。

輯　佚

臨終預言[一]

歷觀成敗與興衰，福有根由禍有基。不過六十花甲子，釀成天下盡瘡痍。
無端横議起平民，從此人間事事新。三五綱常收拾起，大家齊做自由人。
才喜平權得自由，誰知從此又戈矛。弱者之肉强者食，膏血成河遍地流。
發憤英雄喜自强，各自提封各連坊。道路不通商斷絶，紛紛海客整歸裝。
大邦齊晋小邦滕，各自提封各自争。郡縣窮時封建起，秦皇已廢又重興。

〔一〕　輯自沈宗畸《便佳簃雜鈔（十）》，原題作《俞曲園臨終預言詩》，且有沈氏按語，見《青鶴》雜志第二卷第十一期（一九三四年四月十六日出版）。

幾家玉帛幾家戎，又是春秋戰國風。太息斯時無管仲，茫茫殺氣幾時終？
觸鬥相争年復年，天心仁愛亦垂憐。六龍一出乾坤定，八百諸侯拜殿前。
人間錦繡似華胥，偃武修文樂有餘。壁水橋門修禮教，山巖野壑訪遺書。
張弛由來道似弓，聊將數語示兒童。悠悠二百餘年事，都入衰翁一夢中。

曲園自述詩

曲園自述詩

宣廟龍飛歲在庚，元年辛巳月嘉平。小寒未届猶非臘，還是玄枵月内生。余生於道光元年十二月二日，距小寒尚兩日，故星命家仍作子月論也。十一月爲玄枵月，説詳《春在堂隨筆》卷八。《爾雅》云：「玄枵，虚也。」余一生虚名無實，殆坐此乎。

烏巾山下舊居家，鵲喜樓頭静不嘩。一夜春風吹喜氣，迢迢千里到京華。余舊居在德清東門外烏巾山之陽，地名南埭。有小樓曰「鵲喜」，因屋後有老樹一株，鵲巢其上，故得是名矣。余生於是樓，先大夫時在京師，有《志喜》詩曰：「春風吹喜氣，千里到幽燕。」

儒門淡泊候嚴寒，最是劬勞母氏難。見説當時扶病起，擁衾手自製兒冠。余生三日，太夫人大病幾危，至二十餘日未離牀褥，乃曰：「兒將滿月矣，不可無帽。」擁衾而坐，爲余製帽。

四齡遷徙到東湖，爲苦鄉居聞見無。從此廛封南埭屋，至今先業總荒蕪。道光甲申，余止四齡，而先兄壬甫則十一歲矣。以鄉居不能從師讀書，乃遷居仁和之臨平鎮，蓋太夫人臨平人，依外家以居也。先大夫詩曰：「十齡膝下兒，漸漸解塗抹。窮鄉寡聞見，經師無由得。但恃折葼教，豈合出門轍。巖巖皋亭山，下聚萬家室。新特蔦附蘿，舊姻蛩依蹷〔一〕。逝將從之居，契龜已云吉。」即此時作也。臨平鎮有臨平湖，亦曰東湖。

年年史埭度元宵，笑倚樓頭興最饒。青白兩龍纔過去，滾毬燈又到潘橋。初遷臨平，所居曰史家埭。有樓臨街，元夕張燈，輒登樓觀之。青龍、白龍皆燈也，滾毬燈最無足觀，而其製最古，見宋陳元靚《歲時廣記》。潘家橋在史埭之西。

生小深蒙外氏憐，每隨慈母去流連。玉臺已聘年皆幼，不礙堂前共簸錢。外家姚氏居豬山港，距史家埭不一里，每侍太夫人往居焉。内子姚夫人即余外姊，早已聘定，兩小無嫌，仍共嬉戲。

阿母操勞井臼餘，晨窗課讀不教虚。兒時駑鈍真慚愧，九歲纔能畢四書。余讀四子書，皆太夫人口授。

東湖望族相公家，辰往申還半里賒。五載硯貽樓上讀，兒童三五共咿啞。臨平孫氏乃乾隆閒大學士文靖公之近族，先嫂母家也。余十歲讀書於其家書室，即聽事之樓，額曰「硯貽樓」。

束髮從師戴次君，本來中表誼殷殷。當時脩脯殊堪笑，斗酒難供一月醺。余讀書孫氏，所從師爲戴貽仲先生，先祖母戴太夫人姪孫也。每歲饋洋錢三枚以代脩脯。余從之五年，止饋洋錢十有五而已，按月計之不

〔一〕蹷，俞鴻漸《印雪軒詩鈔》卷七《接家書，知已卜宅臨平，蓋爲旋兒讀書計。客中聞此，不能無詩，次章示旋兒》作「蟨」。

足三百錢。杜詩云：「速來相就飲一斗，恰有三百青銅錢。」是戔戔者不足當唐時斗酒之值也。余生平讀書之費止此。

生來從未識離愁，突作江南境内游。小小醉經書屋裏，新添桂樹一枝秋。余十五歲時，先大夫館新安汪氏。汪寓常州，先大夫挈余俱往所寓。小屋三楹，曰「醉經書屋」。到之次日，偕汪氏昆仲游城隍廟，買桂樹一株而歸，植之窗外，逾月花開頗盛。先兄壬甫年十四，侍先大夫入都。先大夫賜詩云：「汝生從未識離愁，突作三千里外游。」余此行也，兄戲改其語以贈，云：「汝生從未識離愁，突作江南境内游。」此詩首二句即用其語。

蘭陵城外屢經過，爲愛黄華繞郭多。自是生來秋氣重，編詩先録《菊花歌》。常州東門外有老圃，以藝菊爲業，如種菜然，花時極可觀，嘗侍先大夫往游焉，爲作《蘭陵菊花歌》，余編詩始此。

馬家長巷巷中央，舊有吾家薜荔墻。墻内小軒題印雪，雪泥蹤迹在青箱。乙未冬，余從先大夫自常州還，始由史埭遷馬家街，賃孫氏屋以居。青田端木先生國瑚題曰「印雪軒」，故先大夫詩文集皆以「印雪」名。

髫年采得泮池芹，初踏名場望已殷。記得黄昏燈下坐，報船驚聽過紛紛。丙申歲，余年十六，初應小試，學使史蘅塘先生取入縣學。時余寓戴氏，即先祖母家也，其家後門臨河，學院既發圓榜，聞報喜之船紛紛從後河而過，皆謂曰：「事不諧矣。」余亦嗒然。未幾，報者從前門而入。

鄉闈逐隊到杭州，分得天香一半秋。莫被嫦娥笑唐突，沈崧初次月宮游。丁酉應鄉試，中式副榜第十二名。

白蠟明經亦足榮，句除名籍魯諸生。區區一試真堪哂，重唱弘文館外名。余既中副車，不隷學官矣。己亥春，仍至湖州應科試，以是年有恩科鄉試，如不中，則庚子鄉試仍可以本年科試所取者應試，不必考，録遺才也。乃庚子科，余以病不與，則此試甚無謂耳。吾郡學使考棚名弘文館。

催妝詩賦小春天，莫悵秋風未著鞭。但使登堂得佳婦，何妨攀桂緩今年。己亥秋試未售。十一月，姚夫人來歸。先大夫詩云：「人生好事猝難全，文戰偏成籙外仙。但使登堂得佳婦，何妨攀桂緩今年。」此詩敬述其語。

秋風一病太郎當，孤負槐花此度黄。病榻惟看《日知録》，零星箋注不成行。庚子秋闈，余以病不應試。病中惟以《日知録》自遣。今《曲園雜纂》中有《日知録小箋》一卷，始於是時也。

初擁臯比不自珍，村書幾卷課清晨。沈猶行氏來從學，著籍門生第一人。辛丑歲，余在印雪軒讀書，有沈氏子二人來從余學。其兄名燦，字蘭舫，後以校官充詁經精舍監院者十年。嘗語人曰：「凡在曲園門下者，莫如我先也。」

甬上烽烟達浙西，翛然數月住清溪。家家招致嘗新稻，不曉江干有鼓鼙。辛丑秋，海上有警。余家在臨平，距尖山口百里而近，因暫還德清南埭舊居。其時新穀甫登，農家壺酒盤飧，互相招延，頗極村居之樂。

小齋虛度武林秋，明月清風何所求？曾向西泠橋下坐，安知他日有俞樓。壬寅歲，余館於武林蔡氏，脩脯所入不足四萬錢。余《百哀詩》所謂「當時家計殊堪笑，明月清風四萬錢」也。嘗徒步赴崇文書院之課，於西泠橋下小憩，其地蓋即今之俞樓矣。

蘆荻花中小港寬，又携書劍此盤桓。平生自問無仙骨，不拜純陽吕祖壇。癸卯歲，館荻港吴氏。其地有吕祖壇，扶箕請仙，遠近雲集。余雅不信扶箕之術，或勸余往，笑而謝之。

八月秋風蕊榜開，吾兄奪得錦標回。玉山冰水曾游處，秀老不來清老來。癸卯鄉試，壬甫兄登賢書。其年兄館玉山汪春生大令署，中榜後乃薦余自代。

江山如畫好吟詩，正是橙黄橘緑時。一路尋幽兼弔古，子陵臺與偃王祠。是年十月初，余赴玉山，於錢唐江干趁義烏船而去，沿途吟咏，得詩頗多。

寂寞誰憐客裏身，頗欣佳伴得汪倫。一燈覓句過除夕，九等論才到古人。既至玉山，適春生大令之從弟茗生調鼎至，一見頗相得。除夕，兩人聯句，遂至達旦。茗生曾以《漢書・古今人表》有古無今，擬爲補之。次年春，茗生還浙應試，余寄詩贈之，此四句即其前半首也。詩不存於集，今補刻佚詩中。

微名幸得附賢書，莫向名場問毁譽。且博高堂開笑口，明年兄弟赴公車。甲辰秋，余舉於鄉，闈中初擬中第二名，或摘其三藝有疵，改置三十六。

北望燕雲客路長，男兒弧矢志須償。因遵覆試新功令，甫飲屠蘇便辦裝。各直省新中式舉人覆試，自道光甲辰科始。覆試之期定於二月十五日，余於正月初四日自所寓臨平鎮啓行，然到京已二月初十矣。

咫尺金臺未許攀，敝車羸馬又南還。長安花好無由看，且看新安江上山。乙巳會試不中，偕壬甫兄南歸。是秋即至新安，館於汪氏。

江山與我有前緣，一客新安共六年。歲歲春風二三月，江干來趁四倉船。余自乙巳秋館休寧汪村，次年先大夫見背，丁未不與會試，至庚戌會試後乞假南歸，辛亥又館汪村者半載，首尾共歷六年。每年春去冬還，所坐者爲四艙船或五艙船，船大，余止賃其一艙而已。古無「艙」字，唐歐陽詹詩云：「隔簾微月入中倉。」是古作「倉」也。

載酒人來楊子亭，先生弟子鬢皆青。戲援康節當年例，門下姜愚長一齡。余客新安，從游者頗衆，皆昌黎《師説》所謂「年相若」者也。門下高弟爲吴紹正，字則之，實長余一歲。則之後成進士，官吾浙蘭溪令，有政聲。康節事，見邵伯温《聞見前録》。

四月汪村例打標，錦棚歌舞鬧昕宵。村夫子亦欣然出，去看黎園笑叫跳。每年四月，汪村賽神，謂之打標。錦棚演劇，五六日始罷。余歲歲與觀之，有詩存集中。「笑叫跳」乃黎園名目，見李斗《揚州畫舫録》。

孫賓石亦一時豪，揮盡黄金興轉高。紅葉樓頭紅燭底，君拈畫管我吟毫。余在新安，與孫蓮叔殿齡交。蓮叔長余一歲，有異姓兄弟之稱。其人富家子，豪邁喜客，所居曰「紅葉讀書樓」，賓朋錯坐，絳蠟高燒，作畫題詩，每至達旦。

新安舊刻久消磨，模印流傳亦不多。兩卷詩文聊補佚，免人集外費搜羅。蓮叔爲余刻《好學爲福齋文鈔》二卷、《詩鈔》四卷，今版已不存，而印本猶有存者。《俞樓雜纂》中所刻《佚文》《佚詩》各一卷，皆本此也。

五年兩賦弄璋詩，已抱於菟又月支。遂使荆妻心竊喜，果然驥子是吾兒。大兒紹萊生於壬寅年，二兒祖仁生於丙午年。內子姚夫人幼時，有推算禄命者曰：「子必屬馬乃佳。」祖仁生，夫人喜之。其後大兒早入仕途，二兒竟以病廢，似乎不驗。然大兒年甫四十而卒，無子。今余止一孫，名陛雲，二兒生也，是其言驗矣。「月支」見《文選·赭白馬賦》注，蓋謂馬之肢體耳。

添得牙牙兩小茶，含飴老母興偏加。年來深喜科名利，兒命真能助阿爺。長女錦孫於甲辰年生，是年余領鄉薦；次女繡孫於己酉年生，明年余成進士。姚太夫人喜曰：「此兩女命運皆好。」

丹陽城外孝廉船，猝遇危機幸獲全。猶記覆舟橫水面，弟兄風雨立河邊。庚戌春，余與壬甫兄同舟北上，覆舟於丹陽城外之青楊浦。余兄弟幸從船舷互相扶持登岸，未至入水，然風雨之中衣履皆濕，從者及舟子則皆泅水得生，危矣！

清遠堂前人語稠，弟兄同住此西頭。柱銘去歲親書與，四十年來舊夢留。既至京師，而吳興會館人滿矣。其聽事曰清遠堂，向不居人，乃編秸糊紙，障其西頭一間，余兄弟居焉。去歲都下諸同人葺治會館，屬余題一聯於清遠堂，因書二十八字寄之，曰：「萃一郡七縣人文，科第春秋來接軫；話卅有九年舊夢，弟兄燈火卧聯牀。」楹聯亦稱柱銘，見明人張岱《瑯環文集》。余謂柱銘之稱勝楹聯也。

一鞭十里趁晨暉，遠自宣南赴棘闈。戲咏東坡舊詩句，新郎君去馬如飛。凡會試者，例於貢院前賃屋作小寓。是科，余與壬甫兄徑自吳興會館往，館在宣武門外半截胡同，而貢院在崇文門內，相距十里而遥，同試者皆詫之。東坡《送蜀人張師厚赴殿試》詩云：「一色杏花三十里，新郎君去馬如飛。」末句即用坡語。東坡此詩有石刻在彭城雲龍山，作「一色杏花紅十里，狀元歸去馬如飛。」不知誰所改也。十里、三十里姑置不辨，而送之赴試，非試畢送之歸，何云「歸去」乎？從集本是。

名場得失不須猜，相約清游訪古槐。薄暮歸鞍駐門外，喜蟲幾輩已先來。會試出榜前一日，闈中既寫榜，其消息即絡繹傳出，報喜者紛然，凡與試者未免怦怦。壬甫兄乃邀周雲笈承謙及余至龍樹院小飲清談，戒不得言科名得失事，薄暮方還。而余中式六十四名，亭午已得信矣。老僕孫福曰：「因不知主人所在，故未來告。」余笑曰：「總待明日榜出方信，此時知之猶嫌早也。」龍樹院以有龍爪槐一株故名。

金殿簪毫賦暮春，豈因花落見精神？如何謬被群公賞，也算巍峨第一人。保和殿覆試，詩題「淡烟疏雨落花天」。余首句云「花落春仍在」，大爲曾文正公所賞，謂咏落花而無衰颯意，與小宋《落花》詩意相類，言於同閱卷諸公，置弟一。覆試第一，俗亦謂之覆元，然視會元、狀元，則迥不如矣。

鵷行列坐殿西東，官樣文章總未工。莫笑退飛如六鷁，本來野鶴翅氋氃。余殿試二甲第十九，朝考一等第二十九。

自憐家世本單寒，得隸仙曹亦大難。聖主量材親點注，書生本色秀才官。五月初三日引見，蒙恩改翰林院庶吉士。

長安道上看花還，再看新安江上山。白嶽曾游黃海未，隔凡橋險怕躋攀。辛亥春仍館新安，至七月而還。是歲作白嶽之游，黃山則未及游也。「隔凡」乃黃山中橋名。

芸館三年職未供，且來試聽禁城鐘。一椽聊寄銅駝陌，慚愧諸君負笈從。壬子春入都散館，休寧汪儀卿、黟縣李簡庭皆門下士也，相隨北上從余學，且應京兆試。

萬户千門不易摹，彤廷率爾竟操觚。天恩許注蓬萊籍，免作仙人項曼都。散館引見，蒙恩授編修。是年散館題爲《乾清宫賦》，以「表正萬邦」「弘敷五典」爲韻。今刻《賓萌外集》中。

柳巷南頭小院開，紙窗布幕足徘徊。白沙爐子黄泥罐，領略窮官風味來。余初入京，寓南横街之圓通觀，散館後移寓棉花胡同，及聞眷屬將至，又移寓南柳巷。

老母康强婦孺歡，燈前笑語共團欒。阿兄亦尚留都下，同守寒爐到歲闌。老母率眷屬入都，時壬甫兄充實録館謄録，亦同寓。

一行鵠立玉階前，金闕觚棱欲曉天。自笑廿年村學究，也來試賦早朝篇。是年十月，皇上御門辦事，奉派侍班。

小臣生值道光元，三十年來覆幬恩。今日青袍拜陵下，神功聖德愧難言。咸豐三年春，謁慕陵，有詔命恭親王恭代，時臣樾奉派隨同行禮。慕陵不立聖德神功碑，遵遺詔也。

恭逢鉅典舉臨雍，同向橋門聽鼓鐘。殿上玉音宣朗朗，敷陳《太甲》與《中庸》。是年二月八日，皇上臨雍，派翰林官二十人聽講，臣樾與焉。是日講義爲《尚書》「惟天無親，克敬惟親」四句，《中庸》篇「致中和」一節。

天涯燕壘乍經營，又駕南轅出鳳城。自笑浮生真似夢，一椽仍復住臨平。四月中，乞假送老母還南，仍住臨平之印雪軒。

是時烽火遍東南，小隱東湖喜尚堪。柏酒桃湯沿俗例，龍居佛日恣幽探。甲寅正月，在臨平與諸親友以酒食互相招延，亦極里居之樂。四月中，又遍游龍居、佛日諸勝。

更向清溪問舊栖，一泉一石總留題。雖然忝竊名山席，竟未看山到剡溪。是年春回德清，上先人冢，遂游北門外慈相寺，有《半月泉》《蟠龍石》諸詩。浙撫黄壽臣前輩薦余主嵊縣講席，然竟未赴也。

迢迢纔共鵲南飛，忽忽仍隨雁北歸。薄宦未成親已老，臨行清淚滿萊衣。是年十一月入都銷假，内子及兒女輩奉太夫人仍住臨平。

驚看大地盡干戈，出柙將如虎兕何？一日夜馳三百里，輕車剛繞賊中過。時賊踞高唐州及連鎮，大兵圍之，未即克，因繞道兼程而進。

詞曹無事太優游，史館還容一席留。欲向青編求故實，自將志傳署兼修。乙卯春，派充國史館協修。凡初入史館者，例須自署願修何書，大率皆署列傳。余欲考求國朝事實，署志傳兼修。然在職不久，此志仍未逮也。

全家依舊到燕臺，亦是間關冒險來。只惜慈輿已南去，幾時笑語再追陪。壬甫兄以知縣官閩中，奉太夫人南去。姚夫人仍率兒女輩到京，寓閻王廟街。其時高唐、連鎮已肅清，然揚州尚爲賊踞，南北不通，仍繞道而來也。

旰食宵衣聖主心，小臣文字效微忱。雖當天步艱難日，稍抒憂勞借舜琴。四月十三日考試試差人員，上以「舜在牀琴」命題。時海宇多故，宵旰憂勤。余借題發抒，以舜在牀琴見古聖人不懟不竦，遇變如常，并旁引文王之羑里鳴琴，孔子之匡邑被圍，弦歌不輟，以明先後聖之同揆。

紛紛星使出詞曹，自問無才敢濫叨。誰料聖恩偏最渥，竟容玉尺兩河操。自五月朔以後，典試諸差以次簡放，自問已無所望，乃八月初二日蒙恩放河南學政。材輕任重，隕越始此矣。

宮門曉日聽傳宣，天語親承御座前。自奏臣年三十五，敢將增損説官年。赴宮門謝恩，蒙召見一次，問及臣年，奏曰：「三十五歲。」上問：「是實年否？」奏曰：「是。」按：宋岳珂《愧郯録》云：「士夫相承，有官年、實年之别，間有位通顯，或陳情於奏牘間，亦不以爲非。」是官年、實年宋已有之。是歲余實年三十五，官年則未及此也。

秋風使者建旌旗，高駕軺車出帝畿。路向吕翁祠下過，暫時入夢莫相譏。十月下旬出都，過邯鄲吕翁祠，有詩云：「我亦偶然來入夢，忽乘薄笨忽輶軒。」詩載集中。

七十慈親壽且康，今年八月未稱觴。笙歌繁薈衣冠盛，補慶生辰在大梁。太夫人今年正七十，八月中生日，恭值孝静成皇后大喪，未及稱觴，乃於大梁使署補祝。

嶽色河聲無古今，使臣仗節徧登臨。力除蕭艾求蘭蕙，此事當年過用心。丙辰二月，始出棚考試。學使之職當以求才爲主，而以防弊爲賓，果拔得一二真才，便爲無忝厥職，小有冒濫，無傷也。余當年轉以防弊爲主，此乃少年用意未當，奉職不稱，正以此也。

先人三載客覃懷，轔馬鈴騾數往還。今日停驂無限意，雪泥何處問緱山？先大夫曾應山右康蘭皋中丞之招，客懷慶府之緱山村者三年。余按試覃懷，經由其地，不勝風木之感。

溱洧追思鄭大夫，請從兩廡祀先儒。衡量蘧瑗雖無愧，未免沿訛《禮殿圖》。余疏請以鄭公、孫僑從祀文廟兩廡，援蘧瑗爲例。詔下部議，從之。然蘧伯玉自唐宋以來錫封從祀，蓋以《文翁禮殿圖》本在弟子之列也。若子産舊無此説，乃以伯玉誤而使子産亦從其誤，至今思之，殊未慊也。

俎豆尊嚴崇聖祠，聖兄未預聖心悲。敬陳末議成先志，配享從今有孟皮。余又請以聖兄孟皮配享崇聖祠，從之。先大夫《印雪軒詩鈔》有《咏古》詩四章，其次章爲孟皮未與配享而發。余此疏敬成先志也。

一年兩度整歸裝，慰勞賓朋酒一觴。要舞更聽歌要曲，紅氍毹上小排當。冬夏試畢還署，每張筵演劇慰勞幕中諸友，前任張子青前輩之故事也。

每逢山水亦尋論，三載清游總聖恩。領略中州好風景，南登伊闕北蘇門。行部所至，遇佳山水亦閒一游覽。河南府之龍門，衛輝府之百泉，皆中州勝地也。

命宮磨蝎待如何？唤醒東坡春夢婆。已到神山仍引去，蓬萊亦是有風波。丁巳秋，因人言免官，即移寓挑經教胡同度歲。

崎嶇水陸走歸途，故里荒凉錐也無。竊比滄浪蘇子美，從今蹤迹寄姑蘇。戊午春，自汴梁歸，因豐沛閒寇盜充斥，故繞道走山東而入江南境。既至吴下，又以故里無家，賃飲馬橋屋暫寄妻孥。此余寓吴之始。

十年春夢付東流，尚冀名山一席留。此是覃求經義始，瓣香私自奉高郵。是年夏閒無事，讀高郵王氏《讀書雜志》《廣雅疏證》《經義述聞》諸書而好之，遂有意治經矣。

筆墨翛然得自如，從前束縛盡銷除。不須更治詞曹事，館閣文章殿體書。余學篆隸書亦始此。

五柳園中景物妍，三庚戌似有前緣。眠雲精舍微波榭，寄頓琴書僅一年。是年冬，賃居石氏五柳園，有「鶴壽山房」額，乃嵇文恭公爲石琢堂前輩書。文恭爲雍正庚戌翰林，琢堂前輩爲乾隆庚戌第一人，余則道光庚戌翰林也，因題曰「三庚戌室」。然余居此屋，自戊午至庚申，雖歷三載，實不及二年也。

爲戀園林花幾叢，遂教倉卒走匆匆。停橈寶帶橋邊望，已見姑蘇一炬紅。庚申春，杭州失守，已知不可爲矣。因戀園林風景，未忍決然舍去。及金陵大營潰，賊兵與潰卒蟬聯而下，常州失守，乃始倉卒出城，泊寶帶橋，遥望姑蘇城外已一片火光矣。

仙人潭上暫停舟，只博萍蹤半月留。見説越中山水好，且因避地作清游。自姑蘇至新市鎮，句留半月。而蘇州失守後，嘉興繼之，其地亦不可居，乃渡錢唐江入越。

越中大好七星巖，奇絶真疑造物劖。更渡曹娥江上去，仙姑山境隔塵凡。既至紹興，寓偏門外。因至七星巖一游，山水奇勝。已而紹興亦不可居，乃度曹娥江至上虞。其地有仙姑山，懸崖飛瀑，更爲幽絶。

會逢朝議練鄉兵，戎馬崎嶇勉一行。大局已非材力短，故鄉父老恕書生。團練大臣邵幼村師奏派余辦德清團練，因又還德清數月，未幾即謝去，仍寓上虞。

租得南門屋數椽，姚墟舜井足流連。何來山寇猖披甚，學海堂書讀未全。辛酉春，於上虞南門内賃屋以居。庭院清曠，稍可讀書。於上虞令胡君堯戴處假得《學海堂經解》半部，余得讀此書，實始此也。俄聞有山寇將至，又移居城外之查浦。是年秋，上虞失守，胡君死之，所假之書竟未及歸，後爲戴子高持數種去。尚有數種，今在俞樓也。

槎浦真居窮海濱，前江後海迴無鄰。小樓風景凄凉甚，只有烽烟夜夜新。槎浦一小村聚，前臨曹娥江，後負大海，土人謂之前海後海。余賃小樓三間居之，入夜推窗四望，每見烽火燭天也。

更來海上駕牛車，草舍三間不可居。牛屎堆邊問張祜，不知風味比何如？紹興失守，槎浦亦不可居，乃坐牛車走海濱，租一草舍暫爲棲止。其屋故牛宫也，初入其中，氣味甚惡。

四明江上夜航船，徑達黄崎江岸邊。惜未當年留此處，飽餐番薥或成仙。時又閒關而至寧波，附航船至定海，俄而寧波又陷，定海人亦皇皇，謀入山。余問山中佳乎？曰山中亦佳，但不易得稻米，所常食惟番薥耳。番薯亦名番薥，見明李日華《紫桃軒又綴》。

歷碌飈輪徹夜忙，初來滬上尚傍徨。如何奴輩游行去，算看蚩尤戲一場。余自定海附輪船至上海，其地爲外國租界，人情皆恃以無恐。余至之次日，賊兵適至，距上海止數里，中隔一橋，夷人來往自如，華人亦往觀，但不敢過橋耳。余從者數人，亦隨衆往觀。

漫天飛雪夜模糊，黄浦江中浪更麤。如此風濤如此雪，還偕婦竪飲屠蘇。余賃一舟於黄浦江中度歲，除夕大雪，岸上雪深五六尺。

同治初元二月春，全家航海到天津。風濤兵火餘生在，且把窮途托故人。壬戌春，附夾版船至天津。其時輪船之價甚貴，余上下内外二十餘人，故不坐輪船而坐帆船。自滬至津，亦止七日。崇地山侍郎方以通商大臣駐天津，而天津府爲今潘偉如中丞，皆故人也，因遂流寓其地。

烽烟稍遠暫安居，一住津門三載餘。諸子群經兩《平議》，篋中草草有成書。《群經平議》成於是時，《諸子平議》亦成大半矣。

舊日空囊已索然，齋厨危欲斷朝烟。饔飧晨夕艱難甚，借到毋鹽重利錢。寓津三載，生計甚窘，惟恃借貸以給。《史記·貨殖傳》「毋鹽氏捐金出貸，其息十之」，此古來貸錢取息之最重者。

兩度芒鞋踏軟塵，半因舊友半新姻。須知薜荔庵中客，非復芙蓉鏡下人。壬戌歲，重入都門，與諸同年話舊。甲子春，又以次女于歸許氏，親送入都，時大兒婦母家亦在京師，即與定議秋閒迎娶。

艱難辛苦半生過，還喜妻孥累不多。一歲三完婚嫁事，明年五嶽未蹉跎。甲子春，遣嫁次女，秋閒爲大兒娶婦樊氏，其年冬又命二兒就姻於姚氏，明年再歸長女於王氏，則婚嫁畢矣。

《平議》成書世未傳，每愁枉費此丹鉛。高資萬萬張長叔，爲刻《明堂考》一篇。是歲，天津張少巖汝霖取《群經平議》中《世室重屋明堂考》刻之。余書行世實始於此。張君乃天津富人子也，張長叔見《漢書·貨殖傳》。

侍郎仗節鎮津關，常共清談麈尾閒。欲向丁沽修志乘，殺青未竟又南還。崇地山侍郎屬余修《天津府志》，然無經費，無任采訪者，姑就故書中鈔撮而已。乙丑秋閒因二兒在吴下大病，南回視之，故未竟其事也。

歸到吴中迹似萍，金獅無復舊門庭。蒼頭黄耳今何在？化作幽燐數點青。余所賃石氏五柳園在金獅巷，乙丑重來，惟頹垣碎瓦而已，所留一僕一犬皆死於賊。

軍門敬謁李臨淮，尚念當年桂籍偕。報道故人吴下至，皋比一席早安排。肅毅伯李少荃相國時以蘇撫攝兩江總督，甲辰同年也。余往見之，承薦主蘇州紫陽講席。

身世飄零門户衰，老懷頗望抱孫兒。如何杯珓神前卜，偏得黄花菊一枝。時二兒婦懷任將免身，内子姚夫人使老嫗卜問男女，嫗適持菊花一枝以歸，夫人望而笑曰：「黄花乃女子之祥也。」已而孫女慶曾生。

黄鸝橋畔舊朱門，三十年前酒一樽。今日偶然來作主，白頭遺老共談論。冬十月，移寓紫陽書院。時書院燬於兵火，猶未建復，假黄鸝坊橋一巨室爲之。此屋在道光時吴氏屋也，余於丁酉之秋曾飲於其室。後吴氏不能有，歸之邵氏。邵氏亦不能有，今爲書院。而余以一飯之客，轉爲此屋暫作主人，異矣。有松田老人者，太夫人之族弟，吴氏舊賓客也，年七十餘尚在，時來話舊，每爲憮然。

春風絳帳對諸生，竟驗前言徐子平。批尾生涯從此定，居然還我舊文衡。丙寅二月二十日，開紫陽之課，中丞以下咸集。余因憶丁巳秋初罷河南學政，寓居汴梁，有庚戌同年徐春衢光第善推禄命，爲余言：「君不久當仍掌文衡。」余笑而不信也。然自丙寅以後，主江浙講席二十餘年，雖不足言文衡，要不離乎文字也。乃歎術者之言於後事不盡無見，但如霧裏看花，雲中見月，不甚了了耳。

滬上年來志局開，南園群彦許追陪。體裁繁尤仍疏漏，自笑經生非史才。上海修縣志，設局南園。時應敏齋同年以蘇松太道駐上海，延余主其事。後鎮海縣修志亦余主之。然余實非史才也。

《平議》津門刻未全，浙中又費棗梨鐫。蔣公祠下今經過，深感當時百萬錢。《群經平議》在天津止刻一卷，旋議於都下刻之，余南回，遂不果。乙丑冬，見蔣果敏公於杭州，出錢百萬任剞劂之費，遂於丙寅歲寫定開雕，至丁卯歲告成。今蔣公祠即在俞樓之左，余過其祠下，猶極不忘其厚意也。

兩年剞劂了《群經》，《諸子》猶憐未殺青。記得舟窗看《列子》，一天微雨泊唯亭。《群經平議》刻成，因鋭意成《諸子平議》。丁卯正月二十一日，余如上海，微雨，泊唯亭，於舟中成《列子平議》一卷。蓋是年日記簿猶存，故可考也。

湘鄉相國鎮金陵，咫尺龍門喜一登。廿日節堂留小住，連朝高會聚良朋。丁卯五月，余自上海乘威林密輪船至金陵謁曾文正師。師留宿署中，并招集江南諸名士陪余宴集。

禪房花木綺筵開，上相偏宜下士陪。除卻摩訶迦葉外，無人可配佛如來。李雨亭方伯、王曉蓮、龐省三兩觀察招陪文正師宴集妙相庵，作竟日游。文正師語雨亭諸君曰：「君等欲飲我酒，苦無陪客。同城僚友皆君等儕輩，非客也。若客，則我亦主人，不敢僭也。陪客其無逾蔭甫乎。」此詩即述此意。

相俟招作後湖游，翠蓋紅衣十里稠。所惜莫愁湖久廢，未能一上勝棋樓。將發金陵，文正師又招游玄武湖同看荷花。時莫愁湖荒廢已久，尚未修復，故未往游也。

兩載三吴月旦評，吴中文筆最峥嶸。明年改主談經席，勸駕殷勤馬北平。余主紫陽講席，止丙寅、丁卯兩年，然人文頗盛。吴清卿河帥、張幼樵學士、陸鳳石侍讀皆預焉。旋受浙撫馬端敏公之聘，辭紫陽而就詁經，因選刻《紫陽課藝》兩卷，以存文字之緣。

金鵝山土一抔黄，畚挶經營匝月忙。二十二年心願畢，竟無可待愧瀧岡。先大夫歿已二十二年，尚浮厝德清西門外金鵝山之原。丁卯冬，余偕内子姚夫人回德清治葬，奉前母蔡、嵇兩夫人祔焉。泊舟西門外一月。

詁經精舍聖湖湄，坐擁臯比愧轉滋。願與諸生同黽勉，講堂許鄭兩先師。戊辰二月二十五日於詁經精舍開課。

辰月辰年喜氣濃，錦绷繡被護新茸。不知他日能超否，且向懷中抱阿龍。戊辰三月，二兒婦舉一男，余得抱孫矣。以其生於辰年，故小名阿龍。

新居暫卜大倉前，草草琴書又一遷。罍毁瓶傷偶然事，原無貧鬼在門邊。余既辭紫陽之席，未可久居書院，因移寓大倉前。其屋素有怪異，前後居者皆不吉，然余居年餘亦無他也。

相侯招我去游山，上白雲高未易攀。郤上香山高處看，太湖七十二烟鬟。閏四月，曾文正師以大閲來蘇，枉顧余寓，約游木瀆，遂同登天平山。山有上白雲、中白雲、下白雲之名。師直至上白雲，余與丁禹生中丞至中白雲而止。師下山笑曰：「蓋二客不能從焉？」次日又登香山而望太湖。

秋風九月到西湖，且喜湖樓影不孤。携得老妻同倚檻，烟波亦是兩鷗鳬。九月初六日，與姚夫人同至西湖，住詁經精舍之第一樓。

亭前促膝鬥清談，巖畔題名掃翠嵐。更看洞中天一綫，佛光隱約見瞿曇。皆與內子同游西湖事。冷泉問答，理巖題名，今皆畫入《雲萍録》中，并是年事也。靈隱一綫天，窺之隱隱有佛像，內子見，余則不見。

彭宣謝病此閒游，借住西湖第一樓。傾蓋相逢已如故，白頭那得不綢繆。己巳春，彭雪琴尚書來浙，借詁經精舍第一樓養痾，一見如故，遂與定交，後又申之以昏姻，皆始於此。

爲看名山到會稽，禹陵南鎮徧留題。香爐峰頂南天竺，一望千山總覺低。是年四月，以事至紹興，謁禹陵，登南鎮。南鎮之巔曰香爐峰，其上有觀音殿，署曰「南天竺」。

一廛未許卜杭州，鶴市鷄陂理舊游。租得潘文恭舊第，馬醫長巷巷西頭。余擬遷居杭州，而看屋數處皆不當意，乃於吳下賃馬醫科巷潘文恭舊第，四月七日遷入居之。

萊妻五十鬢鬖鬖，設帨良辰六月三。借此花前謀一醉，笙歌細細酒醰醰。是歲，內子姚夫人行年五十矣，六月初三其生日也。初意家庭稱慶，不聞於外，而來祝者頗衆，因觴之於便坐。天氣新晴，笙歌小作，亦一樂也。

三日飈輪走八閩，萊衣重拜太夫人。兵戈擾擾關河遠，不奉晨昏十六春。庚午正月，航海至閩省視太夫人起居。時壬甫兄官福防同知，即寓其署。

故人於此建旌旄，念舊深將厚意叨。話到先皇垂問語，小臣哀淚滿征袍。英香巖相國時爲閩浙總督，爲余言咸豐閒入覲，文宗猶詢及樾，有「人頗聰明，寫作俱佳」之諭。

閩越遺祠尚未頽，争傳古迹釣龍臺。只嫌祀典荒唐甚，從祀還宜更正來。閩越王無諸廟配享四人皆無考，余與壬甫兄言，擬易以繇君丑、繇王居股、越衍侯吴陽、越建成侯敖。福防同知駐南臺，閩越王廟正在其地。然相沿已久，非旅人一言所能遽易也。

嘉殽絡繹出郇厨，深費群公酒百壺。一事蘇杭皆不及，家家蒸鴨似蒸瓠。相傳昔有一將軍携京庖至閩，故都中填鴨之法流傳閩中。余此來也，督、撫、藩、臬皆以酒食招延，所食鴨與京師無異。

爲戀晨昏未遽旋，不辭一月此流連。倘先十日匆匆返，入海應從李謫仙。余之如閩也，所乘曰飛星輪船。此船一再往來，已及二十日。又將自閩至滬，使人來問。而母兄見留，余亦願以一月爲期，因辭之。飛星船甫開出口，即觸石而沈。

西溪最好是春秋，梅子黄時未足游。因愛小橋流水好，且從古蕩一探幽。西溪之勝，在春初梅花，秋末蘆花。余於五月往游，非其時也。然小橋流水，亦自有致。集中無詩，然則此不宜遺矣。

甫從浙水返金閶，一病光陰兩月長。術者讕言差可信，生來年命厄敦牂。是夏，大病兩月餘始愈，其年太歲在庚午，憶甲午歲余亦曾大病，術者言余午年有厄，或非無見乎。

半百年華逝水流，愧無世業付箕裘。遞中附得家書到，兒子分符古魏州。余是年五十矣。生日後二日得大兒紹萊書，知奉檄攝大名府同知。

詁經精舍始儀徵，且喜人文近日興。一十九人攀桂去，三人天府又同升。庚午浙江鄉試，詁經精舍肄業諸生中式者十九人，又有三人以優行貢成均，科名之盛，亦近今所罕也。

兩《平議》已播東瀛，《第一樓書》亦告成。郤憶湘鄉諧語在，竟將性命博微名。余所刻群經、諸子兩《平議》，流播人閒，遠及日本。辛未春，又刻《第一樓叢書》三十卷。曾文正師嘗語人曰：「李少荃拌命做官，俞蔭甫拌命著書。」嗟乎！「殺君馬者路旁兒」，斯言其殆諷我乎？

吴中傳報相公來，軍將敲門婦子猜。深感殷殷推許意，舟窗親自一箋裁。時曾文正師又以大閱至蘇，未至十里，馳一騎致書於余。發視，得五言古詩一首，推許甚至，今附刻集中。

詩筒代我寄彭箋，折盡郵亭驛使鞭。一日馳行五百里，儼如充國奏屯田。余以五十生日詩托曾文正師寄彭雪琴尚書。明年得雪翁復書，言此詩附五百里火牌飛遞，十四日而至。按：宋程大昌《演繁露》謂趙充國在金城奏邊事，以六月戊申上，七月甲寅得璽書，略計其奏一日行五百里。

浙東山水遍登臨，自過金華山愈深。桃嶺看雲石門瀑，沿途都付短長吟。壬申春日，自錢唐江溯流而上，由金華、處州、温州，至福寧省視太夫人起居。此行往返得雜詩五十八首，又有《閩行日記》一卷，刻《曲園雜纂》中。山水之勝，友朋之樂，叙次頗詳，故此可略也。

長吟一路到温麻，拜見慈顔喜更加。官舍清閒無個事，荷鋤太守自栽花。至福寧見太夫人康健，壬甫兄守福寧郡，公牘清閒，衙齋寬敞，花木扶疏，手自栽種，甚可喜也。

小住温麻兩浹辰，阿兄親送出城闉。誰知明歲重來日，不見聯牀聽雨人。三月十三日自福寧還，壬甫兄與新舊霞浦令劉君夙寅、程君九希皆出送於城外，與壬甫兄握手而别，自此遂永訣矣。

先祖遺書幸尚完，當年手寫四書端。童孫今日重編定，小字蠅頭子細看。先祖南莊府君有《四書評本》，逐章逐節逐句逐字一一評論，使聖賢立言本旨昭若發矇，洵家塾善本也。余從福寧携回吴下，其書皆蠅頭小字，朱墨雜糅，因手自寫定，以便誦讀。護蘇撫恩竹樵方伯、署蘇藩應敏齋廉訪、署蘇臬杜筱舫觀察醵資刊刻。

滬上南園似舊佳，又煩講席此安排。雪泥蹤迹匆匆甚，今日猶存樸學齋。滬上南園即往年修志書處。癸酉歲，沈仲復中丞時以松蘇太道駐上海，即其地設詁經精舍，延余主之。余因改園中「湛華堂」爲「樸學齋」，以示黜華崇實之意。余主是席止三年，然「樸學齋」額則至今存焉。

籃輿有約到雲栖，白髮彭郎興不低。左手持杯右持筆，六章詩在席間題。癸酉三月，楊石泉中丞招余同彭雪琴尚書作雲栖之游。雪琴左持杯，右執筆，即席成詩六章，其意興之盛可見。撫今思昔，爲之憮然。

明鏡湖邊雨乍晴，閒摇鏡舫此游行。偶將皛飯留坡老，瓦釜還添豆腐羹。招雪琴尚書同坐鏡舫游西湖，宿雨新晴，光景甚妙。雪翁喜蔬食，因命厨人添製豆腐一大碗。

裏外西湖處處游，今年溪澗始探幽。嚴陵瀨與桃花嶺，兩勝都歸一處收。西湖勝處，年來游覽幾遍。九溪十八澗之游，則自癸酉春始。余頻年如閩，取道浙東，舟行以嚴灘爲最，陸行以桃花嶺爲最。今觀九溪十八澗，實兼有其勝。

一慟鴒原淚滿膺，匆匆行李發西興。此行不爲看山去，雁蕩天台總不登。余在西湖聞壬甫兄之訃，即度錢唐至西興，舟行至蒿壩，自是水陸兼程，由嵊縣、新昌，取道台、温，而至福寧。天台、雁蕩皆經由其地，而不及登也。

台州太守最綢繆，知我南行爲具舟。竟日待潮船未發，樵夫祠畔一登樓。過台州，陳鹿笙太守爲具舟。以待潮未發，太守遂偕余至東湖，訪東湖樵夫祠，有東湖書院，與杭州西湖詁經精舍第一樓風景略相似。

信宿黄巖夕又昕，興公愛我倍殷殷。相招委羽山前去，更拜遺祠鄭廣文。至黄巖縣，孫歡伯明府爲具車徒。車徒未集，小留一日，歡伯招游委羽山，又至廣文書院。書院奉唐鄭虔栗主，故名，以虔嘗爲台州司户也。

朝來門外具車徒，道險還須健卒扶。行過琳溪三太息，何曾風景與前殊。自黄巖陸行至福寧，以道多伏莽，陳鹿笙太守、孫歡伯明府皆使健兒護送。琳溪即壬甫兄去歲使人相迓之處也。

曉發楊溪飯棗阬，道旁程子蓋重傾。試從龍首山邊聽，只賸凄凉小雁鳴。將至福寧，程九希明府仍出郭相迓。回憶去歲壬甫兄與程明府送余城外，不勝風景不殊之歎。楊溪、棗阬皆地名。龍首山有望海樓，去年宴集處也。李長吉《送小季至廬山》詩云「小雁過鐘峰」，吴正子注云：「小雁恐爲長吉之弟。」

五七纔過未盡哀，匆匆迎得版輿回。猪肝不免群公累，洗滌征塵酒一杯。距兄亡三十五日，俗所謂「五七」也，爲作佛事資冥福。越三日，遂奉太夫人北還。長路崎嶇，高年困頓，沿途適館授餐，不能不有累諸公，抱愧多矣。

行程一月達姑蘇，水陸舟車佛力扶。好使閨中心願遂，彩衣重得拜慈姑。是行也，余過山水危險處，必禱於佛，得安然至吴下寓廬，亦幸矣。「彩衣何日拜慈姑」，内子往年在大梁使署所作詩也。

莊巾老帶豈非仙？郤恐慈懷未釋然。戲爲山妻作生日，同披命服拜尊前。余罷官以來，仍還初服。然可以傲公卿，不可以事老母。適兒子紹萊以道銜爲余請二品封，春閒領到誥軸，乃於六月初三内子生日改服命服。

清溪小住已凌兢，寒到吴江分外增。破費濁醪剛四斛，壯夫二十共椎冰。是年冬，余送先兄嫂之柩至德清，而自還吴下。舟過平望，北風大作，一夕冰合，乃雇壯夫二十輩打冰，酬以酒資，以杜詩斗酒三百錢計之，所予酒錢可買酒四斛也。自杭州開船，行十三日而抵姑蘇，余蘇杭往返，未有遲滯如此者。

榕城開府親家翁，此日尊前笑語同。携得嬌孫陪末坐，主賓蘇坐各西東。閩撫王補帆同年，余兒女親家也。甲戌春，述職入都，道出吴下，乞假養疴。余招飲於春在堂，戒勿邀他客，惟孫兒陛雲陪侍末坐。余與補帆對飲清談，竟日乃罷。按：明人以主賓東西對坐，謂之「蘇坐」，言蘇俗脱略故然也。見明人《尺牘藏弆集》中。

賃廡吴中梁伯鸞，忽思手自創門闌。兔葵燕麥秋風裏，買得荒區數畝寬。太夫人至蘇，以屋小謀遷徙，苦無當意之屋。馬醫巷潘氏屋本分三宅，余所賃東宅也。其西宅毁於兵火，蕩焉無存，而地頗寬，乃買其地，創立宅舍。

半年辛苦築行窩，地近無妨日日過。欲試胸中有丘壑，畫宫於堵看如何？鳩工庀材，經營半載，因相距甚近，余與内子日日親往相度。

迴環小築屋三楹，又鑿方池一水清。自笑虚聲總無實，流傳海外曲園名。屋旁有餘地如曲尺然，乃疊石鑿池，雜栽花木，是謂「曲園」。今海内外皆知有曲園矣，實則甚小，無足觀也。余虚名過實類如此。

已分長爲吴下蒙，豈能石室拜文翁。浪教梁益虚名播，春在堂書滿蜀中。吴仲宣制府、張香濤學使及薛觀唐侍郎蜀中書來，延余主講受經書院，余以奉母居吴未能赴。然余書頗流播蜀中，聞張子紱孝廉、廖季平進士言，蜀士之讀春在堂書者，十人而九。

吴中屋就便移居，位置琴樽已有餘。相國賜題門外榜，德清太史著書廬。乙亥四月，吴中新屋落成，十九日遷入居之。門外懸李少荃相國所題榜曰「德清俞太史著書之廬」。

白髮慈親坐北堂，朝來冠蓋滿門墻。梁園七十曾稱慶，二十年來又此觴。是歲，太夫人年九十矣，因值國恤，改於七月十二日預祝，吴下諸公自中丞以下咸集。回思太夫人年七十時，余在大梁使署稱觴，其盛與今等。至太夫人八十歲時，余適在津門，以二兒病，倉卒言旋，竟未及以一尊爲壽。私冀將來年登百歲再有此舉，竟不及矣。

曲園花木奉慈輿，老母春秋九十餘。新爲兩孫開笑口，一膺鄉舉一真除。丙子歲，兄子祖綏舉於鄉，大兒紹萊題補北運河同知，皆太夫人晚年一樂也。

著書敢信便長留，自笑名心尚未休。又爲曲園成《雜纂》，盆池卷石冀千秋。著《曲園雜纂》五十卷。

滬濱更啓子雲亭，幾輩論詩并受經。博士公孫年六十，外黄兒止十三齡。是年，馮竹儒觀察於滬上設求志書院，延余總其事。余力辭，乃以經學、詞章兩齋自任，夏閒開課。經學取朱逢甲第一，年六十矣；詞章第五爲王保奭，年止十三。後保奭未來見，亦不相知。朱君字蓮生，長余兩歲，今年逾七十，精神矍鑠，猶肄業院中也。

七年講席忝菱湖，竹杖何曾到此扶。今日論文一杯酒，小園花木亦堪娱。湖郡菱湖鎮有龍湖書院，省中自中丞、方伯、廉訪以下，無不輪課，他處所罕見也。余自庚午歲承楊石泉中丞薦主斯席，至丙子歲凡七年，從未一至其地。丁丑春，自蘇至杭，繞道菱湖，親至院中，小有泉石花木，風景頗勝。

年來朋舊半凋零，昔日黄鑪怕再經。太息凌霄兩枝竹，不能留向歲寒青。恩竹樵方伯恩錫開藩吴下，與余唱和甚歡，詩詞往返，自辛未至丁丑七年無月無之。丁丑冬入覲京師，殁於途次。馮竹儒觀察竣光備兵上海，其祖子臯先生乃先大夫同年，有世講之誼，創設求志書院於上海，其規模甚大，其用意亦甚深。丁丑春乞假至伊犁，迎其父柩，戊寅春歸至上海，遽捐館舍，未竟其用。余擬合爲哀兩竹歌，因循未果，故詳記於此。

仙籍蓬萊久占先，小名尚聽喚燈前。如今春在堂前看，無復隨園句一聯。余以袁隨園詩「已煩海内呼前輩，尚有慈親喚小名」屬恩竹樵方伯寫爲楹帖，懸春在堂前。戊寅八月，太夫人見背，此聯不復懸矣。

十年馬鬣幸平安，蕭瑟秋風宰樹寒。松柏丸丸稍缺處，天生一樹是靈檀。自丁卯冬爲先大夫營葬金鵝山之原，十餘年來幸尚平安，太夫人殁即合葬焉。其西南一隅栽樹多不活，忽於其地生檀樹一株，余命培植之，至今高數尋矣。

諸君爲我築俞樓，待到春風始一游。誰料斯歌便斯哭，舊時明月不勝愁。戊寅歲，門下諸君子爲我築俞樓於孤山之麓，而彭雪琴尚書成之。余遭太夫人之喪，未及往也。己卯春，始偕内子同往，匝月而歸。歸未兩月，内子旋卒，奉其柩仍至俞樓。歌斯哭斯，曾不旋踵，亦可歎矣。周少隱《竹坡詞》云：「月到舊時明處，與誰同倚闌干？」余即以「月到舊時明處」爲詁經望課賦題，使諸生賦之。

老彭愛我異朋儕，千里良緣一語諧。記得湖樓初納采，病妻手檢鳳頭釵。丁丑歲，彭雪琴尚書過蘇州，余携孫兒陛雲出見，時甫十歲。雪翁一見，即屬意焉，以漢玉佩一枚相贈。旋由同年勒少仲中丞爲媒，聘其長孫女爲婦。己卯春，余與内子同至湖樓，雪翁亦在西湖退省庵，遂行納采之禮，内子手出金玉二釵爲聘。

右台山下築新阡，爲有遺言未忍捐。我亦自營生壙在，他年於此共長眠。内子姚夫人將死，遺言願葬杭州，乃買地於右台山下。己卯五月，竁地窆棺，余亦自營生壙於其左。

郤念湖堤卜築初，諸君爲我費躊躇。欲酬徐辟彭更意，再著《俞樓雜纂》書。時又援《曲園雜纂》之例，著《俞樓雜纂》亦五十卷，冀以著述傳其名，以酬諸君雅意。所謂「徐辟彭更」者，此樓徐花農太史始之，彭雪琴尚書又廓而大之。杭人元夕懸燈謎，以「俞樓」二字隱四書人名二，曰「徐辟」「彭更」，亦天然巧合也。

文字論交誰最深？門墻徐稚最關心。一詩焚向亡妻告，爲報花農入翰林。庚辰歲，門下徐花農入翰林。余於姚夫人忌日焚寄一詩，末云：「只有門墻徐孺子，新登蕊榜大羅天。」蓋花農從吾游最久，文字相知亦最深，余期之亦最切也。

先人慼忌近端陽，遥計生年百歲長。敬引丁雄飛舊例，薄營齋供在禪房。先大夫於乾隆辛丑歲五月六日生，至光緒庚辰滿百歲矣。薄營家祭，并於寶積寺禮佛。謂之「慼忌」者，國朝韓泰華《無事爲福齋隨筆》引元《秦王夫人施長生錢記》：「秦王三月廿五日慼忌，四月四日薨辰。」是慼忌爲生日也。又《顧亭林文集》有《丁貢士雄飛亡考生日》詩，是世俗所謂冥壽由來已久，且見於名人文集矣。及乙酉，太夫人滿百歲，亦援是例行之。

自爲亡婦築新塋，又築山中屋數楹。郤怕空山太孤寂，更營書冢傍柴荊。是年於右台山買地築屋一區，是爲右台仙館。又於門外築書冢，埋余所著書之稿。

清閒山館儘徜徉，翁媪居然共一堂。尚有綺疏遺恨在，特教卧室署茶香。右台仙館中設二位，左曰曲園先生，右曰曲園夫人。嘗戲語同人曰：「安知異日不爲右台山中土地公婆乎！」茶香室乃姚夫人所居室名，余右台仙館卧室即襲其名，命長女錦孫書之。

仰看山雲俯聽泉，晨昏仍不廢丹鉛。右台仙館茶香室，私冀書傳地亦傳。余既葺右台仙館，乃著《右台仙館筆記》十六卷。而《茶香室叢鈔》亦托始於是年。今《續鈔》《三鈔》次弟成書，凡八十卷。又有《茶香室經說》十六卷。

嬌孫舞勺未成童，小比肩人亦與同。傳語親家須諒我，最難留待是衰翁。余既爲孫兒陛雲聘定彭雪琴尚書之孫女，是歲陛雲止十三歲，非冠娶時也。然余年來屢遭骨肉之變，日見衰病，恐不能久待，乃力言於雪琴親家，於是年十二月十六日迎娶成禮。孫婦長孫兒二歲，而同拜堂前，長短略相等。親友聚觀，以爲佳話。

諸君好事屢經過，共和東坡《石鼓歌》。福壽院中一殘甓，卻教我輩費摩挲。辛巳清明後三日，汪柳門侍郎、徐花農太史過右台仙館小飲，後游法相寺，得一斷甓，有「福壽」二字，異之，携歸置之右台仙館。余因用東坡《石鼓詩》韵作歌紀其事，和者甚衆。詳見花農所刻《名山福壽編》。然此甓余後又得其二，蓋宋時仙姑山福壽院中物也。

名山竊據已堪羞，西爽亭前工又鳩。襲取小蓬萊舊號，遥遥相對小瀛洲。吴叔和比部又爲築伴坡亭、靈松閣於俞樓之後，有便坐頗高敞，花農名之曰「小蓬萊」，其意以彭雪琴尚書退省庵外有「小瀛洲」三字額，故以此配之也。其實小瀛洲、小蓬萊皆西湖上舊有之名，今兩處均非其舊也。余因作《小蓬萊謡》二百首，人有以便面求書者，輒書此付之。西爽亭在俞樓後山，花農謂是李敏達西爽亭故址，遂以名之，實亦想當然耳。

湖山壇坫妄稱尊，骨肉凋零不可論。我爲虚名消薄福，大靈何必款天門。是年八月，大兒紹萊卒於天津。

聚沫摶沙總不真，殷勤猶念外家親。青廬草草迎新婦，他日無慚泉下人。姚夫人有孤姪名祖詒，自幼失怙恃，育於余家，是年十月爲娶婦杜氏。

青山何處卜牛眠，骨肉何妨聚一阡。我比澹臺殊未達，尚思相見在黄泉。壬午四月，葬大兒紹萊於右台山，即與余夫婦同兆域。其中爲余夫婦之塋，左葬大兒，而爲大兒婦築生壙焉。其右亦營馬鬣，預爲二兒夫婦葬地，但未窆耳。墓域外有地，亦連屬之。大兒有妾于氏，守節不嫁，俾他年歸骨於此。

殘牙零落亦堪哀，雙齒新塋土一抔。誰料流傳瀛海外，湖山小隱有詩來。內子姚夫人遺有墮齒，壬午歲余亦墮一齒，乃合而瘞之孤山之麓，題曰「雙齒冢」。日本人湖山小隱長愿聞而艷之，賦詩寄贈。

虚名一竊竟難逃，毛穎陶泓日日勞。願引雜流停止例，三年以内不揮毫。余以衰老多疾，戲作小詩，布告海内諸君子，以壬午八月爲始，停止作文三年。凡以碑、傳、序、記求者，概不應。是時各直省以仕途壅滯，往往請停止分發三年。余戲援此例也。其後又有再展三年之説，然亦究不能謝也。

海外詩歌亦自工，别裁僞體待衰翁。頹唐舊日輶軒使，采盡肥前築後風。日本國人以其國詩集一百七十餘家寄中華，求余選定。自壬午冬至癸未夏，爲選定四十卷，又補遺四卷。其國之詩自元和、寬永以來，略備於此矣。日本向無總集，此一選也，實爲其國總集之大者，頗盛行於海東也。

正選東瀛海外詩，一聲臘鼓太凄其。老夫和淚鐙前定，慧福樓中詩與詞。是年十二月，次女繡孫卒於杭州。明年，余至杭從女婿許子原索其遺稿，則未死之前自付一炬矣。幸子原尚有能記憶者，余處亦有其手寫之稿，合之得詩七十五首，詞十五首，因寫而刻之，曰《慧福樓幸草》。「慧福」乃女所居室名也。

再到湖樓意索然，更無愛女話燈前。玉童嬌小引珠幼，都向香山伴樂天。癸未至杭，距繡孫之卒逾月矣。携其一男二女以歸，命兒婦輩撫之。玉童乃白樂天外孫，引珠則女也，均見白集。

大兔兒山咫尺間，經營便是女牀山。右台相距無多路，月夜他年共往還。癸未十一月，女婿許子原葬繡孫於大兔兒山，其地距右台山甚近。

欲建先祠願未酬，且於山館祀春秋。權宜定博先人喜，記踏槐黄到此游。是年於右台仙館又築室三楹，乃於其中一室奉高、曾、祖、父之位，春秋祀之。其地在于墳、法相寺之間，距城非遠，游者必至。吾祖、吾父當日至杭應試，或亦曾游其地乎。

斟來冬釀滿金尊，婦子燈前笑語温。今歲老夫作生日，懷中新抱女曾孫。余生日向無酒食之事，是歲值長曾孫女琎寶生，至余生日乃其雙滿月之日也。薄具壺觴，與兒婦輩同飲，嗣是每歲循之矣。

門生注籍逐年多，已愧無功效切磋。誰料竟成蕭穎士，執經請業有新羅。甲申歲，日本東京大藏省官學生井上陳政，字子德，奉其國命，游學中華，願受業於余門下，辭之不可，遂留之。其人頗好學，能爲古文。

童孫何敢預儒流，郡試居然第一籌。牽率老夫心亦喜，不辭兩月共乘舟。孫兒陛雲應府縣試，余送之往，二兒婦携孫女慶曾從焉。故里無家，以船爲家，舟居者幾及兩月。陛雲縣考第二，府考第一。

香雪樓頭香滿樽，樓前幾樹宋梅存。更搖燕尾舟邊櫓，遍歷丁山湖裏墩。乙酉春，如杭州，道出唐西，於超山報福寺看梅，小飲香雪樓。樓前有老梅數株，云宋時物也。所坐曰燕尾船，泛於丁山湖。湖中多墩，往年人家多避兵於此。

曾聞海外有櫻花，竟自東瀛寄到華。莫惜移根栽未活，也曾一月賞奇葩。余前年選東瀛詩，見其國詩人無不盛稱櫻花之美，思一見而不可得。乙酉春，井上陳子德以小者四樹植瓦盆中，由海舶寄蘇。寄到之時，花適大開，頗極繁盛，歷一月之久始謝，移植地下則皆不活。

纔送吾孫泮水游，蟾宫攀到一枝秋。僅堪童子軍中冠，終讓元龍在上頭。孫兒陛雲是年五月中應院試，以第一名入學。至九月之望，浙江鄉試榜發，中式第二名。是科解元爲陳君陔。

莫惜蘭閨未弄璋，洗三亦有酒盈觴。最奇坐客三兵部，一老尚書兩侍郎。是年十二月十七日，次曾孫女珉寶生。十九日洗三，適彭雪琴親家自嶺南還，薄治湯餅，小集賓朋，蘇撫衛静瀾中丞、滇撫譚叙初中丞皆在坐。彭雪翁時官兵部尚書，兩中丞皆兵部侍郎銜也。一小女子洗三，而坐客適有兵部堂上官三人，林下得此亦奇。

都盧母子與翁孫，歲歲相沿舊例存。長路不須偕計吏，大家相送到都門。丙戌二月四日，余親送孫兒陛雲航海入都應禮部試，二兒婦及孫女從焉。蓋自送縣府試以來，凡試皆然，成爲故事矣。

津沽一日駐行旌，相見依依朱仲卿。回憶當年同患難，至今殊異衆門生。到天津，見門下士朱伯華觀察。庚申歲，余在吴下聞警，倉卒出城，時伯華亦在蘇，已無舟可具矣。余招之同舟而行，自浙西而至浙東，相從兩載。感内子姚夫人撫視之恩，事之如母。

潘家河畔小行窩，九列諸公日見過。科老自憐人亦老，客來前輩竟無多。到京寓潘家河沿，小屋數楹，杜門不出。而日下諸公頻有見過者，計此兩月中，客來二百有餘。曾入翰林者四之一，然惟張子青相國、徐壽蘅侍郎爲余前輩，餘皆後輩矣。

老我頽唐一角巾，春明故事豈堪循？如何亦作唐裴皡，來見門生門下人。花農去年分校秋闈，得士十七人，至是援門下門生之例，見余於寓廬。

華筵孤負酒如澠，屈指年來竟未曾。今日又添新律令，相公招我不曾膺。余自戊寅來不赴宴會，丙戌出都過天津，李少荃相國謂余曰：「聞君在都中不破例，今已出京矣，此例可爲我一破乎？」余曰：「在中堂前不敢言不破例，然此後又得一新例矣，有招飲者則謝之曰：「過天津時李中堂招飲亦不曾赴。」相與大笑。

坐擁皋比十九秋，無邊風月此中收。如何一炬神丁火，焚却西湖第一樓。丙戌十月初六日，詁經精舍第一樓災，時余在右台仙館，夜半守者來告。樓中有「風月無邊」四字額，彭雪琴尚書所書。

老夫從不作生辰，湯餅今朝戲款賓。屈指戊辰到丁亥，西湖已歷廿年春。丁亥春日開詁經之課，溯自戊辰，至此二十年矣。因招精舍肄業諸生在俞樓小集，有詩云：「一樽戲爲諸君設，二十生辰湯餅筵。」

大小烏蓬泛鏡湖，越中山水足清娛。柯亭夕照蘭亭雨，并入丹青十九圖。丁亥三月至越中，登南鎮，謁禹陵，遍探吼山、七星巖之勝。有詩十九首，門下士宋澄之明經爲繪作十九圖。越中烏蓬船有四道龍門、三道龍門之名，余所賃一三道、一四道。是游也，二兒婦及孫兒、孫女皆從。

春水栖溪盛水嬉，翁孫四代共觀之。不知多少移春檻，一一都從水面移。戊子春，回德清掃墓，過唐栖鎮，適值水嬉，遂維舟與二兒婦及孫女、曾孫女同觀之。水嬉甚盛，聯合兩舟，上施五彩，於其中演劇。每一舟來，必演劇一齣，如是者凡二十餘。

久住山中事事便，一家眷屬總欣然。彭庵蒓菜陶莊筍，法相挑來錫杖泉。是年春，余與二兒婦及孫女慶曾、曾孫女璡寶居右台仙館幾及一月，頗極山居之樂。時彭雪翁退省庵守者頻采湖蒓相餉，而山上陶莊有一老僧日日擔筍來賣，水則錫杖泉，分自法相僧厨，瀹茗最妙。

童年蹤迹在臨平，老去重來倍有情。史埭戴橋都歷歷，兒曹總覺不分明。四月中至臨平，重訪舊游，遍歷史家埭、戴家橋諸處，不覺憮然，兒婦、孫女輩皆不能喻也。

婉婉嬌孫伴老夫，一朝遣嫁老懷孤。惟欣花燭連金榜，算得青廬佳話無？戊子夏，余以孫女慶曾許嫁宗湘文觀察之子舜年，字子戴。其秋，子戴登賢書。十二月十三日，入贅於寒門。余製大金字八，分懸樂知堂兩壁，曰「金榜題名，洞房花燭」，一時傳爲佳話。

跋涉舟車我不堪，任教孫輩試風檐。惜之一歎惜哉又，惱亂尚書老鄭庵。己丑會試，余不復親送孫兒陛雲，與孫婿子戴先後入都，榜發，薦而不售。其卷皆在潘伯寅尚書處，并以額溢見遺，於陛雲卷批「惜之」二字，子戴卷批「惜哉」二字。姊夫妻弟竟出一轍，亦奇矣。「鄭庵」乃伯寅尚書別號。

博得安閒便是仙，科名繼起但憑天。書城新創城隍祀，護我圖書三四年。余書室中積書如城，因思有城必有城隍，爲作《書城隍歌》。

自述詩皆信口占，志銘碑傳已堪兼。篇章不是難盈皕，妄冀他時尚可添。《曲園自述詩》成於己丑五月，凡一百九十九首。

補自述詩

補自述詩

十二年前《自述詩》，而今再補昔年遺。飄零一管江郎筆，兩助黔敖小救飢。余前作《自述詩》，迄於光緒己丑五月。憶戊子鄉試，余曾作擬墨七篇，刊刻以售於人，得洋錢一百四十，以助直隸、山東之振。區區小惠，前詩固未及也。及己丑秋，江浙大水，又值鄉試，余又作擬墨四篇，賣得洋蚨二百二十，仍以助振。

吾孫報罷已南回，頭白尚書歎惜哉。誰料多情劉給諫，三千里外寄詩來。己丑，余孫會試不中，鄭盦尚書所爲發「惜之」一歎也。乃房考劉次方侍御綸襄深賞其文，惜其薦而不售，賦詩二章，屬花農寄贈，其意深可感矣。

輶軒使者赴河汾，回首湖樓意轉殷。不惜遠貽牲醴費，一杯祭告右台墳。花農在余門下久矣，余屬望甚隆，即姚夫人亦深望之。光緒己丑，花農典試山右還，遠寄牲醴之費，屬於右台山姚夫人墓下祭告，其拳拳於師門有如此。

右台仙館屋三楹，樹色泉聲總有情。今歲山中居最久，廣將雜咏索諸生。庚寅春，余居右台仙館稍久，因以《山居雜咏》二十題課精舍諸生。

衡陽一老去騎箕，噩耗傳來始尚疑。二十二年如一夢，只存千六百言詩。余自乙巳春與彭雪琴尚書相識，至庚寅歲二十二年。在右台仙館聞公之訃，以詩哭之，凡一百六十韻。

不覺行年到古稀，感懷身世一歔欷。諸君莫費殷勤意，留唱虞歌送繸衣。是歲，余年七十矣，余不作生日，豫以一詩遍告親朋，勿送壽禮，亦勿贈壽言。此詩即用其語。

象寶山中卜墓田，老夫親送婿歸泉。烏烏一曲歌《蒿里》，算我生辰奏管弦。是年，長女婿王康侯卒，卜葬吳下象寶山中，余親送其葬。其日乃十二月二日，正余七十生日也。

肥前筑後衆詩人，遠寄詩歌意最真。笑我壽言皆不受，翻勞海客祝生辰。余七十生日，謝不受祝。辛卯歲，七十有一矣，東瀛諸君子以詩文補祝，裒然成集，不得已受之，乃有《東海投桃集》之刻。

外家伯姊雪盈顛，自幼提携最見憐。此後臨平重艤棹，更誰白髮話當年。辛卯春，歸周氏伯蘭外姊卒，姊長於我十三歲，年八十四。余婦同母姊妹四人，今無一存矣。

朝經暮史老無成，猶有童心尚未更。新製《勝游圖》兩幅，笑隨兒女擲明瓊。是歲，製《勝游圖》及《西湖攬勝圖》，均刻《曲園三要》中。

串月何須詫石湖，鏡中明月不曾孤。遂教拜倒嚴夫子，傳受牟尼一串珠。春在堂西偏設一鏡屏，月夜於鏡中斜睨之，化一月爲五，多或至九，乃悟石湖串月亦此理也。同年嚴淄生學得其法，大喜，自稱串月弟子。

門墻徐穉最關情，十載清班久有名。病枕傳來消息好，使星已照五羊城。辛卯八月，花農拜廣東學政之命。余時在病中，聞之甚喜。

偶將西法一傳神，骨肉都盧十二人。聊寓合家歡樂意，原知幻影本非真。是歲，用西法照全家小像，共十三人。有詩紀之，并有小記，刻入《春在堂詩編》。

剛直云亡已再期，刻成奏議刻成詩。公名豈籍文章壽，後死難將此責辭。時刻《彭剛直奏議》八卷、《詩》八卷。壬辰春，至湖上拜公祠，即以一册交守祠者置公神龕。

落拓江湖大布衣，群公垂愛頗依依。蘇州論齒杭論爵，此會人閒亦自稀。是歲，在蘇州有潘蔚如、任筱沅兩中丞及盛旭人觀察同時見訪，與余賓主四人合成二百九十七歲。未幾，至杭州，崧鎮青中丞、劉景韓方伯、黄澤臣廉訪、王心齋觀察又同日訪我湖樓，皆不期而集者，一時以爲盛事，并有詩紀之。

偶乘良夜小排當，引得鄰兒興欲狂。都向俞樓看影戲，魚青蛇白總荒唐。村落閒有演影戲者，余從未一觀也。壬辰秋，偶於俞樓一演之，所演爲《青蛇傳》。按：西湖舊傳有白蛇、青魚兩怪鎮壓雷塔下，此本無稽，今又作青蛇，則訛而又訛矣。

門墻最久是朱游，一誤刀圭命竟休。猶憶姑蘇城外路，亂離同坐太平舟。朱伯華觀察在余門下垂三十年，卧病津門，服西醫藥而卒。回憶庚辛歲，蘇城失陷，余挈之出城，同坐太平船，相依如骨肉。今聞其卒，爲之流涕。

瓊花仙種世閒無，聚八仙開竟不殊。湖上山中隨處有，一株分種到姑蘇。浙藩署有瓊花。癸巳春，劉景韓方伯折以相贈，山中人見之，皆笑曰：「此聚八仙也，遍地皆是。」驗之，果信然瓊花與聚八仙實二而一者也。余爲賦《杭州瓊花歌》，又爲著《瓊英小録》，自此頗聞於時。余移一株歸種吴下寓園。

往事如烟不足論，梁園舊雨久無存。誰知今日三台路，白髮門生拜墓門。劉鐵樵珊瓚，河南南陽人，余視學時，取列高等，食餼者也。甲午歲，以即用知縣來浙，知余在右台仙館，親至山中展亡婦姚夫人之墓。

最憐孫婦性和柔，宜室宜家事事周。一十五年春夢短，衰門福薄不能留。孫婦彭氏，即剛直公孫女，賢婦也，歸吾孫十五年而卒。余深悼之，謂吾家福薄，不能有此賢婦。

流播《全書》春在堂，頗嫌繁重費車航。偷來石印西洋法，此後巾箱易弆藏。門下士曹小槎孝廉以吾《全書》行世已久，而卷帙繁重，舟車携挈爲難，因用西法石印，以廣流通。

吾孫正待赴京華，蜑雨蠻烟阻客槎。留得杏園春色在，不妨遲看一年花。乙未會試，吾孫以海上有警不赴。

瓶梅偶爾得春暄，結實枝頭儼在園。姑徇吾家賢婦意，爲孫戲寫瑞梅軒。是歲，春在堂東軒瓶梅結實，二兒婦以紀文達家瑞杏軒爲比，因爲書「瑞梅軒」三字。

華堂重啓合歡筵，更爲吾孫續斷弦。本是外家兄與妹，新人應似舊人賢。十一月初八日，爲孫兒續娶許氏，乃吾外孫也。自幼失母，居吾家。彭氏孫婦極與相得，此舉亦彭之遺意也。

一出黌門首屢回，今年泮水又重來。刻成《試草》教人看，六十年前老秀才。光緒丙申，距余入學之歲六十年矣。俗有重游泮水之説，余因將當年院試之題重作一篇，刻《重游泮水試草》。

狙擊曾收博浪功，一周花甲太匆匆。鹿鳴不預何妨補，此意無人達九重。光緒丁酉，距余中副榜亦六十年矣。余嘗謂舉人有鹿鳴宴，六十年後重遇是科，準其重宴鹿鳴。副榜雖無鹿鳴宴，然至六十年後重遇是科，宜準其補宴鹿鳴，亦朝廷加惠士林之盛意也。然空存此議而已。

尤生好學又深思，無奈叢蘭天敗之。爲我編年殊未竟，爲君作傳可曾知？臨海尤瑩字麓孫，沈潛好學，佳士也。余深望其振起樸學，不幸短命，余甚惜之。曾爲我作年譜，粗具草稿，又爲《春在堂全書目録》，則未成也。余爲作傳，存集中。

一卷曾將《幸草》刊，每思愛女涕汍瀾。誰知慧福樓頭淚，繡墨軒中又一彈。丁酉五月，孫女慶曾暴卒於温州，事詳余所爲傳，不具説矣。慧福樓，吾次女所居；《幸草》，其所著詩詞也。「繡墨」則孫女軒名。

白蠟明經老自憐，不能補踏鹿鳴筵。幸逢徐邈來持節，文字湖山兩有緣。光緒丁酉，徐壽衡同年來典浙試。出闈相見，握手歡然。

傳來消息日邊佳，北望長安眼屢揩。三十年前詩句在，期君儤直到南齋。花農拜南書房行走之命。余從前用「堪」字韵與花農唱和，有云「御齋儤直最宜南」，蓋望之久矣。

吾孫十八早登科，奈此頻年⿰金冒鐰何？六上春闈纔一第，雖然僥幸已蹉跎。吾孫年十八即膺鄉薦，自丙戌至戊戌歷會試七次，實赴者六次，始成一第，而年亦三十有一矣。

金榜傳來滿縣誇，補全鼎足免齟齬。狀頭榜眼吾鄉有，二百餘年一探花。德清自入國朝來有狀元二人，榜眼二人，惟探花無有。至光緒戊戌，吾孫陛雲以第三人及第，邑人皆喜曰：「三鼎甲全矣。」

正喜青雲得路遥，無端異論起囂囂。聚奎堂上新闈墨，一卷文章殿本朝。是科闈墨，吾孫作亦與焉。未幾，即有廢時文之議。

高據西湖第一樓，居然三十一春秋。明年勇撤談經席，坐看滔滔逝水流。余丁酉歲主講詁經，三十年矣，即擬力辭，然念時勢至此，或藉孱軀稍留大局，故又留一年。今則横流更甚，斷非區區螳臂所能枝柱矣。因力言於廖穀士中丞，堅辭斯席。自今思之，不得謂余無先見也。

精廬半載又生塵，重向吴中問故人。我似老僧宜退院，桃花潭上起汪倫。余辭詁經，繼之者爲黄漱蘭侍郎，不半年而殁。精舍諸生乃環請劉景韓中丞延余再主斯席，中丞兩次手書敦促，余乃薦汪柳門侍郎自代。

欒社于祠古有之，老夫衰朽豈相宜？如何未赴靈山會，已是香花供養時。精舍諸生知余不復再來，因言於劉景韓中丞，爲余設長生位於第一樓。余力辭不得，至今猶在，然終擬撤去之也。

舊盟還證鏡臺邊，不覺悠悠六十年。可惜萊妻先下世，未能花燭再開筵。余於道光己亥成婚，至光緒己亥花甲一周，惜老妻久逝，否則循俗例有重諧花燭之舉矣。

曾孫三抱盡非男，臘八生男亦美談。兒婦前宵曾有夢，將無轉世是瞿曇。己亥十二月八日，陛雲舉一子，余始有曾孫矣。前三日，二兒婦夢一僧入室，云將托生於此，故余取乳名曰僧寶。

七十纔過八十來，不勞吉語頌臺萊。從前詩句分明在，又爲親朋誦一回。庚子歲，余八十生日，仍援七十歲之例賦詩一首，敬謝壽言壽禮。

弧矢虛懸静不喧，不容腥血到炮燔。年年臘月逢初二，世世兒孫守此言。十二月初二，余生日也，戒庖人勿以腥血入饌，謂之净竈。自今年八十生日爲始，願此後世世子孫勿違吾戒也。

吾家譜牒本無傳，今歲居然訂一編。高祖遺言猶在耳，紹衣還望後人賢。吾家舊無譜牒，但知始遷德清南埭者爲元提舉希賢公而已，蓋見於同里沈氏家譜序，固不得而詳也。余參考新昌、上虞兩俞氏譜，則自第一世至第十八世希賢公乃始可考，自希賢以下又三世亦可考。其後又幾世而至吾高祖，則不可考矣。吾高祖之生，當在康熙初，嘗曰：「興吾家者必在六房。」以吾曾祖行六也，至今似有小驗。然吾高祖在二百年前，不知何以遠見及此。因作《述祖德》篇，述此語以勉我後人。

衰翁白首卧吟窩，諺語讕言筆底多。正始雅音收拾起，一時傳唱《謬悠歌》。辛丑歲，余八十一矣。老境頹唐，詩境亦多率筆，有《新年雜咏》，皆用俗語。又有《謬悠詞》十二首，亦以諺語成詩也。

老去汪倫情轉深，每將良會集同岑。吾孫忝附諸賓末，一席居然八翰林。是年春日，汪郋亭侍郎招集楊定甫、費屺懷、喻志韶、曹石如、潘西笙、蔣季和同集其寓，吾孫陛雲與焉。一主七賓皆翰林也，吴下傳爲盛事。

重洋來學有陳良，誰料中年賦國殤。遺像淒然何忍對，封題珍重寄扶桑。日本人楢原陳政就學於余門下，庚子之變死於京師。其用西法所照小像猶在，并其妻其女亦在焉，余對之淒然，時適有便，寄還其家。

中庭覆醢有餘哀，又報東瀛貴戚來。詩卷長留巢父在，畫圖更爲放翁開。是歲，有日本人長岡護美來見，乃其國戚里也，封伯爵，頗風雅，以詩集見示，歸後又以小照寄贈。

相傳宋槧有《尚書》，此本曾歸足利儲。惜我耄荒經學廢，迢遥遠寄待何如。日本足利學藏有宋刻本《尚書正義》，護美君翻刻寄贈。按：阮文達作《校勘記》，所據宋本即此也，然文達止見《盤庚》以下諸篇，蓋未見其全。余得見之，幸矣。

屋壁山巖孰討論，蠻書戴字滿乾坤。手題丁氏藏書録，筆墨中間有淚痕。丁修甫昆仲以《武林藏書録》索題〔一〕，爲賦長歌，鋪叙乾隆開四庫時盛事，以寓傷今思古之思。

一時風氣驟開新，渺渺重洋去問津。笑汝外家兄弟輩，朝鮮日本總比鄰。時王氏、許氏外孫及余從孫輩，多有遠赴朝鮮、日本者。

太息崦嵫已夕陽，欲扶衰老苦無方。商山芝草殷勤寄，深感多情陸侍郎。陸鳳石侍郎自西安以商山芝草遠寄。

邛杖傳來自蜀中，尚書望我太從隆。扶綱植紀非吾事，一手携書一杖筇。奎樂峰制府自蜀中寄贈邛竹杖三枝，其來書有「扶掖大雅，楮柱名教」語。余不敢當，賦長歌謝之。「一手携書」句，用韓偓語也。

〔一〕甫，原作「南」。

春在堂前桂盛開，偶招月上女歸來。明年此會還能否？且盡花前酒一杯。春在堂有四桂樹，花開頗盛，每歲思一賞之，輒不果。今年無事，又無風雨，招歸王氏長女來共飲，徘徊竟日。

園中高柳太危顛，竟付誅鋤亦自憐。始信陶公真有福，長留五柳在門前。園中柳樹甚多，有二樹枝葉扶疏，與墻屋有礙，因伐去之，然意亦良不忍也。既悼以詩，此又及之。

孫舍欣添第二男，誰知一現等優曇。異時好把靈蓍揲，再索無功更索三。是年，陛雲舉第二子，未百日而殤，亦頗惜之。

風流文采數徐陵，火色鳶肩已上騰。萬里青雲俄一跌，俞樓何不再同登？花農由庶子超遷閣學，權兵部侍郎，兼拜經筵講官之命，仕途亦云盛矣。俄以人言免官，余勸其南歸，再尋俞樓觴咏之樂，然花農未能從也。

九十春光强半過，無端一病竟成痾。如來衰相分明見，不是當年老伏波。壬寅清明日，余晨起初無恙也，至静室誦經畢，趺坐片時，俄覺虛陽上升，汗出如雨，登時昏厥仆地，蓋亦舊疾也。然此後精神委頓，竟不能復原矣。

幸有懸車舊例存，惟於一室度晨昏。三吴開府朝來訪，報謁無能再踵門。病後客來，概以一刺報之。恩藝棠中丞來，亦言明不報謁也。

往事追思總似烟，玉堂回首倍依然。凄凉一曲《毬場歎》，寫入瀛洲道古篇。有自京師來者，言翰林院舊地已爲洋人拋毬場矣。聞之喟然，爲賦《毬場歎》。

微名何意動天潢，手寫楹聯寄草堂。贏得杜陵小兒女，都來省識汝陽王。肅親王善耆自京師寫楹聯見贈，又以西法照相寄贈。

恭逢玉詔下求才，鴻博科停經濟開。吾邑人文從昔盛，特科留待我孫來。時有詔，仿博學鴻詞科例開經濟特科，漕帥陳筱石侍郎以余孫陛雲應詔考。康熙、乾隆兩開鴻博科，吾邑未有與者，陛雲得此亦幸矣。

慧福樓頭淚未乾，而今長女又摧殘。老夫翻羨山妻福，兒女雙雙送入棺。七月十四日，歸王氏長女卒，余子女喪其三矣。回憶老妻臨卒時，二子二女皆在，真福分也。

蜀道崎嶇使節臨，無端風鶴太驚心。監臨使者傳飛電，兩字平安抵萬金。吾孫典試蜀中，適蜀有拳匪之亂，甚爲懸懸。八月十七日，得監臨吴蔚若學使來電云：「三場完竣，主考平安。」舉家大慰。

聆得輶車蜀道回，蜀山蜀水盡摹來。爲言華嶽曾經過，采得琅玕作杖材。陛雲自蜀乞假歸，於輿中用西洋法將佳山水照印成小片，異日以此爲藍本，渲染成畫，亦佳也。又過華山，采取墨竹數枝爲余作杖。

曾領鄉筵酒一巡，重來白首尚如新。試將兩浙從頭數，數到鯫生十九人。余甲辰恩科舉人，例應於明年癸卯正科重賦鹿鳴。

自出承明歲月長，春明舊事付黄粱。誰知四十六年後，又隸微名到玉堂。時有詔開復原官，溯自罷官至今四十六年矣。

衰年豈復事登臨，一別西湖戊到壬。難得吾孫歸自蜀，不妨舊夢再重尋。余自戊戌歲後不到西湖，閲四歲矣，今年因陛雲試畢假旋，又與同至西湖。

既非欒社與于祠，竊據湖樓豈所宜？今日老夫試神勇，也同張子撤皋比。西湖第一樓設余長生位，雅非余意也，親至湖樓撤而去之，爲之大快。

底事年來目力差，儘揩兩眼總麻茶。笑余八十二齡叟，初試人間六十花。短視者例不昏花，余短視不深，故昏花仍所不免。今年買昏鏡試戴之，似視物較清。昏鏡有深淺，余所用者猶六十花也。

静室明窗不啓櫳，廿年功課未曾停。自從一病清明日，荒了《金剛般若經》。余每晨起必至静室誦《金剛經》一過，垂二十年矣。今年清明日一病，精力益衰，遂罷此課。

罷誦《金經》近一年，清晨蔬食故依然。老夫竊比趙清獻，葷血朝來不上筵。余晨必誦經，故早餐必素食。今經課雖停，而清晨素食如故，殆將終吾身矣。趙清獻公早不茹葷，見葉夢得《避暑録話》。

西湖甫撤長生位，誰料龍湖又繼之。只博老夫拈險韵，庚桑楚尚未堪尸。余主講菱湖鎮之龍湖書院，今年亦辭退。菱湖諸君子謀於院中爲余設長生位，余以詩力辭，有云「畏壘奚煩遽立尸」。

試向蓬山證夙因，悠悠五十四年春。偶鎸小印鈐書尾，海内詞林第二人。余於道光庚戌入翰林，至光緒癸卯五十四年矣。檢認啓單，惟四川伍肇齡是丁未前輩，餘皆後輩也。因鎸一印章曰「海内翰林第二」。伍君乃吾兄癸卯同年，去歲吾孫典試蜀中，屢與相見，精神矍鑠，步履如飛。

嚴家餓隸醜難堪，竟播書名遍朔南。蒙古賢王殊好事，一箋倩我寫夔庵。癸卯春，蒙古喀喇沁王名貢桑諾爾佈，號樂亭，寄紙來求書「夔庵」兩大字。

吾孫久已忝承明，散館還叨第四名。一二三名相次坒，笑他鼎字變成貞。陛雲童試第一，鄉試第二，殿試第三，今年散館第四。胡效山觀察以詩賀云：「科名也合羲經義，不外元亨與利貞。」余和云：「往日忝曾分鼎足，須知鼎即古文貞。」以籀古文「鼎」、「貞」同字也。

聯翩蜀士試梁園，榜發欣看十輩存。我是武夷君老矣，不妨都喚作曾孫。壬寅科於大梁舉行會試，蜀中中額十四名。及榜發，而吾孫去歲典試所得士居其十。

鴻博科停經濟開，吾孫恭應特科來。居然僥幸登高等，紫電飛傳第二回。余孫陛雲應經濟特科，第一場取一等三十一名，覆試拔置一等八名，均由電局馳報。

嬌小曾孫愛似珍，憐他塗抹未停勻。晨窗日日磨丹研，描紙親書上大人。小兒初學字，以朱字令其以墨筆描寫，謂之「描紙」。「上大人，孔一己」等二十五字，宋時已有此語，不知所自始。僧寶雖未能書，性喜塗抹，每日爲書一紙，令其描寫。

房幃夜半聽啼聲，又得明珠一顆擎。戲語曾孫小僧綽，從今喜汝作人兄。癸卯年六月二十七日丑時，孫婦又舉一男。

本是嬰齊字子齹，而今零落已無多。秋來二齒惟存一，再啖紅綾奈老何？余近年只存二齒，今秋又落其一。

不幸虛名滿世間，幾人推許幾嘲訕。自知不是王夷甫，枉費先生著《辨奸》。歸安鄒嶔，不知何許人也，自山西貽書痛詆云：「公之議論著述，足以死亡中國人士而有餘。」余讀之悚然。憶丁酉歲，曾與浙撫廖穀似中丞書云：「將來必有兩種議論，一謂曲園三十年來造就人材不少，一謂兩浙人材皆敗壞於曲園一人之手。」不圖今日果有此言，則亦不足與辨也，後世當自有定論乎。

此後行藏不再談，已將身世付優曇。曾披《蓮社高僧傳》，遠永年皆八十三。《自述詩》止此矣。余今年八十有三，《蓮社高僧傳》慧遠、慧永年皆八十三而終。

春在堂詞録

序

余不諳音律，填詞素非所長，偶一作之，亦不存稿。少時之作，及今猶能記憶者，止《燭影摇紅》一闋、《滿江紅》二闋而已。中歲埾經，盡從吐棄。兩《平議》告成，息焉游焉，復有所作。昔周草窗作西湖十景詞，楊守齋見之，曰：「語麗矣，如律未協何？」遂相與訂正，閱數月而後定。然則填詞非難，協律爲難，當今之世有霞翁其人乎？姑録而待之。庚午春正月俞樾記。

春在堂詞録卷一

鳳皇臺上憶吹簫

陳小蕃司馬前在京師，有所善歌者，能琵琶演白香山潯陽故事，四坐盡傾，至今猶憐念之。因借香山事繪《琵琶感舊圖》，托古思以寄今情，其意固不在潯陽江上也，因倚此題之。

燕妬身材，鶯偷喉舌，妝成千種風流。把畫簾高捲，擁出秦樓。手抱琵琶輕撥，彈不盡、舊悵新愁。一般是，鸞飄鳳泊，不必江州。　迴眸。曲闌干外，青瑣闥仙郎，笑整鷫裘。想酒闌鐙灺，豔福曾修。一自鳳池抛却，孤負了、檀板清謳。銷魂處，惟將畫圖，約略前游。

金縷曲

陳湘葵同年有姬人粱氏，相從於患難貧賤中有年矣。湘葵成進士後，需次畿輔，其家航海來就之，甫至津門而姬病卒。湘葵爲詩三十章哀之，因書此於其卷末。

海外雲帆到。盼凉秋，香輪寶馬，玉人來早。誰料丁沽西風惡，吹散巫雲縹緲。只十日、紅消香耗。陡使綺懷無聊賴，莽天涯，何處尋芳草。思舊事，惄如擣。　南天烽火何時掃？憶頻年，飄流窮海，結廬荒島。乍逗河陽春消息，無奈名花便槁。賸膝下、金鑾嬌小。縱使玉簫重來日，想韋皋，應已年華老。空展轉，繫懷抱。

蝶戀花

題蒯子範太守行看子

大好梧桐庭院裏，修竹娟娟，几席凉於水。掃地焚香閒坐此，韋蘇州後先生矣。　老帶莊襟誰得似，一片冰心，寫上雲藍紙。看取方池清見底，亭亭立者花君子。

滿江紅

書生佳人苦樂各一闋，用版橋道人體。

一片青氈，遮不住、萬千風雨。止落得、飄零書劍，頭顱如許。老大長充村學究，科名不到劉司户。賸凄涼、文冢哭秋風，書生苦。　出建節，芙蓉幕。入畫象，麟麒閣。尚青春年少，風姿如鶴。束髮交都收鐵網，畫眉人共聽金鑰。待功名、成了便神仙，書生樂。

天付紅顔，便交付、一生愁緒。渾不管、飄簾落溷，名花無主。玳瑁纔栖梁上燕，胭脂又吼閨中虎。是前生、注定惡姻緣，佳人苦。　葉子戲，樗蒲簙。錦作帳，珠爲箔。有風流夫婿，相嘲相謔。姊妹甘心推福命，兒曹轉眼登臺閣。看妝成、緑鬢尚如初，佳人樂。

金縷曲

次女繡孫倚此咏落花，詞意凄惋，有云「歎年華，我亦愁中老」，余謂少年人不宜作此，因廣其意，亦成一闋。

花信匆匆度。算春來，瞢騰一醉，緑陰如許。萬紫千紅飄零盡，憑仗東風送去。更不問、埋香何處。却笑癡兒真癡絶，感年華，寫出傷心句。春去也，那能駐。　浮生大抵無非寓，漫流連，鳴鳩乳燕，落花飛絮。畢竟韶華何嘗老，休道春歸太遽。看歲歲、朱顔猶故。我亦浮生蹉跎甚，坐花陰，未覺斜陽暮。憑彩筆，綰春住。

虞美人

杭諺云：「晴湖不如雨湖，雨湖不如月湖，月湖不如雪湖。」余比年主講西湖詁經精舍，晴雨月雪隨時領略，各賦小詞紀之。

曉烟乍破青山醒。鏡裏明妝靚。迷離金碧滉樓臺。不信人間此外有蓬萊。　畫船簫鼓時來往。緑水春摇蕩。遲遲聽徹鳳林鐘。要看斜陽一抹上雷峰。晴湖

亂珠點點抛來疾。山氣濃於墨。眼前何處認南屏。但見空濛遠水接天青。　蘭橈整日堤邊歇。誰更攜游屐。烟蓑雨笠坐孤篷。只好紅衣畫個老漁翁。雨湖

一輪乍透疏林缺。洗盡人間熱。湖心亭上倚闌干。便覺瓊樓玉宇在塵寰。　樹陰滿地流蘋藻。夜静光逾皎。天心水面兩相摩。時有銀刀撥刺躍金波。月湖

青山一夜頭都白。大地瓊瑶積。玉龍百萬戲長空。只賸紅墻半角是行宫。何人載酒來相就。要與嚴寒鬥。堤邊幾樹老槎枒。誤認疏疏落落盡梅花。雪湖

南鄉子

次女繡孫偕其婿附海舶入都，倚此送之。

送汝去長安。九月西風乍戒寒。遼海雲帆何日到，漫漫。緑水洋中翠袖單。幾夕暫盤桓。話久渾忘玉漏殘。欲向臨岐留後約，難難。坐對黄花且盡歡。

憶昔賦于歸。送汝迢迢上帝畿。今又遠隨夫婿去，歔欷。别淚重沾舊嫁衣。執手各依依。記否湖樓話夕暉。他日南歸重艤棹，依稀。獨凭危欄認翠微。

烟樹鳳城秋。昔日巢痕尚在不？送汝北行重北望，還休。懶惰無心理舊游。去去勿淹留。節近開爐樂事稠。願汝三生兼福慧，雙修。莫負紅閨舊住樓。女生而慧，余因署所居曰「慧福樓」，望其慧與福兼也。

浣溪紗

苦雨不止，閨人翦紙作婦人掃帚向天，名曰「掃晴娘」，偶爲賦之。

吴帶曹衣自轉旋。墻邊屋角鬥嬋娟。彩繩渾似舞鞦韆。　甘作吴宫箕帚妾，羞爲巫峽雨雲仙。掃開宿霧見青天。

江城子

余課士詁經精舍，戲以《孟子》書中事命題，一曰「齊王之臣將至楚游留别其友」，一曰「陳仲子自於陵歸述懷」，一曰「馮婦車中解嘲」，一曰「齊人至東郭墦間書所見」，各賦七言律詩一首。雖然，戰國人能作唐人律詩，獨不能作宋人小令乎？偶倚此，博諸君子一笑。

沅蘭澧芷賦南游。路悠悠。不勝愁。賴有故人，情重代綢繆。家室艱難無限事，嗤仲路，只輕裘。　飄然書卷客荆州。儘句留。更無憂。十幅蒲帆，遍訪洞庭秋。他日歸來同話舊，歌郢曲，答齊謳。王臣留别

萍蹤來往本無期。望臨淄。意遲遲。猶恐素衣，此去化爲緇。試上牛山高處望，塵擾擾，

欲何之。齊廷積習竟如斯。逐毫釐。較銖錙。井上餘甘，半李欲貽誰。差喜辟纑賢婦在，長共隱，莫相離。陳仲子述懷

十年馳逐少年場。左牽黄。右擎蒼。笑叱於菟，不異檻中羊。一自閉門稱善士，將舊事，付蒼茫。忽聞雄嘯發高岡。鬢雖霜。臂猶强。竿木隨身，作戲且逢場。爲語諸君休笑我，憐故態，老奴狂。馮婦解嘲

自隨車馬走城闉。路迴沿。草芊綿。幾處荒丘，零落半爲田。螻蟻王侯真一例，惟蔓草，與荒烟。何如飲啄且隨緣。野花前。夕陽邊。冷炙殘杯，無日不陶然。試問城中諸顯者，同一醉，竟誰賢。齊人書所見

多麗

《説苑》載：「齊王起九重之臺，募國中能畫者，賜之錢。有敬君居常餓寒，其妻妙色，敬君工畫臺，貪賜畫錢。去家日久，思憶其妻，畫像，向之而笑，傍人見以白王。王召問之，對曰：『有妻如此，去家日久，心常念之，竊畫其像，以慰離心，不悟上聞。』」此事極古艷可喜，今本《説苑》無之，惟見《藝文類聚》所引，因爲此詞，傳播好事者。

恨無端，青齊留滯頻年。把毶毫、東塗西抹，妝臺不畫春山。步微波、何來羅襪，凝香霧、那見雲鬟。朱染嫌丹，粉敷太白，描摹費盡衍波箋。向臺畔，悄無人處，一幅自偷看。誰堪比、飛瓊天上，弄玉人間。　感君王、垂情下問，離懷未語先酸。擲華年、鬥鷄走狗，怨遥夜、别鶴離鸞。雲想衣裳，花如人面，蕭郎下筆倍增妍。從今後、春風圖畫，稷下定傳觀。還愁被、滑稽齊贅，看殺嬋娟。

驀山溪

與内子同至西湖詁經精舍作

琴書跌宕，老作西湖長。精舍對南屏，好覽遍、雲山蒼莽。年年浪迹，未辨釣魚船，湖樓上，秋容爽，聊寄烟波想。　烟波澹蕩，容得閒鷗兩。人道是劉樊，愧草草、未離塵網。舊游如夢，過眼不須提，摇雙槳〔一〕，同游賞，粗不浮生枉。

〔一〕槳，原作「漿」。

醉花陰

咏自鳴鐘

軋軋聲中昏又曉。暗運機關巧。簾幕寂無人，忽聽丁冬，幽夢驚回悄。　金針鎮日冰輪繞。旋轉何時了。莫道不銷魂，聽取聲聲，只是催人老。

一翦梅

意有所觸，輒成一詞。美人芳草，不無寄托之辭；商婦琵琶，惟以悲哀爲主。

記得春游逐管弦。紅版橋邊，白版門前。閒花野草爲誰妍？蜂也喧喧，蝶也翩翩。風月何嘗負少年。花底歌筵，柳外吟鞭。而今回首總凄然，舊事如烟，舊夢如仙。

一抹胭脂艷夕陽。品字兒窗，卍字兒墻。個中光景費端詳，清是花香，濃是花光。　無計能消酒一觴，燕與商量，鶯與平章。五張六角逐年忙，老了秋娘，病了蕭郎。

何處紅樓夜月明。樓上吹笙，樓下彈箏。綺窗珠箔最瓏玲，人倚銀屏，花映雕欞。　容易游仙容易醒，夢斷瑶京，盼斷雲軿。青衫燈下百愁生，紅淚盈盈，緑鬢星星。

誤入仙源亦足誇。飽吃胡麻，飽看桃花。劉郎一去計原差，抛了仙家，負了烟霞。　青鳥沉沉信轉賒，天上靈媧，海外仙槎。莫將幽怨托琵琶，一卷《南華》，一部《楞伽》。

玉蝴蝶

秋宵不寐，鐙下偶成。

一夜西風蕭瑟，天涯芳草，定自闌珊。纔了春愁，秋恨又上眉端。漏遲遲，聲低易斷。鐙黯黯，花小難圓。起凭欄。月華滿地，寒透屏山。　年年。鳥啼花落，舊游如夢，舊夢如烟。對酒當歌，鏡中非復少時顔。碧霄迴，瓊樓何處？紅橋遠，玉笛誰邊？不成眠。且將苦語，譜入哀弦。

掃花游

「湖上兩浮屠，雷峰如老衲，寶石如美人。」明人語也。余喜其語，曾於詁經精舍出此題，因各譜一詞。

阿師老矣，想卓錫空山，更無儔侣。鬅頭健舉。笑枯禪不死，半空撑柱。破了袈裟，一抹斜陽艷補。問神悟。奈千載寂寥，鈴鐸無語。臨水高幾許。化丈六金身，踏波而舞。廢興細數。歎黄妃舊壠，已無尋處。絶頂春回，尚有桃花亂吐。倩迦葉，向空中，笑而拈取。雷峰

是何楚楚，看綽約凌空，藐姑仙子。聖湖見底。宛新妝對鏡，鉛華都洗。雨態雲容，化作闌干淚水。暮烟紫。算描就翠蛾，眉嫵嬌細。紅袖天外倚。問上眄高寒，可能禁此。伶仃鈿珥。壓人間萬種，等閒羅綺。獨立空山，贘有神尼唤姊。肯容易，嫁東風，石尤夫婿。寶石

鎖窗寒

咏骨牌

片片雕成，星星點就，綺窗游戲。精瑩可愛，雅稱玉人纖指。聽玲琅、摩挲幾回，大家促坐湘簾底。早兩三細數，高擎仙掌，怕人偷視。　雕几。清於水。宛錯落敲棋，竹聲更脆。三長四短，漫把閒愁句起。卜相逢、團欒聚頭，有時巧合心暗喜。願歡情、地久天長，莫學幺弦細。

醉太平〔一〕

明蓮池和尚《七筆句》，其言不雅馴，釋子語耳。尤西堂老人衍之爲《十空曲》，膾炙人口，然每首必用一「夢」字，隨筆牽合，無謂也。余涉歷世間，頗覺萬事之皆幻，雖仙佛亦隨

〔一〕　按，《醉太平》十四首，與光緒九年重定本文字差異較大，附録於後，以便讀者諸君對勘。

劫盡，況其他乎？偶作小詞，得十四首，自念此身亦泡影也，故以終焉。其詞皆用《醉太平》調，亦名《四字令》，哀音促節，或較《駐雲飛》曲猶易發人深省乎。

乘軒建牙。金張世家。五侯門第豪奢。走瓏璁鈿車。　芳塘亂蛙。朱門暮鴉。北邙華表如麻。看斑斕蔓花。

銅山鄧通。千鍾萬鍾。銀屏金屋春風。在瑶臺幾重。　瓊筵告終。華堂旋空。舊時珠履無蹤。坐門前菜傭。

燕然樹銘。雲臺畫形。麒麟高閣標名。大將軍衛青。　功高謗生。悲韓弔彭。青門一叟伶仃。舊通侯邵平。

名高貊讀忙拜切。蠻。聲蜚坫壇。文章經術流傳。望龍門在天。　淵源汗漫。圖書散殘。講堂蔓草荒烟。問兒孫種田。

天街珮珂。群仙大羅。曲江杏宴笙歌。舉賢良制科。　眉龐鬢皤。文園卧疴。蓬山風景如何。付滔滔逝波。

幽并少年。腰弓控弦。博樓一擲金千。向倡家醉眠。　頭顱半斑。途窮興闌。酒徒大半凋殘。冷生涯灌園。

春郊聽鸝。秋原射麋。憐他新柳依依。是張郎少時。黃罏事非。青衫淚垂。昔年

擲果風姿。換樊川鬢絲。

烟霞趣長。兼葭路蒼。有人風月徜徉。著荷衣荔裳。松荒徑荒。人亡劍亡。誰從

衰草斜陽。弔先生墓楊。

旌旗蕩風。戈鋋吐虹。男兒束髮從戎。向天山挂弓。將軍數窮。封侯願空。沙場

多少英雄。只幽燐自紅。

瓜茄滿園。鷄豚滿圈。溪中鵝鴨喧闐。又倉箱萬千。新阡故阡。桑田變遷。管山管水欣然。問衰翁幾年。

程羅擅名。持籌最精。榷場十載經營。鬥豪華半城。錐刀枉爭。門庭屢更。街頭

潦倒孫曾。學吹簫賣餳。

玄黃戰爭。瓜分幾城。居然風雨神京。築郊壇薦牲。杞天易傾。山河廢興。南唐

北漢荒陵。付農官勸耕。

瑶編絳函。真經細參。丹成鷄犬同霑。跨青鸞兩三。仙蹤既淹。劫灰又添。惟留

後輩狂憨。要金錢戲蟾。

書生自憐。芸窗幾年。也曾學賦《甘泉》。獻明光殿前。　　光陰轉丸。前游惘然。人閒萬事如烟。擬空山問禪。

【附録】

醉太平

明蓮池和尚《七筆句》，其言不雅馴，釋子語耳。尤西堂老人衍之爲《十空曲》，膾炙人口，然每首必用一「夢」字，隨筆牽合，無謂也。余涉歷世間，頗覺萬事之皆幻，雖仙佛亦隨劫盡，况其他乎？偶作小詞，得十四首，自念此身亦泡影也，故以終焉。其詞皆用《醉太平》調，亦名《四字令》，哀音促節，或較《駐雲飛》曲尤易發人深省乎。

乘軒建牙。金張世家。五侯門第豪奢。聽喧喧鼓笳。　　華堂日斜。朱門暮鴉。北邙華表如麻。看斑斑土花。

銅山鄧通。珊瑚石崇。銀屏金屋春風。在瑶台幾重。　　歌闌舞終。尊中酒空。舊時珠履無蹤。掩門庭落紅。

燕山勒銘。雲台寫形。麒麟高閣標名。大將軍衛青。功高謗生。葅韓醢彭。
青門一叟伶仃。舊通侯邵平。

名高斗山。身馳貊蠻。文章經術流傳。望龍門在天。名山太寒。遺書半殘。
講堂蔓草荒烟。問兒孫執鞭。

春風玉珂。霓裳大羅。曲江杏宴笙歌。舉賢良制科。眉龐鬢皤。文園卧疴。
少年三五蹉跎。早衰殘阿婆。

幽并少年。烹肥擊鮮。簿樓一擲金千。向倡家醉眠。頭顱半斑。交游漸闌。
嶙峋駿骨誰憐。老英雄抱關。

歡場履綦。騷壇鼓旗。隱囊紗帽彈棋。是翩翩可兒。黃鑪事非。青衫涙垂。
昔年擲果風姿。到如今左思。

蒹葭一方。烟霞趣長。荷衣蕙帶徜徉。有先生草堂。松荒菊荒。猿亡鶴亡。
後人憑弔蒼凉。賸空山夕陽。

金戈鐵驄。腰閒角弓。男兒束髮從戎。戰陰山朔風。將軍數窮。功高不封。
沙場多少英雄。只幽燐自紅。

魚租鴨租。生涯有餘。半村半郭家居。種千頭木奴。田園未蕪。青山未枯。
柴門臨水如初。問衰翁在無。
居奇取盈。持籌最精。摧場十載經營。喜黄金滿籝。錐刀枉争。門庭早更。
横財三十鑪成。鑄何人姓名。
鑾争觸争。瓜分幾城。居然風雨神京。築郊壇九成。杞天易傾。山河廢興。
南唐北漢荒陵。付農官劝耕。
瑶篇玉函。真經細參。丹成鷄犬同霑。跨青鸞兩三。仙蹤易淹。劫灰又添。
赤松桂父深潛。换唐朝吕巖。
書生自憐。芸窗十年。也曾獻賦金鑾。奏《長楊》一篇。光陰走丸。前游惘然。
世間萬事如烟。擬空山坐禪。

齊天樂

湖樓夜聞梟聲，甚惡。

小樓已自荒凉甚，乖音又來孤枕。鶴欬秋山，鮎啼夜澗，少有如伊凄緊。初聽未審。已銀燭光低，鐵簫聲噤。獨倚危欄，玉樓寒粟起難禁。哀鳴何太自苦，想枯桑老禿，零落無葚。賈傅工愁，齊侯善店，被爾雄心消盡。挑鐙暗哂。笑賦鵩詞酸，禳鴞人窘。起撫龍泉，怪鵋俄遠引。

木蘭花慢

《西湖游覽志》云：「宋時杭城以臘日祀萬回哥哥，其像蓬頭笑面，身著緑衣，左手擎鼓，右手執棒，云是和合之神，祀之可使人在萬里外亦能回家，故曰萬回。」今杭人不復祀，亦不復知矣。余謂惟别銷魂，古今同歎，哥哥造福世人不淺也。因譜新詞，以存舊俗。

問南朝舊事，只離恨、不銷磨。想五國城中，九哥傳語，畢竟蹉跎。風多。任吹不轉，笑官家枉托孟婆婆。那比茅檐臘鼓，迎神來聽新歌。　憑他。吴越干戈。工作合、慣調和。看緑衣、執鼓蓬頭不幘，笑面微酡。關河。玉門萬里，仗神風一夕轉明駝。從此林間鳥語，聲聲只喚哥哥。

倦尋芳

明嘉靖時，童巨卿偉以子貴封御史，行樂湖山。手構一室，棟宇略具，護以箔幕，小可捲舒，出則携之，或柳堤花塢當心處，便席地布屋，吟酌其中，題曰「雲水行亭」。編巨竹爲桴，放湖中隨波流止，渺然蓮葉也。月明風清，墜露淅淅，吹洞簫蘆葦閒，山鳴谷應，聞者泠然有出塵之想，題曰「烟波釣筏」。事見《西湖游覽志》，此事極可喜。余寓居湖上，每思誅茅作屋，編竹爲桴，以領略湖山之勝。而宿諾蹉跎，迄難如願，因賦此詞以寄慨慕。

小移步障，閒泛靈楂，西子湖畔。大好清游，蘇白也應相羨。康樂行窩隨地築，達摩蘆葉沿流轉。鬥奇情，有浮梅檻穩，駕霄亭健。　念往事、風流消歇，二百年來，猶有餘戀。坐對湖山，昔日勝游誰見。幾處神樓空結想，十年船會難如願。只荒涼，薛家廬，曲欄凭遍。薛慰農築屋鳳林寺，後名薛廬。

唐多令

李筱泉中丞見訪湖樓，遂與至平湖秋月、三潭印月小坐而別。

花外駐鳴騶。來乘湖上舟。且偷閒、半日清游。玉宇瓊樓隨處好，泛雙槳〔一〕，向中流。雲水一登樓。蒼茫蘆荻秋。步長橋、指點汀洲。安得行窩來此築，請垂釣、著羊裘。

瑶華慢

十月十日，與内子坐小舟泛西湖看月。

風清月白，如此良宵，算人生能幾。扁舟一葉，雲水外、摇過湖心亭子。櫓聲軋軋，把鷗鷺、聯翩驚起。隔暮烟、回望紅窗，認得讀書燈是。　天邊何處瓊樓，歎一落紅塵，光景彈指。今宵明月，應笑我、换了鬢青眉翠。嫦娥休妬，讓我輩、人間游戲。倚綺窗、共玩冰輪，約略前生猶記。

〔一〕槳，原作「漿」。

緑意

咏菜

枝枝嫩緑。向竹籬小圃，鴉嘴親劚。付與厨娘，亂切瓊瑶，珍重素心盈掬。安排翠釜休輕戛，要鍊取、玉脂酣足。看雪瓷、奉出蘭芽，壓倒蟹胥魚鱐。　知否瓊筵綺席，有人擁五鼎，珍饜粱肉。脱落殘牙，拌謝肥甘，不許蔬園羊蹴。天教領略冰霜味，莫負了、登盤寒玉。更甕中、碎漬晶鹽，好伴籊龍春熟。

解連環

褚稼軒《堅瓠集》有移棋相間法，以黑白各三子三移而黑白相間，自三子至十子皆然，但多一子則多一移耳。余試之良然。而内子季蘭復推廣之，自十一子以至二十子，余既載其法於《春在堂隨筆》，并譜此詞。

苦心旋斡，尚狐疑未定，已埋重搰。趁漏静、纖指推敲，乍移换羽宫，一行鱗列。轉緑回黄，認來往，雙雙蛩蹷。任先偏後伍，鸞鳳換巢，鳥鼠同穴。　燈前破顔一笑，笑靈機頓轉，前後都活。宛畫成、八卦先天，看錯綜陰陽，奇偶重疊。鬥角鈎心，也算擅、紅閨奇點。恁前人、翠髯撚斷，十棋便輟。

采桑子

閒中檢點閒功課，死是禪心，活是仙心，一樣工夫兩樣心。　閒中領略閒滋味，苦是詩心，辣是文心，兩樣精神一樣心。

宵聲并向宵來聽，清是鐘聲，和是簫聲，一樣宫商兩樣聲。　秋聲分向秋來聽，哀是蛩聲，怨是蟬聲，兩樣心腸一樣聲。

無邊春色隨天付，鬧是梅花，静是蘭花，一樣天工兩樣花。　有情芳訊隨年度，嫩是蓮花，老是梅花，兩樣年華一樣花。

蘭因絮果更番換，愁是春人，悲是秋人，一樣襟懷兩樣人。　烟蓑雨笠尋常好，瘦是山人，寒是津人，兩樣生涯一樣人。

水龍吟

東坡守杭守潁，皆有西湖。其到潁《謝執政啓》云：「出典二州，迭爲西湖之長。」是「西湖長」之名，官斯土者宜之，非山中人所宜稱也。潘少梅偶於市上得小印，鎸「西湖長」三字，因余年來適爲西湖詁經精舍山長，遂以見贈，妄竊自娱，可一笑矣，戲譜此詞以酬其意。

卅年抛却漁竿，浮生慣欠烟波債。虛名誤我，蒓鱸秋味，鷄豚春社。旌節輶軒，旗常鐘鼎，到今都罷。向沙堤十里，芒鞋布襪，漁樵輩、同閒話。　瀟灑。西湖精舍。謝東坡、頭銜容借。玉堂夢斷，天教管領，湖山圖畫。風月平章，烟雲供養，鷺鷗迎迓。問封侯萬里，金章斗大，是何人也。

月邊嬌〔一〕

刳橘而空其中，注膏油然之，紅潤可愛。

人去商山，賸大腹團欒，癡皮渾沌。玉壺濯魄，金刀刮膜，一點酸心都盡。蘭膏乍注，早逗出、玲瓏紅暈。珠光密護，子細趁、驪龍眠穩。　夜深取到蘭房，絳帷高捲，碧紗低襯。佛頭光滿，仙爐焰小，不怕曉風吹緊。江南舊岸。早萬顆、霜丸寒隕。迢迢永夜，喜金釭遲燼。

夜合花

以橄欖核插燭上然之，其光四射，若蘭花然，頗可觀玩。

小剔銀鐙，輕揎翠袖，居然頃刻開花。冰心暖透，一枝放出仙芽。疏又密，整還斜。是優曇、結就天葩。不成梅萼，不成蓮瓣，隨意些些。　回思俊味堪誇。舌本餘甘領略，雅稱新

〔一〕嬌，原作「橋」。

茶。纖纖賸核，還供兒戲喧嘩。珠錯落，玉了叉。看鐙前、細掣金蛇。浮生泡影，世情陽焰，坐惜年華。

探芳信

烘豆

趁秋早。向棚底斜陽，筠籃采到。訝一彎新緑，眉嫵鬥嬌好。玉人纖手鐙前剥，忙殺麻姑爪。倩厨娘、翠釜燖來，再安茶竈。紅焰一爐小。更細著晶鹽，料量多少。炙透蘭心，休遣緑衣老。拈來不獨酒邊宜，也是相思料。看青青、撮向茶甌更妙。

一萼紅

風菱

指江鄉。有一繩斜畛，采采水中央。鞋角同尖，弓腰比曲，青翠堆滿筠筐。趁秋老、風檐看取晶盤盛到，似瘦來家高挂，任兒童、饞口不教嘗。幾日西風，銷磨玉質，乾透瓊漿。

還自笑、形骸槁木，論風調、與爾最相當。令，老去秋娘。面目雖皺，腰支儘細，多少餘味包藏。但博饒甜作相，休惜年光。

春在堂詞録卷二

鳳歸雲

余童稚時，外家有婢曰鳳雲，略長於余，嬉游伴侶也。聞其適人後，遇庚申之亂，偕其夫投水死。匹夫匹婦，湮没無聞，感念舊事，弔之以詞，烈魄貞魂，庶幾不泯也。

記少小，竹馬鳩車，泥龍瓦狗，相共嬉游，有個青衣，短髮垂肩，外家嬌婢。向紅樓上，同捉迷藏，同猜春謎。奈歲華、一去如逝水。早又緑葉成陰，鬢絲憔悴。　更可歎，青犢横行，紅羊慘覯。多少舊家，一例沙蟲，碧玉寒微，緑珠高節，死隨夫婿。算蓬門内，有此貞妻，生光彤史。只童稚，舊事不堪記。未免弔鳳傷心，憶雲揮涕。

萬年歡

余偶出新意，借八卦作葉子戲，頗有意致，詳見所撰《葉戲新譜》，戲題此闋。

小鬥聰明，按先天舊圖，編就瓊葉。單拆重交，儀象六爻排列。漫費金錢暗擲，更不待、靈蓍重揲。聊隨手，幾片拈來，震龍坤虎都活。　零星湊來妙絶。看陰陽變化，相配無缺。取坎填離，便是道家丹訣。吾輩尋常玩物，與世俗、酸鹹全別。還只恐、畫卦羲皇，太初無此奇黠。

浪淘沙

萍

碧合小橋東。漁棹仍通。前身柳絮太無蹤。自是今生稍可可，不逐飛蓬。　天上美人虹。生日偏同。莫將漂泊怨天公。菱蔓一繩牢綰定，枯死西風。

鶯啼叙

余曾作《廣樂志論》一篇，極富貴神仙之樂，遣抑塞磊落之懷，今存《賓萌外集》中，頗膾炙人口。舟窗無事，復衍此意而成長調。

金張舊推貴姓，更遭逢盛世。有瓊樹、秀茁蘭芽，玉麟天上飛至。彩毫寫、高軒麗句，傳鈔驟貴三都紙。早雲英、來降人間，赤繩雙繫。　車馬長安，燒尾宴罷，問年華正綺。控金勒、內廄飛龍，杏花紅滿十里。更連翩、軺車四出，收多少、春風桃李。拜車前，門下門生，鬢絲猶翠。

高牙大纛，叱咤風雲，受百城重寄。絕徼外、繩行沙度，墨氍青馬，匍匐軍門，那容平視。元戎小隊，平原大獵，三千珠履從游宴，樂升平、譜入鐃歌裏。飛來玉詔，金甌名字親題，鼎鉉更待調劑。　黃扉鄭重，赤舄從容，曆中書廿四。看膝下，森森蘭玉，驥子龍孫，鳳閣鸞臺，後先相繼。朱顏未改，黑頭歸去，平泉花木春正好，憶蓬山、舊館多年閑。青鸞一夕雙飛，方丈瀛洲，千秋萬歲。

又

昔蘧大夫行年五十而知四十九年之非，余今年四十九矣，非則有之，知猶未也，粗述生平，用資自鏡。

人生白駒過隙，早平分一半。憶生小、冷粥寒齏，十年辛苦螢案。登科記、秋風兩度，蟾宫省識嫦娥面。尚酸寒、枯守青氈，一鐙孤館。　大好新安，草屩布襪，寄游蹤汗漫。喜門外、問字人來，少年文酒游宴。想汪倫、桃花潭水，縱零落、猶留殘瓣。更多情，孫楚樓頭，翠尊春滿。

天風縹緲，送我青雲，到碧城閬苑。憑彩筆、賢良射策，大禮獻賦，日暖風微，未央前殿。軺車遠駕，中州小住，河聲岳色供游覽，算書生、酬了寒窗願。蕉隍一夢，回看總是雲烟，塞翁得失都幻。　名園五柳，水石清幽，又兵戈擾亂。想曩日，蘇臺烽火，遼海波濤，誰料升平，未衰重見。青山縱在，玄亭何處，頭銜聊署吴市卒，更危樓、高據西湖畔。年年夫婦清游，一葉扁舟，六橋泛遍。

天香

吸淡巴菰烟，蹙口出之，一一皆成圓圈，亦閨中之一技也，爲譜此詞。

零玉連環，碎珠絡索，清香幾縷團聚。蓮舌挑圓，櫻唇收小，春滿玉人嬌醑。玲瓏不斷，早吐出、牟尼無數。應勝香焚寶鴨，空成篆文回互。　簾前絳紗密護，怕團團、被風吹去。萬種圓融全仗，慧心吞吐，看取闌干穩度。又四角、垂垂化珠露。散了冰輪，氤氳再補。

憶舊游

余舊寓吴中石氏五柳園，頗有亭榭泉石之勝。庚申之亂，付之劫灰，一閽者、一犬死焉。重來感舊，弔之以詞。

記微波小榭，五柳名園，風月倘徉。小築臨流屋，有牡丹國色，桂子天香。鼓鼙一朝倉卒，松菊頓荒凉。想賫硯樓高，歸雲洞古，總付滄桑。　金閶更回首，只蔓草荒烟，碎瓦頹墻。碧血埋何處，歎蒼頭黄耳，都化燐光。即今燕飛重到，難認舊雕梁。待更葺香泥，金獅巷口空夕陽。

燭影揺紅

七月三十日傳是地藏王菩薩生日，吾鄉舊俗，是夕插燭於地而然之，計一家之人年齒若干而然燭如其數，燭花香霧中兒童團聚，亦一樂也。舊有此詞，久失其稿，爲補成之。

乞巧纔過，又看霜月匆匆度。燭奴燈婢早安排，專等斜陽暮。浄掃梧桐院宇。謝天公、收回陣雨。小兒伶俐，先把年華，閒中偷數。　香霧繽紛，夜闌摇曳芙蓉炬。星星明滅晚風前，蠟淚濃如許。何必名山浄土。供香花、家家笑語。兩年月小，小作生辰，明年重補。

無悶

道光三年，直隸正定府元氏縣民劉黄頭掘地得一石，爲唐宣城縣尉李君之妻賈氏墓志銘，末行刻「後一千三百年爲劉黄頭所發」，自道光三年上溯葬年唐建中二年，年雖小差而人名不爽，可異也。按其文，夫人諱嬪，字淑容，長樂縣人，李君早卒，有一女嫁張氏，夫人以建中二年二月十二日卒於其從父之弟趙州元氏縣官舍，遂葬於其邑之七義原，而從子文則爲之銘。余奇其事，作小詞書後。

黑暗泉臺，青對漆鐙，驟被黄頭驚覺。訝旦暮千年，未來先料。七義荒原悵望，問舊鶴、何時歸華表。阿咸多事，數行古墨，感人幽抱。　人杳。更憑弔。想醉尉風流，玉樓歸早。只曙後星孤，黛描京兆。官舍相依有弟，歎白髮、青裙垂垂老。賸片石、讖語流傳，恰與武强同調。明嘉靖七年，武强人王洛州掘地得隋河陰太守皇甫興墓碑，後有「吾葬後一千三百年被王洛州發之」十四字。

高陽臺

余治經多用康成「讀爲」「讀曰」之例，以明假借。而詩則抒寫性靈，於香山爲近。西湖詁經精舍有石刻鄭康成像，其左爲白公祠，有石刻樂天像，余擬拓二像縣一室，即顔之曰「鄭白齋」，先以詞記之。

早歲詩歌，中年箋注，句消鐘鼎旗常。俎豆名山，平生兩瓣心香。遺經獨抱司農注，附千秋、高密門墻。更傾心、白傅風流，長慶篇章。　禮堂猶幸留遺像，共香山居士，須鬢蒼浪。妙墨摹來，真教素壁生光。雲楣待仿蕭齋例，論高名、鄭白相當。待他年，僑札周旋，再證行藏。

慶春宮

余擬築室三楹，用老子「爲學日益，爲道日損」之義，顔其中曰「日損益齋」。其西室曰「日益」，凡所有書籍及法書名畫、鐘鼎彝器悉聚於此；其東室曰「日損」，則不箸一物，明窗净几而已。讀書則就西室，静坐則就東室，亦足了吾一生。此志未遂，先之以詞。

環堵三間，東西相嚮，讀書静坐都適。鄴架圖書，歐齋鐘鼎，米船書畫環集。興闌神倦，又清對、蒲團即粟。古今逆旅，天地蘧廬，有斯安宅。　個中妙處難言，從有觀無，以儒參佛。排日工夫，按時蚤暮，兼或掄流雙隻。此鄉終老，算吾輩、區區願畢。空山寂寞，更進竿頭，兩途歸一。

點絳唇

閨中四時詞

楊柳樓臺，繡牀香夢鶯催醒。綺窗閒凭，人與花容稱。　乍脱鶡裘，尚怯春衫冷。東風緊，嫩寒猶勁，蜂蝶枝頭等。

又

晝漏遲遲，洞房冰簟朝慵起。枕痕紅膩，銷了眉邊翠。　滿院薰風，欲避愁無計。紗窗閉，素羅偷試，古刺瓶中水。

又

絡緯墻根，送來一點秋消息。畫樓今夕，凉透芙蓉席。　月滿空庭，消瘦梧陰碧。燈光隔，蠣窗紅出，人鬥金籠蟀。

又

簾幕低垂，夢中聽得風聲大。翠衾嬌卧，翻道寒猶可。　凍合鵔豪，玉手拈來惰。圍爐坐，又開青瑣，去數梅花朵。

感皇恩

咸豐五年，樾在河南學政任，恭遇覃恩請封，未及領誥軸。事隔十五年，中更離亂，去年譚文卿廉訪入都，托其至内閣問之，則誥軸故在，代爲領出。今年楊石泉方伯展覲旋浙，遂得齎還，下拜登受，敬記以詞。

天上紫泥封，鳳鸞飛舞。十五年來尚如故。發緘莊誦，還是先皇天語。鼎湖龍去也，烏號苦。

草莽舊臣，科名留付。今日龍章照蓬户。青鐙黄卷，此恨幾能償補。西風空展拜，松楸暮。「留科第以付兒孫」，先祖南莊府君語。

八載忝清班，迂疏無補。只合終身作漁父。告身一紙，何意尚留天府。草堂重下拜，蓑衣舞。

劫火屢經，風霜牢護。深感良朋用心苦。連翩使節，領取玉書交付。五湖雲水外，奇光吐。舊有領誥軸執照一紙，爲鈕君雅庭所藏，中更兵亂，護持勿失，甚感之也。

又

香巖制府英桂于咸豐八年以河南巡撫入覲，文宗顯皇帝召見，語及臣樾有「寫作俱佳，人頗聰明」之諭，時樾去官久矣，不圖微賤姓名猶荷聖明眷注。歲在庚午，與制府相遇閩中，爲追述之。感念恩私，潸然流涕，既作詩存集中，復譜此詞，庶幾杜少陵每飯不忘之義。

蟣虱一微臣，角巾歸久。名姓依然挂天口。玉音雖遠，猶幸述從臣友。遺簪蒙注念，慚顔厚。

彩筆已枯，虚名難副。畢竟聰明竟何有。不才多病，八載聖恩孤負。鼎湖餘涕淚，青衫透。

壺中天

洋鐘有名鬧鐘者，屆時則琤瑽作響，繁音縟節，亦頗可聽，倚此賦之。

緑窗人静，忽清機徐引，都成奇弄。乍訝宫商無節奏，偏又待時而動。笙磬同音，箏琶亂撥，驚破鴛鴦夢。尋常休試，玉匙金鑰珍重。

因念鈴索西清，故人待漏慣，踏天街凍。欲覺聞鐘宜有此，妙在枕邊喧哄。懶惰稽康，醉眠元亮，得爾全無用。嬌孫癡小，膝前携聽丁董。

采桑子慢

贈舊時歌者

徐娘半老，雲鬟風鬢憔悴。尚憑仗、春風弦索，小作生涯。見説當年，艷名傳播滿蘇臺。鐙船虎阜，香車鶴市，第一金釵。　往事已非，盛年難再，摇落堪哀。問何處、枇杷門巷，楊柳樓臺。我亦飄零，酒邊清淚不勝揩。美人遲暮，英雄老去，一樣情懷。

河滿子

觀傀儡戲

一樣歌衫舞袖，偏宜小小排當。幾縷紅絲煩月老，倩伊暗裏牽將。莫笑形骸槁木，居然優孟冠裳。　隊隊魚龍曼衍，聲聲簫管悠揚。錦幔低垂看不盡，消磨半角斜陽。爲語郭郎鮑老，大家傀儡登場。

紅情

内子季蘭嘗論果品，謂櫻桃似美人，橄欖似名士。余喜其語甚雋，爲譜二詞，《紅情》咏櫻桃，《緑意》咏橄欖，即爲名士、美人作佳傳也。

朱檐争摘。看赤瓊琢就，垂垂珠菂。艷極更嬌，樊素香唇略堪匹。公子金衣舊族，記生小、曾經相識。有底恨、玉碗晶盤，紅淚貯涓滴。鸚粒。酒邊拾。愛一捻艷脂，染成顔色。夢中小婢，何處青衣費尋覓。今日同參玉版，還檢點綺詞呈佛。問彩伴、紅玉可，緑珠難及。

緑意

見前。

天生俊物。甚少年慘緑，如此寒乞。酒後茶餘，聊佐談鋒，憐伊口齒清絶。詩脾苦澀君休笑，只獨抱，素心而活。看紛紛，南北楊盧，都是蜜翁瓜葛。多少朱門酒肉，覺風味與爾，甘苦全別。偶借青鐙，微吐心花，終是蕙蘭幽葉。佳人薄命雖同調，也略蹙、鴉黄嬌額。只諫林、擷取孤芬，瓠史儘容名列。

瑞鶴仙

余於丁酉歲應鄉試，厠副榜，迨甲辰而舉於鄉，庚戌捷南宫，遂忝清華之選。因用白香山「三登甲乙第，一入承明廬」之句鐫一小印，以存舊夢，并識以詞。

晨鐘都已動。尚枕畔流連，重重春夢。科名忝鄉貢。憶蟾宫丹桂，兩番親種。弟兄接踵。愧虚被、人呼小宋。更春風、紫陌看花，十里玉驄飛鞚。　喧哄。日中陽焰，雨後浮漚，霧餘寒淞。旋歸無用。笑吾腹，已空洞。只吴門市卒，烟波漁父，兩様頭銜坐擁。借芝泥、聊志前塵，不堪撫弄。

聲聲慢

市上鬻閨閣中零星什物者，其衒鬻之具名曰驚閨，以銅爲之，摇則旁耳還擊，琅琅作聲，内子屬賦之。

金閨晝静，銀箭聲停，風前微度鏗鏘。董董丁丁，依稀似合宫商。花街一肩小歇，貯零星、玉篋金箱。趁曉市、把明璫翠珥，來助晨妝。　莫笑詅癡辛苦，聽聲聲棱等，語語郎當。送到風檐，初疑鐵馬玲琅。遥從賣花聲裹，仗鉦鐃、驚起蕭娘。還又怕，擁鴛衾、香夢正長。

解語花

燈火或灼爍四射，細碎有聲，俗云主有客來，蟬連長語。

寒鐙焰小，驟訝飄揚，歷亂抽瓊葉。翠膏微沸。凝眸處，細語宛聞啾唽。奇花漫結。偏對我、清談飛屑。情黯然，怨緑愁紅，訴與光明佛。　清絶蕭齋拜月。奈閒愁逗引，無故饒舌。夜深休説。銀缸畔、生怕暗將春泄。吟懷正鬱。且任爾、淡描輕抹。卜曙窗，揮麈人來，同曉蟬喧聒。

一枝春

茶甌中有一莖竪立，俗名茶仙，主有客來。

嫩展旗槍，有靈根、裊裊亭亭斜倚。伶仃乍見，便是藐姑仙子。纖腰倦舞，又羅襪、踏波而起。休誤認、杯内靈蛇，負了雨前清味。

天然一莖摇曳。愛雲花霧葉，青葱如此。擘甌細品，漫擬苦心蓮蕊。靈機偶動，又添得、喜花凝聚。應卜取、佳客連翩，桂舟共艤。

醉春風

獨下華嚴畛。飈輪來往快。鸞飄鳳泊待如何，耐。耐。耐。白石先生，赤牛都尉，久居人外。

變换桑田海，消磨雲夢芥。八瓊秘訣竟無功，在。在。在。玉笈金箱，赤文緑字，結成奇采。

見説招仙閣。星橋人駕鵲。待憑青鳥寄纏綿，莫。莫。莫。弱水無魚，閬風稀雁，十年蕭索。

神劍銷青鍔，玄關藏玉鑰。盧敖勸作九垓游，諾。諾。諾。枯死江花，翦殘丘錦，請從君約。

十六字令

述佛氏三戒

貪。秋菊春蘭一手拈。揚州月，獨占不分三。
嗔。青史煩冤鬱不申。東風惡，惱殺看花人。
癡。夢裏商量怕蝶知。心頭事，細訴與花枝。

摸魚兒

魚頭中有骨三角，取擲之，時或竪立，人每借以占卜，十擲中能立者吉。

問魚頭、是何參政，棱棱如許風骨。彎環一寸雕瓊玖，却似半規新月。心鶻突。且取到、尊前暗當金錢擲。幽情密密。祝天末人歸，隴頭信到，出手便凝立。　拋來疾，從一還教至十。玲瓏冰箸輕夾，無端一落甌臾止，妙在不扶而直。纖指釋。想不久、佳音便向龍門出。無須去乙。好借作靈蓍，權充杯珓，鷄骨更休覓。

换巢鸞鳳

余生四歲，即由德清南埭舊居遷臨平之史埭，又不常厥居，輒數歲一徙。北陵仕宦遷移〔一〕，兵戈奔走，越至於今，行年四十有九，而移居已三十一次，萍梗飄零，仍無定所，清宵歷數，悵惘成詞。

生小飄零。憶鳩車竹馬，便在臨平。鶉籠隨處挂，燕壘逐年營。宦游蹤迹更如萍。京華幾霜，中州暫停。歸來後，歎栗里、久荒三徑。　蓬梗。殊未定。吴下小園，風鶴俄交警。海舶波濤，郵亭霜雪，豺虎鼋鼉争命。天許重逢中興年，又來延攬東南勝。乾坤中，一蘧廬、那論鄉井。

瑶華

有饋蘭花者，余蓄養苦不得其法。勒少仲同年傳口訣四句，云：「春不出，夏不熱，秋

〔一〕北陵，原殘損難辨，據光緒二十三年石印本補。

不乾，冬不濕。」余喜而以詞識之。

靈根易斷，瘦影難扶，且商量調護。春寒料峭，宜位置、窈窕房櫳深處。夏來赤日，怕冰玉、難禁驕暑。到九秋、渴了相如，賜與一杯瓊露。　冬宵凍合銀瓶，莫濕透香泥，寒氣凝沍。閒情料理，算歲歲、費盡緑窗心緒。芳蘭嬌小，好權當、負牀孫撫。只幾旬、消受幽香，補報養花辛苦。

玉京謠〔一〕

中興來，東南大吏各開書局，刊刻書籍，余參預其閒，書成後，頗有可得之望。而年來精力就衰，著述都懶，從前欲讀無書，今得書又苦不能讀，適穀山制府寄到兩《漢書》，率題其後。

生就蟫魚命，故紙叢中，不覺垂垂老。福地嫏嬛，何曾窺見全豹。幸處處、瓊笈雕成，定歲歲、瑶華分到。書城裏，癡龍坐守，蟲魚親校。　丁年詞賦飛蘭藻。到中年、又一經獨抱。

〔一〕　玉，原作「王」，疑爲原版殘損所致，早期印本光緒九年重定本作「玉」，據改。

鄭草江花，而今都就枯槁。問箔中、食葉紅蠶，更吐出、新絲多少。愁孤負，舊雨遠貽緗縹。

蘭陵王

游仙詞

鳳鸞逐。圓嶠方壺路熟。蓬山遠、游戲碧城，訪柳尋桃恣遐矚。樓臺映海緑。金屋闌干白玉。猩簾外、十二翠鬟，瑶草琪花飼仙鹿。　消摇衆香國。更不受人間，一點塵俗。簫韶纔奏鈞天曲。便羽葆華蓋，碧幢紅旆，羅天高會啓玉局。飲天上醽醁。　湘竹。寫仙籙。傍一朵紅雲，香案親讀。蘭田蕙圃頒湯沐。笑叔夜龍性，幾能馴伏。青雲高擁，拾翠羽、蔭若木。

調笑令

春淺，春淺，誰家曲欄深院？落花胡蝶團團，只逐東風轉旋。旋轉，旋轉，去了春光一半。

微雨，微雨，小庭乍消殘暑。扁舟去采芙蕖，收得荷盤露珠。珠露，珠露，滴入蓮心便苦。

秋蛬，秋蛬，一宵苦吟誰共。月明萬里長空，只有懷人夢同。同夢，同夢，凉透羅衾獨擁。
風細，風細，紙窗又添寒意。關河雨雪霏霏，辛苦長征未歸。歸未，歸未，折得梅花誰寄。

於中好

戲具中有曰萬花筒者，零星小瓣，五色畢備，隨手變换，頃刻萬狀。舅氏平泉老人嘗寓余書曰：「看世事如看萬花筒也。」偶憶斯言，輒爲譜此。

回黄轉緑全無準。眩銀海、陸離難認。靈機不住盤旋緊。散盡了、朝華蕣。　　閒窺豹管真堪哂。看塵世、電輪飈軫。升沈榮悴無從問。也是個、團團暈。

釵頭鳳〔一〕

蓬萊島。風光好。昔年曾記游春到。春消息。來無迹。錦箏潛聽，玉書偷譯。密。

〔一〕 釵，原闕，疑爲原版殘損所致，早期印本光緒九年重定本不闕，據補。

密。密。　仙源杳。桃花老。武陵迷了漁郎棹。秋風夕。誰家笛。信沈青鳥，字消烏鰂。覓。覓。覓。

稽中散。從來懶。偶然偷吃胡麻飯。陳杯杓。同諧謔。玉女投壺，井公行籌。樂。樂。樂。

芙蓉岸。茱萸泮。一年光景看看晚。東飛雀。南飛鶴。投我瓊瑶，報之紅藥。薄。薄。薄。

侍香金童

爲孫兒阿龍賦

喚汝龍兒，爲汝辰年得。念此後、龍猪猶未悉。但願龍天同護惜。容易春風，籜龍千尺。

祝他年、一躍龍門頭角出。便穩向、龍頭獨立。變化風雲人莫測。入侍龍樓，出持龍節。

傳言玉女

爲孫女阿牛賦

喚汝牛兒，爲汝丑年生得。小時嬌面，借桃林艷色。墻頭字在，願汝聰明能識。休嫌多誤，儘容拈筆。叔度佳兒，問伊誰是汝匹。碧幢紅旆，嫁騂旄貴客。天生慧福，不待雙星分錫。年年春到，送來消息。

送入我門來

讀胡浩然詞，爲之失笑，然必云「石崇富貴籛鏗壽」，侈矣，窮措大無此奢望。偶譜此詞，以代如願之祝。

如願頻呼，癡情易遂，殷勤托付東風。但願明年，歡樂一家同。北堂萱草春長在，似海上蟠桃千載紅。又山妻病去，孫兒孫女，關煞開通。更願兒曹得路，聊博一官捧檄，免歎飄蓬。快婿連翩，翔步到蟾宮。山人竊據名山席，看公鼎侯碑加陪豐。正烽烟净掃，年豐民樂，四海雍雍。

洞仙歌

余素不善倚聲，而次女繡孫頗好之，因亦時有所作，積久遂多，但于律未諳，聱牙不免，是所愧耳。

經生家法，只蟲魚箋注。那得新聲鬥瓊樹。綺窗前、偏有嬌女耽吟，摇翠管，時出清詞麗句。　因教狂態發，鐵版銅琶，也學東坡作豪語。老去律乃疏，漁唱黄州，何處覓、霞翁顧誤。且細寫蠻箋付紅兒，借鳳管鸞笙，旗亭流布。

春在堂詞録卷三

念奴嬌

題恩竹樵方伯《蘊蘭吟館詩餘》

一枝筠管，占吟壇，本是詩仙詩佛。何意縫雲裁月手，又入玉田之室。綺語花閒，清吟月下，手自彈瑶瑟。風流頑艷，肯輸黄九秦七。　余亦把酒臨風，銅琶鐵版〔一〕，閒弄蘇辛筆。短令長謡隨意寫，未合昔賢詞律。吴下逢君，陽春一曲，雅韻真難匹。蘊蘭吟館，可容來倚長笛。

〔一〕琶，原作「琵」。

歌頭

四時行樂詞和竹樵方伯

此調自唐莊宗一首外未見有作者，《萬氏詞律》於後半闋未注句讀，且止三韵，殊爲疏略。竹翁原唱於後半第三句、第五句均叶韵，遵詞譜也，余亦同之。

寫宜春，乍拈春筆。元宵上巳，良辰來絡繹。綺羅叢，排歌席。芳郊外，玉勒金鞍，香塵無迹。幾何時，春光非昔。沈醉過端陽，新荷出。微雨過，小庭寂。摇畫扇，一榻松陰下，不巾幘。

巧雲收，又中秋，秋月白。玉露滿天，瓊樓何處笛。最好是重陽，茱萸酒，還將菊花糕，佐肴核。光陰迅，早消息，逗梅梢，幾朵寒苞欲拆。擁紅爐，貉袖狐襟團坐。宵長如年，戲分曹，同射覆，到除夕。

前調

百年行樂詞索竹翁和

是誰家，種來蘭玉。牙牙小語，唐詩初授讀。鬢眉青，衣衫緑。餳簫引，竹馬鳩車，嬉游鄉塾。笑談時，都無拘束。裙屐恣流連，聲華馥。詩客社，酒人局。哦柳絮，更有神仙侶，在金屋。鏡中顏，換韶華，何太速。四五十年，匆匆如轉轂。穩步到公卿，拋簪笏，歸來卧林泉，享清福。人間事，總分付，與兒曹，自檢吟筒畫軸。正評量，緑野平泉風景。蓬萊山中，舊交游，來約我，跨黄鵠。

前調

言志和竹翁

歎韶光，少時虚擲。蘭陵五載，難忘春酒碧。又新安，挂帆席。桃潭上，賴有汪倫，相依晨夕。染緇塵，長安芳陌。游戲到蓬萊，渾如客。中散懶，賈生謫。歸去也，故里無松菊，又兵革。　館娃宫，辟疆園，尋舊迹。亂後重來，滄桑都改易。小築一廛，新携松柄，徜徉曲園中，弄泉石。中年後，兩《平議》，有成書，博得顛毛欲白。願人閒，永永銷除烽燧。長如乾嘉，太平時，歌《擊壤》，歲逾百。

六州歌頭

閨中行樂詞和竹樵方伯

春眠未覺，催醒有鶯兒。梅妝靚，蓮鈎窄，出簾帷，數花枝。招得檀奴至。向花下，鋪茵席。瑶漿飲，朱顔醉，暈胭脂。轉瞬端陽，五彩長生縷，親綰朱絲。向湖亭，凭檻冷，翠襲冰肌。蘭槳輕移〔二〕。蕩荷池。　又梧桐落，木樨放，看牛女，會佳期。霓羽譜，蟾宫曲，玉參差。試吹之。還把金籠蟀，與郎戲，鬥雄雌。冬夜永，圍罏坐，漏遲遲。翻得牙牌新譜，輸贏事，只賭瓊巵。製春鐙謎語，争勝上元時。小婢先知。

〔二〕槳，原作「漿」。

沁園春

彭雪琴侍郎於鄱陽湖中得楊石泉中丞書，言偕余游退省庵，值牡丹盛開，惜主人不在，侍郎因製《沁園春》詞一闋寄中丞，而余未之見也。是年秋，於湖樓補録見示，因次韵奉酬。

傍小瀛洲，築得精廬，烟水徜徉。算三春雖過，九秋正好，菊容未老，梅信先藏。舊夢模糊，新吟宛轉，吟遍長橋九曲長。重提起，有《沁園》一闋，記在鄱陽。端詳猶未全忘。又寫滿，雲藍紙一張。正使者星飛，飛來舊雨，謂逸吾宫允。美人石起，起伴襄王。時侍郎正扶植湖心美人石。一寄樓頭，退省庵之樓名。憑欄閒眺，愛此峰巒净似妝。還自幸，向先生分得，山色湖光。

前調

丁丑立春日作，索竹樵翁和

紙帳繩牀，蝶夢瞢騰，青鳥漫催。算年華七八，明朝便换，余明年五十七矣。嘉平三七，芳信先回。檢憲書，江蘇等省二十二日子正立春，河南等省則在二十一日夜子初三刻。處處春旛，家家春酒，花勝人人簪上釵。東皇駕，怎有遲有早，兩日分開。　徘徊消息疑猜。且讓爾，梅花先占魁。想驚蛇赴壑，光陰易逝，聞鷄起舞，壯志都灰。彩燕遲懸，銀虬先報，今日條風分外佳。晨光好，又何須半夜，偷送春來。

慶春澤

元宵日和竹樵翁

人日纔過，元宵又至，春風乍度餳簫。翦雪描鳧，安排樂事今宵。銀花火樹繽紛甚，映瓊筵，未許風摇。月分光，一曲新歌，唱徹晴霄。　無端觸起中年感，憶兒時鳩竹，隨處嬉遨。

竟夕看燈，喧闐史逮潘橋。兒時所寓地名。雪甌重泛浮圓子，問前塵，已逐萍飄。偶書懷，涷筆烘開，獸炭添燒。

隔簾聽

夏夜大雨

正喜漏沈宵静，陡送繁聲到。琤瑽不是先時小。是驟雨跳珠，怒號萬竅。織女惱。把銀河、半空傾倒。　風聲暴。雷聲旋繞。蝶夢驚回悄。桃笙竹簟寒生峭。有老妻關切，隔房先報。夜凉了。須斟酌、羅衾添好。

長壽仙

壽竹樵方伯六十

七載旬宣。是坐鎮蘇臺，詩酒神仙。綺筵飛玉盞。正永晝如年。却好松凉夏健。紫薇仙署棕櫚館。舊雨客來，願年年此日，共醉花前。　記否崎嶇兵閒。似慷慨王章，辛勤陶侃。

喜今蔗境甜，又翠軃朱軒。管領鶯花茂苑。乍交庚伏炎猶淺。一闋小詞，侑瑶觴，也算唱和詩篇。君今年曾譜此調，壽潘西圃前輩。

訴衷情

七夕和竹樵翁

晴窗賦罷曝衣篇，瓜果又開筵。玉階再拜牛女，能否降雲軿。將彩縷，月中穿，望遥天。不知天巧，付與鴛鍼，送到誰邊。

天孫笑語謝人間，吹落碧雲端。怪他世上兒女，何事太纏綿。陳玉盒，捧金盤，露華寒。不如收拾，我替安排，富貴神仙。

玉京秋

此調自周草窗一首外，作者罕見，《萬氏詞律》所載周詞多錯誤，杜筱舫觀察《詞律校勘記》曾據《詞緯》及《蘋洲漁笛譜》訂正。丁丑秋日詁經院課，余曾以此調命諸生作秋聲、秋色二詞，作者尚沿舊譜之訛，因倚此示之。

良夜寂。無端送幽信，做成蕭瑟。不是哀弦，亦非脆管，凄凉無匹。傾耳紗窗未已，短籬邊、添個寒蟀。尋還覓。此聲何處，似南仍北。　我本悲秋詞客。怎禁他、啾啾唧唧。冷夢催醒，微吟凄斷，愁來無迹。水咽雲寒，只一夜、能使愁人頭白。紅閨夕。休更瓊樓吹笛。秋聲

桐葉禿。閒庭又添得，淺黄深緑。爛漫風前，幾叢水蓼，幾叢霜菊。尤喜西風錦衲，雁將來、先已紅足。映修竹。紫羅裳倩，絳雲冠矗。　一曲園中游矚。喜秋光，斑斕滿目。轉憶春三，紅酣香暖，翻嫌粗俗。老去江郎，怎筆下、無此繽紛濃郁。蕭齋讀。空對秋山如沐。秋色

齊天樂

咏白秋海棠和竹樵翁

斷腸花種瑶階畔，嫣然玉人紅淚。幾日酸風，連宵嫩雨，化作闌干鉛水。脂痕盡洗。但幽質柔情，淡妝新試。不是青衣，菊花休誤唤嬌婢。《瓶史》以秋海棠爲菊婢。　春宵酣睡未醒，記高燒畫燭，穠艷無比。一樣佳名，風流自别，非復尋常羅綺。墻根徙倚。問好女兒花，可能争

媚。等是秋容，素娥來賞此。

水龍吟

竹翁又譜此咏白秋海棠，因亦同作。

海棠本是神仙，春風金屋藏佳麗。何來異種，墻根砌畔，雨中烟裹。瘦影堪憐，脂痕盡滌，自然嬌媚。想當年思婦，抛殘玉箸，原不作平。是、靈芸淚。　堪笑。秋容猶綺。抱幽心、誰同高致。昂然絳幘，謂鷄冠。翩然金鳳，謂鳳仙。紛羅庭際。素女冰姿，紅兒艷品，賞心誰寄？只詞人妙筆，摹將冷格，寫銀光紙。

帝臺春

送竹樵方伯入覲

幢葆棨戟。迢迢赴京國。驛路早梅，喜挈清娱，如夫人隨行。同尋春色。咫尺觚棱金闕近，聽宫漏，鷺鵷翔集。想從容，奏對明光，香烟細裹。　馳玉勒。行紫陌。返第宅。召賓客。

再省識帝里，鶯花過，元宵後，大好艷陽風日。應有温綸自天降，前後主恩四持節。方伯有小印曰「主恩前後三持節」，故先以四爲頌。與吴下賓萌，又重聯吟席。

水調歌頭

潘玉泉方伯以文恭公季子早歲通籍，聲譽藉甚。及庚申、辛酉間，東南淪陷，創議迎皖師，由海道至滬，又創會防之議，聯絡中外以壯聲援，皆大局所繫也。及蘇城既復，而洋將戈登挾殺降爲名，幾欲倒戈。方伯坐小舟往，以口舌折衝之，卒使帖然而去，其有造於三吴尤大也。今歲行年六十，賦《水調歌頭》六章自壽。余因賡續四首，聊侑一卮焉。

公昔少年日，門第盛金張。長安文酒游宴，意氣劇飛揚。幾載容臺步屧，曾共太常仙蝶，管領好春光。何必曲江宴，方是緑衣郎。　爽鳩氏，司秋典，最周詳。聖朝忠厚尤重，兹選異尋常。每際秋高霜肅，坐對西曹官燭，費盡佛心腸。丹扆記名姓，清望滿巖廊。

公昔壯年日，時事正艱難。東南萬里荆棘，白日走豺貗。聞有雄師貔虎，安得來如風雨，樓櫓渡江關。慷慨乞師議，翹首皖公山。　念異族，雖化外，亦人閒。風車火徼可使，慕義似侯姍。奈有窮奇之子，又嗾猘兒而起，俎豆變戈鋋。獨駕小舟去，談笑静狂瀾。

今屆杖鄉歲，黄髮更精神。昔年曾奉春酒，來祝魏城君。前年爲君夫人生日。此日桑弧高挂，剛好桃符新寫，除夕即生辰。君於除夕生。坐聽曉鐘轉，六十一年春。看膝下，蘭共茝，鳳偕麟。諸孫環侍中外，濟濟卅餘人。也學汾陽故事，每日頷之而已，羈角認難真。即此是真樂，以外復何云。

從此到眉壽，百歲曰期頤。勛名德望俱懋，銘勒遍鐘簴。寄語雲臺諸將，莫笑不侯李廣，未必數終奇。合肥相國曾謂君似李廣數奇。鬱鬱此松柏，認取歲寒姿。古世臣，譬喬木，共興衰。國家理大物博，磐石萬年基。恭值成康盛世，應有韋平賢嗣，共樂中興時。以此祝公壽，當可釂金巵。

哨遍

詁經精舍有湖樓三楹，余主講其中，同人遂有俞樓之目。王夢薇少尉爲繪《俞樓秋集圖》，徐花農孝廉又合以薛廬、林墓等爲湖堤八景，汪子喬孝廉并欲書「俞樓」二字榜之精舍，余寓書止之，因又譜此示諸君子。或謂：「倘因此詞，後世好事者真築此樓以存故迹，當若之何？」余曰：「果有其事，亦必在五百年後，可聽之矣。」

講舍數楹，高據聖湖，緊傍孤山趾。登小樓，一望衆峰低。撲簾旌無邊蒼翠，柳乍稊。吾來縱尋春色，沙堤十里垂楊裏。俄菊徑添黄，桐陰減緑，秋光清麗如此。喜故人三兩共尊罍，直坐到南屏暮鐘催。便算秋來，雅集俞樓，遂成韵事。　噫！君試思之。此樓於我蘧廬耳。天地吾逆旅，樓中人更如寄。任李趙張王，殷翁柳老，推排遞向樓頭倚。吾坐擁皋比，於兹十載，行雲流水而已。仿庾樓姓氏此留題。又只恐徒貽後人嗤。啓争端、謝墩何異？平生空洞無物，萬事皆游戲。即如吴下荒園一曲，亦與郵亭等視。刻舟求劍豈非癡？到秋風、且來同醉。

戚氏

柴桑《歸去》之辭，東坡衍之而成《哨遍》；屈子《東皇太一》之歌，高疏寮采其意而成《鶯啼序》。余讀歐陽公《秋聲賦》，掇取其詞，譜《戚氏》一闋，秋士悲秋，亦狂奴故態也。

老歐陽。書齋宵讀興方長。忽聽西南，有聲蕭瑟惹愁腸。推窗。夜茫茫。呼童出户更端詳。童言皎潔星月，在天横亘有銀潢。四顧寥落，人聲都寂，忽聞樹内聲藏。竟奔騰驟至，風雨飄忽，金鐵錚鏦。　公乃太息傍徨。余識此矣，此氣出金方。秋聲也、律調夷則，樂合清商。儼戎行。一夜萬騎，騰驤所至，凛冽非常。草兮緑縟，木也葱蘢，到此都付凋傷。　草木無情物，人非草木，可不思量。萬事勞形不已，苦憑持智力逞雄强。試思有動於中，豈能自主，精氣旋揺蕩。早鏡中、白髪三千丈。非復是、當日容光。念我生，誰賊誰戕。笑童兒、未解此悲凉。只閒庭内，蟲吟唧唧，助我沾裳。

醉翁操

神仙。飄然。乘鸞。去人間。千年。惟餘白雲常漫漫。洞中仙鶴蹁躚。呼白猿。洞口種芝田。不與人世人往還。　後來笨伯，希冀升天。偶游石室，偷得丹經數篇。餐肉芝兮腥羶。飲玉漿兮枯乾。終年丹竈邊。開爐空化烟。仰首望雲端。杳無仙者飛下天。

英雄。雕弓。青鋒。吐長虹。如龍。時來笑談成奇功。不然歸卧山中。從赤松。不受徹侯封。世外高蹈何處逢。　販夫賈竪，頭腦冬烘。嚇人腐鼠，云是千鍾萬鍾。俄得之而隆隆。倏失之而空空。沈酣春夢中。沾沾田舍翁。一例可憐蟲。爾曹安識奇士蹤。

花犯

連日風雨凄然，一陽生矣，而陰晦殊甚，倚此破寂。憶竹樵翁曾與余言，此調用去上字者十二處，不可紊亂，於律最細，欲爲之而未果。余成此詞，惜竹翁方入都述職，未克與之商定也。

問春光，何時到也？荒凉此園圃。曉來烟霧，訝鳳管將調，陽氣猶沍。綺崖繡巘雲如絮。瞢騰無意緒。只亂灑、緑紗窗外，廉纖寒夜雨。庭前老梅兩三枝，梅魂尚遠在，羅浮深處。空寄想，孤山麓、冷香千樹。霜華老、玉人未醒，幽夢起、黄昏無翠羽。且遲爾、百花頭上，風流天付與。

采緑吟

日本人竹添井井航海至中華，訪余於春在堂。及歸國後，又寓余書，并以彼國安井仲平所著《論語集説》見贈。書中歷言病妻稚女消耗壯懷，重游禹迹，未知何日。余得書以光緒三年十月十日，而其發書也，在彼國爲明治十年，而亦是十月十日。中東之憲不同，不知彼國十月十日當中國何日也。漫書此詞於其書尾。

海客東瀛外，訝錦字、即日飛來。裁箋乍寄，發函旋讀，魚雁疑猜。尺書何止是，雲林賫、《魯論》一部相偕。想年來，吾妻島，人文殊勝前代。　遥望五龍山，征帆卸，閨人愁損眉黛。弱女泣呱呱，歎耗盡雄懷。願浮槎、重到中華，風濤險，琴書欠安排。停雲意，梅嶺送春，蘭緘試開。此調見周公謹《草窗詞》，而葉小庚《天籟軒詞譜》所載頗有不同，於律似密，今從之。

水歌調頭

東坡「明月幾時有」一首，上下兩六字句皆叶韵，坡公他作亦不盡然。乃賀方回有一首平仄通叶，凡叶仄者九，叶平者七，除下半第一句外，句句有韵，視坡更密矣。因用其體，自題所著書後。

嗟我本無有，天地一沙鷗。盛年難又，無痕春夢付悠悠。抛了功名芻狗，還我千金敝帚，此外復何求。私署曲園叟，小占聖湖樓。　朝編蒲，暮緝柳，幾春秋。編排初就，居然傳誦到遐陬。浪使賣書人富，不管著書人瘦，此事豈良謀？太息百年後，辛苦豹皮留。

金盞子 用吴草窗體。

徐花農孝廉出新意，製暖鍋見贈，賦此謝之。

雪碗冰甌，笑腐儒酸味，者般蕭索。良友勸加餐，俄春意、融融暖回杯杓。就中獸炭頻添，更温湯新瀹。安頓好、隨他凍醪寒菜，總堪咀嚼。　羹臛。雜脾臄。羅列處、中央到四角。渾如妙蓮一朶，雕盤内、高低大小錯落。愧無玉鱠金虀，只尋常藜藿。佳名好，還以一品頭銜，轉奉徐邈。

薄媚摘遍

余不諳音律，舊曾刊行詞二卷，意未慊也，遂亦不擬復作。而竹樵方伯喜填詞，頻與唱和，因又積成一卷。今年檢點所著書，已刻者一百九十九卷矣，因以此卷校付手民，合成二百卷，率題此闋於卷尾。

玉笙殘，銅斗澀，斑管抛荒久。浪傳鈔、詞兩卷，原非秦七黄九。蘇完才子，竹樵爲蘇完氏。

管領蘇臺，爲政最風流。興往情來，瓊瑶贈我報之玖。　拌作詞場馮婦，齒冷屯田柳。重檢點，篋中書，刊成百卷還又。花開棼尾，尖合浮屠，賴有此編留。買菜求添，沾沾可笑否？

「流」字、「留」字兩韵自來皆不叶，余謂宜叶平韵，據趙虚齋詞，用「園」字、「寬」字皆叶平韵也，故友徐誠庵極以此説爲然。

又

前詞甫脱稿，聞竹樵方伯行至安肅，笙鶴來迎，爲之投筆淚下，因又成此一首，嗣後詞興闌珊矣。

鳳城春，燕市酒，纔唱《陽關引》。余賦《帝臺春》詞，送君入覲。　怪無端、風雪裏，傳來消息悲哽。臨歧催賦，白海棠詞，此意已凄清。翰墨留題，蘇完兩字讖先定。君姓蘇完瓜爾佳氏，及仕蘇藩，意有嫌於「蘇完」二字，每題姓名，改作蘇垣。

我本吟毫枯冷，不是張三影。朝竹屋，暮梅溪，憑君助我清興。棕櫚仙館，君所居藩署室曰「棕櫚館」，余爲書榜。《花犯》新詞，君欲賦《花犯》詞，未就。此後有誰賡。擲筆凄然，空齋暮色暝。

自醒詞

唐六如有《醒世詞》，調「對玉環帶清江引」，見雍正間御製《悦心集》中，諷誦之下，輒效爲之，非敢醒世，聊以自醒。

天地玄黄，排成大戲場。五帝三皇，分開小輩行。蚊陣上刀槍，蜂衙前揖讓。秦漢隋唐，挂招牌幾張。李杜蘇黄，鬧蒙童滿堂。休將廿四史評量，且聽盲翁唱。螻蟻等侯王，鷄蟲齊得喪，劈空打個當頭棒。

莽莽山河，有乾坤幾座。擾擾干戈，有英雄幾個。熱鬧戲場鑼，辛苦江心舵。任爾奔波，難把天公做。盡爾騰挪，難把閻羅躲。請看東去是黄河，白日西方墮。流年馬下坡，往事驢牽磨，人間没有長生果。

子曰詩云，鬧糊塗一身。妻妾兒孫，凑冤家一門。無端市聚蚊，頃刻樓消蜃。往果來因，説破了嘴唇。暮楚朝秦，走穿了脚跟。張王李趙許多人，逆旅中胡混。日裏看浮塵，水上觀圓暈，算來都是無憑準。

翦隻斑斕，難瞞狐與犬。畫個嬋娟，難充鶯與燕。官坊花樣鮮，鬼市黎丘贋。戴向人前，狄武襄銅面。騙到腰間，漢鍾離寶劍。童男童女去求仙，没個船兒轉。魚目枉相謾，狐尾終須顯，年來看透黎軒幻。

方丈蓬萊，茫茫安在哉。我佛如來，燒成塔内灰。明月有時虧，仙草終須萎。青史名垂，佐他人一杯。鐵券光輝，博他年一唉。饒君白日上天街，還怕天將墜。玉宇亦防危，瓊糜難救餒，修到仙人還是鬼。

春色冲瀜，安知有朔風。曉日曈曨，誰知有暮鐘。興衰似轉篷，榮落真旋踵。白版門中，當年歌舞宫。黄土墳中，當年粉黛容。若將往事一追蹤，處處窮途慟。虎鼠本同宫，犁騂無異種，時而燕雀時而鳳。

世味醰醰，攙和苦與甜。世路巉巉，迷漫北與南。幾輩笑拈髯，幾人愁掩臉。名利雙兼，挑個千斤擔。恩怨平添，掘個千尋塹。晁袁冤業問瞿曇，佛也空傷感。脣邊槍劍銛，腹中城府險，重重公案無從勘。

虎鬥龍争，奪杯中一羹。電掣雷轟，角花前一枰。得勢暫峥嶸，失時常蹭蹬。秦築長城，替漢唐下碇。梁建東京，爲趙家發軔。回黄轉緑本無憑，反覆鏊間餅。團團傀儡棚，憧憧魍魎影，天公一笑何嘗問。

鹿頸兒長，畫作麒麟像。雉尾兒長，報道鸞鳳降。緑頭鴨鴛鴦，白脚猫獅象。闒索周倉，神祠也惝慌。曹佾韓湘，仙蹤更渺茫。千秋廟貌盡輝煌，没個魂兒饗。興廢本無常，好醜隨人講，一盤都是糊塗帳。

冠帶峨峨，誰是你哥哥。鬢髮皤皤，誰是你婆婆。芸芸萬類多，區區一個我。姓名非我，任唤馬牛羸。形骸非我，任著緞綾羅。其中真我竟如何，赤條條這個。來也儘婆娑，歸兮休懡㦬，唱隻歌兒提醒我。

此暮年游戲之作，在《全書》中無可附麗，然曲亦詞也，姑附詞後，其下二篇亦以類從焉。曲園記。

呸呸歌

「唔」應作「否」，《説文・丶部》：「否，相與語，唾而不受也。」今姑從俗。

元人有《罷耍詞》「叨叨令帶風入松」，見褚稼軒《堅瓠集》，余擬之作此歌。

呸，呸，呸，洪荒本是無情塊。盤古兒開甚麽混沌天，伏羲老畫甚麽陰陽卦。摶幾個泥土人〔一〕，劃幾道山河界。奇怪！利和名都可嘬，孝和忠都可賣，做成功萬千情態。直鬧到玉帝天宫被猴兒壞，金母蟠桃被偷兒采。洙泗老先生也要把緇帷解。咳！提起來真堪駭。秦始皇劈山斧，劈不開山骨骱。姜太公打神鞭，打不破神腦袋。安得仙人劉海，踏定了脚底下兵鰕將蟹，又手裏金錢亂灑，也怕要鬧過了十萬年，直等到時辰交亥。呸，呸，呸，這話兒誰俫倸。憑他水怪山精，花妖月魅，迷不倒頑仙鐵枴。諸公少待，且聽我高歌一拍，鋪買切。也算得浮生一快。舉頭在泬寥天外，放眼看崑崙山大。兩手招桂父洪厓，雙脚踏蓬萊渤澥。五岳是吾杝架，

〔一〕 摶，原作「搏」。

八瀛是我襟帶。若再無聊無賴，且更自寬自解。我這個老書生，老阿獃，大清閒，大自在。少年時還了虀鹽債，壯年時博了科名采，暮年時留了詩文派。前頭事也過得太太平平，後頭來到不得顛顛沛沛，海元甲子真尷尬。呸！不礙不礙，老希夷把個蒲團擺，一寣音忽。三千載。

阿呀歌

亦見褚稼軒《堅瓠集》，戲效爲之，録附《呸呸歌》後。

坐上客莫笑，門下士無嘩，一歌聽我歌呸呸，再歌聽我歌阿呀。此歌入耳淺又俗，此歌用意莊而諧。任爾潑天弄權力，饒伊蓋代馳聲華，惟此一聲消不得，萬古千秋叫阿呀。秦皇巡游正得意，誰知劉項旁揄揶。阿呀！項王拔山氣蓋世，烏江渡口船難划。阿呀！賈生弱冠登朝右，不圖鵩鳥來長沙。阿呀！班超封侯萬里外，驚看白髮生鬖髿。阿呀！武侯志在吞吴魏，一朝蜀婦人人髽。阿呀！鄂王兵到朱仙鎮，馬前重疊來金牌。阿呀！明妃漢宫弄顔色，天教毳帳彈琵琶。阿呀！玉環霓裳舞未了，鼙鼙鼙鼓漁陽撾。阿呀！石崇大啓金谷宴，樓頭墜下一枝花。阿呀！汾陽歌舞舊池館，門前留得一株槐。阿呀！盈虚消息天所定，生老病死佛所排。日輪正午已傾昃，陰氣盛夏先萌芽。迭蕩天門竟有狗，坦平官道偏多豺。萬事難料有如此，諸君再聽歌阿呀。舉頭看月月皎皎，風生忽有浮雲遮。阿呀！滿樹桃花花灼灼，一宵猛雨遍地霞。阿呀！架上鸜哥巧喉舌，朝來驀被饑鷹抓。阿呀！持竿釣得金色鯉，一聲潑刺逃泥窪。阿呀！白地光明好匹錦，淋漓墨汁何時搽。阿呀！珊瑚樹高高八尺，兒童敲折紅杈杈。阿呀！高頭駿馬昂然去，忽然一蹶驚懸崖。阿呀！蒲帆十幅順風挂，須臾風轉帆欹斜。阿呀！芒鞋布襪踏青去，前頭村路迷三叉。阿呀！酒簾在望欲沽飲，囊無一文難言賒。阿呀！道旁有果試采食，誰知苦李非甜瓜。阿呀！瀼瀼急雨忘持繖，滑滑泥塗跌失鞋。阿呀！支牀安坐壁有蝎，策杖徐行途逢蛇。阿呀！擎掌明珠倏墜地，連城白璧俄生瑕。阿呀！紙鳶綫長頃刻斷，雕翎箭準豪釐差。阿呀！初試新衣忽污酒，偶觀古畫誤傾茶。阿呀！山中訪友友不在，市上問價價轉加。阿呀！開籠跳走叫哥哥，失手跌碎泥娃娃。阿呀！觴客恰逢斷屠日，哦詩巧遇催租差。阿呀！梁上燕泥污試卷，車前馬糞濺朝靴。阿呀！藏書竟爲鼠所嚙，庋饌旋有猫來爬。阿呀！一著錯時棋局負，一弦絶後琴音乖。阿呀！謝客美髯拈忽斷，何郎粉面搔成疤。阿呀！東方射覆物不中，詹尹卜卦事未諧。阿呀！君將入海求神仙，茫茫欲渡愁無艖。阿呀！君將升天捉烏兔，高高欲上憂無階。阿呀！脚靴手版謁大府，朱門嚴閉官散衙。阿呀！偶投闍黎謀一飽，粥魚高挂僧罷齋。阿呀！閉門却掃絶干謁，鍋中無米竈無柴。阿呀！仰天大笑出門去，水行無舟陸無車。阿呀！已見名花去投溷，更看彩鳳來隨鴉。阿呀！蛛網當空蜂蹝蹁，牛涔積水蟻跁踦。阿呀！色色形形成世界，奇奇怪怪作生涯。鑿開混沌有盤古，補完缺陷無媧媧。聖賢仙佛隨劫盡，一聲阿呀人人皆未見。王侯異螻蟻，固知金玉同泥沙。水上自然多鬼蜮，月中亦復有妖蟆。夸父空拋逐日杖，張騫難覓通天槎。南部烟花渾似夢，北邙華表森如麻。老夫行年逾八十，朝朝打疊思還家。丹鼎見成無待煉，靈臺乾净不須揩。千秋名已生前定，六尺身隨土内埋。不識誰何爲眷屬，須知真我不形骸。諸君看我從容去〔一〕，不到臨行叫阿呀。

〔一〕　容，原作「客」。

輯佚

憶京都〔一〕

憶京都，茶點最相宜。兩面茯苓攤作片，一團蘿蔔切成絲。不似此間惡作劇，滿口糖霜嚼復嚼。同年陳仲泉觀察曾言，京都茯苓餅蘿蔔餅最佳，南人不善制餡，但一口白糖，供人咀嚼耳。

憶京都，小食更精工。盤内切糕甜又軟，油中灼果脆而鬆。不似此間吃胡餅，零落殘牙殊怕硬。油灼果俗稱油灼檜，云杭人惡秦檜而作，是南製而迴不及北製之美，何也？

緇生同年以《憶京都》詞見示，皆爲飲饌而作，余於此事素未講求，近來祇吃菜與豆腐，葷血之類，概不沾唇，誦之亦不甚流涎也。惟每日必進小食點心，而大作不及焉。因補作二首，質之五世長者。曲園居士。

〔一〕 輯自《文藝雜志》一九一四年第二期，掃葉山房發行。